〖中华诗词存稿·地域专辑〗

中华诗词学会 编

福建诗词选

（一）

本书编委会 编

中国书籍出版社
China Book Press

图书在版编目（CIP）数据

福建诗词选 /《福建诗词选》编委会编 . 一北京：
中国书籍出版社 , 2020.11

（中华诗词存稿）

ISBN 978-7-5068-8031-2

Ⅰ. ①福… Ⅱ. ①福… Ⅲ. ①诗词—作品集—中国
Ⅳ. ① I22

中国版本图书馆 CIP 数据核字 (2020) 第 195890 号

福建诗词选

《福建诗词选》编委会 编

责任编辑	毕　磊	
责任印制	孙马飞　马　芝	
封面设计	采薇阁	
出版发行	中国书籍出版社	
地　　址	北京市丰台区三路居路 97 号（邮编：100073）	
电　　话	（010）52257143（总编室）（010）52257140（发行部）	
电子邮箱	eo@chinabp.com.cn	
经　　销	全国新华书店	
印　　刷	北京虎彩文化传播有限公司	
开　　本	710 毫米 ×1000 毫米 1/16	
字　　数	1860 千字	
印　　张	99.75	
版　　次	2020 年 11 月第 1 版　2020 年 11 月第 1 次印刷	
书　　号	ISBN 978-7-5068-8031-2	
定　　价	998.00 元（全 3 册）	

《中华诗词存稿》
编委会名单

总　序

　　我们这个诗歌大国有一个很好的传统，历来注重"采诗"、搜集整理诗歌材料。作为唯一的全国性诗词组织的中华诗词学会，自 1987 年 5 月成立以来，就十分重视这项工作。学会每年的学术研讨会和历届"华夏诗词奖"，都出版论文集和获奖作品集。纪念学会成立二十年、三十年时，还专门编辑出版了《大事记》《论文选集》《诗词选集》。《中华诗词》创刊以来，每年都制作年度合订本。2007 年 5 月，在北京天识东方文化艺术传播有限公司的资助下，以近代以来诗词创作、诗词理论、诗词运动重要文献汇编，当代名家个人作品专集等为主要内容，出版了《中华诗词文库》。经过十来年的编辑整理，已经出了近百卷。这些诗集、文集的出版，记录了近百年来尤其是改革开放四十多年来，中华诗词从起步、复苏走向复兴的砥砺前行的历程，为近、当代诗歌史的撰写准备了丰富的资料。

　　党的十八大以来，中华民族优秀传统文化重新受到应有的重视。习近平总书记《念奴娇·追思焦裕禄》词和《军民情》七律的相继发表，引领中华大地诗潮滚滚而来。《中共中央关于繁荣发展社会主义文艺的意见》和中办、国办《关于实施中华优秀传统文化传承发展工程的意见》，都明确提出"加强对中华诗词、音乐舞蹈、书法绘画、曲艺杂技和历史文化纪录片、动画片、出版物等的扶持。"国家教育部组织制定由中华诗词学会起草的新中国语言体系中的新韵书《中华通韵》已经通过国家语言文字工作委员会语言文字规范标准审定委员会审定，即将颁布全国试行。这些都使我们真切地感受到，中华诗词的春天真的到来了。诗人们乘着骀荡春风，正以高昂的激情，书写着中华民族伟大复兴的新时代、新史诗，国家富强、民族振兴、人民幸福的中国梦；正以与人民同呼吸、共命运的诗人之心，对人民的欢乐、人民的忧患、人民的情怀给以诗意的表达；正以"美"或"刺"的诗人之笔，对市场经济大潮中人民对幸福生活的期待，对美好未来的希望，对假丑恶的深恶痛绝，或给以方向，或给以赞美，或给以鞭挞。正如习近平总书记所指出的："好的文艺作品就应该像蓝天上的阳光、春季里的清风一样，能够启迪思想、温润心灵、陶冶人生，能够扫除颓废萎靡之风。"

当前，传统诗词创作者和诗词爱好者队伍发展迅速，已超过三百万。每天创作的诗词作品超过唐诗、宋词、元曲的总和。诗词评论研究队伍也成长很快，诗词评论、诗词学、诗词创作理论研究成果丰硕。如何从浩如烟海的诗词作品中"淘"出优秀作品，并使之存下来、传下去，如何使诗词研究理论成果"面世"并发挥应有的指导作用，确实是摆在我们面前的无可回避的一个重要课题。中华诗词学会是一个没有国家编制，没有国家拨款的社会团体，事业的运转主要靠社会赞助和会员费支撑。俊识（北京）文化传媒有限公司总经理吕梁松、北京采薇阁总经理王强，两位一直是对中华传统文化情有独钟的热心人，慷慨解囊，愿意同中华诗词学会一起，搜集整理编辑推出《中华诗词存稿》这套书，共同为中华诗词文化的继承和发展，做成这件十分有意义的事情。

　　《中华诗词存稿》主要搜集整理出版三部分内容的资料：一是当代诗词名家的个人作品集；二是当代诗词评论家、诗词学者的学术著作集；三是当代诗词作品、诗词理论学术成果阶段性、专题性、地域性的集成类作品集。诗词作品强调精品意识，沙里淘金，把"有筋骨、有道德、有温度"的优秀诗词作品搜集起来。诗词评论、研究类资料强调理论性和创新性，应具有鲜明的个性特点，具有创建性的见解。集成类的资料应有一定的史料保存价值。总之，做成一套具有当代价值和历史意义的好书。在此，我们编委会人员，向提供资料、筛选编辑、版面设计、校对勘误，包括所有为这套资料付出辛勤劳动的同志们，表示真诚的谢意！

郑欣淼

二〇一九年七月于北京

序

福建素有海滨邹鲁之称，历代风雅相随，诗人辈出。近代以来，则有林则徐、张际亮等名家诗风高壮，清畅婉达。清末延至民初，同光体闽派诗家活跃异常，诚为诗史所注目。

民国前期，福州诗人陈世镕曾纂成《福州西湖宛在堂诗龛征录》，录1400年间闽中诗家270人。陈衍辑有《闽诗录》，为后人所珍重。2004年福建省文史研究馆由赵玉林先生主编《百年闽诗》（1901—2000），选700馀家诗作，亦收诗以存史存人之效。

《中华诗词文库·福建诗词卷》依总凡例，列上下编。上编选录近现代诗人佳作，下编则以成立足有20年的福建省诗词学会的会员作品为主体，以供全国诗词界广泛交流。

福建省诗词学会本届常务理事组成编委会，以编好本书为己任，通力协作；执行主编丘幼宣先生不辞辛劳，多有贡献。谨此向从事与关心本书编纂工作的各位同仁深致谢忱。

福建诗词学会
二〇〇九年四月于福州

编选说明

本书选录福建近、现、当代诗词作者1152名，作品共计2175首。

本书上编选录近现代作者作品，以福建省文史研究馆编《百年闽诗》为主要参考资料，以作者生年先后为序编排，止于1899年。

本书下编选录现当代作者作品，以福建省诗词学会编《福建诗词》（1-18集）为主要参考资料，以作者姓氏笔画为序编排。

本书选录作品每人在6首以内，长古作品，限选3首。

本书编委会
2009年4月

附 记

中华诗词学会与中国书籍出版社、采薇阁书店联合组织"中华诗词存稿"丛书，将原中华诗词学会所编《中华诗词文库·福建诗词卷》纳入丛书予以再版，书名改为《福建诗词选》，并对原书中存在差错予以改正，删除个别作品。特此说明。

"中华诗词存稿"编委会
2019年10月

目　　录

下　编

上编

林则徐

（1785-1850），清大臣、民族英雄、文学家。字元抚，又字少穆、石麟，晚号竢村老人。福建侯官县（今福州）人。嘉庆辛未（1811）进士，曾任湖广总督、两广总督、云贵总督。道光十九年（1839）赴广东查禁鸦片，率军民屡败英侵略军。林则徐从禁烟入手，坚决反抗外国资本主义侵略，是具有崇高社会威望和最早放眼看世界的杰出人物。卒，葬于福州市北门外马鞍山，谥文忠。著有《林文忠公政书》《云左山房文钞》《云左山房诗钞》等。

中秋嶰筠尚书招余及关滋圃军门
天培饮沙角炮台，眺月有作

坡公渡海夸罗浮，凉天佳月皆中秋。

铁桥石柱我未到，黄湾胥口先句留。

今夕何夕正三五，晴光如此胡不游？

南阳尚书清兴发，约我载酒同扁舟。

日午潮回棹东指，顺流一苇如轻鸥。

鼓枻健儿好身手，二十四桨可少休。

转眄已失大小虎，须臾沙角风帆收。

是时战舰多貔貅，相随大树驱蚍蜉。

炮声裂山杂鼓角，樯影蘸水扬旌斿。

楼船将军肃钤律，云台主师精运筹。

大宣皇威震四裔，彼伏其罪吾乃柔。

军中欢宴岂儿戏？此际正复参机谋。

行酒东台对落日，犹如火伞张郁攸。

莫疑秋暑酷于夏，晚凉会有风飕飗。

少焉云敛金波流，夜潮汹涌抛珠球。

涵空一白十万顷，净洗素练悬沧洲。

三山倒影入海底，玉宇隐现开琼楼。

乘槎我欲凌女牛，举杯邀月与月酬。

霓裳曲记大罗咏，广寒斧是前身修。

试陟峰巅看霄汉，银河泻露洗我头。

森森寒芒动星斗，光射龙穴龙为愁。

蛮烟一扫海如镜，清气长此留炎州。

三人不假影为伴，袁宏庾亮皆吾俦。

醉归踏月凉似水，仍屏傔从祛鸣驺。

褰帘拂枕月随入，残宵旅梦皆清幽。

今年此夕销百忧，明年此夕相对否？

留诗准备别后忆，事定吾欲归田畴。

赴戍登程，口占示家人 (二首选一)

力微任重久神疲，再竭衰庸定不支。

苟利国家生死以，岂因祸福避趋之？

谪居正是君恩厚，养拙刚于戍卒宜。

戏与山妻谈故事，试吟断送老头皮。

出嘉峪关感赋 (四首选一)

严关百尺界天西，万里征人驻马蹄。
飞阁遥连秦树直，缭垣斜压陇云低。
天山巉削摩肩立，瀚海苍茫入望迷。
谁道殽函千古险，回看只见一丸泥。

即　目

万笏尖中路渐成，远看如削近还平。
不知身与诸天接，却讶云从下界生。
飞瀑正施千嶂雨，斜阳先放一峰晴。
眼前直觉群山小，罗列儿孙未得名。

塞外杂咏

天山万笏耸琼瑶，导我西行伴寂寥。
我与山灵相对笑，满头晴雪共难消。

高阳台·和嶰筠尚书

玉粟收馀，金丝种后，蕃航别有蛮烟。双管横陈，何人对拥无眠。不知呼吸成滋味，爱挑灯、夜永如年。最堪怜，是一泥丸，损万缗钱。　　春雷歘破零丁穴，知蜃楼气尽，无复灰然。沙角台高，乱帆收向天边。浮槎漫许陪霓节，看澄波、似镜长圆。更应传，绝岛重洋，取次回舷。

张际亮

　　(1799-1843)清诗人。字亨甫,榜名亨辅,号华胥大夫、松寥山人。福建建宁县人。贡生。性伉直负气,有狂名。道光十五年(1835)举人。著有《张亨甫全集》《松寥山人集》《金台残泪记》等。

送云麓观察督粮粤东

忆昨走马长安道,京朝同乡半倾倒。

六年落拓宾客稀,相过独许论怀抱。

皇天遣我不称意,我未成名君去早。

作雨兴云在一朝,神龙未合同潜蛟。

蟠蛰泥涂愧头角,飞腾沧海凌风潮。

使民唐虞君舜尧,其出稷契处由巢。

古来豪杰尽如此,却看大泽从兹始。

君若夔龙引古人,我敢牵牛傲天子?

潜蛟岂饮一尺水?丈夫不当丘壑已。

国家治平二百年,法久则敝人亦天。

大帅新移都护帐,司空屡绌水衡钱。

武士文臣满中外,水荒地震相后先。

江淮财富最天下,正恐明年减漕船。

海南反复实后附,国初以来轻租赋。

赋入原供防海兵,租庸尽给筹边戍。

市易多年达岛洋,夷酋列肆来朝暮。

土来金去芙蓉膏,丝轻帛贱羽毛布。

澳门近据数千家,屋似重城炮环护。

却笑前明中叶时，倭奴百人能突驰。

越吴闽广到处敝，俞戚谭胡诸将疲。

圣朝威德如天大，绝域怀柔似水归。

内府诸郎领关榷，明珠节履翠为衣。

唐宋中朝厌过岭，今代辂车喜驰骋。

梅花频折贵官多，荔枝得饱游人幸。

闻道佛桑仅有根，可怜仙蝶纷无影。

珠江船灯照水夕，花田粉黛骄春冷。

朔方岁暮酒百壶，按剑四顾忧艰虞。

昔未得为坐太息，兹行远别将何如？

李公久付倚任重，朱公夙负清鲠誉。

绸缪未雨岂多事？变化流俗思良图。

知君最深望转厚，才我所敬言肯受。

不惜吾贫绝丐贷，但愿官贤计长久。

天语监司乃大臣，古闻蛮裔多群丑。

便使储胥富五羊，要持节钺指南斗。

空山冰雪卧懒出，征旆关河送敢负？

滔滔岁月见何期，茫茫乾坤独回首。

寄光栗原聪谐廉访保定 (四首选一)

卢奴千里实邦畿，旷土萧条户口稀。

徭役往时劳縈累，胥徒相见各轻肥。

出车代传谁征足，抱布输公自典衣。

幸语属僚新耳目，恐闻杖下泣寒饥。

迁延 (四首选二)

(一)

将军拜命独专征，吴越迁延久驻兵。
作气空劳占虎视，覆军翻误听乌声。
山昏天姥风传箭，江断曹娥血洗营。
石马昭陵烦北望，太宗兄弟总纵横。

(二)

百万金缯贿寇还，明州父老痛时艰。
捷书互报中朝贺，优诏仍蒙上赏颁。
浪跋鲸鱼腥璧水，血分鸩鸟污珠鬘。
舟山鬼泣君知否？无数楼船瘴海间。

百字令

料伊妆阁，对菱花萧瑟，慵开笑口。顾影徘
徊频自照，一日肠应回九。翠被香残，宝筝尘满，
宛转唯搔首。夕阳一抹，照人啼笑俱有。　　惆
怅连夜清歌，月明醉倒，扶倩纤纤手。别后依然
还见月，也似双蛾消瘦。破镜难圆，短篷独泊，
何处沽尊酒。凭谁寄讯，昨宵灯略孤否？

林昌彝

（1803- 约 1876）字惠常，又字芗溪，别号茶叟等。福建侯官（今福州）人。何绍基门生。道光二十九年（1849）中举。咸丰三年（1853）因进呈所著《"三礼"通释》，赐授教授，先后在福建建宁、邵武任职。晚年曾在广州寓居多年，讲学于海门书院。概光绪二年（1876）在福州逝世。著有《射鹰楼诗话》《小石渠阁文集》《衣讔山房诗集》《海天琴思录》《敦旧集》《诗人存知诗录》《破逆志》《平夷十六策》等。

市价行

咸丰六年，闽中省垣，士农工贾通行铁钱；市价不平，百物昂贵，每铁钱二十文抵铜钱一文，间阎疾苦，作市价行。

贫民如瘦羊，商贾如饿虎，
长官如冯妇，攘臂面如土。
老弱转沟壑，士儒罹网罟，
会城无兵革，其祸若为伍。
蠢蠢彼市侩，势若狎官府。
苍生方待毙，玉石焚俱苦。
我梦游天阊，民困向天数。
天狗向我狂，天魔向我舞。
我跪告天公，百万赊河鼓。
力拔涸辙鱼，哀矜出肺腑。
只手挽银河，天公笑我腐。
许种仙人璧，济汝饥寒户。
市价倘不平，试以摩天斧。

亭槛词三章 (选一)

昔司空图题休休亭槛曰："咄咄咄！休休休！莫莫莫！伎俩虽多性灵恶，赖是长教闲处着。"余默观时事，俯仰身世，本此语作亭槛词三章以寄志，俾阅者视为天下伤心人可也。

休休休，官方如此是吾忧！高爵厚禄居不忝，腰悬金印称公侯。创深父老江头喘，官不问民但问牛。嗷鸿百万集中野，长官携笛上高楼。心伤赤子流离日，眼看贵人歌舞秋。休休休！伊谁请剑斩而头？

杞 忧

海涸山枯事可悲，忧来常抱杞人思。
嗜痂到处营蝇蚋，下酒何人啖鲼鲐。
但使苍天生有眼，终教白鬼死无皮。
弯弓我慕西门豹，射汝河氛救万蚩。

渡 海

楼槛排山鬼岛开，白头今诣粤王台。
射鹰诗话平夷志，载汝轮船渡海来。

郭柏苍

　　（1815-1890）清学者，藏书家。字蒹秋，又字青郎，号梦鸯藤馆主人，但寤轩老人。福建侯官（今福州）人。道光二十年（1840）举人。初为训导，后官至内阁中书及主事。所著《闽产录异》《海错百一录》，或广征博采，或以亲身经历，所闻所见，辑录福建以及台湾的资源特产，详细叙述，为珍贵地方史料。著述有《乌石山志》《竹间十日话》《全闽明诗传》《柳湄小榭诗》《三元沟史末》《新港开编》《闽会水利考》《福州浚湖事录》等，多收入"郭氏丛刻"。

大崳山抵秦屿

不知身已出江乡，飒飒风声欲远飏。
山与去舟争上下，云随归鸟共迷茫。
眼中渐觉无纤芥，天下何非始滥觞。
一夜醉眠过沧海，醒来仍在旧河梁。

谢章铤

（1820—1903）字枚如，福建长乐市人。清光绪三年丁丑科进士，曾主陕、赣、闽书院讲席。有《赌棋山庄诗集》十四卷。

宛在堂祀十四诗人

诗卷飘零半草莱，江山奇气总尘埃。
独寻此地论千古，欲向前人乞异才。
百里骚魂偶相聚，他年闽派或重开。
心香一瓣知谁属，曾自西湖洗眼来。

青　松

骨格坚如许，平生百练经。
冰霜留晚节，天地此孤青。
风急神龙吼，云凉老鹤醒。
婆娑三径外，与尔欲忘形。

鹦　鹉

屡抛红豆海棠阴，忽地湘帘送好音。
私语最防伊窃听，小诗常伴我低吟。
相思陇底三年梦，莫负灵山一片心。
只恐高飞能折翼，金笼调护到如今。

郑所南兰

幽根何处问山河？小草其如失地何！

大宋遗臣馀汝在，《离骚》变调此间多。

美人独立愁天地，帝子不来怨水波。

冉冉一丛深浅泪，肯随《心史》共销磨。

金缕曲·病中放言

瘦到如斯矣，更无端，三尸作虐，累人料理。万感心头如缚茧，自问差非无耻。便多病，听之而已。骨折筋悬吾不惜，这头颅还要时昂起。况未必，至于此。　　昨宵梦入天关里。向瑶阶叩头自诉，辘轲何以？香茗感修清净福，下界从今裹趾。帝笑曰：所言何鄙？汝看名人多磨折，汝生平，不合称才子。才未尽，偏难死！

沈葆桢

（1820-1879）清大臣。字幼丹，又字翰宇。福建侯官（今福州）人，林则徐女婿。道光二十七年（1847）进士，入翰林院。同治五年（1866）接替左宗棠任福建船政大臣，主办福州船政局，创办学堂。光绪元年（1875）任两江总督兼南洋通商大臣，五年病卒于任上。谥文肃，追赠太子太保。著有《沈文肃公政书》《沈文肃公家书》《夜识斋剩稿》等。

旅怀寄内 （十一首选六）

（一）

旅馆孤灯梦不长，鸡声无赖月凄凉；
定知南浦销魂夜，百倍梁鸿忆孟光。

（二）

两地关心行路难，雁书何日报平安？
万重山色斜阳里，数到溪桥第几滩。

（三）

珍重休教风露侵，十年辛苦已曾禁；
不须更织回文锦，秋月春花共此心。

（四）

忽闻犬吠便心惊，望眼如穿万里程；
一穗残灯人不寐，夜深独自听车声。

（五）

生生世世许同心，一刻休论十万金；
身似鸳鸯分不得，寒宵况是病中禁。

（六）

记否春风乍暖天，莲花朵朵上吟肩；
西窗旧事从头话，辜负蟾光几度圆。

林寿图

（1823-1885）清官吏。初名英奇，字恭三，又字颖叔，号鸥斋、黄鹄山人。福建闽县（今福州）人。道光二十五年（1845）进士。授工部主事。同治二年（1863）由顺天府尹授陕西布政使。著有《黄鹄山人诗集》《启东录》《华山游草》《榕阴谭屑剩稿》等。

夜过松风堂

婆娑老树话南迁，但见秋清水极天。
远火渔多僧独坐，大江风定月中悬。
苍龙蜕委禅栖后，朱鸟魂销落叶前。
借与蒲团祛世虑，不知换劫是何年。

清明日登城隍山

王业偏安委逝波，东南半壁此经过。
江湖越绝成中国，士女清明类上河。
回合青苍沙鸟外，销沉金碧夕阳多。
不关兴废伤春目，数点闽山隔翠螺。

京口阻雨

苍然寒色暮烟横，跕跕飞鸢与水平。
三日塔铃呼断渡，一江帆叶贴依城。
远钟自出南朝寺，晓角如鏖北府兵。
破费千钱京口酒，醉看高浪驾长鲸。

望 梁 山

宫城何代倚岩峣，苑户祠宫并寂寥。
三月莺花千古恨，五更风雨百灵朝。
桥山弓剑疑黄帝，昆水旌旗近绛霄。
不料霸图销歇后，又经劫火土成焦。

雪沧同登西城楼，以诗见示，次元韵

长乐门开晓角愁，谈兵人老雪盈头。
咸京自昔兴亡地，渭水无情日夜流。
莽荡川原连战垒，艰难刍秣唱军筹。
玉关定远今谁属，怅立西风缥缈楼。

杨浚

（1830-1890）字雪沧，一字健公。福建晋江市人，寄籍福州。咸丰三年（1853）举人，官内阁中书，著有《冠悔堂诗钞》等。

感事诗（二首）

（一）

觇觇飞轮一羽轻，战书曾上赤嵌城。
空传雷雨三千劫，未断波涛十万程。
幻作伶官愁贩鸭，生从鬼母梦骑鲸。
婆娑洋上如圭月，莫遣蟾蜍蚀太清。

（二）

杯水宁愁旧汩灵，扶桑如荠岛如萍。
竟看苍狗浮云幻，未制长鲸跋浪腥。
大海不辞填木石，晴天无事下雷霆。
乘槎犯斗吾何卜，世有君平恕客星。

潜园观菊

天涯海角久离家，四度秋风鬓欲华。
一事不曾愁客邸，借人亭馆看黄花。

龚显曾

（1841—1885）字毓沂，号咏樵，福建泉州市人。同治二年癸亥（1863）进士，同治七年戊辰（1868）散馆，授翰林院编修。后退隐家居，主清源书院。有《薇花吟馆诗存》四卷及桐阴吟社诗集九十首。

呾楼夜坐寄铁香

万斛舟如水上萍，移桡都向隔阑停。
急潮梦里参差雨，远火樯边次第星。
破寂笛声飞碧涨，满天人语入苍冥。
风光如此无吟侣，题寄诗人眼一醒。

雨后同游南下洼，和霁川丈韵

扑座西山爽气浮，陶然亭上豁吟眸。
槐榆声里晴能雨，芦荻篱边夏亦秋。
世事于人原似梦，壮怀如许况登楼。
朝朝若插红尘脚，清绝同心此日游。

题芦雁画册（二首）

（一）

成行排字夕阳西，一纸秋容云水迷。
无用衔芦避矰缴，满汀如雪足幽栖。

（二）

瑟瑟秋传渚岸声，水寒花涨任飞鸣。
江湖满地稻粱饱，聚得人间亲弟兄。

姑苏杂兴 （二首录一）

吴阊门外雨初晴，十里枫桥奈客行。
残月低迷杨柳岸，东风沉醉阖闾城。
堤依酒肆船争长，春到山塘草怒生。
桑海一番成浩劫，灰馀臺榭尚纵横。

龚易图

（1830-1888）清大臣，藏书家。字蔼仁（一作人），号含晶、乌石山房主人等。福建闽县（今福州）人。咸丰九年（1859）进士，累官至按察使、布政使。修祖居于榕城北（今福州西湖宾馆内），园林之胜甲于全城。其"大通楼"藏书有5万多卷。1949年10月后，其后代将所藏书献于福建省图书馆，获人民政府奖状。著有《龚氏四世循良传》《乌石山房诗存》《谷盈子十二篇》《龚蔼仁自订年谱》《乌石山房藏印》等。

看之罘山云

东风海上来，吹作三日雨。之罘起微云，蜿蜒拖一缕。茫茫海气生，与之互吞吐。阖辟变阴阳，弥漫连四宇。老龙蛰深渊，出与冯夷舞。我欲狎天吴，赤手施网罟。波涛轻性命，与汝快一睹。皎皎晓日开，云归龙亦俯。凌波立飞仙，绰约挥白羽。群灵驱匼沓，制伏不在武。海天湛青蓝，容光相媚妩。欲竟从之游，忝作之罘主。

登姑余山游烟霞洞

若有人兮山之巅，餐风饵露凌云烟。肌肤冰雪双眉妍，手弄白日旋青天。七真历历列我前，叩之不语惟笑嫣。罡风吹堕我自怜，前身曾识鸟爪仙。石间螺蚌嵌珠璇，沧海几度为桑田。愚顽须警蔡经鞭，欲归不忍留无缘。道人肃容须鬓鬇，七十八岁腰脚便。得无不死修真诠，两端空竭称难宣。嗟余生世四十年，心为形役神非全。黄金虚牝空弃捐，欲求鱼兔忘蹄筌。每游仙境思自悛，岂惟山水共流连。仙乎仙乎不可以言传，逆视而笑知其然。松风谡谡我欲眠，弈棋无局琴无弦。灌丛曲折鸣飞泉，月静山空闻杜鹃。云鬟婀娜峰连娟，冈陀回复犹蜿蜒。乞龙喷雨为洗湔，归家静读《黄庭》篇。

书怀柬西耘（二首）

（一）

休将人力骋舟车，大海从来泄尾闾。
猛兽出林思服不，妖蟆蚀月感詹诸。
天山几见三传箭，北阙谁能十上书。
但遣钓鳌有龙伯，何愁碧澥掣鲸鱼。

(二)

谁知载鬼竟盈车，名剑何从请辟闾。
会遣遐荒通博望，相传穷岛产夫诸。
见闻已辟方言馆，盟誓常凭约法书。
好凿昆明勤习武，衔珠或有报恩鱼。

东　道（二首）

(一)

扰扰营营又一回，折冲海上备尊罍。
已闻魏绛和戎乐，谁是张骞出使才。
博陆负扆当日事，单于款塞有时来。
之罘东道供行李，临事从容亦自咍。

(二)

欲向扶桑早持弓，滔滔海水日仍东。
每登广武怜馀子，莫遣高阳溺乃公。
大海岂容陨蚁穴，荒天真见凿鸿蒙。
局中惨淡经营日，不信旁观有异同。

陈棨仁

（1837—1903）字戟门，又字铁香，福建泉州市人。同治十三年进士，授翰林院庶吉士。著有《闽中金石录》《藤花吟馆诗钞》等。

风雨寒宵

斜对一灯眠，春梦不知处。
隔帘风雨飞，怕有花随去。

武夷山采茶词（四首）

（一）

大隐屏前春草生，升真洞口春日晴。
北山采茶溪南卖，劝郎莫向台江行。

（二）

头春二春粟粒芽，累侬织手摘新丫。
不如玉女峰偏暇，日日临溪自插花。

（三）

今年茶较去年好，今年人较去年老。
手把茶枝若为情，春风惆怅建溪道。

（四）

人言闽茶叶欲新，侬道闽茶树欲陈。
若将陈树都芟却，哪得新茶香煞人？

晤西禅寺微妙上人，即送其游海外（二首）

（一）

杜轨屏尘事，忽逢方外僧。
纵谈瀛海记，如听辟支乘。
愿力超三岛，机缘会五灯。
何当梅子熟，竖指问南能。

（二）

祇园五百众，一拂结缘因。
贝叶天恩重，昙华佛地新。
渡杯冰海暖，飞锡亚洲春。
为报虬髯侣，中原有圣人。

马兆麟

（1837—1918）字瑞书，又字竹坪，福建东山县人。清光绪元年举人。善花鸟，诏安画派中之健者。著有《吹剑轩诗钞》。

漳南水灾，用杜工部《黄河泛滥寄临邑舍弟诗》韵

二气钟阴沴，崩崖吼怒涛。狂飙吹急雨，骤涨阻潮高。村邑无鸠聚，征追有雁嗷。仓皇望谁主，哀叫失其曹。南群经离乱，三农靡定操。偶然遂安辑，尚未丰羽毛。陡作稽天浸，又成满目蒿。蛟螭蟠白屋，舟楫上东皋。啸夜丛群丑，残躯鲜一毫。双虹齐断纽，万瓦逐飞艘。捷距猿升木，僵如李代桃。号咷向天阙，乞赐戴山鳌。

村墟即事

村郭海门西，风帆与岸齐。
鱼虾争趁市，桃李自成蹊。
漉酒兼娱客，肴疏当杀鸡。
果林花正落，冒雨醉扶黎。

陈书

（1838—1905）字伯初，晚号木庵，福建侯官县（今福州）人。清光绪元年乙亥科举人。入张之洞幕。曾任博野知县。著有《木庵居士诗集》。

夜坐

强半春光去草堂，撩人犹有橘花香。
风帘灯火观书夜，十万蛙声作雨凉。

夜起

不眠渐觉夜添寒，对烛谁怜此影单。
堪怪尔曹能渴睡，聪明容易蠢真难。

半夜雨

二十几旬无此声，闻声感激涕纵横。
风驰电掣惟恐尽，海倒江翻只要倾。
不睡拼教两夜永，迟明看取一池平。
奢心得陇真堪笑，移向春前万宝成。

释虚云

（1840-1959）俗姓萧，福建泉州市人，民国时期四大高僧之一。

还鼓山，访古月师

卅载他乡客，一筇故国春。
寒烟笼细雨，疏竹伴幽人。
乍见疑为梦，深谈觉倍亲。
可堪良夜月，絮絮话前因。

峨嵋怪石栖云 （四首选一）

石壑云涛高际天，浑囵还是太初先。
坡前犊子迷归路，引入香风蹴白莲。

方士正

（生卒年月不详）字符钧，号霞屿生。福建云霄县人。1863 年中府试第一。后研岐黄之术，悬壶济世，救苦扶伤，遂为一方名医。晚年移居漳州，卒于民国初年。工诗文，有手抄诗集传世。

夏日书怀

自笑疏狂漫读书，南窗寄傲畅茅庐。
云归远岫山光滴，雨霁新庭院落虚。
劲节常怀千亩竹，道中最爱一溪蕖。
披襟独坐浓阴处，一片蝉声逗静居。

九日登剑石巅

凌云剑石峭参天，佳节登临快此巅。
木末孤帆疑水鹜，峰头征雁入寒烟。
日斜江上丹枫醉，霜落岩间野菊鲜。
无限豪情杯在手，松涛撼壑海涛连。

蒲葵关怀古

东风拂拂水潺潺，万古高怀起此间。
宋代銮铃新辇迹，汉家茅土旧严关。
残楼偃士埋芳树，石碣新章没野菅。
松桂苍苍人已邈，独冲斜雾过青山。

吴 鲁

（1845—1912）字肃堂，号且园，晚年自号老迟，又号白华庵主，福建晋江市人。清光绪庚寅（1890）科状元，官翰林院修撰。典试陕西，移督安徽学政。庚子八国联军入京，清廷西逃，吴困居危城，作《百哀诗》，后简放云南正考官，废科举后，署吉林提学使，调部充图书馆总校。有《正气研斋类稿》《遗诗》等著作。

杀教民

头缠红绫帕，手握三棱刀。捉民如捉鬼，当头十字难脱逃。全家扑杀无噍类，人声鬼声白昼嗥。坛前熏香爇一炷，抵死不愿伏神曹。嗟尔妇孺亦何辜，自甘颈血斧锧膏。赫赫王章弁髦弃，阴暗蔽日风飕飕。

王履亨

（1848-1932）字咸熙，福建漳州龙溪县人。光绪戊寅（1878年）补县学生，人称"崇敬先生"。著有《复一文存》《复一吟草》等。

遭　乱

人比寒梅瘦，空山阅岁华。
风霜坚傲骨，经史老生涯。
天地愁荆棘，裙衫惜苎麻。
结怀云水外，渺渺怅秋霞。

冬日舟行北溪晚眺

舟行十里望平沙，极目炊烟断万家。
最是愁人增暮感，满天霜气噪飞鸦。

行不得哥哥

不嫌屐齿滑春泥，冒雨贪游过野溪。
偏是绿阴最深处，一声飞到鹧鸪啼。

丞相垒（二首）

（一）

隔江春水绿沄沄，惆怅龙门日又曛。
残局不曾归幼主，老臣空此驻孤军。
百年旄节怀芳草，一片关城锁暮云。
剩有丰碑临古道，谁来凭吊读遗文？

（二）

涕泣勤王事已更，文山遗迹此屯兵。
几人孔孟完心事，半壁河山壮节旄。
巍宇宏开今俎豆，野花齐放旧行营。
夜深老柏风奔急，犹误当年鼓角鸣。

感　言

兴到杯衔口，高吟度日闲。
酒颜娇夕照，诗骨傲秋山。
道学宗濂洛，文章赏马班。
悠悠天地阔，怆我立人寰。

陈宝琛

（1848—1935）字伯潜，号弢庵，福建福州市人。同治七年（1868）进士，选庶吉士，授编修，又曾任内阁学士，清末代皇帝溥仪太傅，弼德院顾问大臣。为近代闽派诗坛领袖之一。著有《沧趣楼诗集》。

游方广岩

坏云坠地龙上扶，化为石厂佛所庐。
吐漦炼水幻阴霁，九天飘下千明珠。
十年梦想今眼见，洞口突兀林岩殊。
烟丝幂屚动丹碧，忽讶白点晴溅裾。
穿松踏苔饱古绿，入门绕殿相惊呼。
围屏三面幄千尺，铸此积铁宁洪炉。
阴风融液作钟乳，滴灌佛顶甘醍醐。
燕泥倒粘杂草实，修蔓垂络秋花疏。
僧夸石泐肖大士，玉芝瑶树交莲跗。
目谋意构微有似，谁梯险绝龛金躯。
灵羊凿空定何代，深书仰读愁模糊。
南溪晚出赋十景，数典便断开山初。
淳熙布施一尘在，更遣徐谢穷追摹。
沧桑陵谷那可说，勘取空色宾头卢。
穹楼饭罢趣解襆，枕边淅淅吟魂苏。

感春（四首）

（一）

一春谁道是芳时，未及飞红已暗悲。

雨甚犹思吹笛验，风来始悔树幡迟。

蜂衙撩乱声无准，鸟使逡巡事可知。

输却玉尘三万斛，天公不语对枯棋。

（二）

阿母欢娱众女狂，十年养就满庭芳。

哪知绿怨红啼景，便在莺歌燕舞场。

处处凤栖劳剪彩，声声羯鼓促传觞。

可怜买尽西园醉，赢得嘉辰一断肠。

（三）

倚天照海倏成空，脆薄原知不耐风。

忍见化萍随柳絮，倘因集蓼毙桃虫。

到头蝶梦谁真觉，刺耳鹃声恐未终。

苦学挈皋事浇灌，绿阴涕尺种花翁。

（四）

北胜南强较去留，泪波直注海东头。
槐柯梦短殊多事，花槛春移不自由。
从此路迷渔父棹，可无人坠石家楼。
故林好在烦珍护，莫再飘摇断送休。

听水斋怀枚如丈

谢公健游者，老不坐篮舆。
石磴扶栏下，虚楼扫榻居。
闻钟怀太华，观瀑话匡庐。
今夜窗前月，山庄照著书。

陈海梅

（1850—？）字香雪，福建闽侯县人。清光绪戊戌（1898）科进士。曾任浙江丽水知县。

夕　阳

远山一抹最难描，又视残霞映绮寮。
墙内芭蕉墙外柳，纵无人在也魂销。

春　阴

海棠院落黄昏静，杨柳楼台白昼闲。
一种相思情绪恶，愁边细雨黯屏山。

钓诗钩

金樽每爱倒蒲桃，饵起诗声饮更豪。
别引吟怀残醉后，一弯新月暮天高。

看 云

鸳鸯楼上又斜曛，千片鱼鳞蹙锦纹。
记向水晶帘下望，晓鬟扰扰绿三分。

山矾花

马蹄望断郎归晚，莺语惊回妾梦初。
三月江南残雪路，一枝白照璧人车。

戴希朱

（1850-1918）原名凤仪，一号敬斋。福建南安县人。清光绪十八年（1892）举人。入内阁中书，授奉政大夫。著有《松村诗草》，晚年曾纂修《南安县志》。

石井观潮

乾坤嘘气倏时开，喷出海上千潮来。
声如万马嘶风起，色如千山皑雪堆。
涌如冯夷鼓白浪，疾如天使轰晴雷。
闽海问谁有此概，说是石井潮掀隩。
石井明季有人杰，当时满腔多热血。
能以掀天揭地才，辟开两岛三台穴①。
支撑明祚数十年，炼成人间一义烈。
枚乘曲江观潮雄，武肃钱塘射潮热。
两人文武虽多材，对此忠悃应心折。
此等易名居何列，国朝已谥郑忠节。
予来斯镇钦英风，义声恰与潮声崇。
知是江山锺浩气，地灵滚滚人亦忠。
观潮悟出盈虚理，观风欲追不二衷。
我朝养士三百载，韩潮苏海多文雄。
求如国姓扶国脉，亿千万士无一同。
宜乎高风留石井，永与海潮壮闽中。

光绪丁丑（1877年）

【注】
① 指台湾的台中、台南、台北三地。

伤台湾

东南屏障委灰尘，谁鼓风波入海滨。
髀肉无端供虎口，城门有火及鲲身。
雷轰燕市天皆黑，血战台瀛草不春①。
阁部诸公犹记否？当年一岛费千辛。

光绪乙未（1895 年）

【注】

① 乙未（1895）4 月 6 日割台湾与日本。用御墨时，晴明
忽变阴雾，不雨而雷声震。台民不服，血战死者甚多。

自　审

凤池告假户常关，鸿博闻征欲出山。
蒿目有心廑国恤，空拳无力挽时艰。
世当沧海桑田日，身在清泉白石间。
卫国良难惟卫道，著书留待后贤删。

吟诗偶得

不为存诗始作诗，自然笔下句淋漓。
方知大造生生妙，都在无心成化时。

光绪庚寅（1890 年）

陈季同

（1851-1907）字敬如，号三乘槎客，福建侯官（今福州市）人。十五岁时入福建船政学堂就读。1877 年，被清廷派赴欧洲深造，在巴黎政治学堂修习公法律例。后成为晚清著名外交官。著有《三乘槎客诗文集》《卢沟吟》《黔游集》《学贾吟》等。

吊台湾（四首）

（一）

忆从海上访仙踪，今隔蓬山几万重。
蜃市楼台随水逝，桃源天地看云封。
怜他鳌戴偏无力，待到狼吞又取容。
两字亢卑浑不解，边氛后此正汹汹。

（二）

金钱卅兆买辽回，一岛居然付劫灰。
强谓弹丸等瓯脱，忍将锁钥委尘埃。
伤心地竟和戎割，太息门因揖盗开。
似念兵劳许休息，将台偃作伯灵台。

（三）

鲸鲵吞噬到鲲身，渔父蹒跚许问津。

莫保河山空守旧，顿忘唇齿藉维新。

蓬蒿满目囚同泣，桑梓惊心鬼与邻。

寄语赤嵌诸父老，朝秦暮楚亦前因。

（四）

台阳非复旧衣冠，从此威仪失汉官。

壶峤而今成弱水，海天何计挽狂澜？

谁云名下无虚士，不信军中有一韩。

绝好湖山今已矣，故乡遥望泪阑干。

林履端

（1852—1913）字其文，号椒辰，又号良玉，福建福州市人。清光绪丙戌（1886）科进士，署理江西抚州府金溪县，特补江西东乡县。著有《尚干乡土志》《元道人诗草》等。

送陈仪九年丈赴汴

十年同学太匆匆，消尽情怀客梦中。
负气未除豪杰习，论交愧少古人风。
云低远渚帆来重，霜染寒林叶坠红。
愁溯芸窗归旧侣，浮踪大半似飘蓬。

林 纾

（1852—1924）字琴南，号畏庐，别号冷红生，福建福州市人。光绪壬午（1882）科举人。为近代古文学家。渡海游台湾，归主杭州东文精舍，京师金台书院讲学，后任京师五城学堂总教习，京师大学堂教席。翻译欧美小说一百多种，以《茶花女》为最著名。著有《畏庐诗存》《畏庐文集》等。

十五日晨起大风，以肩舆跨山，游狮子窝

山鸟鸣时漏阳光，开门微闻草木香。
僧厨啜粥趣从者，腰舆坐我犹胡床。
左旋右绕入深绿，日黯微见云飞扬。
麦田下睨可万尺，沿山取径遵羊肠。
蓦然舆慢策策动，虽不颠坠仍仓皇。
生平未敢据人上，即虞倡嫉生谤伤。
翠微偶尔蹑高顶，取忌风伯施权强。
跨危涉险听之去，舆夫剽乃逾风樯。
阑干宛宛出林麓，槐榔一一施丹黄。
沿坡杂树乱柯干，抱山飞阁成桥梁。
盛暑得息亦佳事，垂杨作态敧禅房。
沧趣老人感前迹，三十年事悲哀凉。
风停茶罢雨亦止，题名涴墨污僧墙。

题画（四首）

（一）

一亭高立俯群山，路转苍岩待几弯？
清晓玉童扫红叶，偶吹馀片落人间。

（二）

危栈粘天路不分，鞭丝帽影印斜曛。
半程微觉驴鞍湿，记犯山腰一阵云。

（三）

蓦然失却碧芙蓉，云出山来白万重。
不管人间方待雨，只从天半作奇峰。

（四）

回首琼河五十秋，当年雏发尚盈头。
柳花阵阵飘春水，逃学偷骑老牝牛。

题《江行觅句图》，送杨昀谷太守之蜀

生平不识嘉陵道，却写夔巫上峡舟。
为爱诗人能作郡，聊将画卷记清游。
从今编集多新语，沿路闻猿及早秋。
日日推篷山色在，应无余地着离忧。

刘廷珍

（1852—1926）又名期盛，字式儒，号聘臣，福建宁德市人。清举人，曾知湖南凤凰厅厅事，辽宁盖平知县。光绪二十二年告病回乡，设斋教学，师从者众。著有《耐庐唱和集》。

莲峰千仞

莲花化为峰，栽在白云裹。
云散风来扬，千仞香千里。

蕉墉万家

鹿梦昧前因，蕉城认本真。
万家藏一叶，一叶万家春。

龙冈迭翠

不在天渊不在田，空山风雨自年年。
登冈一望茫无际，收拾云烟到眼前。

松峦绕翠

第一峰峦翠色沉，新松绿接旧松阴。
微风徐动林间韵，琴在深山何处寻？

酒屿流丹

有酒何人去学仙，空留孤屿海门前。
船船争泊归来晚，尽在丹崖夕照边。

张　炜

（1852—1938）字镜心，福建福州市人。清光绪己丑
（1889）恩科举人，庚寅（1890）应进士试登明通榜。初就
国史馆，旋回闽任教习，逸社社长，著有《息园诗钞》。

过十二桥

野草闲花满地愁，春风不复到扬州。
桥西一片斜阳影，犹照红妆十二楼。

《文姬归汉图》

但说怜才事，披图我意降。
刀环丞相惠，笳拍女儿腔。
白草辞胡地，回波唱汉江。
父书重发箧，孤露泪双双。

咏　幽　兰

谷处不求知，空山断履綦。
古香应独抱，相赏若无期。
尼父操琴感，灵均纫佩悲。
美人迟暮意，惆怅为摛词。

辛亥冬日归里感作

漫向天涯老此身，燕云回首亦前尘。
留都忘是多年客，归里浑如隔世人。
弟妹存亡馀一恸，友朋契阔倍相亲。
儿曹仍自分南北，斜日江干独怆神。

宛在堂雅集，到者十三人，即景各成一律

大梦山头梦几回，胜游未倦盛筵开。
林篁积翠供吟笔，湖荡分光入酒杯。
地隔尘喧人意净，老蠲俗累世情灰。
扁舟宛作洪塘泛，一月随舟任溯洄。

周作翰

（1853—1928）字以香，号墨农，又号墨卿。福建宁德市人。清庠生。著有《紫薇轩吟草》。

鉴湖秋色

好是小西湖，山光秋水碧。孤雁一声高，江枫落叶赤。桥影横碧空，垂杨老古驿。两岸泊渔家，炊烟日欲夕。一色水连天，湖山上下隔。好风吹月来，野鸭双双白。对笑老渔翁，问我何来客？我本湖山人，平生爱游屐。泽畔寄行吟，狂歌发吹癖。

春　燕

去年秋冷客伶丁，今日衔泥岁又经。
借问故人相识否，梁间对语倩谁听？

湖头晚眺

秋水明如镜，秋风独倚楼。
江干浮落日，天际望归舟。
岸曲风初定，潮平月不流。
闲愁都不管，一一付沙鸥。

严 复

（1854—1921）初名传初，乳名体乾，改名宗光，字又陵，入仕后改名复。字几道，晚号瘉壄老人，福建侯官（今福州）人。1871年船政学堂毕业后赴英留学，研习自然科学和海军。回国任北洋水师学堂总教习、会办、总办。翻译《天演论》《原富》等，倡变法之议。后任北京大学、复旦公学校长。著有《瘉壄堂诗集》。

甲辰出都，呈同里诸公

中国山川分两戒，南岭奔腾趋左海。
东行欲尽未尽时，盘薄嶙峋作奇怪。
幔亭拔地九千尺，一朵芙蓉倚天碧。
建溪流域播七府，未向邻封分一滴。
江山如此人亦然，学步羞称时世贤。
旧学沉沉抱根底，新知往往穷人天。
共道文章世所惊，谁信闽人耻为名。
入门见嫉古来有，黄钟瓦釜皆雷鸣。
忆昔戊己游京师，朝班邑子牛尾稀。
即今多难才需杰，郭张陈沈皆奋飞。
孤山处士音琅琅，皂袍演说常登堂。
可怜一卷《茶花女》，断尽支那荡子肠。
诸君且尽乘时乐，酒盏诗钟恣欢谑。
君知国有鹤乘轩，何必神惊燕巢幕！
乾坤整顿会有时，报国孤忠天鉴之。
但恐河清不相待，法轮欲转叹吾衰。

自惭厚糈豢非才，手版抽将归去来。
颇似庐岑结精舍，倘容桐濑登钓台。
长向江湖狎鸥鸟，梦魂夜夜觚棱绕。
岂独登临忆侍郎，还应见月思京兆。

题黄石斋先生临难自书诗卷

读史数行泪，看天万古心。
从来殉国者，不必受恩深。

题八大山人画本

世间群鼠正纵横，不道狸奴闭眼睛。
独踞高高更何说，羡君安稳啜残羹。

江春霖

（1855—1918）字仲默，号杏村，晚号梅阳山人，福建莆田市人。清光绪甲午（1894）恩科进士。充武英殿纂修，江南、辽沈、河南、四川诸道监察御史，直声震朝野。著有《梅阳山人文集》《江杏村诗存》等。

和邵孝谦《九日游天宁寺，至法源寺饮，遇雨》

周伤幽厉汉桓灵，万古乾坤一草亭。
佳节无妨倾酒白，拘儒早已误袍青。
此生寿纵延仙露，何处身还隐客星。
山雨欲来风正满，天教急唤醉人醒。

送赵芷生侍御南归

霜台自昔矢和衷，形迹虽疏气谊同。
愧我逊词犹惧祸，羡君抗疏独输忠。
补天浴日敷陈切，穴社凭城掩盖工。
此去料知身似吐，只愁言路一时空。

因德国要挟有感

由来误国是和戎，割地输金覆辙同。
剜肉目前谋未远，噬脐事后悔何穷。
强邻莫厌豺狼欲，大将谁为骠骑雄。
隐忍偷安今似昔，请缨惭愧汉终童。

题李云仙霞《抱琴独立图》

筝琶俗耳久痴聋，四顾无人眼一空。
莫怪尔音金玉闳，瑶琴只合待熏风。

解言职乞归养亲，留别都中知己

朱云汲黯昔称贤，戆直羞将誉并延。
葵藿有心空向日，刍荛无力可回天。
放归田里原应尔，得返蓬瀛岂偶然。
宫锦旧袍莱子服，雷霆雨露总矜全。

卓孝复

（1855—1930）字芝南，福建闽侯县人。清光绪乙未（1895）科进士。官湖南岳阳、常德等道台。

送沈柬绿奉天

好处宜从反复看，清标亮节照琅玕。
满天风雪辽阳道，可有梅花伴岁寒？

郭曾炘

（1855—1928）字春榆，福建福州市人。清光绪庚辰科
（1880）进士。著有《匏庐剩笔》等。

送樊山前辈开藩江左（二首）

（一）

东山再起录贤劳，弨节来看八月涛。
安石碎金家共宝，独孤犹镜帝亲褒。
湖滨小阁人豪挫，域外长江天堑牢。
谈笑看公清海甸，不妨馀事及风骚。

（二）

题襟排日集吟窝，犹似霓裳咏大罗。
金镜祝词行万寿，玉堂仙籍十三科。
未应结习消除尽，莫话巢痕感慨多。
留取锦囊传诵句，旗亭试听唱黄河。

蟹爪菊八首，和樊山作 (八首选一)

秋来芳讯话篱东，菊谱谁知蟹谱通。

正苦持杯虚左手，忽惊拥剑出深丛。

餐英倍触骚人兴，没骨难矜画史工。

唤取淡交同结社，休嫌入座杂腥风。

连日山游，即事成吟

绝爱松声间水声，龙王堂下一泓清。

灵泉似欲勾人住，流出山门便不鸣。

何刚德

（1855—1936）字肖雅，号平斋，福建福州市人。清光
绪丁丑（1877）进士。曾任苏州知府、南昌知府等。著有《平
斋诗存》《话梦录》《平斋家言》。

息　交

身闲无个事，风雨冷衡茅。
书乱教孙整，诗成唤女钞。
品茶医渴疾，选菜入寒庖。
三径虽违愿，陶潜已息交。

上　市

门前无雀更风流，闲挈儿童上市游。
见惯却嫌人识我，宽鞋破帽旧羊裘。

看　镜

颜枯须雪白，镜里最分明。
出已无游伴，言多拂世情。
只宜求适逸，正可便埋名。
整顿乾坤事，人间有后生。

太 平

风尘卅载息劳生，宠辱宁曾梦里惊。
垂老转疑更事少，任真时复以诗鸣。
衰年病罕原奇福，长日闲多即太平。
看到萍逢成独笑，最无根蒂是浮名。

和梁沙隐《元夕逆旅夜坐雨》

醒眼难禁八表昏，读书万卷负元元。
满巾空渍垂枯泪，残酒愁倾欲尽樽。
万古山河原不废，一春花事奈无痕。
十年倦尽看灯兴，不为冲泥懒出门。

许南英

　　（1855-1917）字子蕴，号蕴白、允白、别署窥园主人。祖籍广东揭阳，生于台湾安平。清光绪庚寅（1890）科进士。日寇据台，同一批志士西渡，落籍漳州。辛亥革命后，任漳州革命军政府民事局长；旋任龙溪县知事。著有《窥园留草》。

中秋感怀

　　烽火西欧战未休，欲归未得暂句留。
　　参军恨不谙蛮语，齐傅宁令敌楚咻。
　　万里惊涛来瘴海，一丸冷月过中秋。
　　四边寂静无人语，有客棉兰正倚楼。

圆　山

　　卷石呈孤秀，广轮面面圆。
　　顶天空倚傍，矗地绝牵连。
　　泽自饶云母，清宜种水仙。
　　石狮岩咫尺，一勺试廉泉。

如梦令·别台湾

　　望见故乡云树，鹿耳鲲身如故。城郭已全非，彼族大难相与。归去，归去。哭别先人庐墓。

郑克明

（1856-1913）字省庵，福建长汀县人。光绪十五年登己丑科进士，授内阁中书、奉直大夫。入民国，历任长汀县议事会议长、汀州中学监督。著有《扪襟集》。

千秋镜

昔我游京华，词客冠裳盛。楷法效颜欧，经师说许郑。侈然号名士，荣途恣奔竞。朝无经世材，冥行堕坑阱。通儒愤积弱，阙失指时政。屏皇赫斯怒，锐意新号令。撤帘曾几何，专制仍慈圣。亟兴钩党狱，才俊悉奔迸。亲贵穷贪饕，忠良塞谏诤。谁知酿祸深，怨怒天人并。时穷乃思变，变又失其正。立宪持空名，制多政益横。方药虽杂投，莫疗病夫病。抔土尚未干，义旗已辉映。民愚不可欺，永作千秋镜。

流民叹

仍岁苦霪雨，蛟洪起山涧。哀此泽国民，四散同饥雁。又如游方僧，托钵乃习惯。负抱杂婴稚，流亡半亲串。一幅《流民图》，伤心忍窥瞰。谁能导江淮，擘画资达宦。兵戈尚满地，水衡钱孰办？吾闻古神尧，朝忧逮日晏。微禹民其鱼，勤求罔敢慢。安得医国手，一慰穷黎盼。疏瀹及决排，为利不为患。亟归畋尔田，毋忧泥没骭。

孤　愤

可堪无数国民血，博得共和两字来。
谁料一般名利客，尚燃专制烬馀灰。

汀　江

秋水盈盈白石江，扁舟一叶下奔泷。
出山莫问泉清浊，才合梅溪色便庞。

秋　望

江上秋山倒影多，天将岚翠画长蛾。
连眉秀岭凝新黛，不费人间万斛螺。

鹤　警

警露闻宵鹤，愁多梦不成。
鱼龙争变化，狐兔尚纵横。
无地容归老，何心学养生？
填胸馀块垒，杯酒未能平。

陈 衍

（1856-1937）字叔伊，号石遗，福建侯官（今福州市）人。清光绪壬午（1882）举人。曾任官报局总编纂、学部主事、京师大学堂教习。民国时讲授南北各大学，编修《福建通志》，后寓苏州。著"石遗室丛书"，收书十八种，一百十六卷。

卖书，示雪舟

刻书不能多送人，刻成百卷几苦辛。

呼仆买纸召工匠，印刷装订商断断。

一函卅册价半万，辄以送遗吾将贫。

无端持赠人亦贱，委弃不阅堆灰尘。

街坊书贾为我卖，抬价数倍良可嗔。

只除韫椟与插架，敝帚自享成家珍。

叩门剥啄客时至，买取不惜玉面银。

分售合购随所便，自寓京邸及归闽。

林君代卖复不少，十部五部来频频。

一时差免覆酱瓿，印刷辗转推新陈。

用苏龛韵送子培，时子培有弟、余有兄有子，均在北方乱中

别泪从来不浪弹，此回端觉彻心酸。

仓皇烽火传三月，辛苦麻鞋累一官。

避地依人行已老，自厓送子反良难。

更将骨肉投豺虎，可免磨牙吮血残？

海上晤汪穰卿，以纸索赠诗

与世聱牙汪钝翁，文章流派亦堪雄。
面存忧色宁关病，交遍闻人未疗穷。
一第不官殊细故，半生多难见初衷。
五湖三亩皆行遁，岂判归耕与寓公。

再次张珍午，答冒鹤亭刑部

由来秋士最能悲，况汝嶒崚骨格奇。
蟊贼请看何物载，撑犁不道有人知。
郎中才调词三影，京兆闺房笔一枝。
岂合鸡虫些小事，浑如霍霍失鹰师。

自浦口至京师三千里大雪一色

琼树瑶林万万枝，连霄玉戏太矜奇。
便教但作梅花看，破费天公已不资。

杨福林

（1857-1933）字介五。福建漳州市东山县人。曾任东升学堂堂长。自刊《味芸轩吟草》。

铜陵杂咏竹枝 (选三)

（一）

江干鳞次旧蜗庐，多是钓人临水居；
吹到腥风市语闹，夕阳街上卖虾鱼。

（二）

持家俭啬海边风，闺阁未谙习女红；
惟解结绳为网罟，助他江渚捕鱼翁。

（三）

良宵二八好风光，妇女争看新嫁娘；
约得诸姑同伯姊，春城无处不花香。

黄曾源

（1857-1935）字石孙，原名曾贻，福建长乐市人。光绪庚寅（1890）进士，知徽州、济南等府。著有《石孙诗稿》。

残菊（二首）

（一）

漠漠秋风送晚凉，谁来三径共倾觞。
独怜老益能完节，不向西风怨夕阳。

（二）

风雨凄凄惟寂寞，依依篱下总无言。
自甘老死蓬蒿地，不受阳和一点恩。

沈瑜庆

（1858-1918）字志雨，号爱苍，别号涛园，福建福州市人。林则徐外孙，光绪举人。以父葆桢功恩赏主事，分刑部，寻改江南候补道，历任顺天府尹、山西布政使、贵州巡抚等职。辛亥革命后遁迹上海，著有《涛园诗集》。

出 海①

乡人六月送出海，舞衫歌扇真若狂。

斗风争道过顷刻，填街溢巷观扶将。

就中无赖茉莉香，雪毯珠贯编篮筐。

水手高按湖船调，船娘好凭坠马妆。

明珰翠羽果何取，粉团玉琢方披猖。

朝官熏茗试香片，词人隽语夸南强。

当时嗜好颇殊众，勉强软语从姬姜。

十年南北倦奔走，逾淮包致偏为良。

孤根灌溉百护惜，一朵两朵开相当。

从知迁地罕为贵，中夜宦梦为彷徨。

对门已成广陵散，伊人可在水中央？

【注】

① 闽俗夏月送瘟神水际，名曰"出海"。

和冯庵先生留别之作

乾坤双鸟叹牢笼，劳燕东西鹬退风。
儿女异乡忻戚共，兵戈垂老乱离中。
颇闻命子同元亮，却喜清谈与阿戎。
世事无功思汗马，书生有技总雕虫。

买　山

归鸿影落菊花天，懒着单衣向酒边。
爽气西山拄颐笏，故人南郡索碑钱。
归池居士晨慵课，说梦痴儿夜不眠。
只合登床作豪语，买山约在得官前。

齿蛀，示冯庵

自笑平生咀嚼忙，屠门未快敝先刚。
骄人往日如编贝，刺舌而今重作芒。
世味饱谙忘苦楚，词锋渐钝觉冰凉。
相煎相锻知何极，欲向先生乞禁方。

南塘睡醒

千层雪浪倚窗开，万壑松声入梦来。
等是春涛喧午枕，苍髯白甲忆亲栽。

袁海观督部属题金冬心梅花

月地云阶供养身，往还同是过来人。
江南驿使无消息，几度开时傍战尘。

吴钟善

（？ -1935）字符甫，福建晋江市人，光绪癸卯（1903）经济特科二等，授广东试用通判。著有《守砚庵文集》。

春梦 （选一）

我生万事付蘧蘧，妙契庄生物化馀。
枕上一场原易了，雨中三月比何如。
美人黄土凄飞蝶，名士青山送蹇驴。
莫问天涯芳草路，东风吹汝上华胥。

凤山踏青词 （选二）

（一）

滑如油膏软如绵，小雨新晴上巳前。
一夜平原谁绣出，天公不费买丝钱。

（二）

花朝才遇又清明，一片寒芜傍古城。
阅世无言如此石，当年曾识郑延平。

护花铃

容易韶华三月暮，传铃一串还深护。
新绿渐看阴满枝，落红难觅春归路。

天上人间两断肠，觚棱旧梦入红墙。
范成九子金为纽，辘上双檐玉作梁。

景阳几杵钟催晓，翠雾朱霞深窈窕。
络索惊翻学哢莺，停钟喜听无偷鸟。

遗闻艳说故王宫，旗脚终朝不满风。
莫遣新妆残半面，争如起舞泣重瞳。

碧玉碎飞竿上铎，长绳莫系阳春脚。
忍教井入辱难湔，可奈雨淋声更恶。

我欲书幡岁换时，为君细说莫相嗤。
休烦花鸟除新使，只要封家十八姨。

周仲平

（生卒年月未详）原名翰，以字行，晚号众平。福建建阳市人。晚清秀才，留学日本，习法政。归国应廷试，奖法科举人。辛亥后膺选为临时参议院议员，返闽任省教育司长，公立法政学校校长，省议会秘书长等职。

丁卯六月廿五夜大风雨

雨势欲崩屋，风狂更彻宵。
醉惊千里梦，卧听九秋潮。
大地愁沧海，郊田悯黍苗。
吾生本桃梗，不必叹飘摇。

题《海日楼图卷》

海日黯神州，沧桑曾几变。尚书抱清节，浩气留诗卷。白首卧兹楼，甲子尚存晋。我尝数诣公，论议有馀健。岁月曾几何，追思成叹惋。世变固云剧，所恃在方寸。江河两醯鸡，海若不可见。千秋视此图，穆然想清峻。

乙亥重九日，过于山戚公祠

极目闽山秋不老，西风吹帽立苍茫。
垣高野鼠时缘树，地迥青萝半上墙。
无计射潮向东海，空思磨盾纪南塘。
孤烟落日城村暮，何处从容访卖浆？

丙子冬，过西湖宛在堂

澄澜茗碗话前尘，且喜湖堂题尚新。
岁岁寒泉荐秋菊，晚花残照几诗人。

记金陵寓园茉莉

江东草木逼兵尘，玉蕊频年忆海滨。
闽士千金不一遇，只应认汝作乡人。

苏镜潭

（？-1939）字菱槎，福建泉州市人，光绪壬寅年（1902）举人。戊午年（1918）为林菽庄记室，随林东渡台湾。后归居泉州为弢社社员，著有《东宁百咏》等。

春梦 （四首选二）

（一）

银床冰簟月黄昏，燕子闲闲翠掩门。
万里辽西消息渺，关山凄绝美人魂。

（二）

絮影依依记不真，谢家庭院怯花晨。
东君爱管繁华事，粉醉金迷惯误人。

题明蔡忠烈公遗砚拓本

马肝龙尾成蜕形，芭蕉叶白葡萄青。
长沙片瓦更超绝，古香古色公勒铭。
西郊摐甲瓦出土，羽檄淋漓杂风雨。
我公大名宇宙垂，此拓传之万万古。

萨镇冰

（1859—1952）字鼎铭，福建福州市人。民国时期历任
海军总司令、海军总长、代国务总理、福建省省长，"闽变"
中任福建省省长。新中国成立，任全国政协委员、中央人民
政府军事委员会委员、华侨事务委员会委员、福建省人民政
府委员会委员。著有《古稀吟集》《客中吟草》《仁寿堂吟草》
等。

论汪精卫

未能永流芳，犹可作渔父。
奈何一失足，遗恨成千古！

寄陈玉锵

驱车东去越山巅，一日曾过万壑烟。
老马犹能千里路，黄花欲傲小阳天。
同袍远戍怀奇策，旧雨重逢信凤缘。
遥念军前犹苦战，凯旋敢卜在明年。

张元奇

（1860—1922）字珍午，号姜斋，福建福州市人。清光绪丙戌（1886）科进士。曾任御史。民国后任内务次长。有《知稼轩初稿》。

十四夜雨后见月，喜家人将至

抛却京华不自怜，浮家楚泽且随缘。
梦萦青草湖边路，春尽黄梅雨里天；
坐拥山城长寂寂，起看江月故娟娟；
人间离合如圆缺，便为良宵一辗然。

天色沉阴，乘马过麻线沟大岭，欣然有作

山行最喜结层阴，岚影风丝欲染襟。
迎面一峰疑路断，打头乱叶识秋深。
穷村偶落飞鸿爪，远道常存爱马心。
桑下匆匆无可恋，手攀飞鞚过遥岑。

将至安东渡爱河，原野平衍纵眺可喜，山行一月，几不知有平地矣

复岭连云鸟不飞，东来无际豁烟霏。

河鱼正美冰花薄，山茧初成柞叶稀。

中岁埋轮思自勋，穷边按部久忘归。

挥鞭一纵平原眺，海色随风欲染衣。

澹庵因石遗不愿内调，寄诗请为说法，次韵奉和，并示石遗

今人爱诵石遗诗，诗笔纵横近益奇。

一世才名空偃蹇，百家学说待论思。

林花已悟飘茵旨，剑气宁忘出匣时。

衡岳至今留苣火，为君重叩懒残师。

石遗诗老约来游不果，以诗至，次韵答之

雄杰河山古大州，登楼一眺释千忧。

江湖夜静时闻些，庭草秋深不系囚。

见说嘉宾犹入幕，可因安道竟回舟。

壮怀随处须驰放，莫使金羁络马头。

应瑞徵

（约 1860- 约 1932）福建宁化县人。晚清贡生，曾主持宁化县鳌山书院。入民国，复出任鳌山高等小学校长。善诗词，精音律，主盟诗社、曲棚（即剧社）。

宁化竹枝词 （十首录五）

（一）

轻步中庭喜拜年，各将"百岁"话便便。
稚儿幼女来相见，分赠红绳一串钱。

（二）

闺中姊妹最关情，列举良人细自评。
评到姊夫情异处，不平辄许代为鸣。

（三）

坐定环斟酒满卮，鲜鸡一簋特先施。
山珍海错频更进，食到酸汤各皱眉。

（四）

饮罢低声谢主东，娇痴醉脸带榴红。
主人忙道休轻去，尚有红包赠幼童。

（五）

"再来"絮语细叮咛，小径难行候仆迎。
抵室艳妆犹未卸，裙钗次第与郎论。

康 咏

（1861—1916）号步崖，福建长汀县人。清末进士，内阁中书。甲午战败，无意仕进，辞职回闽，主讲龙山书院，办汀州中学、潮阳韩山师范学校，旋充谘议局议员、资政院议员。民国成立，总理长汀盐业公司。著有《漫斋诗稿》

哀平民

兵如狼，吏如虎，械系平民入官府。问此何罪因？答云"株累苦"。耶稣堂毁牧师怨，富者倾家贫被虏。十金索百百索千，纵有储积皆荡然，索偿欲壑仍未填。不闻东家子，畏逼甘逃死；不见西邻妻，饮鸩已不起；呜呼厄运值阳九，天子于今下殿走，我辈愚贱更何有？质田鬻宅空有无，偿款不足仍追呼，明朝更典妻与孥。

马 江

急流趋大海，蜃雾郁孤城。
激水鱼龙怨，盘山魍魉争。
昔年谁揖盗？此地竟烧兵。
杜老陈涛恨，于今更不平。

溜急舟行甚迟，夜泊大埔

才到南州地，杜鹃声更频。
如何流水意，尚阻远归人。
一夜孤舟客，三年万里身。
明朝挂帆去，应与故山亲。

抵汀城

万里遨游隔远汀，几年踪迹怅浮萍。
归来仗有桥边柳，旧眼窥人尚带青。

题《六君子传》后

云雾连天黯，郊原喋血红。
群公纷洛蜀，万国走艨艟。
拨乱需人杰，衔冤泣鬼雄。
千秋谁定论？未免怨苍穹。

七层岩题壁

石破天仍缺，岩寒地不春。
龙蛇曾起陆，魑魅每窥人。
出险遵河道，凭危胜此身。
无须骇幽怪，前路更嶙峋。

林开謩

（1862—1937）字贻书，又字夷俶，号放庵，福建长乐市人。清光绪戊戌（1898）散馆授编修，历任江西提学使司，署布政使司，入民国却征不出。

题漳浦黄忠端公画松长卷

长城自坏空投帻，苌弘三年血犹碧。
生平馀事及丹青，屹若银钩森铁画。
素缣流传三百载，鹤干虬枝生面辟。
想见云烟挥洒时，肝肺槎牙心铁石。
取义成仁公已矣，旷代而还留手泽。
杨侯生长公故乡，私淑瓣香珍拱璧。
运会复丁阳九穷，后之视今今视昔。
我亦西台晞发人，坐觉松风动虚壁。

瞿　园

衰年重到网师园，回想前尘几辈存。
寄语石遗老居士，结庐犹喜傍荠门。

花朝雪中陪庸庵可园观梅，怀黄子寿前辈

搏云筛雪奈春何，携手芳亭发浩歌。

绮岁钓游犹省忆，盛时文献未消磨。

吴中冶行追芳躅，日下风流付逝波。

爱敬古梅俨师友，眼前几辈匹寒柯。

春雪放晴，遍游邓尉诸名胜，小憩还元阁

横塘移棹倒芳樽，欢喜同登般若门。

雾色乍明微有雪，寒香不断自成村。

渔洋作记名空好，石壁谈玄道倘存。

急景追逋吟未就，归从皓月认梅痕。

施荫棠

（1862-1942），字茇甘，号憩园。福建漳州市人。曾三渡南洋，为印尼华侨领袖。1907 年加入中国同盟会，以侨领身份募集巨款资助孙中山先生。民国初任福建省议会议员、福建制宪审查会会长。历任漳州新学启东学堂校长、省立第八中学（漳州一中前身）校长、漳州国学专修学校校长、漳州孔教会会长等。

痛悼宋善庆挚友

妖雾弥漫混太清，栋梁遽折世同惊。
隐忧早兆离乡客，馀痛频催歃血盟。
狙击何能亏大局，薤歌自足恸深情。
墓门茂草参差绿，一束生刍作定评。

渡洋感怀

风雨神州大地沉，浮槎涉海有雄心。
为求崛起中华日，抛却亲知苦自禁。

黄树荣

（1863—1923）又名有浚，字作敷，福建宁德市人。前清进士。历任广东茂名、阳春、龙门等县知县、户部主事。民国时期任福建省议会议员、交通部督议、参议院议员。著有《沧海道人诗稿》。

游仙峰庵

颠倒乾坤战气昏，避秦无计觅桃源。
幽栖方外庄严界，杜绝人间烦恼根。
且挈军持分勺水，愧无玉带镇山门。
软尘回首京华梦，寄语春婆莫再论。

怀福宁诸旧友

潮击沙汀日夜声，乡音越岭浙闽行。
溪山幽绝吾能记，最羡元方有弟兄。

归里（二首）

（一）

行转山坳攀野藤，流泉啮路石生棱。
年来差喜腰肢健，灵运游山老尚能。

（二）

此水登临复此丘，儿时游钓几春秋。
偷闲欲学少年事，白发萧萧已满头。

郑孝柽

（1863-1946）字稚辛，福建闽侯县人，晚清举人。曾在中国驻日本神户总领事馆管理留学生。著有《稚辛诗存》。

将发福州，书开化禅壁

断云一往了无痕，踯躅湖壖昼易昏。
山槲叶黄词客面，水蓣花瘦女儿魂。
上方听法依清呗，他日寻诗拂坏垣。
谁为留行行不得，痴离亏汝太温存。

时甲午十月

壬子九月，再书开化禅壁

曾闻共命是频伽，啼落陀罗一树花。
七字题诗犹浣壁，廿年归客已无家。
远峰染黛眉如语，旧事成尘眼欲遮。
只有湖波流不尽，照人青鬓点霜华[①]。

【注】
① 王又点先生刻此两诗时附有题词："开化寺壁旧题有此二诗，怨艳凄馨，读者为之徘徊不已。岁乙卯（1915）治西湖公园，梵宇重新，墨亦湮灭。二诗流传海内，而咫尺莫觅爪尘，至足惜也。补书嵌之寺壁，用识遗踪。长乐王允皙。"

晓发明港，车中口占

五日征车几斛尘，东窗晓色涤颜新。
湿旌细雨飘残冷，拥毂飞花送好春。
日月不居看去鸟，河山信美待来人。
只惭孟博平生志，枉自劳劳役此身。

壬戌西湖宛在堂秋祭，集者七人。时闽垣被兵，旬有七日矣

向谁作意逞秋光？开尽银塘老拒霜。
终见兵戈沦故里，差无风雨败重阳。
寒泉一掬灵何在？热泪千垂我岂狂。
莫便凭高舒望眼，满村夕照正苍黄。

董执谊

（1863-1942）字藻翔，号藕根居士。福建福州市人。清光绪丁酉（1897）举人。协修郡志文馀，著有《榕城名胜古今考略》《闽故别录》《藕根斋摭拾》等。

望　野

无诸百代古山河，城郭都非垒更多。
紫陌青畴兵气满，登高弥望感如何。

七十五岁自寿

艰难七十五春秋，心境常萦患与忧。
承启粗完为子志，科名敢说出人头。
世情只当看鱼鸟，宦味由来风马牛。
差喜儿孙来绕膝，衔杯或许老无愁。

望　雨

霪霖过度亦为灾，极目田畴霁色开。
恰好满塍秧水足，秋成有望且衔杯。

林翀鹤

（1864—1932）字佑安，福建泉州市人。清光绪甲辰
（1904）进士。

题苏菱槎《东宁百咏》（二首）

（一）

割断燕云三十年，眼中无复汉山川。
哀吟独有兰成赋①，考献征文赖此篇。

（二）

正统朱明殷小腆，大名诸葛郑成功。
流传更灿生花笔，霸业千秋大海东。

【注】
① 兰成，庾信字。

刘 敬

（1864—1940）字惜园，福建福州市人。清进士，刑部主事。四川长寿县、绵阳县知事，曾纂修《金门县志》，著有《惜园诗稿》，未刊。

偶 成

一盆蒲草一壶茶，静对山光气自华。
茶可清心蒲养性，何须更去觅仙家。

谢锡铭

（1865-1928）字又新，号西斋。福建漳州诏安县人。壮岁宦黔，辛亥革命后退休居贵阳。著有《蔓草轩诗存》。

水 仙 花

闲披花谱忆南田，大地传栽不计年。
半榻浑疑香色界，一生聊结石泉缘。
汉皋解佩身超俗，洛浦牵裾态欲仙。
世上繁华春富贵，让君淡泊自飘然。

溪东春游

九十九湾水路长，沿堤茅屋傍垂杨。
贪看野趣忘摇桨，一叶随流过别庄。

留别正安（二首）

（一）

自愧操刀越两春，一来一去总前因。
时当改革频遭谤，事到艰难不惜身。
舆论知非讥酷吏，邻封尚见绘流民。
年余治理犹多憾，差幸擒渠慰众人。

（二）

此去犹闻布谷声，关山万里感归程。
表坊满道瞻前辈，学校频年励后生。
琴鹤身随惭赵抃，丝蚕利普仰阶平。
河渠话别离亭酒，一路风清两袖轻。

感 时

一场春梦未归家，客里浮沉事可嗟。
遥听军声同草木，转悲身世似匏瓜。
螳螂已顾忘弹雀，蛮触何心尚斗蜗。
早识党争实无谓，何如众志建中华。

薛绍徽

（1866—1911）女，字秀玉，又字男姒。福建侯官县（今福州市）人。著有《黛韵楼遗集》。

寄　外

一纸家书带泪斑，好凭青鸟寄蓬山。
西风吹倒江头树，梦见归舟天际还。

满江红

中元日，绛如（陈寿彭字）以甲申之役，同学多殁战事，往马江致祭于昭忠祠，招余及伯兄同舟行。舵工一老妇言：当战时，适由琯头带客上水中，炮声雨声交响，避梁厝苇洲中，见敌船怒弹横飞，如火球迸出，我船之泊船坞外，若宿鸟待弋，次第沉没。入夜，潮高流急，江上浮尸滚滚，敌船燃电灯如白昼，小舟咸震慑，无敢行。四更，有橹声咿哑至，既遇，则一破坏盐船，船有十余人，皆尚干远乡无赖，为首曰林狮狮，讯敌船消息，既而驶去，天将明，又闻炮响数声，约有木板纷纷飞去而已。盖狮狮等虽横行无忌，此际忽生忠义心，见盐船巡哨者弃船逃走，即荡其船，用其炮，乘急水扑出，将近敌船，望敌将孤拔所坐白堡者，燃炮击船首上舱，舱毁，敌惊还炮，而狮狮等并船成齑粉矣。绛如闻说，骇然曰：是矣，数年疑案，今始明焉。余叩其故，则曰：我在巴黎时，适法人为孤拔竖石像于孤拔街，往观之，遇相识武员某言：曾随孤拔入吾闽，初三日战时，华船仓卒，无有抵御，惟至翌日天将明，似有伏兵来援，炮毁舱，孤拔睡舱中，舵顿折，压左臂伤及胁，还炮则寂然，反疑港汊芦苇处无不有兵，急乘晓雾拔队出口，又畏长门炮台，狭路相接，趁大潮绕乌龙江至白犬，修船治伤，弗愈，至澎湖，终以伤重而殒。此一说也，我初闻以为妄，意是日之战，吾船既尽歼，督帅跣而走，沿江上下，实无一兵，安有翌晨突来之炮？不意今日始知林狮狮诸人者。噫嘻！天下可为盗贼者，亦可为忠义，虽其粉身骈死，能使跋浪长鲸于怒波狂澜中，忽而气沮胆落，垂首帖尾，逃匿以死，其功岂浅鲜哉？惜乡僻无人为发其事，子盍为我记之，余曰唯。用吊以词。

　　莽莽江天，忆当日鳄鱼深入。风雨里，星飞雷吼，鬼神号泣。猿鹤虫沙淘浪去，贩盐屠豕如麇集。踏夜潮，击楫出中流，思偷袭。　　咿哑响，烟雾湿。砯訇起，长蛇蛰。笑天骄种子，仅馀呼吸。纵逐波涛流水逝，曾翻霹雳雄师戢。惜沉沦，草泽国殇魂，谁搜辑？

柯鸿年

（1867—1929）字贞贤，晚号澹园居士，福建长乐市人。福州马江船政学校学生，留学法国，归任芦溪铁路公司参赞。

留别海滨别墅

一声归去也，别思已悠悠。
海色明初夜，风光冷早秋。
劳形如可免，终老复何求。
回首清游处，月明花满楼。

风雨孤坐，颇怀京寓

寒风剪剪雨霏霏，路僻人稀各掩扉。
檐溜夜深听更切，声声似道不如归。

兵后归马江学校

未须林鸟感飘摇，灯火书声又此宵。
知有忠魂江水上，西风夜夜咽寒潮。

沪上冬至日作

海上逢冬至，先闻爆竹声。

家居羁旅况，诗句乱离情。

忧国心无已，思乡梦不成。

寒风吹彻夜，未觉一阳生。

述 怀

平生最信有前因，爱义应如爱此身。

垂老不忘贫贱日，寻常愁苦为他人。

王允晳

（1867—1929）字又点，号碧栖，福建长乐市人。光绪十一年乙酉科举人。曾入奉天将军及北洋海军幕府。任福建建瓯县教谕，江西婺源县知县。著有《碧栖诗》《碧栖词》。

旅　思

柳絮生涯一刹那，梨花时节断经过。

斜阳如水无人管，今夜春寒可奈何！

梅　花

茅屋苍苔岂有春？翛然曾不步逡巡。

自家沦落犹难管，只管吹香与路人。

于役书见

几树萧条远见天，一溪寒冷自生烟。

惠崇小景无人买①，挂在荒村不计年。

【注】

① 惠崇，北宋诗僧，建阳人，善画山水小景。

浣溪沙·海棠花下作

叶底游人不自持，枝头啼鸟尚含痴。玉儿愁困有谁知。　　浅醉未消残梦影，薄妆原是断肠姿。人生何处避相思？

浪淘沙

疏雨过晴沙，岸上人家。春流绕户涨桃花。船舣水晶帘底路，一片明霞。　　莫再听琵琶，明日天涯。归来题句满窗纱。肯放黄昏闲过了，立尽啼鸦。

水调歌头·为谭饱帆太史国楫题《塞上卧薪图》

中夜不能寐，慷慨为君歌。萧萧卧具如此，关塞梦横戈。梦里罗浮风雪，故国梅花开了，吹笛坐陂陀。举似画中景，相去定如何。　　人间世，悲与乐，未争多。桑田海水变幻，荆棘几铜驼。不踏东华尘土，不听西清铃索，我欲卧烟萝。秋老渐堪掬，好去莫蹉跎。

何振岱

（1867-1952）字梅生，一字心与，晚称梅叟，号南华老人。福建福州市人，祖籍福建福清市。清光绪丁酉（1897）科举人。毕生游幕授徒及鬻诗文自给。曾任《福建省通志》协纂，福州《西湖志》主纂。工古文、诗词，有盛名于时。著有《觉庐诗集》《我春室诗词文全集》等。

孤山独坐，雪意甚足

山孤有客与徘徊，悄向幽亭藉绿苔。
钟定声依无际水，诗成意在欲开梅。
暮寒潜自湖心起，雪点疑随雨脚来。
一饮慰情宜早睡，两峰晓待玉成堆。

蝶恋花

雁过天空书又误。晓思憎花、夕思孤庭树。醒醉商量无是处。缄愁欲寄知何许？　　巾上红冰弦上语，修到灵仙，犹有伤离苦。休去贪拈肠断句，自家刻意思调护。

鹧鸪天·怡儿奉氄被喜赋

老拥重衾暖尚微，却须氄被敌寒威。随身转侧浑无缝，梦转温柔若有依。　孤枕夜，太凄迷。霜风吹月下房帷。今宵春透梅花骨，笑口频开有阿儿。

浪淘沙·七月初六日感旧作

眉月泻秋光，影落银塘。芙蓉空自断人肠。哪有藕丝牵到底？开后都忘。　黯淡旧红裳，梦杳烟茫。阿谁此日记壶觞？独有闲鸥怜故水，冷处思量。

水龙吟·送蕙愔南归并寄超农

思归却送人归，西风落叶长安道。归人自乐，怎知镜里，思归人老？桑柘松楸，三椽万卷，都萦怀抱。尽年年羁客，登山临水，只心羡，南飞鸟。　还愧乡关书到。讯归期几慰迟早。湖山俊赏，琴尊冷趣，离肠千搅。别后蒲团，吟边兰篆，各怜昏晓。算者般身世，去留随分，待怎生好？

绛都春·咏盆梅，寄示耐轩、坚庐

摇灯屏曲，袅一缕诗魂，和香来去。玉立癯身，寄托盆中无多土。掬泉漫入铜壶供，展病干、依然苍古。记锄明月，种成偏远，故园双树。　　重数。芳寻踪迹，疏篁外，冉冉绿鬟歌露。晓梦斜街，旧日春寒怎生赋？深卮隔雪炉边句，问何似瘦驴溪路？澹然吟对黄昏，横琴无语。

陈 震

（1868-1941）字仲起，福建闽县（今福州市）人。光绪癸卯（1903）举人，甲辰连捷登进士，入翰林。民国初任海军部秘书长，旅寓各地近三十年，六十四岁还里。1941年夏，日寇陷福州，戒家人勿登伪户籍，拒食配给粮，绝食七日，逝于龙山巷家中，终年七十四。著有《首丘集》。

游虎溪岩遂至白鹿洞

经年废登临，自分悭眼福。今朝腰脚健，浑忘携筇竹。天公知客意，雨止骄阳束。纵乏门生舁，连步便聚足。已觉市声远，哪管兵氛恶。乱石堆岩隈，色铁大则礜。娲皇弃不收，转足完太璞。奇哉老於菟，终古山门伏。石齿竞张牙，蓄势盱人肉。摩崖处处有，纪游诗可读。一僧操乡音，能赋便不俗。饷客香积厨，聊足果我腹。同侪六七人，游兴堪赓续。磴仄衣先搴，岩幽须防触。决眦一发青，逼视海水绿。一洞数石撑，天光巧下烛。中有石床宽，小憩畅心目。山回路更转，平坦间屈曲。相传紫阳翁，于焉开讲幄。亦云昔有人，斯地见白鹿。其义或窃取，谁暇相穷诘。兹游信绝奇，何必夸望岳。拟效庐山高，惜少香炉瀑。下山取径纡，过海鼓轮速。入夜转甘寝，梦回见晴旭。

久雨屋漏，夜起移书·壬申，时居福州黄巷

万里泻溪洪，剑津水没郭。奔赴到吾州，平地化为壑。雨声夜连晓，压瓦似助虐。不信五月天，水来如有约。贯城河道堙，伊谁铸此错。我家地势高，屋漏宵分落。挑灯起移书，作剧亦颇恶。昼觉春服单，宵怯秋衾薄。忧溺更苦雨，谁道南中乐。

谢莱士饷方藤杖

老至须人扶，矧苦软脚病。康庄犹窘步，咫尺怯窄径。坐此懒出门，游旧疏问讯。亦有一枝藤，倚之以为命。无端化龙去，走失臂不胫。老莱实健者，此物视废槃。　　分多饷我少，殷勤出持赠。形模直以方，髹漆泽而莹。其端有雕镂，一一君子性。入手中有恃，今我足济胜。顿拟湖壖游，兼动登高兴。赋诗志嘉惠，交道久而敬。

不 寐

孤灯荧荧照棐几，雨脚如麻不肯止。
此时支枕忆亡书，陡觉衾裯如泼水。
五更已转天欲明，何处荒鸡非恶声。
明朝出郭愁泥泞，拟乞天公特放晴。

夜 坐

一榻因依久，茶馀兴倍孤。
堂深穿蝙蝠，檐卓冒蜘蛛。
日月催过客，乾坤着腐儒。
闲怀无所托，只是捻吟须。

吴 增

（1868-1945）福建南安县人，幼随父迁居福建泉州市。光绪甲辰（1904）进士，授内阁中书。目睹清廷腐败，弃官归里。辛亥革命被推为泉州保安会长，抗战军兴以七十高龄任福建侨民紧急救济委员会委员长。著有《养和精舍文编》《毛诗训诂》等。

秋 兴

归来莫叹食无鱼，谁报平原乞米书。

釜已生尘过客少，门堪罗雀故知疏。

人争狡兔营三窟，我比蜗牛守一庐。

何日天船横汉出？不愁鬼国有飞车。

老 将

年少曾登大将台，沙场百战却归来。

廉颇有略身偏废，李广无功志可哀。

金锁甲穿凝战血，绿沉枪折卧青苔。

父书能读翻贻误，纸上谈兵是蠢才。

苏大山

（1869—1957）字荪蒲，福建泉州市人。清末贡生。早年壮游燕赵齐鲁及台澎。为鼓浪屿菽庄花园主持诗坛，后回乡杜门著述。1956 年受聘为福建省文史研究馆馆员。殁后其甥为出版《红兰馆诗钞》八卷。

福州城楼漫兴

屹立天南一柱尊，关河满目重销魂。
美人自古多倾国，天子当年竟闭门。
剑冶池荒秋色老，楼船风过乱鸦翻。
最怜十里南台水，不是岩头旧日痕。

谒陆丞相秀夫祠

莫作英雄成败论，可怜天水碧依依。
输他纪信成功去，波浪如山榇不归。

汪春源

（1869-1923）字杏泉，号少羲，晚年自署柳塘。台湾省安平县人。日人据台后，与许南英离台内渡，寄籍福建漳州市。光绪二十九年（1903）进士，任江西乡试主考。后游宦江西，历宰宜春、建昌、安义、安仁。辛亥之后归于漳州。著有《柳塘诗文集》。

和林景仁《秋日见怀》韵

商飙万里倦吟身，往复邮筒仗雁臣。
绝徵骚坛归月旦，孤山仙眷属风人。
牙签满架琳琅府，足迹千程岛屿春。
珍重百朋遥锡我，庄襟更比古贤淳。

移寓 (之七)

星星鲲澥几遗民，何处桃源好隐沦。
世变沧桑成幻梦，几岁梅雪伴吟身。

林 苍

（1870—1924）字弼臣，号天遗，福建闽侯县人。光绪甲辰（1904）进士，官江西石城知县。曾任福州托社社长。著有《天遗诗集》十三卷。

寄勉孙马江

东风先客返乡闾。咫尺烟波阙起居。
前度花开人意异，隔江春色问何如。

书 感

归来碌碌入鸡栖，倦枕才抛鸡又啼。
桎梏固知徒自苦，骷髅亦复着人迷。
今朝红粉明朝土，此日黄金异日泥。
世事百年只如是，有诗合向醉边题。

池　萍

断梗浮萍脱化工，随波荡漾任西东。
前身似是高飞絮，一入池塘路已穷。

夜起看月

酒醒披衣起，凭栏一散愁。
月痕微在水，人意冷于秋。
破壁邻家火，平桥独夜舟。
明朝闲可卧，且作小句留。

施景琛

（1870—1955）字涵宇，晚号泉山老人，福建长乐市人。清举人，清末谘议局议员。创办福州理工学校。著有《鲲瀛集》《鹭江集》等。

中秋月歌

东坡昔闻海客谈瀛洲，阴晴万里共中秋。他日相逢证气候，不谋而合岁月周。我闻此语疑信总参半，欲试古人欺我不？先期驰书告子弟，及时晴雨速置邮。京华亭午散微雨，卷帘人倚夕阳楼。银蟾入夜绚异彩，九城裙屐恣清游。津门长女来尺鲤，向晚雨丝风片遒。须臾碧玉盘高捧，江湖满地疑放舟。大连快婿述状况，密云不雨天地愁。更鱼三跃忽清朗，莹莹一珠沧海浮。秦淮季弟寄绝句，家家少妇望楼头。长天秋水却一色，画船箫鼓画图收。扶桑女侄晓看日，气清濯足万里流。广寒宫与蓬莱接，夜来席地飞觥筹。次女扁舟泛闽海，琉璃世界惊沙鸥。幔亭遥想峰上宴，今夜月色更无俦。逍遥六处同看月，居然不用一钱求。清辉竟夕如揽镜，二分未必专扬州。阴晴白昼虽靡定，宵深兔魄俱凝眸。东坡之言果不爽，岂同世俗口悠悠？挥毫欲作中秋记，文章愧非欧阳修。长歌一纸报月色，愿与家人相唱酬。安得江山永无恙，百年洗眼看金瓯。

步景南《秋感》原韵写怀

满天风雨替花忧，此是萧萧一段愁。
隔海有家皆系念，中原无地不成秋。
蟛蜞梦冷临邛市，燕子神伤白下楼。
华发红颜羞揽镜，许多幽怨挂帘钩。

张培挺

（1870-1956）字如香，福建闽侯县人。光绪癸卯（1903）举人。留学日本习法政。清鼎革，返闽先后曾任福建省财政、民政各厅秘书，新中国成立后任福建省文史研究馆馆员。

秋怀（二首）

（一）

好秋如高人，隔岁才一遇。人苦入秋悲，我爱留秋住。开轩迎爽气，林叶过无数。回飙约之归，似指迷途误。疏花明晚照，瘦蝶不一顾。幽香贵自持，奚取献迟暮。静观得物情，去去复何慕。

（二）

连夕逢秋阴，待月已更残。今宵得霁月，待我白云端。有如故人来，呼酒急为欢。悬蛛曳风柳，寒蝉吟井栏。窗竹筛凉影，历乱千琅玕。池荷明露珠，不惜倾盈盘。群动争良夜，清辉私诚难。颇思乘风游，玉宇专高寒。

题陈鹿庄《茱萸村图》

长松细竹溪流鸣，此间不可无吟声。
花飞酒熟日初夕，此时不可无醉客。
茱萸村中聚族居，往还一姓无乃孤？
古来隐者且有侣，不见羊求与巢许。
君不归居吾未游，劳生福地如相仇。
披图时结买邻想，愿以此诗为息壤。

夜　坐

片雨收晴霭，虚窗疏夜明。
静无人可语，坐及月初生。
心住炉香妙，诗成碗茗清。
闻根还未净，一二落花声。

听　雨

未信宵声是雨来，旱云晚嶂不成堆。
苍生得此知无补，推枕关心为渴苔。

龚乾义

（1871—1935）字惕庵。福建福州市人。曾任厦门大学国文讲师。

夜归双骖园

草荒径仄夜三更，携影笼东道废城。

境寂多闻如有遇，心悬远火却关情。

了知鬼亦不来处，稍喜园犹向日名。

踽踽未须增感慨，生人吴壤本孤征。

花朝孝泉招饮村店，和石遗师韵

春半南中未见春，高楼归雁正愁人。

厉风谁怒常终日？佳月相须恐隔尘。

望海登邱空意远，读诗举酒一神亲。

二分流水从无赖，便置除忧去累身。

清明有怀，寄碧栖福州，梅生、陀庵京师

逢辰羌亦欲云云，倚遍勾栏易夕曛。
疏壤涉春殊未绿，小山负海直能云。
携家上冢倾城郭，款寺追花盛屐裙。
南朔佳时端可念，等闲亦发数奇分。

南普陀长至夜望月，呈石遗师

穷日盲风可小休，穹楼寥夕暂舒眸。
清光无改顽山丑，暗汐如将枉渚浮。
试遣微吟回凤尚，漫凭节物诣乡愁。
人间鹏鷃真何限，乞示心源学至游。

郑丰稔

（1872—1953）字笔山，福建龙岩市人。清拔贡，参加同盟会反清。民国时期任福建省参议会副议长，江西省审判厅厅长。新中国成立后任福建省文史研究馆馆员。

丙子小雪日，厦门虎溪看菊

冲寒道是放梅天，韵事犹裁赏菊笺。
漫说霜风萧瑟甚，晚香同占百花前。

雁 声

玉门戍妇不胜情，欲到辽西梦转惊。
解事莫如秋塞雁，南飞一路带边声。

五月菊

谷圃雅集，分韵得“鱼”字。

不逐时宜不钓誉，渊明菊与季鹰鱼。
如何一段萧疏意，也趁榴花照眼舒。

庚辰六八生日书怀

年来百事不关心，白发何妨两鬓侵。
带草一庭书气远，桃花千尺水潭深。
寒毡困我都无悔，老树经霜尚有阴。
考献征文吾辈责，杉阳自古重词林。

西屏卧龙潭

一声欸乃中，绿尽寒潭水。
探得颔下珠，骊龙卧未起。

曹振懋

（1873-1931）字耐公，号勉庵，又自号黄叶，福建沙县人。光绪二十三年（1897）拔贡。曾任梅冈书院山长。著有《遂初堂集》《金台集》《粤游后集》《津门集》《击筑集》等。

徐州吴季子挂剑处

生犹轻万乘，死肯负徐君。
欲觅当年剑，青山空白云。

楚项王白马台

虞兮歌一曲，霸业此收场。
太息乌骓逝，高台空自荒。

关盼盼燕子楼

十一年来月，宵宵照铁衾。
如何白太傅，不谅美人心。

苏东坡放鹤楼

我登云龙峰，如得江山气。
举首问坡公，老鹤归来未？

韩希琦

（1873-1933）字君玉，福建诏安县人。清末举人。任印尼《爪哇公进报》主笔。后居上海。任上海华侨联合会会长、福建同乡会主席。著有《樗里散人诗草》。

登　楼

顶天立地出人头，插脚非关百尺楼。
半世功名羞绛灌，一生心迹傲巢由。
云烟过眼三千界，风物吞胸十二洲。
昔日儒冠今弃去，思量也不羡兜鍪。

戊申（1908 年）冬日

舟　次

高歌击楫向东流，不尽家忧与国忧。
着手河山无尺剑，侧身天地有孤舟。
感时欲下英雄泪，苦病难禁老大愁。
忍谢书佣投笔去，知从何处觅封侯。

戊申冬至，夜与同事诸友泛舟

答某君

休言足迹遍环球，日月如梭去不留。
半世事难骑虎下，少年愿未斩蛇酬。
多惭北斗争时望，却待南溟壮远游。
寂寞乾坤须点缀，敢将生命比蚍蜉。

己酉（1909年）春三月

客中夜坐

怪他皓月不知情，故向愁人彻夜明。
异地魂销花有泪，寥天望断雁无声。
空庭坐久西风紧，小院眠迟北斗横。
如此隐忧何处写，荒鸡喔喔一时鸣。

庚戌（1910年）冬十一月

无 言

无言独倚小楼头，夜色微茫四望收。
几树云翻黄叶渡，一溪月浸白蘋洲。
为偿诗债添吟料，未伏情魔起别愁。
怪煞侍儿饶舌甚，殷勤指点数归舟。

登星洲镜海楼

海外楼高爱月临，清风飒爽夜深沉。

浪花掩映兼天净，云树参差接地阴。

豪气销残三尺剑，离魂弹碎七弦琴。

明朝又涉重洋去，此处何时再苦吟。

【原注】

楼在新加坡丹绒浮罗，时余有爪哇之行，楼主人吴珍见邀，徘徊久之。

丘炜萲

（1873—1941）字菽园，福建龙海县人。原姓曾，祖籍福建晋江市。光绪二十四年在新加坡创办《天南新报》，鼓吹变法维新。翌年与沙劳越国君立约，允许黄乃裳率众赴婆罗洲垦殖，名其地为新福州。后主政《振南日报》，任《星洲日报》副刊主任。著有《菽园诗集》《啸虹词》。

星 洲

连山断处见星洲，落日帆樯万舶收。

赤道南环分北极，怒涛西下卷东流。

江天锁钥通溟渤，蜃蛤妖腥幻市楼。

策马铁桥风猎猎，云中鹰隼正凭秋。

骤 风

迭迭商声撼旅窗，连墙猎猎拂旗幢。

风过黄叶纷辞树，云拥青山欲渡江。

斜日光沉龙起陆，平沙影乱雁难双。

飞扬猛士今谁属，天地无情自击撞。

丘 馥

（1874—1950）字果园，别号荷生，人敬称荷公。福建上杭县人。南社成员，主编《杭川新风雅集》。著有《过庭诗学》《甲乙拾零》《念庐诗稿》等集。

苦　雨

天气阴沉雨脚多，农民无日不披蓑。
米珠薪桂门难出，奈此肩挑觅食何。

寓汀送春

大事已随春送去，宁为秋杀莫春温。
人间久被和风误，眼底今无好景存。
风雨飘摇增别感，河山锦绣欲离魂。
酒杯以外皆愁物，且对残花尽一樽。

舆中观莲峰

兀傲东田石，北来观似莲。
乱峰晴日里，断岫白云边。
簇簇形争秀，亭亭步换妍。
卧游吾有悟，览胜得其全。

张天培

（1874—1950）字茂缠，号心斋，福建屏南县人。清末庠生，曾任县第二届教育会长，县救济院院长。著有《兰言轩诗集》《杭州诗草》等。

苏 堤

沿堤弱柳倩人扶，谪宦风流举世无。
为有白苏双刺史，人间才觉爱西湖。

武松墓

打虎威名举世知，英雄岂止死留皮？
荒坟三尺蓬蒿掩，也剔苍苔读古碑。

陈培锟

（1877-1964）字韵珊，号岁寒寮主人，福建福州市人。晚清光绪二十四年（1898年）进士，入翰林。民国时历任道尹、厅长等职。新中国成立后为福建省文史研究馆首任馆长。著有《岁寒寮诗藏》等。

履周将有永安之行，诗以宠之

人生离合迹，既往辄成悔。交君逾十年，世事千万态。错过亦寻常，相顾各老大。近岁历五稔，同住一城内。往还亦偶合，倾吐鲜相对。　自信有中存，精诚远可届。君行又有日，鞅掌宁能耐？所喜偕陈冯，文字饮不废。山县多氛祲，晨夕善自爱。但能保初衷，吾道终不败。

庚辰十二月廿三日，自海下村晓发遇雨

岁暮苦行役，仆夫休怨嗟。
星明辨山径，雨止问人家。
市变金如纸，城荒饭有沙。
欲辞骑马客，试饮建溪茶。

庚辰除日，自龙岩乘汽车回永安，道上遇雨旋霁

舍舆便拥湿衣眠，岁旦登程一饱便。
屡转飙轮云外路，似开尘镜雨馀天。
阴晴哪复料明日，行止差堪计一年？
归集家儿唤乡友，卖文取酒有赢钱。

别漳州 (四首选三)

(一)

南风吹酒暖，去去怅征骓。
颇觉兹行滞，终嫌所愿违。
信书滋自误，经事渐知非。
遥想堂前燕，衔泥待子归。

(二)

小住意如何，幽怀未可歌。
流光迸华发，倦羽奈云罗。
厌俗非真想，多情易着魔。
徘徊江水上，凉雨客舟多。

（三）

跋履将何往，行藏有本真。

时艰宁自晦，诗好不言贫。

世事嗤山鬼，尘根搅至人。

诸魔纷自呓，久已绝贪嗔。

林 旭

（1875-1898）清末维新派"戊戌六君子"之一。字暾谷，号晚翠。福建侯官县（今福州市）人。著有《晚翠轩诗集》等。

叔峤、印伯居伏魔寺，数往访之

窗外丁香玉雪色，窗下两生坐太息；
可怜太息空尔为，舍人县令官秩卑。
朝出空遮御史车，暮归还草相公书。
宗庙神灵三百春，即今将相未无人。
言战言守言迁都，三十六策他则无。
深宫追念先朝痛，根本关中敢轻动？
掷鼠忌器空持疑，喂虎割肉有尽时。
书生不自有科第，能为国家作么计？
东家翰林尽室避，犹闻慷慨排和议。

虎邱道上（（二首）选一）

愿使江涛荡寇仇，啾啾故鬼哭荒丘。
新愁旧恨相随续，举目真看麋鹿游。

狱中示复生

青蒲饮泣知何补，慷慨难酬国士恩。
欲为君歌千里草，本初健者莫轻言。

林 骚

（1875—1953）字醒我，号半村老人。福建泉州市人。清光绪甲辰（1904）进士。授江苏镇江知县。著有《半村诗集》。

旧历元日七十感怀

枯涧寒松七十全，尚留双眼看春旋。

霜真上发应烘日，烽为惊心永恨烟。

入座半多诗弟子，艰时终少酒神仙。

闲来笑倚青天问，我在人间复几年？

陈韵年

（1875—1961）字鉴瑜，号玉锵，福建罗源县人。清末廪生，凤山吟社社长。民国初任罗源县议会议长。著有《听雨轩咏草》等。

梅麓愦堂

豚栅鸡栖映夕阳，半畦笼翠稻花香。
天然一幅桃源景，为我他年终老乡。

自题合家照

七五年华写影真，跃然纸上见精神。
合家攸叙天伦乐，举国欣逢政局新。
夫妇齐眉宜互爱，儿孙绕膝更相亲。
闲来追忆平生事，世味深尝话苦辛。

林 冕

　　（1875—1965）名莱荪，字其莱，晚号成趣老人，福建福州市人。清光绪秀才，曾在浦口等地设馆教书。创榕西吟社。民国期间，任三一、陶淑、寻珍中学语文教师。福建省文史研究馆馆员。著有《成趣老人吟集》。

石仓园

胜地足烟霞，尚书别业夸。
一丘供啸傲，八斗媲才华。
迳曲馀啼鸟，亭空满落花。
不堪庐旧迹，兵燹几番加。

醉鱼石

硁硁竟幻作洋洋，跃现科名托水乡。
笑彼昆明鳞甲动，但观习战薄文章。

福州西湖菊花会征诗

已过重阳少雨风，不妨乘兴出篱东。
水滨尽日弁环映，湖路连朝车马通。
老圃秋容移雅淡，萧斋窈相喜消融。
就中善已多多善，遑问陶家有几丛。

张葆达

（1875—1968）字秀渊，号知非，福建福州市人。清举人，民国时期在福建师范学堂、黄花岗中学任教，为福州说诗社社友。新中国成立后任福建省文史研究馆馆员。著有《知非斋诗集》。

舒云家园梅花数十株，入春盛开，有诗招饮次韵

梅花劝举杯，百杯千杯易。红白四围之，中容我身寄。花能矫矫醒，我敢昏昏醉。未月欲月情，不雪有雪思。题诗苦难好，恐负主人试。主人潇洒人，即花可见志。重在立骨格，不专媚眼鼻。梅边补松竹，亦各引为类。他年长风烟，满庭足寒意。选友岂不然，名节吾党事。

冬日遣怀

入共朝餐出晚钟，官斋随伴又经冬。
事稀顾我犹增愧。俸薄于人倘见容。
宿雨能青深浅竹，寒云欲暝两三峰。
莫嫌景物归萧瑟，拾自诗人意便浓。

除　夕

百年半虚掷，一夕守何为。
妇俭尚无债，儿顽难得师。
冥心木榻定，曙色纸窗知。
于世疏来往，关门醉卧宜。

林尔嘉

（1875-1951）字叔臧，又字菽庄，晚号百忍老人。台湾省台北市板桥人，祖籍福建漳州市龙海县角美吉上村。1895 年日本割台后，随其父内渡厦门，居住于鼓浪屿。1905 年出任厦门保商局总理兼厦门商务总会总理。1945 年日本投降后，回到台湾。在鼓浪屿营造别墅名"菽庄"，与同人创立"菽庄吟社"。编有"菽庄丛刻"八种、"菽庄丛书"六种。

庐山纪游

世运有平陂，仙都有显晦。

显晦虽因时，人力尤足贵。

藉藉庐山游，惟今与昔异。

昔者行路难，今者行路易。

荆棘务芟除，豺虎知退避。

岩穴新结构，楼台金银气。

我来既不早，访古迹多废。

亦不憾来迟，履险如平地。

所欣别有天，靡暧人间世。

安得笔如椽，大书名山记。

黄 龙 潭

十载东西瀛海客，归来景物乍翻新。
而今始识庐山面，欲掬黄龙洗劫尘。

厦门虎溪岩题诗

几度匡庐过虎溪，归来还爱此山低。
一登绝顶能观海，不似云深路易迷。

方圣徵

（1875-1940）字纪周，号西樵。福建漳州市人。1926年任云霄县初级中学校长。曾被选为民国参议院参议员、总统府顾问。

寄张镜湖少安前辈（（二首）录一）

莫嫌倒屣出门迎，佳句携来一座倾。
终唱黄河惊绝调，高吟白雪听新声。
四时寄咏诗兼画，双管齐挥景与情。
从此吾庐传韵事，笼纱珍重护才名。

重阳游龙湫岩

秋风忽忽到重阳，佳节催人兴欲狂。
有客共怜红叶咏，呼儿先佩紫罗囊。
几行征雁横空唳，十里寒江买棹航。
为爱龙湫岩上景，招邀来步白云乡。

爱庐杂咏 (八首录三)

(一)

闲里清斋日月长，劳人归卧北窗凉。
绿阴遍地宜消夏，拂面荷风阵阵香。

(二)

驱车今已谢燕台，门可张罗昼不开。
为厌尘氛贪独坐，南山识我送青来。

(三)

光阴冉冉近霜髭，四十年华转眼移。
筑室临流寻乐趣，归来重整钓丝宜。

张 琴

（1876—1952）字治如，晚号石匏翁，福建莆田市人。光绪甲辰（1904）进士，授翰林院编修，民国首届国会议员，在京都办报，著有《张琴题画诗七百首》等。

意芗刻名印两方见赠，赋长句为谢

我持寸铁冲文阵，毛锥颖秃技弗进。
梦里曾登白玉堂，腰间未系黄金印。
摩挲石鼓太学门，考古穷经始发轫。
偏旁点画较异同，汉简漆书出灰烬。
琅琊遗刻传相斯，日炙雨淋电火震。
《会稽》《峄山》有摹本，优孟衣冠细辨认。
六书义例穷毫芒，比类连篇溯许慎。
奉为字学不祧祖，鸿儒述作栋充轫。
八分体势出秦汉，破体沿讹逮魏晋。
逸书今古纷聚讼，缪篆纵横易征信。
薏芗嗜古有同癖，籀史宗风坠再整。
吾然奏刀如落笔，恢恢游之有馀刃。
此时心与手相忘，运斤如飞极奋迅。
神龙出云森鳞甲，天马行空脱缰靮。
贻我两印篆七行，玉质温纯金坚韧。
结衔仍挂冰一条，阅世深愁霜两鬓。
拜君嘉贶慎传观，什袭锦囊宝珍赆。
睨而得完惧赵弱，完而弗予笑楚吝。

道污安敢慕浮名，薮无凤凰郊有麕。

岂有鼓瑟知者希，多恐流沙见亦仅。

生遭阳九倒厄穷，身在江湖甘弃摈。

感君善颂结佛缘^①，负累未祛抱疾疢。

他山之石傥可攻，涅而不缁磨不磷。

【注】

① 印旁刻无量寿佛造像。

题《江上丹枫图》

修竹丛芦绕宅生，空江如镜浪初平。

丹枫叶叶迎秋色，添得愁心写不成。

画山水自题绝句（三首）

（一）

米老遗踪不可攀，江南依旧好烟峦。

驱毫似有千钧力，雨箭云车欲破山。

（二）

兼葭碧水茫茫影，红树青山处处诗。

莫厌秋光多暗淡，满天霞绮夕阳时。

(三)

旧约探梅入翠微，寒香冷气袭人衣。
不妨载得西溪雪，半掩柴门带月归。

李宣龚

（1876—1952）字拔可，号观槿、墨巢，福建福州市人。光绪甲午（1894）举人。曾任湖南省桃源县知县，后捐湖北省知府。民国时任商务印书馆总经理。著有《硕果亭诗》《墨巢词》。

哀暾谷

孤生寡所欢，往往叹气类。宁知哭死眼，遽乃及晚辈。平生略细行，未尽可人意。遂令授命日，四海谤犹沸。丘山挽不前，毫末岂所计。狂药眩举国，梦觉旋复醉。改弦非尔力，构衅但取忌。肝脑所不吝，天日有无贰。顾或引之去，感语动涕泗。小臣自愚闇，君难安可弃。衣冠赴东市，嫉恶犹裂眦；似聆《黄鸟》章，临终徒惴惴。吾子有今日，夙愿百已遂。当贺更以吊，自反觉无谓。愿收声彻天，愿忍彻泉泪。敢以朋友私，辱事死君义。寒风今九月，归骨滞郊次。孤嫠泣淮水，一叔怆山寺。忽闻颖儿歌，恐伤侍中志。行当谋速朽，种梓待成器。

歙县道中

雨脚和云入水乡，一桥更比一桥长。
游人竞赏无名瀑，浪把山光掷路旁。

嘉州道中

抱城绿野与江平，路入嘉州水更清。
松气日光三百里，峨眉天半片云横。

夹江即目

万里岷江洗眼来，水田无处起尘埃。
古榕几树栖归鹭，错认辛夷五月开。

感 作

一鸟足破晓，百虫能乱秋。
不应达者听，静夜起繁忧。

赠散原丈

东野高寒未是穷，斜川况有老坡风。
卅年负谤关人望，万口言诗掩此翁。
入夜星辰应绕座，平居节义自称雄。
多情谁及青溪水，长照樽前菊与枫。

郑翘松

（1876-1955）名庆荣，字奕向，号苍亭，晚号卧云老人，福建永春县人。清举人。著有《卧云山房诗草》，门人重编为《卧云书楼诗词存》行世。

斗　室

斗室螺旋绕，荒城雉堞危。
岭梅冲雪放，画角入云悲。
意气看长剑，功名付酒卮。
飘摇终不定，游子欲何之？

观　潮

观潮曾渡广陵江，域内从无可比双。
行到岭东疑地尽，更看天半拥飞艭。
风流终古淘难了，愁恨连朝打不降。
闻道有人探北极，大荒荒外尚名邦。

张苍水墓在南屏，余昔再至西湖，竟未展谒，因书（二首）以志景仰（录一）

潮过钱塘怒若雷，前胥后种至今哀。

冬青树老荒王气，罗刹江空少霸才。

菊酒只添名士韵，梅花都为美人开。

岳坟于庙谁分席？犹记冰槎海上来。

水调歌头·沪江秋感，寄圣禅汉上

为问徐元直，底事渡江来？龙蟠虎踞无恙，凤鸟只荒台。安得孙刘健者，宴请曹瞒老子，同赏越溪梅。瑜亮不相厄，鱼水等和谐。　　彭郎去，小姑老，恨无媒。年华似水东逝，白发苦相催。欲蹴昆仑西倒，塞断崦嵫深谷，逐日虞渊回。息马华胥野，长剑倚天开。

沈鹊应

（1877-1900）清末女诗人、女词人，字孟雅，福建侯官县（今闽侯县）人。林旭妻。著有《崦楼遗稿》，内有《崦楼诗》《崦楼词》。

菩萨蛮

旧时月色穿帘幕，哪堪镜里颜非昨。掩镜检君诗，泪痕沾素衣。　　明灯空照影，幽恨无人省。展转梦难成，漏残天又明。

浪淘沙

报国志难酬，碧血谁收？箧中遗稿自千秋。肠断招魂魂不到，云黯江头。　　绣佛旧妆楼，我已君休。万千悔恨更何尤。拼得眼中无尽泪，共水长流。

凄凉犯·题墨梅

幽奇妙笔。传神处、横斜一片难折。水边竹外，无言独自，盈盈清绝。墨香染颊，任羌笛飞声自咽。但凄然、冰魂一缕，掩映夜深月。　　索笑人何处，弄蕊和香，欢情消歇。罗浮梦断，思恹恹、怨怀谁说。洗尽残妆，入横幅、馀姿更洁。有凌波、缥缈，冷淡不可接。

虞美人·赋鲇鱼风筝

野塘春水连天碧。化作烟波色。忽听何处弄鸣筝。又是东风卷入碧云声。　　岌岌直上干霄汉。儿女争呼唤。从容不傍逆风飞。何事竹竿难上笑男儿。

高阳台·怀苹妹西洋女塾

海上春风，淮壖寒食，相望独自离家。街北高楼，记曾携手同车。鲸铿报午停铅椠，颤金钗、蹴鞠喧哗。共流连、一半吴娃，一半蛮花。　　如今姊妹勤相忆，况亚洲异日，天共人遐。欲寄鱼书，江长不到天涯。危阑独倚斜阳下，似苕苕一水蒹葭。最无聊、满耳鹃啼，满目云遮。

张友仁

（1877-1974）广东惠阳县人。清贡生。1911年初，化名"张夏"秘密参加同盟会。广东光复后，随陈炯明到广州出任循军总司令秘书。1919年随陈炯明入漳，任龙溪县知事。新中国成立后，曾任全国第三、第四届政协委员，中国致公党第四、第五届中央委员，广东省文史研究馆副馆长。

江东桥

气势何雄伟，千年屹石桥。
江山仍战垒，风雨送前朝。
起陆龙蛇幻，当关虎豹骄。
鲈鱼较乡味，驻马候秋潮。

留别龙溪父老

双旌五马又秋时，保障无才负茧丝。
出岫云惭人望浅，随车雨适我来迟。
风云故国催乡梦，桃李新阴系别思。
何事闽南堪告慰，名山到处尽题诗。

陈宗蕃

（1877—1953）字莼衷，福建闽侯县人。光绪甲辰（1904）科进士，旋派赴日本，在法政大学毕业后回国。历任刑部主事、邮传部主事、中华懋业银行副总经理等。新中国成立后为中央文史研究馆馆员。著有《燕都丛考》《淑园诗文存》等。

咏《文选》

巍然坛坫峙襄江，任沈名流指顾降。
六代文林收一宇，百家学海压三泷^①。
薜衣居近骚人里，藜杖光分帝子窗。
抠袖拍肩皆隽妙，高斋为想足音跫。

【注】
① 楚江有上中下三泷。

曲玉管·端午

榴火朝流，荷香夕送，惊心令节天中换。极目烟云辽阔，何处长安，意漫漫。绮枕柔情，寒衾欢梦，韶华转首都成幻。玉管楼头，声声吹破家山，泪痕残。　　苦恨前时，有无限，棠梨哀怨。于今结子成阴，空教蹙损眉弯。倚阑干，看龙舟箫鼓，漫说高标夺取，晚凉人散。浅浅清波，影照孤鸾。

塞翁吟·荷花生日集沁香亭作

趁月湖亭晚，携酒为酹娇丛。看一片，彩霞融。闪太液芙蓉。危栏俯揽香如海，弦外款住熏风。千万影，凤池东。占半格仙蓬。　　瞳眬。斜阳冷，莲歌渐歇，新梦后，霓裳似慵。忍回忆：几馀点染，翠袖红衣，暗劝歌钟。韶华似梦，倦倚阑干，水佩香中。

李慎溶

（1878—1903）女，字樨清，福建福州市人。李宣龚妹。著有《花影吹笙室词》。

踏莎行·春日感旧并示江右诸妹

乳鸭池塘，初莺院落。回头往事全如昨。人生哪得似东风？东风依旧穿帘幕。　　万里迢迢，尺书空托。一春但见离怀恶。胜游别后负南园，花间闲煞秋千索。

蝶恋花

一夕凉飙辞旧暑。飒飒墙蕉，恐是秋来路。转眼熏风时节去，不知燕子归何处。　　抽纸吟商无意绪。短槛疏窗，难写黄昏句。今夜夜深知更苦，阶前叶叶枝枝雨。

一落索·春雨缠绵偶以遣闷

晓雾溟蒙庭树，弄晴无据。深垂帘幕护轻寒，却约得、炉香住。　　燕燕莺莺无语，恼将春去。只多落絮与飞花，还未到、听秋雨。

连　横

（1878—1936）初名允斌，字武公，号雅堂，又号剑花，别署慕真。祖籍福建龙溪县，寄籍台湾省。早年入上海圣约翰大学习俄文，后弃学返乡，任《台南新报》《福建日日新闻报》《台湾新闻》汉文部主笔。民初受聘为清史馆名誉协修。著有《台湾通史》《大陆诗草》《宁南诗草》。

招　侠

四顾风云急，苍茫天地秋。
莫说江山好，有国无人谋。
赠君一神剑，为君一狂讴。
想君学大侠，慷慨报国仇。

秋风亭吊镜湖女侠

镜湖女侠雌中雄，棱棱侠骨凌秋风。
只身提剑渡东海，誓振女权起闺中。
归来吐气如长虹，磨刀霍霍歼胡戎。
长淮之水血流红，奔流直到浙之东。
花容月貌惨摧折，奇香异宝犹腾烘。
鹃啼猿啸有时尽，秋风之恨恨无穷。

过台南故居

海上燕云涕泪多，劫灰零乱感如何。

马兵营外萧萧柳①，梦雨斜阳不忍过！

【注】

① 马兵营在台南宁南坊，为郑成功驻兵处。

闽中怀古（三首）

（一）

万里秋风客，牢骚吊古来。

天高旗影动，日暮角声哀。

沧海沉王气，江山待霸才。

茫茫无限感，独上钓龙台。

（二）

无诸在何处？犹见古蛮风。

南越孤云隔，西湖一水通。

潮声冲岸猛，山势抱城雄。

倚遍栏干望，烧空落日红。

（三）

秦汉无馀地，横天剑气冲。
中原方逐鹿，大海且屠龙。
羽檄驰三服，雄关锁一重。
只今思用武，几度涨妖烽。

陈笃初

（1878-1938）原名福敷，以字行，号还爽斋主人，福建福州市人。曾任福州托社社长。著有《还爽斋诗集》。

西湖灯火

蔚蓝天色玻璃水，画舫箫管两头起。
湖烟散尽湖月澄，漾出万盏红灯子。
平章贾相矜豪华，杨家淫佚石家奢。
两岸吴娘暮雨曲，隔江商女后庭花。
水晶火齐交辉映，鳌山萤苑一时靓。
六桥烟景丽入诗，三潭夜碧寒凝镜。
壮哉作此清夜游，鸂鶒惊起芙蕖羞。
军国重事等儿戏，哪得天子同无愁？
宫中望见尘霄澈，熏天势焰炙可热。
星星足燎国山河，冥冥已竭民膏血。
谏灯疏上苏子瞻，拳拳之意何如严。
但凭行乐酿祸水，直教宋德难重炎。
蟋蟀堂前闲得半，木棉庵里事可叹。
长夜漫漫无时旦，湖水冷作泪泉看。

读《心史》

菊山后人郑忆翁，欲教百千万人忠。
文章厄运遭阳九，布衣赍志冥冥中。
在昔天水王气尽，满目离黍悲故宫。
铁函一卷落人世，三百年后光熊熊。
鬼神执呵闷不发，垩灰闭锢石甃凸。
一时淘井得藏书，古香触手犹未歇。
罪言满纸挟风霜，丹心一片贯日月。
展读颜色如照人，信知万劫难灭没。
鲦鱼身世太零丁，未甘北面朝虏庭。
犹遵汉腊黄初历，得免秦坑孔壁经。
写成一字一血泪，留取古道光丹青。
眷怀典午柴桑里，遗恨金源野史亭。
锦绣河山今谁主？承天寺碑犹可抚。
诗吟寒菊死抱香，画写兰根不着土。
卓哉晞发谢皋羽，愧煞绝交赵孟頫。
吾思本穴之遗民，掩卷嗒然泪如雨。

艮　岳

燕云一掷换崔嵬，花石纲成便祸胎。
误信蕃昌关地脉，未图奢侈甚天灾。
汉台犹惜千金费，秦苑终成一炬哀。
若识假山元是血，东南谁遣怨声来？

野 烟

一片炊痕化夕阴，游丝袅袅树深深。
鹧鸪啼断不成雨，隔崦人家何处寻。

宿第一楼

生平未信别离愁，作戏来栖第一楼。
此似邮亭眠更好，赢来虚枕纳江流。

林步瀛

（1878—1931）字鼎燮，福建福州市人。清光绪举人，说诗社社友。

赠幹宝

无本于昌黎，未识气先感。吾闻苏幹宝，书味长醰醰。去岁诵其诗，蛟龙欲手揽。今夏湖上舟，杯酒见肝胆。作诗本性情，词句谢凿鑿。气势任自然，盘硬无不敢。吾荒年且衰，一室废铅椠。子诗成来商，谓我辨精糲。问道于青盲，食味稽昌歜。湖之水溶溶，湖花开菡苕。一笑棹扁舟，诗与远山淡。

寄怀凉生杭州

逆旅停车夜月凉，年时诗酒有清狂。
湖楼犹在波光里，林树苍苍高过墙。

同谦宣、秀渊集澄澜阁

此阁何妨当作家，群山罨画水交叉。
层层屋瓦青依树，簌簌园花馥入茶。
屡至难于诗句好，久谈忘却日光斜。
旧交散尽新知少，石帇天民各鬓华。

林之夏

（1878—1947）字凉生，又字亮生，号弃繻生。福建闽侯县人。辛亥武昌起义，与林述庆在镇江策划独立，曾任中央第一师中将师长。闽军政府成立，任军务部部长。著有《玉箫山馆诗集》《画眉禅外集》《海天横涕楼集》。

问因示我《乌石山探梅期蛰斋不至》之作，次韵

城僻梅坼花，陈侯邀我到。冯公果践约，过桥足三笑。吾徒托仁宇，共得平安报。江山复王会，日月无偏照。胤点归云门，子猷宁返棹。愿携乌石游，语响山阴道。

游 琅 岐

云罩寒潮浸远林，停船路入海山深。

兵尘满目闲如故，戚里寻踪感不禁。

绛帐生徒如梦寐，布衣昆季有招寻。

座中约略知风义，一饭千金报此心。

狷公[①]马江来书，追叙半楼[②]生平，再次前韵答之

渡江烟水片帆轻，别后书来怅此行。
闻笛山阳同感旧，学琴海上独移情。
怒潮带月穿残垒，荒塔摩星接太清。
记否熸师逃节帅，楼栏步屧可怜生。

【注】

① 狷公，林狷生，作者父执。
② 半楼，姓林，能诗。

春晚游琅岐之罗溪，憩朱子祠，阶下玫瑰作花绝艳，折花低回，题壁纪之（二首）

（一）

山寮花下忆君家，欲寄芳馨道阻赊。
为数破瓜年事未？临行折取半开花。

（二）

前度看花花半开，青山如见美人来。
残红转眼无痕迹，谁遣花前一晌哀。

赵诗佛

（1878—1948）名崇钰，字四勿，以号名。原籍浙江绍兴市，生长福建福州市。历任军政幕府。

读冯蛰斋先生《鉴镜感赋》，即次其韵，以示感沤

昏昏终日醉成咍，满眼虫沙物变催。

双鬓都从愁里白，此生应作死前哀。

要知气敛能辞谤，转信行孤不碍才。

五十九年今一觉，还期吾道自南来。

释圆瑛

（1878—1953）福建古田县人，曾任福州鼓山、雪峰、林阳以及浙江宁波天童等寺方丈，中国佛教协会首任会长。爱国诗僧。

厦岛晚眺（二首）

（一）

乘兴扶筇上翠峦，海山纵目画图宽。
虎溪日暮烟萝暝①，鹭岛秋深殿阁寒。
叶叶客帆过远浦，星星渔火点清澜。
无边晚景催诗兴，几度微吟倚曲栏。

【注】
① 虎溪为厦门八景之一。

（二）

正值中原板荡时，此身惟有道为师。
莲花经罢千声佛（借句），柿叶吟成数首诗。
待月卷帘聊自适，裁云补衲恰相宜。
双悬碧眼看斯世，谁是飞雄谁伏雌。

余讲经厦门南普陀寺，暇日游鼓浪屿登瞰青别墅，与黄铁夷先生酬和，竟成文字交，嘱题石岩一律

不尽江山势，都归一览收。

天痕青入海，树色翠横楼。

座有琴书乐，岩多翰墨留。

幽居常寄傲，方外许交游。

中 秋 月

本体无圆缺，清光亘古今。

须从静处觅，切莫外边寻。

登鹭江五老峰

五老峰高耸碧霄，身临绝顶海天遥。

暮钟欲动秋山暝，梵唱渔歌杂晚潮。

吴 适

（1878—1958）字任之，号南园，福建连江县人。清末秀才，辛亥革命党人，黄花岗生还义士。新中国成立后为福建省文史研究馆馆员。

题 竹

直节难随俗，虚心不染尘。

岁寒惟共守，时许一相亲。

民国十年三月廿九日，凭吊黄花岗七十二烈士墓时作（二首）

（一）

男儿赴死浑闲事，最是艰难后死任。

敢问年来凭吊者，颂扬歌哭果何心？

（二）

生髭偏欲吹毛索，死骨还同金鼎看。

我恨人心太阴险，墓中应有鬼长叹！

江 庸

（1878—1960）字翊云，福建长汀县人。清末奖授举人。曾任京师政法学堂教务长、京师高等审判厅厅长、北洋政府司法总长、政法大学校长、重庆国民参政会主席，新中国成立后任上海市文史研究馆副馆长。著有《澹荡阁诗稿》。

新义州

鸭绿江头晚有波，鸦飞犹认旧山河。
灯前一掬伤心泪，卧听韩娘唱国歌。

楼外楼

消受春波桨一枝，好风吹柳碧参差。
夕阳忽下孤山路，一角湖楼露酒旗。

薛 涛

枇杷艳迹古流传，梦想东吴万里船。
老去江郎无彩笔，桃花红浣薛涛笺。

沈觐宸

（1878—1962）字笋玉，福建福州市人，沈葆桢嫡曾孙，光绪癸卯（1903）举人，任驻英公使馆秘书。民国时期任马尾海军制造学校校长、航空飞行学校校长、航空署代署长。新中国成立后为福建省文史研究馆馆员。

寿淑英夫人六十初度，并以此自祝（二首）

（一）

郡斋昔日命名嘉，第一孙枝众口夸。
山色虎丘曾驻足，湖光莺脰且浮楂。
耽书爱说英雄传，展画时描富贵花。
怪得涛园亭径熟，儿时早已到侬家。

（二）

有书未读雪盈头，万里还家正及秋。
烟雨马江三度过，莺花燕国一年留。
客居伏腊沿乡俗，少日园林梦旧游。
儿女成行婚嫁毕，向平夙愿此粗酬。

王人骥

（1878-1947）祖籍福建漳州市，生于台湾省，后居福建厦门市。光绪二十八年（1902）壬寅科举人，官吏部主事。

抗战中避敌鼓浪屿有感（三首）

（一）

江干引领独徘徊，满目凄凉话劫灰。
何不学仙辽鹤去？哪堪望帝蜀鹃催！
蝇头名利知安用？虎口妻孥剧可哀。
谁念东门尼父狗，乞怜摇尾此间来。

（二）

鹭江夜夜泣胥潮，蜃雾漫空毒不消。
可有温犀穷水怪？终期汉节弭天骄。
烽烟惨淡悲焦土，城郭迷离梦覆蕉。
国难未纾家已毁，男儿生愧霍嫖姚。

（三）

问天生我果何心，三见桑田历劫深。
忍耐洪炉烧白璧，悔教虚牝掷黄金。
赁春避地贫仍乐，结习耽书老更淫。
一角荒村聊息影，不堪岁月镇相侵。

杨黄绶

（1879-1956）字絅斋，号丰山野人。福建漳州华安县人。著有《丰山遗集》。

游瑞竹岩

瑞竹悬崖几百层，当年卓锡有高僧。
红堆石径霜枫落，白映山门夕浪增。
铁树无花春不老，山泉泻玉冷如冰。
孤臣寄隐曾来此，亮节何殊最上乘。

三月节

修禊曾传三月三，流觞曲水话江南。
吾漳麦饼卷春笋，乡味兰亭或未谙。

过丰山

野雾蒙蒙雨一溪，扁舟泛浪傍长堤。
问予何事归心急，家有香醪兴不低。

林志钧

（1879—1960）字宰平，号北云，福建福州市人。清末举人。民国时期曾任司法部司长，北京国立法政专门学校教务长、教授等职，新中国成立后任国务院参事。著有《北云集》《帖考》等。

闻日本乞降

长夜知必旦，忍死期见之。空拳时复张，腾飞羡健儿。行止贵自信，志立气则随。所期今竟遂，奋跃忘吾衰。愧乏用世才，系此故国思。金瓯幸无缺，黄裔恢天维。生睹复台澎，兹乐是伸眉[①]。虎殪伥亦仆，义战胜固宜。水深火热馀，满目犹疮痍。树义乃克济，树援难久持。莫谓常谈耳，至理初无奇。

【注】

① 幼侍先严旅淡水数载，割台之后，己亥、庚子两至其地，城郭既改，人民已非，痛哭而还。

七月十四日月下独坐怀何梅生

老去一身轻，疏钟远寺声。

初凉亲独夜，微抱惜新晴。

花意闻蛩静，云痕得月明。

此时君睡未？通梦有深更。

北海月夜得句

月中人静远闻笙，撩起闲情是此声。
向日早眠今不睡，水边独坐过三更。

重到东京

旧时负笈曾游地，今日重来一破颜。
久矣有家归未得，都从三岛望三山。

汪煌辉

（1880-1956）字蔚霞，号照陆，福建惠安县人。为厦门大学文学院副教授。温陵弢社社员。后皈依佛教。著有《泉惠名胜诗集》《古莲花庵诗集》。

莲心庵观紫农山人题额

明心见佛性，文字小乘禅。神州且陆沉，何有庵与莲。有莲即有相，心为色香牵。有庵心有住，地随时代迁。玄黄战帝释，蓝浮劫腥膻，殉国烈皇帝，海棠送宾天。松风旧宸藻，对越枉涕涟。山人洪彦灏，刺桐结净缘。莲心留残墨，挥洒何蜿蜒。钩勒挂兰若，妙入秋毫巅。如怒金刚眼，如袒世尊肩。如入吼狮窟、如奔渴骥泉。心齐佛世界，心国明山川。孔怀可经略，孤忠日月悬。无明无无明，此语诏大千。忠义曰正觉，大乘落言诠。愿言修福慧，莲心勿唐捐。

梅　影

自筑人间顿有堂，春如盘古辟洪荒。
风骚池馆辉辉屑，歌舞楼台淡淡妆。
邓尉有花皆积雪，孤山无树不斜阳。
安排宰相今何地，空露风头甲众芳。

客　思

椰叶榔阴十里村，夷歌噍杀起黄昏。
月斜何处声凄咽，吹断关山玉笛魂。

徐 石

（1880—1960）字飞仙，福建龙溪县人。清末廪生。民国时历任小学校长，中学教员。新中国成立后为福建省文史研究馆馆员，著有《景榴楼鳞爪》。

题王丈咸熙寄闲亭遗迹

依稀老监话开天，浮着孤亭思惘然。
夜月如闻归鹤泪，春风曾曳懒桃妍。
红羊相戒兵尘及，蛙蠹终输道力坚。
侧听草玄临去日，笙歌谆嘱部蛙传。

和沈傲樵《霞中杂感》原韵

重来城郭感今非，依旧东阳未肯肥。
差慰高文逢闰运，漫将别泪洒吟衣。
相看潘鬓催人老，无主衡门待客归。
心事年来何处诉，紫芝山下鹧鸪飞。

黄葆戉

（1880—1968）别名蔼农，号青山农，福建长乐市人。民国时期任福建省图书馆馆长、商务印书馆美术部主任、上海美术专科学校教授。新中国成立后为上海市文史研究馆馆员。著有《青山农书画集》。

戊子浴佛节后三日赠张大千居士

廿年前诣西成里，西蜀兄弟龙与虎。

衡阳增九同赞叹，孤峰独立谁比数？

清湘陈人呼不起，惟君妙笔堪参伍。

十年久别知善变，敦煌石室勤稽古。

大风堂上美髯翁，飘然来去云间舞。

小驻一挥百纸尽，辇金争取皆豪贾。

大千居士早悟彻，得财如风吹沙聚。

百年才半及时乐，娑婆世界几离苦。

衰残如我百无能，哓舌芜词恕狂瞽。

庚辰二月，因病寻闲检视三十年前小影，不胜感喟

谁识赳赳姿？三十年前我。将种愧称扬，不为马革裹。阿母守青灯，修补继膏火。诗书本世业，耐此青毡坐。菜根滋有味，莫谓吾计左。生涯托毫素，写竹师老可。邻谷终焉志，种松望磊砢。何期沧桑变，独鼓吴淞柁。去住违所愿，休问因与果。泚笔感今昔，不觉言之琐。

叔通寄南中诸友诗，次韵奉和

行藏此日老为难，世事蜩螗况岁阑。
转觉忧思增阅历，不将刻苦笑酸寒。
南方友好频相问，此地花时倘许看。
麦饭葱汤元素守，多君在远念衰残。

题《牧豕图》

枯木逢春也着花，春风先到野人家。
孙期自有田园乐，牧豕娱亲忘岁华。

林葆忻

（生卒年月未详）字谦宣，一字谦轩，福建闽侯县人。民国时期曾任福建水上警察厅厅长。说诗社社员。

洪塘道中

沉沉秋气欲黄昏，路转丹枫暮雨村。
一塔江心知有寺，数家水曲不关门。
野人能说张经略，坊圃犹存翁状元。
不尽故家零落感，伤心岂独谢公墩？

江居（二首）

（一）

渐与渔家狎，门前浦泛船。
江声趋马尾，山色拥仓前。
征役连邻县，催科及后年。
流民图欲绘，谁语长官贤？

(二)

到处闻箪鼓，移家亦苟安。

身闲宜索酒，局冷乍辞官。

近水鱼虾贱，沿江桔柚寒。

围炉话儿女，夜夜到更残。

玉泉观鱼

玉泉见底净无尘，鱼去鱼来不避人。

人趣都如鱼趣乐，愿将今我化修鳞。

田毕公

（1881-1960）又名则恒，字谷士，又字古序。福建福州市人。历任中学教员。

小　楼

吾楼不嫌小，上有青山明。卧起对青山，心闲心太平。有时倚楼楣，神欲游太清。自卯以至酉，不闻叩门声。妻儿来慰寂，斯亦近人情。少语便下楼，知我诗未成。墙角有人行，蹑足不相惊。墙外有人言，倾耳远难听。何必思入山，即此忘居城。静坐更读书，自然快平生。所惜无竹竿，与芭蕉数茎。不然风雨夕，楼中玉琤琮。百尺亦何为？吾意自纵横。

过西湖桂斋址感赋

湖上有桂斋，岿然可终古。读书人未远，乃不见祠宇。吾州林文忠，既官学犹努。故其所成就，一身重钟簴。丰功虎门涛，厚泽伊犁雨。贤声满天地，何用此环堵。南宋肇中兴，陇西实良辅。公独与颉颃，诚能高自处。昔我过西湖，瞻像碑还抚。野亭白莲开，湖馆莎香吐。缭垣一径微，时下禽三五。今我过西湖，景光渺何许？瓣香爇无由，惟有诚相与。湖草绿为谁？湖云寒无主。沉沉大梦山，松风悲自语。胜迹以人存，不然一片土。世人未解此，吾道焉可侮。

邻霄台晚眺

一台高踞山之巅，台成何人还何年？
登临怀古吾岂敢，生晚才薄羞前贤。
此台突兀且平广，四围苍翠如垂幰。
荡胸尺咫白云低，放眼须臾归鸟远。
洪塘水下海门东，右旗左鼓何其雄。
横江铁锁竞飞渡，乌石山头明夕烽。
此为往事莫回首，我来却在乱离后。
沉吟半晌对青山，兴至遂忘日在酉。
鸦浴池边蝙蝠飞，双峰梦里狸狌走。
海藏不见题句新，片石苔光润琼玖。
徘徊未忍即下山，欲摹清景呈梅叟。
再来定更换岁华，心上中秋与重九。

过晴津小筑，书赠主人

小园殊胜处，石径曲通山。
绿树自高下，幽禽相往还。
地清风为扫，门静月能关。
问我有诗否，主人宁等闲。

春旱至三月下旬始大雨

几回倾耳绝檐声，三月过头雨乍成。
岩穴归云迟又久，沟渠流水涸还盈。
不愁门外将为潦，翻恐明朝尚是晴。
滴漏匡床原事小，最关怀处是春耕。

满庭芳·秋夜不寐忆内，在水口凉台作

澹白流空，虚凉吹夕，灭烛如坐澄泓。草蛩
沙雁，人意共幽清。谁是平生可念，绿窗下，云
鬓青青。阑干曲，桂花风里，辜负几秋更。　　怜
卿孤寂夜，钟残月黯，酒醒愁縈。纵百书慰意，
一面悭情。漫说相思无那，碧天外，暗笛飞声。
低徊久，竹床冰簟，闲过了微明。

郑 倛

（1881—1966）字偁予，晚号虞叟，福建福州市人。清秀才，先执教师范学校，后为律师。新中国成立后为福建省文史研究馆馆员。著有《容楼诗集》四卷。

秋 怀

秋云深矣，夜亦以长。耿耿无寐，莎鸡在房。有书难读，有琴不张。莫念予瘏，游子他方。岂不务逸，愁来无方。白云多态，落叶飘扬。沉鳞混浊，息羽忘翔。谁其契我，鞠有古香。

客 去

坐论徒终日，疑多与物违。
未能情已已，难任事非非。
客去茶香永，天寒花气微。
北风胡不谅，犹送雨吹衣。

晚秋湖上

无多秋思小篱东，菊带新霜不满丛。
山意欲闲云欲懒，与人俱在一寒中。

漫　成

犹存风雅爱吾闽，余事为诗大有人。
十郡溪山来笔底，兰成未可独清新。

醉花阴·九日

客散秋光楼外好，无语看晴昊。七十二重阳，
唤酒登高，仿佛长安道。　　残妆倩菊香盈抱，
算者番霜早。何事怯新凉，独倚西风，花瘦人难老。

郭则沄

（1882—1947）字啸麓，号蛰云，福建福州市人。光绪进士，奉派赴日留学。历任翰林院编修，浙江温州道道台，浙江提学使。民国时期任国务院秘书长，侨务局总裁。著有《清词玉屑》《庚子诗鉴》《龙顾山房诗词集》等。

黄村车中

劳者歌相和，风尘笑语温。
解颜霜酿熟，放眼浊流奔。
拱木沉兵器，颓云散梦痕。
几家临水住，黄叶不成村。

江亭春禊（二首）

（一）

十年稚柳及楼窗，去日风花付急泷。
背郭稍怜游骑寂，借春先遣渴龙降。
新芦满眼妨吟屐，老竹遮头类钓艭。
触拨羁人湖海梦，卖鱼声里过桐江。

（二）

无多烟景写郊坰，日下灵光说此亭。
寂寞咏觞成独往，风流铺醊亦前型。
强颜北客谈丘壑，招手西山在户庭。
欲叩后来应视昔，只怜摧鬓不重青。

竹轩绝句（二首）

（一）

高车门外去如雷，小院秋深独自来。
闲过熏风荷芰老，断无人处有花开。

（二）

乍听盆荷淅沥声，小窗云过夕阳明。
极知光景无多驻，怪底人间重晚晴。

李 禧

（1882—1964）字绣伊，福建厦门市人。清举人。厦门竞存小学校长，抗日战争期间厦门沦陷，坚拒伪职，避居香港，旋返鼓浪屿任教，后任厦门市图书馆馆长。新中国成立后曾任厦门市政协委员、福建省文史研究馆馆员。著有《厦门市志稿》《紫燕金鱼室笔记》《梦梅花仙馆诗钞》等。

厦门陷敌，义士捐躯，祸及妻子，既光复山河，歌以慰之

国殇自古数汪童，鲁阳之戈后羿弓。

誓将灭此而朝食，战云欲墨战血红。

妖曦赫赫东海东，八千子弟瞬沙虫。

空谷幽兰自娟媚，谁分葬身烈炎中。

江干从此飒英风，贯日天亘美人虹。

寒食近、雨蒙蒙，奠椒觞，告鬼雄，江山还我尔休恫。

自题花前独立小照，寄季献

离离花影画吟身，惭愧词人白发新。

曾指青山坚后约，未妨黄菊瘦如人。

聂耳、冼星海逝世纪念

号角吹天末，三军尽向前。
由来歌咏壮，能助鼓声阗。
星海推同调，黄河奏欲仙。
滇池波浪阔，馀响岭云连。

九日同人登太平岩，未赴

登临也要福能消，坐困书城恼见招。
累岁黄花愆旧约，几时白堕话前朝。
华颠未称茱萸媚，尘劫翻成鸡犬骄。
冷笑催租人不到，题诗应趁雨潇潇。

黄步云

（1882—1962）字芥青，号无庵，福建福州市人。毕业
于全闽师范学校，曾任濂江、沙县等中学校长，福州格致、
三一、英华及华南女子文理学院教员。为福建省文史研究馆
馆员。著有《词解》《无庵词存》等。

汨　罗

忧心悄悄有谁知，方正难容实足悲。
属草竟教亏主眷，怀沙只不合时宜。
贾生异代尤无奈，陈轸同朝亦等夷。
湘芷澧兰自芳洁，美人迟暮守葳蕤。

寄友人

寻常谈笑见天机，彼此知音算未稀。
妙手文章成土芥，中原板荡盛时非。

陈海瀛

（1882-1973）字无竞，号说洲，晚又号希微室主和香台老人。福建福州市人，前清举人。新中国成立后为福建省文史研究馆馆员。著有《希微室文稿》《希微室诗稿》《希微室折枝诗话》及《读史管见》等。

再游独秀山

好山如好女，何尝自争妍。观者妄摹拟，山应不谓然。灵境与物化，讵假人以传。同此看山者，情各有所专。前游仅两月，意与时俱迁。再来山如故，殆亦关凤缘。山本无迎拒，不问谁愚贤。起居日亲山，说山还垂涎。犹如鱼羡水，却忘身在渊。凡百皆类此，参禅不知禅。

二月廿三夜大雷电以风雹继之，枕上作此

时既非秋风，居亦非茆屋。雷声破空来，摇摇床欲覆。电闪如掣蛇，风骇如逐鹿。狂雨继以雹，喧豗动山谷。虚窗自阖开，浸淫及被服。肌冷浑欲冰，头淋乃若沐。避漏皇皇然，迳就别床宿。伏枕默思量，此情岂我独。恐更有甚者，三椽且未筑。衣短不及骭，衾窄不满幅。对此夜漫漫，遑问安且燠。倘或岩墙崩，生死宁可卜。广厦谁庇寒？意长时往复。吁天天不闻，敢以告州牧。

榕城陷于日寇，后三阅月始得家书

飞来一纸喜还惊，重睹家书似隔生。

但说平安无别语，姑相慰藉不胜情。

梦归犹与高堂近，乱作何能尽室行？

坐念梧阴沉夕照，向谁呜咽只江声。

晚　日

漫夸州宅出人寰，神会苍烟翠霭间。

将暝天几低近屋，无风树尽立如山。

光犹错落灯初上，影不参差鸟自还。

眼力直须疆界破，阴阳昏晓却无关。

榕树（二首）

福州亦曰榕城，以榕得名也。晋嵇含《南方草木状》乃谓桂林、南海多榕树，不言福州，又谓榕树不可为器为薪。因赋二绝，代榕树解嘲。

（一）

密如张盖蔽全城，邻树连枝触处生。

谁识移根从两粤？却教东冶独专名。

(二)

万绿中多避暍人，长敷美荫大江滨。

要知用广非无用，不作区区器与薪。

刘道铿

（1883-1958）字放园，号佛楼，福建福州市人。光绪优贡，留学日本早稻田大学。历任众议院秘书长、内务部参事兼民治司司长、东吴大学教授等职。新中国成立后为中央文史研究馆馆员。

溯初属题其先德冠圭、梦仙两先生《兄弟行乐图》

芭蕉叶大石清奇，并立闲阶意自怡。
春色依然留杖履，后生犹得拜须眉。
能传瓯海双名德，赖有丰城一画师。
我亦久深风木感，披图题句岂胜悲。

郭则寿

（1883-1943）字舜卿，福建省侯官县（今闽侯县）人。早年留学比利时，回国后担任福州中国银行行长。著有《卧虎阁诗集》。

巴黎望月

城市如白昼，电火夺月明。广衢宜夜游，千人万人行。举头瞻长空，孤魂若为情。秋风吹我衣，伤离起微吟。蟾光眷东顾，行当归相寻。照我对山楼，将我一片心。

汉洞纪游

昔闻武陵洞，驾言欣出游。山川但平衍，何有严谷幽。纡徐回坡陀，燃炬穷冥搜。阴岩不生风，其气逾深秋。引火照众绉，真仪杂龙虬。累累垂檐露，欲坠还复留。其平若堂奥，其巍若城楼。高容五丈旗，低窥百尺湫。暗中难悉睹，褰裳登轻舟。涧水深不测，篙师行夷犹。如豆见微光，恍在水尽头。舍舟复登陆，惟见水东流。

题《巴黎铁塔图》

蟊立万仞探天阊，仰视但觉星辰奔。

力穷象教铸山铁，雄城得此真称尊。

登高不借梯盘腹，驾鹤骖鸾难比速。

升降如风恍忽间，几回眩转迷人目[①]。

上有戍兵专机谋，消息顷刻传神州[②]。

树国不败势莫比，坐看高屋临江流。

遥遥埃及上古塔，雄师辇置城南头[③]。

前王威灵未销歇，民族犹抱堕城羞[④]。

技师老去头如雪，玲珑架空心呕血。

以名名塔纪功庸，上寿故应臻耄耋。

诗成更寄画图归，展看斯图诗作说。

【注】

① 塔中有电气升降机。

② 塔最高处无线电在焉。

③ 拿破仑征埃及时将塔运回巴黎。

④ 普法之役，法亡二城，法人未尝忘此耻。

观造纸厂

层楼高傍秋江曲，导客轻舟江路熟。
入门机轴声阗然，张口惟餐芦与竹。
摇头咬齿咀且嚼，不觉槎枒实其腹。
鼓轮煎熬复溲涤，一片联娟泻寒玉。
建安槽工几废弃，入市蛮笺作宫牍。
发挥本富乃大愿，追古翻新期效速。
楮国拜命嘉陈侯，十载辛勤此新筑。
手工近更录灾黎，穷寒喜饱仁人粟。

别鼓浪屿

岁暮忆乡国，去留安足论。
客装双箧尽，游迹数诗存。
赠策聊为别，投醪不上浑。
晃岩高揭处，指点旧巢痕。

盼　家　书

自从握别隔重阳，一纸迟于十月霜。
渐厌酪浆充客膳，只馀茶味是吾乡。
异邦作客今方始，净几摊书日正长。
遥想家园斜照里，寥天归雁看成行。

李宣倜

（1883—1958）别名蔬畦，字释戡，号苏堂，福建福州市人，清末举人，曾任总统府参议及北京师大、美专、民国大学教授。新中国成立后为上海市文史研究馆馆员。著有《苏堂诗拾》等。

坐 雨

低湿溢城忆旧居，黄芦苦竹满阶除。
而今朔北摊书坐，细雨飘灯梦不如。

莫干山杂诗

剑气消沉剩废池，雨馀岩壑足秋姿。
平生十万横磨手，却倚清流数鬓丝。

八月十七夜

不多黄落是秋声，露冷溪桥怯独行。
好梦已随明月缺，乱愁还共晚潮生。
寻常语笑成追忆，老病年华只暗惊。
便欲乘风云万叠，相思依旧隔重城。

雨中怀萃锦园山亭

坐月君家可月亭，林阴如雨湿空庭。
朝来亭上真闻雨，好放西山满意青。

杨 穗

（1883-1944）字遂庵，福建漳州市人。清末（1908 年）秀才。曾任漳州孔庙教谕，漳州勤社负责人。著有《遂庵诗钞》。

院中梅花一树为十年前手植，今春盛开，感而赋此

昔年手植庭前梅，为惜稚枝勤栽培；
如今夭矫龙飞舞，批鳞卸甲满莓苔。
不共罗浮游蝶梦，肯于邓尉傍山隈？
精神都从霜月见，气骨宁因冰雪摧！
梅花相见应相识，十载故人今又来。
春风化雨成陈迹，去日茫茫似飞埃。
我见梅花意愈厉，梅花见我落复开。
可怜大地多寒气，愿向天心争春回。

施伯初

（1884-1964）名大勋，字存宽。福建漳州市人。晚清丹霞书院国学生。历任省立龙溪中学、厦门大同中学、龙溪县立中学等校文史教员。新中国成立后曾为漳州市政协委员。

赠　友

险山南北崎，流水自东西。
尝胆心岂懈，闻鸡志不迷。
雄鹰频鼓翼，良骥奋扬蹄。
举首云崖上，战旗连赤霓。

痛悼宋善庆老师

青山万古吊忠魂，荒草丛中谒墓门。
逝水无情侵绿草，落花有意泣黄昏。
心归革命成仁去，血洒芗城挚爱存。
风雨潇潇盼天曙，悠悠岁月恸师尊。

咏古藤仙馆

古藤仙馆好吟诗，绿水青山景亦奇。
书画琴棋饶悦怿，兰香荷艳益痴迷。
滔滔甘茗语难尽，冉冉亲情意不欺。
四季如春宾客至，南腔北调两相宜。

【注】
古藤仙馆原址在漳州芗城新行街施厝。

林景行

（1885—1916）字亮奇，原名昶，号寒碧，福建福州市人。南社社员，民初任宋教仁秘书，并入众议院。著有《寒碧集》。

五月十一夜闻歌独赋

一笑谁家好酒边，韶阴如水坐年年。
月光灯气奇离夜，鬓影衣香淡宕天。
欲买胭脂供绝艳，难拼丝管压繁妍。
座中侬亦江南客，怕听潇潇暮雨前。

西湖杂诗（二首）

（一）

白公堤柳渐成围，和靖山梅却趁归。
剧念孤山最瘦峭，诗人无语酒人稀。

（二）

百无情绪奈愁何，客里光阴一刹那。
懒向绮窗寻旧梦，绿阴庭径已无多。

送小淑归浯溪

扇篷叶叶认苏州，归客初经浯水舟。
岸柳不知渠意懒，尚摇冶翠助清愁。

陈元璋

（1885-1959）字翼才，福建莆田市人，前清秀才。民
国时期任古田县长，福建省行政干部训练团讲师。新中国成
立后为福建省文史研究馆馆员。著有《梅峰诗文集》。

中洲观竞渡

大地方竞争，大江犹竞渡。但见游人喜，焉
知涛声怒。轴舻多于鲫，鼓噪走鸥鹭。我来感岁
时，亦欲溯掌故。当时屈大夫，中道伤歧路。苍
茫赴汨罗，掉首不返顾。竟令江汉人，千载欲回
诉。作粽志已微，心香留一炷。溅水湿罗衣，行
乐恐有误。闻说洞庭南，战骨多暴露。三闾若有
知，九死嗟窘步。吾侪招邀意，宁与旁人喻？披
襟临高层，坐领江湖趣。有时发高歌，如抱陆沉惧。
夕阳船影阑，纤月杖头驻。竞渡人尽归，无病诗
可作。

仓山愁感

楼轻风欲举，地僻月能寻。
身似孤舟在，心犹八表临。
萤光经露白，虫语与更深。
早起观天醒，知予江水音。

马厂街

此是前朝养马场，令人回忆戚南塘。

将军事业传人口，旧址而今改建张。

感时（二首）

（一）

十万貔貅不战还，守边同日失天关。

黑龙江畔孤军在，第一男儿马占山！

（二）

骄儿木屐说扶桑，师出无名气不扬。

唤起南塘戚参将，凯旋齐唱《月光光》。

林升平

（1885—1960）字泰阶，一名世清。福建南平市人。曾任广西大学农学院、齐鲁大学文学院、华南女子文理学院副教授。著有《大文学史》《觉非斋存稿》《觉非斋存稿续编》。

读蜀志（二首）

（一）

雄才果足拓封疆，昭烈何庸攀靖王。
毕竟鸡虫争得失，取曹无策取刘璋。

（二）

大江天堑蜀吴同，赤壁曾推一世雄。
若使孙刘盟可续，猇亭何自坠英风。

谒李延平祠

渊源要自静中参，问答书遗体用涵。
秋月冰壶谁得似，考亭请业向龙潭。

游鼓山涌泉寺

廿年结想访禅关，今日居然抵鼓山。
一路巉岩镌篆古，三千级磴拥舆艰。
松花筛月光为淡，白水行滩石不顽。
此去涌泉应未远，上方一致俗全删。

李 耕

（1885—1964）字砚农，号一琴道人。福建仙游县人。名画家。为福建省文史研究馆馆员。

麻姑晋酿

不负十洲劳载酒，蓬莱弱水远三千。
乘波破浪飘然去，回首人间海变田。

刘海戏蟾

自是蓬莱一羽衣，帝乡与我故相违。
腰缠万贯今何在，芦荻江头明月矶。

钟馗怒威图

两峰粉本黑风生，人妙魔王一笔成。
虬目虎须君莫厌，于今人面更狰狞。

武陵山水

漫言蜀道险嵯峨，世道而今更轗轲。
深处武陵谁觅见，伫看陇左舞秧歌。

怀　素

枕畔松声落，帘前草色青。

奚书吾所好，一卷旧《黄庭》。

翁敬棠

（1886—1956）字剑洲，福建福州市人。前清秀才，留学日本。民国时期，任闽侯地方检察厅厅长、大理院总检察厅检察官、最高法院庭长，曾膺选大法官（未就）。新中国成立后任福州市人民委员会委员，福建省文史研究馆副馆长。

答翼才先生惠诗

每听高谈惊四座，岂同雄辩事争衡。

缔交相与持风义，看世尤须辨浊清。

绝好春光温老朽，许多旧友集耆英。

诗才史料君兼赠，底用吾州月旦评。

王宜汉

（1886—1971）字一韩，福建福州市人。前清秀才。民国时期任海军学校教习、县长，立法院秘书，立法委员等职。新中国成立后为福建省文史研究馆馆员。工书法，曾为南京中山陵写碑勒石。

辛卯重九，希微约同辈游小西湖并登大梦山

我归逢重阳，三度健可庆。前年豹屏枫，去年涌泉磬。今兹希微翁，首动蜡屐兴。连镳集群彦，光彩四座映。风怀各自矜，腰脚堪济胜。载临大梦岑，载鼓平湖榜。流霞绚树明，寒漪澄如镜。秋色一何净，惬此君子性。豪谈不喟时，清尊共乐圣。高会有馀欢，何殊际休盛。

漫叟招饮土山寓庐

土山我常至，今昔大悬殊。
荆棘芟除尽，崎岖坦荡敷。
沿河成水镜，入境俨花衢。
况乃交通便，宾朋好造庐。

林 文

（1887—1911）字南散，初名时塽，字广尘，福建福州市人。清末留学日本，为同盟会东京支部负责人。1911 年参加广州起义，为黄花岗七十二烈士之一。

春 望

残雪犹留树，春光已满楼。

睡醒乡梦远，起视大江流。

别后愁多少，群山簇古丘。

独来数归雁，到处总悠悠。

怀 友

不见高楼见远林，一江无际暝秋深。

计程应说常山近，伏枕先为巫峡吟。

羌笛早收关塞泪，夕阳不尽去留心。

棹歌明月俱无恙，未与斯人共柳阴。

舟中寄东京同寓诸同志

一海苍茫没远波，秋风吹尽事婆娑。

眼前云物悲笳动，客里关河落叶多。

古佛涅槃仇世意，万方愁惨拔山歌。

神交百辈深肝胆，忍死须臾与切磋。

故　国

故国河山远，秋风鼓角残。

登临悲岁促，涕泪向人难。

路尽天应近，江空月自寒。

不辞随落叶，分散去漫漫。

沈觐冕

（1887—？）字冠生，又字观心。福建福州市人。民国时期任海军总司令部秘书长、福建盐运使。著有《观心室诗》。

雨中登楼望石鼓

溽暑云气郁，积作长日雨。飞涛翻碧空，悬流迫楼宇。万重水晶帘，微茫接石鼓。层崖闭顽岚，草树翳复吐。奔雷挟雨势，汹汹如怒虎。忽然失青翠，凝眼没巨渚。坐念山中人，凉意当几许？

九月十三日航空赴京（二首）

（一）

出郭晨光照眼明，泠然竟作御风行。
平生不尽飞腾意，借汝云霄暂一鸣。

（二）

登岱当年意自雄，兹游奇绝欲摩空。
置身何止三千尺，快事曾闻八十翁。

题听涛亭

松风萧瑟海风腥，并作涛声入小亭。

榷舍不嫌官况寂，诗人长爱此山青。

乱滩雷响应逾好，一树龙吟亦可听。

奔走吾侪天有意，巢痕到处记居停。

黄仲良

（1887-1970）名祖汉，一字衷凉。福建莆田市人。历任福建省立法政专门学校教员，福建省民政厅秘书、科长，代理厅长，莆田县参议会议长，私立砺青中学校长。寓台任台湾省立师范专科学校教授，台北市莆仙同乡会会长。系说诗社（福州）、壶社（莆田）社员。著有《倦知楼诗》《亦径词》。

新　感

贵人发一言，侧耳诺再四；出诸常人口，掉头鲜当意。富人夸美德，转在衣能敝；加诸贫人身，见者辄掩鼻。其言与其衣，自始无二致。胡然成云泥？于此验身世。

游怡山长庆寺

鼓山富水石，怡山以树名。千林遮山山遮寺，人未到寺眼为青。我来三月雨初霁，荔花一路清风清。登堂既觉尘累少，洗耳又听梵呗声。僧言款客百天有，羹饭粗粝味则馨。长廊礼佛像各异，秘阁观经墨正新。老僧一榻万事足，莫笑世上徒营营。徘徊林日忽西坠，栖鸟催我归西城。

示同寓诸友

家家向西不怕日，双塔摩空瘦于笔。
全城洼下若釜形，四山耸拔回环密。
清溪当户食无鱼，菜蔬已稀况柚橘。
儿不读书安鄙陋，食能粗饱思恬适。
香臭由来一例看，鸡鹜羊豚可同室。
晨起更嗟霾雾重，强者神昏弱遘疾。
我来六月幸倔强，以酒制病无一失。
自顾飘零意志灰，遍念疮痍肝胆裂。
江山何处未改色，固知将士勇无匹。
是邦陋矣聊苟安，大网遗鱼哪敢必！

次韵和如香郊游

入春四野无一花，山坳几处堆败麻。
炊烟高下日未坠，但贯瘴气层层加。
南城风厉鸟掠塔，西溪水瘦舟横沙。
意行诗句只自适，遑问覆瓿与笼纱。
小鱼盈筐足大嚼，奚用弹铗频咨嗟。
夜谈或需百钱酒，晨起未让离巢鸦。
背人苟活此已幸，中原多少栖无家。

陈更新

（1890—1911）字铸三，福建侯官（今福州）人。留日
学生。1911 年参加广州起义，为黄花岗七十二烈士之一。

夜半与诸友饮归有感

蓬梗飘零又一年，前程无计着先鞭。
江南生气惊滇贵，酒半悲歌忆赵燕。
莫为时光伤马齿，共看火色起鸢肩。
沧桑有变心难易，依旧冰清与石坚。

过洪王旧垒

事业都如宿雾消，行人到此怅停桡。
老天不忍销奇气，化作危峰与怒潮。

苏郁文

（1888—1943）因一目眇，自号眇公。福建海澄县（今
龙海市海澄镇）人。曾参加辛亥革命。殁后其友人录遗诗
一百七十馀首，为《眇公遗诗》。

劫　馀

劫馀山水付咨嗟，古木森森噪暮鸦。
莫向黄花岗上望，男儿身世浪淘沙。

才　赋

才赋南游又北征，绿波碧草若为情。
钗钿横海翩翩逝，花鸟闲情黯黯生。
太息佳人难再得，万千仪态莫能名。
等闲倘许和春住，我亦甘倾国与城。

鮀江书愤，和何海鸣

莺飞草长杂花生，不为寻春负此行。
垂死春蚕犹作茧，再来秋雁已无声。
蠕蠕共作裈中虱，振振还谈纸上兵。
此是枯棋休再着，便应他去请长缨。

紫金山道上

软日繁花万事开，倾城士女谒陵回。

微闻偶语谈新政，颇为危时惜霸才。

入彀英雄皆妩媚，兼天波浪起疑猜。

九原不作吾谁与？揽辔澄清念已灰。

黄以褒

（1890—1964）福建宁德市人。清末秀才，一生以教读为业。新中国成立后为福建省文史研究馆馆员。

劝　学

读书如种菜，日见其长大。读书如种花，开时色自华。种菜不锄灌，枝叶难出土；种花不培壅，枝枯叶且腐。诸生宜自勤栽培，如菜长大如花开。精神奋发文采美，一一都从书中来。汝不见有人子弟未读书，行止言动俗且粗。

蓬莱岛

线作长江扇作天，跋鞋抛向海东边。
蓬莱信是无多路，只在潭仙拄杖前。

郭则豫

（1890—1952）字组南，号枫谷，福建福州市人。民国初任职于中国银行、北京市政府。20世纪40年代初执教于南京中央大学。

呈古序先生

君家两兄弟，朔南为吾师。长君客春明，岁晚才不衰。妙语压前席，白战搴胜旗。黄土不我假，使生逝者悲。昨年江淮归，宓厉愁东夷。归来居山城，始接颍滨姿。作诗众所慑，渊源见具茨。顾我病榻时，笑言解我颐。有时诵好句，茶俗为之医。穷邑得此友，如婺获巨赀。所嗟俱已老，结习深莫移。苦吟果何益，安能疗中饥？誓将默无言，静坐观局棋。请共喻斯意，毋以辞为枝。

下岭中秋竟夕大雨不霁，谷士又诗至，敬和原韵奉答

欢浅能追自不遑，天留今夕本难常。
拟将急雨安吾意，故遣明蟾晦好光。
涧瀑喧豗传顷刻，墙蕉点滴费料量[①]。
山中只此无情物，并使秋人眼耳茫。

【注】
① 山居绕屋皆种蕉。

戏效刘后村柬王宾客

南京爇火破吾家，君亦无端丧所夸。
世事大都如是视，老夫不作后时嗟。
但将句法求沉实，算亦功名较等差。
有便移书讯中表，疑渠两鬓亦霜华。

寄仲谦

梦里书灯旧样红，岂知执手两成翁。
光阴童卝真堪惜，消息朋簪久鲜通。
浊酒但教无尽醉，故书好在未终穷。
输君更欠高堂健，誓墓无文尚旅中。

邱韵香

（1890-1980）女，原籍台湾省嘉义市。邱锡熙爱女，幼承家学，长耽文史。甲午割台，随父返回故里漳浦。曾为教师，为医师。著有《绣英阁诗抄》。

步 落 花

无聊闲步小园中，又见飞花落满空。
爱惜每惊连日雨，飘零最怨彻宵风。
绿珠坠地应同恨，紫玉成烟只自恫。
从此芳魂何处觅，残春羞趁马蹄红。

题外子画山水图

四望春山眼界新，修篁弱柳总怡神。
儿时仿佛曾游钓，仙境模糊半隐沦。
径曲峰多饶画意，天青水碧绝纤尘。
孤舟江上疑无路，安得乘风万里身。

郑贞文

（1891—1969）字心南，福建长乐市人。清末留学日本，参加同盟会。民国时期任厦门大学教务长、商务印书馆编辑，福建省教育厅厅长。新中国成立后为福建省文史研究馆馆员。有《笠剑留痕集》。

闽海四邑收复有感

岛夷窥神州，首屈闽一指。割台血未干，换辽议又起。要盟订不让，野心迄无已。圣战发芦沟，中原突封豕。淞沪捐锁钥，唇亡寒及齿。金厦继不守，会城先内徙。三载久居安，士气遂骄侈。穷阎苦饥馑，亲门厌甘旨。百货流既畅，沿海防亦弛。猝至忽乘虚，仓皇失御抵。三日陷四城，思之有奇耻。市井竟无惊，哀莫大心死。金壬登粉墨，昏朽纡青紫。弹冠不崇朝，祸先及妻子。群狗竞争骨，倾轧弄谲诡。徒触彼伧怒，杖下系大傀。亦有犬吠尧，袒背受鞭捶。始信天网恢，假手治奸宄。咄尔木屐儿，扬扬尚举趾。被酒步蹒跚，狂歌词鄙俚。亲善悬口头，剥削竭骨髓。取求恣所欲，凌虐伊胡底。哀哉我邦人，沦作奴与婢。巢覆卵安完，田芜室亦毁。饿殍常载途，人间地狱耳。切肤痛益深，同仇志坚矢。将军振臂呼，响应遍闾里。高唱卫乡歌，残寇望风靡。弃甲夺舟逃，黔驴技

只此。一百卅五日，重光同庆喜。使君将远行，
留此光荣史。①收拾旧山河，愿与民更始。

【注】

① 福建省主席陈公洽离职前数日四邑光复，中枢电慰有"光荣历史一页"之语。

水口舟中对月

乱离谁复主骚坛，小聚能留不尽欢。
对月有怀同在客，入山自笑尚为官。
静看枫叶知霜信，坐听松风话岁寒。
作健明年期共醉，蓬莱阁畔一盘桓。

九曲道中

长啸灵峰上，东莱古迹存。
山容经雨润，水势挟风喧。
猴子欣相语，猫儿独隐蹲。
羡君游极乐，展望到星村。

林　翰

（生卒年月未详）字西园，福建莆田市人。福州说诗社社友，著有《山与楼诗集》。

题秀渊《知非斋诗》

能作隽语似王孟，能使劲笔如韩苏。
一家之言不足学，死守门户真庸奴。
哦诗南巷三十载，不辞鳞甲蟠泥涂。
得题闭户辄数日，出有好句惊朋徒。
就中五言更研炼，宝光灼人毛发枯。
为云逐龙吾岂敢，知子颔有真骊珠。
嗟哉诗人毋患贫，径寸之宝天下无。

秋日杂兴（四首）

（一）

中原此局算衰残，萧瑟江关活计难。
白发黄金双怪物，看人老大与饥寒。

（二）

肯损秋斋一夜眠，望空微喟擘瑶笺。
七分星月三分雁，占断东南万里天。

（三）

朱颜绿发旧风姿，笑向秋霜一致辞。
大势今年侵略尽，鬓毛直下又吟髭。

（四）

未敢人前诩独醒，沾唇小饮本无名。
一杯一石同时醉，紫蟹黄花为不平。

王冷斋

（1892—1960）名仁则，字若璧，福建闽侯县人。保定军校第二期毕业。曾任河北省第三区行政督察专员兼宛平县长。新中国成立初被聘为北京市文史研究馆副馆长。著有《卢沟桥抗战纪事诗》等。

夏日村居即事

景好山如市，烟稠野近城。
层楼回日影，结辙过雷声。
麦酒宜隆暑，秧歌趁晚晴。
齐民原有术，转眼看秋成。

满江红

风夹边声，金鼓震、烽烟满目。空想见，将军大纛，关头高矗。黄犬青蝇留恨事，丹心碧血沉冤狱。坏长城自我复何言，山河覆。　　歼寇虏，光华族。同武穆，齐忠肃。叹英雄悲愤，后先相续。东莞精灵南海迹，北平烟雨西山麓。看而今树色墓前青，祠前绿。

黄鹂绕碧树·春游

　　芳树浮轻翠,莺飞草长,丽春时候。暖到芸窗,正文园病起,困人清昼。惹情动绪,看夭桃新柳,凭做弄,旖旎风光,暮景还堪消受。　　太液蘋波渐皱。过轻舟,蕙香微逗。记前度,对嫣红腻绿,年去人瘦。纵有杜郎俊句,向写得深情否。难禁乱絮飞花,鬓边襟后。

谢鹤年

（1892-1965）字松山。祖籍福建漳州市诏安县城关。新加坡侨领，著有《赤雅轩吟草》。

读《槟城钟灵中学师生殉难荣哀录》，次管老元韵

人间依旧有啼痕，血肉馀腥今尚存。
草满荒郊寻曝骨，书成实录当招魂。
深惭后死难为计，欲抚遗孤岂市恩？
此日虾夷长屈膝，九原应许息烦冤。

琐寒窗·送沈丁元归国

廿载征尘，船唇马背，共伤华发。此番聚散，不是寻常离别。幸江皋留住片时，新愁旧恨从头说。叹沉沦世道，风云变幻，有谁关切？　　待发！停舟处，正嘹亮歌声，水滨明月。我留汝去，依旧江山胡越。望家园烽火漫天，旧时燕子飞迹绝。问何时、收拾行囊，归去江湖阔！

赵醒东

（1893-1961）祖籍福建同安县，生于福建福州市。1919年毕业于保定军官学校，曾任师部教练官。著有《醒东遗稿》。

秋兴（四首）选三

（一）

槐风庭院晚蝉鸣，诗境入秋思转清。
三径花黄杯有影，一帘月白露无声。
仰看云狗悲多劫，坐听霜鸿苦远征。
最是不堪登望处，中原鼎沸我心惊。

（二）

满城风雨又临秋，世路崎岖未可游。
烽火亘天愁作客，芦花匝地怕登楼。
伤心家国新亭泪，放眼湖山白雪讴。
一事更教人顾虑，忍看夷狄混神州。

（三）

无限离愁登望时，茫茫前路叹途歧。
风云到处崔苻伏，天地行权草木悲。
如此江山愁落拓，者般身世苦奔驰。
尔来却喜吟怀壮，学步邯郸且赋诗。

黄芗洲

（1893-1952）字宪文，号南簃主人。福建福州市人。国文专科学校毕业。1920年曾自办师竹书院于福州中洲岛，任国文教员，后历任各中学文史教员。

过钱塘江

钱镠霸业倾三吴，贩盐当日伍狗屠。

草窃英雄乘时起，走来江左相驰驱。

子胥大叫翻江水，东门悬目作怒视。

万弩齐发胥涛披，竟赐大江姓钱氏。

一年一度犹不平，同归于尽空复争。

唯有千古中流月，不随波去自在明。

妖氛虽销春申浦，江南江北尚鼙鼓。

停舟含笑问钱塘，年来几换尔曹主？

混沌初人自寿

"微寒"征诗，余有句云："寒宵坐似沧浪里，微曙看犹混沌初。"时友人有戏呼余为"混沌初人"者。余曰："名我固当。"盖余于人情世故一窍不通也。因有句。

先生出自混沌初，浑浑噩噩皞皞如。

与世周旋鸡子似，不立崖岸与廉隅。

岂但云梦吞八九，胸中五岳与五湖。

包罗万象吾岂敢，不识不知有若无。

不肯凿窍我不死，百千万年见唐虞。

称王称帝纷纷是，汤武且薄况其馀。

不君其德君其位，万姓役役一人娱。

天下滔滔谁能反，一丘之貉无贤愚。

先生超然独高卧，且以天地为吾庐。

无声无臭有天在，引为同类道不孤。

无端悔辟此世界，不伦不类非吾徒。

会当再使天地合，重铸万类冶一炉。

偶过山家

出门初不定西东，踪迹如云偶趁风。

诗在斜阳流水外，人行黄叶乱山中。

三间短屋篱笆隔，一曲清溪略彴通。

妆点田家无别物，半畦野菊杂秋菘。

书　愤

难平孤愤起捶床，怯懦人偏说自强。
道路所闻多出入，城池谁与共存亡？
妖魔面目焦侥国，禽兽衣冠傀儡场。
太息有家归不得，剑津虽好是他乡。

过南平双溪酒楼

饥驱无所择，遂困簿书间。
云意原多倦，溪声不肯闲。
泊船三里郭，卷幔一楼山。
清兴非关酒，风光定解颜。

雷道一

雷道一（1893—1948），号乾九，福建宁化县人。民国初年留学日本，明治大学肄业。曾任闽清县知事，小学校长、师范教员。著有《淡庐诗钞》。

五十自述（四首录二）

（一）

五十年华弹指过，相逢有酒便高歌。
思量往事空搔首，惭愧虚名总是魔。
自笑家贫来客少，谁知世乱患才多。
者生不作英雄想，处淡安闲养泰和。

（二）

生来傲骨肖梅花，历尽冰霜度岁华。
众议独排崇孔孟，闲情共赏话桑麻。
牛刀小试成春梦，马齿加长爱晚霞。
出处自惭知不易，任他大地起龙蛇。

释严白

（1893—1980）福建沙县人。俗姓林名鸿谟，字更生。早岁从事佛学研究，留学日本，继转法国为华工，返国后从戎山西。嗣因奔母丧滞闽，改入燕江船局工作。年四十许出家剃度于福州鼓山涌泉寺，后驻锡福州西禅寺多年。

忆语（二首）

（一）

高枕已忘天下事，纵情只在烂柯棋。
寻常脱帽看云去，苍莽登楼作客悲。
不觉失声因破釜，何堪煮豆又燃萁。
屡招人忌飞卿蹇，满腹牢骚怎合时。

（二）

阅尽沧桑老鬓丝，相随形影一灯知。
陶潜醒醉非关酒，杜甫行藏尽在诗。
北地胭脂曾纵目。东山丝竹且围棋。
白云笑我归来晚，带水拖泥悔已迟。

秋柳（三首）

（一）

锁尽寒烟恨未消，沿堤剩绿晚萧萧。
分明一样鞭丝影，冷雨斜风过灞桥。

（二）

秋风无复旧繁华，疏影萧条水一涯。
莫上高楼望行客，夕阳啼煞白门鸦。

（三）

拂拂斜枝舞未停，几回送客短长亭。
自从阅尽繁华梦，倦眼逢人总不青。

吴石

（1894—1950）原名萃文，字虞薰，福建闽侯县人。早岁考入保定军校。辛亥革命后赴日本入陆军大学。"九·一八"事变回国，抗日时期历任军政要职，抗战胜利后，任国防部史政局中将局长。1950年被害于台湾。

热海观潮

远潮乍生一抹云，近潮掀起千堆雪。
汹汹兵骑竞奔腾，漩漩旌旗倏明灭。
问渠底事多不平，风翻石激殷殷鸣。
此身已惯风涛里，海立天垂原不惊。
枕边通夜闻霹雳，但辨潮声那辨色，
朝来推窗一纵眸，银花练影翔龙虬。
稠叠直将撼岩壁，洸瀁岂止吞渔舟？
吁嗟乎，子胥擐甲钱镠矢，潮生潮落何时已。

钱履周

（1894—1982）名宗起，晚以字行，祖籍浙江绍兴市，生于福建福州市。曾任福建省政府主任秘书、行政院秘书、台湾救济分署署长、浙江省政府委员。新中国成立后执教于福州大学及福建师范学院，为福建省文史研究馆馆员。身后由福建逸仙艺苑印行《钱履周先生遗诗》。

"二·二八"台湾

疏枪撼枕梦难成，夜雨潇潇若有营。

拥被严城春意浅，阴晴来日欠分明。

魁岐秋晚

远浦炊烟复，入山宁算深。

江光浮槛下，霞气罨岚阴。

叶任浓霜染，阶怜细雨侵。

稚松知慰寂，谡谡起龙吟。

第二癸丑重九，从水部、步兵二
叟自小西湖动物园登大梦山，次步兵韵

暮齿浑忘世事艰，登高吟侣共心闲。

啸猿空自悬双臂，隐豹何曾见一斑。

水榭湖浔装点拙，秋阳烟外有无间。

不堪枨触黄垆痛，廿载前同陟鼓山。

寄示台友

记得基隆着陆时，欢呼声里泪承颐。

版图再返期非远，碧海青天映赤旗。

王德愔

（1894-1977）女，福建福州市人。王允晳女，何振岱女弟子，名医方声涵妻。擅诗词，著有《琴寄室诗词》。

喜 雨

好风来天末，密云起山北。
雷电忽交加，一雨成恩泽。
虚檐挂飞瀑，流泉出阶石。
潺潺终夜响，凉气生枕席。
从兹消溽暑，人意自舒适。
因思造化功，润物本无匹。
枯槁转生机，大地增颜色。

咏橘寄蕙愔

江南地气蕃草木，霜后吾州橘初熟。
味甘堪解行人渴，性暖合入桐君录。
新年案上荐芳盘，守岁窗前伴红烛。
曾记泛舟向螺渚，山高水阔千株绿。
遮汀绕岸暗还明，染雾渲烟断复续。
三十年间真一瞬，旧游踪迹移陵谷。
未知嘉实近如何？想象累累香气郁。

台城路·游方广岩

　　盘盘小磴随林转，危峰插天如立。履藓防虚，攀萝怯窄，路滑筇枝无力。钟声渐密。看邃宇弥烟，凸岩悬石。法雨添泉，古檐垂溜日千滴。　　荒凉禅意更寂。问空山隐者，何地堪觅？箧里词篇，屏间画稿，留取颓云踪迹。沧桑暗易。念世外桃源，几人曾识？一片斜阳，暮蝉喧细翼。

忆旧游

　　先严碧栖公与陈太傅共宿听水斋，有"同为山秋刈半床"之句。今日登临，慨然感赋，亦聊寄风木之思耳。

　　入扶云深径，隐日危峰，石峭藤悬。半塔斜阳影，照沾衣竹粉，滑步苔钱。欲寻辟窠岩字，攀葛上灵源。看听水斋存，诗人尽去，月冷床闲。　　怎堪、凭栏处，更鼓籁无休，风雨凄酸。记得垂髫事，正铜街灯好，良夜随肩。转眼雾消冰散，空剩旧词篇。任丝泪千行，魂兮唤不回九原。

何维刚

（1895-1970）字敦畴，福建福州市人。何振岱长子。毕生业医。著有《春明集》《薏珠集》。

种药并序

予幼喜莳花艺草，逮学医，益留意药之形质气味。北方沍寒，园艺匪易；盆植移置，劳于运甓。积年苦心经营，乱后转徙，鲜有存者。老病乡居，每苦药缺，虽仍有志于斯，而筋力不及。俯仰今昔，曷胜感喟，作诗五十韵，聊以遣怀。

忆昔垂髫初，性癖鲜俗嗜。盘桓园林间，时为采药戏。登树撷奇葩，移石位嘉卉。涂羹尘饭嬉，未闲随群稚。读书悦神仙，窃慕清修旨。豆红为丹砂，蕈白当芝瑞。大母为解颐，谓我非大器。我少实无知，狂言气慈诲。贤愚虽不同，志尚各有在。或羡故侯瓜，或慕英雄菜。药物可活人，疾病惟所赖。岂徒供玩赏，良亦资服饵。虽无千岁苓，且蓄三年艾。既长学为医，积药盈筐笥。寻求遍遐迩，研讨忘寝寐。药品数逾千，识辨信非易。北居畏严寒，佳种托盆植。譬如罗珍馐，山海难尽致。适用不在多，苟足勿奢冀。移根已舒伸，引蔓渐蓊蔚。向日易作花，得雨忽抽穗。绀芽与红甲，绚丽杂苍翠。时闻风露香，如接沆瀣气。菊嫩可餐英，兰芳足纫佩。四时迭为春，小园如仙界。此中足忘忧，莫笑无远志。及时供采摘，不负勤灌溉。治病既有资，济人原初意。未能疗膏肓，尚冀苏劳瘵。吾力虽云疲，吾心却小慰。八年逢兵戎，转徙苦仓猝。常虞迫寒饥，遑论事种艺。感逝复忧时，所业几屏弃。辛苦难具陈，回思犹痛恚。为医不识药，实从赵宋始。功用凭图经，真赝委市肆。合方昧品质，信书亦愦愦。偶或起沉疴，难免逞一试。若非有慧根，谁能见五地。恨无赭鞭力，驱使穷气味。新政重岐黄，仁术看行世。医道苟昌明，药效自相继。培植视土宜，配合遵古制。嗟予老病身，弗克负耒耜。讲学勉所能，操劳力未逮。缅彼恫瘝怀，药石苦难备。种药乘农隙，初不容农事。所期集众力，事半功必倍。寸草皆生机，蕃衍原可待。不忧吾道孤，医林多俊乂。

雨夕校订先君遗稿感题（二首）

（一）

归养曾期好质疑，翻成掩泣诵遗诗。
父歌子和来生事，凄绝虚庭夜雨时①。

（二）

百计谋归归已迟，眼枯无泪洗深悲。

遥思玉宇琼楼里，应念人间落魄儿。

【注】

① 乙酉年先君题刚诗稿有句云："父歌子和同于喁，有若林鸟闲相呼。"

浣溪沙

化作灯光照苦吟，愿为炉火暖孤衾。当时痴语忒情深。　　未老终当偿夙诺，暂分肯信异初心。搅人离思是青禽。

南乡子·雨夕

离绪正相萦，细雨斜风况四更。倦不成眠还独坐，闲听。才歇虫声又雨声。　　玩月忆虚庭，玉骨冰肌酒乍醒。欲缺初圆浑不负，关情。却恨微云滓太清。

高茶禅

（1895-1976）原名幼铿，以字行，又字忱牵，晚号去非老人。福建福州市人。历任协和大学中文系及各中学教职。著有《日寇陷榕纪痛诗百首》《茶禅遗稿》等行世。

虞美人·福州荔枝

贯珠火齐累累熟，千树摇心目。太真妃子爱丰肌，只此红尘一骑没人知。　　霞襦绛帻骄陈紫，十八娘尤美；蝉声噪处荔枝红，风送虬珠影乱夕阳中。

贺新凉

过西湖桂斋，怀林少穆先生。用稼轩《三山赵丞相》韵

桑稻丰盈野，恁徘徊双桂斋头，万松冈下。十里波光开潋滟，可有小姑未嫁？只一抹斜阳难画；烟月衰翁谈往事，唱洪塘西去郎骑马，宜把盏，素心写。　　南州风物夸春社，记藕花穿桥艇宿，浚湖成也。金碧琳琅诗句满，丘壑新兴园榭。更裙屐招邀良夜。伟绩虎门燔毒卉，问当年帝子谁存者，今看罢，我华夏！

痫兽行

九一八，兵不杀。咄彼倭奴，兽痫狂难遏。辽宁三省饫兽馋，寝及蒙绥而冀察。太白横，金瓯缺，万里黄河水呜咽。南寇神京北犯边，暴厉凶残肆更迭。轰空毒火酷飞轮，地陷躯灰惨绝灭。同仇敌忾感愤兴，信有邦防坚比铁。冲锋冒镝气无前，斩馘搴旗眦尽裂。九死前驱誓不还，百万健儿同浴血。宝山一役殉全师，天地鬼神泣壮烈。何限仇雠快痛歼，无边耻辱勤湔雪。即今痫兽狂披猖，看取犁庭终扫穴。

战　血

战血俄惊沃九州，敷天一泪浩难收。
国危毕竟归谁责？我在终当复此仇。
藕孔仓皇空避地，樱花猖獗岂禁秋。
书生牛后君休笑，快掷毛锥即虎头。

剑津端午

经岁已沦落，无家此水滨。
惊心又佳节，抹泪作流民。
米肉俱乌有，簿书长欠伸。
诸君诚衮衮，国破酒杯亲。

刘蘅

（1895-1998）女，字蕙愔，号修明，福建福州市人。黄花岗烈士刘元栋胞妹。少从陈衍、何振岱攻诗词兼工书画。曾执教福州业余大学。为福建省文史研究馆馆员，福建逸仙诗社社长。著有《蕙愔阁诗词》集。

云

善变莫如云，未可为童观。如衣如苍狗，如锦如髻鬟。如石有坎坷，如水成波澜。纷纷凭取相，何曾得真诠。惟无心而已，蔽之以一言。大用虽至周，妙机正不繁。出岫本肤寸，倏忽弥乾坤。能纵缘能敛，此情谁与论？观者虽不倦，云兮终欲闲。雨过荒田润，悠然归深山。

壬申大暑往鼓岭消夏读书，即景写怀

岭上好风烟，自成天外天。盛游当盛世，为士当希贤。老人心有愧，为学未精研。寻趣来水边，花草及时妍。赏心何所有，诗得三两篇。写诗本言志，悲欢难一致。问我暮年心，多少读骚泪。有泪莫吟诗，诗成终无味。

三月二十九日为黄花岗七十二烈士殉难纪念日，追怀先兄元栋

呜呼！烈士之死重于泰山兮名不灭，溯当年兮此日，举义旗兮生死决。击筑歌兮日月昏，风萧萧兮水呜咽。解倒悬兮奋邦杰，事未成兮身先裂。魂镇黄花岗，骨比黄花洁。粤山兮高高，望粤山兮心凄绝。春草肥，溅碧血。壮士肠，真似铁。耿耿丹心兮雄且热。今日何日兮看长空，霞彩旌奇节。

浣秋久客台湾，不通音问，思之渴矣，写此纪怀

离绪重重拨不开，梦中曾过郑公台。
逢人陌上人非旧，望雁芦湾雁不来。
汀水微茫终有泪，牛山凄寂岂无材。
固知客地花长好，怎似乡关古本梅。

三台令·答竹韵五妹

言志言志，岂独偏言文字。木兰匹马长鞭，军前杀敌万千。千万千万，莫作乡间痴汉。　文字文字，中有桃源天地。四邻鹅鸭喧喧，三秋把卷闭门。门闭门闭，一默神游云际。

何　曦

（1896-1973）女。一名敦良，字健怡，福建福州市人。何振岱女。新中国成立后就聘为福建省文史研究馆馆员。著有《晴赏楼诗词》。

八月初二夜大风不寐

好风如佳人，狂飚似酷吏。佳人期不来，酷吏患屡至。屋老人亦衰，恍若舟中寐。深巷警频传，安居乃惶悸。天灾虽流行，防御半人事。未雨贵绸缪，遇风免逃避。吾州环诸峰，风力料难恣。风姨且回车，无咎托神庇。残暑散何方，吹凉有美意。习静与天游，慧花长灵穗。

点绛唇·戊午六月十三日

翠幄吟风，庭柯坠叶声声数。晚蝉独语，听久浑疑雨。　　小梦才苏，薿簟凉如许。闲延伫。荔香忆侣，滋味翻宜暑。

木兰花·慢湖上晓望

放湖天晓色，辨峰影，乍微明。正宿露犹
浓，晨霞欲展，淡了残星。催醒苏堤睡柳，弄新
黄，浅叶已巢莺。芳径花深，小立曲栏，风暖留
凭。　　心怜气候暮春成，况旭日添晴。漾微波
远近，楼边碧塔，树底红舲。闲听寺钟过水，带
北山画意到南屏。远瓦炊烟起处，荒蹊早有人行。

买陂塘

连日惊秋，亲朋远散，浣桐数见访，足慰岑寂。君将有连城
之行，黯然难别，赋此奉赠。

是何声，飞来天际，顿教愁思难说。悲秋已
判柔魂断，那更知交言别。争兀兀，只似醉如痴，
忍看江船发。欢惊一瞥。记劝洗闻根，乱蛮絮语，
无碍双荷叶①。　　垂杨路，此去寒溪荒县，依
依儿女相挈。剪翎笑我雕笼里，仰望云霄辽绝。
思归楫，知甚日阶苔，再印词人屧。肝肠谁侠？
剩密镂深存，自珍頖影，共照篱边月。

【注】
① 内典："耳为双荷叶"。

傅柏翠

（1896-1993）福建上杭县人。福建省第五届人大常委会副主任。曾任福建省文史研究馆馆长、福建省诗词学会首届名誉会长。

自题《类狗集》

一帜骚坛勉自支，随园风调是吾师。
会教字字从心出，不向前人拾片词。

咏 石 榴（二首）

（一）

不费人工旦晚培，圃间常任长莓苔。
修条弱干疑无力，却耐狂风暴雨摧。

（二）

喜见枝头四季开，依稀红粉住楼台。
罗裙自古多颜色，难及天然妙剪裁。

林学衡

（1897-1941）字浚南，一字忏慧，又字庚白，别署众难，以庚白行。福建闽侯县人。同盟会会员，南社社员。民国时期任众议院议员、秘书长。著有《丽白楼自选诗》《人鉴》等。

论 诗

论诗不我宗，诗亡在旦夕。古今善为诗，非但拘一格。作者同其人，意境有什佰。矧乃今异古，人事穷变革。空前成兹世，矛盾供刻画。古人之所有，今人已尽获。今人之所有，古人不可得。意境到情辞，一一换颜色。岂徒物非古，杂出千知识。古亦一仁义，今亦一道德。闭关古中华，互市今万国。墨守一家言，于古已耳食。今情作古语，虚伪无气力。浅者既空疏，古籍纷作贼。又不解经史，诸子亦莫悉。勤取古诗词，句摹而字勒。譬彼黄口儿，背书或字默。门户傍老辈，标榜号法则。呜呼邦之耻，安得浊流塞。

姚营长歌

　　宝山城头天如墨，突围转战夜深黑。堂堂好汉姚子青，能以孤军一当百。海云低垂风怒号，危城四面炮声高。援绝弹尽短兵接，全营身殉无肯逃。血肉头颅争飞舞，一寸发肤一寸土。覆巢几见卵能完，断脰犹斗勇可贾。许远、张巡今见之，先声直欲吞东夷。但使武将不怕死，中华会有收边时。里闾闻报皆涕泣，壁上群胡亦於邑。浩气直争日月光，雄风真使懦夫立。古来多难乃兴邦，国有干城非可降。八公、采石无此壮，行看饮马松花江。

河口车中

南荒正月已春深，杂树连云绿满林。
此地故人曾发难，当时英气竟消沉。
论才今昔浑难料，历劫虫沙孰敢任。
世变山光同一閟，独携残醉向城阴。

江岸散步

江风如虎树枯黄，滚滚长江尽战场。
国破人心终不死，寇深腹地尚能昌。
牙旗玉帐安危系，楚水淮山士马张。
左右龙蛇争起陆，雄关可有一夫当？

严叔夏

（1897—1962）原名琥，以字行，号系珠，福建闽侯县人。严复第三子。曾任福建协和大学教授、中文系主任、文学院院长。新中国成立后任福州市副市长。著有《严叔夏诗词》。

春日杂咏（三首）

（一）

屋角微晴弄晓莺，唤回春梦不胜情。
摩挲倦眼娇儿笑，道是朝来尚病醒。

（二）

可算新奇在小篱，菜花风里鹁鸪啼。
生葱拔得连根煮，一半辛芬一半泥。

（三）

漠漠炉烟定一龛，小窗虚掩隔遥岚。
闲情合许私虫鸟，画了鸳鸯又画蚕。

漫成（三首）

（一）

无可宠春春自去，漫缘溪径逐潆洄。
宵来底事山洪急，没尽前滩十八堆。

（二）

远水鳞鳞明远岫，轻云漠漠走轻雷。
天公惯作婴儿面，啼笑因谁总浪猜。

（三）

乍暖还寒亦自佳，桁头裘葛信安排。
莓苔最是通灵物，一夜檐声绿上阶。

吴语亭

（1897-1997）女，福建福州市人。出身于书香世家，少年即涉猎群书。曾随夫寄寓北京、南京、上海。抗战时期，避难于汉口、重庆等地。1946年，其夫陈民耿受委为联合国华文翻译组组长，举家迁纽约，卜居长岛。1948年，伉俪自美返台湾。她从名画家溥心畬学画，潜心艺事。晚年选所作诗二百馀首，辑为《语亭吟草》。

滇缅禁运书感

三载兵烟动，关河劫屡经。

艰危谁救赵，慷慨几迁邢。

下石心偏忍，挥戈血尚腥。

乞师休洒泪，何处有秦庭？

漏屋吟

疏林遮白板，位置在山坳。

梦雨穿帷急，酸风折槛哮。

窥天无数管，仰屋几茎茅。

畏迫神明恶，卑栖自解嘲。

游台湾草山

割弃当时等赘疣，安危此日系神州。
山河兴废自今古，草木荣枯无夏秋。
涤垢泉温寒意在，伤心地返劫痕留。
悠悠五十年来事，笑问樱花梦醒不？

萨伯森

（1897—1985）原名兆桐，号听潮子，又号爽庵，晚号爽翁。先世为色目人，元时定居福州。民国时期任闽侯印花烟酒税局局长。新中国成立后为福建省文史研究馆馆员，著有《听潮吟草》《识适室诗剩》等。

咏厦门鼓浪屿藏海园

藏海名园傍海陬，园中高阁耸千秋。
主人清似松间鹤，座客闲于水上鸥。
可有文章追赤壁？何曾风月让黄州。
今秋廿四桥边舫，只载箫声不载愁。

题《青芝山志》

阔别青芝四十秋，孱躯无分续前游。
鏖吟犹记来征社，轰饮还思上可楼。
松叶求仙何处觅？梅花念友几生修？
相承冰玉勤搜辑，一卷名山志已酬。

雪中感作（二首）

（一）

连朝风雪聚严寒，缩手空斋独坐难。
不管撒盐与飞絮，颓然僵卧学袁安。

（二）

曩岁巴陵记系舟，雪中曾上岳阳楼。
洞庭眺望茫茫里，失却君山一点浮。

福州西湖菊展

大好湖山在故乡，游人络绎赏秋光。
亲朋孤岛休惆怅，归对黄花晚节香。

义心楼贴沙鱼

义心楼上贴沙鱼，宋嫂工夫似不殊。
张翰倘教来作客，秋风未必忆莼鲈。

陈声聪

（1897-1987）字兼与，号壶因、荷堂，福建福州市人。入新中国为上海市文史研究馆馆员。著有《兼于阁诗》《壶因词》《兼于阁诗话》《荷堂诗话》《填词要录与词评四种》等。

入 市

圜府轻制钱，无物价何有？
限令严如山，名存实与否。
斗米与尺布，雁立午至酉。
市肆一脔艰，大户挟之走。
有酒不设肴，有肴不许酒①。
民愚非可欺，政券岂能久。
出市复入市，仰天一搔首。

【注】

① 时渝州市况如此。

黔中纪乱

　　敌军动攻势，桂柳如拉枯。风吹落叶至，黔鸟惊传呼。独山绾黔桂，忽尔成通途。州帅神若定，温语出直庐。守土吾有责，全境今贼无。援兵十万众，衔枚偏纡徐。义勇招健儿，事急叟其驱。于时大将莅，缚虎宜有符。大将计卅六，第一其走乎。仓皇起移灶，三日空州闾。万人争一车，车以金论租。驰道委行李，邮亭痛征夫。郁然迫肝肺，凄风侵肌肤。惊魂就危坂，载人同载猪。中间自桂出，狼狈犹过诸。火车火不济，行旅中道濡。一日复一日，自秋而冬徂。衣敝金亦尽，展转成路隅。入黔未黔突，又闻驰羽书。大军宁云寡，见敌先枝梧。斥堠才数十，百里沦废墟。自此风信紧，意测多子虚。会师马场坪，传檄贵阳都。米贱无人籴，屋旷无人居。死城憎白日，杀气弥亨衢。饥鼠起攫肉，飞鸟来乘蜍。维时坐榷廨，置僚桐梓区。三人实殿后，我与毛及吴①。自度不得脱，去死只须臾。饭置正愁对，独山传退胡。爆竹喧近市，市人腾欢愉。空城竟却敌，天诱其衷欤？乍如重负释，恍若大病苏。河山解薄愠，草木回春腴。生还又可卜，与期遵渚凫。行者空劳劳，居者何敫敫。一静胜百动，千密投一疏。吁嗟危难顷，巧智曷若愚。

乙酉（1945 年）

【注】

① 毛指萼楼，吴指勉哉。

冬日杂诗 (录二)

(一)

冬至倏又至，妇家聚搓圆①。

情景恍在目，少时阿母边。

粗粉白似雪，栲栳大于船。

上写花字吉，旁缀彩胜妍。

诸父捏人马，诸兄范戈鋋。

弟妹索瓜桔，衣裳诸母牵。

祖慈顾之笑，灯烛辉长筵。

沧桑入家室，此梦断卅年。

何期有此会，坐垂石鼎涎。

一粒一回思，粒粒梗心前。

(二)

向来爱外孙②，摩扶日百数。

娇惯无威仪，不畏人前忤。

入门探糖霜，未及坐脱屦。

佯昵聒我言，左手掣笔去。

一笑被童欺，垂老却成趣。

【注】

① 闽俗冬至为搓圆节。

② 外孙阿迈。

寄题泉州石井郑成功纪念馆

千秋祠宇镇崔嵬，南纪风光亦壮哉。
石井苔深疑化碧，海滩潮急若奔雷。
至今父老思旌旆，又见英雄起草莱。
待挹寒泉来荐菊，丰碑重勒告收台。

赠虞北山

晚年文字最相知，沧海论交未恨迟。
似我多歧无适可，与君高论敢卑之。
讲坛清净长为地，艺苑开明又一时。
尊酒怡然虚白室，永兴笔法道园诗。

陈守治

（1897-1990）字瘦愚，号乐观翁，福建南平市人。为福建省文史研究馆馆员。著有《陈瘦愚词选》。

踏莎行

侧帽填词，耸肩觅句。僵蚕未死丝犹吐。老来岁月恐无多，笔耕墨耨忘辛苦。　　文学韩欧，诗宗李杜，词师姜史都嫌古。而今花样要翻新，自家轧轧鸣机杼。

临江仙

百岁还差十五，人生总觉空虚。闭门谢客读残书，瘦还依旧瘦，愚更比前愚。　　耽酒犹堪一斗，醉来踯躅樟湖。老荆相伴又相扶，卧舆怀靖节，涤器笑相如。

木兰花令

愚窝醉叟，坐对山妻同白首。酒醒填词，夜已三更睡每迟。　　愧无好句，一现优昙抛掷去。游戏人间，八度鸡年又犬年。

林咏霁

（1897-2001）福建福州市人，原闽江航运公司职员。福建省诗词学会会员。

我国登山队征服世界最高峰

珠穆朗玛万古皑皑之雪峰，仙不到兮飞鸟穷，今日插上红旗分外红。北坡裂冰双壁耸，以壁作梯九天通。背插雪镐脚张爪，钳冰移背踪迭踪。一若蜗牛缘壁上，蠕蠕忽没云万重。倏然飘下吊人尼龙绠，又若蜘蛛兜丝收半空。一声长啸惊神女，天下无峰不首俯，先声独夺谁继武！

舟过黄州

溢浦西征壮上游，楼船无计障横流。
山沉画角孤城暮，浪打长江八月秋。
丛柏笼霞烧赤壁，万鸦驮日下黄州。
周郎百战今何在？剩有东风便客舟。

川青藏通车纪念

三边两路控中原，无异雄师百万屯。

青海党人申号令，昆仑今日壮屏藩。

羔绒犀革关中拥，电剪机犁塞上翻。

唱遍《东方红》一曲，平沙毳帐满朝暾。

沈奎图

（1898-1943），字星舫，号西溪居士。福建诏安县人。历任龙溪中学、龙溪师范、集美师范国文教师。著有《西溪吟草》《西溪词》《今人词话》。

西溪杂诗（三首）

（一）

莲花坂下水东流，席挂春帆一望收。
看取女墙烟外柳，画船横泊古溪头。

（二）

清溪几曲晚潮低，文笔峰高柳岸西。
山客不来缘久雨，济川亭上听莺啼。

（三）

南浦归云淡欲无，差池飞燕啄塘蒲。
夜深沽得梅花酒，醉写西溪一幅图。

黄曾樾

（1898-1966）字荫亭，福建永安市人。赴法留学，初攻土木工程，为工程师，复入里昂大学获文学博士学位。回国历任京汉铁路工程师、南京市社会局局长、交通部秘书、闽驿运管理处副处长。抗日胜利后任福州市市长，1947年任教育部督学、参事及福建省音乐专科学校教师。新中国成立后为福建师院中文系教授，福州市政协委员。著有《左海珠尘》《陈石遗先生谈艺录》。钱履周为辑《慈竹居诗钞》。

双　江

流行坎止欲谁欺，闲散宁真性分宜。
戎幕潭潭容托命，蜀山兀兀入支颐。
形骸坐阅兴亡尽，忧患终疑造化私。
空剩胜天坚念在，双江如泪对疮痍。

北宁道上（三首）

（一）

榆关不守守滦河，灞上群儿奈尔何？
来吊桥头新战迹，居人能说已无多。

（二）

纵教海水都成泪，难写塘沽过客哀。
解事飚轮如电掣，不容北望首千回。

（三）

车厢睡眼正惺忪，震耳枪声顿地隆。
料想是人应不尔，断知豺虎挺威风。

陈子奋

（1900—1976）字意芗，号颐谖、凤叟，福建长乐市人。新中国成立后任福建省政协常委、省美协副主席、福州市美协主席，福建省文史研究馆馆员。著有《陈子奋画集》《颐谖楼谈艺》《福建画人传》等十多种。

题 画

艺之至者还婴儿，如玉还璞形支离。

此图拙涩丑更甚，乳臭莫测神之奇。

解语含笑出一手，耐寒迎燠香四时。

真魂已具弃形貌，靳靳笔墨将奚为？

三十年前偶获靓，神怡心折时追维。

天怜困学忽俾与，大快三宿索靖碑。

道高识浅曰不足，熟外之欲真难医。

变化气质乃有悟，知白守黑雄守雌。

七秩题照

彼何人斯？白发皓皓。腹大瓠瓜，绝类乳媪。或曰便便，藏有至宝。实窥其中，塞盈茅草。胆小善惊，愁眉懊恼。忽而有触，大笑绝倒。致力一艺，不爱研好。放夫至大，复归襁褓。尤其于学，迟眠起早。画情诗理，竭力探讨。金石文字，旁通参考。好古敏求，弥笃至老。

题徐悲鸿照片

皓目四流照，隙小而无遗。

大雅喜一士，如食之于饥。

平生何所有，乃荷披肝知。

誉之或过实，爱之宁非私。

至老一无就，霜白生鬓髭。

讵知金陵别，相见终无期。

语声歇清响，佳作犹悬帷。

掩窗坐风雨，双泪流交颐。

赠沈觐寿、胡孟玺

二友爱村酿，有杯手不放。

万事付胡涂，况复老健忘。

题册二十年，句好证心匠。

忽看鬓变白，所喜各无恙。

有酒下《汉书》，文情乃清畅。

有酒助腕力，笔锋益壮旺。

今与二君约，更当增酒量。

行乐趁明时，咸跻百龄上。

题印（二首）

（一）

入土千年字迹残，封泥漫漶失边阑。
时贤都道追秦汉，一片庐山隔雾看。

（二）

也非秦玺汉封泥，自异双吴与老齐。
窗日晴佳风又劲，磨刀独自割天倪。

李黎洲

（1898-1977）字伯羲，福建古田县人。历任福建省抗敌后援会常务委员兼秘书长，福建师专校长，福建省教育厅厅长。1952年任民革福建省委委员，1953年任福建省政协委员。著有《羲庐残稿》《清诗人张亨甫及其诗》等。

剑津晤严叔夏

海沸及神州，蹙国势未已。

浩然严侯官，四顾投袂起。

振翰宣潮音，《天演》发深旨。

独醒敌众醉，抱璞枉过市。

冉冉三十年，箕裘见吾子。

笃学兼新陈，端居薄青紫。

即佛亦即儒，大觉衷一是。

酒酣月中天，高谈决涯涘。

来日悬多艰，谋国视桑梓。

健翮辞寒林，巨鳞谢浅水。

前修不可作，持箴良有以。

相期广素心，万方入衣被。

1945年

投宿篇

窃国袭仁义，大盗稽显戮。

引虎以自卫，生灵胥鱼肉。

孤注事内争，坐令天下哭。

至仁伐不仁，人心为枢轴。

江淮一决战，势乃如破竹。

台澎亦吾土，安能外辇毂？

指顾看汉家，终收秦氏鹿。

藐躬蓄孤愤，神奸为瑟缩。

凛然扶秋霜，秉笔利于镞。

以兹触时忌，道路警蛇蝮。

世乱轻发肤，岁寒见松菊。

知交满江湖，望门且投宿。

论诗质同侪

束发行吟山海间，持兹鸣世非夙意。

比来隐几垂十年，无病而呻分外忌。

诸贤攻苦忽起予，道在寻常本非秘。

学诗治事有同功，贵以风骨驭才智。

填胸丘壑长嶙峋，笔端所吐自灵异。

丈夫忧乐系生民，征衫不渍别离泪。

寥寥天壤存遗篇，中所含蓄皆忠义。

吾侪但养浩然气，饾饤文字乃馀事。

淮阴谒漂母墓

一饭寻常事，王孙感独频。
受恩到儿女，知己况风尘。
青冢邻江水，长淮得主人。
我来吊遗址，抔土叹荆榛。

绮　意

未许东家得效颦，熏衣理鬓镇相亲。
灯如红豆寒无语，人似黄花淡有神。
旷劫不曾销傲骨，太清无碍着微尘。
何当咫尺银河远，深浅蓬瀛怯问津。

胡尔瑛

（1898-1977）字孟玺，以字行。号酒隐，又号不值一文斋主人。福建福州市人。历充语文教师及在旧司法界工作。少孤，由著名翻译家林纾抚养，遂师事之。著有《酒隐诗选》。

论诗（一首）呈郑棕舲丈

天放阁前花木苍，一老摊书殊堂堂。
袖诗走谒顾莞尔，谓我七古非所长。
岂徒落语乏盘硬，且惜笔力难恢张。
从容为诵老杜集，《洗兵》《忆昔》诸篇章。
并检去冬雪中作，对我朗吟声琅琅。
我虽才薄坐自愧，此时顿觉肠生芒。
遗山论诗久倾倒，愿持《山石》喧女郎。

夜读《李昌谷集》

生世却疑失朝旭，一字千烹直自梏。
床头阿婆休见怜，精气已化剑切玉。
人间游戏驻尘躅，绯衣转眼来相促。
莫为短景生嗟咨，千秋此才问谁续？
宵吟未罢急掩卷，如闻鬼唱灯光绿。

急 雨

急雨连昏昼，穷居水一涯。
烂苔如补壁，积潦欲平阶。
止渴无佳茗，唯燔是湿柴。
绳床慵卧起，何计遣愁怀。

孙肇和

（1898—1987）字朴轩，号蒲旭。又号半农。福建连江县人。

九十自寿

花开花落一春天，老眼闲看不偶然。
试茗山泉聊养素，供餐野薇自延年。
庭篁竟长凌虚笋，泥沼尤开不染莲。
九秩空悲增马齿，偏教人羡地行仙。

吟　鱼

惟有江潭物，潜渊免世忧。
自由夸水国，快乐逐瀛洲。
不想吞香饵，何劳下钓钩。
宁知风雨夜，却被一罾收。

步曾昭义吟梅元韵

破腊前宵放几枝，透红春意欲离离。
横斜瘦影过于我，一段清香赠与谁。
铁石心肠何太劲，竹松气类合相知。
他年倘许修花史，褒汝凌霜不屈姿。

卢少洲

　　（1898-1990）名觉斯，号趣人，又号六庵室主，福建寿宁县人，早年任教于福建福州市，中年讲学于马来西亚等地，1967年回国定居。寿宁诗社名誉社长。华侨老诗人。著有《少洲诗文集》。

爱尔登酒家题壁

　　衫履飘萧近野僧，三层阁子九华灯。
　　当垆应解临邛意，爱尔才登爱尔登。

过分水岭

　　岭在闽粤分界处，闽之海澄县，与粤之澄海县恰为邻，前者草木皆向北，后者草木皆向南，尤称一奇。

　　一叶知秋百不疑，岳坟千古亦南枝。
　　海澄澄海分闽粤，草木无知也有知。

执教福州女子国学讲习所

　　莺花三月渐阑珊，风雅犹能说晋安。
　　欲乞江南吴祭酒，替她红粉主骚坛。

林则徐诞生二百周年纪念

海滨自昔称邹鲁，孔乐昌明文化普。

江山间气哲人钟，九牧堂开降升吕。

时值黄图板荡秋，中原蒿目满危忧。

释褐潜心经世学，宣南结社集名流。

拔薤劝耕整吏治，平粜赈灾兴水利。

有众争呼林青天，盛舆冲破高空黳①。

虎门一炬震中西，顿使英夷气焰低。

颠倒是非叹庸主，突颁罪诏戍伊犁。

天山以南今乃粒，息息与民通呼吸。

星轺所至尽恩膏，来庆其苏去雨泣②。

巨眼首舒宇宙观，开明绝不闭其关。

胸罗千道富强策，果能用之国早安。

会心幸有西湖在③，我亦交情溯累代。

知足常为万斛馀，蜗庐曾挂公联对④。

弧瑞至今两百年，中兴宗衮永流传⑤。

林公车与林公井，蔽芾甘棠荫朔边。

【注】

① 公《晓发》诗曰：“篮舆冲破晓堤烟”。

② 西北回民建祠祀公碑文曰：“所在民悦，所去民思。”

③ 公有句曰：“平生到处有西湖，此乐何曾让大苏。”

④ 公我两家世联姻娅，公有手书赠先高祖兰斋联曰：
“无求胜在三公上，知足常如万斛馀。”

⑤ 福州林公祠匾曰：“中兴宗衮，左海伟人。”

沈轶刘

（1898-1993）上海市人。南社诗人，累在福建、上海各地执教。曾任福州、南平各中学语文教员、报社副刊编辑。新中国成立后参加中华书局编务。著有《小瓶水斋诗存》《续清溪三十二咏》《繁霜榭诗词集》《八闽风土记》等。

榕城竹枝（二首）

（一）

城边春树郁重关，城里千家绕屋山。
呼酒客来宫巷外，买杉人向水流湾。

（二）

才过西郊橄榄风，枇杷欲老荔枝红。
小楼夜雨烹牛脍，花巷青帘卖肉绒。

闽　江

一剑横天去，双溪划地开。
乱山封谷口，落日下南台。
峡束乌龙走，潮生白马来。
东流旗鼓急，形势仗奇才。

榕城春望

出郭云烟迥，驱车宇宙恢。
野空围橘柚，地暖放芸苔。
过峡潮声壮，衔山日影颓。
海城弓力劲，不复畏春来。

沈剑知

（1899-1975）原名觐安，以字行，福建福州市人。前半生任海军界秘书，新中国成立后任上海市文物管理委员会委员，著有《茧窝残稿》。

纪　游

峻岭愁猢狲，深崖穴鸟鼠。

乱峰俨立锥，利若汝颖士。

我欲往就之，无隙可投趾。

忽惊天地闭，身堕云涛里。

迷离鬼脸皴，出没罗刹海。

观傩爱又怕，自笑亦类此。

安得当时情，一一摹入纸。

五指钝如槌，荆关呼不起。

缅怀物外游，神交无远迩。

谁云千里隔，松声时到耳。

碧山胡家并序

考李白未至歙之黄山，今山麓有村曰碧山胡家，导游者引白赠黄山胡公诗“玩之坐碧山”句，证其来游。然读《一统志》，知胡公乃居贵池县小黄山，非此地也。诗中碧山本泛言，即欲强指其处，亦当属之泾县①，皆与池歙无涉。村名牵合无谓，适见其妄诞而已！呵冻书此，以告来者。

> 青莲老皖中，遗迹自多有。
> 成于好事人，傅会亦八九。
> 何曾到黄山，数典出村叟。
> 赠诗求白鹇，胡公固其友。
> 乃居小黄山，不得妄借口。
> 碧山本泛言，穿凿益纷纠。
> 村名始何时，将以欺谁某。
> 俗语流丹青，亦或传之久。
> 嗟余岂好辩，是非要分剖。
> 譬如老农夫，安能忘去莠？
> 幸及舌尚存，又有笔在手。
> 酿句敌天寒，诗思浓于酒。

【注】

① 《泾县碧山志》云：白曾栖此。

题张凌波画《群盲扪象图》

万物无遁形，经眼得八九。以语无目人，乃自信其手。群盲扪象欲识真，仅触一体非全身。各谈所得不相下，哄争绝倒旁观人。画师讽世尚馀慨，难化愚顽变憎爱。问道于盲今岂无，来牛去马謿痴符。

半嘴将军歌并序

皖南自抗日战争迄全国解放，黄山桃花峰一带，常为革命军活动地区。刘奎将军一支，亦出没其间，予敌以威胁。曾于鏖战中，炮毁其嘴之半而不死。敌伪军相惊曰：刘奎打不死。号为半边嘴而不名云。1963 年，余游黄山，所居适对桃花峰黄山管理处，谷昌书记为谈当日战事，遂歌以张之。

真将军，打不死，半边嘴，勇无比。
从天飞下卯金刀，伪军丧胆倭寇号。
汝曹吸尽人民血，血不还清不许逃。
红旗出没桃花里，鸟声未散炮声起。
鸟影花光尽化兵，将军如神虏如鬼。
鬼火东南一霎空，桃花依旧满高峰。
我今来山作游客，人道将军犹啧啧。
英雄事迹谁能忘，试望钟村古战场。

当时将军大小眼^①，至今姓氏馀芬香。

世间尽多好眼嘴，不具英姿无此美。

临风高唱半嘴歌，三十六峰尽倾耳。

【注】

① 岳飞号大小眼将军，曾破金兵于皖南，驻师钟村。

陈世镕

（1899-？）字伯冶，号赵亭，福建福州市人。曾在司法界工作。诗稿因战乱散佚。著有《福州宛在堂诗龛征录》《苏州拙政园考》等。

酒坐谢陶心四叠韵

酒盈药玉船，泛若春水漫。
当筵狂脱帽，隔座人争看。
告身我久无，美酝向谁换。
霜天耐熨贴，借暖胜薪炭。
烹羊子为政，草草了此案。

谢兼于书扇五叠韵

笔端挟波涛，墨海殊汗漫。
蛟螭蟠便回，不厌反复看。
百年真梦婆，此扇待谁换。
吞声弃秋纨，低首傍冬炭。
来岁扬仁风，报于青玉案。

剑知赠诗有"使君官舍似田园"句，即事书怀，率尔成咏

萧然官舍似田园，枳壳篱笆独木门。
菔子芥孙深属望，瓜朋蒜友淡忘言。
松明焰短亲书檠，桑落香浓理酒盆。
欲引潺湲资灌溉，但循泉脉觅泉源。

跋《剑南集》

散关铁骑可胜悲，拜表何年见出师？
却有平原能主战，《南园》一记是酬知。

陈骊声

（1899-1992）字陶心，号陶庐，福建福州市人。寓沪。
上海科技大学生物工程系主任、教授。全国生物工程科学奠
基人，著名科学家。著有《观微集》。

雪窦乘筏

四明群瀑无去处，飞向溪头遮不住。
两岸青山水面平，中间水浅石豁露。
耳边忽闻碎石声，前面知有滩无数。
竹筏载我顺流行，奔逐不觉数里渡。
波涛汹涌蛟鼍腾，此际性命舟子付。
客能清景收须臾，我则静观水态度。
少焉滩尽水亦静，险过心惊一回顾。

出　游

今日天气佳，鸡鸣起我早。
随兄出门去，一笑老扶老。
有山高可登，有湖小亦好。
山行验脚力，湖渌回衰槁。
南方草木茂，榆榕动合抱。
玉兰香袭人，花叶不胜扫。
海上万车辙，胡为风尘道？
作计早归来，浩歌向晴昊。

种 豆

清晨携锄出，种豆小园东。
雨后芽迸发，豆苗倏成丛。
此物本易活，摄养自空中。
忽报嫩叶萎，宛然见小虫。
毋使败我豆，入园心忡忡。
施肥更理秽，大力德邻翁。
众叶旋又举，色亦回青葱。
有害惟务去，物理将毋同？
伫看秋风起，益我盘飧丰。

一九七六年元旦漫笔

寒流北方来，落叶忽满地。
哪知严寒中，已带三春意。
一枝白玉兰，结蕾纷如珥。
莫怪老迈身，犹有少年气。

返闽车中（二首）

（一）

快车穿过万重山，道路三千一日还。
两面松杉若奔马，榕城隐约乱云间。

（二）

潺潺江水傍车流，九月初凉下福州。
龙眼才过青果熟，故乡风物不胜收。

下编

丁 宁

（1926-2007）福建古田县人。中学高级教师，曾任福建南平师范专科学校中文科副主任、南平第一中学副校长。中华诗词学会、福建省诗词学会会员会员。著有《丁宁诗词集》。

东风第一枝·观现场直播"亚洲一号卫星上天"喜赋

方寸荧屏，三千胜景，环球竞睹今夕。"亚洲一号"遨空，"中国长征"舒翼。苍旻碧海，炎黄胄，神驰何极！似繁星，指示灯荧，闪烁在吾心壁。　　山岳震，众魑辟易；天地撼，巨龙腾逸。欢声沸作雷鸣，激情发如电击。茫茫云汉，画轨迹，谁挥椽笔？驾飞艇，奔月昂霄，偻指可期明日。

武夷吟天游峰

登天真不易，我竟上天游。
仄径盘岩险，凉风拂面柔。
群峰环拱手，九曲闪回眸。
飞袂白云上，嚣尘一啸休。

永遇乐·南平巨变

古邑南平，沧桑风雨，今启新页。大道滨江，康庄砥矢，放眼神怡悦。堤萦玉带，桥浮星汉，双剑凌空腾越[①]。踞长街，东甍西堞，依稀宋时风月[②]。　　碑撑碧落，功垂青史，争仰千秋宏业[③]。簇簇琼楼，高堪摘斗，入耳笙歌热。宏图巨构，铁肩银手，尽出山城英杰。待明日，龙津宝献，更蟾桂折。

【注】

① 滨江大道、防护堤、玉屏山及三六国道大桥，双剑化龙市标等，均为近年耗资巨大的新建筑。

② 指新近修建的南剑双溪楼及延寿门城楼两座宋代建筑。

③ 指竣工不久的南平市防护纪念碑和闽北烈士纪念碑。

丁立周

女，1933 年生，浙江省人。医师。福建省诗词学会会员。

清平乐·北大荒忆旧

霜瓦凉炕。蒜瓣窝头酱。皮帽长靴男子样，风啸狼嗥交唱。　　黑油沃土平畴，戍边屯垦情投。何惧荒凉艰苦，青春甘献无求。

于为光

1932 年生，福建罗源县人。罗源县计委纪检员。中华诗词学会会员，福建省诗词学会会员。

开发西部

僻壤艰虞话再三，怒江傈族尚沦潭。
入门每欠完裙女，出户犹多赤足男。
旧貌经营难尽改，新时分化实堪惭。
中枢决策甘霖沛，急遣春风度滇南。

罗源岱江畲族风情漂

层峦幽涧绿交加，乘筏漂游赏物华。
曲罢绕梁音未绝，舞阑垂手态尤嘉。
野肴村酒饶人醉，草舍茅楼美意赊。
更羡龙潭观瀑景，流连竟日送馀霞。

赞竹里村女支书①

雷鸣电闪震三更，暴雨山洪动地惊。

断壁残垣流滚滚，穿门入户唤声声。

无私竹里冲锋女，砥柱中流抢险兵。

虎口救人忘一我，狂澜挽出爱民情。

【注】

① 2005 年 10 月 1 日"龙王"台风殃及罗川，畲族竹里村女支书身先士卒，组织灾民迅速转移，虽是重灾区但无一伤亡。事迹感人。

万里云

1916年生，广西人，壮族。原福建省文化局局长、省文联主席。原福建省诗词学会顾问。

悼念陈毅元帅

品如皓月气如虹，儒将风标武将功。
善弈工诗皆洒脱，运筹帷幄更从容。
纵横千里身无敌，叱咤平生志最雄。
虎帐萧萧音宛在，老兵长忆老元戎。

无　题

不敢为官愿作民，粗茶淡饭度光阴。
曾因国难挥长剑，不为名扬作小吟。
卅载辛劳警胥梦，千秋血泪感焦琴。
残躯合是烟霞客，耕读渔樵意最深。

登天游峰

天风浩荡陟天游，直上重霄紫玉楼。
足踏琼阶千险磴，身浮云海一轻舟。
群山叠叠如丘伏，九水弯弯似带流。
缥缈仙人今何在？惟馀广宇碧悠悠。

马亦良

1934 年生，江苏省人。南平铁路中学教师。福建省诗词学会会员。

武陵春·故乡行

还是江南称沃土，叶落好归根。腔带呢喃语带温，人是故山亲。 枸杞马兰兼嫩韭，佐酒款乡邻。苦辣酸甜数十春，洒泪话悲欣。

马庆星

1946 年生，福建宁德市人。宁德市公交公司干部。福建省诗词学会会员。

赤子故乡情

湖光似镜月成双，望断云程倚北窗。
独染乡愁谁共语，尽看人面不同腔。
荣华毕竟天涯客，老境难忘父母邦。
秋思季鹰风鼓棹，家山万里买归艘。

马明哉

1919 年生，福建宁化县人。离休干部。原山西太原中学校长，福建省诗词学会会员。

尤溪水东水电站落成赋贺

江山再造景难穷，拼搏三年溪水封。
库坝直支千仞壁，闸门横锁一条龙。
照临光作繁星灿，灌溉恩逾好雨丰。
造福斯民无止境，即今尤邑更葱茏。

马振华

1938 年生,福建连城县人。中学教师。中华诗词学会会员,福建省诗词学会会员。

花溪即景

水似青罗绕郭东,花铺两岸映波红。
村姑浣濯临溪畔,倩影娉婷细浪中。

方友义

1931 年出生于福建厦门市。原籍福建金门县。原厦门市社会科学界联合会主席。福建省诗词学会第一、二届理事。著有《方友义诗文集》。

丁卯清明怀地下斗争牺牲战友

头颅掷处血如潮，点染江山分外娇。
此日同怀开局苦，当年岂计历程遥。
献身代有英才继，报国人争重任挑。
赤县彤旌无易色，心香一瓣慰灵霄。

方玉印

1944 年生，福建云霄县人，福建省诗词学会理事。

忆江南·长乐

　　吴航秀，青岫抱琼楼。姹紫嫣红莺燕舞，闲
庭信步乐悠悠。乐趣尽无头。

方成孝

1944 年生，福建福清市人。福建厦门市贸发委纪检组组长，助理巡视员。福建省诗词学会理事。著有《灵溪草》。

武夷石峰歌

昔年炼石馀斑斓，溅落武夷九曲间。
赤壁丹崖耀列彩，琅玕瑶柱森奇观。
山灵取作幔亭会，鸾凤交鸣下九天。
玉液琼浆倾四座，琪花异果散千峦。
觥筹交错流霞溢，醉洒馀香汩甘泉。
一夜石峰戴翡翠，千年佳境从兹传。
雄奇俊秀天造设，飘渺旖旎供流连。
三十六峰儒释道，七十二洞鬼狐仙。
松涛竹影绕精舍，卓识流风仰名贤。
九曲逶迤开化境，十方慕道入桃源。
幽谷幽兰幽香沁，云路云关云岫闲。
足踏天梯生绮念，虹桥可再引尘寰？

抗洪赞歌

蛟龙肆虐泛灾殃，浊浪排空暴雨狂。

噬险摧坚无忌惮，倾城举国战三江。

荆江松嫩南与北，血肉筑成钢铁墙。

一曲壮歌人百万，几多英烈铸辉煌。

辉煌铸处忘生死，大气凛然竞飞扬！

千里长堤无昼夜，一腔热血孕昂藏。

华夏雄风谁可挡，奋身终使孽龙降。

孽龙既戢商重建，万方力济齐解囊。

十亿同胞同祸福，九州秋色涌金黄。

方纪龙

1942年生，福建莆田市人。中华诗词学会会员，福建省诗词学会理事。出版有《方纪龙诗词书法集》《赵玉林方纪龙诗书画集》。

尔灵山长短句①

旅顺一山丘，本高二〇五。日俄争霸权，炮削二尺土。海上难输赢，地面决胜负。清廷弱可欺，战场移我陆。吾民有何辜，无端遭杀戮。刀劈又炮轰，惨状不忍睹。俄军守山头，无奈弹如雨。丧失制海权，战舰沉无数。日兵死万馀，山巅埋尸骨。弹壳熔成铜，铸碑峰上竖。山下植樱林，春来成花坞。日人今犹来，祭灵又扫墓。二零三，二零三，日俄争霸我何干？胜亦无由喜，败也心不寒。胜败皆是丧主权。可怜我国土，俎上肥肉任人剁。可怜我百姓，人亡屋毁摧心肝。日寇成霸主，横行四十年。司令儿战死，改名尔灵山。尔灵山，尔灵山，强盗阴魂谁可怜？死仍东洋鬼，骨却葬大连。碑高远可睹，炫耀日威严。不知他人对此有何思，我到碑前动怒颜。

【注】

① 二〇三高地乃旅顺一小山，日俄战争后改名尔灵山。

游华清池

梦里华清细浪泱，相逢却是小方塘。
伤心一涧胭脂水，竟激回澜撼大唐。

方坤水

1941 年生，福建云霄县人。原云霄县政协副主席。福建省诗词学会会员。

咏税源税法

树能根大自花稠，水满江河始畅流。
培植税源行税法，为民积累富神州。

方朝晖

1946 年生，福建云霄县人。云霄县潮剧团编剧。福建省诗词学会会员。

冒雨登黄鹤楼

冒雨登楼兴未阑，隔江黄鹤对龟山。
望中一片烟笼树，不见长江舟橹还。

方景星

1937 年生，福建诏安县人。诏安县小学特级教师。福建省诗词学会会员。

抗击"珊瑚"台风

不在海中藏艳丽，偏来陆上逞威风。
狂飙呼啸千山动，巨浪翻腾万马冲。
堤决田淹房欲塌，峰崩地裂路难通。
天灾虽惨堪磨砺，抢险扶危盖代功。

王 闲

（1906-1999）女。福建福州市人，福建省文史研究馆馆员。著有《味闲楼诗集》正续两集。

述 怀

平生吮墨乏佳作，自笑胸中少丘壑。
孤陋虽如井底蛙，高超拟作云间鹤。
明窗摊卷乐有馀，奈我饥肠愧蠹鱼。
却因多感耽吟咏，得句庸拙偏愁予。
文艺深造原在己，须读万卷行万里。
图书焚尽意已灰，无聊但觉醉乡美。
何时心目俱豁然，桂林胜景当我前。
奇峰相对云为侣，松下伫立听流泉。
饱吸山光餐湖渌，定教腕下生云烟。
兴来泼墨淋漓比米芾，赋诗清妙也可追谪仙。

庆清朝

郑云回以"空谷幽兰，孤芳自赏"之句誉余，其意讽予也，为述幽兰本旨示之。

坠砌杨花，飘香桂子，妍媸一任春工。凡花异草，由来禀性谁同？盼赏艳阳美景，群葳清丽灿千丛。名园里，探春结伴，合似狂蜂。　　独倚危崖深谷，纵自怜纤影，不怨东风。香销九畹，灵均漫诉愁衷。香芷宁嫌纫佩，幽栖早已谢吟踪。年华晚，曲传白雪，韵托丝桐。

王　浩

1927 年生，福建福清市人。原福建省人大侨委会主委。福建省诗词学会第一、二届副会长。

欢呼除"四害"

春风秋又绿神州，百鸟声同奏凯柔。
白骨倘教精再变，千钧棒打有金猴。

再唱满江红

——答黄善德社长

金风飒爽驱残暑，娓娓乡音举座同。
海峡伫看波浪靖，齐声共唱满江红。

王 竞

1926年生，江苏海安县人，曾任福州军区宣传部副部长。离休干部。福建省诗词学会名誉理事。著有《凤山涛声》《桑榆吟草》。

离休随感

军旅生涯处处家，榕城解甲度年华。
鲁苏讨贼曾擒虎，闽浙移师又缚蛇。
刻意挥毫讴盛世，忘情展楮绘明霞。
征鞍虽卸心犹热，沥血耕耘溉百花。

贺大江截流成功

劈岭炮声隆，截流声势雄。
明渠翻碧浪，大堰伏青龙，
挥汗涤高峡，横空架彩虹。
功成绵万代，壮举世间崇。

王 真

（1904—1971）女。字耐轩，又字道之。福建福州市人。历任中学教师。著有《道真室诗词》。

诣鼓山

高峰随云出，云积半岩间。岩亦不隐云，推云上林端。林风忽吹入，又向群峰攒。山云相明灭，青翠倏万般。转瞬觉寂寞，云敛露全山。山光自掩映，云影何清闲。幽人当此时，默默欲忘还。

送家慈赴旧京

宿霭敛群山，晨曦上高柳。驱车南台路，离怀如中酒。春初忆别弟，隔江怅望久。船行逐岸远，依依犹挥手。为时才几何，及兹复送母。心知暂暌违，肝肠若绳纽。珍重再三言，踟蹰忍一走。归来意惘然，独坐谁与偶？

偶　书

　　饥驱日奔驰，不觉春已老。今朝适休沐，恍如获至宝。明窗赏晴光，小室事幽讨。安炉香既添，拂尘地先扫。既思展旧卷，又欲理新稿。叩门忽传声，客来自远道。相见叙寒暄，出语非所好。相对强作欢，久坐令人恼。佳想一消磨，玉颜立枯槁。物我何由齐，举目望晴昊。

王 弼

1930年生，湖北黄梅县人。闽江工程局退休干部。福建省诗词学会会员。

绿竹歌

贺建瓯市荣获林业部授予"中国竹子之乡"称号

建瓯竹子乡，青翠满山冈，水土借永固，环境臻优良。竹子一身宝，用途书难详。陈胜揭竿起，声威振咸阳，终摧秦嬴祚，青史永留芳。戚公战倭寇，曾以竹为枪，长枪对短刀，倭寇莫能当。古时用竹简，诗书万卷藏，泱泱古文化，赖竹得繁昌。绿竹声悠扬，吹箫引凤凰，弄玉虽远去，馀音尚绕梁。国初建四化，竹亦身价扬，大型营建筑，搭架先开场。高空虽云险，上下云梯张。河水东西隔，竹桥跨两方。炎暑逞凶酷，竹席送清凉，北窗风下卧，恍若遇羲皇。竹笼竹畚箕，竹垫竹网筛，竹篮和竹椅，民生不可离。竹制工艺品，精巧显神奇，可以供出口，可以招外资。竹枝编扫帚，荡垢孰如之？生笋是天骄，天生美佳肴，岂徒饱口福，一样换外钞。荒山种绿竹，发展尤迅速，经营六七载，伫见遍山绿，致富所由来，端赖智谋足。竹乡竹满坡，因赋竹猗猗，机缘留后日，观光竹婆娑。醉饮福茅酒，狂吟《绿竹歌》。竹林会诗友，快意当如何？

王 衡

1907 年生，福建福州市人。曾任全国政协委员，寓香港。

庚午岁末悼临川亡友漱溟

海峡波涛思季子，深谈一席寄沉哀。
咸阳置酒怀难恝，南岛潜鳞去不回。
过雨残云犹在野，随风落叶漫成堆。
论交四十年前事，世局纵横志未灰。

杨应彬会长寄赠《东山浅唱》诗集甚喜，诗以寄意

素禀真贞石，睽违卅载间。
故人风义重，晚岁戚休关。
戎幕同羁旅，蓬庐隔海山。
孤枫临暮影，节操励红殷。

回闽应海军同学招宴有作

世变时艰付劫灰，同窗寻访半蒿莱。
屈平去国存忠爱，宗悫乘风待俊才。
里下尚饶投辖友，江关已圮读书台。
人民大业今方肇，新岁重逢乐举杯。

王大英

1925 年生，福建平潭县人。曾任平潭第一中学教师。福建省诗词学会会员。

登平潭君山绝顶

独插云端瞰众丘，更霏岚翠障奔流。
石嶙碧映松寮晚，枫树红连鸟道秋。
野色深浑融露草，浪华澹白抹渔舟。
高层逗我流连久，胜景真堪匹十洲。

边岛园丁

讲坛频主历春秋，粉笔生涯意自悠。
天上星稀鸡已唱，案头人倦笔方休。
呕心化育花千树，沥血浇培果万畴。
僻岛低檐蛩咽夜，桃芬李硕愿差酬。

王仁山

1946年生，福建泉州市人。泉州市第十三届人大常委会秘书长，福建省诗词学会副会长。

念奴娇·三峡行

巴东寻梦，纵轻舟、仰看高山小月。谁运巨斤开一线，夺路蛟龙喷雪。八阵名图，千秋栈道，尽是征夫血。兵书宝剑，纷纷争竞无歇。　　忽报过了归州，屈原祠庙，灯火犹明灭。飘泊从来多感慨，难解《离骚》情结。旷代豪篇，毛公一阕，云雨行裁截。新妆神女，平湖当映欢靥。

扬州慢·武夷

绿裹红妆，雾纱缥缈，芳仪未许轻窥。泛清溪九曲，尽画卷猗猗。更难得，筏工解意，一篙指点，百种传奇。上云窝，峰列青螺，盆景参差。　　飞舟架壑，数千年，解谜凭谁①？看古寺凌霄，天心明月，长蕴禅机。朱子《棹歌》犹唱，真情在，"理窟"迷离②。恰一声欸乃，便教游客如痴。

【注】

① 武夷绝壁千仞，有船棺悬于半崖，疑非人力所能。

② 朱熹曾于武夷筑精舍讲授理学，后此间称"道南理窟"。

青玉案·过屈子故里

高江长峡峰如簇。渐暮色、溶鸥鹭。棹过巴东知入楚，秭归遥望，屈原祠宇，灯火犹三五。　　回骸乌有红鱼吐，修冢情深女嫛苦①。狐死首丘思故土。郢宫何在？月迷烟树，千古《离骚》赋。

【注】

① 相传屈原投汨罗江后，有大红鱼衔其尸至秭归吐于江边，屈原姐哭而葬之。

王今生

1916 年生，福建南安市人，菲律宾归侨，原福建泉州市市长。泉州历史文化中心主任。

悼念焕东老友逝世二十一周年

生死同行四十秋，为求真理未曾休；
自从浩劫侵凌后，提及君名泪辄流。

王文星

1955 年生，福建南安市人。中学教师。福建省诗词学会会员。

阮郎归·驾车接送学生遇堵

前坑挨着后坑行，车多路不平。几番驰骤几番停，双眸久伫凝。　　家长急，学童惊，司机出怨声。折腾迟误日高升，消磨半课程。

王少陵

1930年生，福建宁德市人。宁德市水产局干部。福建省诗词学会会员。

游厦门海沧大桥

海沧桥上过车流，疑是长虹卧绿洲。
鳌柱深基嵌两岸，鸿沟通道系双陬。
凌空跨架三千米，拔地浮升百尺楼。
巧夺天工联一线，高超科技冠全球。
造形特异今时罕，创意雄奇万古留。
异国飞机头上过，远洋巨舰胯间泅。
姗姗白鹭栖仙岛，浩浩层涛掠野鸥。
旭日霞光添秀丽，春江花市衬芳柔。
夜沉灯火阑珊处，月度银河浩渺秋。
鼓浪惊回渔父梦，临风恍作少年游。
牛郎织女知何去？天上人间任自由。
从此无须神鹊济，去来朝暮乐悠悠。

出海晚归

春江水暖罟鱼肥，笑驾洪涛十里归。
夜半棹歌惊野鹤，举头明月洗蓑衣。

王文淡

1929 年生，已故。福建仙游县人。中学教师。福建省诗词学会会员。

咏旧棉衣

缊袍久敝满尘埃，曾是慈亲手自裁。
拂拭仍思加补缀，破残争忍便抛开。
不关节序催人老，犹许风霜送暖来。
敢厌凋零颜色故，御寒总是济时材。

吟　诗

吟诗觅句未云难，难在诗情出肺肝。
似锦词章虽自负，与民痛痒竟何干？
丹心报国如无愧，小技雕虫亦可观。
老杜千秋称绝唱，端能为众写悲欢。

王观华

1925 年生，福建福州市人。福建省测绘局工程师，离休干部。福建省诗词学会会员。

浪淘沙·哀思

帘外朔风寒，夜已阑珊。鼓盆之戚碎心肝。辗转哀思难入梦，泪雨潸潸。　　岁月不重还，鬓发斑斑。年华七十指弹间。孤寂馀生供自遣，诗与盘桓。

王兴峰

1951 年生，福建连江县人。连江琯头镇侨联副主席。福建省诗词学会会员。

早晴登步云亭往留云寺

晨曦初照步云亭，松壑风来宿酒醒。
嫩草沿阶滋绿意，野花夹道溢芳馨。
远江帆影凭栏眺，近树莺声隔叶听。
欲揽山椒如画境，登临更上白云厅。

王伯兰

（1917-2003），福建安溪县人。中学退休教师。福建省诗词学会会员。

厦门集美海堤

长虹饮海欲如何，输辇车从此地过。
鞭石下惊龙窟穴，伏波初拓汉山河。
涛头一线浮苍鹭，云里千峰出翠蛾。
珍重愚公挥汗处，人流无际笑声多。

安溪龙津大桥落成感赋

大桥南踞旧城闉，唤渡声喧迹已陈。
一种龙津良夜月①，清光无际属闲人。

【注】
①　"龙津夜月"，为安溪八景之一，旧有木桥，圮于清乾隆年间。

王传成

1971年生，福建福鼎市人。福鼎沙埕粮站干部。福建省诗词学会会员。

寄　母

寄来几日雨风多，心海难平起浪波。
倩问飞鸿千里外，慈亲腿病竟如何？

王远甫

（1906-1996），福建古田县人，原古田第一中学语文教研组组长。福建省诗词学会会员。著有《求实斋诗词存稿》《北游集》《北游续集》等。

小雨游棒棰岛作

棒棰岛上春游纪，可惜天公不作美。
顿时云合雨飘萧，柏油路上已如洗。
车行冉冉穿谷凹，轧轧声沉深霭底。
山中植树蔚成林，高厦拂云各耸峙。
李桃花尽杂花开，小亭旁见奇石垒。
海上濛濛眼界空，浩茫全入雄浑里。
闻道风光夏令佳，中外游人争莅止。
宾馆辉煌设备周，栖息游观乐何似。
开放市区滨海多，青岛烟台俱近毗。
壮观奇景遍海涯，楼阁园林比比是。
名胜古迹不寻常，杰阁危亭足雄视。
我是南人畅此游，不因逢雨呼否否。
心情欢惬亟吟诗，挥笔直书忘吾俚。

省府卜迁有日，知友别意甚浓，因仿古人反招隐意，赋《反送别》以广之

衮衮群公赴永安，从今行路莫嗟难。

千夫成聚宜迁地，一念平倭易上滩。

笃信兴邦赖多难，敢因开府陋弹丸。

咿嘤儿女君休取，珍重前程努力餐。

山村即景

野迫峰当户，溪回路接桥。

稠枝遮日脚，杰构挂山腰。

林静鸟声大，壤高花气骄。

白云只咫尺，举手可相招。

王孝莹

女。（1904-2007），福建福州市人。福建省文史研究馆馆员。福建省诗词学会会员。

写 怀

生计无忧老得闲，却因衰倦恋家山。
看花不是当年眼，远处登临梦已阑。

守真北上旅游，久无信，甚念，作此

西风吹袖觉衣单，蟋蟀声声暮色寒。
坐既无聊游又懒，为谁镇日倚阑干。

王良英

又名丹萍，1922 年生，福建福清市人。寓印尼企业家。福建省诗词学会顾问。

归　心

心系炎黄迹寄萍，江湖落魄远游情。
缅怀桑梓欣偿愿，千里归帆一片轻。

田家乐

青山绿水艳阳天，稻熟花香满陌阡。
逸士从来多乐隐，朝耕晚息自忘年。

王克鸿

（1908-）字宾秋。福建宁德市人。曾任中学教师。福建省诗词学会会员。

石笋客窗即目

路转峰回别有村，几间茅舍傍崖根。
断云漠漠低于屋，修竹毵毵绿到门。
风定江潮平似镜，秋高山月大逾盆。
东湖胸次舒寥廓，新境邻翁与细论。

书　怀

卅年浪迹慨飘蓬，投老幽居鹤岭东。
计绌自怜蚕作茧，心寒犹类鸟惊弓。
酒怀憔悴诗肠涩，鬓影萧疏逸兴穷。
抵死不知篇简误，生涯笑与蠹蟫同。

王启熙

（1909-1998），福建福州市人。寓京。中央交通部高级工程师。

荔枝行

用白居易《琵琶行》原韵

家住京华犹是客，乡音未改自琴瑟。
北来车马南来船，似箭归心欲离弦。
年年都说故乡别，思乡情切逢暑月。
只因暑月熟荔枝，乡心半为荔枝发。
此情此景知者谁？莫道荔枝七月迟。
当年七月三星见，骤雨榕城新婚宴。
明朝携手到西禅，荔子轻红映人面。
双飞燕子呢喃声，似诉伊人燕尔情。
丛林美景增遐思，游客观摩《怡山志》。
古荔犹留唐代根，信是慧棱种荔事。
筠笼新采不须挑，擘得晶丸核也幺。
露叶风枝新逢雨，寺前寺后游人语。
红颗珍珠未忍弹，大珠小珠落玉盘。
乍尝甜美花中蜜，似饮清凉雪下滩。
色香和味称三绝，今岁丰枝明岁歇。
一时饱啖慰平生，不负枝头知了声。
何时再到怡山寺，重听枝头断续鸣。
寻来妙笔从容画，描出丹青十丈帛。

"照眼分尝荔子红，浮瓯小试茶膏白。"

我闻蔡谱重闽中，陈紫方红荔子容。

记说闽王有幼女，家傍荔枝芳树住。

佳品犹传十八娘，名列谱中第七部。

七闽生女虽南服，梅妃却被玉环妒。

路遥不得贡荔枝，巴蜀广南徒充数。

可怜扑谷复颠坑，害马劳人红尘污。

忽然鼙鼓动渔阳，玉颜空死六军度。

荔枝犹到马嵬坡，千载渔樵谈掌故。

笑彼帝家连理枝，不及民间夫与妇。

我已成家五十年，东西南北同来去。

流亡渡海苦乘船，黔雨滇风历岁寒。

归来犹寄虬溪畔，小楼相住倚阑干。

八年抗战烽烟息，三载感时重唧唧。

春风送暖庆升平，万紫千红等闲识。

年来书屋寄燕京，荔枝时节忆榕城。

喜过古稀人未老，闭门自听读诗声。

集得荔枝诗一卷，附庸风雅亦书生。

忆昔少陵吟《病橘》，民间疾苦不平鸣。

泸戎摘荔青枫映，重碧东楼春酒倾。

东坡曾作《荔枝叹》，往事凄凉不忍听。

同说开元天宝事，诗人憎爱各分明。

且读香山长恨句，重温老杜《丽人行》。

宫中妃子娇扶立，马上荔枝奔腾急。

梨园新曲落骊山，翠眉欢笑布衣泣。

而今荔子遍炎方，颗颗鲜红朝露湿。

1985 年

八十自寿

且向榕窗种水仙，欲将荔屋补长联。
故乡远在三山外，新岁初临九日前。
沧海归来心未老，黄金散尽志犹坚。
添筹倘许期颐寿，再读诗书二十年。

沁园春·中南海之歌

1963 年 3 月 10 日，毛泽东主席与党和国家领导人，在中南海接见科学工作会议代表，喜逢其盛，赋此以志。

三月京华，此刻难忘，此会难逢。正紫光阁上，彩云常聚，怀仁堂外，瑞雪初融。留影飞鸿，生辉芳草，一片欢声广座中。今朝事，是举头红日，迎面东风。　宏图端赖工农，说欲夺天公造化功。让耕地犁田，驱驰铁马；排洪灌野，叱咤金龙。五谷丰登，百花齐放，六亿神州意气雄。吾何幸，敢吹竽充数，南郭才庸。

王国钧

1948 年生，福建南安市人。南安市纪委办公室主任。中华诗词学会会员、福建省诗词学会会员。著有《觉海诗钞》等。

钗头凤·夏夜村童作业

张阿狗，黄阿丑，你打灯笼他背篓。鱼儿跃，叉儿落。声随蛙唱，小心争捉：缚！缚！缚！　　东家藕，西家酒，月光如席灯如豆。繁星烁，清风薄。何方鸡叫，举杯同乐：酌！酌！酌！

王其桃

1947年生，福建福清市人。福清市人民广播电台副台长。福建省诗词学会会员。

贺闽江调水抗旱成功

洞穿群岭大江通，碧水滔滔涌入融。
琼液四时滋大地，清流百里舞长龙。
田禾解得常年渴，轮笛赢来逐日隆。
人可战天彪史册，侨乡喜看稻粱丰。

王明健

1947 年生，福建泉州市人。泉州市政协文史委副主任。福建省诗词学会会员。

岱仙瀑布

长剑从天落[①]，银光映岱仙。

立身寒气逼，移步湿烟缠。

峭壁如斜塔，危崖似栅栏。

抬头油漏漈，悬瀑入云端[②]。

【注】

① 岱仙瀑布直泻而下一百三十九米。

② 油漏漈瀑布沿宽一百一十米的峭壁汩汩而下。

王国英

1953 年生，福建闽侯县人。中华诗词学会会员，福建省诗词学会理事。著有《国英诗文集》《白丁香诗词》等。

游长乐屏山寺

登高踵接石摩肩，俯瞰仙桥目眩然。
崖罅绿阴遮洞府，山头寒气滞云天。
鸟声夹雨暗残磬，秋叶随风咽暮蝉。
此景此情应记取，禅门一出锁岚烟。

森林公园

入山览胜自悠悠，露结珠玑草木柔。
高竹凌霄标亮节，古榕濯水泛清流。
氤氲烟景笼秋树，荡漾湖光起海楼。
忽地听歌生感慨，与谁欢笑与谁愁。

十八重溪纪游

郊游挈伴慰生平，如画如诗山水情。
郭外朦胧分曙色，滩头盘郁听涛声。
双峰累卵云中合，远树含烟眼底横。
步入松间迷小道，闻钟身忽羽毛轻。

王禹川

1927 年生，福建南安市人。离休干部。福建省诗词学
会会员。

三明市清道姑娘

人行路畔树青青，清道姑娘正妙龄。
不是长街无落叶，是她日日扫飘零。

教　师　楼

千家熟睡月西沉，万籁无声促织吟。
北斗星移过夜半，黉楼灯火教师心。

王彦行

（1903-1979）原名迩，号澹庼，以字行。福建福州市人。福建省法政专科学校毕业。寓沪后历任商务印书馆编辑、同济大学秘书等职。著有《澹庼诗录》等。

穗孙生日寄福州

穗孙裁四龄，颖异逾常童。女慧定胜男，举家宠所钟。两年两就我，归去留欢踪。今日风日佳，想见千里同。阿婆起昧爽，插花满房栊。祝儿寿百年，颜如花枝红。阿爷亦輾然，病枕回衰容。何时儿复来，喧笑长相从。甘为孺子牛，不见山阴翁。

将去福州留别亲友

泛泛一叶萍，风回偶黏块。须臾漾微波，踪迹复江海。　物生任天游，去留了无待。终惭兰泽芳，玉立色不改。

观化（一首）

幼聆童话辄解颐，有龟与兔约竞驰。

龟勤爬沙卒制胜，兔骄假寐遂失时。

语谐实庄小喻大，取讽从政意亦宜。

今之扑朔疾逾电，韩卢虽猛难为追。

趯趯容有触株辈，蠢蠢终是揩床资。

何来四凶窃枋柄，狂谋缪算行其私。

诪张为幻蒇谠论，二帝谓可析箕笒。

质家载籍束高阁，鼓箧学子群荒嬉。

考工寖斁宝弃地，罔恤国命危悬丝。

幸哉贤豪蚤间出，立扑此獠无留遗。

一场祸衅犹及止，中兴指顾恢纲维。

储材殖货复平准，百废俱举迅莫迟。

却后廿稔臻郅治，亿万瞩目符预期。

老我虽病乐观化，鳌足仁奠邦家基。

王彦英

1923 年生，福建松溪县人。原松溪一中教师。福建省诗词学会会员。

游百丈山平坑水库

车过龙湫万丈泉，珠飞玉溅彩虹悬。
镜台涵照千峰秀，圣井长招百鸟翩。
大坝三层幽谷起，平湖一色碧天连。
明星璀璨严妆俟，何日仙灵返翠巅？

王贵轩

王贵轩女，1931 年生。辽宁沈阳市人。原福建省外事办公室副主任，离休干部。福建省诗词学会会员。

为亲人扫墓

邙山魂断雨纷纷，翠柏犹如百炼身。

为慰阿妈与阿弟①，八闽今已焕然新。

【注】

① 阿妈即夏淑琼同志，地下党福清老交通站负责人；阿弟即陈振先同志，地下党闽中地委负责人之一，1947 年光荣牺牲。

王恒鼎

王恒鼎号固吟楼主,1966年生,福建福安市人。中学图书馆管理员。中华诗词学会理事,福建省诗词学会常务理事。著有《固吟楼诗词》。

观黄山人字瀑

宛转灵源绝俗尘,苍崖素练趣尤真。
横空一篆堪回味,要做清清白白人。

绮怀 (十首选二)

(一)

偶趁春风过谢家,前缘如梦费咨嗟。
小园东角疏篱外,恰绽同栽那树花。

(二)

青鸾消息海云端,红豆相思意未阑。
枕上秋虫窗外月,寻卿梦里也艰难。

王振汉

1928 年生，福建石狮市人。退休干部。福建省诗词学会会员，著有《王振汉诗词集》《金江风浪》等。

参观长汀瞿秋白囚禁处

愤恨望囚门，频频拭泪痕。
英雄扬马列，热血照乾坤。
革命精神在，坚贞气概存。
汀江流不尽，万代悼忠魂。

屏南鸳鸯溪

屏南四季百花妍，瀑布如帘挂洞前。
默默仙桥横绿野，幽幽宴谷出清泉。
鸳鸯戏水多情韵，草木吹香醉碧天。
举手猕猴迎远客，人间美景意悠然。

王海演

字居滨，号莲花学子，1933 年生，福建清流县人。中学高级教师。中华诗词学会会员，福建省诗词学会会员。

警魂颂

朝朝暮暮站岗楼，雨雪风霜几度秋。
虎穴寻踪擒恶豹，龙潭觅迹制凶虬。
奋身履险豪心胆，赤手追奔硬骨头。
正大光明斯气壮，轶群卓立似高丘。

王梓坤

1971 年生，福建福安市人。福建省诗词学会会员。

癸未夏旱有感

盈空炙日煮流霞，浪飐江东北浦华。
山雨可怜迟入市，天南何处憩君家。

王展采

1924 年生，福建建阳市人。原龙岩师范专科学校副教授。福建省诗词学会会员。

回国登机

天涯万里别离情，三岁甜甜送远行。
吻过爷爷亲奶奶，祖孙相抱泪盈盈。

王晴晖

1938 年生，福建石狮市人。中学高级教师。中华诗词学会会员，福建省诗词学会名誉理事。著有《晴晖诗词集》。

过东坡赤壁

赤鼻坡翁讹赤壁，却增胜迹此间留，
穿空乱石长无恙，拍岸惊涛故未休。
亭为放龟心得趣，台称问鹤景藏幽。
清词一阕双篇赋，装点江山谁与俦？

摊破浣溪沙·鸭司令

放鸭丫头早出门。飘萧毛雨湿衣巾。秀发迎风吹欲散，乱纷纷。　　上岸下沟严号令，长竿押阵向前奔。老父尾随蓑笠送，笑频频。

王景禔

（1929—1998），福建霞浦县人。离休干部。福建省诗
词学会会员。

读谢翱《晞发集》

秀毓长溪气骨奇，生逢末世罔扶危。
驰驱奥海家能弃，恸哭文山志足悲。
汐社结盟矜节概，浙东行迹诉流离。
先生爱国风徽在，研读遗篇倍系思。

王筱婧

女，1932 年生，福建福州市人。原在福建师范大学中文系易学研究室工作，后任华南女子学院教师。中华诗词学会会员，福建省诗词学会名誉理事。

人月圆·有谈恨事者，闻皆惆怅，戏作

人间多少伤心事，长似水流东。怎生消得，落花庭院，微雨帘栊！　　千秋幽怨，三生慧业，半世飘蓬。十年魂梦，一般滋味，两处应同。

百字令·题《天寒有鹤守梅花图》

低回漫舞，有何人存问，梅边寒鹤？常记银塘春入梦，梦似愁魂无着。林满昏鸦，枝空倦鹊，回首都非昨。一声凄断，月斜风冷花落。　　惆怅华表归来，孤山别后，长负闲云约。毕竟孤高容不得，何处清踪堪托？标格相矜，羽毛自惜，合守南枝萼。平生心事，岁寒谁伴萧索！

踏莎行·北海西北隅见废殿

晓日湖山，薰风台榭，蝉声唱彻垂杨下。回廊曲径满衣香，游人尽入诗中画。　　一角荒池，数椽残瓦，当时玉殿珠帘挂。羡他燕子惯兴亡，往来不管流光泻。

王静娟

女，1936 年生，福建三明市人。三明市计量所工程师。福建省诗词学会会员。

生 命

偶见无名石隙苗，豆芽模样赤条条。
顶端胚叶还羞合，幼体胎枝已显骁。
不计风吹和雨打，只知蝶舞伴蜂聊。
兴来昂首新苞放，点点星星引你瞧。

王磊之

　　1930 年生，山东诸城县人。原福建永安市百货站秘书科长。福建省诗词学会会员。著有《秋山叠翠》诗集。

古稀抒怀

痴对蹉跎觅逝川，大风始唱正烽烟。
铁流涌浪三千里，闽海腾波五十年。
燕水冬寒筋骨炼，京华春暖梦魂牵。
秋翁汗洒新葩绽，笑慰馀霞正满天。

尤　正

1923 年生，江苏省人，原福建省科学技术协会秘书长。福建省诗词学会会员。

厦门菽庄花园

雄峰侧畔卧波醒，闲看飞舟逐浪行。

十二栏杆明月夜，翠轩高坐听涛声。

邓 拓

邓拓（1912-1966），原名子健，笔名马南邨，福建闽侯县人。曾任《人民日报》社长兼总编辑、中共北京市委宣传部部长、北京市委书记处书记。"文革"中被诬为反党的"三家村"首要人物，受迫害致死。著有《燕山夜话》《邓拓诗词选》等。

晋察冀军区成立志盛

血肉冰霜不计年，五台烽火太行烟。
战歌匝地三军角，卫垒连珠万里天。
北岳扬旌胡马怯，边疆复土祖鞭先。
阵云翻向龙江日，响彻河山唱凯旋。

狼牙山五壮士

北岳狼牙耸，边疆血火红。
捐躯全大节，断后竟奇功。
畴昔农家子，今朝八路雄。
五人三烈士，战史壮高风。

沁园春·一九四五年步毛主席原韵

北斗南天，真理昭昭，大纛飘飘。喜义师到处，妖氛尽敛，战歌匝地，众志滔滔。故国重光，长缨在握，孰信魔高如道高？从头记，果凭谁指点，这等奇娆？　　当作血雨红娇，笑多少忠贤已屈腰。幸纷纷羽檄，招来豪气，声声棒喝，扫去惊骚。韬略无双，匠心绝巧，欲把河山新样雕。今而后，看人间盛事，岁岁朝朝。

邓公山

原名邓金善，1923年生，福建罗源县人。福建省水利水电厅离休干部。福建省诗词学会会员。著有《邓公山诗词》三集。

低保卡吟

手捧低保卡，老伯乐欣欣。惠我免饥饿，生活安了心。融融春风暖，爱心系民情。非但老吾老，还及幼之人。　　鳏寡孤独者，同沐雨露恩。三农肩重任，党把心血倾。坚持民为本，抱定此胸襟。巍巍山峻极，浩浩海无垠。

孔庆洛

1929 年生，福建霞浦县人。原霞浦县卫生局局长。福建省诗词学会会员。

见义勇为英雄群体赞

九州生气恃风雷①，岂许人间正义隤。
壮志成城轻斧钺，爱心如沸慑狼豺。
扶危拯弱人争继，立懦廉顽业可恢。
更听儿童欢语好："雷锋叔叔又回来"。

【注】
① 借用龚定庵句。

曲阜谒孔庙

老桧苍然欲化龙，大成崇殿仰雍容。
遑遑当日无安土，穆穆千秋有闳宫。
宇内贬褒辞未已，庙前馨祝礼犹隆。
南宗我忝延支脉，典籍爬梳缅昔踪。

冯向吉

1915 年生，陕西延长县人。福州铁路分局离休工程师。福建省诗词学会会员。

探亲随笔

秋风送我返家乡，旧识新知话短长。
忆得出征驱日寇，深情前线送衣粮。

石 谷

1919 年生。福建云霄县人。退休干部。福建省诗词学会会员。

今日云霄

车毂涌如潮，江头屡建桥。
高楼平地起，真个住云霄。

甘婴德

女，1929 年生，福建长乐市人。三明钢铁厂干部，福建省诗词学会会员。

晨　练

熹微渐吐起新晨，拳剑刚柔取健身。
腰若蛟龙游碧浪，臂如鸿雁掠清旻。
嗖嗖闪处锋无影，灼灼瞪时目有神。
雾里风前长不懈，谁知我是古稀人。

甘鼎藩

1943 年生，福建长乐市人。中医医师，福建省诗词学会理事。

沁园春·纪念邓小平

天降豪英，一百周年，为世指迷。忆西欧留学，投身革命；名城百色，高举红旗。战历罗霄，会参遵义，万里长征险化夷。豺狼伏、更中原逐鹿，淮海挥师。　　生平志抱匡时，又岂料孤忠被疑。历十年浩劫，三番起落；阴霾散尽，复掌枢机。四化宏图，全凭设计，华夏今朝已奋飞。良辰会、献芜词一阕，寄我追思。

沁园春·福州西湖开化寺

绿柳虹桥，曲径回廊，百卉簇红。看平湖凝碧，亭楼焕彩；遥山叠翠，嘉树葱茏。兰桨轻舠，繁弦急管，阵阵清歌彻碧空。休闲日，喜芳园携侣，其乐融融。　　禅林开化归宗，梵呗响晨昏伴鼓钟。幸寺临诗苑，文明共倡，崇仁扬善，万派兼容。构建和谐，海西崛起，一水台澎指日通。从今后，似吾闽大地，长驻春风。

卢 和

1951 年生,福建福州市人。福建人民出版社古籍编辑室主任,福建省诗词学会会员。

孤山谒林和靖墓

高标异代仰清芬,来吊遗踪傍夕曛。
魂去山中应化鹤,梅留湖畔尚笼云。
忘情应笑多情我,羁俗偏怜绝俗君。
想得暗香疏影里,略无尘事与嚣氛。

卢为峰

1964 年生，福建福州市人。福建美术出版社总编室主任，福建省诗词学会理事。

沪杭道中（二首）

（一）

飙轮百里睡蓍腾，雾敛前山日特升。
窗外摩肩人似蚁，问程知已到嘉兴。

（二）

家家艇子系门旁，信是江南半水乡。
蒲苇丛生人不见，几排蟹舍接鱼庄。

卢匡桓

1930 年生，福建寿宁县人。福建省诗词学会会员。

登东方明珠鸟瞰浦东

拔地直升千仞楼，明珠璀璨夺双眸。
两江际海平如镜，万厦攒空俯似丘。
舟楫穿梭风习习，笙歌裂帛意悠悠。
巨灵撩得余心醉，不觉忘年引兴讴。

卢先发

1951 年生，福建永定县人。福建龙岩市规划局局长。福建省诗词学会会员。

奥克兰萤火虫洞 (新韵)

一洞神奇别有天，万千萤火献光源。

虽然米粒之光小，也作星星暗洞穿。

卢红伽

1919 年生，福建寿宁县人，归侨。

苦学奇缘

据《闽东乡讯》报道，宁德六都残废青年教师张帙栋自学成才，与陇南女子林雪远道来婚匡略，读之感人，爰作长句以志颠末，并为世之病残者励。

帙栋身残志不残，潜心学海弄柔翰。
魏碑颜帖摩挲遍，君家颠草更沉酣。
承师二周朱李蔡，弃厥糟粕窥其大。
鸿飞鹄突成一家，倒薤垂针穷千态。
中州函授毕业才，墨苑群芳朵朵开。
书展书评均入选，松耸高姿梅占魁。
苦学成才端不易，蹉跎尚未谐连理。
征婚报上逐鹿多，陇南一美翩然至。
林其姓兮雪其名，青眸独注真有情。
双栖自此若鱼水，红袖添香又作羹。
红拂输心惟李靖，玉箫再世韦皋聘。
《闽东乡讯》为刊登，韵事流传遍全省。
香江风月降赏音①，名公倾倒远朋钦。
聘编《春笋》重湘渚②，小如硬笔工亦深。
君不见女中强者张海迪，残躯仍不甘寂寂；
又不见科普权威高士其，耄耋半瘫志不疲。
豪俊每多灾与病，总不低头向逆境。

汝向人生展笑容，人生对汝亦融融。

张君张君须努力，百尺竿头再鞭策。

不私僻壤一枝春，要占名山千载席。

【注】

① 香港《闽江风月》社亦欣赏其书法。

② 湖南《春笋》诗刊特聘他为编辑。

卢浩然

1916 年生，福建大田县人。福建农学院教授，原福建省政协副主席。福建省诗词学会名誉会长、顾问。

西禅啖荔诗会有作，兼怀海外友人

陈紫犹输色味浓，亲朋馈遗遍西东。
禅林啖荔兼怀旧，片恸匀丹海外同。

包树棠

（1900-1981）字伯苻，号笠山。福建上杭县人。历任福建厦门集美等校教师、福建泉州海疆学校副教授、福建师范大学教授。著有《笠山诗集》《汀州艺文志》等。

秋 望

雨脚收残照，明霞坠水西。
山将青海抱，楼与绿云齐。
打岸潮声急，筛风树影低。
谈瀛逢海客，避地怕闻鼙。

留别诸生

梅花开日我来时，荔子香中又别离。
走马须防心易放，亡羊应念路多歧。
欲知积学惟穷理，纵使居安莫忘危。
窃得赠言仁者意，终惭形秽作人师。

感事用苍亭韵

烽燧卢沟郁不开，宛平七夕警初来。
言和议战终难决，覆雨翻云尚费猜。
几见艰危膺巨命，微闻朝野集群材。
我思燕赵悲歌士，何日黄金吊故台。

史苏音

女，1953 年生，浙江省人。福州市商业局干部。福建省诗词学会会员。

风入松·周末舞会

莲池金粟小蛮靴，狐武试探戈，繁弦急管欢场是，竞交臂，对起婆娑。宾主忘情莫问，良宵深浅如何。　　烟罗雾鬓暗香多，款款度轻梭。微莹肌汗灯明灭，四凝望，耿耿星河。一似霓裳曲罢，青天碧海嫦娥。

叶可羲

女（1902-1986），福建福州市人。字超农，号竹韵轩主人。历任福州市各中学教师。新中国成立后受聘为福建省文史研究馆馆员。著有《竹韵轩词集》。

省墓（二首）

（一）

依然景物旧西关，每到清明泪暗潸。

小橹一摇肠一断，松林深处是文山。

（二）

文山黄土埋亲骨，行近山边若到家。

凄绝不闻娘唤女，白杨树上只啼鸦。

减字木兰花·螺江舟次偕德愔、蕙愔、道之。

夹溪垂绿，转尽岸湾知几曲。才过桥西，小碕船行橘树低。　　羹鱼炊蟹，野店香醪随意买。篷背诗新，载得秋山瘦似人。

踏莎行·秋江早发

远岸横青，长空裂碧。西风如剪吹帆急。前山才接后山遥，乡关早是千重隔。　　烟补林疏，水欺石侧。枫丹不掩荒寒色。可怜晓月更秋江，芦花无恨头先白。

叶玉超

1927年生,福建福州市人。寓香港,香港凝趣轩画廊经理。曾任中华诗词学会理事、顾问,福建省诗词学会顾问。

纪念抗日战争胜利五十周年

八年战祸起芦沟,卫土艰辛痛史留。
巢覆讵能完玉卵,瓦全仍可固金瓯。
狂澜力挽凭群策,胜果终收泯宿仇。
半百光阴弹指过,黄魂雄振壮神州。

春 游 曲

珠还香岛应佳期,七月终收米字旗。
盛世同看龙起蛰,明时欣见凤来仪。
国行两制齐称善,路辟三通莫置疑。
胜券稳操先此着,万方瞩目一枰棋。

神舟六号旋归有感（二首）

（一）

宇航探秘展新猷，聂费双雄壮志酬。
飞越里程三百万，临窗几度望神州。

（二）

寻幽探秘步天衢，珠阙瑶池景各殊。
天上人间连一体，他年辟作旅游区。

叶艾琳

女，1984年生，福建福州市人。福建省诗词学会会员。

明 妃

离宫怯又骄，路邈雨潇潇。
毡屋藏黄酪，裘衣饰紫貂。
汉妆虽显媚，胡服愈添娇。
漫漫林如海，茫茫草似潮。
逐豚飞幼隼，围兔放灵雕。
一次和亲举，百年征战消。
锦书长已断，乡梦久仍遥。
青冢静无语，英雄尽折腰。

叶范生

1913 年生，福建平和县人。退休教师。福建省诗词学会会员。

退 休

少无大志老疏慵，倦鸟归飞恋旧丛。
蚁醅一杯能助兴，龙团七碗自生风。
玉堂金马难成梦，末俗颓波不苟同。
得失何须殷计较，从今随遇作闲翁。

题 墨 竹

饱经风雨已无华，节劲心虚老更加。
愿与松梅长结友，管他地僻夕阳斜。

叶国庆

字谷馨，（1901-2001），福建龙海县人。原厦门大学历史系教授。福建省诗词学会会员。

纪念黄道周诞辰四百周年

乾坤淑气钟闽海，诞降词臣第一流。
问答榕坛宏礼乐，支持复社辨薰莸。
敢将血肉裹仁义，犹有英威慑寇仇。
未克挥戈回落日，明诚两字足千秋。

金三角竹枝词之一

村村平地起楼台，鸡鸭满田牛马陔。
脱却棕蓑和木屐，项垂金链笑喈喈。

金菊对芙蓉

予于"八·一三"前夕，从白下匆匆携儿女回闽。以次女随嫂氏寄居皖江，我偕同僚由湘鄂入蜀。二年之间，数易居处。梦魂一缕，三地情牵。追念松冈景物，辄不知涕泗之从也。

　　两易衣裘，六移羁旅，浮萍断梗堪怜。叹盈襟尘土、遍地腥膻，干戈阻绝空相念，怕倚楼烟水连天。蜀州闽粤，一家骨肉，三处山川。　　白下遥望凄然，想松冈村上，矮屋篱边。有鸡冠千朵，红紫争妍。牙签玉轴书兼画，怪无端容易抛捐。归程何日？梦犹没据，人未酣眠。

叶国斌

1956 年生，福建清流县人。福建电视大学清流县工作站负责人。福建省诗词学会会员。

蝶恋花·咏春燕寄母

百转千回尝万苦，缬草衔泥，温暖家园筑。稚嫩娇娃初学语，奔忙不惧风和雨。　　羽翼丰匀频起步，小院盘旋，示范翻飞舞。搏击云天谋自主，柔情母爱颂千古。

叶果初

女，1946 年生，福建宁德市人。宁德第二医院主管护师。福建省诗词学会会员。

满庭芳·庚辰夏陪老父赴周宁途次

向曙微明，鸽群舒翼，采茶歌绕清溪。绿蕉覆岸，麻鸭弄涟漪。茉莉扬芬路畔，眺平野、勃勃生机。浮桥近，轻舟待发，拱揖翠峰奇。　　吁嘁。游子梦，长川逝处，芳草萋萋。况果盈禾壮，虾跃鱼肥。喜看人勤地沃，恰新纪、沐此晨曦。家乡好，椒浆待奉，羁旅早须归。

叶绍书

1921 年生，浙江金华市人。福建省诗词学会首届理事。

一九八四年夏应邀参加厦门大学
党史座谈会，过南普陀寺南楼旧居，
兼怀吴文声同志

五老峰迎太武巅，风云三十六年前。

曾偕勘穴探狼虎，犹记同舟共簸颠。

琳宇又闻清磬起，僧楼不见晓灯传①。

重来旧友皆斑鬓，共吊遗踪一惘然。

【注】

① 文声同志当时常在灯下刻印宣传品至拂晓。

叶活水

1919年生，福建平和县人，福建漳浦第一中学离休教师。福建省诗词学会会员。

檐前菊

根扎水泥板，位居槛外缘。高楼三面逼，难得见南山。西北寒风急，疏篱无处编。坚持凭斗志，嫩绿逗人怜。春时梅雨洒，夏序烈日煎。培些垃圾土，生意更盎然。待到金秋后，黄花满廊边。亭亭殊可爱，倒挂亦翩翩。檐前偶索笑，姿态饶万千。经霜愈怒茁，冬至尚鲜妍。草木成知己，人事蠲拘牵。晨昏勤眷顾，相对意缠绵。

瘫妻榻畔

嘘寒问暖伴瘫妻，强作欢颜忆小溪。
种豆栽瓜收硕果，培兰育桂护柔荑。
相濡以沫阴霾散，比翼同怜夕照西。
憧憬烟花知瞬息，来生愿续一枝栖。

叶荣泽

1933 年生，福建福安市人。原福安市穆阳镇干部。福建省诗词学会会员。

圆明园感怀

荆棘铜驼触目哀，圆明无复旧池台。
颓垣能诉伤心事，雪耻兴邦念未灰。

叶星铸

1942 年生，福建德化县人。德化第一中学退休教师。福建省诗词学会会员。

登岱仙亭

仙亭壁顶悬，宛若驾云天。

崖峭飞流急，壑深浮霭闲。

瀑声萦绝巘，鸟影绕层巅。

何日尘嚣了，常来结善缘。

叶海山

1938 年生，福建晋江市人。晋江市政协文史委主任。福建省诗词学会会员。

壬午中秋怀念台湾八叔 (新韵)

沧桑世事付云烟，风雨人生耄耋年。
隔海萍飘舟一叶，思亲梦聚月双圆。
当年手种相思树，此际神驰古寨山。
一片丹心家与国，回归夙愿几时完？

叶培芝

1929 年生，福建松溪县人。曾任松溪县政府督学。中华诗词学会会员，福建省诗词学会会员。著有《烛照诗词集》。

山村行

古槐深掩富人家，老汉悠然啜绿茶。
烟草灵芝赢好价，孙儿高考上清华。

水调歌头·赞抗洪英雄高建成

骇浪惊涛涌，抢险勇前冲。疾风劲草何惧，奋力斗从容。胸系苍生井灶，肩烁红星缨带，鏖战缚苍龙。义胆忠心塑，坚脊泰山崇。　　临危赴，狂澜蹈，挽雕弓。簿州湾战，天地感泣鬼神通。共产党员本色，革命军人风采，舍己立奇功。为国捐躯烈，正气化长虹。

叶摘星

1920 年生，福建平和县人，中学退休教师。福建省诗词学会会员。

辛未重九游漳州云洞岩

重九饶馀兴，徜徉上此峰。
岩奇弥突兀，洞曲孰陶镕。
陡径防苔滑，深林觉雾浓。
相将攀绝顶，长啸拓襟胸。

丘幼宣

　　1931 年生，福建宁化县人。曾任福建教育出版社编审、副总编辑，福建省诗词学会副会长、顾问。著有《大梦山房诗文集》《一代画圣黄慎研究》《瘿瓢山人书画集》（合编）等。

大 衍 颂

抖擞雄狮五十年，峥嵘岁月铸新天。
昔时郊甸成都市，是处楼台接斗躔。
车队訇訇如浪涌，樯林历历引鸥旋。
荧屏闪耀边隅寨，机器轰鸣屋脊巅。
戈壁横铺柔绿毯，鲸洋竞献好油田。
卫星核弹冲霄上，巨坝长龙拔地骞。
府库充盈兵食足，胶庠普及道文传。
珠还两制金瓯固，人喜三通碧海填。
外汇抢优千亿蓄。邦交丕盛万方联。
团圞各族同兄弟，巩固藩篱慎管键。
北极熊罴威已戢，美洲貔虎暴犹虔。
寰球屡见燔烽燧，军旅毋忘砺剑铤。
积弱积贫伤去日，渐强渐富惜当前。
毛公定鼎根基永，邓老丰民设计全。
创业守成艰沥血，开来继往勇承肩。
鲲鹏击水方舒翼，骐骥扬尘更著鞭。
卅载探骊初级段，一朝解禁始翩跹。
凤阳花鼓惊冬蛰，赤县春潮卷八埏。

经济特区葩烂漫，乡村企事锦鲜妍。

欢歌大有农心乐，笑跻中坚士梦圆。

反腐倡廉除蠹蛊，秉公执法杜权钱。

廿秋改革多奇迹，万众骁腾簇伟篇。

擘画鸿图迎世纪，振兴诸夏仰今贤。

群山抃舞江河唱，四海九州张寿筵。

红豆怨

　　红豆圆溜溜，相思令人瘦。红豆红绯绯，相思令人痴。劝君休采撷，相思虫啮骨。若谓余不信，请看巧姑镜。

　　巧姑不识相思味，采得半篮相思子。爱它艳胜红珊瑚，缀成项链炫阿姊。一串持赠阿牛哥，一串自戴增娟美。两心相契结丝萝，鲽鹣情侣恩爱多。鱼水合欢才三夕，讵料晴空爆霹雳。蒋家败兵扰村坊，鸡飞上树狗跳墙。强捉全村丁壮去，哭号咒骂天亦怒。忍见亲人遭缧绁，可怜重演《新婚别》。新婚别，肝肠裂，巧姑痛哭泪滴血。血泪沾渍红豆链，仿佛香君桃花扇。哭声嘶哑喉头噎，巧姑仆地久昏厥。吁嗟乎！酸风苦雨天日昏，哀哀啜泣寡妇村。亲人逮去台湾岛，大海滔滔音信杳。日日思夫梦里亲，醒来涕泪湿枕巾。荧荧灯影伴孤身，耿耿星河映前尘。郎年十二侬八岁，抱我同骑黄犊背。沿溪春树鸣鸟雀，蜂蝶翩翩花灼灼。油菜田里捉迷藏，金黄花海醉人香。

阿牛折柳扎花环，戴我头上夸"好看！"我扮新娘他扮郎，绿茵坡上学拜堂。野菜野果盛瓦片，罗列肴馔开喜宴。回思少小两无猜，青子回甘转伤怀。田园井臼勤劳作，孝养翁姑甘藜藿。巧姑巧手巧针线，阿牛生日新鞋献。遥祝夫君长安健，珍重脖上红豆链。我抚豆链时眷恋，君当见链如见面。海涸山平心不变，早日归来重缱绻。乌飞兔走五十霜，新鞋叠积半百双。昔别郎君颜如玉，而今发白鱼尾蹙。靓女化为老妪黑，觌面相逢应不识。豆蔻年华付流水，坎坷蹉跎怨谁氏？七夕怕见月如钩，钩起今昔五味愁。银汉盈盈鹊桥度，年年相会离人妒。海峡茫茫航断路，两岸望月泪如注。愿化精禽填沧海，旷夫怨妇消恨悔。纵生双翼飞海东，欲会良人杳无踪。若道无缘匹佳偶，为何青梅竹马早牵手？若道已成连理枝，为何伯劳燕子各东西？呜呼！生不同衾死殊穴，三日夫妻嗟卓绝。久别离，长相思；长相思，久别离。离别悠悠恨无底，相思绵绵直到死！

登山海关城楼眺望

抱水依山势壮道，谯楼高处挹清秋。
天垂平野幽燕阔，海涌洪波日月浮。
万里龙蟠穿大漠，一关虎踞镇雄州。
百年锁钥干戈地，卫国英灵绕故丘。

蝴 蝶 泉

榆城三月百花妍，万蝶纷飞绕古泉。
凤子多情怜远客，故衔香粉扑人肩。

丘树尧

1922 年生，福建长汀县人。福建省诗词学会会员。

手杖吟

一蹶堪伤度五年，步行难似上青天。
全凭健手徐攀进，再勉残肢苦向前。
但恨人生罹此恙，尤嫌药性失其权。
而今与汝成良伴，赏景相扶夕照边。

白金坤

1944年生，福建龙海市人。原福建漳州市教育学院副院长，漳州市文联常务理事。福建省诗词学会理事。

闻江泽民访贫有感

祥云紫气罩荆扉，躬抚盘飧问黍炊。
棠树遗风赓国史，阳春有脚暖山篱。
求田问舍遭呵训，骑鹤腰金付处治。
心盼黎民同富裕，九州草木尽葳蕤。

中秋情思

东南孔雀未还巢，故里花犹二月娇。
又是中秋无梦夜，相思两岸望寒潮。

乐湖亭

1929 年生，福建沙县人。原沙县公安局副局长。福建省诗词学会会员。

水调歌头·学"八荣八耻"有感

荣辱地天别，大是大非前，枉教颠倒亮相，难析是愚贤。岂少明君宵旰，弥切经邦忧虑，新政究深玄。抑耻树风范，崇义淡权钱。　民拥政，政恤民，国运骞。不能松懈。改革宏敷益攀巅。人有忠奸善恶，事有顺逆臧否，自古欠周全。只须齐宣力，定会缺成圆。

江 山

1946 年生，福建古田县人。古田县聋哑学校校长。福建省诗词学会会员。

咏 笋

一夜惊雷新雨催，青山毓秀出奇胎。
微芽便有凌虚势，嫩箨宁无脱颖才。
转眼抽身擎日月，随时振翰洒琼瑰。
明年再看参天处，又有龙孙破土来。

江 枫

（1924-1999）原名刘守迅，福建福州市人。福建省老年大学诗词班教师。

哭冰心老人

期颐已届去从容，道德文章百代宗。
《春水》有情滋大地，《繁星》无语耀长空。
车游上野樱花艳，灯挂神州橘子红。
小读者多频寄出，寰球代代有儿童。

秦兵马俑

看如赳赳赴征程，隐约冲霄鼓角声。
叱咤频传摧六国，驰驱又报下千城。
独夫倘得成长治，万姓何堪任倒行。
但待揭竿秦祚改，水能载覆枉言兵！

江中卫

1920 年生，福建德化县人。福建南安师范学校退休教师，德化县志办特约编辑。福建省诗词学会会员。

德化陶瓷

为中国德化国际陶瓷节而作

浐溪百折总流东[①]，北望戴云山势雄。
地产银泥皆皎洁，窑成玉盌尽玲珑。
驰名四海象牙白[②]，享誉千秋屈斗宫[③]。
新貌瓷都舒望眼，洪潮滚滚永无穷。

【注】
① 浐溪：为德化境内最长的溪流。
② 象牙白：德化名瓷品种之一，今称"建白"。
③ 屈斗宫：1988 年 1 月，列为全国文物保护单位。

参观龙门滩水电站

龙门集北水，大坝碧波平。改向南流去，穿山隧道成。将军峰可仰，叠嶂硕儒萦①。浐溪听呼唤，南旋民物亨。农家树艺熟，乡镇夜珠明。人有胜天力，神奇科技凭。伟哉水电站，工竣发春荣。山意融诗梦，园田瑞禾生。飞霞逗客醉，归鸟悦鸣声。游鳞逐云影，怡然靡心惊。残阳红似染，湖镜扁舟横。天地共容与，不觉吾身轻。

【注】

① 硕儒：村名，为大坝所在地。

江兴坤

1923 年生，福建连城县人。曾任连城第一中学副校长，高级教师。福建省诗词学会会员。

游石门湖、冠豸山

几度游石门，最爱水一泓。平铺绿绮展，清澈游鳞呈。素手弄清波，惬意生柔情。濯足湖中央，摇破縠纹平。船行入港道，别有洞天扃。舍舟登冠豸，载欣又载行。泉水汩汩流，草木沁芬清。竹林相掩映，阴凉遍地生。升阶千百级，若历嵩华程。回首见奇壁，秀丽饶嘉名。长寿亭驻筇，天风荡心胸。鹰岩凌空立，寿石逼苍穹。放眼云海阔，万壑拥千峰。纵横数十里，壮哉冠豸雄。直下一线天，俯看金字泉。再上单双顶，半云亭下悬。寻幽莲花洞，探险老虎岩。豸山卅六景，一日看岂全。但愿人长健，再游待明年。

江芝林

号自陶斋主，抱瓮者，1941 年生，福建福州市人。福建省诗词学会理事。著有《自陶斋诗稿》。

谒于山戚公祠

倭寇侵凌血泪溅，前朝遗迹岂能湔。
征东饼恍英雄在，平远台犹正气传。
醉石观瞻人竞至，古祠开放客留连。
比年靖社阴风起^①，展谒将军心倍虔。

【注】

① 靖社：指靖国神社。

咏马江

独立罗星耸眼前^①，望中潮水任回旋。
百年船政悲欢系，一派马江今古穿。
肃穆遗祠衔泪血^②，辉煌新貌壮山川。
更开门户腾飞日，万舶梭奔景倍妍。

【注】

① 罗星，指罗星塔。

② 遗祠，指纪念甲申（1884）中法马江海战中殉难烈士的昭忠祠。

晚　霞

夕阳西下气浑雄，万丈霞光入望中。
咫尺东溟潮汛起，千重青嶂火云红。
衔山薄尚挥馀热，伏骥老犹嘶野风。
一息崦嵫呈壮丽，凭高极目逐征鸿。

江衍庆

1942 年生。福建松溪县人。原松溪县政协秘书长。福建省诗词学会会员。

送　春

落红阵阵满天飞，芳草阴阴绿渐肥。
谷底杜鹃难解意，声声唤道不如归。

江俊卿

1922 年生，福建沙县人。笔名草庵散人，曾任中心小学校长。中华诗词学会会员，福建省诗词学会会员。著有《夕阳明吟集》《草庵敝帚集》《桑榆斋诗稿》等。

亡妻胡玉莲三周年祭

头白鸳鸯失伴飞，凉凉踽踽感寒微。
归来吊影思当日，不见伊人夜补衣。

汤盛舞

字青羽，1929 年生，福建周宁县人，原福建宁德市纪检会副书记。中华诗词学会会员，福建省诗词学会会员。

有感一位革命老同志

卓笔峰巅羽檄驰，辞亲弃职未曾迟。

求真入党二三次，报国从戎"四五支"。

独上山头全大局，一凭睿智化群疑。

碗添黄豆民权立，榜揭红章政令施。

残夜传书迎解放，只身说理伏顽痴。

从文事政崇科技，育德培英谱史诗。

劫火燃身魔作祟，丹心向党志难移。

尤将发奋挥余热，八秩高歌晚景熙。

凤湖五凤①

荷枪披甲起山隅，飒爽英姿七尺躯。

命贱险遭家主弃，身翻欣赖党人扶。

敢从虎口谋生路，勇向刀丛辟坦途。

莫道女儿无是处，凤湖五凤起宏图。

【注】

① 周宁玛坑又名凤湖。昔日汤碧清、汤汝温五姐妹上山打游击，誉满闽东，人称五凤。

刘　光

1930 年生，福建厦门市人。原厦门大学海洋系副主任。福建省诗词学会会员。

游青云山

疑游仙境坐瑶台，目揽群峰举玉杯。

直泻甘泉山欲醉，悠悠天外笑声来。

刘 旭

1950 年生，福建泉州市人。福建省诗词学会会员。

读中国古典四大名著（四首）

（一）

运移汉祚变苍黄，乱了长安乱洛阳。
袁绍才疏徒拥众，阿瞒虑远不称皇。
史书翻到三分国，画卷铺开百战场。
神算虽如诸葛亮，祁山六出亦空忙。

（二）

逼上梁山莫不同，掀天揭地起英雄！
岂容聚义萌凉态，无奈招安具热衷。
早悟江潮来有信，可怜水寨已成空。
到头掩卷增嗟叹，愤黑旋风不令终。

（三）

大闹天宫闹地阴，龙王已献定溟针。
谁知筋斗云天外，犹在如来佛掌心。
经历劫波归正果，腾翻魔焰炼真金。
西游一路除邪恶，赢得黎民颂到今。

（四）

人生如梦苦难醒，富贵红楼幻杳冥。

是假是真风月鉴，见仁见智古今铭。

揭穿阀阅丛悲愤，写活裙钗作典型。

二百年来多少泪，有谁掩卷哭生灵？

刘 岳

1928年生，福建罗源县人。退休干部。中华诗词学会会员，福建省诗词学会名誉理事。著有《舆夫吟草》。

为家长迎送子女上放学作

上班擅离无所谓，鹄候校门如警卫。
一天迎送四往还，娇生惯养何高贵。
张口饭来伸手衣，颐指气使真堪畏。
笼里凤凰池里龙，未经风雨满忧惊。
切望腾飞怎飞起，骨软肉肥小祖宗。

童 心

垂髫梦境屡回潮，摸蟹抓虾小友邀。
纸鹞墙头舒短线，皮球地上拍多招。
娇拖祖母裙腰舞，嬉踢邻儿屁股翘。
自笑稀龄衰鬓怠，童心懵懵尚顽刁。

八声甘州·赞三峡截流成功

忆楚襄有梦到高唐，神女下寻欢。奈洪涛浩渺，雾蒙巫峡，肠断巫山。满拟平波静浪，相倚凤偕鸾。自古难酬愿，只好长叹。　　过了千秋今日，见励精图治，礼圣亲贤。致民强国富，敢向九天攀。奋雄威，截流三峡；告成功，大坝矗其间。从今后，造中华福，万代绵延。

减兰·廪仓猫鼠

廪仓猫鼠，天敌竟然成伴侣。忌器多妨，作浪兴风肆虐狂。　　以今拟古，姑息养奸真自苦。出鞘干将，惩恶诛顽民意彰。

刘 德

1962 年生，福建诏安县人。诏安第一中学教师。福建省诗词学会会员。

高阳台·数越洛矶山感赋

万壑银镶，千峰斧削，嶙峋峭拔奇雄。蜒蜿长川，龙腾蛟舞苍穹。从容几度惊心处，透舷窗，意气如虹。趁年华，探月云中，摘玥蟾宫。　　超然回首天涯路，策青骢铁马，跨嶂凌峰。辗转经年，披荆斩棘西东。关山难锁思乡梦，任迢遥，故土情浓。继行踪，啸宇餐霞，沐雪追风。

刘大夫

1916年生，已故。广东潮州市人。原中共福建龙岩地委离休干部。福建省诗词学会会员。

红 包

潮流变世风，红包当先锋。所向无敌手，马到即成功。大门不怕关，自有敲门砖。红包一抛掷，门开相见欢。红包能搭桥，过河免心焦。万事可解决，矛盾自然消。关卡无须惊，红包是文凭。天涯海角路，鱼龙都放行。红包要化装，化装更堂皇。装在烟包里，心照莫张扬。大鱼肚恢恢，仿佛怀珠胎。杀鱼真有趣，红包跳出来。升格为黄金，红包情更深。一般妆饰品，何须挂在心。钓鱼有花招，钓钩搭红包；喂鱼胜香饵，准备好砧刀。红包也自豪，敢夸法力高；走南和窜北，谁说不风骚？

刘久秀

字楚卓，1926 年生，福建闽清县人。原闽清县粮食局副局长。中华诗词学会会员，福建省诗词学会会员。著有《楚卓吟草》。

闽清坂东大桥落成

三篙水隔路难通，世代殷忧发暴洪。
力制冯夷联大道，光增梅邑架长虹。
竞舟重午成花海，把酒中秋映月宫。
互答渔歌如赞赏，高车驰骋任西东。

廉俸吟

献身革命复何求，公仆胸怀岂计酬。
鹤俸虽微原有志，鹏程任远敢无谋。
卫民当作峨冠豸，效国甘充孺子牛。
不梦黄粱唯尽瘁，独持正气傲王侯。

刘必寿

1944 年生，福建闽侯县人。原闽侯县地方志委员会主任。福建省诗词学会会员。

林白水①

报界先驱胆气豪，毛锥一管斩魔刀。
可怜子夜天桥月，凄照林郎染血袍。

【注】
① 林白水，福建闽侯县青口青圃人。

刘庆云

女，1935 年生，湖南长沙市人。湖南湘潭大学教授。中国韵文学会常务副会长。福建省诗词学会顾问。

满庭芳·蜜蜂

谷雨新晴，芹泥融润，东风已绿平冈。呼朋唤侣，款款细商量。绕过东墙斜角，盘旋处，又渡南塘。携粉盏，踏花蹴絮，正喜日初长。　　朝朝还暮暮，殷勤来往，万户千房。笑青虫无赖，蛱蝶癫狂。休道"恁般憔悴，枉拼却，似锦年光"！已相约，游踪渺渺，留取是芬芳。

长相思·与友人登投岳麓山云麓宫

黄沙堤，白沙堤。十里瀛洲望眼迷，逶迤湘水低。　　三蛾眉，两须眉。一路歌吟下翠微，清音绕酒旗。

清平乐

小桥横渡，涧水西流去。豆架瓜棚笼晓雾，伐木绿阴深处。　　披襟独立巅峰，神迷万壑烟松。最喜禾场夜话，一轮明月当空。

刘老苍

（1910-2003）原名松年，福建福州市人。福州第十六中学语文教师，曾任福州市仓山区政协委员。福建省诗词学会会员。著有《双池斋诗词集》。

中山舰抗日殉国六十周年

中山舰夙令名扬，钢铁干城斗志昂。
义不容辞纾国难，责无旁贷守江防。
射狼饮弹身虽殒，破釜沉舟骨亦香。
六十周年扬战迹，河清海晏见重光。

自题双池斋

几堆书卷几堆诗，莫笑寒斋却得宜。
山翠扑檐濡楮墨，稻香入座胜兰芝。
蛙声错起公私地，月色平分上下池。
最爱挑灯人去后，搦毫构想落迟迟。

1934 年

上骊山烽火台

烟台遗址认荒凉，烽燧无闻靖四方。
自毙原多行不义，岂惟一笑杀幽王。

过武则天没字碑

称制临朝位自居，立碑底事不丹书？
则天殆有难宣隐，留与千秋任毁誉。

刘向荣

1919 年生，山东荣成县人。福建三明钢铁厂离休干部。福建省诗词学会会员。著有《晚晴录》。

江城子·参军六十年回顾

青年黾夜暗商量。救危亡，共轻装。奔赴前线，抗战打东洋。铁马金戈成往事，来冶炼，建三钢。　　离休身体尚康强。学诗章，进黉堂。莫道冬寒，盛夏顶炎阳。苦读十年初长进，歌盛世，颂中央。

江城子·访洋溪乡

姑娘小伙劲何道！善谋筹，改荒陬。新竹成林，果树碧于油。杉木森森茶苑盛，连北岭，接西沟。　　洋溪风物换从头。溯缘由，趣追求。岁岁丰收，不负岁华投。户户家家谈渴望，山更绿，水长流。

刘如姬

女，1977 年生，福建永安市人。永安市老干部局干部。福建省诗词学会会员。

临　屏

清宵两处共无眠，欲别依依月宛然。
十指敲来心事老，一屏望得眼眸穿。
衷情于我原不二，弱水随他本三千。
已是相思缠作茧，何堪再顾醉离筵。

刘良生

字亮星，号倔翁，1930 年生，福建惠安县人。建瓯市人口计生局退休干部。福建省诗词学会会员。著有《夕阳吟草》等。

三峡水库 (新韵)

三峡江流亿万年，当今新禹力回天。
巍巍高坝横空峙，灿灿金湖浴日悬。
发电防洪兴国计，减灾造福泽人间。
巫山神女临湖照，两靥盈盈展笑颜。

刘孝浚

（1900-？）字晓村，福建福州市人。曾在旧海军任文牍工作。新中国成立后曾在福建省直属机关业余学校任语文教师。著有《聊复尔斋诗词》等。

荔　枝

漫云身世侧生微，曾入昭阳伴雪衣。
丹穀轻笼霞彩绚，绛囊新擘水晶肥。
《群芳谱》记吾州最，新曲名曾昔日归。
妃子笑时天下哭，色香犹是汉宫非。

夜饮镜湖亭①

把酒湖轩此夕留，月光如水正涵秋。
当前景物空幽赏，匝地兵尘动百忧。
一辈但争门户见，万锺谁有庙堂谋？
群公不讲平戎策，输与新亭学楚囚。

【注】
① 时"九一八"事变不久，日寇着着进迫，边事日亟，酒次谈及，一座怃然。

满江红·观闽剧《桃花扇》

金粉南朝，王气尽，豪华销歇。剩菊部传奇纪恨，管弦哀切。《燕子笺》传儿女事，《桃花扇》染裙钗血，叹两间正气属蛾眉，堪心折。　　兴亡恨，宁谈屑；谁磨洗，沉沙铁。看今朝鞑虏犁庭扫穴。切齿扬州旬日惨，痛心嘉定三屠劫。笑事仇偏是读书人，衣冠窃。

前调·戊戌晋安河竣工

左海名州，旧曾是晋安郡邑。流风在、东郊河水，命名犹昔。佐汉匡唐寥落久，钓龙射鳝依稀识。剩当年胜事付渔樵、成陈迹。　　辇路辟，岳峰侧；联水陆，增沟洫。数明时经始，众心同德。夜月光生南浦涨，秋风水继东湖碧。听云车风笛数声长，如鲸吸。

庆春泽·辛丑禁烟纪念日

"无饷堪筹，无兵可练"，名言极谏当朝。君暗臣昏，宁知国本飘摇。楼船满载罂花乳，祸神州罪案难饶。痛煎熬，产荡家倾，骨立神焦。　　雄风迅落夷酋胆、算虎门一炬，震慑天骄。横扫欃枪、几声霹雳咆哮。丰功换得伊犁戍，化穷边，变瘠培硗。待今朝，令闻重昭，鸩毒全消。

刘宗桢

1924 年生，福建福安市人。中学教师。福建省诗词学会会员。

七十抒怀（二首）

（一）

人生七十古来稀，我届稀龄尚未衰。
夕照丹枫犹竞艳，几茎白发岂无为。

（二）

卸鞍解辔复何求，退老林泉志未休。
珍重黄花矜晚节，清标好为后生留。

刘宗祺

字竹叟，号悟天，1918 年生，福建诏安县人。原中学教师、校长。诏安县第四至第八届政协委员。为福建省文史研究馆馆员。福建省诗词学会会员。著有《雪翎诗词集》《雪翎新羣》等。

思佳客·缅怀周总理诞辰一百周年

黎庶萦怀尚带悲，乾坤扭转缅徽仪。功勋早写千秋史，德业当锓万首诗。 开盛世，挽危时。毕生劳瘁总忘私。永垂模楷持高节，惠遍元元百代思。

南楼令·忆汀州

芳草满汀州，绿波拍岸流。记悠悠，梦绕黉楼。剪烛西窗同研读，长携手，赏清秋。 宴集古城头，浩歌南野畴。聚梅林①，步月寻幽。冉冉携归香满袖，洙泗地，胜丹丘。

【注】
① 长汀梅林，地名。

刘宜群

1940 年生，福建闽清县人。曾任永泰第一中学校长，中共闽清第一中学支部书记，高级教师。福建省诗词学会理事。

登青云山赠同游诸君①

深闺未识此村娥，绝代容华自不磨。

飞瀑千条舒舞袖，清溪九曲转秋波。

桫椤冷月连荒古②，崖穴红旗起戟戈③。

已悟沧桑成胜境，何妨扶醉共高歌。

【注】

① 青云山为永泰县新开辟的景点。

② 桫椤树是山中二亿多年前恐龙时代的主要植物，孑遗仅有。

③ 山中的红军洞，中共地下福建省委的据点之一。

闽清一中一百一十华诞抒怀①

负笈当年心尚孩，东风嘘拂惜樗材。

甄陶使我灵魂赤，悱愤教人智慧开②。

百一嘉辰宏郅治，万千硕果铸丰碑。

腾蛟起凤知多少，欲报春晖祝嘏来。

【注】

① 余 1952 年升入闽清初级中学，时年十一周岁。今逢母校一百一十周年华诞，谨贡芜词，聊表寸忱。

② 悱愤："不愤不启，不悱不发"的缩语，孔子首倡的启发式教学原则。见《论语·述而》

金缕曲·青藏铁路全线通车

亘古冰封处，陡惊雷，飚轮滚滚，铁龙飞度。深隧高桥科技力，降尽危沟冻土。枕轨载，雄奇图谱。西海情歌牵拉萨，藏羚羊，也共锅庄舞。哈达竞，伴天路。　　吁嗟蜀道非豪语，唤青莲，同登屋脊，再挥毫楮。傲世珠峰甘俯首，耀我炎黄始祖。展笑靥，文成公主。稞酒酥茶迎远客，乐唐蕃，改革擂鼍鼓。风浩荡，更轩轕。

刘明程

1952 年生，福建宁德市人。福建寿宁县科学技术协会副主席。福建省诗词学会会员。

三都渔火 <small>(新声韵)</small>

网箱万顷互牵连，海上浮城不夜天。
浪静风平新气象，星辰璀璨缀人间。

刘贤儒

1940 年生，福建泉州市人。原福建省政协秘书长，福建省委组织部常务副部长。福建省诗词学会第二届副会长。

改 革 赞

神州改革大潮兴，华夏新姿寰宇惊。

胜景人间谁琢就，请听黄胄凯歌声。

刘国梁

1929 年生，福建上杭县人。中共福建龙岩地委党史研究室副主任，副编审。福建省诗词学会会员。

一剪梅·读胞兄《怀乡曲》①

卅载行踪两不知。鱼帛难期，雁字无期。看潮涨落雾迷离。海色凄其，山雨凄其。　　同愿干戈铸铁犁，世局回机，两岸生机。怀乡一曲寄深思。情也依依，语也依依。

【注】

① 胞兄国钧，师范毕业，1948 年赴台湾任教。音问隔绝卅余载。忽接来书暨所著散文集《怀乡曲》，捧读之余喜泪频挥，今追记之。

刘建勋

1937 年生，福建漳平县人。原福建厦门集美师范专科学校教师。福建省诗词学会会员。

登长城有感

蜿蜒雉堞接云天，民族精神百代坚。

未到长城心已壮，登临自觉是神仙。

刘建清

1955 年生，福建福鼎市人。福鼎第六中学教师。福建省诗词学会会员。

浪淘沙·新春寄语

旭日隔重纱，远望无涯。耳边响彻炮烟花。鸽哨几声飞又落，栖在谁家？　　岁月似流沙，劳苦桑麻。经风经雨度年华。君问元元何所寄，半盏清茶。

刘庭芳

1926 年生，福建惠安县人。中学离休教师，福建省诗词学会会员。

祖　屋

百年老屋板桥东，岁月悠悠历雨风。
四壁图书遭劫火，满园花木化蒿蓬。
青灯髻影亲恩在，竹马童心旧梦空。
太息门庭憔悴甚，承芬何日补天工？

刘庭驹

1954 年生， 福建龙岩市人。龙岩天龙日用化工公司副总经理。福建省诗词学会会员。

鹧鸪天·别故里

拂晓临风把旧锄，蒹葭不整用心梳。碍无条件深深护，未得编篱日与俱！　　霜事紧，雁情辜，行装收拾上征途。莺飞草长曈曈日，重约还乡听鹧鸪。

刘春华

1913年生，辽宁铁岭县人。原福建福州铁路分局副局长。福建省诗词学会会员。

回乡偶书

半百年前别故乡，今朝归对尽新庄。

昔时亲友知谁健？欲问逢人未敢详。

对　月

玉兰夜放满庭香，翘首星空入幻乡。

皓月何时堪设站，好容人类拓天堂。

刘春英

1909 年生，福建仙游县人。仙游第二中学退休教师。福建省诗词学会会员。

遣　怀

早岁读数理，老来学诗词。不今又不古，若知若不知。蹉跎年八十，有愧为人师。坎坷几历尽，盛世乐滋滋。清风盈两袖，不惜买书资。桑榆虽已晚，吟诵犹孜孜。人称我神旺，妻怪我书痴。此中有真趣，舍此欲何之？

刘春征

1911 年生，福建武夷山市人。原厦门大学工会副主席。福建省诗词学会会员。

柳梢青·喜见老树新枝

风响嘶嘶。云间鸥咽，海浪奔驰。柳下桃欹，芸香暂寂，笛伴芳菲。　　三冬瞬换金晖。蝶儿舞，春光景迷。草软如茵，窗前喜觌，老树新枝。

玉楼春·己巳大除夕守岁作

寒更过尽晨曦耀，鹊噪开门人面笑。水仙香气袭窗纱，对奕斋头忘已耄。　　殊方贺卡知春到，访戴无船虞梦扰。平生浪迹踏千山，今夕且将离恨扫。

刘铁全

福建永春县人。福建省诗词学会会员。

鹊桥仙·永春首届芦柑节

永州蕴玉，桃源列琲，一片芦柑胜概。金风送爽紫霞飞，庆首届，笙镛奏凯。　　凌云"天马"①，追风"猛虎"，满目流红溢彩。殷殷寄语万千情，总理赞：远销四海②。

【注】
① 天马、猛虎为永春著名柑橘场。
② 李鹏总理为永春首届芦柑节题词："愿永春芦柑远销四海"。

刘斯湛

（1910-1994）福建福州市人。原名崇峰，以字行。原福建省统计局副科长。福建省诗词学会会员。

林少穆公诞生二百周年献辞

祛毒返民魂，此功古未有。粤海挫夷锋，沉陆挽在手。方期葳殊勋，胡乃翻坐咎？金壬安足论，宸听蔽非偶。负屈无怨尤，荷戈毅西走。许国秉忠贞，浩气贯牛斗。祸福不避趋，生死轻已久。馀绪理边陲，荒漠化绿亩。随地可利民，风徽足启后。岳降纪皕年，禧祝竞晋酒。所喜今神州，无复闭关守。互市遍寰瀛，四境皆窗牖。香屿告珠还，九京当颔首。公志已尽酬，醒狮发巨吼。

矩作片鳞

辛丑春①，乡先辈陈无竞、林莱孙倡立矩社。所为诗以讴歌新世为经，挖扬古调为纬。入社者有梁伯恒等十四人，余亦与焉。历五年，得诗若干。今仅馀劫后残编，对之泫然。为移抄一过，署以此名，作长句以宠之。

东风一炬超秦寰，天下诗书如草菅。
区区击钵且获罪，案连邓拓指南山。
狠批剧斗难分说，微命系在牛棚间。

劳生自怨胡识字，不然所历无其艰。
深文罗织十五稔，政策落实诗归还。
焚馀残纸不成束，更无车载喧市圜。
幸存些许联吟稿，矩社杂句之一斑。
蝇头誊缮置座右，堪珍曾是同忧患。
时贤下问惜鳞爪，相观共道非等闲。
嗟予旧侣多为鬼，九原可作宁心悯。
庸顽虽老不避战，据鞍犹可强弓弯。
但求有利于四化，雕虫亦要攻坚关。
风骚传统今无废，吾曹责在新其颜。
诗林此际春复满，高枝知是何人攀？

【注】
① 辛丑：1961 年。

廉　政

政绩辉煌见革新，官邪弗戢究何因？
戒贪责漫宽当轴，崇俭风宜葆秉钧。
权不谋私方可贵，法于除弊必无亲。
但期深改收功显，吏治澄清胜好春。

刘舜耕

1937 年生，福建平潭县人。平潭县文学协会主席。福建省诗词学会会员。

念奴娇·游罗星塔感怀

凌霄古塔，势巍峨，拍岸惊涛环卫。乍起战云翻恶浪，往事哪堪追记？蚕食鲸吞，残垣断柱，多少英雄涕。依稀故垒，攘夷谁说无计？　　喋血壮我金瓯，江防共济，自有中流誓。风卷南天扬义帜，马渎军民联臂。海作疆场，轮沉寇虏，耻恨倾江洗。登高凭吊，甲申英烈遥祭。

刘福铸

1957 年生，福建莆田市人。莆田学院中文系教授。福建省诗词学会会员。

水调歌头·三峡截流

壮志迈神禹，指顾整长川。截流豪举惊世，华夏史无前。不企五丁助阵，但仗全民协力。奇迹出人寰。枢纽工程奠，治水启新篇。　　葛洲坝，小浪底，著先鞭。障洪发电，化祸为福泽千年。挥手狂澜敛伏，豁眼平湖潋滟，高峡半空拦。十二群峰舞，神女乐开颜。

刘蕙孙

（1909-1996）江苏镇江市人。原福建师范大学教授，福建省诗词学会顾问。

纪念抗日战争胜利五十周年

义士归来尽缬袍，凯歌处处马蹄骄。
平生快事何为最？亲见冈村缴战刀。

庄炳章

1923 年生，已故。福建惠安县人。原福建晋江地区文物管理委员会主任，福建省诗词学会会员。

秋日登清源山喜赋

清源绝顶几登临，海碧天青洗我襟。
九日云浮山在眼，千年风动石何心？
岸回白浪翻秋色，树倚危崖听客音。
望里名城今焕彩，伫期更浚港湾深。

庄锡福

字梦祥，1947年生，福建惠安县人。华侨大学教授、博士生导师。福建省诗词学会会员。已出版《文化视野里的当代中国行政》等著作四种。

李大钊

史观唯物得真传，创党新开尧舜天。
道德文章皆不朽，论功亦可上凌烟。

方志敏

挚爱中华志献身，先锋不利落埃尘。
清贫二字留青史，共产高官只为民。

瞿秋白

高才济世寸心丹，受命艰危挽巨澜。
一曲从容歌《国际》，汀江低泣武夷寒。

关文德

1940 年生，福建莆田市人。小学退休教师。福建省诗词学会会员。

漫步木兰溪①

闲来漫步木兰游，举目春光不尽收。
两岸华灯明翠幔，一湾流水映红楼。
如纱晓雾壶山绕，似火朝阳宁海浮。
畅渡八仙回首望，蓬莱绝色逊湄洲。

【注】

①　木兰春涨、壶山致雨、宁海初日、湄屿潮音，均为莆田二十四景名。

关玉森

1933 年生，福建莆田市人。高级工程师。福建省诗词学会会员。

临江仙·东京飞亚特兰大

再驭银鹰洲际路，穿洋过陆无停。时差十二日双升①。环球几万里，已绕半周行。　　意马心猿同速度，如期约会阿城。天之一角喜相迎。景非人则是，犹似梦中呈。

【注】

①　从东京起程日和到达亚特兰大市之日期都是六月七日中午，时差十二小时，行程中两次见日升。

许 洪

1944年生，福建诏安县人。诏安县南诏卫生院医师。福建省诗词学会会员。

凭吊中法马江海战之役

浊浪翻腾并向东，似闻震耳炮声隆。
禁城魂丧两宫寂，罂粟烟熏九室空。
太后移资修苑囿，水师萦梦唤艨艟。
连天战火殃南国，血洒闽江一片红。

许 燕

1922 年生，福建云霄县人。退休教师。福建省诗词学会会员。

郑成功复台纪念感怀

蓝缕辟荆榛，驱荷历苦辛。
复台恢国土，万古仰斯人。

许子英

1925 年生，山东济南市人。医师。福建省诗词学会会员。

过南京长江大桥

长江两岸架飞桥，十里栏杆白玉雕。
并列九墩排巨浪，横穿十孔抗洪潮。
一弯凉月浮秋水，七彩霓虹跨碧涛。
巧匠能工倾血汗，高新科技直堪骄。

许大姝

笔名许小梅，1943 年生，福建宁德市蕉城区人。中医师。中华诗词学会、福建省诗词学会会员。

览胜有怀

名山胜迹待修齐，千古摩崖字已迷。
一代文豪真虎胆，不工声律亦争题。

许永汀

1947年生，福建德化县人。德化县地方志办公室干部。福建省诗词学会会员。

沁园春·岱仙瀑布赋①

千里银河，百丈悬崖，一级落差。看飞流直下，喷珠溅玉，霓虹闪烁，缀满奇葩。水笑山欢，琴鸣鼓应，交响强音传迤遐。油漏漤，又轻歌曼舞，袅袅烟霞。　　钟灵毓秀清华，引无数神仙豪又奢。有仙姑恋鉴，洁身沐浴；石牛鸟瞰，素幔轻纱。法主陈犁，灵龟上树，金凤翩翩娱虎娃。抬望眼，恰人间盛世，锦上添花！

【注】

① 岱仙瀑布位于福建省德化县境内，高一百八十四米，为泉州市著名风景区之一。

许兆聪

1931 年生，福建诏安县人。原诏安县政协干部，《诏安文史资料》主编。福建省诗词学会会员。

闲　居

十载闲居近酒杯，四山碧对水萦洄。

固知客少门常掩，为读书多脑未呆。

懒逐时趋安陋巷，偶开电视羡高才。

牵怀不及油盐事，日就江头洗眼来。

许沙洛

1919年生,福建诏安县人。离休干部。中华诗词学会会员、福建省诗词学会会员。著有《许沙洛诗书画集》《榴屋诗词》（上下集）。

己未怀古思今

春雨如油大地苏,才闻改正泪痕无?
披荆昔日怜初犊,扬铎而今愧老儒。
长夜梦多须醒早,残躯力薄自知愚。
回头我欲归榴屋,三教九流情不枯。

米寿即赋

米寿情寒学坐禅,春花秋月了无缘。
举旗播火非今日,劲竹芳兰笑暮年。
展画已随流水去,集诗剩待故人传。
盖棺论定终难定,看惯翻云覆雨天。

为闽粤边三年游击战争学术讨论
会在诏安县召开而作

闽山粤水紧相连,烽火如荼遍地燃。
剑影刀光旗不倒,腥风血雨志弥坚。
缅怀烈士流芳永,再展宏图跃马先。
老凤新雏同一概,乌山磅礴矗云天。

许连进

1952 年生，福建晋江市人，寓香港。中华诗词学会会员、福建诗词学会会员。著有《兴翠簃诗词》等。

赵玉林诗翁赐赠《灵响居诗文存》，长句以寄①

大鹏驮书抵香江，灵响百里似西窗。

海雨天风来何急，南瀛翻波势何庞。

扉页开处诗心扬，热血如沸盈胸腔。

七彩虹霓眼前起，一条天河飞惊泷。

闽江香岛澹月共，故国山川自神遇。

抛砖引玉得宠赠，幸仰骚坛帜独树。

瞻前白雪高雅诗，纸上阳春锦绣赋。

每捧地下列车读，沿轨穿海朝夕渡。

犹携太平山上吟，面对清景领佳句。

悼孟情切累百篇，感人至深泪泫然。

莘野迳心春秋贯，随录歌哭风雨连。

大气磅礴《归来集》，行踪万里五色笺。

兴吟古今日月景，醉歌山水雅俗缘。

吁嗟乎！料君身环杜陵血，信君胸传东坡热。

时移境迁临盛世，诗笔词章抒欢悦。

青春活力自长葆，定消史牒千秋雪。

愿君高寿身笔健，共咏时代飙轮奔殊辙。

【注】

① 笔者以七绝与词二专集，寄呈赵老处讨教，幸得其赠尊集。尊《诗文存》寄深圳毛谷风教授处，毛教授托李国明先生带港。几经辗转，始得拜读。深圳，傍大鹏湾，称鹏城，首句本此。

赞成功·迎航天英雄杨利伟访港

　　凯旋万里，喜返京都。征尘犹在上云途。紫荆昂首，青马延躯，恭迎俊杰①，共庆南隅。　　一日宇航，千载宏图。亿民圆梦鼓锣娱。啸歌欣舞，志壮心舒。孟冬盛事，彩耀东珠。

【注】

① 青马，指青马大桥。

许更生

1944 年生，福建莆田市人。莆田市教师进修学院教研部主任，特级教师。福建省诗词学会常务理事。著有《莆仙历史文化名人诗歌赏析》《红烛·青果》《霞光·菊影》等。

山中闻胞妹亦赴闽北插队

十七辞家小妹行，可怜无母诉衷情。

身更百事须持健，眼历千尘莫损明。

广沐雨风增见识，勤随父老学耘耕。

山重路远难相送，溪水凭传呜咽声。

1969 年

水 仙 咏

龙江琼液毓灵根，丽质冰心举世尊。

九畹芳洲涵瑞气，三秋汗雨润香魂。

茎萌玉骨节犹在，蕊沐春晖梦尚温。

莫道仙姝天外客，开怀刻意报鸿恩。

满庭芳·长安喜迎奥运圣火

雁塔祥云，名都紫气，曲江无数华灯。灞桥烟柳，渭水涌欢声。圣火西来吉庆，迎奥运，空巷倾城。朱门敞，凌云壮志，四海共鹏程。　千秋羌笛韵，葡萄宝石，异彩纷呈。忆沙漠驼铃，九域风情。厚德方能载物，丝绸路，盛世中兴。和谐曲，兼容并纳，万代可双赢。

许延嗣

1925 年生，福建诏安县人。原诏安县教师进修学校副校长。福建省诗词学会会员。

病　中（二首）

（一）

病急妻儿涕泪盈，华佗技尽暗心惊。

床前存问多知己，难报人间爱我情。

（二）

昨宵我去会阎罗，他说诗酬欠债多。

怜尔天生愚且鲁，重归磨练莫蹉跎。

许宗明

1936 年生，福建闽清县人。原甘肃酒泉卫星发射中心副参谋长。福建省诗词学会理事。

山村春景

踏青西岫绿阴浓，花艳风香惹蝶蜂。
竹笋冒锥扬长势，蘑菇撑伞展芳容。
梯田叱犊传三里，云岭采茶登九重。
喜看山村奔富裕，春添景色更葱茏。

许和农

1946 年生，福建福州市人。曾任福建省政协学委会副主任，福建省诗词学会第二届副秘书长。

访平潭望牛山屿

依稀往事认潮痕，灯塔前曾牧马喧①。
百战沉沙讯聚敛，千帆过尽话"阿丸"②。

【注】

① 牛山灯塔为万国航标，始建于清同治十二年（1873）。新中国成立后，1987 年改建，具有国际最先进设备，射程二十四海里。平潭唐时为牧马地。

② 日军侵华时，日轮"阿波丸"号满载劫掠财宝，被炸沉此。1973 年尼克松向我国提供此情况，已打捞出海。

许复进

字一玄，号云谷老人，1921年生，福建泉州市人。中学高级教师。中华诗词学会会员、福建省诗词学会会员。

参观泉州郑成功雕像有感

崔嵬铜像气轩昂，立马坪山且勒缰。
招手风帆长啸傲，关心宝岛日思量。
奸徒毕竟非夷虏，汉土终归属炎黄。
两岸会谈须继续，云开海峡鸽飞翔。

许添源

1944年生，福建泉州市人。退休干部。福建省诗词学会会员。

情 叹

如痴似醉度年华，不意残春巧遇她。

欲付浓情惊地远，思离困境怕天涯。

还伊半束忘忧草，报我一枝含笑花。

滚滚红尘难自主，情缘费解似冤家。

许敏生

1927 年生，福建福州市人。原福建南平师范专科学校副校长。福建省诗词学会会员。

菩萨蛮·故乡行

远山隔水青如许，绿留大野春归去。休致喜还乡，鸥盟初未忘。　往来喧古渡，熙攘堤边路。昂首向长空，夕阳无限红。

许筱玲

1966 年生，福建泉州市人。泉州泉港区干部。福建省诗词学会会员。

清平乐·思归

风清月瘦，云淡相思透。梦里峡平湖水皱，难映山河锦绣。　　岸头海燕双栖，窗前极目星披。数尽江干渔火，不知何日归期。

许慕辉

1933 年生，福建诏安县人。诏安县政协委员、文史资料委员会主任，诏安县文联主席。福建省诗词学会会员。

自题《折痕辞剩稿》①

（一）

旧雨长无剪烛期，莫寻灵药慰相思。

珠终归海探何易，玉忽生烟觅已迟。

异域招魂空有憾，衰颜酹酒总堪悲。

因君我自甘沉寂，不事阿谀但事诗。

（二）

不事阿谀但事诗，可堪劫后忆生离。

瑶池缥缈书难托，尘世纷纭梦尚縻。

诉往卅年肠自锦②，投荒万死鬓如丝。

南天水暖花开日，更是怜君揾泪时。

（三）

更是怜君揾泪时，百花早谢剩空枝。

难成活佛愁无已，再续残篇寄与谁？

君去泉台同解脱，我离虎口敢欢怡？

何从秦冢寻天理，空有哀歌吊秀眉。

（四）

空有哀歌吊秀眉，年年记取别时辞。

痴情反被憎情误，妒鬼偏遭恶鬼欺。

叠叠折痕难熨得，绵绵旧恨哪忘之？

巴山纵有西窗约，旧雨长无剪烛期。

【注】

① 早期恋友瑛子左祸中家毁一旦，投奔厦大求复学籍。二年后赴朝参加战后采访实习，旋被李承晚匪徒杀害。今已四十几年矣！其时，我俩虽二地分隔，我亦"罪戾"盈身，留下不可弥补的叠叠折痕。后年年制《折痕辞》一纸，又毁于"文革"。劫尽收拾残笺，集成《折痕辞剩稿》。

② 用清黄莘田："肠成寸寸回文锦"意。

祁长明

1931 年生，江苏射阳县人。原福州军区炮兵政治部秘书处处长。福建省诗词学会会员。

渔家傲·福州西湖

南国最宜芳草地，青山环处波光丽。亭榭柳榕红叠翠，容联臂。新兴左海园争媚。　　西子风流成韵事，嘉名远锡闽都水。信步湖壖风饱袂，人且憩。窥林月影添凉意。

吕桂叨

1935年生，浙江缙云县人。福建南平市林业委员会干部。福建省诗词学会会员。

水龙吟·用辛稼轩《过南剑双溪楼》韵

从头尽扫浮云，腾龙舞凤挥双剑。八闽津要，夜深曾见，斗牛光焰。青史犹赊，丹心未冷，吟怀弥淡。挽稼轩起看，水晶宫晃，龙王惧，愁颜惨。　　指双虹跨远，上危楼，豪情难敛。吾今老矣，何妨乘间，时来卧簟。千古兴亡，一时欢笑，春秋登览。趁云帆竞发，平湖阔岸，放轻舟缆。

吕福宗

1915 年生，福建漳平市人。原漳平市永福工商联合会干部。福建省诗词学会会员。

咏　荷

十里荷花风送香，居邻种藕养鱼塘。
采莲乞勿伤莲叶，留与游鱼蔽夏旸。

伍志刚

1935 年生，福建上杭县人。原福建光泽县森林病虫害防治站站长。福建省诗词学会会员。

退休感悟

卸任路何方？徽宣纸几张。

诗书挥立就，陋室顿生光。

任仲泉

字中权，1919 年生。福建福州市人。福建省文史研究馆馆员。福建省诗词学会会员。

纪念邓拓同志逝世二十周年

星沉廿载忆前贤，浩气燕山尚凛然。
笔运千钧张挞伐，原燎万里主传宣。
九州文苑夸司马，北国骚坛拟谪仙。
今日政通狐貉尽，州人卮酒奠灵渊。

叔弟由台返里欢会感怀

别时弱冠焕姿容，鬓雪今朝亦已溶。
乍见真成天外客，快谈恍似梦中逢。
金瓯勿缺期相补，布被同温喜得从。
但愿碧波澄海峡，友于赋寄两情浓。

己巳季秋

任学昭

女，1930 年生，河北省定兴县人。福建省广播电视局干部。福建省诗词学会会员。著有《五竹居吟草》一、二集和《七萃集》合集。

参观水口水电站

春雷惊蛰草萌芽，梅城郊外望眼赊。

江似罗裙飘香雾，山如螺髻笼轻纱。

大坝横江摩天立，高于武夷天游壁。

缚锁蛟龙北洄游，鬼斧神工威赫赫。

库存千峰成岛屿，坝泻银河雷霆怒。

电掣八闽光海疆，百业蒸蒸翼添虎。

胜景应能动港台，留洋学者聚英才。

君不见，开放改革多奇迹，胞裔如今好归来！

华志光

1933 年生，福建连城县人。福建省诗词学会会员。

三农善政

过去公粮添附加，如今减负喜农家。
富民政策人心暖，生产经营锦绣花。

华钦进

1933 年生，已故。福建连城县人。退休干部。福建省诗词学会会员。

山坡羊·贪官嘴脸

贪官胆大，不愁犯法。千方百计将钱刮。比浮夸，竞奢华。　赌场暗室称王霸，政纪条条浑不怕。贪，我照贪；骂，尔去骂。

朱文彬

1933 年生，福建仙游县人。仙游县政协办公室主任，仙游县老年大学校务成员。福建省诗词学会会员。

定风波·电影《生死抉择》观后感

一曲高歌唱肃贪。风掀九地卷波澜。《抉择》旗擎惩败腐。除蠹。千秋大厦固如磐。　　邦国存亡生与死。宗旨。清廉为政见心丹。仗义灭亲扬正气。刚毅。无私无畏壮江山。

朱立纪

1930 年生，已故。福建省福州市人。原福建省闽侯县人大常委会科教委主任，福建省诗词学会会员。

琅岐岛辟为旅游区

探江扼海适为喉，雄冠东闽第一洲。
玉宇琼楼通大道，美鱼珍果供神州。
一桥飞架长虹卧，百舸争流碧浪浮。
最是堪游逢盛世，春风为洗古今愁。

朱亚仁

1941 年生，福建晋江市人。福建泉州市博物馆干部，福建省诗词学会会员。

东石古寨访南音

遥望灵源接碧霄，龙江古寨郁嵯峨。

千航竞渡开新景，五里长横卧远潮。

砥柱雄关云出岫，丹心勒石月来朝。

弦歌多唱升平调，"走马""梅花"继"六幺"。

朱明翰

1945 年生，湖南安乡县人。原中共厦门航空公司委员会办公室主任。福建省诗词学会会员。

沁园春·甲申中秋台湾中华诗学研究会代表团访厦

节届中秋，槛拂金风，暑退景明。看鹭江澄碧，更添妩媚；晃岩滴翠，缀玉摇英。宝岛诗人，情怀故土，联袂西来觅友声。扬传统，喜同台研讨，术艺弥精。　　千年华夏人文，孕育出融融水乳情。任列强干扰，终归瓦解；枭雄僭窃，难玷尧封。览古观今，久分必合，无缺金瓯信可成。良宵聚，且豪歌痛饮，瞬已三更。

孙仁明

笔名秦淮梦，1947年生，福建连江县人。连江县政协第十届文史委副主任。中华诗词学会会员，福建省诗词学会会员。著有《红楼三百咏》等。

偕友人留云寺晨练

凌晨远步珰江郊，寒鸟啁啾欲出巢。
谛听潜泉穿石隙，静观残月坠林梢。
钟鸣萧寺松风啸，叶落空山竹韵敲。
却喜苔阶霜印淡，藓衣绿润履痕凹。

孙用钊

1944 年生，福建东山县人。东山县美术家协会主席。福建省诗词学会会员。

云 水 谣

丹阳碧树罩轻烟，掩映迷离总自然。
细雨留云云蔽日，柔风吹水水摇天。

孙礼贤

1942年生,福建惠安县人,香港惠安同乡会会长,企业家。泉州市政协委员,福建省诗词学会顾问。著有《泥爪集》。

渔 村

山村临海聚渔居,地拓方塘十亩馀。
鼓棹翻波浮乱藻,垂竿悬饵引游鱼。
堤边情侣偷谈爱,树下闲人静看书。
亭馆烹鲜微醉后,晚霞映彩送归车。

垂 钓

远眺湖光一鉴开,石矶坐久起徘徊。
垂丝夕照无鱼上,钓得新诗数首来。

孙肇祥

1917 年生，福建将乐县人，原福建南平师范学校教师。福建省诗词学会会员。

读 书 乐

读书乐，乐何如？晚年至乐是读书。

八八衰翁步履艰，孤寂闲愁困蜗居。

一卷在手心平静，神游广宇上太虚。

古贤授汝肺腑语，有求必应不责需。

天下名士常促膝，侃侃而谈胜吐珠。

生平从教无长物，珍藏犹有书五车。

精神食粮丰且厚，何尝短叹复长吁。

顺手可得任开卷，随心所欲堪自娱。

书香扑鼻夕阳灿，回肠荡气倍安舒。

观纪录片《杜瑶瑶》

荧屏重现杜瑶瑶，亿万观众热泪抛。

一家三口住青岛，父亡母瘫凛寒飚。

支撑危厦千斤担，九龄娃子一肩挑。

疼哄慈亲破涕笑，坚毅卓绝禁煎熬。

苦持家务勤学习，成绩依然列前茅。

几多时下小太阳，娇骄二气费思量。

难得瑶瑶好榜样，"十佳"榜上美名扬[1]。

【注】

[1] 1993 年杜瑶瑶被评为"全国十佳少年"。

孙德庆

1920年生，山东莱州市人。原福建省石油化工厅副厅长。福建省诗词学会会员。

沁园春·纪念中国共产党建立七十周年

　　星火燎原，风展红旗，跃马井冈。履长征万里，雪山草地；历经天险，酷日严霜。七七烽烟，卢沟月暗，抗日分兵日后方。驱倭寇，疾回师白下，大地重光。　　江山起伏沧桑。看大海飞舟试远航。望五洲风雨，愁云密布，溃堤蚁穴，失道亡羊。五岳春秋，干戈玉帛，宇宙空间智拓疆。文明史，信世经哲理，嫩弱超强。

阮大维

1931 年生，福建宁德市蕉城区人。退休干部。中华诗词学会会员，福建省诗词学会名誉理事。著有《中小学学古诗九讲》。

开发世界良港三都澳赞

堂堂原借左思名，列国誉扬海滋清。
百顷连山围玉镜，孤门错峡锁银罂。
犹龙赴壑双川汇，若月中天一岛横。
腹地素称堂奥广，尾闾难用引绳衡。
洄涛浴日常堆雪，曲汭留云好避飚。
橄榄屿昏渔火旺，仙人画妙薜痕明。
汐潮涨落礁矶美，旸雨和甘节物荣。
红荔熟迟香更胜，白盐工到质尤精。
鱼罗官井黄花脍，藻叠团脐紫菜羹。
曩得射蛟兴筚路，今当鞭石架蓬瀛。
雄图固引睽睽目，慎始何妨步步营。
浮埠大疑过复道，立廛绮想筑重城。
车掀尘坌欺奔马，舰映波光走怒鲸。
台港迤东濒亚太，江淮直北接津京。
通商灼见胸襟豁①，开放新猷业绩宏。
贤俊分宜高位界，宾朋悦共远方迎。
夥颐系我胞侨谊②，衍变怀伊峰宪情。
寄望枢机多卓识，倾心鼓吹尽绵诚。

骊珠无价探须勇，楚璞存真琢愈莹。

政化民归欣际会，发硎经略仁峥嵘。

【注】

① 孙中山先生《建国方略》提及三都澳，拟辟为商港。

② 1988 年美侨考察三都澳，备极赞叹。

闽江行

远火人家次第明，逆流薄暮渚风清。

半天赭色云镶出，一水银光浪漾生。

颇怪浮标犹揖客，不虞伏石起疑兵。

山前指点桥无数，车过时闻众壑鸣。

阮义顺

1922 年生,福建福安市人。福建宁德电力公司离休干部。福建省诗词学会会员。

为某官画肖像

博带峨冠岂等闲,有权有势有人攀。
登门说客携仪贡,下点专车载赆还。
小小冰箱罗百品,皇皇公廨设重关。
惊心最怕真惩腐,手铐加时变了颜。

虞美人·反腐倡廉

权钱交易何时了,污吏知多少?无涯奢靡痛成风,哪管灾区黎庶尚贫穷。　　惩贪反腐刑章在,邪念应须改。只图富贵不知羞,梦醒黄粱一切付东流。

阮平权

女，1932 年生，湖南岳阳市人。福建三明市农资公司离休干部。福建省诗词学会会员。

山东滨州平原看落日纪实

橘红织锦半天嵌，欲坠金轮挂树尖。
疾步穷追田埂上，痴望喷薄落房檐。

阮东光

1976 年生，福建福安市人。福安城北中学教师。福建省诗词学会会员。

赛岐新气象

两山相望卧长桥，展翅鲲鹏上碧霄。
东海沸翻掀巨浪，赛江开发趁高潮。
振兴扩拓呈芳景，改革腾飞促美韶。
新纪钟声春浩荡，昌期更要看今朝。

阮传兴

1923 年生，福建泉州市人。泉州耐火材料厂退休职工。福建省诗词学会会员。

庆祝黄埔军校建校八十周年

孙文遗嘱是箴言，国共联盟建校先。
八秩嵩呼震海外，侨台港澳谊情牵。
当年世界风云骤，黄埔精神非等闲。
北伐东征驱日寇，和衷共济制危艰。
前嫌不计重携手，两岸三通满帆悬。
吾土台湾郑公重，逐荷治省着先鞭。
归宗还祖全民赞，勒马回头亦称贤。
兄友弟恭敦凤好，和平统一共尧天。
中华民族大团结，祖国江山锦绣妍。

阮锡妙

1946 年生，福建尤溪县人。福建省诗词学会会员。

贺三峡截流

人民力量实堪讴，能使长江听命流。
历代冯夷无法驭，居然今亦服神州。

阮荣登

1953年生，福建福安市人。福安市政府口岸办公室干部。福建省诗词学会会员。

悼张学良将军

海外浓云冻不开，檀城噩耗哲人摧。
春秋有幸存忠烈，危难何堪弃霸才。
大义唯期兵谏死，终生不作楚囚哀。
百年风雨回眸瞩，忍吊西安旧府台。

汪启光

1922年生，安徽祁门市人。原福建闽西地质大队干部。福建省诗词学会会员。

西江月·华东军政大学五十周年校庆

江海情深无极，春风桃李常馨。五旬校庆聚榕城，一曲军歌高迥。　　回看征途万里，笑谈无悔人生。霜华满鬓喜新晴，争赏丹枫晚景。

沈 光

1901年生，已故。福建诏安县人。原诏安第一中学教师。福建省诗词学会会员。

生查子·怀玉弟

汝比伯劳东，我似西边燕。频唱《惜分飞》，两意长依恋。　　一别卅余年，梦里都寻遍。但盼早归来，破涕欢相见。

江城子·闲居偶感

先生只合号冬烘。讶凡庸，笑愚蒙。插脚人寰，一个老雕虫。玩水游山无宿分，八十也，太匆匆。　　骚坛痴想竞豪雄。视非矇，听犹聪。胜日良宵，都在朗吟中。不是菱花添鬓雪，谁肯信，已衰翁。

沈 岩

1947 年生，福建诏安县人。原中共福建船政学院委员会书记，研究员。中华诗词学会会员，福建省诗词学会会员。著有《三师堂吟草》等。

念奴娇·中华书艺

大千环宇，念文字，唯我中华书艺。点画纵横含道味，笔底乾坤绚丽。侧鸟翻飞，枯藤万岁，掠磔三军至。形灵神畅，几多痴舞颠醉。　　莫谓心画难为，道修池尽，得笔毫锋锐。邂逅曹碑三日滞，随葬兰亭因嬖。剑舞挑夫，锥沙漏屋，悟出千书势。千秋书法，广凝今古灵慧。

沈士超

1912 年生，福建诏安县人，退休干部。福建省诗词学会会员。

雪中即景

楼外雪飘萧，四围人寂寥。
瓦间堆白絮，廊下散明瑶。
极目江天阔，凝思心事遥。
纤尘全掩尽，大地显多娇。

〖中华诗词存稿·地域专辑〗

中华诗词学会 编

福建诗词选

（二）

本书编委会 编

中国书籍出版社

China Book Press

目　　录

沈大琛

1946 年生，福建诏安县人。诏安县中学教师。福建省诗词学会会员。

和玉辉先生韵石庐赏菊①

石庐有菊未轻开，昨夜花开有客来。
墨客题花添画卷，金风送韵到琴台。
瑶琴一曲迎仙客，香茗盈杯聚隽才。
品茗听琴对秋菊，几人知是画中栽。

【注】

① 石庐是诏安县著名盲人画家沈冰山先生寓所。著名象棋排局家沈庆先生曾撰联云："石经风雨峥嵘在，庐以琴棋远近名。"

沈汇丰

1946年生，福建诏安县人。原诏安县机关干部。福建省诗词学会会员。

沁园春·张学良赞

奉系传人，蒋氏庚亲，抗战首勋。赞改旗易帜，追求一统；偕杨联共，安定三秦。泪洒潼关，情萦故国，义薄云天兵谏陈。"双十二"，载芳芬史册，志壮乾坤。　　红颜知己堪珍，看赵四依随五十春。叹青年少帅，饱尝囹圄；白须虎将，坦对仇恩。爱国何辜，抗战啥罪？赵构荒唐万众嗔。思鹏举，颂如歌往事，常唱常新。

沈冠生

1944 年生，福建诏安县人。原诏安县教育局工会主席。福建省诗词学会会员。

满江红·参观中法马江海战纪念馆

吊古登临，马江畔，心潮激烈。耻往岁，蔽江胡虏，顺流窜越。八百清军忠荩献，两千洋鬼惊魂慑。唾清廷，万古血虚糜，仇难雪。　　陵园秀，祠馆赫；闽海静，南疆铁。看中华今日，岂容轻蔑。马限山前军舰傲，罗星塔下旗高揭。最堪夸，史笔似长椽，情尤切。

沈响亮

1949 年生，福建诏安县人。中共诏安县委统战部干部。中华诗词学会会员、福建省诗词学会会员。著有《竹楼诗词钞存》等多种。

悼谢继东先生

烹经煮史雨风天，勤苦终生意志坚。
县志修编挥彩笔，诗词吟著满华笺。
廉身不肯倾杯醉，治学常从绝径穿。
今日送君归净土，古来金石不求全。

沈素真

女，1930 年生，福建诏安县人。原诏安城东小学教师。福建省诗词学会会员。

生查子·蝴蝶兰依韵和陈崇钦师

频赏雅娇容，管甚芳菲妒。妩媚意翩翩，风韵名花数。　　时尚逐流光，冷寂伤春暮。怜惜落英红，辗碎成尘土。

沈继祖

1949 年生，福建福州市人。福州市第二建筑公司干部。福建省诗词学会会员。

画堂春·春晚观看《千手观音》

恰如天女下凡尘，焕然壁画真身。细腰长袖舞流云，万众凝神。　　铁树开花呈异，枯枝生绿缤纷。艰难困苦志犹存，何处无春。

沈瑞东

1924 年生，福建诏安县人。原福建永安第三中学校长。福建省诗词学会会员。

丙寅重阳寄祖瑜

昔年此日曾偕祖瑜登高酌酒，傍篱赏菊，今双眼失明，情景犹历历在目也。

有负东篱菊正秋，重阳此日怯登楼。
雁声焉寄伤心泪，兔颖难宜瞽目愁。
老病经年疏冷暖，闲居面壁集烦忧。
山城一别深情在，梦逐溪声夜夜流。

沈觐寿

（1907-1995）福建福州市人。字年仲，号静叟。曾任福建省书法家协会副主席、顾问，福州书法篆刻研究会会长、福州书法家协会主席、名誉主席，福州画院副院长，国家一级美术师。福建省文史研究馆馆员。

鉴真大师像归国探亲感赋三章

（一）

传法辛劳记十年，花开水国并头莲。
波涛汹涌非昨日，瓶钵情深乐比肩。

（二）

备极艰危六度行，邻邦如见弟兄情。
利他不顾盲双目，万古心灯隔海明。

（三）

隔海悠悠一线牵，如兄如弟共云天。
关情痛痒原无隔，笑指禅心一月圆。

浪淘沙

余今岁端午作梅花，以不适时令弃置，忽已半载，偶捡出因再题。

疏影漾香，未称端阳，半年向壁又何妨。待到三冬犹本色，添作春光。 一笑谢炎凉，妙相堂堂，依然献岁先群芳。不著铅华颜自好，遮莫催妆。

沈耀喜

1945 年生，福建诏安县人。诏安县政协副主席。福建省诗词学会会员。

邓小平同志周年祭

举国哀号洒泪珠，小平慢走记齐呼。
兴邦智赖扶轮手，拨乱崇怀秉轴谟。
三度风云瞻起落，一腔肝胆付驰驱。
英灵重缅丰碑在，遗教长铭绘壮图。

宋宝章

1944 年生，福建福安市人。原福安第三中学教师。福建省诗词学会会员。

山溪渡船

江声流岁月，耕织系溪烟。

桨划晨星碎，篙撑落日悬。

送童风雨读，作鹊女牛牵。

万户团圆夜，孤灯守涧边。

严希书

1927 年生，福建闽侯县人。原闽侯县农林委员会办公室秘书。福建省诗词学会会员。

迎　春

开泰三阳万象回，中兴禹甸动新雷。
颜俱初旭无垠霁，心与繁花一样开。
欢聚天伦春满户，笑尝岁首酒三杯。
共歌东亚巨狮醒，创业功成捷报来。

严宗林

1932 年生，福建仙游县人。小学退休教师。福建省诗词学会会员。

诗　疗

二竖缠身漫怨嫌。镌章琢句代针砭。

无情岁月增中减，有味诗词苦后甜。

医好精神伤痛解，炼坚意志病魔歼。

千金难买斯良药，不用岐黄与卜占。

严蒲英

女，1927年生，福建泰宁县人。原三明市实验小学教师。福建省诗词学会会员。

示　女

下岗寻常莫泪垂，世间万事在人为。
佳肴美酒非吾分，淡饭粗茶也自怡。
路有千条弥足勉，身怀一技不应悲。
少些叹息多争气，无尽机缘待奋飞。

巫祯来

1963 年生，福建大田县人。大田县政府办公室主任。福建省诗词学会会员。

太常引·抒怀

严冬尽处绽春芽，夜梦笔生花。逆水泛飞槎。回首处，滩危壁斜。　　好风难借，冰山莫卧，得失岂由他！浓墨写年华。擎天志，何须浪夸。

苏天嘉

1928 年生，已故。福建晋江市人。曾任福建省诗词学会理事。

慰迎白帝城移民

挥手巴山别古城，迁居万里海边庭。
安家落户兴新业，拓地开荒涌壮情。
三峡工程关国计，东滨美境立家声。
牺牲小我从大我，白帝移民受欢迎。

千秋岁引·深切悼念邓小平同志

大匠星沉，山河变色，举世哀伤悼元硕。追思伟绩情何限，征途坎坷艰辛历。斗凶顽，几回合，身罹厄！ 革命自当肝胆赤，求实精神焉能易？改革开放施良策。推行两制归港澳，和平统一兴邦国。数英雄，开新纪，功无极！

苏翔麟

1925 年生,福建古田县人,退休教师。中华诗词学会会员,福建省诗词学会会员。著有《岫云集》。

寿 内 子

逆境相从见至诚,此身何幸遇多情。
半生贫病卿怜我,终岁辛劳我负卿。
创业艰难凭蚁力,迁居喜悦乐莺声。
而今放眼量风物,且解征鞍付弟兄。

浪淘沙·林泉自得

鸟语觅知音,蝶舞花阴。无弦溪涧万年琴,
不墨青山千载画,美景堪吟。　　好友逛光临,
促膝谈心,草楼逼仄酒频斟,残月却违人意绪,
浪自先沉。

杜 琨

（约 1912-1944），字悦鸣，福建福鼎市人。毕业于北平中国大学国学系，受业于尚秉和、孙蜀丞、吴检斋等一代名师。曾任教于福建省立师范专科学校，工诗。著有《闽东诗选》《张氏词选校注》等。

和黄之六刁字韵却寄北平

欲傍榆枋共啄游，漫劳鹏鹄说云霄。

行携笠屐迎新霁，坐看帆樯趁晚潮。

倦眼尚为开故纸，惊魂时復梦鸣刁。

多情天末频投赠，读罢飘飘意共遥。

1941 年

杜进兴

1930 年生，河南汝州人。福州马尾经济技术开发区离休干部，福建省诗词学会会员。

临江仙·庆祝中国人民解放军建军八十周年

苍碧井冈星火起，燎原万里如风。铁流扫尽害人虫。河山收拾就，血染战旗红。　　百载长枷终一炬，神州崛起如龙。玉碑千丈记丰功。滔滔东海水，蔚蔚泰山松。

李 新

1929 年生，广东省人。福州建材学校原副校长。福建省诗词学会会员。

一剪梅·南方春色

绿满村前映窗纱，白了梨花，红了桃花。田畴如镜水车哗，秧出新芽，人采朝霞。　　姑嫂耕耘兼务家，才摘枇杷，即种西瓜。男人外出走天涯，盖了楼房，又置轻车。

李山泉

1949 年生，福建建瓯市人。福建松溪县质监局工程师。福建省诗词学会会员。

忆江南

春来早，风细雨潇潇。溪水清清两岸暖，桃花片片满山飘。闲话对渔樵。

李元泰

1920 年生，福建闽清县人。原小学校长。福建省诗词学会会员。

观电影《张海迪报告会》有感

坐废犹存济世情，雷锋品德倘堪京。
成才路上千难克，治病关头一笑迎。
报国未甘充弱息，助人应许冠群英。
身瘫肯让瘫心坎，羞煞闲曹老此生。

李永裕

1926年生，福建同安县人。原中共厦门市教委党组书记。福建省诗词学会会员。

辛未献岁作

风云变幻入羊年，砥柱中流孰着先？
林下萦怀兴废事，犹将馀热贡华颠。

李少园

1937年生，福建泉州市人。福建师范大学中文系副教授。福建省诗词学会会员。

江城子

元宵故乡泉州举行南音大会唱，感月圆人未圆，怀在台胞兄。

思亲怕见月华明。浪层层，水盈盈。风雨无端，凄楚阻归程。两岸清辉千里共，游子梦，远烟凝。　　鲤城春色动箫笙。奏新声，祝龙腾。慢拢轻弹，曲曲故园情。堂上倚闾穿望眼，人未至，恨难平。

崇武古城抒怀

今届崇武建城六百周年，巍峨古城堞下，曾是民族英雄戚继光、郑成功登高振臂，率众抗倭、抗清的指挥营地，凭吊徘徊，诗情难抑。

挥旌振臂久心仪，借得清樽酹海湄。
浪急声声扬壮概，堞巍垛垛想英姿。
雄风留作兴亡鉴，民气堪为向背思。
两岸同心期合璧，金瓯无缺史馨垂。

李月波

1918 年生。福建上杭县人。上杭县职业高级中学教务主任。福建省诗词学会会员。

宋谢枋得《庆金庵桃花》诗读后

昔觅桃源为避秦，今逢盛世好迎宾。
落英应遣随流水，多引渔郎来问津。

李兰金

女，1951 年生，福建闽侯县人。福建福州市马尾供销公司干部。福建省诗词学会会员。

农民颂党恩

种田有奖古来稀，免税空前无限奇。
济困援灾民瘝系，同心谢党颂歌齐。

李玉珍

1939 年生，福建三明人。三明市林业局干部。福建省诗词学会会员。

鼓浪屿闻琴

绿树幽街不染尘，风情海韵播芳芬。

飘窗透户悠悠意，流过心头驻白云。

李可蕃

（1919-2005）福建闽侯县人。曾任福建省诗词学会常务理事、副秘书长，《福建诗词》编委会编委，福建省文史研究馆馆员。著有《藏舟盦集》。

游武夷一线天陪国内诸老览胜

戒旦访灵岩，车行去如箭。胜境傍坦途，靡用伐菁篝。下车就磐陀，连云卧荒甸。鱼贯入洞口，冷风已我先。幽窔闳阴房，蠵行几栗颤。仰躬长罅窥，白光忽一线。焜耀生灵台，天颜微可见。昔我罹龙汉，泥犁付锻炼。尺书申大罗，高旻为瞬电。感此奋前攀，拾级效螺旋。扪壁湿淋漓，得汗沁至洴。眘然破浑元，端凭脚力健。一笑登苍穹，回视已两片。数武开平台，万壑睛恣转。历险心骤舒，归程翻恋恋。明窗擘花笺，短诗聊志念。

1988 年 5 月

西江月

己未清明，缅怀周恩来总理逝世三周年，兼怀天安门事件勇士。

黄胄福星遽陨，绛都妖雾曾迷。分明碧血杜鹃啼。寒食缟衣来祭。　　春柳三笼烟绿，甘棠重拥霞绯。衔花紫燕垒丰碑。红植万家心里。

1979 年

凯歌·还珠颂

虎塞壮焚鸠，星使著鸿猷。败鳞吹浪窥阙，廊庙怖无谋。低首白门署券，雪涕明珠离椟，痛向鳄渊投。往事愤难抑，百载去悠悠！　　汤之盘，禹之鼎，汉之瓯。岂容腥秽相浼，红纛展飕飗。控我貔貅未动，慑彼鹰鹯自戢，谈笑故疆收。奇耻涤华夏，横海沸欢讴。

凯歌·本意

谁凿娲皇石？西北昊天倾。浪淘夔葛荆赣，积势欲襄陵。肆虐将吞田野，怙恶兼夷庐舍，连月恣砰訇。松嫩水同溢，忧愤不能平。　　人墙筑，兵坝屹，迤长城。枢机斡处，百万抢险集豪英。胜似醒狮吼搏，迫使孽龙就缚，华胄素姿呈。抚辑趁灾后，还毓泉山青。

李必生

　　1951 年生，福建清流县人。清流县良种场副场长。福建省诗词学会会员。

清流越剧

　　姗姗越女起清流，蛱蝶翩跹靓妹羞。
　　芍药柔声歌美刺，菖蒲艳曲唱春秋。
　　风摇弱柳迎新喜，烟罩苍松解旧忧。
　　凤啭鸾鸣音誉远，东南越剧韵悠悠。

李江泉

1926 年生，福建泉州市人。泉州黎明大学巴金研究所副主编。福建省诗词学会会员。

祝神舟五号升天

神舟蓄锐奋腾冲，履险携人闯碧穹。
逐月追星探广宇，穷玄究奥造鸿蒙。
凌空发射千秋业，着陆回收百代功。
万众欢呼圆夙梦，航天荣列第三雄。

李好焕

1948 年生，福建古田县人。中共福建省宁德市蕉城区委员会秘书长。福建省诗词学会会员。

江边小居

依山小筑柳荫窗，堤外春潮涨碧江。
犬吠邻家三五户，渡头有客晚归艭。

李怀涌

1962年生,福建宁德市人。中医师。福建省诗词学会会员。

五味斋自题

五味斋中味合参,浮生漫漫细穷探。

何时尝透其中味,荼苦云何说荠甘。

李志民

1926年生，福建永春县人。福建泉州师范学院退休教师。福建省诗词学会会员。

永春首届芦柑节感赋

芦柑有节果林光，云集嘉宾自八方。
岭壑生辉弥翠绿，枝柯垂实泛金黄。
春风有意殷培树，冬日多情暖布阳。
永邑丰仪今更美，闽南沃野漾芬芳。

李克承

1919 年生，福建永安市人，退休教师。福建省诗词学会会员。

虞美人·游桁榈山归作

溪山信是桁榈美，澄澈平湖水。且乘游艇泛清流，饱览两堤翠黛景清幽。　　"乾坤清气"千秋笔，镌壁留真迹。移时日影已西斜，十倍眉峰染翠挈还家。

李坚持

1931 年生，福建南安市人。退休干部。福建省诗词学会会员。

祝神舟五号升天

五号神舟上碧天，千年梦想一宵圆。
共看鹏翅冲云刺，谁点龙睛破雾穿。
弄月欢歌银汉畔，摘星漫舞广寒前。
九重登跻三才汇，征服太空振大千。

李泗民

1931 年生，福建南安市人。福建省诗词学会会员。

泉台一家亲

南音一曲故乡缘，血脉相承两岸牵。
赤县泱泱弥海域，中华灿灿漫山川。
施琅壮志千秋颂，国姓雄心万世传。
补缺金瓯孚众望，归根慰祖庆团圆。

李林洲

1958 年生，福建福州市人。福州市宗教局干部，福建省诗词学会会员。

罢猎夜投山庄

枪挑雉兔叩山庄，满面硝烟褴褛裳。
浊酒谈诗惊四座，猎人亦是著书郎。

【编者注】
作者于国家施行野生动物保护法之前所写。

李拓之

（1913-1983）福建福州市人。曾任报社编辑、中学教师。抗战期中，在武汉国民政府军事委员会政治部第三厅郭沫若厅长领导下工作。新中国成立后，在厦门大学、福建第二师范学院中文系任教。

长沙大火

丁丑七月战云遮，卢沟桥上月初斜。

戊寅十月弃江夏，秋风习习走长沙。

岳麓山前红叶烂，茫然映脸如朝霞。

红叶哪及火光红？半夜仓皇一炬中。

寇锋未掩湘江岸，烈焰先腾楚水空。

万姓逃生窜火网，惊魂莫辨路西东。

相争出郭涌人潮，轧桥颠仆何喧嚣！

幼儿稚女怀中裹，米瓮油锅肩上挑。

蚁奔蜂散尘埃卷，南去湘潭百里遥。

徒跣蹇行艰喘息，回望浓烟冲天黑。

家园残破无所归，国境蹙危何处匿？

叫彻荒鸡露湿衣，遍野流离不得食。

吁嗟乎，不甘为奴誓御侮，军民浴血保疆宇。

因敌自焚实可哀，坐遣豺狼入庭户。

是谁兵败比孙吴？满城瓦砾夸焦土。

诸葛武侯祠

鞠躬未必负躬耕，伟抱宁徒霸业争？
毕竟三分谁正统，从来七纵是奇兵。
牛羊迹乱乌蛮垒，猿鸟声悲白帝城。
犹有丛祠香火在，秦云陇树不胜情。

哭 邓 拓

鹃啼何处与招魂？纸剪梅花致九原。
生献危言撄世网，死怀直节叩天阍。
文章未必投圜溷，日月终教照覆盆。
泪洒春风遥告汝：神州今已转乾坤。

李明志

（1917-1999）福建德化县人。中学退休教师，福建省诗词学会会员。

登武夷天游峰

攀登危嶝上天游，不到峰头誓不休。
俯瞰溪山全入画，静聆风木似鸣驺。
云生足底扶红日，篁出胸前列翠帱。
至此方知人世小，我生渺渺一沙鸥。

闲　居

幽居茅屋静无哗，耄岁无关世誉夸。
鼓腹闲游双腿健，杜门俭守一身赊。
检寻书史如探友，吟和诗词胜种花。
养性怡情心自若，庭前信步看归鸦。

李国宏

1970 年生，福建石狮市人。石狮市博物馆副馆长。福建省诗词学会会员。

过华清池

红袖香消画栋残，马嵬坡上白绫寒。

无情最是君王意，覆雨翻云肇不安。

李国梁

字子栋，1943 年生，福建永安市人。福建永安市电影公司干部、美术师。中华诗词学会会员，福建省诗词学会会员。

女护林员

冒雨经霜路八千，深林巡护几忘年。
松风相慰梳柔发，鸟语承欢赋好篇。
汗水勤浇新叶茂，村规永葆老山妍。
芳心默许长青树，永不分离情意绵。

曹 远 行①

秋约踏歌新镇行，三分美景七分情。
漾眸金穗摇阡陌，扑鼻香风醉柚橙。
岩口载车山有玉，湖心钓月水无声。
农民别墅稠曹远，特色之星此处明。

【注】
① 永安市曹远镇，为福建省亿元明星乡镇之一。

李贤起

1921 年生，福建石狮市人。石狮市中学退休教师，福建省诗词学会会员。

献给抗日战争中旅菲华侨归国从军志士

狼烟往昔起卢沟，旧恨终湔游子羞。
我辈身流华夏血，祖宗汗滴梓桑畴。
炎黄儿女焉容侮，锦绣河山岂付仇。
渡海从戎曾殄寇，千秋丹悃荐神州。

李祖景

1929 年生，福建晋江市人。原中共福建省泉州市新华书店支部书记。离休干部。中华诗词学会会员、福建省诗词学会会员。著有《辛怡斋诗联稿》《岁月痕文集》。

回乡路上喜见

挎书归路夕阳红，峻坂推车助老翁。
我见欣夸孩子好，三童齐答"学雷锋"。

新华书店少儿读物柜前

小童娇唤老公公，指索书台《孙悟空》。
笑问乖孙还买甚？答云那卷《学雷锋》。

李祖影

1913 年生，福建古田县人。福建省交通设计院主任工程师。福建省诗词学会会员。

金缕曲·纪念月琳逝世三周年

乍暖还寒令，又愁听、鹧鸪声住，杜鹃声哽。消瘦残躯缠床笫，终致魂归衾冷，三载兹，哀思未竟。深夜常萦蕉窗梦，待晨兴，犹是房栊静。神怅惘，忆遗影。   年时旦晚肩相并，对荧屏，温情脉脉，每劳憧憬。其奈罡风摧鸾镜，人愿怎违数定？怀往事，哀伤难胜。总因阮囊长羞涩，累卿卿，苦度清贫境。生不再，恨悠永。

李珍华

1929 年生，原福建霞浦县人。后入美国籍，任美国密执安大学人文系教授。

忆旧游寄台湾友人

寒沙小阁锁东风，两处银河一线通。
踏步阳明花似雪①，传杯阿里气如龙②。
雨花明灭青山外③，燕子沉浮白浪中④。
犹记三台烟水路，清明时节乱飞红。

【注】
① 阳明山在台北近郊，有樱桃千树，春时花白如雪。
② 台湾主要山脉名称。
③ 指雨花台。
④ 指燕子矶。

李思烨

1925 年生，福建将乐县人。中学高级教师，将乐县政协第一至第三届委员。福建省诗词学会会员。著有《火华吟草》等。

屋西双株银杏

古木公孙傍屋西，双双挺拔与云齐。
天荒地老雌雄守，物换星移形影依。
叶动春风生爽籁，果摇秋日满繁枝。
绿阴冉冉增人寿，五百年前远祖遗。

重阳谒杨时墓

远水长天一色秋，重阳丽日作郊游。
龟山风骨千年仰，理学源头万古流。

李泰嘉

1939 年生，福建连江县人。原连江县乡镇企业会计。福建省诗词学会会员。

欢呼神舟六号

跃起仙槎盖世雄，双龙展翅树奇功。
巡天揽月探银汉，绕地追星觅桂宫。
集智攻关强国力，高科揭秘显神工。
归程顺利寰球赞，华夏炎黄唱大风。

李莉姿

女，1929年生，浙江乐清县人。福建省物资厅离休干部。

小学窗友久别聚会

芸窗共忆启蒙身，耆艾童真喜未湮。
白发苍颜重聚首，疑成观弈烂柯人。

李领泽

1931年生，河北保定市人。三明市人民检察院离休干部。福建省诗词学会会员。著有《岁月流霞》诗集。

鹧鸪天·晚晴吟

歌罢朝辉唱夕阳，黄花应是晚来香。识途尚赖高龄马，调味还需陈岁姜。　　余热献，荩衷扬。银须鹤发更风光。江山锦绣人忘老，益寿延年有妙方。

李敏权

1938 年生，福建明溪县人。原明溪第二中学教导主任。中华诗词学会会员、福建省诗词学会会员。著有《情满校园》等诗集。

喜 添 孙

天教嫩绿发孙枝，闻得啼声坠地奇。
酒戒大开重把盏，心花怒放乍扬眉。
鱼书飞报同门友，电话摇通远道儿。
更望顽皮沾化雨，培成梁栋绍裘箕。

李景芳

1922 年生，福建清流县人。福建省诗词学会会员。

鼓浪屿览胜

渡轮环岛赏花洲，览胜山光洞壑幽。
高阁短亭依恋切，精蓝古迹记铭悠。
凭栏拾级临危石，击楫游湖泛小舟。
老市殊幽欣改革，四方竞作慕名游。

李辉盾

1937 年生，福建晋江市人。原晋江青阳供电所工程师。福建省诗词学会会员。

泉州西湖泛舟遇雨

游艇放歌织雨丝，迷人景色醉西施。
柳垂湖岸千般翠，雨打波心万点漪。
云散虹桥横玉带，日来朱阁展云楣。
依稀吴越浣纱女，重现温陵君莫疑。

李琼林

1940 年生，福建永春县人。福建省电子工业厅高级工程师。福建省诗词学会会员。

登　高

看山容易上山难，上得山来境更宽。
莫道此山人未到，高峰犹在白云端。

1963 年军中授衔时作

李福金

1938 年生，福建连江县人。福建省诗词学会会员。

乙酉随笔

金鸡一唱普天知，盛赞三农惠政施。
补贴种粮欣鼓劲，减轻负担喜扬眉。
剩余劳力挣钱去，拖欠工资执法追。
泽沛乡村天地变，繁花似锦小康期。

李廉德

1940 年生，福建清流县人。中学高级教师。中华诗词学会会员，福建省诗词学会理事。出版有《笔耕集萃》《仙泉诗选》等。

"胡总书记到我家" (新声韵) ①

农家降福喜登门，领袖光临满室春。

握手亲和尊长者，交谈平易暖黎民。

一国大计须凭党，百姓小康"全靠您"②。

情化热流通体涌，终生难忘此良辰。

【注】

① 2006 年 1 月 13 日，胡锦涛总书记视察永安市小陶镇八一村，到七十八岁的刘茂千家了解民情，跟他亲切握手交谈。

② 胡总书记问刘茂千："农民怎样实现小康？"刘茂千脱口回答"全靠您！"。

鹧鸪天·农村电网

银线编成网塔垂。琴弦弹奏伴鸡啼。农林牧副尽昂首，翁媪少童皆展眉。　衣食足，室家辉，千秋田舍此扬威。冰箱彩视浑闲事，电脑空调亦不奇。

李锦泰

1918 年生，福建永安市人。曾任小学校长。福建省诗词学会会员。

上坪竹乡

上坪朗旭照农家，浮海新开企业花。

嫩笋装箱筼织锦，绿阴造出世豪华。

李鹏云

1938 年生，福建平潭县人。曾任平潭县工商联副主委。福建省诗词学会会员。

玉漏迟·闻平潭将兴建跨海大桥喜赋

望洋愁水阻，融岚接壤，车行难赴。梦寐祈求，海峡舍舟登路。千载临津慨叹！却难慰，遐思情愫。教过客，惊风畏浪、茹辛槎渡。　忽报鹊噪银河，辟天堑亨衢，架桥通旅。夙愿今酬，喜讯竞相诉告，从此明珠高捧，待拂拭光华全吐。看舞羽，岛邑懋勋斯树。

李鹗鸣

1940 年生，福建福州市人。福州第十一中学高级教师，福建省诗词学会会员。

牵牛花

轻风吹梦去迢遥，一笑酡颜胜紫绡。

义甫篱边增妩媚①，寄萍笔底逞妖娆②。

当陪织女簪椎髻，好引牛郎过鹊桥。

银汉至今佳话在，人间七夕听云箫。

【注】
① 宋孔平仲字义甫，有"篱上牵牛花，青青照秋色"句。
② 齐白石一号寄萍堂老人，其写意画牵牛花最饶神采。

李耀宗

李耀宗，1942年生，江苏省人。福建龙岩西坡纸厂厂长。福建省诗词学会会员。

思 乡

四十年来斗雪霜，艰难萍迹几彷徨？
遥思故里归无计，梦寄青天雁一行。

杨 立

（1907-2002），福建福州市人。曾任福建省政协委员，福建省黄埔同学会会长，福建省佛教协会顾问。

参加北京中日友协成立三十周年庆典，赋赠日中友好协会向坊隆会长[①]

《毗卢大藏》入深宫，影印归还挚谊隆。

导向樱花衣带水，迎来贝叶锦帆风。

众生佛法传灯火，馀绪邦交助篝功。

今日京华欢晤对，篇诗志谢掬真衷。

【注】

① 佛教瑰宝《毗卢大藏经》孤本因战争流入日本皇宫，近经日中友协茅诚司与向坊隆两会长襄助影印璧还中国。承特邀参加中日友协成立三十周年盛典，与向坊隆会长面晤，赋此致谢。

杨 东

1962年生，福建宁德市人。原福建宁德市人民银行科员，福建省诗词学会会员。

悼巴金

相濡以沫共朝霞，大块魂归泪眼遮。
三部激流传百代，十年冤狱散千家。
牛棚毒草一方叹，雁足家书两地嗟。
春忆憩园寒雪里，真心真话写生涯。

杨　华

1957 年生，江苏涟水县人。福建省福鼎市汽车运输公司干部。福建省诗词学会会员。

山村晚归（二首）

（一）

耕牛入水沐斜晖，惊起红霞破浪飞。
一朵遥簪村女鬓，笑声随路伴她回。

（二）

这头割稻那头扬，车载人拉到谷场。
归鸭群中溜一角，主人未食我先尝。

杨 斌

1944 年生，福建屏南县人。原闽北日报社社长。福建省诗词学会会员。

青藏铁路通车

百年梦想喜成真，天路车通四海钦。
浩荡昆仑今俯首，绵延戈壁竟倾心。
高原缺氧终能克，冻土难融未足论。
惊世壮歌神鬼泣，铁龙飞舞万山春。

杨 耀

1928年生，江苏泗阳县人。原福建省邮电局工会主席。福建省诗词学会会员。

沁园春·党颂

沧海横流，击楫南湖，劈浪弄潮。忆长征万里，屠龙搏虎，抗倭八载，荡寇除妖。怒铲三山，威扬四海，铁马金戈胆气豪。坚如铁，任乱云飞渡，何惧惊涛。　　神州又领风骚。巨龙舞，炎黄十亿骄。喜百年耻雪，珠还合浦，飞天圆梦，玉宇逍遥。漫卷红旗，频催金鼓，共庆和谐吹玉箫。群贤聚，看京华盛会，再展雄韬。

杨文生

1968 年生，福建漳州市人。中共漳州程溪农场副书记。福建省诗词学会会员。

黎 明

黑暗初潜百鸟鸣，鸡啼吞没夜虫声。
一帘幽梦飞窗去，破晓晨曦入室明。

杨文继

（1910-2000）福建福州市人。原福州第十五中学教师。中国俗文学学会诗钟委员会副主任，福州志社资深诗人，福建省诗词学会会员。著有《七竹折枝摭谈》。

为古剑委尘寄一长慨

良剑韬光委尘土，残铁堆中蚀风雨。
充薪覆瓿彼已常，此沦人间何足数。
当年沧海曾剚鲸，出匣霜花四座惊。
宝器龙文射牛斗，指麾万甲擢干城。
物换星移前事往，苔绣尘封空怅惘。
有谁磨洗认真金，地老天荒难邀赏。
破烂摊上偶列陈，敝屣铅刀与比邻。
记室裁笺嫌太笨，庖厨分胙斥难匀。
跃出洪炉料岂此，庸曰六州铸错始。
君不闻钟期听曲赏流水，伯乐相马得千里。
能用天下都是才，莫遣寒芒哭知己。

渔家傲·闻初登月球戏作

捷足广寒思猎艳，蟾宫桂苑求之遍。绰约嫦娥终不见。无从唤，料应恰赴瑶池宴。　　万壑千山连一片，此间未与沧桑变。顽石化柔能实现。先通电，咤云调水开生面。

杨天明

1945 年生，四川省资中市人。原福建炼油化工有限公司处长。福建省诗词学会会员。

晨　钓

一轮红染海东天，早出谁知更有前。
雾里迎风鸡正唱，塘边设席鲤犹眠。
抛钩下饵输人后，摇线收鱼居众先。
笑对垂纶同钓者，福星照我独欣然。

杨友树

1938 年生，福建永泰县人。原福建日报社高级记者，福建省诗词学会会员。

网络夜校 （新声韵）

电脑荧屏兴未央，师生万里会书房。

闽农昨教培菇艺，台贾今传植药方。

五谷丰登经互换，三星高照技相商①。

源源信息心头亮，破浪乘风弄海江。

【注】

① 原指福、禄、寿三星，此指富裕、长寿、科技。

杨启荣

1919 年生，福建厦门市人。厦门开元区进修学校退休教师。福建省诗词学会会员。

醉 仙 岩

醉仙岩顶畅遨游，眼底烟波一望收。
翠岫烟笼丛树远，碧霄水映白云浮。
尽多岚色侵亭阁，时有钟声落壑丘。
俯首细思家国事，鹭江今喜有归舟[①]。

【注】

① 指胞弟由台湾归来团聚。

杨良哲

1929 年生，福建仙游县人。莆田第六中学高级教师。福建省诗词学会会员。著有《象山翠叶》《甲申吟萃》《壶兰秋色》等诗词集。

开发西陲

治沙植草绿天山，筑路修桥破万艰。
奋进楼兰传捷报，腾飞戈壁改新颜。
西陲开拓波澜起，南国支援肝胆殷。
羌笛无须杨柳怨，春风喜度玉门关。

仙游故乡行

车行何岭望平川，盆地茏葱景色妍。
远看蔗林翻碧浪，近观楼厦接青天。
逶迤公路盘山上，突兀烟囱耸岫边。
浩荡春风吹古镇，紧催旧貌换新颜。

杨良琛

1925 年生，福建宁德市人。原福建地质学校会计。福建省诗词学会会员。

登宝峰览"石牛望月"

兀卧冈峦向太阴，曾经多少月升沉。
天孙隔汉同相盼，碧海青天夜夜心。

杨贡南

（1909-1999）学名士琛，号姜翁、杜园、晚香堂主人，法名智坚、莲婴、胜南，福建福州市人。早年留学日本早稻田大学，曾任福建省会计处专员。精佛学，系福建省佛教协会顾问。

荔枝行

怡山废刹剩唐荔，饱餍风霜过千岁。
干秃腹裂犹不僵，华实枯荣靡所计。
唐皇为买倾国笑，飞尘西拥尤物逝。
移根只缘色味香，树倘有知宜号涕。
君不见高山松柏万年苍，寂寞不才契妙谛。

题画竹

无端挟我出林泉，沾尽风尘顾影怜。
劲节依然君莫恝，本来不变且随缘。

题《宋诗选钞》后（四首）

（一）

字挟风雷句欲奇，雕肝呕血煅成诗。
流传吟草恒沙数，几首真真绝妙辞。

（二）

七字人人尽会哦，掣鲸谁肯蹈沧波。
别裁两宋诗双百，果是珠玑岂用多？

（三）

耽诗哪顾得穷愁，只字难安死弗休。
势利输人迂且拙，文章向不肯低头。

（四）

习知此事无人问，且假诗书遣岁年。
哙伍深羞心不竟，罗张户外赏奇篇。

杨伯西

（1914-2000），字纯一。福建漳州市人。抗战胜利后赴台任职，为台湾省花莲诗社社长。著有《望云楼诗稿》。

旅夜书怀

花自含情草自妍，熏风时复度朱弦。
登楼王粲悲乡国，弹铗冯谖感岁年。
啼壁暗蛩如有怨，窥园残月肯相怜？
东来旧事难回首，无那情怀已似烟。

夏日偶成

避地何因到海湄，频年踪迹鸟鱼知。
置身且喜青山近，闭户真同浊世遗。
偶对荷风支午枕，未妨桐雨洗残棋。
幽窗乍醒还乡梦，一树斜阳惘惘思。

杨伯祥

（1911-1988）福建福州市人。原福州第四中学教师。福建省诗词学会会员。

壬戌端午节怀台湾诸亲友

骚魂兰芷汨罗香，屈子千秋笔有光。
旷代忠诚荃不察，洎今习尚艾犹张。
湖西箫鼓兼天闹，海上葭荇隔水望。
爱国一家归未晚，好为民族致繁昌。

林则徐诞生二百周年纪念

湖上补梅忠爱意，孤山后秀袭先芬。
禁烟反帝筹良策，备战驱夷立大勋。
左海雄才天下仰，伊疆治绩万民闻。
即今文藻邻家子，每话乡贤色倍欣。

杨希震

福建福州市人，寓京。铁道部北京丰台桥梁工厂工程师。

天马健行歌

神州多善马，曾传天马歌。现代航天器，天马何其多。重洋三万里，波音瞬息过。环球能追日，入夜走天河。太空酬猛志，星斗可捕罗。巡天窥大地，银汉不生波。　　天工巧被夺，海王献灵鼍。天马添喜色，智慧能伏魔。今岁逢庚午，春节乐吟哦。君子天行健，执柯以伐柯。光阴百代客，日月穿如梭。老者当益壮，四海共祥和。

悼李拓之

盛世危言筑祸基，历经坎坷句尤奇。
献身何敢当仁让，沥血犹争仗义持。
大地无声谁作主，老天不语众难欺。
星沉左海三年隔，作品千秋有后知[①]。

【注】

① 拓之逝世后三年，由郑朝宗教授编的《李拓之作品选》付梓。

杨修正

1929 年生，湖北省人。原闽西地质大队工程师。福建省诗词学会会员。

丁丑年截流整治黄河长江有感

江河患弭解民忧，南北同时两截流。
筑坝拦腰能发电，凿渠削臂可行舟。
工程浩大何曾觌，业绩恢宏信有谋。
功在当前天地改，子孙万世永蒙麻。

杨钧炜

（1940-2000），广东汕头市人。原厦门市文联副秘书长。福建省诗词学会会员。

南乡子·车入厦岛

久别眷乡声。南曲依依睡眼惺。长笛一鸣惊远海，轻轻。莫遣渔家管乐停。　　大道柏油青。的士如梭飒爽行。厂挂多牌开拓热，听听：谁跶"伦巴"步步情。

杨起予

1931 年生，福建连江县人。福建师范大学历史系古籍研究室主任。福建省诗词学会名誉理事。

白芳礼礼赞①

热肠芳礼伯，助学声名赫。杖国蹬三轮，储财为公益。北风利似刀，大雪深盈尺。忘倦斗栽沟，带伤仍执役。满身火汗淋，竟日炎阳炙。溽暑遘癯瘵，高烧犹奋翮。豉油兑水汤，粗饭饥肠塞。日日瘁心神，年年肥聚积。捐资乃一人，受益逾三百。全力铸长才，壮心铭史册。斯人总涅槃，奕世师标格。

【注】

① 白芳礼，寓居天津，旋迁回河北沧县白贾村。2005 年 9 月 23 日逝世，享年九十三岁。年逾古稀之后，靠踩三轮车，不断积聚，累计达三十五万元，悉数资助三百多名贫困学生上学，事迹感人。

洞仙歌·连江巨变

云帆塔影，殆故园情趣，却怪难寻里闾路。望双龙，款款飞越鳌江，斜阳下，大厦森然临渚。　　人流喧夜市，一派华灯，羞煞盈盈广寒女。尽笑靥时装，过巷穿街，伴随着，轻歌豪语。更琅琅书声溢千家，这旖旎风光，莫非仙府？

菩萨蛮·欢聚

别来卅载音书断，忆名审貌初相见。叙旧热中肠，忽惊玄鬓霜。　　细看犹矫捷，豪气吞星月，长愿似松青，故人心上铭。

杨根深

1917 年生，福建福州市人。寓台。

哭豪弟

顾我幼年时，独自弄埙篪。门衰祚复薄，里闬每相欺。及长学处世，必择友与师。与汝订交后，直谅闻互期。情谊逾手足，肝胆相照之。少壮共渡海，卅载羁海陲。惟汝仕且商，竟欲效鸱夷。其间尝竭蹶，汝志终不移。我性称狂狷，汝常谏其痴。几番遭风雨，皆赖汝扶持。汝素重保健，一病何无医。预嘱身后事，且及托孤儿。岂意不祥语，恶兆已可窥。元月十四日，汝病突转危。榻前执汝手，犹能识我悲。当夜再趋视，痛汝已昏迷。十五守汝侧，汝息若游丝。十六弃余去，生死此别离。朋辈云我恸，我恸汝不知。今日缀此词，焉能尽我思。走笔难自抑，老泪复漓漓。天涯哭知己，魂兮其识斯。

杨能璋

1921年生,已故。福建福清市人。福清市农业局离休干部。福建省诗词学会会员。

乡 居

病无聊赖一春余,辜负风光欠自如。
却被西山桃李笑,还赢老屋啸吟舒。
追怀困轭情难已,作计还乡愿未虚。
垂钓莳花蠲俗虑,晴窗更得暇摊书。

杨清渠

1928 年生，福建南靖县人。原福建漳州市水利水电局人事科长。福建省诗词学会会员。

采桑子·中秋寄怀

清光菊影同分享，此岸中秋，彼岸中秋。忍使台胞隔岸忧？　　金瓯无缺圆心愿，你爱神州，我爱神州。举酒同消阔别愁。

杨梓茂

1930年生，福建石狮市人。福建省总工会退休干部。福建省诗词学会会员。

水调歌头·观残疾人艺术团演出

潇洒舞空袖，苗壮正青青①。观音千手如幻，哑女态轻盈。更喜盲童京韵，字正腔圆脆亮，眉目可传情。合节应声里，满座俱欢腾。　　斗残疾，怀大志，赴鹏程。暖阳普照，春雨催促百花萌。人贵顽强拼搏，路在追求开拓，执著竟功成。莫道风霜恶，雪后有梅馨。

【注】
① 节目中有无臂青年舞蹈《秧苗青青》。

杨维新

1947 年生，福建永泰县人。原中共永泰县物资公司书记。福建省诗词学会理事。

八声甘州·青云山

望青青岚翠郁山巅，虹霓绣金边。渐和风轻拂，云开日丽，景象澄鲜。处处岩花涧草，满眼尽娇妍。乍睹深闺质，惊艳天仙。　　化石情人双倚，释千年绮念，美女峰前。掬龙潭飞瀑，溅碧涤胸间。涉天地、草场散辔，耳松涛，忽梦角声喧。豪情发，弯弓拔剑，直指苍天。

杨敬村

（1912-1990）福建建瓯市人。新中国成立后受聘为福建省文史研究馆馆员。

回 乡

半肩行李一孤舟，朝发崇安暮建州。
静水斜阳悬塔影，渔船星火照城楼。
青云秀出黄华阁，白鹤迎来大伏洲。
如此风光真胜地，逍遥岁月暂忘忧。

秋夜独步江阴公园

江滨漫步夜苍茫，几点星光映水光。
月照孤松惊影瘦，风吹细柳觉衣凉。
亭边石径堆霜叶，阁上疏林拂粉墙。
俯仰人间头已白，冰心一片付流光。

杨新辉

女,1962年生,福建南安市人。泉州市丰泽区妇联副主席。福建省诗词学会会员。

蜜月庐山游

青鸾比翼上葱茏，盛夏犹吹春半风。
牯岭雨收双待月，含鄱波起一横虹。
幻生有象云烟外，情在无言肺腑中。
我与王郎相缔约，白头重到认前踪。

杨燕卿

女，1935 年生，福建泉州市人。中华诗词学会会员，福建省诗词学会会员。著有《呢喃集》。

游崇武古城

闽南崇武古城关，无限风光海与山。
六百星霜标史迹，万千景色壮人寰。
炮痕倭寇侵凌虐，帆影渔民劳作艰。
礁岸石雕成巨魄，人文胜地换新颜。

清明节感思（二首）

（一）

石楼小巷古城西，五女分居我独栖。
卅七夫妻今永别，桑榆遗恨夕阳低。

（二）

阴晴冷热守家门，血泪常流脑眼昏。
若有来生当约我，恩情携手续前婚。

连德仁

1946年生,福建寿宁县人。原中共寿宁县委员会副书记,县政协主席。中华诗词学会会员,福建省诗词学会名誉理事。著有《肝胆相照》《蟾溪吟稿》《五言诗通鉴故事》等。

花城一瞥

花城无处不飞花,人在其中兴自赊。
月季鸡冠红烂漫,黄玫白菊洁横斜。
层层攀蔓清辉映,簇簇含苞媚态嘉。
扑鼻奇香纷逗客,羊城四季艳如霞。

沁园春·退休感怀

斗转星移,卅载飞云,往事逝烟。忆书生意气,红旗似海;大江南北,快马加鞭。鹭岛芸窗,闻鸡起舞。五载渔溪庆变迁。罗江夜,看商潮翻卷,浮想联翩。 五风十雨年年。为桑梓、呕心沥血焉。听衙斋竹韵,尽心竭力;三农酸苦,略解微绵。献策陈言,输肝沥胆,旨为鳌阳改旧颜。蟾溪岸,看西山霞彩,无限欢妍。

吴 诚

1927 年生，福建福州市人。福建厦门市邮电局干部。福建省诗词学会会员。

吟 秋

叶落天开敛野烟，人间赢得菊花妍。
黄尘都付金风荡，擎出孤芳霜满天。

吴 晟

1971 年生，福建闽侯县人。企业职员。福建省诗词学会会员。

咏 梅

无愧人间一品花，冲寒怒放傲横斜。
生来不作盆中物，雪野霜天是我家。

桃 花

漫道桃花无烈节，还侬清白一言申。
生来岂是轻浮种，除却春风不嫁人。

吴　健

1919 年生，河南省孟县人。原福建省计量局局长，福建省诗词学会首届理事。

一剪梅

试上鳌城千仞山①。泼雾胸漫，泼翠身寒。清泉几曲过楼前。细雨潺潺，细水涓涓。　　野老归家半举烟。忙在田间，闲在心间。流光如此把人牵。春梦绵绵，春景娟娟。

【注】
① 鳌城，寿宁别称。

水调歌头·偕友游太姥山

太姥峙东海，洞穴一奇观。峰峦形态尤异，破石出清泉。拔地山高千仞，秦屿当前盈寸，岌嶪怎胜寒。鹤唳不知处，昂首近青天。　　呼旧朋，引新侣，共流连。长空洗出晴朗，俊赏胜登仙。入眼风光如画，对面台澎金马，何日得团圆？夕照无穷好，霞色共鲜妍。

吴万利

笔名吴万里，1939 年生，福建诏安县人。福建省艺术学校退休教师。中华诗词学会会员，福建省诗词学会会员。

渔家傲·又见故人①

误拾香罗招起哄，谁人导演雎鸠颂？媚眼频传红豆种，心猿纵，惊鸿照影缠春梦。　　劳燕分飞伊母弄，相逢凝咽锥心痛，半世忧烦憔悴共。情自控，伤怀忌唱《钗头凤》。

【注】

① 故人是 1962 年，在水利工地建立情谊的女工友，曾有一段情缘。

吴友文

1930年生,福建诏安县人,中医师。福建省诗词学会会员。著有《石榴吟草》三卷。

秋　思

海角梅村秋气清,碧天雁字又南行。
谁家窗下摇灯影,是处楼头起笛声。
几朵黄花陪旧梦,半阶红叶暖诗情。
惊心白雪萦双鬓,剩把金杯对月倾。

吴永化

1967 年生，福建永春县人。永春县高甲戏剧团演员，福建省诗词学会会员。

割稻偶成

手把镰刀汗似蒸，如焚阡陌野烟腾。
骄阳不解田家苦，高坐云端尚横行。

吴永雄

1944 年生，福建石狮市人。福建省诗词学会会员。

刺桐大桥合龙

碧空万里舞蛟龙，谁向天边挂彩虹？
今日桐江嵌秀色，三桥辉映驾长风。

吴世雄

1928 年生，福建福安市人。福建省电力有限公司第二建设公司高级工程师。福建省诗词学会会员。

喜获一九九九年全国老年人桥牌双人赛亚军

九州牌友会金山①，智艺双拼一瞬间。
察点搭桥争技巧②，老夫笑博亚军还。

【注】
① 金山：上海市金山区。
② 察点：通过叫牌观察分析搭档和对方牌点。搭桥：主打人和搭档摊牌后"桥"要互相畅通，不能打断。

吴长授

1930 年生,福建莆田市人,莆田市兴化大学中文系教师,福建省诗词学会会员。

沁园春·九州春色

登上梅山,远眺神州,景色万千。望大江南北,歌声嘹亮。山呈迤逦,花展斑斓。宏启神机,小康全建,西拓东恢心底宽。期来日、赴蟾宫宴会,孰不开颜。　　操场练武欢欣。民富了尤期邦乂安,更命时多士,勤攻科技;群贤睿智,共奋登攀。鼓角喧天,热情如火,扫尽颓风、力挽澜。灯明处,尚笔耕不辍,忘却更残。

吴玉泉

1946 年生，福建福安市人。福安农村保险公司工作人员。福建省诗词学会会员。

长夜难寐闻钟

夜静钟声洗耳来，年光流逝倍堪哀。
依稀竹马骑庭院，倏忽霜华满鬓腮。
壮志未酬心不死，宏图欲展梦偏乖。
悔将分秒寻常付，逝水春江怆入怀。

吴玉海

1936 年生，福建莆田市人。中学教师。福建省诗词学会会员。

故 乡 情

乐居故土漫斟茶，喜把东篱景物夸。
有意诗书陶志趣，无心名利抚桑麻。
异香硕果酬初旭，特色繁花缀晚霞。
四面青山明夕照，一溪碧水泛秋华。

吴邦雄

1921 年生，福建泉州市人。原泉州第五中学教师。福建省诗词学会会员。

过蔡襄祠

洛阳桥与蔡襄祠，地处郡东海之湄。

秋色灿烂秋凉日，结伴郊游来访之。

桥上车马人络绎，祠中屹屹立双碑。

碑文书刻称三绝，读者摩抚咸心仪。

"翼以扶栏"下八字，叙桥规模尤备细。

董其事者列姓名，所糜金钱如数记。

未有一言自表功，倡始擘画皆公智。

"醋"字梦说原无稽，往昔人总信入迷。

气象潮汐公通晓，何时海汐位最低。

"累址于渊"事非易，汐时施工勠力齐。

公之卓识求万安，遂使造桥解其难。

从此"龟蛇"难作恶，桥上行人步巨澜。

众口皆碑重当时，公有大德实无私。

互通有无利百姓，公之无私后世师。

此诗自非唯颂古，古为今用心所期。

九鲤湖观瀑

驱车盘岭入名区，映眼山光处处殊。

九漈水飞奔万马，一峰帘挂落千珠。

早留足迹徐霞客，空绕诗魂郁达夫。

我立危崖凝睇久，天绅奇绝缀明湖。

吴成敏

1929 年生，福建莆田市人。曾任泉州鲤城区百货公司经理、中共总支书记。中华诗词学会会员，福建省诗词学会会员。著有《吴成敏诗词三百首》。

赞京九路

京九花开万里红，列车一路拂薰风。

河山惊喜雄心壮，日月欢欣浩气融。

客旅来回行处畅，物资进出及时通。

繁荣经济春常在，更涌豪情建伟功。

吴仰南

1946 年生,福建诏安县人。诏安第一中学高级教师,原诏安县人大常委会委员,县文联副主席。中华诗词学会会员,福建省诗词学会会员。注析出版《守琴轩诗稿》。

乡村新春所见

农居新落灿明霞,声碟歌扬兴未赊。
电话拜年翁媪乐,声传近戚远朋家。

点绛唇·游览修竹荷苑

绰约仙姿,无边翠浪红妆浅。晓风轻软,青盖银珠转。　今古诗篇,点缀新荷苑。清香远,芙蓉舒展,迷乱衰翁眼。

吴寿松

别名瘦松，1930 年生，福建福州市人，寓京。曾为北京市人民代表大会代表，外文出版社　审。

凭吊马尼拉华侨义山菲律宾华侨抗日烈士纪念碑

南天一柱树功勋，千古长埋烈士坟。
多少头颅忘姓氏，几抔冢土瘗铭文。
青霜紫电溪边月，亮节高风岛上云。
寂寞英灵思故国，魂兮随我返京门。

1982 年 5 月

贺新郎·读毛主席词《贺新郎·读史》和赵朴初同志韵

飞舞龙蛇笔。似江河奔腾汹涌，骅骝千匹。评古文章知多少，怎及遗篇万一？且不道石头铜铁。一部史书言治乱，也无非黔首斑斑血。从未有，共凉热。　　三皇五帝凭传说。笑狂夫称孤道寡，几时明白。遗臭流芳分泾渭，天地难容恶客。须警惕面红心黑。远瞩高瞻身后事，有长松兀立迎风雪。重把卷，泪声咽。

吴进昌

1962 年生，福建寿宁县人。寿宁武曲医院主治医师。中华诗词学会会员，福建省诗词学会会员。

听 诊 器

听头纵小阅人多，方寸虚心识杂啰①。
对症运筹明否泰，临床助诊辨真讹。
专工腹部搜顽疾，更擅胸中捉恶魔。
锁定目标施药石，杏林春雨化沉疴。

【注】
① 指杂音啰音。

手 术 刀

临危受命上台头，救死扶伤细运筹。
深理膏肓顽疾洗，精修脏腑恶魔揪。
钢身不折除腐肉，铁面无私斩毒瘤。
妙手回春功再造，一刀消尽病家愁。

吴声洪

1923 年生，福建松溪县人。中学教师。福建省诗词学会会员。

满江红·挽澜传捷

虎岁洪魔，逞淫暴，桀骜难掣。三流域^①，汪洋浩渺，川原崩裂。黄蟒狂穿堤垸险，白波怒卷田园灭。痛一时，肆虐浪飞腾，滔天烈。　　灾祸亟，襟怀热；心如沸，腰无折。看中流砥柱，挽澜传捷。保护家园安百姓，赴趋汤火除群孽。力回天，重绣美山河，全民悦。

【注】
① 长江、松花江、嫩江流域。

吴咏青

1948 年生，福建泉州市人。泉州第一中学教师。福建省诗词学会会员。

虞美人·读唐人集有感

少年好作青莲梦，风月空吟弄。壮年爱唱少陵歌，感事伤时潘鬓枉消磨。　　而今读遍香山谱，兼济知甘苦。人生忧乐几时休？莫把一腔琴韵付东流。

吴希贤

1939 年生，福建长汀县人。长汀县教育督导室督学。福建省诗词学会会员。

江城子·迎香港回归

当年强盗卖嚣膏。口呼吆，手操刀。凌弱肆残，凶暴抢屠烧。胁迫清廷割港九，山怒吼，水咆哮。　　中华崛起卷狂飚，赤旗飘，国威高。和璧归还，百载耻终消。两制兴邦成大统，挥热泪，迓三胞。

吴味雪

（1908-1995）原名高梧，以字行，福建福州市人。福州托社成员，中医主任医师。曾任福州市政协常务委员，福建省诗词学会理事。

夕　照

成绮馀霞散碧空，苍然暮色映丹枫。
举头望远如浓雾，拂面生凉有晚风。
阵阵寒鸦犹带影，团团玉兔渐腾空。
村前隐约歌声起，横笛归来犊背童。

夏日吟集·拈"夫"字

砾石流金有是夫？炎威可畏汗沾濡。
为消长日招吟侣，好借南风快贱躯。
韵斗尖叉陪末座，盘陈瓜果胜行厨。
诗成各自宣胸臆，直似冰心在玉壶。

茉莉花

细缀云鬟韵最娇，香风过处尽魂销。
移从南海勤培植，薰透茶芽贡历朝。

鸦片战争一百五十周年纪念

鸦雀无声笑阙廷，片时兵甲遍沧溟。

战非不胜甘赔割，争似斯人葆独醒。

吴明哲

1963 年生，福建晋江市人。现任中共晋江市委副秘书长，福建省诗词学会会员。著有《珍惜真诚》等。

迎　春

滚滚灵潮伴浩吟，天光云影尽知音。
胸中词赋涵千卷，笔底波澜涌万寻。
坦荡襟怀诗路近，和谐物态世情深。
神州愿景春晖好，缱绻民生照寸心。

吴昌衣

1962 年生，福建连江县人。闽东电机公司管理人员。福建省诗词学会会员。

乙酉咏鸡

身披五彩锦纹袍，盖世雄威气亦豪。

为报天时忠职守，纵然有翅不飞高。

吴建春

1978 年生，福建诏安县人。诏安县梅溪小学教师。福建省诗词学会会员。

广西北海银滩

泳衣赤足履平沙，搏浪扬帆望远涯。
一抹幽林亲海语，千年怪石近人家。
鹊桥度岁凭欢聚，篝火燃天尽笑哗。
无力回澜春不驻，明晨归去恐无花。

吴金泰

1938 年生，福建平潭县人。曾任平潭县政协办公室主任。福建省诗词学会会员。

平潭县医院六旬院庆志喜

不负人间岁月稠，白衣公仆足风流。
丹心济世惟存善，妙手回春哪计酬？
橘井泉甘民受惠，杏林香溢果盈秋。
所欣甲子从头数，歌满长街花满楼。

吴绍烈

（1921-2002），安徽望江县人。曾任上海师范大学副研究员，白鹿洞书院教授。著有《风雨诗词剩稿》等。

六庵诗翁应美国邀请，赴四所大学讲学，诗以荣之。步翁黄河诗会后《返抵马尾喜作》原韵

文章德业真名世，易学诗才尽到家。
跨海传经尊汉艺，春风吹绽满堂花。

吴和森

1948 年生，福建浦城县人。浦城县房产交易所所长。福建省诗词学会会员。

望江南·赞城乡建设者（四首）

（一）

凭双手，力拔万里山，铁马轰鸣河让路，群峰削落造平原，人定胜于天。

（二）

凭双手，栋宇耸云天，万级阶梯平地矗，星辰日月自由攀，把酒彩云间。

（三）

凭双手，弄斧又挥镘，造府建都酬万代，架桥闯路辟重关，风露是佳餐。

（四）

凭双手，挥处海能填，举臂中流成砥柱，沧波万里敢回澜，宫殿水晶翻。

吴秋山

（1907-1984），名晋澜，以字行。福建诏安县人。复旦大学毕业，留校任教，后归漳州市，任福建第二师范学院中文系教授。著有《白云轩诗词集》《松风集》等。

游云洞岩

传闻云洞景逾常，未及遨游梦寐长。
承贶华篇堪讽诵，难凭幻境作平章。
料知翠竹无凡韵，亦觉红梅有暗香。
遥想鹤峰真化鹤，海天空阔任翱翔。

望海潮·芗江纪游

紫芝山麓，白云岩谷，天然名胜堪游。江唤九龙，楼标八卦，野烟萦带溪流。堤畔泛扁舟。看虹桥亘渚，石塔濒洲。山寺钟声，乘风飘荡到江陬。　　林间小鸟啁啾，似欢迎游客，到处兜留。半月楼高，丹霞院敞，风吹池藕飕飕。天际暮云浮。更几多岩洞，欲去还休。且憩公园啜茗，谈笑别朋俦。

吴彦泽

1921年生，福建泉州市人。泉州五金交通化学用品公司退休干部。福建省诗词学会会员。

昔年游经澎湖海峡，书此迎台湾诗友

惊涛汹涌簸轻舟，碧海浮沉孰与俦。

浩瀚汪洋天作伴，低迷烟雾月临眸。

船行暗峡迎高浪，帆转洪波绕急流。

泛舸当年经万险，斟觞今日请同酬。

海南访五公祠

琼山祠庙访精忠，楼阁荒凉吊五公。

悬壁遗珠思海瑞①，谏官廉吏古今崇。

【注】

① "文革"后，庙虽存，遗像毁。但见壁间悬有海瑞遗墨。

吴荣昌

1943 年生，福建诏安县人。福建省诗词学会会员。

读刘大夫《小草》

贝叶留馨千载事，风云叱咤话昂藏。
枕戈倚马犹萦梦，泼墨挥毫若脱缰。
武略文韬高范在，爱民善政去思长。
对灯把卷终难释，懋绩应能耀粤疆。

吴清标

1933 年生，台湾省人。福建省诗词学会理事。

蝶恋花·神七问天赞

神舟飞驰天外路，破雾穿云直向银河渡。牛女问知何所故？瑶池仙界悬羁寓。　　一代英雄临玉宇，万里长空为国承重负。舱外漫游功卓著，航天领域冲前步。

吴修秉

1925 年生，福建福州市人。曾任福建省政协文史资料委员会副主任。中华诗词学会常务理事，历任福建省诗词学会常务副会长、会长、名誉会长。著有《乐如楼诗存》等。

大雪登山行

尝行吴楚沅湘间，爱雪成趣。不意今晨崇安大雪，为多年所未见。漫天沉絮，关河尽白。悚然而起，掬雪烹茶。饮毕，携笠登比邻茶山橘岭，雪花如掌，袭面而至，寒重心重，不知人间何世。

夜寒一片凝如铁，破晓漫天飞大雪。
夺尽氅裘作地衣，暂为人间谋白洁。
相隔素姿莫计年，忽然重见观欲绝。
掬来烹我水仙茶，村家炉色胜于霞。
啜罢温馨携笠去，一径登山观迤逦。
山外险深不可测，迷如雾阵万重遮。
平日武夷在西首，此时回顾失所有。
长天连雪雪连山，一色凡尘盖百丑。
低昂风际出腾龙，瑟缩槛边多饿狗。
任尔江桥风色骄，我占琼枝千万条。
身旁有树唯茶橘，压重枝头不折腰。
世有耐寒几君子，到此试看骨亦销。
天涯狼藉离人迹，急景凋年何所适。

且喜今朝踏雪行，凛气横胸浇郁积。

但期经宿出晴阳，依稀一洗闽山碧。

1975 年 12 月

大雪歌

　　大雪竟宵越昼，景色甚壮。观雪之趣，因人而异。昔人吟咏浩繁，虽有佳构，不脱骚人墨客之声。顾能披决藩篱，独辟境界者，诚不多觏。观雪之馀，心有所触，乘夜命笔，挥成长句。

去年大雪压山城，登高慷慨作歌行。

风涛雪浪骄无匹，目断长天意未平。

今年此时又大雪，缟素为屏玉为屑。

千峰百嶂隐屏中，遍地尽是琼花结。

年年观雪俱有诗，遨空为赏个中奇。

升腾千仞无穷极，旋转乾坤无尽时。

古往今来雪如故，戛戛击天声若诉。

昔人由来肯相攀，诗中曲里焉计数？

魏武扬鞭冲寒围，太行溪谷落霏霏。

瀚海阑干冰百丈，胡天八月即纷飞。

月黑雁高塞下曲，一片寒光拂铁衣。

朔风折草断燕歌，忽看皑皑满珛戈。

天山路上马行处，漫道灞桥诗思多。

惊涛拍岸卷千堆，独钓寒江径徘徊。

道是争春情更切，逊白输香对早梅。

细如盐絮喻难穷，百家着意在争工。

《沁园春》中飞一雪，回首荡然万雪空。

今朝披雪热衷肠，日月丽天遗志长。

神州窃器嗤何物，巍巍雪魄慑豺狼。

化为虫豸复何益，泥中叶底难藏迹。

雪肃一朝出晴阳，举目江山似完璧。

我自写雪还写怀，门外顿高半尺阶。

掬取人间清白望，欣然盈手赠朋侪[1]。

1977 年 1 月 4 日

【注】

① 算上《大雪登山行》一首，两首古风是在武夷山下过索居生活即下放时所写。一在粉碎"四人帮"之前，一在其后。同是咏雪，情怀迥异。

中华绝代功

连朝南北压阴云，昊穹失色雨纷纷。莽荡乾坤崩一角，滔滔广野黯无曛。俄顷大浸稽天至，长江巨浪忒恣肆。松嫩势欲弥朔方，荆楚江淮骤腾驷。洞庭沅澧涌倒山，鄱阳飞波掠鹰翅。锦绣城池临浩灾，尽是神州膏腴地。保民弭患赴戎机，虎符阵前授将士。千里江堤旦夕间，拂空猎猎皆红帜。百万军民奋比肩，增堤堵溃力争先。沙土木石连屯集，为应殷需备壅填。飞机升降车驰野，保障供给无少延。敢于决战又决胜，灭此朝食气万千。领袖忧民临涛际，严防死守定大计。三军士气倍激昂，众志成城挡潮势。哈城险，大庆忧；

荆江急，武汉愁。人在堤在发壮誓，红衣尽是掣龙俦①。背负沙石奔堤堰，三夏烈阳战未休。拯溺援亡勇轻命，冲锋飞艇驾湍流。生死牌立动星斗，血躯争作镇澜手。三江屡屡挫洪峰，烈士铮铮受稽首。抗洪捷报贯长虹，无敌军民天下雄。戊寅水患沥青史，炎黄苗裔永呼嵩。黄鹤岳阳楼相望，怡然互语托秋风。百年未曾逢此日，当纪中华绝代功。纪功更应持猛志，绘我江山火样红。廿一世纪距跬步，图强勋业方无穷。水落依堤列帷帐，无家灾黎得安养。帐里琅琅出书声，学童嘻嘻脸相向。举目长兴嗟，满江蔚彩霞。试看中外古今抗洪史，哪有今朝气概似吾华？抗洪精神似玉振，化成民族不谢花。

【注】

① 抗洪前线军民皆身穿红色救生衣。

吴隆扬

1929 年生，福建南靖县人。福建漳州市教师进修学校高级教师，离休。福建省诗词学会会员。著有《片石吟草》《虎哉堂诗文集》。

山乡吟

两面青山隔一河，天光云影共婆娑。
东坡荔树西坡竹，南里鸡场北里鹅。
茶妹垅头传靓韵，渔郎水上和甜歌。
晴峰欲暮云霞灿，归路馀辉照颊酡。

山区果市

童山今日呈新貌，树木成阴翠满冈。
入眼喜人丹荔熟，携篮采果翠鬟忙。
门临沪客鲜装美，筵宴台商销路长。
货运车船昏晓急，好分甘美四方尝。

吴梅生

1947 年生，福建霞浦县人。中共福建省宁德市海洋与渔业局党组成员、纪检组组长。福建省诗词学会会员。著有《岁寒斋吟草》。

参观鲁迅故居感赋

百草园依旧，文豪去不来。
都昌生巨子①，三味诞奇才②。
每念民疾苦，常怀国难灾。
雄文惊鬼魅，利笔刺狼豺。
俯首耕无歇，横眉斗不衰。
腰悬藏剑鞘，胸有将兵台。
死当风吹帽，生同浪滚孩。
一身皆傲骨，正气透萧斋。

【注】

① 指坐落在绍兴城南的都昌坊口，鲁迅就诞生在都昌坊口新台门周家。

② 指三味书屋，是清朝末年绍兴城里很有名的私塾，鲁迅十二岁起至十七岁在这里求学。

吴培昆

1936 年生，福建福安市人。曾任宁德县针织厂厂长、宁德县政协委员。中华诗词学会会员，福建省诗词学会会员。著有《昆山诗稿》一、二集和《昆山诗词歌曲》等。

满江红·靖远炮台抒怀①

靖远江边，中天挂、当年明月。潮水怒、势犹奔马，声如鸣钹。鸦片洋枪强盗眼，炮台旗帜孤忠血。大无畏，殉国战场中，称忠节②。　　百年耻，终归雪，明珠返，前途阔。看神州大地，花重锦叠。世代兴邦强国梦，今贤领我从头越。情思涌，把酒酹滔滔，呼英杰。

【注】
① 靖远炮台为关天培殉国处。
② 关天培被清廷颁谥号"忠节"。

念奴娇·两弹一星

　　漫漫华夏，百年史，今始耻湔羞雪。炮利船坚强夷獗，多少英雄喋血。志士仁人，经邦谋国，科技成症结。一双白手，怎将霄壤填越？　　十载岁月峥嵘，挥戈沙漠，连克重关铁。两弹一星遨霄汉，直指广寒宫阙。二霸惊呆，九州欢笑，浩气坤维揭。炎黄从此，跃登民族强列。

吴福瑞

1946 年生，福建连城县人。福建省将乐县人大调研员。福建省诗词学会会员。

马来西亚清水岩

久闻海外有蓬莱，今日亲临果畅怀。
殿遏烟云藏又露，峰迷雨雾锁还开。
飞禽走兽逍遥戏，异草奇花烂漫堆。
参罢观音登塔顶，摘星揽月脱尘埃。

吴鼎文

1947 年生，福建云霄县人。云霄师范学校教师。福建省诗词学会会员。

鹧鸪天·乡下老大妈

播雨耕云度岁华，鬓边斜插野樱花。丁宁媳妇浇芦笋，指点孙儿采绿茶。　　收豌豆，摘枇杷。更看柑橘茁新芽。鸡豚饲罢闲无事，坐对南天看晚霞。

吴毓初

1918 年生，福建永定县人。原福建漳州第二中学副校长。福建省诗词学会会员。

假寐钟馗

人间多鬼怪，天地诞钟馗。
假寐期窥伺，休忘醒寤时。

吴耀中

1945 年生，福建南安市人。南安市文化馆干部。福建省诗词学会会员。

忆桐村老师

五柳庭前咏晓昏，树梢云破见冰轮。
隔山空抚雪泥迹，避地安居红荔村。
客里来鸿添细雨，静中得句对柴门。
无欺童叟天缘乐，绿水青山悦梦魂。

山 村

茅屋鸡鸣昼掩扉，柳枝无力叶低垂。
枯藤满壁隐桃洞，老树一溪啼子规。
天外飘摇云浅淡，潭边横卧石崔嵬。
劝君莫洗丹青笔，细染红霞上翠微。

邱一峰

（1914—2006），福建罗源县人。业中医，福建省诗词学会会员，著有《耐寒斋诗词集》等。

谒南安邱葵公祠

解经研《易》著鸿篇，爱国丹心铁石坚。

惆怅钓矶无觅处，我来海滋景闽贤[1]。

【注】

① 邱葵公，宇吉甫，宋时避乱隐居小嶝岛，解经研《易》，立说著书，晚号钓矶翁。殁后配享朱子祠。

邱文彬

1949 年生，福建浦城县人。浦城地方志编纂委员会干部。福建省诗词学会会员。

浦城怀古（二首）

（一）

南浦春阑泛绿波，烟疏草碧戏凫多。
楼亭夹岸陶人醉，游子轻言送别何。

（南浦绿波）

（二）

孤山雨霁涌晴岚，疑是江郎睡梦酣。
彩笔人文千载继，欲教古邑冠江南。

（梦笔晴岚）

邱同霖

1928 年生,福建霞浦县人,霞浦县方志编纂办公室干部。福建省诗词学会会员。

八十述怀

白发成翁不作翁,赤心未减志犹雄。

挥毫墨洒长溪水,作赋神驰龙首峰[1]。

【注】

① 霞浦县城西有长溪三河,背有龙首山峰。

邱声权

（1929-2005）福建晋江市人。原国家审计署驻深圳市特派员，福建省诗词学会会员。

古田翠屏湖游聚

当年山险峻，如今水似茵。群峰皆青翠，新城日月新。千里会战友，相处倍相亲。初冬好时令，温暖感归人。同赏湖边景，入目尽佳珍。船在山上行，谁说不是真。

邱季煌

1932 年生，福建石狮市人。石狮市政协常委。福建省诗词学会会员。

参加庐山诗会感怀

庐山诗会合时流，一代诗家萃九州。
曾览仙踪追羽客，共游胜地结文俦。
渊明妙赋千秋在，太白名篇万口讴。
回首骚坛今日事，朦胧一片使人愁。

邱振庸

1923 年生，福建宁化县人。离休干部。福建省诗词学会会员。

悼海协会会长汪道涵

兆三大众撑昆岳，九二春风拂碧空。
华夏炎黄欣懋绩，汪公勋业贯长虹。
年高为国倾馀力，德劭操神建巨功。
八服黔黎齐怅惋，仁人志士概怀崇。

邱铁汉

（1922-1991）福建厦门市人，中国民主同盟漳州市委员会顾问，福建省诗词学会首届理事。

东山纪行（二首）

（一）

碧波白浪接云天，两岸情深一水连。
亟盼金瓯相补缺，千家万户庆团圆。

（二）

童颜鹤发乐悠悠，一路飞车蝶岛游。
放眼城乡知巨变，崭新风貌话从头。

何子晖

1960 年生，福建石狮市人。中共石狮市委员会机关干部。福建省诗词学会会员。

子夜感怀

旦复旦来年复年，此心岂让利名牵。
梅迎瑞雪香弥郁，帆送轻舟月正悬。
胸次光明同霁宇，笔端遒健写新天。
寄身湖海云程远，奋志青霄路八千。

何文昌

1938 年生，福建连江县人。原中共连江县广播局总支副书记。福建省诗词学会理事。

鸳 鸯 吟

水乡丽影数鸳鸯，锦翼双栖照玉塘。

春雨秋风情愈笃，相依到老恋蒲香。

何占东

号东斋，1926年生，福建上杭县人。曾任学区校长。中华诗词学会会员，福建省诗词学会会员。著有《东斋诗词选》。

浪淘沙·赞王树先①

洪水漫平畴，庐舍漂浮。一场灾难降当头。十八村人凭救起，身殉中流。　　七十五春秋，党为民谋。忠贞儿女壮神州。果尔完全加彻底，扬善悠悠。

【注】

① 2006年6月18日，山洪袭击永定县，共产党员王树先先后救出十八位村民，自己却被洪水吞没。27日，温总理慰问其家属，龙岩市委发出向王树先同志学习的决定。

何尔兴

1946 年生，福建福清市人。原福清市检察院办公室副主任。福建省诗词学会会员。

胡锦涛主席与延安人民共迓新春

银装素裹入春融，款接群黎察隐衷。

问暖嘘寒关众瘼，热流涌动脉相通。

何知平

1900年生，已故。福建福州市人。曾任福建师范大学法语教师。

重九同内子登湖西大梦山

素爱重阳节，登山游屐多。
纸鸢疑雁影，画鹢听渔歌。
犹忆髫年乐，相看鬓影皤。
归途何所慰，诗思漾湖波。

悼 子 畏

卅年交谊岂寻常，回首前踪梦一场。
漫叹江郎才未尽，偏怜贺老语仍狂。
佳儿腾达心无挂，挚友盘桓念不忘。
从此藤山风景异，陶园远望已堪伤。

何树人

1923 年生，江苏射阳县人。福建明溪县政府机关干部。福建省诗词学会会员。

咏歼 7—飞豹

雄鹰展翅掠长空，呼啸风雷动九重。
霸国顿惊优势减，中华更显主权崇。
一机多用神威展，万里轻收瞬息通。
礼赞江山新卫士，东方金盾护苍穹。

何拱辉

1926 年生，福建建宁县人。建宁县乡镇退休干部。福建省诗词学会会员。

金 湖

闽中佳境数金湖，旖旎风光胜画图。
赤壁丹岩山突兀，飞泉古寺路盘纡。
水清石见鱼来去，林茂山青鸟唤呼。
偕侣同游开眼界，诗情洋溢乐何如。

何敦仁

（1901-1981）名维深，福建福州市人。福州画院画师，福州美术广告公司美术设计师。著有《何敦仁诗稿》等。

悼念周恩来总理

国运正兴隆，我公遽长已。
哀公万庶民，恸如丧考妣。
公昔创业初，壮志跨瀛海。
归来奠宏基，长征历边垒。
帷幄擅运筹，栋梁借重倚。
摧毁三座山，倭寇从披靡。
勠力策鸿猷，鼎革建新纪。
赤心同平章，路遵马列旨。
万隆宣典则，邻邦护真理。
干戈化玉帛，宾至毂连轨。
伟绩列元勋，匡辅廿六载。
力疾犹在公，尽瘁迄劳止。
噩耗突传闻，天倾岳颓圮。
大地忽凄黯，悲风动遐迩。
惟公荷盛德，万方遍哀诔。
公何不小留，百身愿赎抵。
升魂定苍穹，千秋耀青史。
遗容望如生，丰神疑尺咫。
微辞表怆怀，颂崇乏拟比。
痛绝仰云天，老泪频沾纸。

1977 年

一九七三年仲夏重到鼓山写生，赋赠陈永同志

旧游曾共八年前，景物依然照眼妍。

危石劲松俱画本，闲情逸致入诗篇。

登临尔正风华茂，老大吾犹兴趣坚。

归路凭车微有雨，山田秧绿接江天。

余 纲

1930年生,福建古田县人。厦门大学艺术教育学院教授。曾任厦门市政协常委。

访先师李若初先生故里①

生离死别事悠悠,结伴来寻学稼楼。
自愧庸才辜企望,共嗟残稿费搜求。
诗篇破损糊窗牖,书卷飘零委蠹蚰。
且喜凤林祠宇壮,煌煌遗画炳千秋。

【注】
① 先生故里有李氏宗祠曰凤林祠,近经修缮颇壮观。先生昔年所作壁画亦焕然一新,与朱子题诗并列不朽矣。

余 质

（1908-1990）字遗之，号钝轩。福建古田县人。福建省文史研究馆馆员。著有《钝轩遗稿》。

吟 秋

夏去秋乃莅，气爽天宇清。秋水自澄碧，秋月何晶莹。枫叶红送艳，菊花黄含英。我谓秋绝佳，四时莫与京。　　秋高却诞我，可算天多情。秋心不作愁，砚田耕有成。莎蛩相酬和，寿世以诗鸣。怪哉彼秋士，当秋发悲声。

读 书

论齿今虽八十余，犹期读破五车书。
读书食字原同道，我亦书丛一蠹鱼。

螺州夕归途中口占

万汇夜难辖，双眸不受囵。
风过灯乍死，云避月才醒。
明积沙痕白，黯堆山色青。
路遥心转缓，况是夙常经。

晚眺怀老母

林归倦鸟岫归云，枨触离怀对夕曛。
遥想里门长倚处，望儿情比望娘殷。

余元钱

字布泉，号源泉，1942 年生。福建仙游县人。中学高级教师。中华诗词学会会员，福建省诗词学会理事。编著有《中华爱国诗词选》《中华爱国楹联选》《旅京行吟》等。

题沽洲悬天飞瀑

崩崖裂谷落长天，玉漱珠跳逐险川。

翡翠舞时成白练，霓虹挂处起青烟。

逢晴犹听雷声隐，适暑如临月窟寒。

云锦涵流谁可媲？恨无妙笔与神传。

念奴娇·昆仑

玉仙飞降，蠢洪荒，襟带东西南北。吞吐千年天地气，孕育中华风物。泰华高揩，江河横亘，源脉皆从出。环看广宇，孰能钟这灵杰？　　漫说风雨频侵，陵迁谷变，几见曾惊慑？兀自岿然凌碧汉，搴揽九霄星月。象逼三垣，泽分八表，矢志融冰雪。由衷一愿：世间长满春色。

沁园春·寄人师

斗转风檐，夜静更深，众籁噤声。却窗櫺漏处，灯光犹炽；案台之上，簿籍纵横。瘦影惺眸，攻书习画，此业刚完彼业赓。堪怜甚，尚黄毛未脱，力怎能胜？　　如斯夜夜熬撑，便青壮难禁频折腾。叹春风不解，百花衷曲；秋霜多损，万物流形。欲取方圆，先从规矩，底事随波悖理行！深深虑，这揠苗助长，终竟何成？

余光临

（1944-2008），福建罗源县人。原任罗源县文化局局长。中华诗词学会会员、福建省诗词学会会员。著有《蠖斋墨迹》。

赠隐峰寺界崇禅师

寺隐青峰我隐林，欣将倦鸟作荒禽。
梵歌听到澄心处，世味何如百衲琴。

申奥成功寄语

千年一梦实难求，奥运迎来夙愿酬。
国倚贤能撑大厦，民张正气砥中流。
盟缘竞技生奇彩，特色人文展壮猷。
客至门风尤显要，天蓝水碧意温柔。

余启锵

1914 年生，福建仙游县人。原仙游县城西学校教师。福建省诗词学会会员。

迎澳门回归

舆图照眼倍扬眉，佳气葱茏耀海湄。
顾是江山绵故土，宁容尺地陷西夷。
枢廷立制开新纪，澳港回归正及时。
转瞬蜡梅花放日，九州齐谱璧完诗。

余险峰

1947 年生，福建福清市人。曾任福建省民族与宗教事务厅副厅长、福建省文史研究馆副馆长。福建省诗词学会名誉理事。

红螺山行

寂寂山行孰与同，双螺泉畔步从容①。

多情岭树兼天绿，无主溪桃夹岸红。

一缕浮云随意住，满渠清响洗心空。

倚岩茅屋如留客，应许焚香听远钟。

【注】

① 红螺山在北京市怀柔区，传说为玉帝两公主下凡所化。山下有双螺泉，山上有红螺寺，寺内大钟铸于明朝天启年间，夜静敲钟声闻十数里。

登武夷黄岗山①

武夷山月满轮秋，隔雾望岗听水流。

半日寒暄晴雨会，一峰闽赣夕晨幽。

铁杉千手焉施拯②？萱草盈眸足忘忧。

群燕蔽天如订约，明年再度此间游。

【注】

① 1996年9月与友人同往武夷山国家级森林保护区，夜宿望岗宾馆。

② 黄岗山海拔二千馀米，主峰有碑曰："武夷第一峰"。峰跨闽赣两省。从山麓登巅，气候如历四时。山中有铁杉，主干笔直，枝桠横生，人称"千手观音"；又盛产萱草（亦称忘忧草，俗名黄花菜）。半山复有群燕蔽天景观，称雨燕。

吊姜女庙

飞檐一角映晴霞，千顷惊涛起喟嗟。
片石悠悠贞有迹①，孤茔寂寂怨无涯②。
蜿蜒今博航天赏，磅礴终赢旷世夸③。
姜女有知应不哭，长城万古壮中华。

【注】

① 姜女庙后有望夫石，石上有坎，传为姜女登高望夫所遗足迹。庙内有一楹联云："秦皇安在哉，万里长城筑怨；姜女未亡也，千秋片石铭贞。"传为文天祥所书。

② 姜女庙面海，海上有"姜女坟"，传姜女坟随海潮升降，不为海涛所掩。

③ 据云：宇宙飞船在太空遥望地球，能见中国之万里长城。

余养仲

号蓝田山人，1935 年生。福建古田县人。曾任福建三明市劳动局局长。中华诗词学会会员、福建省诗词学会会员。著有《蓝田吟草》等。

减字木兰花·惠安女

如花似蝶，飞舞翩翩舒笑靥。服饰如霞，引得四方宾客夸。　　女中豪杰，文武双全怀技绝。誉满中华，惠女堪称一朵花。

余振邦

（1918-1997），字克非，别号步月斋主、风雨楼主。福建漳州市人。曾任台湾省台北市南靖同乡会会长。著有《乱离吟草》《步月斋吟草》《风雨楼诗词》《瀛海飘零集》《瀛海留踪集》和《风雨楼诗词续集》等及诗词理论研究专著《诗书概况》。

家居有感

一到家乡百感生，满怀心事莫能名。
劬劳未报双亲逝，夙愿难偿两袖清。
失散鹡鸰频入梦，分飞鸾凤未忘情。
秋风萧瑟增惆怅，静听司晨报五更。

探亲杂咏（三首）

（一）

君问归期已有期，行程待定转迟疑。
故乡亲友多零落，不禁凄然喜更悲。

（二）

特备轻装便旅行，不须辎重阻长征。
直从瀛海穿闽海，改驶龙江到靖城。

（三）

矿藏丰富厚资源，产物何多类更繁。
只见欣欣皆猛进，向荣城市到乡村。

余根强

1933 年生，福建古田县人。中共古田县新城镇委员会调研员。福建省诗词学会会员。

金缕曲·颂古田银耳香菇生产名邑

菇耳喧名邑。鼓杉都，缤纷竞制，虹编霞织。人杰地灵栽信手，省识自然规律。控温清兼调干湿。翁媪儿童咸睿智，细料量，勤把新途辟。探窾窍，争朝夕。　　平畴到处开棚室。更家家，周遭栏架，巧浇精植。材屑堆成盆聚宝，何似蓝田种璧。看闹市芳踪云集。商旅熙攘城不夜，尽时妆四海风流客。双塔下，百花侧。

狄 民

1957 年生，山西省人。福建福鼎市医院中医科主任。福建省诗词学会会员。

眼儿媚·早春山行

东风穿树向晨柔，一笑散轻愁。二分春色，半披岭上，半落溪头。　　松阴竹径凭高望，不醉也无由。白浮歌里，碧粘云外，意兴悠悠。

桃源忆故人·寄远

一年又是春秾处，多少凭栏情绪。草色云光无语，注目难成句。　　鱼书长隔江南路，怕把韶华辜负。风里流莺乱度，不带诗心去。

邹史青

1925 年生，福建永泰县人。曾任福建龙溪专署卫生局副局长，离休干部。中华诗词学会会员、福建省诗词学会会员。

永泰青云山神谷一线天

谷奥山深草木荣，潺潺流水鸟嘤鸣。
矗空峭壁双边立，仰目高天一线成。
漫学蛇行通道曲，宛如鹤度引风清。
垂藤络石增春色，压顶花枝照眼明。

水龙吟·大江截流赋

大江横锁双龙，山川震撼猿啼叫。庞然巨物，上驰千骑，貔貅狂啸。拍浪前行，万艘来去，笛声犹缭。看英雄诸路，奔腾而上，截流捷，齐欢笑。　　石壁西江遥眺，遂宏图，毛公应晓？平波无际，梳妆神女，镜临明照。阔别长年，昭君魂返，泛舟湖绕。望全新一片，女娲难认，中原真貌。

邹叔鑫

1948 年生，福建建瓯县人。建瓯县政府干部。中华诗词学会会员、福建省诗词学会会员。

河传·嫁女篇（步稼轩韵）

醇水，杯里，斟之满起，敬新娘子。竹村欢宴酒壶斜，客家，嫁妆双喜花。　　送亲正值春风雨，轿车去，窈窕红闺女。过山巅，向邑边。渺绵，乐音还彻天。

苏幕遮·山村行

路通车，车沐雨。雨敛曛红，红遍秋枫树。树密声轻闻鸟语。语杂凉风，风拂山村暮。　　暮升霞，霞映户。户熠灯光，光伴农家女。女学缝衣初剪布。布艳衣新，新款夸针路。

邹哲鋆

（1929-2005）重庆市人。福建三明钢铁厂老干科干部，福建省诗词学会会员。

谭嗣同殉难百年祭

岂是苍天不假年，燕京碧血震坤乾。
匡时已作蛟龙起，变法欲将嵩岳旋。
太息孱王无寸柄，难教闰局衍残篇。
北邙百载白杨茂，登眺思君尚泫然。

陆承鼎

1916 年生，福建福安市人。福安市方志办编辑。

纪念爱国词人张元干诞辰九百周年

《芦川》读罢梦难成，九百年前丧乱并。
棘里铜驼悲黯淡，域中胡马任纵横。
椎奸义愤伸词翰，灭虏雄心付角声。
遗恨未随东逝水，千秋长作不平鸣。

陆振亚

1930年生，江苏无锡市人。福建省总工会离休干部。中华诗词学会会员，福建省诗词学会名誉理事。

连宋大陆行

隔海春风柳色新，拨云破雾梓桑寻。
先人墓上深情系，黄帝陵前大义任。
饮恨百年孤岛泪，萦怀两岸故园心。
焉容"台独"裂疆土，寸寸山河寸寸金。

采桑子·军民情

长堤决口洪峰猛。抢险三军，誓与堤存。钢铁长城民族魂。　　搏风击浪惊涛里，心系黎民。难舍亲人，情到深时泪自频。

陆展章

1927 年生，福建福安市人。高级教师，福建省诗词学会会员。

独夜有怀

云黯天阴月色愁，万千离恨几时勾。

迟伊若得重逢日，除却时光解倒流。

柳腰轻·遣怀

鱼书字字衷肠断，情安遣，孤飞雁。路遥天黯，更深人散。倚枕难眠魂胃。甚挥泪何限晶莹，自怜衰却饶恩怨。　　太息春蚕织茧，烛烧残、渐催天旦。百花开谢，九春来去，好事多磨堪叹。料今世难卜双栖，问来生可期如愿。

陈 永

1942 年生，福建福州市人。原福建《人口与家庭》报社副总编辑，主任编辑。中华诗词学会理事，福建省诗词学会副会长兼秘书长。

周公恩来逝世二十周年

神州板荡竭忠忱，弭息狂飚挽陆沉。
任重偏遭群丑嫉，时艰尤憾恶疴侵。
心期照世遗徽永，骨烬扬空蕴意深。
百万元元遮道哭，岷山碑自植民心。

谒中山陵

大江东去水苍茫，钟阜龙蟠草色黄。
坐像巍巍瞻独健，陵园瑟瑟浴新凉。
终生医国祛残夜，百载共和奠大纲。
一统雄图遗志在，心碑礼处立斜阳。

重读林觉民烈士《与妻书》

泪珠和墨凝坚贞，巾短深涵肺腑情。
碧血斑斑酬故国，黄花郁郁灿羊城。
长留浩气乾坤正，直贯忠魂日月明。
八十年来光史册，重温绝笔励征程。

陈 平

1934 年生，福建闽侯县人。曾任福建建阳县水吉镇政府调研员，福建省诗词学会会员。

农民工颂

春风化雨遍天涯，开放农村动万家。
潮涌东南翻碧海，风生西北起黄沙。
披荆斩棘描画卷，宿露餐风月影斜。
铁龙呼啸关山越，托起层楼映彩霞。
亲情阻隔遥相望，都市腾飞豪气奢。
奉献精神彪史册，大军十万耀中华。

陈　征

1928年生，江苏泰县人。曾任福建师范大学校长、教授，福建省诗词学会顾问。

西江月·红梅

赢得一生清净，了无半点尘埃。敢云香自苦寒来，妒煞蛾眉粉黛。　　争羡晚霞似火，浑如旭日流怀。冰霜风雪奈何哉，铁骨丹心常态。

金缕曲·《〈资本论〉解说》书成题后

史页开新貌。正笔底风雷叱咤，龙蛇缭绕。无限晶光环宇宙，争说人间瑰宝。胜无数山崩海啸。天外凤凰谁得髓，问人生真谛知多少？千秋业，群山小。　　补天顽石原草草。倩祖生鸡鸣起舞，着鞭先否？学海书山勤撷取，岂为翱翔华表。但愿得环球春早。廿年辛苦寻常事，赞神州十亿春先到。人依旧，心未老。

陈 茅

1955年生，福建长乐市人。福建省福安市三实批发部经理。福建省诗词学会会员。

水调歌头·纪念邓小平

三落又三起，宠辱岂能惊。眼收世界风雨，胸有万千兵。百色红旗舒展，淮海雄韬胜出，抗日斩长鲸。经始总书记，掷地作金声。　匡极左，倡改革，启新晴。南巡讲话，宏图描绘抒豪情。定国安邦大计，扭转乾坤业绩，永记邓公名。崛起欣能继，长可慰英灵。

陈 虹

（1922-2002）福建漳州市人。曾任全国政协委员会委员，原福建省文化局局长、中共福建省委统战部副部长、福建省文史研究馆馆长，福建省诗词学会顾问。

哭贺公

无产阶级革命家、忠诚的共产主义战士、中国共产党的优秀党员、久经考验的好干部贺敏学同志，于1988年4月26日不幸因病逝世，终年八十四岁。贺公一生为共产主义事业英勇奋斗，鞠躬尽瘁，感人至深。敬献挽词，以志哀悼。1988年5月8日作。

闽山赣水，回声低泣。我失师长，双袖顿湿。烽烟迷漫，井冈帜赤。兄妹挥戈，身随主席。南征北战，沙场奔驰。致力建国，松节鹤姿。一生正义，磊落嵚奇。平易近人，博识覃思。鄙薄名利，质朴无侈。善顾大局，尤严律己。理想崇高，忠贞矢志。德范长垂，后人永记。

中秋书怀

莹星皓月两含羞，碧水深林意自悠。

几缕浮云催客鬓，一杯芳醑解乡愁。

异邦短聚亲情切，同曲低回热泪流。

落叶纷扬寻净土，神州到处有丹丘。

1991 年 9 月于美国洛杉矶

陈 莘

女,1923 年生,已故。北京市人。福建省供销合作社退休干部。福建省诗词学会会员。

血肉筑长堤(三首)

(一)

洪涛漫野虐黎庶,家室随波旦夕危。
亿万军民心一个,拼将血肉筑长堤。

(二)

迎来皓月半轮明,雨歇风微喘暂停。
篷幕灾黎栖可稳,严防死守仰干城。

(三)

今年秋半月当圆,漫对清辉憾未全。
多少英魂甘溺己,赢来万户庆团圆。

陈 莪

1951 年生,福建长乐市人。主治医师。福建省诗词学会会员。

梅花行①

梅花儿女貌如花,先芬久绍海为家。

而今滨海层楼建,清新气派舒朝霞。

朝霞绽出春如海,唤取东风来剪彩。

多家企业外资融,设备更新引进待。

沙滩开阔渔网张,渔家姐妹皆明妆。

纤纤素手频牵织,万缕千丝情意长。

东家昨日早乘潮,新添网具不胜骄。

轰鸣马达扬帆出,波影渔光一色饶。

西家夫妇同心结,勤劳致富情欢悦。

滩涂养殖科研兴,收入可观鳗与鳖。

全村生产正高涨,一春发海逢时节。

养鱼胜于捕鱼好,保护资源春不老。

时迁难再梅花看②,东城门外海鲜餐。

朝朝暮暮经樯桅,潮去还教潮又回。

隔岸每从思骨肉,日向归潮晋一杯。

武陵旧有桃花源,此地今有梅花村。

我欲登高穷远眺,俄顷东方出晓暾。

【注】

① 梅花位于长乐沿海,出金峰五公里,旧为渔村,现已发

展为数千户的沿海集镇。明洪武十年，防御倭寇，在此筑城，今遗址犹在。

② 梅花旧有"十里梅花"传说，今不见梅花。

寿山石歌

他山之石可攻玉，寿山之石忒超俗。

山有灵气不在高，一方水土长衍沃。

地灵犹有奇石生，山河带砺品物亨。

且把山石嘉寿考，其温不改百炼成。

或谓女娲天欲补，点化闽都誉邹鲁。

或谓天柱折其间，发掘考来年代古。

天生丽质为玉仪，柔嫩无需脂粉施。

更有芙蓉三十六，枝枝绰约展清姿。

水系浸蚀自然得，皮相何曾乏颜色。

无根而璞晶冻凝，奇拙反教舒胸臆。

琳琅但使眼无遑，名贵犹当数田黄。

擢自沙层经廉砺，周公吐哺益流光。

细刻精雕臻薄意，融会东西尤别致。

奏刀犹可秦汉追，功在艺林扬国粹。

岂因没羽匿青峦，开采匠心具亦难。

发展兼能生态保，风物长宜眼界宽。

赏石清心宜人最，诗书画印一堂会。

我无耽癖学米颠，蓄石有心同蓄艾。

寿山国石瑰宝称，精华能蕴月半棱。

家邦文化厚积淀，形胜东南一脉承。

陈　晖

1951年生，福建闽侯县人。福建松溪县财贸局文秘。福建省诗词学会会员。

建设浦南高速公路感赋

北闽有史逾千年，境内山区胜景阗。
欧冶湛卢铸宝剑，朱熹理学著鸿篇。
宋慈执法勘奇案，游氏杏坛书画妍。
人杰地灵长毓秀，太平盛世赶超前。
发扬传统争献荩，贯彻方针道不偏。
商贸旅游同起步，交通硬件必当先。
浦南高速开通道，腹地繁荣小康天。
海峡岸西经济振，公司欣握主动权。

陈　淇

（1911-1995）字揖旗，福建福州市人。福建教育学院副教授。福建省诗词学会首届理事。著有《中学文言文教学十讲》《微吟小辑》等。

丙辰清明引

丙辰清明纷纷雨，行路相看了无语。
万家千姓泪滂沱，天意人心同酸楚！
仰瞻英雄纪念碑，白玉栏杆万首诗。
花朵如山人似海，放声齐诵《大招》辞！
到此百身悲莫赎，四表凄惶黎庶哭。
鞠躬尽瘁数生平，大节煌煌昭岳渎！
忆从少小别江淮，丁年负笈入南开。
津门风雨奋身早，救民岂仗斗筲才。
面壁何如破壁去，东向扶桑日出处。
渡海来探济世方，樱花三月京都路。
"五四"熊熊烈火烧，匆匆返棹荡新潮。
坚持罢读斗争急，铁窗济济不寂寥。
难得青春结伴走，勤工俭学深造就。
党团肆力建树多，西欧辗转风华茂。
雄姿英武壮山河，黄埔健儿起浩歌。
归向军民输真理，工农觉悟胜干戈。
此时此际人心奋，北伐东征解民愠。
武胜关前雪刃飞，鸡公山下云麾焕。
三镇旌旗猎猎飘，六军不发聚哓哓。

独夫毁约屠刀举，叛徒背誓降幡摇！

大江南北迷妖雾，血祭坛场何所惧？

党人千万续续行，火海刀山闯新路！

洪都霹雳爆春雷，石破天惊宇宙开。

"八一"义旗光史册，挥鞭直指郁孤台。

郁孤台下长流水，流向瑞京不休止。

红军几度反"围剿"，革命洪流流到底。

长征万里越赣湘，须髯如戟临夜郎。

遵义明灯长灿灿，推贤谠论自堂堂！

耀眼春光瓦窑堡，聚首边区情更好。

战友今成同梦人，明日风尘长安道。

长安犹是古长安，圈虎容易纵虎难。

义正词严全局重，风平浪静敌心寒。

直北关山兵火逼，忽报芦沟晓月黑。

全民抗战序幕开，万事无如国事亟！

山山水水眼前过，中南沼泽西南坡。

曾家岩接红岩路，周旋谈判奈君何！

可堪千古奇冤作，一叶临秋气不索。

泼墨淋漓大笔挥，据理直书何磊落！

磊落男儿铁铮铮，人民为重身为轻。

虎穴争锋近十载，渝州红叶梅园莺。

蓦地炮声传辽北，长城内外硝烟隔。

鏖兵淮海逼平津，半壁河山一片赤。

雄师转眼过大江，金陵袍笏惨收场。

席卷苏杭趋闽粤，先锋猛扑西南疆。

江汉湖湘频得手，巴蜀青宁如拉朽。

完成大业告万方，东亚醒狮猛然吼！

九州定鼎瞻神京，寰宇推扬公旦名。

日理万机劳苦甚，一波初定一波生。

六六年间失常度，赤马红羊浩劫误。

变生肘腋阅萧墙，毁尽菁英大错铸！

沧海狂澜挽则那，宵衣旰食事繁多。

首揆有心洗兵马，昭仪无意定风波。

其奈缠身痼疾恶，药石无灵神自若。

病魔斗罢斗人魔，斗志弥坚精力弱！

黯黯长天陨巨星，沉沉广宇吊英灵。

澹澹冰心白水白，棱棱风骨青山青！

枢府一朝失将相，掖庭四处蜚谗谤。

豺狼狞笑苍生哀，椒房鬼火侵夜台！

长安街头亿万众，凝眸伫候辒辌送。

恸哭斯人泪海倾，生生死死见恩情！

火化蜕馀撒遗烬，山川草木留滋润。

皓叟黄童酸鼻嘶，广场华表丧幡低！

白梃如林击暮夜，血肉横飞声泪下！

生来总理爱人民，势急人民哪顾身！

遍叩天阍无可问，苍苍不语元元恨！

汉军左祖知为难，诸吕游魂末日催！

报道新华枢机建，百僚师师泯宿怨。

廿年四化新长征，山海奔腾万马鸣！

华夏千秋张国步，炎黄十亿启心声：

魂兮归来天行健，继起有人完夙愿。

素笺此日奠微吟，青史他年存公论！

公论昭昭世茫茫，须弥芥子纳沧桑。

其功其德垂八极，山高水长风泱泱！

闽都旧竹枝 （四首录一）

童谣句句叙家常，闽水闽山入梦长。
小小儿郎骑竹马，月光朗照去洪塘。

闽都新竹枝 （四首录一）

静研朱墨写云烟，铁笔能柔玉石坚。
画苑艺林无绝学，闽山代代有薪传。

陈 超

1925 年生,福建柘荣县人。柘荣县财政局退休干部。福建省诗词学会会员。

太姥奇观

海上仙都似玉盘,奇峰异石列其间。
凌晨快向摩霄立,伫看朝霞蔚大观。

陈　鹤

1908 年生，福建莆田市人。原莆田市第六中学教师。福建省诗词学会会员。

涵江乡龙津社陈公文龙纪念馆成立画刺竹并题

虬枝南向精忠柏，耻见山河残半壁。
刺竹森森智果旁，潇潇风雨为谁泣。
西湖日耀照丹心，葛岭霜凄彰劲节。
此君应是正气生，千古长青伴忠烈。

陈 霖

1948 年生，福建福州市人。福建泰宁县人民代表大会常务委员会干部。福建省诗词学会会员。

泰宁颂

杉岭之阳草木荣，胜地毓秀复钟灵。杉溪西去阅今古，依稀曲阜流水清。忆昔无诸猎金铙[①]，篇开闽越风云娇。勇夫开拓农桑盛，县建南唐泽远桃。奕世文章代有光，俊彩纷呈韵悠扬。祖洽名标龙虎榜，新君首擢状元郎[②]。朱熹题壁吟四序，丹霞治《易》隐李纲[③]。龟山宣道理学阐，元实十锦咏春江。更有潜修邹应龙，斗米千阶上蟾宫[④]。杉阳才俊纷折桂，五魁亭偕南谷风。《议兵将疏》荐才英，江袁名业照汗青[⑤]。尚书求言存忠孝，一品府第万人矜[⑥]。长记苏区飘战帜，东方军驻罗汉寺。指挥若定仰周公[⑦]，朱彭跃马乾坤赤。红军标语今犹在，龙蛇飞舞放光彩。三千烈士建奇勋，芦峰巍巍松澎湃。悠悠竹帛难尽书，梅林一曲百花舒。八闽优秀旅游县，十三万众绘新图。大金湖幽饶灵趣，神州四 A 风景区。赤壁千寻凌碧水，丹霞地貌与众殊。兵书虎寨倚三剑，兰若云空一柱孤。一线水天迷日月，上清溪峦赛仙都。森林公园猫儿麓，天然氧吧绿长如。噫吁嚱！携侣放舟画中行，第一湖山春色盈。春色盈兮乐山水，乐山乐水兮乐泰宁。

【注】

① 猎金铙，金铙，泰宁金铙山。相传闽越王无诸曾在此狩猎。

② 公元 1070 年，宋神宗即位，适逢科考，泰宁举子叶祖洽荣登榜首。

③ 丹霞，泰宁丹霞寺。1136 年李纲曾居此研《易》。

④ 斗米千阶，邑人邹应龙为潜心读书，身背斗米，手凿千级石阶，登山读书，终获大魁天下。

⑤ 江袁，御史江日彩，上《议兵将疏》，力荐袁崇焕抗清，大败努尔哈赤。

⑥ 尚书李春烨为母庆八十寿，撰《求言小引》请师友为母祝寿，情词感人。

⑦ 1933 年，中央军委以三军团为主，组成东方军入闽，周恩来为总政委，在泰宁指挥反围剿战争。

陈 曦

1909 年生，福建福州市人。原福州印刷厂职员。福建省诗词学会会员。

田家杂咏（三首）

（一）

茅庐外隔竹篱笆，耕牧为生住几家。
却喜山坡羊啮草，偶观湖岸蟹爬沙。
春寒蛱蝶犹眠露，日暖牵牛正着花。
田野景光饶胜赏，四时游目乐无涯。

（二）

田家乐似地行仙，疑是桃源别有天。
白昼鸟喧茅屋外，黄昏犬吠竹篱边。
当窗山色浑如画，通笕泉声欲作弦。
大好景光看不足，探幽乞假我馀年。

（三）

茅舍三椽近陇头，耕山转便住穷陬。
齐齐麦穗迎晖吐，密密秧针出水抽。
春雨些时青到圃，东风昨夜绿交畴。
天然一幅田家景，林鸟溪花分外幽。

陈一放

1958年9月生，福建莆田市人。《领导文萃》杂志社社长、主编，福建省诗词学会会员。

登棋盘寨

棋盘天象外，寨固地维中。
伴鼓飞来石，搴旗舒卷风。
清音秋酿梦，明月夜登峰。
广宇无尘一，遥闻万佛钟。

巴厘岛问鸥

忽南忽北忽高低，翔转千回宛旧知。
同是翩翩江海客，相逢何必又相疑？

陈一鸣

1949 年生，福建泉州市人。泉州市朝晖小学教师。福建省诗词学会会员。

卜算子·黄山人字瀑布

苍壁几千寻，垂挂双条练。直似鲸鲵斗不休，终日无疲倦。　　喜畏两交加，雷怒惊松涧。六出飞花倏忽消，如雾如琼霰。

陈九思

1901 年生，已故。浙江义乌市人，幼寓福州。上海师范大学古籍整理所研究员。

林则徐诞生二百周年纪念

苟利国家生死以，文忠之心天日矢。
知其不可为而为，文忠之志可哀已。
强敌眈眈肆虔刘，蛮烟流毒蚀骨髓。
盈庭议论政昏庸，民族危如九卵累。
惟公正气慑群夷，虎门一炬敌魄褫。
长城自坏事堪伤，白发荷戈行万里。
易箦三呼星斗南，宗泽过河差可拟。
公虽骑箕返天上，公名卓荦垂青史。
神州重振日月新，化鹤归来定心喜。
百年齐庆岳降辰，万岁千秋公不死。

发还部分被抄书籍，名则犹是，版本皆非，感慨之馀，漫成一律

幸逃秦火此残丛，知自谁家插架中？
敢计亏全和氏璧，真成得失楚人弓。
回思往事同儿戏，且喜斯文未道穷。
太息归来吾耄矣，蹉跎已误廿年功。

陈力杰

1953 年生，福建厦门市人。厦门早苗贸易公司总经理办公室主任。福建省诗词学会会员。

鹭江明月夜

金蟾已上碧霄边，鹭海笙歌夜放船。
潮汐鼓琴琴鼓浪，月光如水水如天。
仙槎恍自星河渡，清曲疑经桂殿传。
安得明空长惠我，齐州万里共婵娟。

陈大铃

1923年生,福建闽侯县人。福建厦门市土地局退休干部。福建省诗词学会会员。

忆故乡竹岐

竹岐街上段,必过石丁头①。

飒飒秋风起,潺潺碧水流。

轻波相自溅,小鲤互争游。

非怕渔翁网,留神白鹭求。

【注】

① 闽侯竹岐乡,西边即是上段街。步行必定经过西溪石丁头。

陈子波

字荆园，1920年生，福建闽侯县人。寓台，台湾中华传统诗学会副理事长。曾主编《高雄县志》，著有《荆园诗钞》多种。近年兼任福建省诗词学会顾问。

论诗之雅俗

福建赵玉林诗老倡"诗应通俗"。论之者多。余既申之以文，复作此诗，以抒未尽之意。吾之诗俗耶？雅耶？所论然也？否也？亦不自知，但求其真而已。

作诗宜通俗，摈奥还戒绮。艰深义则晦，教人费度揣。文既重白话，诗应可比拟。或谓大不然，俗必近于鄙。雅什何可废，仍应法杜李。恶紫而夺朱，言亦颇近理。评骘著于篇，论已逾百纸。我今亦有言，探喉一论此。夫诗本心声，所贵在实纪。"三百"重无邪，元音溯"四始"。镂藻与雕章，究之属馀技。如羊披虎皮，文丽质未美。祖宋又桃唐，优孟衣冠尔。是故诗尚真，无须树壁垒。若必分门户，诗役而已矣。雅俗乃体裁，何妨各异轨。窈窕兮淑女，好逑有君子。"郎罢"曾入诗[1]，谁说不可以？深入而浅出，自免流于俚。雅好俗亦佳，各从所好耳。

【注】

[1] 福州方言呼父为"郎罢"。唐顾况《囝》诗，有句云："郎罢别囝，吾悔生汝。……囝别郎罢，心摧血下。……"。

武侯祠

三顾恩何重，遭逢却异常。

风云方遇合，形势立恢张。

汉祚虽难复，殊勋亦足扬。

雀台何处是，丞相有祠堂。

感 怀

煮豆还忧玉石焚，九州忍见作瓜分。

卅年滞迹因离乱，万里游踪为见闻①。

去矣韶华嗟逝水，归欤乔木映斜曛。

东篱历历儿嬉处，花木依然浥露芬。

【注】

① 曾历欧亚非诸洲。

秦始皇兵马俑

生吞六国鬼犹雄，阴铸秦兵布寝宫。

不废扶苏立胡亥，何来隆准与重瞳？

仙求蓬岛丹难觅，驾晏沙丘运已穷。

万里长城功不泯，车书一统亦堪崇。

辛弃疾纪念祠

东南半壁困烟尘，亲历戎行不顾身。

悲黍《美芹》传十论，怜君馀事作词人。

陈心节

（1916-1995），福建闽侯县人。福建福清市政府退休干部。福建省诗词学会会员。

保供电歌，为福清市电力总站职工奋力抗御十二号台风事迹作

台风拂晓袭吾邑，供电系统先冲击。缆断杆折危路人，变电器毁电源熄。照明动力保两全，总站领导蠲宵眠。高呼"要像一条龙"，上下同心气如虹。不畏艰危蜂拥出，何处险情何处冲。奋力接线排故障，誓保城乡电通畅。是龙岂怕"电老虎"，敢于带电拼硬仗。战走飞廉始返防，目眩万户灯辉煌。厂厂机声震耳响，忘疲忘饥浑身汗透乐洋洋。

陈公远

1921 年生，福建福州市人。福州市马尾区政协文史资料组组长。福建省诗词学会会员。

读拉贝《战时日记》，摘译其"南京大屠杀"十则，试成五言长句①五首

（一）

人言血漂杵，驱车试一睹。车前横乱尸，交通为之阻。无奈碾尸过，此心实酸楚。想见众纷逃，腰背遭弹雨。日军群复群，凶暴似豺虎。逐巷逐户搜，货财信手取。洗劫无日宁，荡然哭市贾。名城成鬼窟，可堪魔怪舞。艰民蝼蚁同，杀戮任刀俎。如非亲目看，谁信此凶举。华军已缴械，收容司法部。其中一千名，五百死无所。屡告置罔闻，抗议辄龃龉。滥捕无辜民，存者得几许？

1937 年 12 月 14 日

（二）

御车下关行，为商发电情。驶向中山北[②]，目触心不宁。逼近城门下，战栗瞬间生。弃尸丘山积，雨血与风腥。到处滥追捕，刺耳嗒嗒声。行刑知何处？国防部军营。我欲下车察，乱枪响不停。

1937 年 12 月 16 日

（三）

闻自美国人，道之亦津津。事出安全区，虽谑却存真。日军禀兽性，勃发乱寻春。千名良家女，昨夜失贞纯。金陵女学院，蒙辱百其身。谈听皆叹惋，不平惟怒瞋。谁欤敢力救，己亦尸横陈。凶残兼秽亵，日军称绝伦。

1937 年 12 月 17 日

（四）

安全区里客，死因尚不白。污臭生池塘，乃尽腐尸积。一塘三十具，无端罹陷溺。反绑死者身，项挂一大石。岂无善泅人，亦难出水域。

1937 年 12 月 22 日

（五）

冬日景物凋，劫后更萧条。导入地下室，窨
室忒无聊。堆尸满地面，额烂头已焦。形貌殊难辨，
发秃眼珠凹。汽油灌其顶，脑盖当柴烧。

1937 年 12 月 24 日

【注】

① 约翰·拉贝，德国人。1908 年来华，1931 年任德国西门
子公司驻南京代表。日寇占南京时，拉贝被推选为南京安全区国
际委员会主席，目睹侵华日寇制造南京大屠杀惨案，并写下日记。

② 指南京中山北路。

陈水发

1933 年生，福建诏安县人。中学退休教师。福建省诗词学会会员。

秋　思

湖海归来意未休，登高临壑乐优游。
珠玑汇作骚坛盛，锦绣堆成艺苑稠。
翠竹虚心持晚节，黄花傲骨斗凉秋。
溪山红叶红于火，不畏风霜染白头。

陈文振

1948 年生，福建福州市人。中共福建省委宣传部干部。福建省诗词学会会员。

为灾区群众喜迁新居而作

南海归来两眼花，灾区难觅旧时家。
残垣断壁烟消散，砖屋披红结彩花。

晚报牵缘廿五年 (新声韵)

晚报牵缘廿五年，咸酸苦辣聚心间。
风云变幻胸中卷，喜讯频传梦里甜。
评古论今饶感慨，扬清激浊坦心言。
忽然一日餐无味，新报未翻如火煎。

陈不锈

1930 年生，四川省人。福建厦门市机械设计院高级工程师。福建省诗词学会会员。

老　牛

奋蹄不用把鞭扬，好趁黄昏犁地忙。
但愿秋来多打谷，人间足食尽安康。

陈文铸

1907年生。字泽广，福建福州市人。高级工程师。福建省诗词学会会员。

游武夷九曲

昂头远望长空里，曲岫深处红霞起。葱翠山光映碧溪，一平如镜长流水。玉女簪花最娉婷，大王雄伟特无比。曼歌轻筏出涧中，渔翁溪鸟同栖止。君不闻，闽北自昔萃名山？悬崖屈曲入云端。黄河九曲多愁隘，武夷九曲解人颜。每逢春风秋月夜，游客流连不肯还。山上纡回多胜迹，名人诗客题其间。山边日落照椽屋，雨后长虹跨山谷。疑是仙人骑鹤来，仰见白云长成幅。远处牧童觱篥声，使我心中百念生。人生斯世原如寄，争似名山万古荣。

咏乌龙江大桥

春风浩荡耀神州，江水滔滔入海流。
灿烂虹光联彩凤，清凉山色架金牛。
乌龙当代留奇迹，福厦长途弭隐忧。
仕女同声歌盛世，吹箫桥畔看行舟。

陈凤楼

1919 年生，福建石狮市人。福建省诗词学会会员。

咏 雪

冷月冰旻腊鼓催，梨英柳絮倚云堆。
弥看玉叶飘飘下，尽唤梅花处处开。
曲径千回迷远眼，绝峰万仞净纤埃。
楼台歌舞常终夜，谁为耕樵送暖来。

陈永长

1933 年生，福建福州市人。原南平市政协科长。福建省诗词学会会员。

古稀自咏

转眼浮生晋古稀，几经风雨乐怡怡。
诗词书艺勤研习，四海朋交喜探骊。

陈永茂

1933 年生，福建福州市人。原南平市政协联络办公室副主任。

剑津元宵即景

火树银花不夜天，如盘明月碧空悬。
楼台山水相辉映，剑气今才遍大千。

陈仕玲

字宗瑜,号鹤林,1977年生,福建宁德市人,个体诊所医生。中华诗词学会会员,福建省诗词学会会员。

春夜宿岚口

登高忽入陶潜宅,曲径云深露满衣。
柳絮争随流水去,桃花闲伴紫烟飞。
竹窗夜雨泉声细,小院春灯树影稀。
独对诗书无睡意,敲门知是主人归。

陈玉堂

1926 年生，福建沙县人。原沙县城关粮站干部。福建省诗词学会会员。

见闻杂诗（二首）

（一）

放言救死与扶伤，偏有华佗爱孔方。
未见红包先袖手，白衣内裹铁心肠。

（二）

市惠酬恩托礼贤，千金一掷敞华筵。
珍羞餍罢还丰馈，慷慨何妨公币前。

陈永照

号一平，1921 年生，福建永泰县人。中国银行泉州分行离休干部。中华诗词学会会员，福建省诗词学会会员。著有《鳞爪集吟》《道南吟草》。

读报载"统计造假三大病源"有感[①]

上压下编数字生，虚瞒误政炫官声。
现存顽症根严治，利国利民始可迎。

【注】
① 据国家统计局李德局长介绍："2001 年至 2003 年，全国共立案统计违法案件五千零九十二件，其中虚报、伪造、篡改资料占百分之六十。"坦言统计造假已成历史顽症。

瞻仰陈嘉庚故居和陵寝

归来堂上羡归来，叩拜鳌园念育才。
爱国爱乡留典范，名垂青史一侨魁。

青云山览胜

澄水青冈甲一洲，嶙峋怪石惹回头。
象形惟肖峰峰秀，洞穴深藏处处幽。
飞瀑垂崖山溅玉，碧潭映日壑镶琉。
乾坤特地留佳胜，仙境人间此可求。

陈由福

1941 年生，福建尤溪县人。曾任小学校长。福建省诗词学会会员。

祖 国 颂

可爱中华国史悠，河山锦绣誉寰球。
富饶疆土藏珍宝，灿烂文光射斗牛。
狮醒威能兴伟业，龙腾智足展宏猷。
与时俱进群情奋，策马康衢步履遒。

陈自力

1945 年生，福建惠安县人。福建南平彩釉砖厂办公室主任。福建省诗词学会会员。

曲玉管·农家傍晚

树网流霞，山衔落日，孩提放学撑船渡。赤足河边登岸，肩上银锄。背包书。瞩目游禽，留神耕畜，返家务必心兼顾。涉水青牛，正在追逐金乌，踏归途。　　狗窜跟前，扯缰索、先头开路。出墙翠柳依依，门庭倦意全无，旧农居。适娘亲吩咐，碗菜厨房停当，快催邻里，月下瓜棚，酒令赢输。

陈则生

1959 年生，福建福清市人。曾任福建省政府驻北京办事处主任。现任福建省供销总社主任。福建省诗词学会会员。

登庐山独秀峰

千里来寻"第一山"[①]，林深径邃费跻攀。

亭敷树荫看云坐，句勒岩坳剔藓看。

清泚一潭龙蛰卧，黄岩百丈瀑潺湲。

不知太白归何处？万古名篇垂壮观。

【注】

① 独秀峰号称庐山"第一山"。

陈存广

1921年生,已故。福建南安市人。华侨大学中文系副教授。福建省诗词学会会员。

弘一法师圆寂卅五周年

温陵留衲客,鞋杖住无方。
逸世宁枯木,悲天自热肠。
冬郎诗待辨①,李老赞弥扬②。
道艺南山律,泱泱晋水长。

【注】

① 师极景仰韩冬郎(偓),尝欲为《香奁集》辨伪,后由其弟子高文显成《韩偓》一书,在台湾出版。

② 师还曾为李贽像题赞曰:"由儒入释,悟彻禅机。清源毓秀,万古崔巍。"

访瓷都德化

缕缕窑烟处处坊,瓷都乃在戴云乡。
凝脂冻酪宁堪匹,素玉明牙或可方。
漫把家常闲器看,也如国故异葩扬。
千年史迹寻遗址,万舶输将渡远洋。

陈存墙

（1922-？），福建南安市人。原南安县方志办干部。福建省诗词学会会员。

欢迎联合国海上丝绸之路考察队访问九日山

飘然来远客，考察古行程。
渺渺丝绸路，拳拳欧亚情。
崇冈飞彩凤，夹道起欢声。
沧海扬波去，春花绽柳城。

滨海防风林带

飚轮滚滚海蒙蒙，哪怕扶摇掠碧空。
一抹长城青霭里，稻粱瓜果笑春风。

陈华栋

1911 年生，福建长乐市人。原长乐市政协文史组成员。福建省诗词学会会员。

咏　羊

苦尝百草历艰辛，北海冰天伴荩臣。

最是孝亲知跪乳，世间愧煞负心人。

陈扬明

1914 年生，福建惠安县人。原福建泉州少年体育学校副校长。福建省诗词学会会员。

退 休

几度沧桑几是非，聊将书牍解狐疑。

群孙绕膝差堪慰，老伴随肩镇乐依。

兴至南音歌一曲，闲来墨竹写千枝。

归巢倦鸟能安宿，老得开怀未厌迟。

浪淘沙·管水

春雨贵如油，苦旱心忧。几回圳畔盼涓流。一夜长空雷乍响，梦里香柔。　　管水七春秋，锄笠田畴，当年鸿爪雪泥留。旧梦依稀犹了了，老更情投。

陈纪章

1923 年生，福建惠安县人。原惠安县高甲戏剧团编导组组长。福建省诗词学会会员。

破阵子·老妻怨语

教授投鞭下海，作家封笔跳槽。同学晚来分晚报，名手夜间售夜宵。钱塘好弄潮。　　你曰清贫自守，我仍井臼亲操。不换轻装焉竞走，只喝清泔怎上膘？"固穷宁折腰"！

陈宇翔

1945 年生，福建惠安县人。中国民主促进会泉州市委员会副主委。福建省诗词学会会员。

图们江

长桥夏日卧边风，隔岸战牌悬半空。
水势奔同千里马，山形曲似一条龙。
当时渤海原称国，此际青铜证敕封[①]。
只有江声流不尽，旅人车驾过匆匆。

【注】

①　图们江一带唐时为渤海国前期都城，近年出土了大批壁画和铜器文物。

青海行

轻车直路向西天，沙石扬尘杂彩烟。
野马不留芳草地，雄鹰只在白云边。
都兰黍面搓粑粉，泽令韭茄供客筵。
最爱河湟披夕照，羔腾犬跃牧人鞭。

陈庆福

1931年生，福建连江县人。原连江县凤城镇税务所所长。福建省诗词学会会员。

赏　月

高空皓魄挂云巅，夜幕降临景色妍。
信步塘边杨柳绿，沉吟湖畔杏花鲜。
红灯欲透园中树，圆月微穿水底天。
如此风光堪鉴赏，深宵犹自意绵绵。

陈邦国

号忧民，1931 年生。福建宁德市人。福建省诗词学会会员。

农村晨市

农忙晨市早开张，到此人流正满场。
大嫂当家思卤味，小姑适口要鲜尝。
东厢架足山珍美，西肆筐盈海产良。
买得街心些许货，回归笑说已倾囊。

手 机

信息何劳一线通，腰悬键钮运无穷。
天涯海角传呼速，异域邻邦响应同。
千里寒暄如晤对，万家情话不干冲。
今朝乐释相思苦，受益毋忘科技功。

陈伟强

1974 年生，福建安溪县人。自由职业者。福建省诗词学会会员。

沈园歌

踏遍江南绿水村，赏心最是沈家园。

游人多倚荷边榭，骚客频推柳下门。

十二栏干处处风，春波桥上看飞红。

壁间两阕《钗头凤》，使我低回思放翁。

放翁本是佳公子，绮貌清才世无比。

远志常教侠士钦，多情每使美人喜。

山阴闺秀名唐琬，蕙质兰心眉宛转。

缘是陆郎姨表亲，茜纱窗下常相见。

与郎初见即相羡，脉脉含情度几春。

灵鹊为媒诗作聘，一朝碧玉属良人。

鼓琴调瑟无终日，缱绻还如胶与漆。

秋采芙蓉春采兰，郎心妾意俱成蜜。

恩爱虽令牛女惭，风流偏惹翁姑嫉。

每云卓女远山眉，能使相如英气逸。

夫怜姑嫉苦难均，妇似臣民姑似君。

无端一阵罡风至，吹得鸳鸯两地分。

百转千回分不得，临歧更把斑骓勒。

此时只是泪涔涔，此处何因寒恻恻？

从此伊人隔秋水，朝朝相望不相亲。

通传私语无青鸟，寄托春心有素琴。

魂魄每于花下并，梦回惟见香盈径。

啼穿绣枕我还輭，语遍雕栏他不应。

深情桓子岂无后？薄命萧娘亦有家。

只为旧人恩义重，不能怜取眼前花。

看朱成碧愁难诉，转绿回黄秋又暮。

劳燕分飞近十年，沈家园里忽相遇。

妾减腰肢郎鬓丝，回头一望竟成痴。

别来多少缠绵意，尽在低眉敛涕时。

好花已落他人手，海誓山盟空回首。

万语千言不可传，赠君一斗黄縢酒。

酒中有妾相思泪，流入君怀君自知。

芳醪入口郎心碎，却向壁间题怨词。

声声只道："错！错！错！"

引得琬卿魂欲落，亦持彩笔写哀辞。

夫唱妇随如昔日，教人焉得不伤悲。

一水盈盈不可渡，重抛泪眼送君去。

知君此去见无由，心旌摇摇似残炬。

漏静宵清不掩帷，水晶帘下久支颐。

无边往事无穷恨，都上弯弯柳叶眉。

弱质难担愁万斛，病魂渐似秋千索①。

扁鹊辞归华佗来，欲医花症无良药。

蜡烛将残犹堕泪，蜘蛛垂死尚寻丝。

床前一把无情火，焚尽断肠千首诗。

风吹罗幕雨敲户，枝上声声啼杜宇。

紫玉多情竟化烟，绿珠无价终成土！

男儿七尺当报国，颈血惟应向虏倾。

铁马冰河堪忘我，胡笳日夜倍思卿。

壮志难酬国难复，五湖四海飘零久。

拄杖重来寻暗香，斜阳清角黄昏后。

点点飞红穿客袖，青鞋轻踏沈园春。

曲栏幽榭皆依旧，壁上情词锁碧尘。

亭台依旧人何在？已是香消四十秋！

桃花灼灼如卿面，春波滟滟似卿眸。

埋玉疑将心共葬，黄縢浊酒最难忘。

是醪是泪是相思？一口犹如海水量。

天理私情若个重②？白头未醒巫云梦！

红泪凝成多少诗，销魂岂独《钗头凤》？

诗句流传八百年，使侬一诵便缠绵。

阿侬寄语放翁道："莫怨娘亲只怨天。

佳人自古多薄命，天理从来忌有情！

君不见红楼一觉烟花梦，金玉缘摧木石盟？"

耳边似有天音绕：

"天若有情天亦老③，人无真爱如衰草。

荣华富贵等尘埃，惟有深情是异宝。

别恼聚忻欢乐稀，痴儿呆女尚依依。

君不见生难共枕死同穴，梁祝双双化蝶飞"。

【注】

① 借唐琬句，改一字。

② 宋儒称封建纲常礼教为"天理"。

③ 借李贺句。

陈克昌

1915年生，福建福州市人。福建南平师范学院退休干部。福建省诗词学会会员。

会　亲①

洗尘雨洒暮秋天，万里翱翔到古延。
相对已皆无绿鬓②，初逢亦尽过华年③。
莱衣锦织将何用，姜被尘侵只自眠！
强忍两行凄怆泪，还将乐事说当前。

【注】

① 别后四十多年，戊辰暮秋，嫂自台赴美携侄冒雨回来探亲，痛母与兄均在台仙逝久矣。

② 嫂耄岁，余亦逾古稀，俱发白矣。

③ 儿女与侄初会，年均届不惑前后。

陈孝纲

1928 年生，福建宁德市人。宁德中学教师。福建省诗词学会会员。

故 乡 颂

世好人多寿，风淳里自春。
海滨邹鲁地，今日舜尧民。
四望田畴熟，重逢笑语频。
溪山相济美，仙境话东闽。

陈应德

1945 年生，福建罗源县人。福建省诗词学会会员。

锄　园

扁豆丝瓜手自栽，编棚扎架费心裁。
柔藤弱蔓周旋上，紫蕊黄花次第开。
浇水劳筋殊乐甚，锄园曝背亦悠哉。
辛勤只为盘飧想，莫作桃源世外猜。

陈秀华

女，1955 年生，福建福州市人。福建省文学艺术界联合会编辑。福建省诗词学会会员。

新春抒怀

骋目河山意快哉，嫣红姹紫簇楼台。
新禽啼晓声初沸，老树逢春蕊亦胎。
景好兴观弥感奋，时昌际会莫徘徊。
天公迄不拘何格，莽莽神州降轶材。

陈际萱

1912 年生，福建古田县人。退休职员。福建省诗词学会会员。

金婚自嘲

金婚今许谱新歌，贫贱夫妻亦足多。
架上图书齐展读，案头笔砚共研磨。

陈承宝

1941 年生，福建福鼎市人。福鼎第一中学语文教学研究组组长。福建省诗词学会会员。

茶 乡 吟

雨后茶山可挹春，清明未到已茵茵。

白毫密布芽芽壮，纤指翻飞叶叶巡。

邻叟休夸伊嫂巧，阿哥漫说满篮匀。

若无政策蠲农负，岂有云乡绿醉人？

陈妫绍

1922年生，福建连江县人。曾任福建长乐市教育局局长，离休干部。中华诗词学会会员。福建省诗词学会名誉理事。著有《退闲吟草》。

除夕赞森林警察

绿色丛中作战场，森林卫士志坚强。
防偷防火巡回紧，护树护林守望忙。
宿露餐风奔野岭，长年累月滞高岗。
万家欢宴迎新岁，莫忘深山白石郎①。

【注】

①《列仙传》载，白石仙人常煮白石为粮，人称白石郎。这里借喻苦守深山的林警。

陈宏轮

1954年生，福建长乐市人。原长乐调味食品厂副厂长，长乐市政协委员。中华诗词学会会员、福建省诗词学会会员。著有《心灵写真集》《钟国寄情》。

牛角山遇暴雨

启行霏雾已牛毛，牛角能钻气更豪。
架索崖前升鸟道，窜狸胯底陷蓬蒿。
翻江雨射连珠箭，卷墨风剙不刃刀。
求援手机浸水哑，淋漓向导抱松号。
物粮抛弃扪岩喘，首尾牵呼塞耳逃。
猫步才容人上下，蜗行不辨脚低高。
嗟余魂返洪荒谷，相顾衣成褴褛绦。
铩羽中途焉丧志，惯经险阻历汹涛。

陈怀仁

号乐山老人，1925 年生，福建惠安县人。中医主治医师。福建省诗词学会会员。著有《乐山吟草》《乐山楹联集》等。

为惠安渔文化节作

犁浪耕波海作田，胸怀忧乐尚前贤。
风吹雨打三餐计，朝出暮归四化牵。
网撒帆张经济系，橹摇舵掌市场连。
鱼虾满载欢歌返，盛世黎民幸福绵。

端正医风

欲医疾患首医医，端正医风不可迟。
起死回生崇术德，修园医学是明师①。

【注】
① 陈修园《三字经》："闻前辈云，医人当先医医。术好不如德好。"

陈纬地

1927年生，福建莆田市人。原福建永安市个体协会秘书。
福建省诗词学会会员。

望　乡

寒雁孤飞客燕城，老来缱绻故乡情。

先坟木拱心常念，老屋尘封梦几萦。

桃社花凋伤往事，兰溪水涨数行程①。

春风何日吹归去，细共村邻认弟兄。

【注】

① 桃社为初中校址，兰溪为故乡溪流名。

陈灼铭

号云崖，1928 年生，福建莆田市人。中共莆田市委对台办公室原副主任，离休干部。福建省诗词学会会员。

麦斜岩红军故址

拄杖攀登小武夷，云居樵谷蕴瑰奇。
麦斜梅竹笼萧寺，夹漈岩碑忆义旗。
翠洞寒烟矜棘史，红军故垒缚蛇诗[①]。
欣逢新纪龙腾日，一统台澎定有期。

【注】

① 蔡园将军诗云：“……农奴齐造反，横槊缚蛇来。”

玉田歼倭六十周年[①]

日寇当年犯玉田，闽疆首战谱奇篇。
敌酋中岛歼江渚，贼艇东倭葬海边。
八载烽烟怀伟烈，三樽椒醑酹先贤。
炎黄儿女焉忘记，百万军民血肉捐。

【注】

① 1941 年 8 月 4 日，日本侵略军驻马（尾）营（前）地区守备司令中岛中佐，率所部百多人，分乘二艘汽艇侵犯长乐玉田。我党闽中抗日游击队设伏琅尾港。击沉敌艇一艘，毙日军中岛以下四十多人。

陈泗东

（1924-1994），福建泉州市人。泉州刺桐吟社社长，泉
州市历史研究会会长，原泉州市文物管理委员会主任。福建
省文史研究馆馆员，福建省诗词学会首届理事。

庆祝中国共产党建立七十周年（二首）

（一）

长见朝晖映画船，南湖春浪辟青编。

燎原星火三千丈，震世风雷七十年。

文化弘扬民有智，江山缔建景无边。

征程偶拥蓝关雪，跃马红旗更向前。

（二）

我迟建党数年生，及壮方参歃血盟。

回首红旗七十载，披肝赤子万千情。

严霜烈日征途险，淑雨和风世路平。

廉政莫忘当务急，昭苏民气固长城。

陈诗忠

1943 年生，福建永春县人。永春县文化馆专职编辑，研究馆员。泉州市政协委员，福建省诗词学会会员。著有《天马清流诗词选》《雕虫业主楹联选》。

题一线天

谁将椽笔荐，划破天如线？
洞窔仰清玄，径斜呈巧变。
炎凉本自忘，进退由君选。
登顶豁然开，当惊风物绚。

丝 路

高驰天马踏云烟，大漠无边一笑旋。
隐隐铁龙如鸟疾，皑皑蜡象似瓜圆。
花飞古道三千里，锦拥新姿四十年。
羌笛声催杨柳绿，春风横度玉关前。

陈宗辉

1956 年生，福建尤溪县人。尤溪第一中学教师。福建省诗词学会会员。

咏桃花岛（三首）

（一）

才经细雨景弥新，灼灼桃花倍有神。
莫待枝头红褪尽，迟来都是惜花人。

（二）

平生何处最消魂，人道桃花度假村。
长忆轻舟飞笑语，秋波流盼读书轩。

（三）

板屋檐前双鸟飞，水中花艳鳜鱼肥。
湖滨小道曾牵手，日暮寻船伴月归。

陈丽琴

女，1938年生，福建晋江市人。曾任东石抽纱厂厂长。中华诗词学会会员，福建省诗词学会会员。

紫帽风光

丛林结绿翠微巅，曲径通幽景物鲜。
最羡凌霄云抱塔，朝阳金粟四时妍。

春雨空濛

电掣奔驰一路风，才逢春雨却空濛。
眼前尽是摩天阁，三角梅花映地红。

陈叔侗

字郁萧，号薢塘，1929 年生，福建福州市人。原福建省博物馆古代史组负责人。离休干部。福建省诗词学会名誉理事。著有《薢塘剩草》及史志论文等。

壬午迎春抒怀

老眸拭处局翻新，染翰双千第二春。
关榷权衡齐万国，使轺天海结周亲。
当仁申奥无旁让，取义巡疆用薄惩。
一击秦廷凶易暴，顿悲坎市血成燐。
魂招战孽灰疑炽，衅蓄邻仇祸虑臻。
鼓勇横流凭稳驭，砺廉正气幸同振。
止戈固圉强终恃，阜物兴邦富欲均。
誓举绥旌全禹甸，堪诛伥鬼定鲲身。
迎潮拍岸持蓝尾，解冻临风托素鳞。
固重连枝殷众望，应教合珏顺彝伦。
龙蛇起蛰骏奔继，霄汉征行星探频。
钲鼓屯云荣碛漠，莺花织路绚瀛滨。
我今不作华胥梦，忝和清吟献吉辰。

甲申清明宛在堂集吟

欲俱圣殿鲁灵光，南微骚魂子此堂。
未逝烦忧人尺咫，恍亲謦欬水中央。
两楹奠既归长废，一匾名争究靡常。
市骨湖山珍雅意，清和共劝尽馀觞。

谒高湖郑善夫草堂

车下南湖拜昔贤，梅亭凝望草绵芊。
勘星格物穷推演，折槛批鳞屡踣颠。
气骨中明诗质劲，声名老杜运迍邅。
峭寒峻洁魂何寄，祇叩飘风腊雪天。

庚辰新春茶吟会

鸿渐君谟自妙裁，闽山绿处尽蓬莱。
雪消红袖携新蘗，泉瀹青磁洗俗埃。
啜值龙腾文苑盛，斟宜朋聚雅筵开。
甘留舌本今犹古，四海寻馨佳客来。

虞美人·澳门回归之夕荧屏观礼喜作

沉忧宿恨今差了。血债偿多少？炎黄斯世复雄风，赢得山呼海沸凯声中。　　猼訑牙角嘻何在①？莲艳旌新改。飞觥舞彩一销愁，此夕大酺酒泪合争流。

【注】

① 猼訑，《山海经》中兽名，音"博托"，取葡萄牙谐音。

陈忠义

1942 年生，福建惠安县人。副教授。中华诗词学会会员。福建省诗词学会理事。主编《诗海探骊》。

崇武古城建城六百周年纪念

长天浩浩水悠悠，雄镇东南六百秋。
军次危城开虎帐，诗题胜迹扼龙喉。
殊勋戚郑当年建①，远影台澎对面浮。
碧浪平铺连彼岸，海门阔处盼归舟。

【注】
① 戚郑：戚继光、郑成功。

陈国俊

1923 年生，福建平潭县人。原中国新闻社记者。福建省诗词学会会员。

蝶恋花·观赏平潭君山水仙花

腊月君山风景异。蜂蝶潜踪，人先花丛倚。最是凌波仙子美，群芳失色羞相比。　金盏银盘枝似绮。几缕幽香，暗醉侬心底。陋室休云无万紫，盆中数瓣春光媚。

陈国清

1925 年生，福建莆田市人。莆田市埭头粮站离休干部。福建省诗词学会会员。

荔城夜市

熙熙夜市闪霓虹，喧闹人间震太空。
莫怪嫦娥频怅望，几时开发广寒宫？

陈侣白

1925 年生，福建福州市人。编审。原福建省作家协会秘书长，离休干部。中华诗词学会会员，福建省诗词学会名誉理事。出版文学作品总集及诗集等共 9 种。

观寿山石有感

金玉贵，似大人；顽石贱，如小民。然则石之奇者远远胜金玉，米颠拜石不拜金；何况田黄、正红、鱼脑冻①，寿山名品美绝伦。小民辛勤敬业贱亦贵，大人尸位素餐富亦贫。世间荣辱谁知晓？请君一问寿山云。

【注】
① 均为寿山石名。

哭 慈 亲

1957年我被错划为"右派"分子。"文革"中被下放闽北湛卢山陬，老母独居福州善化坊前破楼，晚境凄绝。1972年2月母猝然中风，我星夜驰回，仅获瞻遗体，对月泫然有作。

文海浮沉廿九秋[①]，未能慰母反添忧。
湛卢山下云遮路，善化坊前雨打楼。
残稿惨经风火劫[②]，丝桐响绝钓樵讴[③]。
伤心母去儿来晚，独剩帘凹月似钩[④]。

【注】

① 我1942年起发表作品，至1971年凡二十九年。

② 老母是福州才女，"文革"中诗词手泽数遭搜焚，仅馀残篇。

③ 母亲所奏古琴曲中有《渔樵问答》。

④ 母亲诗作中有"秋风秋雨满西楼，忽见银河月似钩"，"秋庭曾记月如钩，照榻清辉醒睡眸"等句。

读近代史有感

岂无人杰制豺狼，禁毒雷霆震八方。
强寇入侵原可御，长城自毁剧堪伤。
雄狮昏睡牙何在？骏马骁腾鬣始扬。
港澳回归春似海，冰霜往事莫遗忘！

鹊桥仙·七夕

因"右派"错案，1958 年春离福州到闽北山区劳动。故乡心
上人长年未字待我，1961 年七夕感而有作。

朦朦纤月，茫茫银汉，又是一秋虚度。频年
此夜隔关河，反将那、双星羡妒。　　鸳盟在耳，
鱼书缄泪，望断家山云雾。躬耕老死未堪悲，但
恨把、伊人长误！

浪淘沙·赏黄稼《辛夷集》

骤雨夺晨曦，云暗天低。龙盘浅水被虾欺。
矫矫史迁刑后笔，慷慨淋漓。　　文路纵崎岖，
矢志难移。悲欢爱恨结珠玑。雪萼纷舒真善美，
一树辛夷。

陈明玉

女，1933 年生，福建南平市人。福建三明市重型机器厂干部。福建省诗词学会会员。

游马背山

登山览胜赏春华，时雨时晴绿荫遮。
百草丛中花艳艳，古稀探古上高崖。

陈明光

1928 年生，福建漳州市人。原厦门市土产局纪检副书记。福建省诗词学会会员。

忆参加抗美援朝战争

尚记当年不顾身，雄师百万战征尘。

援朝抗美从军去，谁敢轻瞧中国人？

陈明鉴

（1903-1988）字弘洁，福建福州市人。曾任福建省银行襄理，厦门大学教授、金融系主任、图书馆馆长，福建逸仙艺苑理事长。著有《存可庐剩稿》。

福州再度沦陷（二首）

（一）

乡国重闻警，临风涕泗流。
黄花空耐晚，落木最惊秋。
士气尊优减，军书镇定休。
共夸天堑险，剑水故悠悠。

（二）

啸聚无馀勇，沉潜有宿因。
赍粮平旦事，食肉上方人。
清议容群彦，奇兵仗远邻。
所期齐抗战，汗血自回春。

陈尚才

1943 年生，福建连江县人。小学高级教师。福建省诗词学会会员。

农村新风

盛世万民夸，枯枝亦发芽。
倡廉惩腐吏，免税护农家。
广引祛贫术，多开致富花。
银屏科技播，联产及桑麻。

陈季衡

1950 年生，福建莆田市人。莆田市健康教育所编辑，福建省诗词学会会员。

抒 怀

本不能诗却爱诗，谬承家学费年时。

乍来也附追风骥，百里征程未觉疲。

陈松青

1918 年生，福建福安市人。原闽东港航运管理处秘书。福建省诗词学会会员。

临江仙·夜梦亡妻

底事相逢悭一语，魂兮入梦何灵？抱头相对却无声。梨花春带雨，憔悴泪飘零。　　信是黄泉穷去路，谁怜廿载伤情？天涯此日倍伶仃。醒来心已碎，孤枕耐残更。

1982 年

陈金狮

1947 年生，福建莆田市人。莆田市湄洲日报社编辑，福建省诗词学会会员。

纪念鲁迅诞生一百二十周年

夜气如磐风雨狂，先生傲骨屹如冈。
横眉怒视豺狼暴，奋笔鞭笞魍魉猖。
小说杂文皆匕首，诗歌日记亦投枪。
任凭群丑厉声吠，无损终身志节刚。

陈金清

1951年生，福建泉州市人。现任福建三明市政协文史办主任。福建省诗词学会常务理事。著有《清吟集》。

春游雁荡

胜日踏歌东海瀛，名山问道御风轻。
龙湫瀑落千寻画，雁荡春深百里莺。
掌合双峰观自在，天开一线静空明。
山峦笑展多般态，夜影婆娑更动情。

陈金燕

1936 年生，福建仙游县人。小学高级教师。福建省诗词学会会员。

任长霞颂

英雄巾帼任长霞，打黑扫黄志可嘉。
勇斗暴徒身殉职，千人抹泪万声嗟。

陈建英

又名陈涓英（1913-1996），福建福州市人。中国建设银行福建分行统计员。福建省文史研究馆馆员。福建省诗词学会会员。著有《浪墨轩诗集》等。

鼓岭柳杉别墅

山区开拓夺天工，楼宇巍峨气势雄。

鱼贯穿林云曳帛，蛇行越岭路弯弓。

绿阴别墅堪舒臆，凉吹幽斋好意躬。

小住一旬忘溽暑，昌期礼士遇何隆。

陈绍芳

1939 年生，福建福清市人。福建平潭县兽医师。福建省诗词学会会员。

桂枝香·平潭建县八十周年喜赋

怡心悦目，正瑞霭弥扬，喜气融穆。伫看长街里巷，步车流簇。长裙彩袖随风舞，跃狮龙、灯旗高矗。哪吒驱雾，嫦娥奔月，此情何足。　　说夸父、应嗟善逐。叹八十春秋，风雨相续。纵有文章泰斗，漫评荣辱。相逢倾诉心头事，借金风、驱冷催绿。举杯虔祝，百年欢庆，再填新曲。

陈祖泽

1912 年生，福建古田县人。退休教师，古田县政协文史委员会主任。福建省诗词学会会员。

九十抒怀

九州春好暖心头，足食丰衣胜事稠。
四世同居承祖荫，七旬双健获天麻。
不沾烟酒身常泰，细琢诗词兴尚悠。
移寓西山娱晚照，无忧无悔更无求。

陈祖源

（1930-2007），福建古田县人。福建南平闽北电机厂负责人。福建省诗词学会首届理事。

赞孔繁森

三十年前焦裕禄，而今又颂孔繁森。
泡桐永记丹心瘁，红柳相随白雪深。
死不还乡留铁骨，生能舍己听雷音。
欲教屋脊消贫瘠，八万行程土化金。

水调歌头·大江截流

石壁西江立，三代践宏图。滔滔乳汁为哺，蓄泄弭灾区。驯住桀骜个性，八百亿输电度，巴楚畅航途。燕喜莺迁热，轮奂乐新居。　　三斗坪，花似海，尽欢呼。坌堤磐固，龙口巨石泻须臾。争创环球第一，多少不眠之夜，大计保无虞。举国同圆梦，世代继丰馀。

陈奕良

1946 年生，福建永泰县人。福建省诗词学会会员。

伯英学兄《邓子恢与中国农村变革》读后

识难骤雨暴风遮，壮气凌霄灿似霞。
信史椎心凭直笔，英名终必遍天涯。

陈显环

1953 年生，福建闽侯县人。福建省诗词学会会员。

秋 萤

风送微凉桂子馨，优游夜幕几流萤。

休嫌身小荧光淡，也划中天一道明。

陈贵富

1942 年生，福建连江县人。福建冠海海运有限公司文秘。中华诗词学会会员，福建省诗词学会理事。

壶江梅花两乡捕鱼情

同耕一海见深情，能济艰危自不争。
福澳东临山垅地，壶江南向古梅城。
蓑衣既脱身无累，唐服新穿业已更。
昔日渔郎今老矣。尚闻唤舅忆前盟。

春节远航怀乡作

时近新春喜满堂，浮踪才聚又开航。
一轮红日升东海，万里青烟漫北洋。
机响隆隆涵别语，浪翻阵阵叠愁肠。
几曾到港船前望，灯火千家是异乡。

陈秋顺

1919 年生，福建东山县人，东山县供销社退休干部。东山县志编纂委员会顾问。福建省诗词学会会员。

谷文昌颂

与民休戚谷文昌，受命艰危斗志强。
为灭荒滩沙老虎，遍栽环岛木麻黄。
殄除灾害营场圃，旋转乾坤换海疆。
瘠土今朝成绿野，馨香万户咏甘棠。

陈祥梁

1947年生，福建福清市人。福建师范大学福清分校讲师。福建省诗词学会会员。

诗悟（二首）

（一）

颂诗何故总难工，假意虚情贯始终。

客套几多来肺腑？文章人事理原同。

（二）

反腐诗歌情感真，针针见血见精神。

请君细看群花圃，带刺玫瑰最可人。

陈海亮

1908 年生，已故。福建福鼎市人。福鼎市政协委员。福建省诗词学会会员。

重九老人节感怀

老人有节始今朝，霜露滋松仰后凋。
挥发馀光燃蜡烛，秉持夙素献刍荛。
登高望远胸怀旷，鉴往思来意气饶。
宠辱不惊忘得失，欣逢盛世自逍遥。

陈祥耀

1922 年生，福建泉州市人。福建师范大学中文系教授。中华诗词学会名誉理事，福建省诗词学会顾问。著有《喆盦诗集》《喆盦文存》等。

游雁荡山

我游雁荡东山始，寨寮溪广筏可通。
上有五云居极顶，下有九瀑流淙淙。
汇为深潭清见底，花岩照处绿波浓。
到处瓶装卖矿泉，山有漈饮甘不同。
历三百里到北山，名传自古湫藏龙。
小湫周遭奇而秀，秀在水石奇在峰。
双灵双笋已殊异，更有天柱能撑空。
合掌上合下破裂，裂处外狭宽当中。
中筑杰阁高九层，拾级尽登脚力穷。
夜宿山馆倚楼栏，群峰围我如朝宗。
随人近处作夜眺，弦月光细景朦胧。
峰从转侧态变化，指目称名杂雅庸。
一笑听之唯耳顺，莫讶夫子心有蓬。
明日驱车观大湫，崖方如壁巨且雄。
闻道水多瀑怒时，声闻数里雷訇隆。
古今源头有通塞，今瀑稍稍敛其锋。
我所见瀑或滂沛，往往转折后俯冲。
高达千寻垂笔直，更无转折此初逢。
上半垂练下散珠，倾注为壑号龙宫。

篙师出没驾小舟，乾坤气湿烟濛濛。

诗篇正面能写潵，愚山叟与仓山翁。

后起默深亦刻意，写峰写瀑俱精工。

石梁冰瀑人罕见，独让僧家夸玉虹。

雨瀑月瀑山亦胜，朝晖五彩照曈昽。

峰顶有湖尤奇绝，秋生丛苇宿飞鸿。

毕观诸胜须久住，清福未敢乞天公。

此行见瀑何所得？领取直气贯吾胸。

1992 年

寿山石诗会作

共工战罢不周触，天倾西北地东南。

女娲补天锻炼遗，飞来左海藏烟岚。

落地成山填奇石，云母云根精气涵。

五彩化为千百彩，珊瑚玛瑙相骈骖。

性柔于玉宜治印，狮颅螭纽睨剑镡。

周籀秦篆兼石鼓，汉唐字体同镌镵。

使刀如笔犹书画，生色书画加红酣。

山中田黄世所重，鸡血羊脂声价惭。

群石于今用途广，治印之外多他堪。

比诸雕金与琢玉，万有造相来精湛。

吁嗟乎！山以寿名开发久，山寿将倚石而有。

石散四方人宝之，更依字艺期不朽。

山藏易尽石能磨，爱石护山慎取守。

娲皇灵在亦欣然，世上共珍坤德厚。

盛会高堂传好诗，微意赓歌忘献丑。

杜甫草堂（二首）

（一）

百花潭水北，万里板桥西。
淹留营小筑，辛苦卜幽栖。
偶得亲鱼鸟，未能远鼓鼙。
荐饥身不免，邻叟酒相携。

（二）

奔走空皮骨，归来认竹松。
苍生频系念，野趣且酣浓。
暂作诸侯客，难移坦荡胸。
不磨诗史笔，易世此朝宗。

水龙吟·纪念李太白逝世一千二百周年

一千二百年间，骑鲸捉月归何处？散金结客，杀人仗剑，当初豪举。卅载遨游，九重谲浪，荣名何与？算平生志业，愿为辅弼，功能就，身旋去。　　醇酒佳人道侣，偶消磨，古来还恕。兴酣落笔、诗成笑傲，山摇河注。本是骚魂，现来醉魄，知音谁许？任纷纷，猜测云栖微意，琐言谰语。

陈祯辉

1949 年生，福建莆田市人。福建省诗词学会会员。

春游雁阵宫登瀛阁

当年一榜占双魁，雁塔题名衣锦回。
兴化湾中腾日月，登瀛阁畔植松梅。
三江照影壶峰壮，九里飞花囊脉嵬。
今日春游怀往哲，允宜策马后尘追。

陈振亮

1930 年生，福建福清市人。原福建省司法厅厅长。福建省诗词学会第一、第二届副会长。

读李白《将进酒》

君不见，黄河之水何匆匆，滚滚向前不可壅。君不见，先驱之歌多悲壮，舍己为人饶高风。黄河之水历百折，曲曲弯弯皆向东。人生虽短须自宝，莫使身同风偃草；莫因路曲生愤悲，从此长醉醒不了。请君再听我倾诉，胜利做官不足慕，贵在与民共甘苦。人民之子卫人民，子子孙孙莫忘记。是非面前伸正义，不敢说话输虫蚁。要学先驱重节操，我自横刀向天笑。黄河水，中华源，前浪后浪竞追逐，从天直下扫妖氛。

陈桂寿

1923年生，福建福安市人。福建柘荣县工商局退休干部。福建省诗词学会会员。

遣　怀

少年书剑两无成，老学填词作楚声。
多少故交车与笠，万千世变杞还荆。
帆归潋滟渔歌晚，鸟渡氤氲树色晴。
鼓棹弄潮儿辈事，且磨馀墨富馀生。

陈恩厚

1935年生，福建莆田市人。原莆田市物资公司调研员。福建省诗词学会会员。

浪淘沙·青藏铁路全线通车

雪域谱宏篇，天路攻坚，昆仑隧道笑开颜。冻土工程歌奏凯，十万群贤。　　生态百千年，环保优先。五洲宾客物流连。经济繁荣民富裕，拉萨长安。

陈章汉

1947 年生，福建莆田市人。福州市文联主席，中国作家协会会员、福建省诗词学会会员。

和纪龙兄归乡诗

羡君告老返乡间，海阔天空自在居。
新燕春泥梁正暖，故人旨酒座无虚。
锦江活水堪研墨，岱岭朝阳好曝书。
但请预留盈丈地，来年倚玉筑吾庐。

陈清仙

1945 年生，福建漳州市人。中共漳州市委讲师团副教授。福建省诗词学会理事。

游绍兴沈园

乘兴寻芳过沈园，观池赏翠觅碑轩。
伤心一阕《钗头凤》，不朽情丝绕客魂。

深 圳 行

重上莲花山

青山绿水休闲地，再谒希贤铜像身。
回首追怀开放史，入园敬仰导航人。
匡扶发展唯求是，构建和谐赖创新。
今日舒喉歌一曲，赏心悦目长精神。

世界之窗观光

遐迩闻名世界窗，旅游文化各流芳。
电光艺术精华溢，环宇景观丰采扬。
探险漂流情激荡，猎奇滑雪意飞翔。
登高喜上埃菲塔，一揽鹏城尽丽妆。

陈清桂

1935 年生，福建惠安县人。小学退休教员。福建省诗词学会会员。

原 贪

克杰长青命已休，铁窗不断锁贪俦。

贪心必致良心毁，掩耳偏将逆耳仇。

纸醉金迷成祸水，钱交权易铸愆尤。

只因炙手猖狂惯，不到黄泉泪不流。

陈鸿基

字子礁，号雁翁，东方鸿。1927 年生，福建福州市人。主任编辑。《福建企业管理》常务副总编辑，中华诗词学会会员，福建省诗词学会会员。

龙 春 吟

两千晋纪值龙年，春满人间万象妍。
港澳还珠堪借镜，台澎返棹合开篇。
加盟"世贸"通瀛海，再驾"神舟"访昊天。
反腐惩贪邪恶扫，邓旗高举奋先鞭。

陈鸿铿

（1907-1997）福建福州市人。福建省文史研究馆馆员。中华诗词学会会员，福建省诗词学会会员。

张一白示所撰《倚瓮集》，命分用上下平韵组诗题后 (录四)

（一）

寒宵靡靡肉为篱，黔首膏脂作酒池。
问罪邯郸缘味薄，封侯废黜国支离。

（二）

拔山力尽有馀凄，引吭虞兮意气低。
千古鸿门输饫宴，楚歌垓下痛骊啼。

（三）

怨因浓晕入宫门，襟上啼痕杂酒痕。
十六辇来今六十，白头讳说未承恩。

（四）

凉州葡酒映红颜，鼙鼓渔阳蓦地间。
凤辇西行军不发，马嵬长恨泪斑斑。

陈银贤

1949 年生，福建闽侯县人。福建福州马尾第二建筑公司职员。福建省诗词学会会员。

方广寺行

拾级拄筇葛岭前，巉岩一片半空悬。
鸿山月照珠帘动，古木藤萝玉带连。
云路茫茫浮白日，天梯隐隐接苍天。
胸中自有菩提树，远隔红尘便是仙。

陈银珠

女，1968年生，福建宁德市人。中华诗词学会会员，福建省诗词学会常务理事。著有《心源吟草》。

归 里①

打叠行装便，言旋事屡违。鸿泥侵梦短，雁阵望云稀。解识营生累，差疗父母饥。流年惭愧偪，此日启荆扉。追昔殊风貌，怀今失海沂。棹帆多搁浅，潮汐复何归。公路白牢落，山峦青几希。虹桥跨渡口，车辆卸渔矶。邻舍疑初见，乡音觉已非。田园偏有价，叔伯却无依。四壁徒寥寂，五中感涕欷。蜂房巢圃树，蛛网障书帏。心悟穷何止，亲情体细微。茫然人久立，江澨下斜晖。

【注】

① 故乡云淡村，海岛，风光秀美。回家坐小舟，水动江村树，舟从画里行。现通高速路，铁轨穿山而过，旧时画面尽失，不胜怃然。

游兰亭

古道修篁馥郁青，慕贤千里谒兰亭。
右军真迹今无考，曲水流觞勒有铭。
方石墨香沾粉袖，游鹅柳色上霜翎。
永和禊事当年盛，一脉斯文万古馨。

大龙湫

雁荡高开胸次宽，天悬玉带雾弥漫。
诗心一片随流水，知落前川第几滩。

陈曾康

1928年生，福建福清市人。离休干部。福建省诗词学会会员。

《世纪风》创刊题赠新加坡刘情玉主编

春满环球世纪风，星洲巾帼出豪雄。
情浓笔阵飞龙凤，玉灿诗林寄雁鸿。
骋志骚坛千里马，酬才艺苑故家风。
吾闽俊秀安溪女，点染人间烂熳红。

陈崇钦

1925 年生，福建诏安县人。诏安工商银行干部。福建省诗词学会会员。

闲 居 吟

多少年华多少梦，几分辛苦几分甜。

风狂雨骤无丛怨，李下瓜田罔避嫌。

数十首诗情似海，三千丈发色如盐。

休提射虎春灯事，肯废秋千与卷帘①。

甘作黄牛累受鞭，风风雨雨苦耕田。

曾闻寡欲能成佛，莫道多劳便是贤。

老去萦怀思故旧，闲来随兴赶新鲜。

今宵更得其中乐，抱膝低吟又一篇。

【注】

① "秋千""卷帘"皆谜格。

陈禅心

（1911- 2006）原名春霖，福建莆田市人。福建省文史研究馆馆员，福建省诗词学会首届理事。著有《抗倭集》《江汉词抄》《诗经集句——十月集》等。

思佳客·纪念爱国诗人柳亚子先生百年诞辰

天上人间隔梦思，早年直欲拜吾师。请缨锐意从飞将，赠序同仇誓抗夷。　　南社立，北庭悲，国魂唤醒吼雄狮。追随革命劳喉舌，举世争瞻绝代姿。

浣溪沙·重修郑少谷草堂

爱国伤时似少陵，篇终气骨独棱棱，上书命较一毛轻。　　结客登临觞咏可，对人洒落画图成，草堂合与浣花争。

陈尊光

1956 年生，福建长乐市人。长乐金峰医院医师。福建省诗词学会会员。

春到南山①

鸿钧律转启新元，春到南山草木温。
古塔栖霞凝紫气，西区扶日遍红幡。
郑和馆外千葩艳，邹异亭前百鸟喧。
首岁骚坛欢聚会，颂歌盈耳彻乾坤。

【注】
① 南山位于长乐航城南侧，又名塔盘山。

陈道衍

1933 年生，浙江奉化县人。福州铁路中学离休教员。福建省诗词学会会员。

瞻仰陈毅元帅塑像感作，步其《梅岭三章》韵

除妖兴国近如何？皆曰人间鬼尚多。

旧部再招犹有我，随公奋勇斩修罗[①]。

【注】

① 我原是七兵团二十二军一员，属陈帅麾下。

陈焙焜

（1923-2004）福建福州市人，寓台湾。台湾中华传统诗学会副理事长，台北大观诗社社长，福建省诗词学会顾问。著有《佩斋诗草》等。

闽侯县茉莉花节纪盛

产自波斯国，移根此处生。
含苞珠颗颗，映日玉晶晶。
露浥千畦秀，茶薰七椀清。
裕民兼裕课，花品冠群英。

福州访旧

屡易星霜已白头，榕城胜地喜重游。
他乡岁月催人老，故里山川解客愁。
雅集八闽欣结契，诗喧两岸畅交流。
斯文一脉期长继，国粹弘扬起壮猷。

甲午战争百年感赋

百载追思事若烟，春帆楼望泪潸然。
回天深叹臣无力，割地堪嗟相有权。
宝岛暂沦欣已复，金瓯在捧冀终联。
国仇湔雪讧应息，定一殷期协众贤。

陈朝定

1932 年生，福建松溪县人。原福建省三明市政府接待办公室主任。福建省诗词学会会员。著有《护秋集》等。

江城子·悼张仁和

一心一意为家园，别煤官①，转乡关。乡亲冷暖，件件记心间。率领大家谋致富，容貌改，庶民欢。 如今事业正开端。谱新篇，续新弦，乡村发展，等你领航船。谁晓张郎偏早逝，千户哭，夜不眠。

【注】
① 煤官，张仁和原任乡煤炭站站长。

陈朝琛

1925 年生，福建福州市人。原福清市医院内科主任。曾选为福州市人大代表，福清市人大常委会常委。中华诗词学会会员，福建省诗词学会会员。著有《蠖翁吟草》。

绿化造林赞

黄河之水天上来，东流入海日不息。
近岁忽告河断流，闻之忡忡怀郁抑。
民生缺水度日难，灌溉无水焉稼穑？
中华文化母亲河，竟遭此厄可奈何！
人无远虑近忧有，滥伐森林恶果多。
植被无存群山兀，水土流失水源竭。
生态环境长破坏，旱涝灾情几时歇。
国家早倡多植树，采伐无厌顽难谕。
黄河流断祸临头，中枢筹策广呼吁。
退耕还林或还草，护林禁采封山早。
防沙林带万里长，黄土高原披绿袄。
城乡掀起绿化潮，荒山隙地岂能饶？
统一认识千秋计，绿化造林心一条。
且看十年廿年后，童山不见苍岩峣。
戈壁沙中绿洲见，陕甘原上瓜果荐。
香飘城镇空气鲜，水秀山明江河变。
从兹减灾少旱潦，人民生命财产保。
黄河非但不断流，水清更比从前好。
绿化造林万代功，中华大地春风浩。

陈琼芳

1939年生，福建南安市人。曾任南安市文化体育局文艺科长，福建省诗词学会理事，中华诗词学会会员。

年 关

年关喜见把廉关，政自清明民自欢。
但愿金猴挥巨棒，再加力度打贪官。

咏 柳

东君与汝最钟情，岁岁春来百媚生。
婀娜娇姿青柏妒，缠绵柔态白杨倾。
灞桥一折临歧别，陶宅五株高节明。
飞絮飘时尤洒落，玉成道韫女才名。

陈雄泉

1971 年生，福建龙海县人。福建省诗词学会会员。

风凉作

风凉好个秋，亦欲上天游。
只怕月宫冷，翻增尘世愁。
衔杯浇块垒，拍手笑凫鸥。
为底毛如雪？比人先白头。

陈景汉

（1921-2004），福建福州市人。曾任中共福建省委党校文史教研室主任，中华诗词学会理事，福建省诗词学会常务副会长、顾问，著有《林则徐诗词选注》《未已斋吟草》等。

寿山石雕歌

寿山石产天下奇，晶莹如玉润如脂。
寿山石雕天下妙，缤纷有画妍有诗。
花繁果硕自生色，鳞游羽奋各含姿。
刻画人物杂今古，传状神貌穷纤微。
文房珍宝绝清雅，兽颅螭纽古意滋。
琳琅满目皆隽品，使我欲去复踟蹰。
女娲补天遗五采，琢之磨之凭人为。
阐奥力能夺造化，经营惨淡思无遗。
一錾一凿注心血，镂彼真同镂肝脾。
庖丁奏刀节皆中，宗匠运斤风为驰。
神乎技矣进乎道，以之移拟差相宜。
金石文章虽殊趣，灵犀通处尽堪师。
奇礓奇艺出吾壤，盛誉早扬州人眉。
况今海瀛若庭户，闽江一水通九逵。
世间瑰宝人尽爱，扬帆沧海斯其时。

纪念毛主席《在延安文艺座谈会上的讲话》发表五十周年

鸿文雒诵忆当年，风雨鸡鸣欲曙天。

掩户秉烛披衣坐，读之读之忘宵眠。

廓我心胸刮我目，千古谈艺无此篇。

正道沧桑历半百，迄今展卷弥新鲜。

文章合为工农著，翰墨宜随时代迁；

务去陈言出新语，涤除旧染期在先。

觉迷岂止关文艺，革命征途仰斗躔。

即今大道平如砥，改革洪波汹涌起；

"二为"方针一脉承，前路仍须循所指。

于时无补徒费神，专骛藻饰雕虫耳；

法不孤生忌镂空，水有源头来靡止；

内容形式本相成，有质少文岂尽美。

如斯至论奠正声，胶柱或致乱宫徵。

善学善用在乎人，审时度势求其是。

君不见五月榴花似火红，

为报艺苑文坛光芒万丈空前史！。

泰宁金湖水上一线天

巉岩对峙势相迫，长空辟易剩微隙。
何时移得金湖波，载船摇曳双壁辟。
卧观不费矫首劳，云影飘荡落枕席。
倚舷俯仰恣徜徉，水天相映一痕白。
有时波定作长緪，有时风过成皱襞。
须臾霞彩分馀晖，银练顿呈鱼尾赤。
同游咸道快平生，竞相留影珍鸿迹。
陆上奇观何如水上奇，益信人间美景贵有隔。

悼余质老

穷年兀兀罔求闻，得句常惊思不群。
毕竟生来无俗骨，最难销尽是诗魂。
应门楼上声犹热，泚笔窗前墨自芬。
悬榻比邻人已杳，空挥老泪忆论文！

见闻随感·下海

惹得寒儒也折腰，万商如海挟狂飙。
吾徒自有擒龙手，奚用捐书学弄潮①。

【注】
① 捐书见《晋书·范宁传》

陈敬昌

1931 年生，福建永泰县人。福建福州市商业局会计师。福建省诗词学会会员。

新春展望

亥年开笔际佳辰，丽日明轩四野新。
春色有情皆入户，风光无处不宜人。
小康愿景终非远，大治家邦尽可亲。
沛泽公平开泰运，阴霾扫净畅精神。

陈智源

1932 年生，福建罗源县人。原中共罗源县委党史研究室主任。福建省诗词学会会员。

满江红·纪念邓小平

恰满期颐，冥诞际，缅怀伟烈。忆昔日，义旗高举，建勋超绝。遵义坚持毛路线，太行深入倭巢穴。秉雄心，壮志撼云天，歼妖孽。　　兴华夏，民欢悦；标两制，掀新页。许错冤翻案，辩诬旌节。首创特区谋改革，蓝图三步呕心血。报佳音，业绩更辉煌，千秋谒。

陈象喜

1952 年生，福建莆田市人。福建省诗词学会理事。

长乐三溪河

渔歌一曲酒三钟。淡淡轻风秋意浓。
水阁江楼娴而静，天开长乐彩云重。

陈瑞志

1938 年生，福建长乐市人。中医主任医师。福建省诗词学会会员。

咏牡丹花

举杯对饮赏名花，醉艳无伦世共夸。
正道沧桑今胜昔，天香也入庶民家。

陈瑞钟

1944年生,福建长乐市人。中医师。福建省诗词学会会员。

满江红·中法马江海战甲申祭

浩荡闽江,波涛涌,烟萦故垒。金刚腿,饱经风雨,长留豪气。两岸炮声浑在耳,漫天弹火犹呛鼻。忆几多,英烈掷头颅,家邦卫。　　一腔血,东逝未;民族恨,须长记。是难逢机遇,期隆治。举世勤图兴国事,百年始遂强兵计。列牺牲,把酒酹江天,休垂泪!

陈瑞熙

1921 年生，福建泉州市人。泉州培元中学高级教师，福建省诗词学会会员。

闲　居

尘寰冷眼看纷争，汲汲何须逐利名。
安步当车双腿健，幽居谢事一身轻。
检翻旧札如寻友，唱和新诗胜对枰。
养性怡情心泰若，笋蔬自足慰平生。

病中杂咏（二首）

（一）

室住三兵间一民，兵民融洽若家人。
相扶相助能尊老，伯伯声声唤得亲。

（二）

药新激素用偏频，治病翻成诱病因。
医得眼来生腹患，个中药理悟陈陈。

陈嘉音

1915 年生，福建云霄县人。云霄县对外文化交流协会副会长。福建省诗词学会会员。

题云霄高溪观音亭天地会发源地

观音亭里起狂飙，叱咤曾掀四海潮。
一脉源流今大白：洪门肇始在云霄。

陈毓淦

号黑尼（1917-2001），福建福州市人。福建省文史研究馆馆员。著有《秕糠集》《风雨集》《潮汐集》等。

第一届敬老节偕省文史馆同人游马江

重九登高日，马江酬燕游。
耆英初有节，风雨了无愁。
艳说前朝事，欣看当代猷。
合存忧患感，球籍要鳌头！

第一燕①

迎台湾《自立晚报》两记者

一水卅年隔，三通两岸望。
喜迎双燕子，如见九春光。
故国犹慈母，夷洲岂异方？
堪夸"始作俑"，今日范长江！

【注】
① 外国谚语："一个燕子，会带来无数个燕子。"

陈慧波

1926 年生，福建永安市人。原福建省邮电管理局处长，高级经济师，离休干部。福建省诗词学会会员。

虞美人·无题

一亲耳鬓情难了，总觉厮磨少。瞬临岁暮怯霜风，寒暖阴晴朝夕挂心中。　青青松柏看长在，兀立姿无改。信能困顿解烦愁，天使浑身热血复奔流。

春风袅娜

忆时当弱冠，揖别穷乡。心怅惘，步踉跄。恰驱倭惨胜，中州板荡，阋墙又起，万众彷徨。初出茅庐，无知稚子，浪迹天涯徂海疆。竟欲乘风九霄上，汪洋宽处任翱翔。　幸会英才俊士，披肝沥胆，相扶掖、坦对沧桑。期身正，总轩昂。胸怀远略，执着坚强。骋目盱衡，究心剖析。躬持玉尺，喜迓骅骝。迎新境界，见嫣红姹紫，青山绿壑，灿烂朝阳。

陈慧瑛

女，1946 年生，福建厦门市人。曾任《厦门日报》文艺副刊主任编辑、厦门市人大常委会华侨外事委员会主任。福建省诗词学会首届理事。

满庭芳·元旦抒怀

绿岛繁华，特区佳丽，天外更落银鹰。窗开十面，白鹭益娉婷。云集雄才俊彦，五洲客，慕我芳馨。春如海，梅花多事，犹报岁南溟。　　年来风纪正，明泉秀瀑，涤尽污腥。一代中兴业，竞请长缨。且喜平沙浅草，疆场阔，任尔纵横。东风浩，翻新甲子，骏马看奔腾。

陈德金

字智毫，1949 年生，福建福州市人。福州电业局职工。福建省诗词学会理事。著有《求知斋吟草》。

丽江旧城夜游

石板长衢浥尘土，层楼木屋造型古。
小桥流水送清音，纤柳迎风献媚妩。
家家栉比通沟渠，彻底晶莹画不如。
山飔凉爽扑面来，向我索句曳我裾。
弯弯月亮翘檐挂，骚怀吐出成一快。
夜游领略山城妍，不觉四坊广场届。
临流围坐享夜宵，饱赏花灯水上漂。
大红灯笼高高照，泼刺忽惊大鱼跳。
翡翠玛瑙纷集聚，夹道人家都善贾。
玲珑满目凭君挑，争购游客如墙堵。
行尽巷尾出皇街，东巴文字木王府。
诘屈聱牙了不知，夜阑犹自揣摩苦。

未曙登山

强身晓起上高岑，脱却重衣汗水涔。
云磴低头钦老健，山泉引吭和清吟。
春痕未展花先吐，夜色将阑月渐沉。
我笑娇阳还懒睡，五更犹自拥重衾。

嫁 女 辞

良宵碧宇挂银蟾，嫁女情怀分外甜。
我愧清贫无长物，勤劳二字当妆奁。

陈燕琼

1912 年生，福建诏安县人。原诏安第一中学教师。福建省诗词学会会员。

满江红·为纪念从事教育工作三十年而作

苦乐酸甜，卅年矣，树人工作。一字字欲添还减，几经斟酌。起早眠迟难得息，粗衣淡饭愁无着。最怕闻冷语与闲言，相奚落。　　思往事，犹如昨；辛酸味，从头嚼。喜斯文有用，不填沟壑。整顿学风嘉士行，繁荣食货除民瘼。岂不闻处处口皆碑，弦歌乐。

浪淘沙·秋兴

细雨酿轻寒，绿老红残。蝉声断续出林间。黯黯太空如泼墨，瘦了山川。　　作梦也心安，漫读诗篇。茶烟缭绕兴酣然。知是利名无我分，乐得清闲。

陈鳌石

1933 年生，福建福州市人，福建中医学院主任医师。福建省文史研究馆馆员，福建省诗词学会会员。著有《落拓集》。

戏集中药名成诗

凌霄远志梦成空，木笔沉香故纸中。
明月松间苍耳子。秋风江上白头翁。
已无良策当归里，剩有馀粮未算穷。
采菊餐芝饮甘露，使君佳趣乐融融。

重登石鼓

十年几度叩禅关，一径松阴九折弯。
亭为更衣留胜迹，岩因喝水壮名山。
琉球海阔烟中望，屴崱峰高日后攀。
欲罢不能宜少憩。但看瀑布响淙潺。

陈瞻淇

1920 年生，福建福安市人。福建省诗词学会会员。

爱国诗人谢翱

忠忱侠骨展雄才，国步濒危志未灰。
募勇倾家扶社稷，溃军潜迹寄蒿莱。
心悬北阙三生憾，泪洒西台五内摧。
千载英名垂竹帛，诗词难罄后人哀。

邵秀豪

1945 年生，福建福州市人。原福州市马江经济技术开发区教委副主任。福建省诗词学会会员。著有《和平斋吟稿》。

自题《九鲤戏波图》

名家画鲤真奇绝，喷沫跳珠翻白雪。
解衣般礴对画叉，近来技痒欲涂鸦。
设色含毫难下笔，只缘六法尚未悉。
权且依样画葫芦，管他不鲤亦不鲈。
尺水乱教起波涛，元龙湖海气亦豪。
难期禹门能一跃，但望濠梁同斯乐。
劝君看罢莫摇头，待到传神之时切勿下钓钩。

岑雨畊

（1907-1995），福建福州市人。福建省文史研究馆馆员。福建省诗词学会会员。

江楼偶蹶，坠地数丈，几无所损，亦云幸矣，诗以纪之

失足几千古，江流去浩茫。
出泥终不染，枕石又何妨。
正道谙桑海，馀生许稻粱。
告存皆大喜，晚福倘重商。

哭邓拓学长逝世二十周年

乌麓芸窗忆昔年，合眸犹是影翩翩。
毓贤榕峤千秋仰，刺恶燕都一集传。
岂许浮云遮杲日，长留正气薄新天。
先灵此际应含笑，换劫群獠尽化烟。

张 立

1918年生，陕西富平县人。原福建省地方志编纂委员会主任，福建省诗词学会首届顾问。

辛亥革命七十周年缅怀孙中山先生

神州久久叹沉沦，帝制躬摧众愤伸。
辛亥功勋垂不朽，高山仰止首斯人。

满庭芳·一九七七年元旦献词

万里征程，艰危曲折，辟多少荆棘丛荒。巨星连陨，四害恣披猖。常把人妖颠倒，当此际，曦月无光。凄相向，时日曷丧，予及汝偕亡！　坚强终自拔，鳞伤的党，重焕金芒。似狂飙洗昊，巨浪淘江。一霎清除祸孽，教革命胜利前航。开春好，高歌猛进，喜献《满庭芳》。

张 平

1931年生，福建连江县人。连江县敖江农业机械厂工人。福建省诗词学会会员。

纪念郑和七下西洋六百周年

七下西洋举世钦，文明交往感人深。
晨帆竞发波涛涌，夜炬齐辉星月沉。
沥胆尽忠肩使命，捐躯报国表雄心。
拓开航道连非亚，赞颂丰功豪放吟。

张万益

1929 年生，福建宁化县人。原宁化第五中学教师。福建省诗词学会会员。

颂国庆五十五周年

巍巍华夏五千秋，辽阔疆域锦绣畴。

腰裹长城一万里，脚跨黄河九曲流。

桂林山水甲天下，苏杭风景胜美欧。

文明古国诚可爱，璀璨明珠缀星球。

可恨百年多忧患，家园领土受凌踩。

幸得救星共产党，推倒三山魔怪收。

劳苦工农当家主，受压奴隶脱牢囚。

抗美援朝卫国战，侵华小丑变骷髅。

文革未央除四害，拨乱反正豁明眸。

改革开放祛穷白，高擎理论展鸿猷。

港澳回归两制好，扬眉吐气壮志酬。

截流三峡平湖出，朝发夕至舒坦游。

江水灌浇田亿顷，电源供应遍神州。

西气东输开创举，南水北调旱涝休。

西部开发江南景，荒坡秃岭变绿洲。

火车驰骤丝绸路，昆仑沃野骋铁牛。

申奥成功圆宿愿，五环光彩青史留。

参加世贸工商旺，经济繁荣更上楼。

众志成城非典抗，运筹帷幄中枢谋。

神舟五号航寰宇，窈窕嫦娥倏可逑。

执政为民三代表，小康社会正绸缪。

载歌载舞迎国庆，特色中华举世讴。

张方义

（1928-2007）福建龙海市人。福建漳州体育训练基地退休干部。福建省诗词学会会员。

吊 屈 原

观龙舟之竞渡兮，想汨罗之涟漪。

望屈子之不见兮，问灵迹其何之？

忧国事而遭谗兮，陷昏主之猜疑。

疾邪曲之害公兮，怨正言之不施。

作《离骚》以宣闷兮，冀君王之有知。

秉忠心以见黜兮，隳楚柱而陵夷，

叹绝齐之合纵兮，贪诡国之城池；

惑郑袖之谀言兮，恨张仪之见欺；

妄兴师以泄愤兮，致败绩于江湄；

听子兰之劝驾兮，赴虎狼之婚仪。

悼怀王之不返兮，虽见逐而犹悲。

哀郢都之沦陷兮，悯百姓之流离。

不同污以淤泥兮，不混醉而啜醨。

心懽忧而永洁兮，志遭折而弗移。

虽浊世之难容兮，有林壑之兰芝。

何轻生而赴死兮？贻后子以愁思。

赞骚辞之炳炳兮，树华夏之吟旗。

斯精神之不朽兮，与日月其齐辉。

下　放

甲申荔月，读长女《车仔村》一文，感作是篇。

挈妇携儿女，下放绥郊秋。破屋惟两楹，萧然傍荒丘。门窗无扉扇，入夜风飕飕。妻儿虞盗贼，稚子懔惊忧。三弟在长泰，闻讯动离愁。单车驱百里，寻至月当头。见状相慰藉，手足情悠悠。平明无薪灶，怆莫举晨炊。车仔村民至，箪食款疗饥。饭菜虽清淡，情殷味自奇。问姓认同宗，初逢似故知。谓吾不得意，村居合时宜。承慰眉眼舒，支书入破庐。带来泥木匠，铺砖作户枢。补壁修家具，翻瓦砌新炉。家务安排毕，还问尚何需。"但得蔽风雨，陋室足安居。"平屋既修茸，给地种青蔬。两女耘园圃，采摘鲜可茹。上山割柴草，供爨既有馀。妻女忙家务，饲鸡又养猪。长儿进学堂，幼子守门间。吾体虽孱弱，耕作勉勤劬。山间风日丽，林鸟伴归途。月薪购粮油，四季备衾襦。菜蔬差自给，鱼肉买些须。日食滋味美，乡居颇自娱。父老相见爱，暮夜造疏篱。待客无肴果，茶樽代酒卮。谈吐无顾忌，言笑堪解颐。日久尤欢洽，莫逆不猜疑。家人偶染疾，农父为行医。提灯采药草，三更不知疲。逢年遇佳节。户户争馈遗。一家虽少许，集聚满簸箕。角黍腾香气，年糕甘如饴。一纸文书至，召我回漳都。三年情倾注，欲别意踟蹰。村邻送我行，执手眼噙珠。回头重致意："勿忘我农夫！"归来常反顾，长夜梦回舆。曾思后半辈，投笔学挥锄。只缘职羁身，行踪不自如。岁月磨心志，耄耋徒欷歔。

张天麟

1925 年生，福建莆田市人。福建省诗词学会会员。

鹧鸪天·抗洪英雄赞

浪急风狂雨泼瓢，洪魔肆虐益咆哮。疾风劲草腰肢硬，众志成城意气豪。　　超夏禹，迈唐尧。胼胝手足锁凶蛟。军民干警同心干，驯服三江赤旆高。

张可珍

（1915-2003）福建闽侯县人。福建师范大学附属中学退休教师。福建省诗词学会会员。

东张水库赞

融邑有东张，雄镇闽之疆。群山翠环抱，石竹大门当。长堤复巨坝，锁控值其阳。潴深涵更广，派衍碧波扬。通渠若张网，滋蓂润禾秧。居高以临下，浩瀚益汪洋。　　忆昔此穷壤，十岁九灾荒。今成肥沃野，鱼米萃斯乡。端承吾党召，以导以勤匡。亦赖吾民力，自奋还自强。伟哉蓄水库，洪泽被一方。丰功留后世，永用葆荣光。

霞岭感怀

丛莽都将老屋遮，炊烟导我到山家。
追怀景物空惆怅，拂拭尘氛每叹嗟。
窗外梨枯多聚蚁，风前柏冷半栖鸦①。
残秋谁道荒凉甚，犹有霜枫斗晚霞。

【注】
① 已故杜悦鸣教授寓斋曰"半梨窗"。

张龙赠

1933年生，福建屏南县人。中共屏南县教师进修学校书记兼副校长。福建省诗词学会会员。著有《涛声》诗词集。

登玉龙雪山原始森林

架空索道仗登临，莽莽苍苍原始林。
极目雪山千里白，置身树海万重深。
牦牛对对新欢觅[①]，土马双双野兴寻。
耳畔纳西歌正闹，异腔古乐曼声吟。

【注】
① 原始林中有藏族、纳西族的农民放牧牦牛、土马。

张戊子

（1948-2002）字一戈，号鸿翼，福建省屏南县人。著有《稚草集》。

游鸳鸯溪白水洋景区放歌

白水风光天下奇，声名荦荦世咸知。
丹青一幅初经眼，神往心驰不自持。
我亦生怀山水癖，览胜何堪迟笮屐。
驱车此日访鸳乡，俗虑冗烦皆冰释。
九曲通幽临白水，奇观欣赏溪山美。
峭壁悬崖抱岸回，三峡猿声如在耳。
五丁谁聘到岩疆，玉辟河床平削砥。
流汞漫漫一望赊，仿佛银河收眼底。
文禽曾此久幽栖，双宿双飞岁岁齐。
自是藏娇胜金屋，玉箫引凤到鸳溪。
古木修篁森野岸，如火如荼山花灿。
苔痕草色各争春，拥碧藤萝悬水畔。
澄波掩映万山青，幽僻人谁走马经？
好鸟鸣林相唱和，斑斓红紫交流馨。
满眼风光看不足，扶杖羊肠十八曲。
冲霄宛若登岱盘，五老峰高恣眺瞩。
巍然石桌列峰巅，联袂曾邀八洞仙。
盘古遗留经纬在，残棋一局剩何年？
放眼遥青瞻近绿，山山罗拜皆臣伏。

花犹媚我锦成堆，只有溪流去不复。
或如虎啸下危滩，或作龙吟出空谷。
滔滔一泻落千寻，暴鼓怒雷雄飞瀑。
为有涵容激可收，一潭尤比一潭幽。
蓝桥栖老神仙眷，潭潭碧水蓄风流。
溪如走线线百折，潭似明珠珠乱缀。
傍岸嵯峨顽石多，丑犀怪象都奇绝。
天风习习敞衣襟，七字填胸欲放吟。
莫道词源比水盛，彩笔难穷造化心。
胜赏尚耽神远纵，夕阳西下苍山缝。
归来拥被眠未眠，魂抱溪山同入梦。

山居遣兴

秀水青山画不如，三间陋屋足安居。
东方曙破扶犁出，南亩春回带雨锄。
化蝶欲酣遥夜梦，挑灯为爱半床书。
花开花落无人管，胸次闲云自卷舒。

张圣言

1948 年生，福建福州市人。国营企业退休人员。福建省诗词学会会员。

闽北竹乡美

千竿百亩绿生凉，细细娟娟衬粉墙。
少女隔篱呼卖笋，稚童移凳看编筐。
爱山客每寻幽径，惜土人知护翠篁。
渡口桃花春水涨，长篙驭筏去汤汤。

双 休 日

爱来乡下度双休，岳丈农家小院幽。
大舅新车何处买，三姨老屋几时修？
不须垆上多多酒，但喜盘中辣辣鳅。
昔日东床收拾好，午间有枕便无忧。

张则端

1925 年生，福建闽侯县人。小学教师。福建省诗词学会会员。

谒福州于山戚公祠

平倭壮志咤风云，料敌如神世所闻。
"醉石"犹存堪仰止，名山有幸祀将军。

张兆汉

（1914-2000），福建仙游县人。原中共福建省委员会
统战部部长。曾任福建省诗词学会名誉会长、顾问。

西游杂咏（二首）

（一）

秋色携俱出国游，御风瞬息到杭州。

晴明遥望群山净，潋滟微分两水流。

倏忽南来将薄暮，侘傺西去又遐陬。

高飞不厌五千里，挥斥长空意气遒。

（二）

擎天玉柱独崔嵬，一代豪雄穆拉莱①。

俄帝窥疆宁得逞，英人弃甲亦堪哀。

漫游异国丛深慨，剧喜殊方产大才。

虏骑山崩蒺藜侧，奇兵一夜自天来。

【注】

① 1880年英国侵略阿富汗，在坎大哈城的梅旺德战役中，
涌现了民族英雄穆拉莱。

张虺生

（1914-2006）福建福州市人。福建逸仙诗社社长。福建省文史研究馆馆员。福建省诗词学会会员。著有《抗战诗纪》《闽中近代名家诗选》《梅庵诗草》等。

重建闽先贤郑善夫少谷草堂

褒公原励世，岂仅梓桑光。
种竹腰难折，批鳞气尚刚。
双峰旗鼓壮，一谷芷兰芳。
锦水遥遥望，千秋两草堂。

颂香港回归

虎门销毒斗长鲸，华胄驱夷第一声。
曾是痛心蒙耻辱，终能勠力创繁荣。
重回故甸新当主，特展宏图更有成。
两制并行容旧贯，定教薄海竖归旌。

临江仙·春雨

桥柳低垂烟雾重，轻阴何处藏莺？一湖绿涨欲堤平。寻芳难尽兴，扶醉坐愁城。　　无奈添香消永夜，小楼倍觉寒生。檐前滴溜到天明。朝来应听得，深巷卖花声。

张宗洽

（1927-2004）福建莆田市人。福建厦门郑成功纪念馆馆长，福建省文史研究馆馆员。福建省诗词学会会员。著有《宗洽词选》《鼓浪屿诗词集》等。

减字木兰花·回乡探亲

回乡小住，舍北舍南闻笑语。墙角花香，瓜果满园蜂蝶忙。　　杯盘草草，尽说承包真正好。减了忧愁，喜见乡亲有劲头。

玉楼春·清明节悼念亡妻

难忘天马黄泥路，曾送先妻从此去。千回百转断人肠，满目凄凉风与雨。　　墓门青草今如许，遗恨依然千万缕。夜阑人静酒醒时，欲写相思无寄处。

永遇乐·谒南安覆船山郑成功陵园

如此奇男，可怜无命，埋骨斯土。流水萦村，残阳似血，耳畔风吹树。苍松翠柏，红花白烛，华表嵬峨如许。想当年，雄襟伟烈，理宜九州钦慕。　　石头城下，兵迟机失，遗恨百年谁诉。挫翼鲲鹏，奋然击水，再辟征台路。功垂千载，至今两岸，依旧城乡社鼓。问何日，金瓯一统，酒杯共举？

张宗健

1914 年生，福建沙县人。福建省诗词学会会员。

新　居

新居但说矗云霄，气派入时装饰娇。
栉比危楼观若堵，相衔车辆闹如潮。
七峰翠失艰娱目，十里流遮底见桡。
老拙身残迟步履，阳台只合弄花苗。

张志华

（1931-2000）福建连城县人。福建永安第三中学退休教师。福建省诗词学会会员。

从教四十周年感赋

粉笔生涯四十春，萧萧白发忆前尘。

行多险阻难胜路，阅尽模棱始识人。

桃李成阴聊自慰，诗书满室足相亲。

犹思报国输绵力，敢惜桑榆劫后身。

竹

自在深山岁月长，几曾芳苑斗红妆。

筠枝带雨涓涓净，箬叶迎风淡淡香。

清水笋才销北美，竹胶板又运东洋。

此君致富多蹊径，岂独虚怀气节昂？

张苏铮

女，1901年生，已故。福建福州市人。曾任福州女子中学语文教师，工诗词。解放后迁居内蒙古。著有《浣桐室诗词》。

遁盦作感秋诗，或云："读之如坐秋风中，令人不乐。"作此解之

秋兰扬清芬，秋荷结莲子。君看经霜根，生意何曾已。君诗得秋气，寒瘦宁可拟。淡愁与之俱，脱手成冷绮。世危万卉枯，大地尽疮痏。膏露滋荆棘，盐车困骎耳。倭骑况未灭，山河正血洗。家国两撄忧，焉能无愤悱。梁鸿作《五噫》，情不在妻子。阮籍哭穷途，其志毋乃耻。虽非杜甫笔，鞭挞入肌理。但使能哀民，秋声亦可喜。

明水出纸索书

灵山蹀躅年复年，樵林汲涧非神仙。
斜阳归途何所获，沾襟湿袖惟云烟。
君游璇宫证多宝，乃以馀力搜林泉。
洞庭初张咸池乐，瑶花永灿大罗天。
我将凡卉杂名品，何殊嫫母参婵娟。
半晌踌躇忽有悟，此心无著斯真禅。
蔚蓝试点寒鸦色，太行任小秋毫颠。
为君书成还一笑，起看秋月明初弦。

八声甘州·自题并影听笳小帧

迓晨曦容与古城阴，幽思落荒遐。望天山迤逦，沙原莽荡，危堑槎牙。薄暖才融积雪，流水点飞鸦。依约乡园景，红杏谁家？　　莫道关河难度，看明驼塞上，并影听笳。数征程万里，归路梦中赊。念江南年年此际，断愁魂、细雨沁千花。怎生见，卷黄云地，有此容华。

花犯·咏羌女

映斜阳，绒靴毳帽，银珰翠筠节。袎袢衣袂，飘褖带双双，霞采交射。罗帉低飀临风折。练裙拖百叠。更箬笠鞭丝风里，青鬟千络结。　　翩然马上焕英姿，黄云滚滚处，惊鸿一瞥。岩卧稳，红尘哪得瑶姿涅。清泉畔，一杯酪乳，朝暮看，祁连飞玉屑。且莫笑，襟尘慵浣，人间何处洁？

张伯辰

1933 年生，福建永泰县人。曾任永泰县食品厂厂长。福建省诗词学会会员。

鹧鸪天·咏菊

三径丛丛未就荒，殿秋叶绿衬花黄。孤芳自葆清癯影，晚节仍凝雅淡妆。　　陪寄傲，送流光。丹枫篱外共斜阳。明年重九人依旧，还共持螯醉十觞。

张阿水

1945 年生，福建漳州市人。漳州第四中学教师。福建省诗词学会会员。

宴西园·石堤颂

堤外咆哮汹涌，堤内巍然不动。风雨撼芗城，怒涛崩。　　借问洋洲老叟①，试料玉堤安否？叉手话升平，看潮生。

【注】

① 洋洲系漳州市最低处。

张学宇

1929 年生，福建连江县人。连江县丹阳镇供销社退休干部。福建省诗词学会会员。

春游南湖

石门圮变南湖，环抱群峦草木苏。
双鲤桥横连阁道，青龙涧曲傍禅衢。
银光过眼金波荡，霞采盈眸瑞色铺。
游客源源来不绝，敖江风物景观殊。

张丽超

女，1934年生，福建南安市人。福建福州市仓山区房管局干部。福建省诗词学会会员。著有《榕讴》《虹轩诗集》《虹轩诗草续集》等。

外子近荣获抗日战争胜利六十周年纪念章

敌忾同仇乐献身，抗倭救国志能伸。

半生戎马当年事，老得荣褒倍可珍。

新居乐

卷帘纵目意无穷，三面窗虚纳晚风。

夜静倚栏天际望，星如莲子月如弓。

张帙栋

号雅言，1958年生，福建宁德人。中学教师。中华诗词学会会员、福建省诗词学会会员。

三都澳中国书画大展

八闽东北三都澳，东方明珠著美号。
良港繁荣冠北南，明时即已成漕道。
清末开放敞交通，海岸线上此居中。
列强纷纷建舶位，洋行灿若蕊珠宫。
中山建国方略载，东方大港可列最。
郭老钱公诗与联，名家咏叹殊未艾。
市场经济正当时，书画大展焕风姿。
墨城笔阵青钱选，铺锦散珠黄绢碑。
杰士英髦耸形象，促进闽东大开放。
龙骧凤翥俱名家，顾绿倪黄尽大匠。
敬掬心香谢列公，大风浩浩日曈曈。
乞取清河书画舫，为我三都祝大同。

张绍良

1929年生,福建福州市人。原福州市总工会生产部部长。福建省诗词学会会员。

画堂春·丁亥迎春词

一元复始转鸿钧,金猪主岁迎春。红花绿蕊映朝暾,紫气氤氲。 十亿神州崛起,欣看国运日新。和谐社会启征轮,朗朗乾坤。

张君祥

1932 年生，福建闽侯县人。原闽侯县政协秘书长。福建省诗词学会会员。著有《闲吟集》。

关爱三农

农村弱势众周知，唤起全民共助之。
济困扶贫当务急，救灾问苦不宜迟。
劳工出路兴三业①，土地招商惜一厘。
田野风光长焕彩，中枢决策应坚持。

【注】
① 劳工：指农村剩余劳力；三业：指第三产业。

张奕专

1946年生，福建屏南县人。曾任中国人民解放军高炮旅政委，中国人寿保险股份有限公司福建省分公司副厅级巡视员。福建省诗词学会常务理事。著有《鸿爪泥痕》集。

登太姥山

东方神笔信无差①，一碧空濛望里赊。
"九鲤"来朝风擂鼓，万峰罗拜海鸣笳。
玄都浩渺摩霄兀，丹洞嶙峋鸿雪斜。
但愿容成不相拒，跨鲸踏浪访仙家。

【注】
① 昔传东方朔奉汉武帝之命为太姥山授名时，为其奇景倾倒，遂写下"天下第一山"五字，封它为三十六名山之首。今摩霄庵额题"天下第一山"传为东方朔手迹。

农 家 赞

朝迎初日夕栖霞，薅雨耕烟兴未赊。
麦浪腰齐驾云水，秧针手播走龙蛇。
纵横阡陌乌丝似，错落峰峦笔架耶。
风雅何尝专墨客，农家原亦大诗家。

沁园春·屏南白水洋

银汉倾流，大块铺绫，世罕厥俦。看侍皆秀嶷，张屏立壁；萦多绝涧，纡蟒环虬。五里长磐，一条平砥，卧底成川披白裘①。飞湍啸、尽轰雷贯耳，彩练摇眸。　　不知亿兆春秋，有鬼斧神工錾凿优。指仙翁宴处，纹枰旁列②；禹王驻跸，蹄印犹留③。瓮化深潭，帘垂窅洞，布哨台前弹迹稠④。吾庐幸、许高栖云罅，俯瞰洋陬⑤。

【注】

① 白水洋水下整片溪床广且长，称五里水街。

② 传说"仙宴谷"系神仙宴聚之所；棋盘山既酷似棋盘，且有仙人对弈传说。

③ 据传大禹曾到此驻跸，马垅一带仍留有马蹄印。

④ 原是哨位。

⑤ 我家在上潭头村，与白水洋落差约一里。从白水洋仰望，宛在云端。

张晓寒

（1923-1988）江苏靖江县人。福建工艺美术学校教授，福建省第六届人大代表，著有《张晓寒诗文集》。

为校庆作

风雨当年八卦楼，鹭潮起伏几春秋。
喜看桃李花千树，莫笑园丁今白头。

读谭南周君《江上集》

大江直泻昆仑雪，鹭岛来迎东海潮。
踏遍天涯诗胆壮，羡君得句意潇潇。

张振明

1941 年生，福建晋江市人。中学教师。福建省诗词学会会员。

国　粹·韩国"江陵端午祭"申请世遗有感

端阳习俗出楚城，韩国申遗捷足登。
箕子飘洋铭史册，鉴真赴日度禅僧。
昆岗有石家人拓，红杏出墙外客膺。
莫使明珠投暗室，千年国粹异邦承。

张振弼

1942年生,福建福鼎市人。福建宁德地区干部学校教师。福建省诗词学会会员。

登福鼎海口佛教会寺塔书所见

攀扶直上仰高嵩,城郭迷离入望中。
带雨江声来浩渺,牵风帆影入朦胧。
街衢十里稠晴彩,楼阁千寻耸碧空。
最是坝堤龙虎踞,汪洋万顷水流东。

登宁川戚继光公园 (三首选二)

(一)

登临仰视横塘像①,一马腾空跨紫涛。
放眼海天衔接处,似闻阵阵鼓鼙豪。

(二)

前人乘骑凌空去,此地空馀饲马槽。
故国山河今胜昔,雄心更比海天高。

【注】
① 戚继光,字横塘。

张维尧

（1926-2005）福建永泰县人。永泰县建设银行离休干部。福建省诗词学会会员。

红 烛 颂

平生奉献默无声，一副心肠掬热倾。
宏愿只求祛黑暗，残躯何惜作牺牲。
半枝犹是亭亭立，馀烬仍能熠熠明。
膏竭成灰终不悔，利人风格最晶莹。

张能坚

1927 年生，已故。字仲雨，福建连江县人。福建省政法管理干部学院讲师。福建省诗词学会会员。

邓拓同志逝世二十周年纪念

狱成三字铸烦冤，太息长留令誉喧。
赫奕英灵斯不死，凄迷奇案卒能翻。
千秋述作新风立，一士昂扬劲节存。
二十年来怀往事，诗声和泪吊忠魂。

张悦萱

1927 年生，福建惠安县人。原福建省供销社副处长，离休干部。福建省诗词学会会员。著有《心路集》。

丙戌端午云顶岩放歌二十韵

吟侣喜相随，驱车上云顶。梅雨笼鹭江，雾重山复迥。翘首欲观光，云深蔽佳景。似闻犬鸡鸣，似见鹤引颈。海浪逐江涛，山高阴且冷。忽闻击楫声，朦胧若舴艋。会长说端阳，诗怀仍耿耿。借题吊灵均，名利皆得逞。健妇与壮男，龙舟竞驰骋。世人盼清明，官家莫酩酊。察色弄巧言，何日能深省？诚信自真情，荣辱古有警。言必出衷心，身教重九鼎。执政为人民，公仆思脱颖。正己方正人，治策济宽猛。莫听阿谀辞，从容纳刚鲠。为政常吐哺，谨慎握权柄。诗教遍神州，金瓯自工整。存异求大同，身修国钧秉。寰宇为家时，四海欢平等。

望海潮·崇武咏怀

　　巍峨城堞，辉煌灯塔，光波照射洋洲。城镇海隅，航通四极，殊勋彪炳千秋。雄垒制貔貅。喜烽火消熄，鹊桥方修。万羽千槎，众星竞献贯珠猷。　　天风鼓浪滩头。赞中华烈杰，远瞩深谋。台峡两岸，长江万派，同心顺应潮流。含笑泯恩仇。有三通两制，导引归舟。指日金瓯合璧，歌舞醉神州。

张康宪

1949 年生，江苏南京市人。福建省武夷山市林业委员会干部。福建省诗词学会会员。

贺新郎·太平门怀古

独步明墙础。正秋风，萧萧飞叶，欲寻谁语？侧目枪痕兵燹迹，细数沧桑亘古。只因有，盘龙踞虎。六代英豪空逐鹿，冷银钩，仍照秦淮渚。钟麓秀，江流去！　　从来帝制君临侮。筑金汤，皇威无限，把苍生阻。自醉膏腴狂不羁，哪管人间疾苦。摈弃轮回承寡暴，石头城，几度烟云煦。民族壮，国昌裕。

张清翊

1928 年生，福建宁化县人。福建三明市政府离休干部。福建省诗词学会会员。

古榕赞

绿叶扶疏气势雄，纵横枝干耸长空。

根盘节错苍龙舞，髯茂须垂白叟同。

寒雪严霜弥倨傲，狂风烈日亦从容。

愿将爽气人间送，想见无私坦荡胸。

张道劝

1941 年生，福建晋江市人。福建省诗词学会会员。

晓　风

当代诗人出集多，参差错落若星河。
晓风一扫流云净，试看天空剩几何。

蛙　吟（二首）

（一）

遇旱无声响，逢霖鼓腹歌。
唯君知进退，水陆两安窝。

（二）

咽咽声声鼓腹歌，良田旧荏乐安窝。
田郎经岁打工去，赚得工资比谷多。

张善贵

1925 年生，已故。福建长乐市人。原长乐市政协常委、文史组组长。曾任福建省诗词学会理事。

建阳朱熹诗书研究会征诗作

吾闽朱夫子，道溥性情真。生平无纤翳，历世最艰辛。正心先诚意，居敬必亲仁。穷理以致知，反躬在耐贫。践实无亏行，诲人如拂尘。李罗肇绪先①，二程克传薪。派衍理学著，考亭道益申。忠定入匡政，公侍经筵新。朝政风云幻，抑塞志难伸。朝中八一日，天下一等人。伪学禁严酷，遂遁海之滨。吾乡旧邹鲁，蘋藻重先民。三溪遗迹在，墨竹耐冬春②。二刘砥与砺，师事意尤淳。青山黄勉斋，讲论忘夕晨。吾道托在兹，遣女侍栉巾③。麦饭葱汤美，佳话传来珍。深衣遗直卿，翁婿师徒亲。建阳蔡元定，律吕义不陈。蔡沈心数理，潜研如味醇。西山真德秀，象理说津津。陈淳再入室，知行无主宾。传经逾千众，诱导殷耳谆。紫阳学弥远，阐微推绝伦。

【注】

① 李侗、罗从彦。

② 长乐三溪朝元观朱子读书处，墨竹尚丛生。

③ 《长乐县志》《贤媛徽国朱太君本传》云：太君讳兑，字淑真，朱文公之仲女，配黄文肃幹。

过琅岐岛登白云寺谒七烈女祠

芦沟寇警骤然生，噩耗遥传日数惊。
卫国匹夫皆有责，挥矛磨盾纷请缨。
弱国遑论门户固，人为刀俎我牺牲。
辛巳春三倭麋至，千村万落但哭声。
琅岐孤岛悬天外，惨遭炮火日为轰。
白云深处神仙境，七女皈依佛焰明。
与世无争修善果，桃源洞里乐躬耕。
不作不食秉师训，木鱼清磬道力宏。
自怜坠世多孽劫，八识六尘戒毋萌。
岂知圣洁三摩地，无端浊浪鼓毒鲸。
毁巢自分无完卵，铁蹄蹂躏徒悲鸣。
杀敌有心悲弱脆，泰山雁羽辨重轻。
人生朝露争志节，取义成仁计已精。
国破身殉宁他顾，伟哉七女烈而贞。
我谒芳祠阶下拜，凄弥肝膈泪如倾。
愧予老钝难彰表，搦管填膺鸣不平。
民族精英钟女子，浩然正气海江泓。
军国主义终毁灭，降幡早已出东瀛。
所愿钜公操史笔，完人独行及时旌。

张惠仁

1930年生，福建惠安县人。北京市社会科学院文学研究所研究员。

寄家父暨诸乡亲

摇篮曲语至今谙，獭岛燕都一线牵。
三十馀年常入梦，数千百次辄思还。
虽因慈父依朋叔，更对娇儿念故园。
若羡蓬莱仙境好，旅游且到我浮山。

张惠民

1929 年生，江苏兴化县人。主治医师。福建省诗词学会名誉理事。

登香港九层宝塔豪吟

不尽风光眼底收，神怡潇洒碧云头。
雄心欲折蟾中桂，畅写春秋壮九州。

张景骞

1916 年生，福建霞浦县人。原霞浦县政协委员。

闽东晚熟荔枝

霞舒景灿耀闽东，玉液天浆隐苦衷。
殆欲免遭妃子厄，故教岁岁晚来红。

张瑞庚

1951 年生，福建柘荣县人。柘荣县闽荣针织厂职工。福建省诗词学会会员。

柘荣东山寺

檐角耸凌空，登临古寺雄。

岚烟生万树，螺影立千峰。

水近扬声细，山深着色浓。

何妨云雾锁，隔世好闻钟。

张瑞莹

1912 年生,福建云霄县人。原云霄县政协文史委主任。福建省诗词学会首届理事。

纪念辛亥革命杂诗

白云山麓夕阳斜,烈士碑前灿绮霞。
七十二贤原不死,长留浩气绕黄花。

鹧鸪天·海上田园

万顷波光望眼赊,漳江好景正无涯。筒浮水面知擒蟹,饵洒池中看养虾。 楼似栉,网如麻,田园海上富家家。春风一曲《渔歌子》,巍塔东头灿晓霞。

张锦山

1941年生，福建惠安县人。惠安县荷山小学校长，福建省诗词学会会员。

武夷九曲赞歌

东南胜地数武夷，异景万千布溪湄。
溪水潆洄绕九曲，曲曲通幽令汝痴。
解缆放舟星村渡，渡头绿野渥甘澍。
屋舍俨然别有天，何须更觅桃源路。
临流傍岸怪石多，状若龟蛙天琢磨。
舞狮牛角皆奇趣，任凭观赏任摩挲。
飞泉凌空入望来，素流飘垂夹轻雷。
击石冲潭翻雪浪，汇注东流惜无回。
摩天石壁称奇绝，仙人晒布痕不灭。
且留仙掌印尚清，若非天造便地设。
清流抱山几回旋，隐屏奇秀溪北见。
岩丹壁翠云气深，心往神驰情难遣。
卧龙潭碧睡卧龙，潾潾波映大藏峰。
峰岩鸡飞窝草在，千秋不烂此间逢。
百丈高崖架壑船，犹藏遗蜕已千年。
古人曾作神仙话，神仙之说至今传。
最是娇容看玉女，亭亭簪花抗寒暑。
香潭浴罢对镜台，遥望大王默不语。

幔亭峰峻扬美名，十三仙人笃乡情。

仙凡宴罢虹桥断，桥板岩隈犹纵横。

两岸嵯峨相掩映，古木修篁绿争竞。

朝笼轻岚暮含烟，谷羽谈天溪鳞泳。

武夷览胜愿虽酬，无限风光系心头。

匆匆去来看未足，梦中常入溪山游。

张毓昆

（1928-1993）福建南安市人。原南安市政府顾问。福建省诗词学会首届理事。

丙寅武荣诗会感事

险夷原不滞衷肠，几度狂飙鬓已霜。
廿载躬耕知左味，三年面壁识无常。
横刀愧我捐躯晚，俯首由他嚼舌长。
且喜诗潮春汛早，大江高唱气昂扬。

悼 李 贽

敢向灵台引劲弧，《藏书》何惜子身孤。
荒丘寂寞栖冤魄，光耀人寰此丈夫。

风敲竹·哭吴君耀堂

要走须齐走。甫来书，殷殷相约，正月初九。忽报飘然君先去，留我小楼独守。具犊肉待温薄酒。抱病相怜相慰藉，没遮拦，谶语成分手。摧肺腑，君知否？　　分金正腕兼师友。数天涯，如君执着，几人能够？里下小园看渐绿，顿失护花泰斗。继往哲，实难承受。饮泣招魂无一语，只梦中缱绻还依旧。凝咽处，风摧柳！

张耀堂

1933 年生，福建云霄县人。云霄县地方志编纂委员会副主任，副编审。福建省诗词学会会员。

一剪梅·观圆明园残址

一代名园万国夸，玉苑琼楼，异草奇葩。朝昏帝室恣淫奢，歌倦霓裳，舞袒蝉纱。　　惹得列强枪炮加，不见龙旗，只听胡笳。游人剩取看"龙车"①，断柱残台，昔日中华。

【注】

① 圆明园内有机器拖车，状若火车，号曰"龙车"，通至西洋楼残址。

郑 毅

1979 年生，福建福安市人。福建省诗词学会会员。

教师节赠友人

雄心壮志未消磨，碧水金风伴晓歌。
为国育才长不倦，诲人树范莫蹉跎。
盈园桃李舒颜好，拔地松杉照眼多。
留得清秋延爽气，来年春色遍山河。

郑义铠

1937 年生，福建长乐市人。福建闽侯县第二中学退休教师。福建省诗词学会会员。

长江之歌

竞筹世博沪占魁，重庆相将赴未来。
武汉桥横天堑度，江阴虹架国门开。
交驰京九联南北，遥系西陲接陆台。
更出平湖三峡壮，涛声化作凯歌催。

郑世雄

1943 年生，福建莆田市人。莆田市人大常委会副主任。福建省诗词学会理事。

黄金沙滩

结伴寻踪到浴场，清风细浪过桅樯。
卧听笑语声声脆，望断云鸥暑气凉。

郑化平

（1904-1990）原名传鑫，字欣翁。福建福州市人，福建省文史研究馆馆员。福建省诗词学会会员。

咏工人

都道万能出双手，方今手脑要分工。
好凭科技争优质，更豁胸怀饷大公。
承受主人翁重担，发扬满负荷高风。
他年四化观成日，评上凌烟第几功。

咏农民

桔槔绝迹晚风柔，陌上人归百事幽。
一搦开关光四射，偶拈活塞水长流。
有田自足冬春食，得果分投市巷售。
饭罢荧屏围坐久，古今中外等闲收。

寄怀林念群

移樽守岁成虚话，旧事萦心夜漏长。
多难翻疑天独厚，无为且喜世相忘。
莲峰酒出纤纤手，剡水诗搜曲曲肠。
他日还应申一愿，三生同住读书堂。

郑立民

号乐知居士。1954 年生，福建诏安县人。诏安第一中学语文教师，福建省诗词学会会员。

述　怀

白日沧波阔，风帆片片轻。
千钟芳醑碧，一带断虹明。
小海歌重唱，高天意共宏。
烟涛相砥砺，珠贝自晶莹。

咏　竹

傍水竿竿秀，连山叠浪生。
千寻摇尾翠，万里点篙轻。
邀月谁吹笛，回春始出茎。
风霜磨劲节，世慕此君名。

郑汉生

1928 年生，福建泉州市人。泉州市农业银行副行长。福建省诗词学会会员。

秋游永泰青云山

青云山水誉闽中，高峡洞天飞彩虹。
怪石奇峰凌绝顶，悬崖峭壁触苍穹。
禽稀林茂金猴戏，草暗花香白练冲。
清澈溪流能见底，饱尝佳景乐融融。

郑尧光

1973 年生，福建福安市人。福安市政府办公室干部。福建省诗词学会会员。

壬午重阳登东山

野径勘秋色，深山感物华。
疾风摇劲草，烈日炙流霞。
暗寂泉音阒，荒芜涧道斜。
纡回山下路，向晚入农家。

郑仲俊

1912 年生，福建福清市人。原福清第一中学教员。福建省诗词学会会员。

石竹山（二首）

（一）

万顷平湖一镜开，峰峦倒映亦奇哉。
颇疑鲤早成仙去，犹弄烟波泼刺来。

（二）

飘飘竹雨洒岩阿，邑乘镌图永不磨。
奇景惊叹无与匹，豪游霞客记曾过。

郑兆武

（1922-1998）福建诏安县人。原诏安第一中学教师，福建省诗词学会会员。

春江花月夜

春宵难得月明时，难得月明花满枝。

花月相逢春水氾，江滨花月影参差。

谁家月下吹花笛，何处花间咏月诗。

月诗花笛不常有，月夜闭门人半痴。

问月回头又问花，相思月下有谁家。

明月无言花自笑，一江春水到天涯。

天涯海角燕南飞，岁岁春来燕亦归。

海角春花只自媚，天涯江月漫相随。

燕子呢喃细语清，天涯花月倍多情。

随心来往赏花月，欢乐与人同性灵。

群岛禽声千树哕，风光仿佛桃源记。

异乡别有四时春，客到花间主不避。

独对春江重问月，月如得意不宜缺。

燕兮若是有情禽，不宜岁岁与巢别。

日日杜鹃思故园，种花处处即桃源。

桃源夜有灯如月，燕子思归讯杜鹃。

杜鹃向燕频频语，不如携春速归去。

燕子睦邻常远征，归飞半日胜鲲鹏。

朝赏蕉椰群岛国，暮观桃李洛阳城。

正是神州花月夜，知音合醉古琴笙。

郑名彦

1929年生，福建霞浦县人。原霞浦县政协文史委主任。福建省诗词学会会员。

清晨行

出门天破晓，雾重路微茫。巷里犹寂静，街头已繁忙。食担先升火，红光映炉膛。芸芸小商贩，摆摊占街坊。店门噼啪响，早市争开张。清道赶收尾，尘土杂飞扬。忽闻铃声急，单车过身旁。骑车屠宰户，负肉如负囊。匆匆报税去，肩头油渍彰。观其冲刺劲，市场亦战场。出街上公路，放眼望田洋。微风拂面来，花气杂粪香。路旁多菜地，摘菜有姑娘。洗泥纤纤手，不怕水冰凉。老农三五辈，间苗或浇秧。未闻歌击壤，却见寿而康。路多练跑者，赳赳少年郎。我老跑不动，稳步乐徜徉。途中时挥臂，低吟诗数章。间或哼戏曲，不必按宫商。须臾日高起，喧嚣遍城乡。归路人杂沓，各自奔本行。青壮上班去，儿童进学堂。剩有穷志气，依然未起床。

郑自强

1941 年生，福建周宁县人。原周宁县方志办副主任。福建省诗词学会会员。

八声甘州·中流砥柱

望长江滚滚浪滔滔，谁个不心焦！纵迢遥远隔，群情激发，荡漾如潮。千里荆江两岸，万众战波涛。更有英雄在，抢险功昭。　　看我中华儿女，献爱心片片，情操弥高。鲜血浓于水，自引以为豪。挽狂澜，中流砥柱，战洪魔，重担勇肩挑。苍龙恶，人人竞缚，岂任咆哮！

郑汶高

1957 年生，福建莆田市人。福建省诗词学会会员。

一剪梅·团圆梦

苦短春宵恨别离。遥望家山，泪洗征衣。纤情难诉鬓霜丝。梦断黄粱，思恋依依。　人字寒鸿两岸飞。劳燕情长，互送芳泥。吴刚携酒赠牛郎。喜架蓝桥，重会佳期。

郑孝禄

字筱蕗，1937 年生，福建周宁县人。福建省诗词学会常务理事。著有《兰居吟草》。

游日本奈良唐招提寺谒鉴真像未果

中土大和尚，浮海唯一杖。六渡历万难，千秋成绝响。我今到扶桑，理合前稽颡。有幸拜肉身，此行方不枉。地铁抵奈良，驱车迅前往。寺名唐招提，构筑颇恢朗。循规购门票，顶礼趋跄上。龛右无真容，心中总怏怏。陪游谈路君，径向知客访。谓有中国人，远来拜法像。彼僧闻斯言，摇首频合掌。云未值定期，概不供瞻仰。佛法本无私，胡不门庭敞？咫尺隔庄严，木立一怅惘。既称唐人寺，唐人难观赏。禅师若有知，定作如何想？归来擘吟笺，疑义试一广。

媚 香 楼

歌声琴韵众心倾，一扇桃花千古情。
可惜秣陵奇女子，枉垂青眼识侯生。

阅《绝对隐私》后^①

廿万言都记隐私，煽人情处是淫辞。

悲欢恩怨原常事，赢得囊中饱巨赀。

【注】

① 某出版社印行之《绝对隐私》一书，标榜为"当代中国人情感口述实录"，发行达十馀万册。

郑寿岩

字昭父，笔名史沫。1922 年生，福建福州市人。福建省文史研究馆馆员，《福建文史》前主编。福建省诗词学会会员。著有《新兴鼓吹》《寿岩词选》等。

车过福马路新隧道

树退云驰速，寒风似剪刀。
江流天际远，山色日边高。
道辟多重嶂，岩穿一线槽。
神工矜上乘，孰使领风骚。

1980 年春

乘电缆车登泰山绝顶

汉策秦铭地，登临气自豪。
天门云际迩，索道谷间高。
北去屏畿甸，南来接海鳌，
众峰皆揖拜，让尔领群曹。

1988 年 5 月

陌上花·庚申春夜悼亡

灯昏月暗衾孤，况又潇潇春雨。梦断阳台，玉骨瘦无人趣。黄泉碧落应犹共，剩有病躯澹苦。况清明近也，几声哀雁，几多酸楚。　　愿同心密记，旧痕飘絮，剪碎欢情重数。我乞苍冥，暂且放伊归去；不成些个烦忧事，难得伊来调处。奈相思万斛，今宵长恨，向谁倾吐！

郑时浩

1939 年生，福建连江县人。福建省诗词学会会员。

情 人 节

玫瑰相赠各嬉嬉，畅意欢怀乐不疲。
舞转霓虹光闪闪，酒斟琥珀漏迟迟。
温馨好自贻情侣，浪漫还须识礼仪。
千古《关雎》长雒诵，盈盈红豆种相思。

郑利忠

1952 年生。福建福清市人。中共福清市港头乡委员会书记。福建省诗词学会会员。

看宜昌三峡工程

锦绣长江画卷长，别开生面看宜昌。
平湖可酿五洲酒，高峡更扬三楚光。
共待惊天更旧貌，且容匝地谱新章。
闸门开处群龙舞，一路高歌欲向洋。

郑伯洋

（1952-2008），福建石狮市人。石狮市政协常委，中华诗词学会会员，福建省诗词学会理事。

中秋怀友

相思岂在月明时，为却离愁付酒卮。
雁阵高飞环宇邈，鱼书遥托寸心驰。
灯前看剑怜相赠，梦里班荆觉自痴。
一夜秋声增怅惘，南窗独对傲霜枝。

郑宜恺

1906年生,福建福州市人。福建省诗词学会会员。著有《郑宜恺闽剧诗词选集》。

重修少谷公草堂喜赋

明知必死叩天阍,半为元元半至尊。
殿上强支三十杖,怀中更疏数千言。
靦颜就列惭先哲,负气辞官挟大冤。
道德文章垂后世,草堂重葺忝诗孙。

郑宝谦

1942 年生，福建福州市人。福建师范大学历史系教授。福建省诗词学会会员。

年来参与天文资料整理工作，见有奇说，随手笔之。略举数事，戏为六绝句 (选四)

(一)

地轴与黄道面呈六十六度三十三分之交角，以故极地每有半年不夜现象。

爱从海客说瀛洲，何处虞渊路尽头？
杲日常悬天不夜，人间亦自有丹丘。

(二)

宇航登月考察结果，测得作为黑体在太阳作用下所能获得最高温度为三百九十五开。地球比之，尚差一度，勿以"广寒"冷之也。

姮娥宫阙玉峥嵘，侍女乘鸾体态轻。
未必孤高皆冷寂，霓裳舞暖杂箫笙。

（三）

金星自转、公转周期之比为二百四十四与二百二十五，故其上日比年长。

天行妙理喻良难，日未黄昏岁已阑。
尺短寸长君莫讶，《齐谐》新志待重刊。

（四）

银河系直径二万五千秒差距，宇宙线从中逸出，须历二百万年。

夜空矫首望银湾，偌大腰间玉带环。
深闼春光难漏泄，太虚竟似铁围山。

郑学秋

1943年生，福建福州市人。中共龙岩市新罗区委员会党史研究室主任，福建省诗词学会会员。

登 高 山

独寻香径踏流霞，水暖龙川焕物华。
今日台亭依绿岸，昔年莎草没平沙。
长街熙攘三千丈，灯火荧煌十万家。
每唱登高舒老眼，枝枝独秀茁新花①。

【注】
①　"登高独秀"乃龙岩八大景之一。

郑丽生

（1912-1998）号恬斋，福建福州市人。福建省文史研究馆馆员。福建省诗词学会会员。著有《玉兰庵诗抄》《林则徐诗集校笺》等。

雁荡纪游用乡先辈梁茝林先生韵

去年重九游武夷，今年七夕游雁荡。
衰翁腰脚非健强，所恃登临心胆壮。
永嘉山水久闻名，亲接无缘劳想望。
不期意外有佳招，宿愿得酬兴更旺。
武夷雁荡与天台，海上三山同辈行。
闽如西蜀浙魏吴，分鼎差堪势相抗。
金华驰车入乐清，渡轮先压瓯江浪。
黄昏阵雨洗征尘，湿透行装良无怅。
灵峰下榻喜初来，耳目一新皆获创。
诘朝便访大龙湫，烟水霏微半空漾。
宴坐亭前观不足，神皋奥区何远旷。
村娃饷我云雾茶，甘沁入唇清肝脏。
长流奇绝难形容，极意描摹都无当。
讵罗于此道场开，信知具有法眼藏。
经行乃契景之清，卧读图经安足尚。
同侪笑我老犹顽，滑石渍苔不退让。
肠枯腕钝我怀惭，自笑作诗如记账。
平生快意事无多，如此快游来亦倘。
崖前留影聊存真，不恤人讥恶模样。
飞泉迎我若欢喧，我共飞泉恣酣畅。

熊猫行

世界稀有动物中，我国熊猫称特独。
其形似熊复似猫，具体而微性和睦。
耳耸目睕口鼻高，胖胖身躯便便腹。
乳脂毛色斐成章，宛若玄圭间白玉。
岷山秦岭峙西陲，万转千盘通巴蜀。
插天碧嶂郁岧峣，烟雾弥漫迷卉木。
四时少暖而多寒，积雪皑皑被邃谷。
坚中能兽耐冰霜[①]，偏向遐方蕃厥族。
丛篁绵密恣优游，淡泊自甘寡嗜欲。
竹萌竹叶及竹枝，适口充肠无不足。
温文亦自具威仪，竹鼬穿牙咸慑伏。
时攀高树饮清泉，吐故纳新知自淑[②]。
偶然延致至通都，得觐丰仪夸眼福。
从来物以罕见珍，奚翅凤毛与麟角。
顾兹瑰异閟巉嵯，典实末由稽往牍。
考古学家费撢求，若干万年前旧躅。
谓在北京人时代，遍布江南逮河朔。
自然环境后变迁，适应范围渐敛缩。
四川盆地隔尘嚣，原始森林犹荒服。
穷陬乃有此孑遗，一脉尚延丁绝续。
而今划为保护区，王朗地居平戎属[③]。
猎蒐樵采厉禁悬，虫豸获全俾孕毓。
瀛寰艳羡我琛奇，争欲观摩活化石[④]。
我作歌诗为发皇，信手拈来好题目。

【注】

① 《说文解字·能部》："能、熊属,足似鹿,从肉、㠯声。能兽坚中,故称贤能;而强壮称能杰也。"

② 《庄子·刻意篇》:"吹呴呼吸,吐故纳新,熊经鸟申,为寿而已矣"。成玄英疏:"吹,冷呼而吐故,呴,暖吸而纳新"。

③ 王朗,川北平武县属,今划为熊猫保护区。

④ 熊猫,今世界除我国外,几已绝种,外国人至有"活化石"之称。石字古音读蜀。

洪塘吟集

为展端阳一举觞,故人风雨聚洪塘。

眼前胜景金山塔,心上孤臣曹石仓。

芳树依然畴曩碧,横流更比去年狂。

酒阑不尽登临意,徙倚青冥望八荒。

郑昌浦

1940 年生，福建连江县人。连江县村支部书记。福建省诗词学会会员。

游雁荡山

雁荡奇峰矗百寻，龙湫天半瀑飞淋。
新亭辉映三冬暖，古洞云深六月阴。
岩谷浮烟堪入画，涧溪流水若操琴。
游观尽日忘归处，几树黄莺伴客吟。

郑和炎

1933 年生，福建永泰县人。福建省中国银行退休干部。福建省诗词学会会员。

水调歌头·甲申中秋海峡两岸联吟会赞

明月古来有，今夜更团圆。鸿儒辗转归里，相见喜翩跹。诗侣长吟豪兴，故友壶觞情畅，互祝老康安。共饮一江水，促膝话三山。 几多事，牵两岸，夜难眠。五旬阔别，今夕如梦续前缘。不说悲欢离合，哪管阴晴盈缺，一统万家全。但愿炎黄裔，同诵鹡鸰篇。

郑和铿

1927 年生，福建长乐市人。长乐市教育局退休干部。福建省诗词学会会员。

游归遇雨

晴游览胜足怡怀，忽讶车前天气乖。
贪看雨窗帘瀑挂，天君意亦巧安排。

郑祖谈

1940 年生，福建福鼎市人。小学退休教师。福建省诗词学会会员。

沙埕港

傍水依山风带腥，渔乡潮汐动心旌。
穿梭快艇摇波影，戏浪沙鸥展健翎。
夜漾琼楼虹彩艳，朝涵霞霭海门明。
"春天故事"千章颂，殷实家家溢笑声。

郑春松

1947 年生，福建福州市人。福建电影制片厂美术设计。福建省诗词学会理事。

诗人节吟篇题后

蕙风兼拂稻花风，背井村人疾苦中。
逢节诗人忙吊古，一言不及众民工。

咏 菊

黄花簇簇吐繁英，十月阳春仰面迎。
为附人家穷嗜好，却随螃蟹共声名。

郑衍荣

1924 年生，福建石狮市人。中学退休教师。石狮凤鸣诗社顾问，福建省诗词学会会员。

访菲归国别亲友

故园一别几经春，域外相逢倍觉亲。
多谢朋簪情谊重，临歧折柳费逡巡。

郑桢福

1935 年生，福建诏安县人。诏安第一中学教师，福建省诗词学会会员。

咏东山风动石

未到铜陵久已闻，而今如愿喜躬扪。

离崖咫尺危将坠，着地三分稳似蹲。

点首频频迎远客，横眉耿耿慑倭魂。

雄奇一座天生石，屹立乾坤镇海门。

郑振麟

（1909-1996）福建福州市人。福建省文史研究馆馆员。福建省诗词学会会员。

己巳重游鼓岭述怀

弹指曾来四载前，今观景物已都迁。
高楼错落层峦上，逶路迂回陡谷边。
如隔人寰云雾密，恍居仙境柳杉妍。
骄阳流火浑无觉，阁阁蛙声闹陇田。

郑梦周

1918 年生，福建福清市人。福清第一中学退休教师。福建省诗词学会会员。

闽江调水工程全线通水喜赋

玉融泽竭苦难筹，荒旱连年百姓忧。
水库建成虽缓解，源泉枯涸枉绸缪。
帅旗指引抓根本，群众同心引碧流。
一干三支疏浚毕①，绿波漾漾保丰收。

【注】

① 三支指海口支线、龙高支线、江阴支线。一干指闽侯峡南至福清新局输水干线。工程浩大，现已基本竣工，全线通水。

郑敏钟

1943 年生，福建长乐市人。福建省诗词学会会员。

西湖宛在堂复名

阅逢节又届清明，延伫湖堘草木荣。
水面轻烟鱼泼剌，堤中初日鸟咿嘤。
名闻邹鲁骚声沸，句掷珠玑笔藻惊。
雁列今朝钦宛在，千秋德范祀先生。

郑道居

1949 年生，福建屏南县人。屏南县政协常委、文史委副主任。福建省诗词学会会员。

重游黄鹤楼

金秋又上楚名楼，三镇风光一望收。
黄鹤只留新绘影，长江仍溯旧时流。
大桥飞架连南北，杰阁高腾贯斗牛。
胜迹重游增感慨，心随巨舸下江州。

郑斌生

1953 年生，福建福清市人。福清市医院核医学科主任，福清市政协委员。中华诗词学会会员，福建省诗词学会会员。著有《纪晴吟草》《叠趣庐诗词》等。

庚午冬日赴京机中偶成

身凭银燕上苍穹，万里高天目未穷。
冰冻川流盘蜡虺，雪封岱岳寱琼熊。
入眸忽讶云峰皱，过耳疑闻海浪淙。
深忝轻才无妙笔，徒教好景失飞蓬。

郑朝宗

（1912-1998）福建福州市人。厦门大学中文系主任、教授。曾任福建省文史研究馆副馆长。中华诗词学会、福建省诗词学会顾问。著有《护花小集》《梦痕录》等。

陈嘉庚先生诞辰一百二十周年

直节凌霄汉，先生真绝伦。
挥毫诛佞贼，昂首对强邻。
避寇三年苦，亲民一世新。
校园竖遗像，万众仰嶙峋。

迎　春

无多寒意渐阑珊，已觉春温上笔端。
艺事终须真善美，人间难得泰平安。
鹭门景色佳天下，南国英奇萃此圜。
老我喜逢消浩劫，中兴功业视鹏抟。

鲁迅先生诞生一百周年纪念

百年忧患喜河清，青史千秋铸令名。
四海敬尊文泰斗，几人敢望德高闳？
虽无精爽诛元恶，犹有芬菲裕后生。
日月不忘遗爱在，等身著作比长庚。

1981 年

雨中谒林文忠公纪念馆

无边春雨细如丝，来拜高人万古祠。
四壁巍峨陈伟业，一龛庄重见威仪。
庭多竹石饶生意，案有诗书系梦思。
无欲则刚公所尚，两间正气赖扶持。

1983 年

郑颐寿

1938 年生，福建福州市人。福建师范大学历史系教授，福建省修辞学学会会长，曾任福建省政协常委，文史委副主任。福建省诗词学会名誉理事。

退休咏怀并赠诸老

承蒙青眼十三秋①，参议监察遍神州。
共商国是议经纬，诤言谠论献忠猷。
调研民情通上下，和谐社会解国忧。
一朝返朴归真相，犹鱼入海自悠游。
坐拥书城卷阁高，与书为友乐陶陶。
无限风光扩胸际，神交古圣与今豪。
马列毛邓瞩新宇，孔老弥陀亦心交。
经史子集随浏览，古今兴替察厘毫。
唐音宋韵抒胸臆，触物感怀辄咏歌。
临流赋诗求风雅，吟唱《离骚》乐如何。
书画律吕怡倦意，卧游坐听乐太和。
访师谒友温旧谊，忆昔谈今感悟多。
艺花植卉育春色，晨练太极猴抱桃。
探幽万紫千红下，落花满首饰二毛。
携伴扶雏湖柳岸，天伦无间乐逍遥。
登山揽云摘星月，游湖泛舟任波涛。
再游学苑进黉宫，更研辞章兴尤浓。
陈稿新篇重熔铸，缀成卷帙携海东②。

辗转飞峡东吴寓，临溪泮宫播春风③。

炎黄儒道扬良统，切磋琢磨新友逢。

联师结友拓新域，两岸丛书求大同。

学子殷殷探赜意，夜以继日潜心攻。

教学相长情意重，桃李芬芳春色浓。

《发凡》《起例》兼《流别》④，白雪巴人合唱中。

归去来兮师乐天，抚松玩月沐风烟。

穷达宠辱朝草露，人生道路广无边。

窗前花开又花落，天际飞云幻万千。

笑口常开劝诸老，塞翁得失莫挂牵。

长作孺牛耕夕照，为霞布彩尚满天。

苏武牧羊歌常唱，雪松苍柏志不迁。

安步当车七分饱，动静合道法自然。

期颐有望春长驻，自乐乐人乐如仙。

【注】

①　1989 年夏承蒙信任选为中国民主促进会福建省委员会副主任，除在福建师范大学任课外，兼任福建省政协委员、常委、文史委副主任，前后三届，至 2002 年届满卸任。

②　2004 年春应台湾东吴大学之聘，前往任客座教授、博士生导师。随机运送拙著等。

③　东吴大学校址为台北士林区临溪路七十号，背倚青山，面临双溪。

④　讲义一百多万言，分成三册，拟以《辞章学发凡》（即将出版）、《辞章学起例》、《辞章学流别》的系列书形式出版。

登连城冠豸山

冠豸登临眼界宽，嵯峨双顶插云端。
文川几曲千家暖①，沉碧长泓六月寒。
三水溯洄源荟萃②，万峰朝拜斗阑干③。
同游共叹江山好，指点东南第一观。

【注】
① 文川流域为连城富庶之区。
② 连城是闽江、汀江、九龙江发源地。
③ 冠豸诸峰，山势北向。原中共福建省委书记项南以"万峰朝斗"四字题刻于崖石间。

念奴娇·登天下第一关

凭栏眺远，望长城内外，古今风物。渤海连天波浪卷，漫浸几多曦月。磅礴燕山，巍峨京阙，洒遍英雄血。咽喉要塞，干戈几见休歇？　　遥想元敬东征，斩除倭虏，永世留忠烈。庚子联军烽火恶，国耻如今方雪。十亿神州，辉煌再铸，虎豹豺狼慑。而今游览，万千情思容说！

郑楚材

1920 年生，福建福州市人。寓辽宁省大连市，东北财经大学中文系教授。

悼亡（三首）

（一）

菱镜当窗理鬓迟，鸦翎蝉翼半成丝。
相看各有难言隐，忧我孱躯先就衰。

（二）

辕南辙北纪偕驰，寝食昏沉强自持。
欲觅音容须梦见，先生无睡奈多时。

（三）

晓鬓如银镜里新，床头遗挂黯秋尘。
伤心不为同衾枕，知己人间五十春。

郑雪影

女（1909-1987）字梅魂。福建诏安县人。著有《梅魂集》手稿四卷。

偕外子游台湾有感

惆怅闽中古画图，而今太息属蛮胡。
图中金粉凭敲剥，裱里脂膏任拭涂。
画属新宾何愿意？我观旧画暗嗟呼。
中华何日恢元气？来讨神州白玉壶。

敌机轰炸后寄家乡亲友 （二首录一）

转眼沧桑变，悠悠又一年。
倭奴侵国界，壮士卧烽烟。
哀雁声盈野，荆榛影蔽天。
可怜罹劫者，家散泪潸然。

自　勉

品节文章总逆流，战风力自荡孤舟。
自然有麝香能远，不必因贫苦作仇。
彤管映灯宵写稿，铁锄冲露晓耕秋。
任凭魔瘴重重压，苦斗能生亦自由。

官民生

1934 年生，福建南平市人。南平技校工会主席。福建省诗词学会会员。

浣溪沙·游黄岗山

千丈危崖万丈渊，眼前幽谷石涛喧。此身仿佛倚天边。　　山色晴光娇滴翠，云飞霞翥意悠然。人生潇洒在登攀。

官国平

1934 年生，福建仙游县人。福州铁路技术学校退休教师。福建省诗词学会会员。

入会感赋

如今多少事依人，老树新花又一春。

心旷文坛逢盛事，神怡晚岁遇同仁。

万千骚客弘诗粹，八百吟俦焕国珍①。

入会诚如娃学步，前程指引有梁津。

【注】

① 指福建省诗词学会会员近八百人。

林 护

1926 年生，福建仙游县人。福建莆田市教师进修学院教师。福建省诗词学会会员。

九鲤飞瀑

林木葱茏碧水流，珠帘玉柱汇瀛洲。
水天一色金乌笑，风物多姿玉兔羞。
飞瀑雷轰惊虎豹，摩崖石刻谱春秋。
九仙骑鲤升天去，游客恋湖景独优。

林 岗

1959 年生，福建福鼎市人。福鼎中学校长。福建省诗词学会会员。

秋 兴

莫道秋来景象迁，秦川承露韵犹妍①。

纤云紧傍青峰舞，巨浪遥连绿岛翩。

鸿雁借风翔日侧，霓霞映水幻波前。

由来万物皆循道，峭壁嶙峋也自然。

【注】
① 秦川，秦屿镇雅称。太姥山下一名镇，属福建省福鼎市。

林 英

原名金钊，1933 年生，女，福建南安市人。福建海峡文艺出版社编审，享受国务院颁发的政府津贴。福建省诗词学会名誉理事。主编有《冯梦龙丛书》《诗词丛书》等。

缅怀先师黄之六先生（二首）

（一）

趋侍吟筇太姥山①，天开灵境出尘寰。
初阳磅礴沧溟动，高宇涵虚意自闲。

【注】
① 甲子春，冯梦龙学会开会期间，黄老登游太姥山，余与师弟小叶随侍杖履。

（二）

逸兴遄飞晓岫青，江天入抱晚霞明。
清词振水传音远，"老树当风叶有声"①。

【注】
① 乙丑年初，黄老将吟稿交福建人民出版社编辑梓行。此是集中名句。

望海潮·母校成立七十周年志庆

海滨琼苑，南疆学府，泱泱集美驰名。波涌鳌园，潮回故垒，长龙天堑飞腾。堤柳绾书声。正凤凰怒放，霞蔚云蒸。济济芃芃，旷人间气象堪惊。　　高楼叠栋连楹。有南薰碧瓦，立德丹甍。科馆晓窗，敦书夕院①，春风化育群英，寰宇竞峥嵘。值春秋七十，斟酒盈觥，"诚毅"嘉箴共勉②，抟举上青冥。

【注】
① 南薰、立德、敦书，皆楼名。
② 诚毅，集美学校校训。

蝶恋花

表姐霞君，学生时代与某君有约。霞父遭谪前夕，某求霞尽焚两地书，嗣即断交。霞愤离乡国，力学有成，今执某邦中文研究中心牛耳。近日归访旧地，缅溯前尘，为之怃然。因本其意，为赋此阕。

细雨霏霏霞岛路，拂面相思，犹是当年树。欲问相思思我否？低声还恐流莺妒。　　往事销凝空记取，飒爽戎装，乍见惊风度。归燕依然梁上住，云天渺渺人何处？

林 林

1910 年生，福建诏安县人。原国家文化部副部长，中华诗词学会副会长，福建省诗词学会顾问。

水 仙 花

漳州远赠水仙来，挈得春光北地开。
用滥凌波终蹈俗，飞天仙子落瑶台。

金缕曲·"冰心文学创作生涯七十年展览"感赋

浩气眉间溢，尚依然分明憎爱，雅怀宁释。志业千秋唯教育，朝野端资合力。倾吐出忧时胸臆。生怕危楼伤学子，冀肩承国族兴衰责。离陋室，展鹏翼。　　丹磨色美夸原质。叹人生不平道路，雨风侵逼。清丽诗文争诵读，明净无施粉饰。且赏识新天重拭。《春水》东流归大海①，更《繁星》永把长空熠②。花萼好，远霞赤。

1988 年 7 月

【注】
①　②《春水》《繁星》都是冰心大姐少日名作。受其诱导，使我从小也学起写诗来。

林 忠

1968 年生。福建长乐市人。福建福州市动力机总厂助理工程师。福建省诗词学会会员。

庆城涂工程胜利竣工①

喜报城涂已竣工，巍巍铁塔耸苍穹。
铺开网路通天堑，输送光明立首功。
岁月峥嵘风露里，青春豪放棘荆中。
海西腾起千重浪，亿力扬旌亦骏雄。

【注】
① 城涂工程指由福建省亿力（集团）股份有限公司负责施工的城东——涂寨 220KV 线路工程。该工程于 2006 年 11 月 13 日开工，次年 10 月 9 日全线竣工。

林 珑

1967 年生，福建周宁县人。福建闽东水电站干部。福建省诗词学会会员。

冬

素日寒烟曲水封，苍山似黛鸟声空。
莫愁眼底生机冷，正蕴春潮五色中。

林 宸

1915 年生，福建福鼎市人。原福建泰宁县教师进修学校教研员。福建省诗词学会会员。

自 乐

岁月匆匆万绪纷，天留故我实堪欣。
精神未老人难老，身体犹勤心更勤。
两袖清风循纪律，一肩残月奋耕耘。
年来须发虽全白，磊落胸襟喜乐群。

浣溪沙·闲中作

丽日融融大道行，秋光陶醉入吟声。耽诗趣味更横生。　　岁月蹉跎终永逝，人生垂老最含情。闲中心眼两分明。

林 梦

1963年生，福建莆田市人。莆田埭头第二中学教师，福建省诗词学会会员。

会元寺

路转见丛林，地偏闻梵音。
紫烟浮佛面，白壁照禅心。
花好有僧护，景幽无俗侵。
钟敲江日落，磬度海云临。

林锴

（1924-2005），福建福州市人。寓北京。原人民美术出版社编审。中央文史研究馆馆员。

伤 竹

苍烟十里修竹密，宫徵含风送笙笛。
四时林下多游屐，每借清阴庇歌席。
风光转眼化陈迹，净地翻招涕唾集。
果皮烟蒂丘山积，牛羊磨角童溲溺。
樵薪岂免斤斧及，或断为鞭为觱篥。
七贤六逸迂成癖，酸吟敲碎琅玕碧。
当世才子尤恶习，纪游纵横逞刀笔。
体被千疮谁护惜？偎依共命有败荻。
御霜犹试衰残力，我来摩挲三叹息。
劚根归补短篱隙，来岁新笋看过膝。

归欤感赋（三首）

（一）

米贵长安瓯屡空，鬼符卖尽画难工。

借光怕近飞蛾火，立命先安磨蝎宫。

龙以头多不行雨，树唯冠大广招风。

金轮西没霞霏敛，欲叱明珠起海东。

（二）

何能弩末望竿头，老戏收场鼓乐休。

碌碌一身随俯仰，茫茫大块任沉浮。

千金市骨遗良马，三月斋心奉棘猴。

闻说五湖烟景美，波光摇梦橹声柔。

（三）

世上谁云脚力殚，却惊天步转蹒跚。

白榆岂是人间种，灵笈空夸祖上丹。

七里濑荒疏把钓，九重日丽竞弹冠。

闭门自写平安竹，留与他年话岁寒。

林 臻

1907 年生，已故。福建诏安县人。小学退休教师。福建省诗词学会会员。

旅 归

归来仍是旧衣裾，吩咐家人濯户枢。
架上检遗《三叶集》，闲中填就《一封书》。
壁悬墨水单条画，家寄蓝田十笏居。
晨起铺床还扫地，白云胸次裹清虚。

留 客

冰炭无关不设毡，客来煮茗憩吟鞭。
转嫌此地饶诗料，有愧今朝缺酒钱。
历几春秋银冶鬓，担多风雨铁磨肩。
相留喜得相酬句，一夜谈心抵足眠。

菩萨蛮

来时抬手归挥手，机场上下频回首。别去忒分明，伤心画不成。　　阿公年已老，莫道还家早。西去独骑鲸，白云足下生。

林 赟

1972 年生，福建闽侯县人。福建省诗词学会会员。

贵州黄果树瀑布

风光秀丽首黔中，不息奔流万古同。
滚滚雷声鸣邃谷，腾腾雪浪洒晴空。
崖擎亭阁珠帘荡，壁凿台阶石洞通。
瀑布今朝看更美，五洲来客赞由衷。

鹧鸪天·陋室灯

陋室常明案上灯，潜心古韵与新声。难成妙语芜词拙，有愧虚名小社撑。　　师道仰，友情倾，时时鸿雁往来征。一枝秃笔涂鸦遍，十载吟坛学步行。

林 铠

（1903-1995）福建莆田市人。莆田师范专科学校教师，福建省诗词学会首届理事。

诗人节述怀

诗人怀古伤时作，佩蘅揽茝皆有托。
众人诺诺一士谔，吹牛拍马应惭怍。
孔丘不把《硕鼠》削，子云维新终投阁。
差喜"极左"能纠错，诗词容许新探索。
肥田毒草何曾恶，莫为甘草和百药。
林泉啸傲甘淡薄，风花雪月酬清酌。
骚坛今喜不寂寞，百花争吐迎春萼。

纪念南宋词宗刘克庄诞生八百周年

等身著作敦传薪，寂寞骚坛八百春。
笔大如椽推燕许，词开新派继苏辛。
筹边谁整熊罴旅，弹事空怀骨鲠臣。
濩落壮图馀一剑，后村归卧对松筠①。

【注】
① 后村在莆城北。

县教育局县教工总邀请从教三十年以上教师联欢呈诸老友

磨墨磨人五十春，相期不负百年身。

青灯搜得书中趣，白发羞为席上珍。

相马谁云空冀北，饭牛几见老山垠。

园丁只解勤培育，树木知沾雨露新。

林干章

1958 年生，福建福安市人。福安穆云学区教导主任。福建省诗词学会会员。

武夷大王峰

仙壑王峰浸碧流，丹梯历尽景方收。
凭虚楼阁虹光漾，积翠烟峦古木稠。
曲水回流霞映彩，奇岩环拱洞藏幽。
投龙本是传闻事，兴起寻声问导游。

林大伟

1938 年生，福建福州市人。福州市经济技术开发区高级工程师。福建省诗词学会会员。

离 休 吟

昔怕离休日月闲，而今忙煞乐无边。
已捐馀热酬家国，犹盼还童奋着鞭。

林仟典

1943年生，福建沙县人。福建青山纸业技术学校教师，福建省诗词学会会员。著有《从小水门到步行街》诗文集。

游沪克聆陈老九思雅教，承示五古，敬次元韵呈政

学诗若许年，识韩恨未早。篇章浑无似，问字羞大老。书海惑茫茫，羲和去浩浩。掠影复浮光，浅尝乏探讨。中年百事忙，将雏事翁媪。尘俗身与羁，为学欠精巧。劲竹心所钦，根自青山咬。师之虚怀抱，长进或稍稍。拜晤浦江滨，耆宿称国宝。煦煦欣春温，忐忑呈吟稿。謦欬承左右，云龙见鳞爪。归来报荼叟，渠亦频云好。更记"六字箴"①，茅塞豁然扫。

【注】

① 陈老赠言："多读书，不苟作。"

金缕曲·东方明珠

饱阅沧桑也。屈炎威，清廷辱国，痛何年罢？几许风涛翻腾后，又绿神州九野。昂首遏，英伦来者。一国推行兼两制，局开新，妙着惊天下。终雪耻，凯歌写。　　善将商海潮头驾。赖华人，胼胝手足，连云营厦。暖带亲缘东江水，滚滚流吟昼夜。漾十色，中西镕冶。信有久安长治策，仗多才，铁腕神州把。添璀璨，耀东亚。

林义兰

1928 年生，福建福清市人。原福清华侨中学总务主任。福建省诗词学会会员。

武 夷 行

武夷霜降入深秋，九曲飞排浪逐舟。
玉女大王多绮丽，青山绿水尽风流。
山城日月千番变，古邑春秋百态优。
十载未瞻身价倍，"双遗"冠冕展宏猷。

林小峰

1928 年生，福建诏安县人。诏安县农业银行干部。福建省诗词学会会员。

暮春感时

春夏秋冬一线连，风风雨雨叹无边。
分飞劳燕今朝聚，离散弟兄何日还？
跨海破冰寻旧梦，搭桥登陆觅新缘。
殷殷寄语独行者，早点回头看月圆。

林方礼

1944 年生，福建连江县人。连江琯头印刷厂职工。福建省诗词学会会员。

重阳冒雨登百洞山赏菊

芝山洞古秋声冷，野寺云深入望赊。

顾影自甘长寂寞，相将烟雨赏黄花。

林文波

1930 年生，福建莆田市人。青海省测绘局离休干部。福建省诗词学会会员。

故 乡 行①

阔别多年回故土，今朝浏览家乡路。
昔日板桥换石桥，大道坦夷通各处。
新盖学校方竣工，三层楼房真堪诩。
照明家有夜明珠，橄榄枇杷销远埠。
仰眺山峦矗云天，层层梯田禾苗布。
改革春风暖万家，扶众脱贫欣共富。

【注】
① 指九华山莆田西天尾镇霞宅村，为偏僻贫困山区，乃陈国柱（廖华）、张云逸的故乡，闽中游击队活动地区。

林文聪

1946 年生，福建仙游县人。中共厦门市安装公司委员会办公室主任。福建省诗词学会会员。

站台旧事

伤心最是欲登车，母子倚窗奈别何。
汽笛声中挥手笑，转身热泪已滂沱。

林文耀

1935 年生，福建莆田市人。小学高级教师。福建省诗词学会会员。

神舟上天

龙光射斗灿春宵，直挂云帆上九霄。
夹道星君观叹止，中华又见出天骄。

林开基

1923 年生，福建华安县人。原福建泉州市城东中学教师。福建省诗词学会会员。

河西走廊

千秋丝路历沧桑，汉武开疆辟走廊。
四郡于今耕热土，两关此日换明妆①。
悠悠故事心仪久，耿耿新猷指路长。
总揽东西成纽带，襟连欧亚作津梁。

【注】

① 四郡即武威、张掖（甘州）、酒泉（肃州）、敦煌；两关即玉门关、阳关。

林长川

1925 年生，福建晋江市人。原晋江市税务局局长。福建省诗词学会会员。

定风波·庆"七一"

星火燎原耀九天，大江南北滚烽烟。唤起工农千百众，争战，中华儿女谱红篇。　　改革春风频送暖，勤勉，挥锄辟斧画河山。万木青葱枝叶蒨，华炫，神州处处百花妍。

林天麒

1922 年生，福建南靖县人。南靖县方志办编辑。福建省诗词学会会员。

台籍人士林黄河率侄女自南投返里寻根谒祖，作此纪之

清廷一诏垦台澎，闽海千帆动远征。
祖代南投传血脉，岁时北望系乡情。
烽烟锁峡迷航路，煦日溶冰启雁程。
难得君家崇孝道，首航飞访慰平生。

南乡子·牧牛老倌自咏

何幸得闲游，十万冈峦恣入眸。暂署官衔天上宿，牵牛。且趁轻飔过绿洲。　　慎勿学风流，浪把山花插满头。恐惹饷田新妇笑，招尤。老悖居然不害羞。

林中玉

1929 年生，福建连江县人。连江琯头航运公司会计。福建省诗词学会会员。

青芝百洞山纪游

云水烟霞客，青芝竟日游。
岩奇时览胜，洞古每通幽。
曲径初晴景，长天一色秋。
怡情舒逸兴，意惬不知愁。

林中和

　　字致之，1930 年生，福建南安市人。原福建泉州第五中学校长。中华诗词学会会员，福建省诗词学会会员。著有《三馀斋诗文集》，主编《泉州千家诗》等。

泉 州 颂

遍地刺桐花竞红，名城古港漾春风。
卅年改革舒清景，千载机缘舞彩虹。
深沪渔舟鸣短笛，岱仙瀑布挂长空。
多情李邴今如在，涨海潮声曲未终。

登九仙山

九仙知我欲跻攀，偏舞云罗翳翠峦。
小鸟未停千啭曲，轻车已越数重山。
游人不觉沾衣湿，苍狗焉知刺骨寒。
漫对弥陀开口笑，邹公殿外独凭栏。

林仁鸥

1931 年生，福建福州市人。原福建经济报社编辑。福建省诗词学会会员。

邓小平丰碑永矗

五千年事付稽迟，中土重生马克思。
避席咨嗟文字狱，离歌强慰老头皮①。
天安门上春雷动，深圳途中决策奇。
此日睡狮真醒觉，邓公岂止一丰碑。

【注】
① 龚自珍《咏史》："避席畏闻文字狱，著书都为稻粱谋。"林则徐《赴戍登程口占示家人》："戏与山妻谈故事，试吟断送老头皮。"皆为封建社会旧事写照。今则建设社会主义法治国家，依法治国，以德治国，时代截然不同。

林为干

1941 年生，福建古田县人。原古田县工商局办公室主任。福建省诗词学会会员。

秋波媚·月夜恋侣

月光万里泻晴空，人面拂清风。新荷翠竹，温馨宁静，夜色朦胧。　　双双倩影偎花立，眷恋意方浓。微微沁露，丝丝情语，不觉曦红。

林为锦

1949 年生，福建古田县人。古田县医院医生，福建省诗词学会会员。

南平茫荡山即景

高峰作势耸天庭，石椅留痕傅会生①。

险径松涛疑海啸，层林竹浪见云横。

景光出自天然美，风物随同岁序荣。

可得半山添一刹，匡庐茫荡共驰名。

【注】

① 民间流传有关路旁石椅的无稽之说。

林东海

1937 年生，福建南安市人。曾任人民文学出版社古典文学编辑室主任。致力李白研究，著有《〈江河行〉》诗词集等。

登彭城戏马台吊霸王

当年戏马上高台，犹忆乌骓舞步开。
九里狂沙怜赤剑，八千热血恨黄埃。
时来竖子功名立，运去英雄霸业摧。
回首楚宫空胜迹，云龙山外鹤鸣哀。

登蓬莱阁

登州访古上蓬莱，高阁凌空曙色开。
云外蓝天天接水，岸边白浪浪鸣雷。
仙家海市今微矣，戚氏楼船昔壮哉。
独立丹崖增感慨，刀鱼寨顶湿风来。

林生明

1954 年生，福建福安市人。福安师范学校干部。福建省诗词学会会员。

缅怀谭嗣同

忧国补天气若虹，铮铮铁骨裂秋风。
山河破碎星辰坠，日月昏沉草木癃。
壮士横刀千古恨，子规啼血万山红。
头颅掷去存真理，我自长歌向碧空。

林江沙

1929 年生，福建华安县人。福建省机械设计院高级工程师。福建省诗词学会会员。

《大敦煌》电视连续剧观后

千古敦煌瑰宝多，官商合盗舞群魔。
风沙肆虐摧杨柳①，大漠飞扬正气歌。

【注】

① 杨柳，指剧中一批优秀青年男女，如胡杨、红莲、红柳，爱国知识分子秦文玉、墨琰等，为了护宝，他们与敌人进行殊死搏斗，英勇牺牲。

林庆垒

（1911-？），福建长乐市人。曾为长乐市人大会代表、政协委员。福建省诗词学会会员。

七夕感怀

今宵织女会牛郎，故事流传意味长。

莫道一年才一度，闽台尚怅未通航。

林兴中

1933 年生，福建泉州市人。福建惠安县第五中学退休教师。福建省诗词学会会员。

瞻仰中山故居

革命风雷四十年，伟人振臂聚时贤。
反封反帝开新局，救国救民挥铁鞭。
平等自由来故土，大同博爱赋鸿篇。
胸怀坦荡堪虔敬，千里驱车拜像前。

林兴睦

1969 年生，福建宁德市人。宁德乡镇农业技术员。福
建省诗词学会会员。

感 事

温读瑶函忆亦新，情存心底苦吟身。

满怀雅兴知音几？十载离思入梦频。

楚岫无霾经雨后，桃源有路遇霜晨。

古今怨偶多磨折，欢喜冤家爱煞人。

林邦荣

1933 年生，福建连江县人。连江县国家税务局副局长。福建省诗词学会会员。

学诗画感吟

平生秉性好求知，学海骚坛数我痴。
白发还研摩诘画，青灯伴读杜陵诗。
无情岁月伤凋逝，有限年华怅日移。
膏火三更常补拙，临窗敲句谱新词。

林再新

1975 年生，福建石狮市人。石狮市信用合作社干部。福建省诗词学会会员。

咏南安高士峰

九日名山任意观，秦君亭隐一峰寒。

松阴寂寂鹤飞去，药院滋滋斗转阑。

醉石人吟姜相远，綦枰鸟啭青衿叹。

纵为邀月学长啸，不若拈花带笑看。

林达正

1928 年生，福建福安市人。曾任宁德地区企业局局长。福建省诗词学会会员。著有《霜叶吟》。

渝州暮发

歌罢大江飞棹东，回看白帝彩云中。
千寻山势疑奔马，一枕涛声起蛰龙。
无复惊猿啼岸树，饶多爽籁豁襟胸。
乘槎莫道桑榆晚，酹酒豪吟意罔穷。

林仲铉

1924 年生，福建福州市人。福建师范大学历史系教授。福建省诗词学会会员。

第二届教师节感咏寄南平旧雨

老去休言万事空，山重水复境无穷。
东还不觉杉关隘^①，回首平生蜡炬红。

【注】

① 杉关旧为闽赣通道，在今光泽县。抗日期间余投身救亡运动，为当局所忌，乃于 1948 年自大西南返榕执教自晦。

林仲珹

1936 年生,福建永泰县人。中医师。福建省诗词学会会员。

题玉女峰

婷婷玉立傍寒流,阅尽沧桑鬓未秋。
脂水已随香涧去,妆奁犹见镜台留。
大王有意空依恋,天帝无情敢怨尤。
万古芳心闲不得,满山风月锁清愁。

林仲颖

（1909-？）福建福州市人。原福建长乐市中医学工作委员会副主任。福建省诗词学会会员。

步台湾某同学惠诗原韵

不随流俗气非凡，险韵诗来捧一函。
盥手焚香吟至再，重教别泪湿轻衫。

林自旺

1925 年生，福建云霄县人。中学教师。福建省诗词学
会会员。

峰头吟①

峰头积水何溶溶，一壁断流横碧空。
万壑涓泉归库底，四时佳澍下苍穹。
群山倒影动机棹，乱木扶曦逐旋洪。
游客依稀言旧迹，山川隐约证新踪：
新林村树栖虾蟹，石字楼台潜鱼龙。
亭子桥成浸月洞，油坑庵作水晶宫。
移山填海非神话，沧海桑田一瞬中。
浅渚时停翡翠鸟，轻舟稳坐钓鱼翁。
丘陵交错迷前路，隈隩迂回又一重。
船楫往来无间阻，峰头马铺一流通。
滨湖渔牧多开发，沿岸果茶更郁葱。
厂房营建依溪谷，机组转轴机轰隆。
槽引线牵达海角，波扬电掣连云东。
终年倚树花犹艳，旷代富民政自通。
问君硕果何所自，第一能谙科技崇。
科技科技舒伟力，借斡乾坤建大功。

【注】
① 峰头水库在云霄县马铺乡，福建省大型水库之一。

访贫困山村

山路盘纡日未斜，密林深处有人家。
轻烟袅袅迷寒树，芳草萋萋接陡崖。
楼舍翻新依涧壑，梯田拓故就坡洼。
粮丰畜旺饶蔬果，美酒盈樽赋物华。

林阳在

1948 年生，福建闽侯县人。中学高级教师。福建省诗词学会会员。

寿山石雕赞

泱泱华夏多奇石，应数寿山石独特。
钟灵毓秀润如脂，莹洁斑斓五彩色。
田黄鸡血芙蓉艳，天下珍奇自难得。
品高每见乐收藏，质优尤宜精雕刻。
八闽多有斫轮手，琢细镂空技妙忒。
取材拟物视红青，因势象形无定则。
观音合十蚕眉舒，关羽观书凤眼直。
黛玉葬花哭有声，贵妃醉酒娇无力。
深壑龙盘密雾生，巉岩虎踞寒光逼。
高树凤栖展美翎，长空鹰击张双翼。
嬿嬿绦垂柳叶碧，亭亭玉立荷花赤。
秋风劲节菊花黄，夜月暗香梅萼白。
色出天然去粉饰，形似神传共赏识。
技艺精湛称上品，人工造化妙何极。

山乡巨变

水恶山穷地，邀君认眼前。

新村惊貌变，华构喜莺迁。

车马康庄道，笙歌艳丽天。

一时疑是梦，沧海变桑田。

林岂庸

女，1927年生，福建闽侯县人。福建漳州师范学院讲师。福建省诗词学会会员。

初学写诗

趋庭曾愧未能诗，篇什终无幼妇辞。

略答群贤相勉意，笑如村女画粗眉。

〖中华诗词存稿·地域专辑〗

中华诗词学会 编

福建诗词选

（三）

本书编委会 编

中国书籍出版社

China Book Press

目　　录

林启生

1925 年生，福建闽侯县人。福建省诗词学会会员。

公 仆 赞

兴国吾侪须奉献，为民服务总全心。

不嫌琐事焚膏干，同赴小康勠力任。

廉正长持群敬仰，和衷共济众尊钦。

周公劲节垂仪范，公仆高风世代歆。

林启安

1929年生，福建长乐市人。福州市财贸委工会主席。福建省诗词学会会员。

西江月·乙酉岁暮感怀

日晚彤云高挂，年高华发斜遮。流金岁月转如车，莫悔须臾春夏。　　文苑忝充鸥侣，骚坛际会诗家。康庄附骥望天涯，喜见山阳似画。

林启贤

笔名林桦、游帆，1943 年生，福建莆田市人。中学高级教师。福建省诗词学会会员。著有《银帆集》《林启贤诗词书法选》。

夹漈行

车队如龙盘峻岭，碧溪流水隔西东。
观星石上月华白，洗砚池中霞彩红。
夹漈学风扬宇内，草堂胜迹闷山中。
今朝联袂群贤至，共撷春花祭郑公。

京沪杂咏（二首）

（一）

大名鼎鼎称天漠，此地何来十里沙。
风送驼铃声未歇，驱车河北近京华。

（河北天漠）

（二）

香烟缭绕城隍庙，紧傍豫园九曲桥。
水上白莲鱼嗻喋，十年胜景更妖娆。

（上海城隍庙）

林启珍

1933 年生，福建三明市人。三明市五金交电化工采购供应站干部。福建省诗词学会会员。

齐天乐·清明节

东君绿满霏霏路，江南恰是春暖。弱柳含烟，垂杨带雨，原野莺啼红绽。荒丘放眼，看郊冢愁生、涧潺流缓。泪洒梯田，纸灰化作燕儿剪。　　严慈双逝莫挽。值迷濛节序，思念无限。舐犊恩深，将雏爱厚，难禁情怀眷恋。登高眺远，叹空谷悲声，泪凝魂断，漫对江天，掬丹心祭奠。

林应麟

(1931-2006) 福建福州市人，福建省新华书店干部。福建省诗词学会会员。

崇武城感怀（二首）

（一）

崇武坚城镇海疆，防倭御寇绩辉煌。
堞墙敌弹痕犹在，今日居安史勿忘。

（二）

惠女由来服饰珍，紧衫宽裤彩头巾。
束腰锦带欹黄笠，流韵盈城都是春。

林芳汉

1962年生，福建大田县人。大田县文江小学教师。福建省诗词学会会员。

诗　迷

一首新诗作未完，醒来辗转入眠难。
遣词敲字枯肠索，直待拼全始觉安。

林秀明

1923年生,福建福安市人。福安市政协副主席,离休干部。福建省诗词学会首届理事。

七十述怀

亦真亦幻步迷离,花甲回春庆古稀。
啸傲烟云消块垒,衡量风物历艰危。
白头不作悲秋客,赤胆唯吟励节诗。
俯仰平生无愧怍,为非为是寸心知。

林咏荣

（1911- ？）字沁芬，福建闽清县人。曾任福建周宁县县长。抗战胜利后寓居台湾，任台湾东吴大学、辅仁大学教授，台北八闽诗社社长。

次朝圭别后奉怀原玉以慰

两岸交游事靡常，以茶代酒洗离肠。
经年历劫无心问，何计重逢引领望。
只有身强延祚必，莫因家累惹愁长。
男儿立志多如愿，反日探戈效鲁阳。

闽江一日游

前程浩荡欲何之？一日优游共倡诗。
梦绕三山犹恋蝶，吟联两岸必通犀。
溯江击钵弘吾道，过海浮槎念祖师。
行健川流原不息，善观逝者亦如斯。

返榕机上有感

澳门有路共开颜，鱼雁何劳屡往还。
同盼直航通两岸，重温旧梦绕三山。
交流诗作千秋业，偷得云游半日闲。
何日和平成统合，一衣带水望台湾。

林学杜

1920 年生，福建福清市人。原福建师范大学福清分校中文科主任。福建省诗词学会会员。

读《为真理而献身》记陈寿图烈士①

明辨忠奸识险夷，坚持真理复奚疑。
怒批鬼蜮心无畏，勇对屠刀志不移。
血沃岭头肥劲草，功留梓里壮丰碑。
浩然正气冲霄汉，亮节高风百世师。

【注】

① 陈寿图，原中共福清市城头公社委员会委员、公安特派员。"文革"中因揭批"四人帮"，被以"现行反革命"罪冤杀于福清南倪岭。后被福建省人民政府追认为革命烈士。《献身》一书2002 年 4 月由中央文献出版社出版发行。

悼 亡

镜破钗分幽梦残，周年回首泪阑干。
相依未觉千般好，独处方知万事难。
泼墨寄怀祛寂寞，裁诗遣兴破孤单。
强将别恨抛心外，求得馀生一息安。

长相思·赞女清道员

　　兴四更，忙四更，清道姑娘如出征。照明凭路灯。　　路纵横，帚纵横，扫尽腥污热汗倾。净迎朝旭升。

林宜宝

1933 年生，福建连江县人。福建罗源县台湾工作办公室退休干部。福建省诗词学会会员。

蓦山溪·赞抗灾殉职支书陈文光

龙王吐水，冲击防堤毁。田野浸汪洋，民阽危，咸须撤退。文光书记，百姓放心中。浑忘我，大无畏，抢险忘劳累。　生灵脱险，均置安全地。唯有急公人，战恶浪，筋疲身逝。倾村男女，追缅救灾恩，挥痛泪，拭难干，忠烈千秋记。

林家钟

（1914-2005）福建福州市人。福建省文史研究馆馆员，副编审。福建省诗词学会会员。著有《明清福州竹枝词》《梅园诗草》等。

丁卯庆福州列为历史文化名城

文采风流数此城，地灵人杰凤闻名。
建亭望海程师孟，造舰横江沈葆桢。
真个三山称福地，居然两塔拟神京。
宋明里巷多遗迹，新政还看素貌更。

林英乔

1926年生，福建晋江市人。原福建医学院附属第二医院中医主治医师。福建省诗词学会会员。

得友来书却寄

敧枕每怀人，良游入梦新。

瘴烟携葛岭，暮雨涉龙津。

岁月追偏晚，知交老转亲。

启函昏眼拭，莫叹阻风尘。

林英颐

1929 年生，福建福州市人。福建松溪县政协退休干部，福建省诗词学会会员。

奥运华夏神枪手

凝神对靶扣心弦，中的频频万众前。
纵使汉朝飞将在，不如今日好青年。

林奇敏

1958 年生，福建宁德市人。自由职业者。福建省诗词学会会员。

横屿怀古

十里长堤仰戚公，抗倭伟烈世钦崇。
江鸥海鹭鸣哀史，铁马金戈泐战功。
草木当年蹂血雨，山河今日沐春风。
人工养殖兴横屿，动地渔歌震碧穹。

林其锐

（1924-2001）福建闽侯县人。原闽侯建平中学教师。福建省诗词学会会员。

长孙科技大学毕业返闽工作喜赋

吾家本寒素，嘉尔学有成。育才终致用，族亲有好评。汝原独生子，亲虑登遥程。敬业若远适，就地托根生。必娶外江女，孙枝异地荣。彼此靳探望，骨肉空复情。他日吾易箦，一面虞未能。料汝且如是，遑复论玄曾。历久忘根本，陌路各自行。思此辄太息，承睫泪珠莹。今喜归故里，所就当榕城。同样为祖国，闽疆并峥嵘。同样为四化，里门有红旌。既奉尔父母，亦娱我颓龄。此岂私于己，寸心万古恒。海外多侨旅，祖必炎黄称。凝聚成大力，伟业赖众擎。亲者呼乃应，斯理原至明。巢鸟池鱼意，拳拳出精诚。孙汝且来前，浮白同巨觥。

林择贤

1922 年生，福建福安市人。原福建宁德市水利电力局干部。福建省诗词学会会员。

有感重教兴学

扭转颓风涤浊尘，层峰剀切指迷津。
育才事业千般重，立国根基在树人。

林鸣秋

1918 年生，福建福州市人。福州市文化局工会主席，退休干部。福建省诗词学会会员。

榕　城

凌空矗立两浮屠，曾是无诸旧帝都。
榕树遮天阴遍野，闽江绕郭水连湖。
东西旗鼓开屏障，今昔烟云壮画图。
最是眼前风物好，峥嵘楼阁胜蓬壶。

白蚂蚁

蚁聚成群触目惊，雕梁画栋肆潜行。
若容钻蛀营巢穴，大厦无风亦自倾。

林国庭

1925 年生，福建莆田市人。原任福建建阳市农业局会计辅导员。福建省诗词学会会员。

惜　别

忆从分袂西东后，几度春秋鱼雁沉。
旧日笑容何处觅，今生情爱梦中寻。
翻书更惹伤离泪，无药能医破碎心。
犹望相逢重作伴，如痴似醉盼佳音。

嘲诗文剽窃

诗书改革趁潮流，可笑趋时竞应酬。
职位文凭还用买，词章联句也能偷。
几篇露馅憎抄袭，多首雷同恶纂修。
实学真才遭白眼，不如纨绔有衔头。

林昌如

（1935-2001），福建南安市人。福建省泉州市政协干部。福建省诗词学会会员。

迎澳门回归

燕子穿花笑语温，炮台山下国魂存。

力行两制迎新纪，镜海欢歌看骏奔。

林金凤

1934 年生，福建莆田市人。曾任小学校长。福建省诗词学会会员。

一萼红·长城

古长城，比银河璀璨，形势若龙腾。西起临洮，东吞辽海，万里关塞连衡。昔祖龙，环边展筑，统六国、屏障九州宁。此后王朝，犹加缮治，围固邦兴。　　依旧居庸壁垒，却民皆思进，三代修明。高峡湖光，西陲油管，相映分外多情。光阴转，狼烟消失，今华夏、兄弟孰穷兵。迈进小康新纪，永奠和平。

林金池

（1927-2006），福建漳州市人。原漳州市芗城区西桥
办事处干部。福建省诗词学会会员。

回　首

回思往昔路漫漫，几度沉浮胆未寒。
青鬓耽吟春色好，霜毛倏对夕阳残。
闲居莫谓读书易，撰作方知落笔难。
无怨今生长不达，清贫坦荡向诗坛。

林金松

1949年生，福建莆田市人。《湄洲日报》社专刊部主任。莆田市政协委员。中华诗词学会会员、福建省诗词学会会员。著有《坐看云起时》散文集。

谒闽中游击队司令部遗址①

拜谒丰碑百感生，当年此地聚红缨。

杜鹃犹染先驱血，油柰新传共建情。

遗址堂堂腾剑气，隔墙朗朗彻书声。

闽中子弟宜勤奋，济世安民踵父兄。

【注】

① 遗址在莆田市大洋乡，有五星形纪念亭，亭中有纪念碑。今辟为闽中革命斗争纪念馆。周围有军民共建万亩果园，邻有乡中心小学。

林金清

1943 年生，福建泉州市人。泉州高甲剧团编剧。中华诗词学会会员，福建省诗词学会会员。

品　茶

嫩蕊纤纤别样妆，秋来摘得一痕霜。
含香口角诗添味，蕴秀毫端画有光。
石鼎烹泉增弈趣，竹炉分韵漾琴房。
妻梅子鹤浑无谓，独把沙壶上晚航。

林建发

1947 年生，福建诏安县人。诏安县文化馆干部。福建省诗词学会会员。

莺啼序·西湖

西泠冷光霁色，蕴千秋丽景。夕阳逗，何处黄妃[①]，空惹多少游兴。念苍水，一枝许借，英魂夜夜愁歌艇。共岳于双杰，圣湖颇觉相应[②]。　三竺钟清，六桥月白，引康王初幸。恁半壁北望胡尘，剩输财帛消警。想先前，煌煌艺祖，故留得，保俶清影[③]。漫追思，且坐林阴，龙亭试茗。　金樽丝竹，画舫琵琶，旧调忍重听。嗟百载，欧风美雨，势若浙潮，先哲覃思，上工医病。富民强国，惟崇马列，春风化雨咸称庆。对平波，诗思总难定。山灵水魄，曾开女侠胸襟，长留七字堪敬[④]。　明漪自好，空老吟人，慕竹开幽径。悟之否？凄凉仲则，几咏都门，未借名区，陶冶天性。莺声渐懒，荷香还送，相忘物我宜安命。愿重来，卜宅风篁岭。四时放棹容与[⑤]，遍结鸥盟，意闲心静。

【注】

① 黄妃塔即雷峰塔。"雷峰夕照"原为西湖一景，今不存。

② 张苍水诗云："惭将赤手分三席，拟为丹心借一枝。"意即自愧功名未建，难与岳飞、于谦鼎足而三。后抗清失败，

果葬于此。

③　吴越王钱俶纳土归宋，太祖仍封为忠懿王，厚礼遣返浙。保俶塔为其大臣所建，今成了和平统一之象征。

④　秋瑾临刑绝笔："秋雨秋风愁煞人。"

⑤　"与"用平声叶谱。

林居真

女，1919 年生，福建晋江市人。寓香港，老教师。

参观西安半坡村遗址

中华文化溯黄河，先辈开基在半坡。
射猎许多狼兔鹿，捕捞大量蚌鱼螺。
农耕始创粟留种，技艺萌芽陶见模。
原始村庄千载睡，醒来出土世惊哦。

林弥高

1933 年生，福建莆田市人。原福建三明市供销社干部。福建省诗词学会会员。

七十述怀

少壮从戎守海防，涛声作伴练兵忙。
黑云遮挡三边月，白浪分离两岸光。
卸甲就商新路迈，拜师重学晚风扬。
韶华逝去丹心在，霜鬓虽增体尚康。

林祖韩

（1918-2008）福建莆田市人。原莆田市总工会干部。福建省诗词学会名誉理事。

沉痛纪念"九一八"事变七十周年

奉天月黑岁逢辛，造祸寰球暗战尘。
长久披猖夸武运，由来睥睨伺亲邻。
课文敢诿侵华责，柄政犹参"靖国"神。
愿我同胞时惕厉，东家狂猘惯伤人。

题画马（四首）

（一）

慎分牝牡辨骊黄，执策悬图问九方。
神骏几曾毛色贵，不知何苦日彷徨？

（二）

尽看龙种占天闲，不吝千金买辔鞍。
负轭盐车鸣未已，燕昭枉筑百层坛。

（三）

千秋六骏重昭陵，碎体还招外盗乘。
晋用楚材非怪事，弓旌珍重冀群征。

（四）

日日章台掠影残，行行雾外探银鞍。
谁能护惜障泥好？来替犁牛献亩宽。

林炳煊

（1935-2005）福建福州市人。福州师范专科学校讲师。福建省诗词学会会员。

平反大会后有感

簇锦河山壮画图，劫灰拂尽焕如初。
斧斤不肆千林茂，矰缴全收六翮舒。
禁域昂身擒虎子，深渊探手摘骊珠。
长征再厉旌旄动，溟渤昆仑共一呼。

1979 年

小梅花

1974 年秋分夜，醉饮达旦于袁畬大山中。

霜侵发，苔粘颊。叵罗照我酡如血。醉而歌，舞婆娑。仰依南斗，耿耿隔星河。谁匀昏晓将秋割，万籁萧萧飞木叶。倚孤松，啸群峰。空谷回音，叠嶂影重重。　乌头白，鲛珠烨。廿年肝肺皆冰雪。骨槎枒，眼昏花。此身依旧，风露泊天涯。浮云一片遮明月，变徵吹寒清管彻。梦飘飘，路迢迢。环佩芳魂，渺渺阆难招。

林春荣

1944 年生，福建莆田市人，原福建福州铁路中学教师。福建省诗词学会会员。

"文革"纪事 (六首选三)

(一)

九州学子乐如癫，奉命京都大串连。
金水桥前呼万岁，乘车吃饭不须钱。

(二)

饭桌卧床成战场，你支李某我支张。
夫妻异派如冰炭，割断私情各一方。

(三)

失学儿童游马路，挂牌夫子困牛棚。
读书满腹原无用，白卷状元张铁生。

林树丹

1929 年生，福建泉州市人。原泉州市商业学校副校长。福建省诗词学会会员。

水调歌头·赞三峡工程

爆破震巫岳，神女望西陵。忽惊巨坝霄立，气势益恢宏。高峡平湖夙愿，三代精心策划，癸酉动工程。汇集八方力，经历十年征。　　聚精英，攀科技，志成城。施工顺利，三峡蓄水已初成。流控荆江免涝，双线通航船越，发电亦经营。今日传佳讯，寰宇尽扬名。

林闻集

1954年生，福建泉州市人。泉州市人才服务中心副主任。福建省诗词学会会员。

泉州海峡两岸联吟

聚散苦匆匆，相逢话刺桐。
中原徵古调，海峡沐新风。
日月潭中水，清源岭上枫。
酣吟盈泪眼，皓月两心通。

林勋贻

（1910-1997）字念群，福建闽侯县人。福建省文史研究馆馆员。福建省诗词学会会员。

丙寅春日寄明璧、昭父、仲泉诸友

孤吟山一角，老至少朋曹。
惜别书频寄，擎杯酒自豪。
晨兴看鸟过，夜坐悯灯劳。
写奉寥寥句，酬章莫我逃。

重阳晓起寄弟台北

雁带秋容渡海遥，晓星寥落静江潮。
五更辗转怀千里，一句沉吟费几朝。
佳节平居成草草，殊乡念弟隔迢迢。
西湖别后知谁付，一任风霜过六桥。

林致文

1938年生，福建福安市人。医生。福建省诗词学会会员。

渔家傲·夜渔

昨夜潮高星月朗，呼妻把舵江心往。风动渔灯摇晃晃。张开网，急流激起湍湍浪。　　月落星稀天欲昉，潮平收缆船回港，满载鱼虾鳞闪亮。人欢畅，长歌慢橹柔柔嗓。

林海权

1930 年生，福建惠安县人。福建师范大学文学院教授。中华诗词学会会员、福建省诗词学会会员。著有《诗词格律与章法》《论近体诗产生的年代》等。

咏抗洪英雄高建成烈士①

博击长空汉，簰州斗激流。
溃堤惊鸟散，抢险逐鸥浮。
救友风云恸，舍生天地愁。
抗洪歌一曲，浩气自千秋。

【注】

① 高建成烈士是广州空军五团一连的政治指导员。1998 年 8 月 1 日特大洪水于湖北嘉鱼县簰州湾合镇溃堤，他在溃口抢险中奋力救人，因体力不支，没于江洪，光荣牺牲。中央军委授高建成以"抗洪英雄"光荣称号。

林浴生

1950 年生，福建福清市人。先后任福清市文化局局长，民族与宗教事务局局长。中华诗词学会会员，福建省诗词学会理事。著有《三馀斋吟草》。

年 夜 饭

祥和年夜尚时髦，宴设餐楼消费高。
三岁孙儿知去处，牵裾直向麦当劳。

菩萨蛮·演出晚归

银弦玉管声初定，挑灯归去饶馀兴。新月到舟头，清辉溪上流。　　铅华香未洗，人在涟漪里。溪水溅榴裙，山风撩鬓云。

林振平

1950 年生，福建福州市人。福建省政府政策研究中心副主任，福建省诗词学会会员。

林芝鲁朗色季腊山 (新声韵)

日隐冰封雾气凝，霜枝云树斗晶莹。
轻身乘驭腾龙起，四望空山胜画屏。

南岳衡山

望衡九面忒崔巍，襟带湘江势欲飞。
地脉天星长寿主，舜巡宋敕正垂名。
开云放雾精神致，指翠登峰灵气随。
安得广营生态境，不劳祝圣破清规。

林振新

1911年生，已故。福建莆田市人。中学退休教师，福建省诗词学会会员。

过蔡忠惠故居次申父韵

郭外荒祠载酒寻，先贤遗迹野花深。
残碑道左谁人问，古柳风前我辈吟。
四海直声君独重，二王书法世同钦。
空传绝妙《荔枝谱》，千载香消一径阴。

郊行（二首）

（一）

扶犁叱犊近黄昏，占断桥西水一痕。
新月初生蛙阁阁，无人知处倍销魂。

（二）

处处烟花有好枝，暮春三月酒人宜。
老夫不是探花手，爱看秧针出水时。

林恭祖

1915年生,福建莆田市人,寓台湾省。中华诗词学会顾问。

赋贺乙酉中秋泉州海峡两岸诗学
交流大会

明月一轮照刺桐,嘤鸣树树度禅风。
开元古寺灯千盏,都在诗情画意中。

福州三山诗社成立二十周年社庆贺辞

三山自古神仙地,瑶木森森含天翠。
枝叶引来玉宇风,满山花鸟皆陶醉。
琪花常为三山开,凤蝶栩栩恋花来。
青鸟常为三山歌,榕树因风起婆娑。
诸君亦为三山吟,忘食忘忧忘古今。
每周小会眉开睫,灵感来时花鸟接。
一诗一叶一乾坤,二十年来诗万叶。
万叶诗可结诗门,风清榕树有吟魂。
君不见满城榕树如榕厦,此乃嘤鸣之天下。
君不见西湖宛在堂犹在,如见先贤放异彩。
君不见林文忠公出生地①,斗南一星耀人世,
谁敲石鼓两三声②?鼓山闽江起共鸣。
今逢社庆开新课,玉楮满楼人满座。
我以小诗托飞鸿,聊表寸心遥庆贺。

【注】

① 林文忠公尊翁家境清寒，长期携眷授馆福州罗家为塾师。罗家遂为林文忠公之出生地。洪杨之役，清廷召公为钦差大臣，中途卒。易箦时，呼"星斗南"者三。1996年，中国科学院发现新星，为纪念先贤，遂命该星为"林则徐星"。

② 鼓山有石鼓，每逢豪雨，鼓声如雷，声闻百里，蔚为奇观。

东瀛行 (四首选一)

一壶倾尽一吟哦，况有千壶不厌多。

天上星辰光焯烁，人间灯火影婆娑。

遥思李白诗无敌，莫道刘伶酒有魔。

笑透红涡眉欲舞，共披和服曳轻罗。

林爱荷

女，1942年生，福建永泰县人。福建三明市第三化工
机械厂退休职工。福建省诗词学会会员。

读余元钱老师纪念陈祖源吟长文感作

深情怀益友，读后感欣欣。
正是崇其德，方能惠我文。
旱田时雨得，枯树老枝芬。
放眼沙溪畔，融融映夕曛。

林烈火

1936 年生，福建永春县人。转业军人，退休教师。福建省诗词学会会员。

满庭芳·辛未阳春参观蓬壶仙洞、普济及百丈岩，因填是阕纪盛。

奎斗流光，文章焕彩，灿然金菊迎宾。轻车就道，涧水洗征尘。戛玉敲金九曲，山林震，惊石将军。登无极①，秋旻空阔，何用觅桃津！　　飞檐金凤舞，池龙待举，飏羽腾鳞。喜纵情浏览，一杖闲身。百丈登高雅兴，幽绝景，满目缤纷。游踪遍，弦歌竞奏，蓬境恣逡巡。

【注】

① 九曲、石将军、无极殿皆为仙洞景观。普济山形如倒飞凤，池中塑二龙戏水。

林烈胜

1968 年生，福建福鼎市人。福鼎市城市管理干部。福建省诗词学会会员。

无 题

临别翻愁作笑难，徘徊妆镜拭眉端。
灯前执手长追忆，絮语绸缪至夜阑。

林隆载

1951年生，福建福清市人。福建三明第一中学语文教师。福建省诗词学会会员。

吊韩世忠墓

蕲王墓道费搜寻，秋草离离暮霭沉。
半壁乾坤称砥柱，满朝文武愧袍簪。
灵岩何计分忠佞，吴下无颜对古今。
把酒临风要落照，寒蝉向晚正长吟。

观电视连续剧《北洋水师》

往事情知逐逝川，百年依旧撼心田。
英伦笃学期强国，黄海偏师痛化烟。
我欲横刀权掠阵，谁能擎柱力回天。
可怜抔土刘公岛，芳草萋萋倍黯然。

林绥国

1944 年生，福建永春县人。永春县蓬壶文化站干部。福建省诗词学会会员。

梅

搏雨迎风傲雪开，牵情多士不求媒。
虬枝羞煞娇娆辈，岁岁春回看夺魁。

林添生

1920 年生，福建平和县人。原平和第一中学教师。福建省诗词学会会员。

吊定远将军李公残碑

碑高盈丈，在琯溪葫芦山北侧，不知何时踣作路基，依稀仅存"明定远将军李"六字，馀不知弃置何所。风雨侵蚀，人畜践踏，行见湮没不彰，谁复知有将军其人者？

将军究何名，今仅存其姓。
昔年必叱咤，跃马尘沙净。
旄头落日低，腰间角弓劲。
想当裹尸还，笳鼓悲不竟。
碑文蚀风雨，蟠螭埋野径。
依稀存六字，吊古资吟咏。
代远空摅怀，草荒欲没胫。
吁嗟百世下，谁念霍去病！

林淑伟

女，1947年生，福建永安市人。会计。福建省诗词学会会员。

山 女

歌喉婉转响云根，岭后烟霞竹上痕。

一朵茶花沿鬓艳，山为骨骼水为魂。

林寄华

女,1903 年生,已故。福建福州市人。林则徐第四世孙女。在台湾曾任国民党元老于右任秘书多年。为著名女诗人。

临江仙·悼蔡梦潇词丈

老去豪情浑不减,鏖诗每到更阑。渠侬绮语未全删。任人桃老唤,谐谑博欢颜。　　只道微疴终得疗,秋光正满溪山。倏然挥手谢尘寰。诗魂随晓露,遗稿散人间。

金缕曲·落红

莫挽芳菲住。最关心落红狼藉,五更风雨。往日繁华浑似梦,梦醒难寻归路。算枉费铃幡深护。鶗鴂何心啼未了,念飘零茵溷谁为主?总一例,委尘土。　　黄蜂紫蝶当时侣。料明朝相逢陌上,暗怜迟暮。斜日空枝千万恨,留得馀香缕缕。抵肠断魂销无数。色相勘空终是幻。问化泥将护情何苦。花不语,悄飞去。

齐天乐·话旧

声声啼鴂催芳讯，留春渐怜无计。丈室书空，孤灯摇梦，尘掩阑干慵倚。相逢蓦地。对芳醑盈樽，夜凉如水。减尽风怀，离愁谁省更重理？　　朱颜青镜暗换，年时明月在，应念憔悴。翠幕凝香，兰舟载笑，休话江南前事。飘零还几。望万水千山，锦笺难寄。烛泪蚕丝，今生偿也未？

林培英

1904 年生，已故。福建福州市人，小学退休教师。福建省诗词学会会员。

双星佳会

双星天上系深情，远胜人间满口盟。

纵是一年只一夕，一年一夕慰终生。

林鄂青

女，1925 年生，浙江省人。原福州大学图书馆干部。福建省诗词学会会员。

卜算子·小外孙女

韶秀眼波清，窈窕人娇小。未入门来喊叫高，姥姥公公好。　　来带满园春，去洒盈庭笑。报道寒潮尚未消，愿各加衣帽。

林逸生

1926 年生，福建闽侯县人。原闽侯县祥谦小学校长。福建省诗词学会会员。

清明谒林祥谦烈士陵园

江岸罢工燃烈火，祥谦正气薄云天。
全凭胆力撑危势，不惜头颅挂市廛。
义魄千秋萦汉口，忠魂万古壮峰巅。
悬知地下应含笑，学子莘莘满墓田。

林维善

1930 年生，福建莆田市人。福建省外贸中心退休干部。福建省诗词学会会员。

甲戌金秋省外经贸系统创汇书画大赛率成

杯称创汇集群英，序属清秋桂蕊馨。
四壁琳琅书画印，一堂跄济老中青。
艺坛俊彦推红粉，文苑精尖起白丁。
继往开来扬国粹，好凭翰墨美心灵。

林道党

1934 年生，福建连江县人。原连江县汽车站站长。福建省诗词学会会员。

咏　春

春到人间鸭早知，氉氉杨柳挂青丝。
衔泥细语双双燕，微雨农耕正适宜。

林道侃

1936年生，福建福州市人。福州市金融同业公会秘书。福建省诗词学会会员。

摄影随感

寻寻觅觅复斟斟，尚待日光云影亲。
碧水青山堪悦目，春花秋月足怡神。
推崇电脑调姿色，尊重自然生态存。
假作真来真有假，大千世界眩缤纷。

林斯定

1937 年生，福建永泰县人。福建省诗词学会会员。

海峡情

咫尺鲲洋振翼先，闽台联谊谱新篇。

同乡相见不相识，一句乡音手紧牵①。

【注】

① 1994 年参加福建省首批新闻界赴台访问团，在台北见到台湾永泰同乡会理事长时，她第一句话要我用故乡永泰话对谈。谈毕，她与我紧紧握手。

林萱孙

（1915-1996）原名钊，福建闽侯县人。曾任长乐市政协常委。后人辑有《林萱孙先生缅怀集》。

春夜治印感作

雕虫惭小技，好弄岂沽名。
我费奔牛力，人疑夜鼠声。
三生唯证果，一点亦钟情。
成担难充饱，石田笑尚耕。

纪念抗日战争胜利五十周年

芦沟烽火漫长空，国难仇深敌忾同。
安忍河山遭破碎，敢将血肉奋拼冲。
八年终获全盘胜，大地齐歌一片红。
特色中华多创举，万方额手颂丰功。

洪塘大桥秋望

遥津今日喜桥横，极目登临秋思生。
曾忆儿时歌竹马，洪塘月色忒多情。

林景云

1913 年生，福建福州市人。原民革福州市委常委。福建省诗词学会会员。

听厦门某女清洁员劳模事迹报告有感

扫净街衢亦净心，高超境界重黄金。

为民效力无轩轾，此亦铮铮戛玉音。

林新雄

1959 年生，福建莆田市人。仙游县政法委干部。福建省诗词学会会员。

沁园春·纪念抗日战争胜利六十周年

渺渺长城，浩浩长江，壮丽九州。数奇山异水，地灵人杰；雄风古国，武备文修。上溯炎黄，纵观历史，多少精英竭荩谋。华夏立，汗青资妙笔，谱写春秋。　　其间不幸蒙羞，耻莫甚倭酋种怨仇，肆极端兽性，戕男淫女；绝无天理，触目遗骸。东鲁焚烧，南京屠杀，半壁河山血泪浮。能淡忘？小泉蠢动，使看吴钩！

林新樵

（1917-1998）福建福州市人。原福建师范大学中文系副教授。福建省诗词学会会员。

参加古典诗词诗论会偶成（二首）

（一）

镂月裁云饰艺宫，自然平淡出精工。
雄奇沉郁原分擅，玉润珠圆更足崇。

（二）

含蓄温柔见苦功，更须精警养其中。
起如爆放收如水，袅袅馀音赏爨桐。

林蔚起

1947 年生，福建福州市人。原福建南平市博物馆馆长。福建省诗词学会会员。

观延平津赛龙舟

遏浪鸣金鼓，龙舟夺锦归。
延津喧笑语，沉剑欲腾飞。

袁师永

1957 年生，福建柘荣县人。中共柘荣县委宣传部干部。福建省诗词学会会员。

如梦令·黄昏观海

日坠汪洋尽碎，屿晃天摇如醉。赤雾梦沙鸥，万顷横拖霞帔。神绘！神绘！飞浪又钩银桂。

欧时銮

1929 年生，福建连江县人。连江琯头服装设计师。福建省诗词学会会员。

贺两岸经贸论坛圆满成功

论坛易地叹时艰，何碍双赢互利颁。
与会春风融笑意，予民实惠绽欢颜。
农渔惠市零关税，十五条章慎罚锾。
携手连心谋福祉，强音承诺慰人寰。

欧国顺

1943 年生，福建闽侯县人。福建省诗词学会会员。

乙酉中秋节感怀

抬头皓魄悬天皎，俯首银辉洒地盈。

隔水亲人多少话？情凝"月是故乡明"。

欧孟秋

1945年生，福建福州市人。曾任中共福建省委党校《理论学习月刊》主编，福建省文史研究馆副馆长。现为中华诗词学会常务理事，福建省诗词学会会长。著有《菊潭清响》《梅窗清影》。

随中央文史馆考察团访欧书感

昔阅欧罗巴，如蒙一薄纱。今访法荷德，秋色正清佳。连天浮海浪，掠地泛云槎。异国初为客，金风天一涯。晓来登铁塔，洗尘雨交加。凯旋门外叟，回望令长嗟。穆穆将军冢①，喁喁叹溺娃②。和平共发展，主旨莫偏差。伟人故居在，缅怀岁月遐。真理与时进，最是浪淘沙。卢浮萃瑰宝，美哉足堪夸。徜徉不忍去，心田茁奇葩。塞纳橹声静，莱茵樯影斜。内河波淡荡，外港笛喧哗。人文蕴科技，心智铸菁华。应求诚且信，当辨俭与奢。木履诉荆棘，风车话桑麻。先辈艰创业，血泪肥新芽。东野闻鸣犊，北村歇噪鸦。一肩挑霁色，双颊染馀霞。恰际中秋夕，争睹玉无瑕。婵娟万里共，焉得不思家？眷此清旷景，推窗独品茶。借鉴他山石，中兴道不赊。

【注】
① 曾拜谒二战"血胆老将"巴顿墓。
② 途次布鲁塞尔，一睹尿童小于连铜像。

过 东 湖

过处风微雁不惊，一泓秋水与云平。

篷窗摇梦三千里，荡尽诗肠是桨声。

欧相金

1929年生,福建东山县人。原福建漳州市工商银行科长。福建省诗词学会会员。

雨打芭蕉

狂风急雨袭芭蕉,任受摧残不折腰。
待到霞光升海曙,舒心展叶更妖娆。

欧阳剑平

女，1913 年生，江西彭泽县人。福建省汽车运输总公司退休干部。福建省诗词学会会员。编有《袁枚故事诗选》。

寒衣曲

1937 年抗日军兴，余归故里彭泽县城，与不少青年姐妹，相约募寒衣慰军，得父老支持，昼夜赶制成棉背心二百馀件。忽马当江防吃紧，又随家出走，旋彭泽沦陷，闻物尚在仓未动也。忆及而作。

倭祸从天降，惊鸿各自飞。大城人尽散，小邑客如归。萍聚原非偶，板荡有同悲。国土任侵凌，热血沸心扉。姐妹罄棉力，相约募寒衣。父老争勖勉，乡里共扶持。大街复小巷，济助不嫌微。家家乐解囊，件件情如饴。将士勇杀敌，挟纩慰心期。集腋果成裘，寄将正其时。前方忽败绩，日寇铁骑逼。天堑何可凭，仓皇走荒驿。金汤成破甑，流民无暖席。棉衣尚在仓，莫践捐输实。兹事五十年，余心长相忆。虽未底于成，馀热在胸臆。且喜蔗境甘，欣瞻华夏赤。群黎话来苏，山川庆改色。正道味沧桑，更觏大改革。长期弭战端，鸡声天下白。

范 青

1935 年生，福建永泰县人。原福建省粮食厅处长。福建省诗词学会会员。

苏幕遮·青云山

耸苍穹，凌紫阙，叠嶂垂虹，绝壁回廊阔。万壑松涛激越。雾锁烟封，春境深难测。　　状元踪，兵燹迹，一路追寻，赢得怀思切。照影天池肝胆澈。煮酒山城，还品樟溪月。

范必贤

1913 年生，福建邵武市人。邵武供销社退休干部。福建省诗词学会会员。

秋夜有怀

霄汉银盘转，清辉照锦帏。

桂花香袭袖，雁翼影垂矶。

忆远情弥切，怜寒梦岂稀。

好风其有便，吹得旅人归。

卓一勋

1930 年生，福建尤溪县人。原尤溪县洋中中学校长。福建省诗词学会会员。

桃源忆故人·榕树

始栽此树人何处？绿荫浓凉当路，景色幽宜千户，买夏饶清趣。　　松筠应逊君风度，立地顶天轩藠，入药浑身堪诩，万载留佳誉。

卓亦溪

1921 年生，福建福鼎市人。退休中学教师。福建省诗词学会会员。

返里感作

他迁返里翻如客，圆觉寺前身再经。
灯火万家霞似织，儿时残梦只晨星。

游仙姑洞

雁山三十六芙蓉，蹑履东瓯第一峰。
锦石带云归洞口，长烟拖墨上苍穹。
千林碧翠生幽竹，万壑飞涛吼乱松。
仙女有知应起舞，神州今日正春风。

卓启书

（1926-2008）福建闽侯县人。福建省文史研究馆馆员。编写有《边寨之夜》《金钿玉锁仔》《月痕扇影》等闽剧剧本。福建省诗词学会会员。

小箬杂咏（二首）

（一）

地似芒鞋南北宽，几根石柱木栏杆。
一江风月凭消受，只觉更阑语未阑。

（拦牢湾）

（二）

当檐老树记巢痕，风叶阶前竹马喧。
微月冰弦檀板夜，听伊学唱《出京门》。

（真武庙）

卓杰华

1924 年生，广东省人。原福建厦门航海学校校长。福建省诗词学会会员。

香港游有感

会展中心看紫荆，回归碑座港徽明。

海湾景色收无尽，到处能听"咔嚓"声。

卓斌青

1940 年生，福建尤溪县人。原福州市民族宗教局局长。福建省诗词学会会员。

纪念报界先驱林白水烈士诞辰一百三十周年

英名犹振大江潮，一似雄鹰抟九霄。
报界先驱留正气，文坛后学仰高标。
刺贪刺佞笔锋利，忧国忧民心志焦。
自许平生担道义，终将热血溅天桥①。

【注】

① 林白水烈士于1926年8月被军阀张宗昌杀害于北京天桥。

罗 丹

（1904-1983）字稚华，福建连城县人。福建厦门市书法篆刻研究会会长，中国书法家协会第一届理事。出身学徒从事印刷行业。自创"罗丹体"。抗日战争期中在永安与朱剑芒合办"南社闽集"，著有《稚华诗稿》。

新击壤歌用照陆丈韵

静夜寻声万籁无，危时可许狂吟乎。
年年灯下笔为奴，陡听战火相喧呼。
桓桓武士颜何朧，长山大漠擒於菟。
击壤人歌今唐虞，千墟涤秽回昭苏。
绝岛渠魁空嘻吁，昔何赫赫今何孤。
故都新象跻群儒，磨治禹域还真吾。
大力能旋天下枢，山河拭目黄金铺。
虬龙奋薄张髯须。赤纛高揭逃鼠狐。
壶浆处处争奔趋，我亦振管来扬揄。
海门困兽仍负嵎，长戈耀日遄其屠。
报国群轻金石躯，生掀马革干城殂。
嗟予涕泪羁海隅，廿载锋镝天模糊。
新潮鼓荡神能驱，披肝作健谁敢渝。
苤画万祀千金厨，深更展读如醍醐。
抚我俭腹今能腴，修毫拂纸心于于。
盈胸浩气风云俱，大块行歌真嗫嚅，
好办清游五岳图。

自题山水（二首）

（一）

黑疑蓑笠白疑翁，雾里桃花犊背风。

剪取天南春一角，自将手眼接鸿蒙。

（二）

云飞天外胸无滓，水落山腰地有容。

独辟龙潭挂银瀑，万松岭表一声钟。

莴之之渝道出燕江寓燕尾楼出示近作次韵答之

不尽嘤鸣求友声，杜鹃时节故人行。

棠花峡忆攀崖趣，燕尾楼悬把盏情。

桃李凭君开灿烂，琅玕许我裹空清。

艰难蜀道自兹去，万里相思一雁横。

罗 钟

1944 年生，福建连城县人。原福建省厦门市政协文史委干部。福建省诗词学会理事。

瑞云洞笔会感赋

瑞云古洞集时贤，名胜逢辰貌倍妍。
文笔峰前开妙帧，青狮楼上奏清弦。
沙溪风韵群公擅，石案诗篇万古传。
今日云从参盛会，好同山水结良缘。

罗幼林

1943 年生，福建福安市人。福建省诗词学会理事。

春客农家

老我何须羡市朝，流泉牧笛总逍遥。
一犁好雨秧初种，几道清渠水正浇。
吐叶茶桑千垄碧，绽花桃李满山娇。
何来春日闲人少，耕野田畴胜画描。

罗汝武

1920 年生，福建连城县人，福建龙岩市教师进修学校退休教师。福建省诗词学会会员。

厦门中山公园观菊展歌

陶公昔栽东篱菊，菊倚山陬寒瑟瑟。
其花之大才如钱，岂有牡丹娇艳色？
不趋富贵无俗尘，是以隐者居与匹。
陶公以来千百年，菊花之名万口传。
巨商大贾附风雅，名公巨卿亦垂涎。
或锡佳名称帝女，或崇雅号比天仙。
苑人竞栽新种出，千奇百艳争鲜妍。
我来海岛事胜游，适逢菊展愿得酬。
亟入名园快心目，道旁列菊如龙游。
或绕大树作蟒势，或饰穹门如彩球。
奇中之奇有二馆，广植名葩供展览。
绿玉堆花出巧工，金丝作瓣趣无穷。
白者远观如积雪，稍近益见妙玲珑。
植诸玉盆施锦障，壁悬书画相映烘。
观园或赞或艳羡，中亦有人靡苟同。
菊花今登富贵家，岂复当年隐逸花？
名花一株价千百，深山隐者空咨嗟。

1985 年

罗宝畴

1921 年生，福建福安市人。福安市农业局离休干部。福建省诗词学会会员。

科技勇攀第一峰

神五携人入太空，遨游星际探鸿蒙。
嫦娥曼舞迎稀客，华裔欢声动九重。
千载飞天圆夙梦，廿年兴国起雄风。
而今神六开新步，科技勇攀第一峰。

罗金发

1942 年生，广东大埔县人。福建诏安县医院医师。福建省诗词学会会员。

学书画有感

痴情书画忘春秋，展纸挥毫寄意稠。
信蕴人间真善美，一生清苦也风流。

罗彦青

1920 年生，福建福安市人，退休干部。福建省诗词学会会员。著有《晚霞集》《晚霞馀韵》。

临江仙·纪念焦裕禄

公仆仪型扬四海，爱民气贯虹霓。为治三害献身时。严寒犹踏雪，戴月一身泥。　　藐彼风沙勤昼夜，鞠躬尽瘁忘危。深悲一病竟无医！高风追日月，亮节永昭垂！

罗冠群

（1915-2001）福建清流县人。福建省文史研究馆馆员。中华诗词学会会员，福建省诗词学会会员。

乙丑初伏鼓岭消夏遇雨

风号云卷鸟争还，变化无端顷刻间。
天外溟濛迷远近，峰峦幻作米家山。

浣溪沙

戊辰菊月与文史馆同仁访屏南白水洋，惜未见鸳鸯。

潋滟波明白水洋，峰回五老护沧浪。胜游涉足共褰裳。　　骚侣一行空伫立，文禽何事未还乡？娇羞莫是避清狂。

罗焕刚

1930 年生，福建三明市人。三明市梅列区教育局退休干部。福建省诗词学会会员。

三明江滨公园

虎山脚下风光好，旧貌敷荣日日新。
芍药丹含三夏雨，芭蕉绿浸一溪春。
日移竹影增棋兴，风拂花香益酒醇。
姹紫嫣红优点缀。山城佳景迓嘉宾。

金云铭

（1904-1987）字文铭，号皞如，福建福州市人。美国哥伦比亚大学图书馆学硕士，福州协和大学及福建师范大学教授、图书馆馆长。著有《中国图书分类法》《宁斋诗词集》等。

莫愁湖

卅年幻梦旅尘游，忆上莫愁湖上楼。
金粉未应销霸气，烽烟竟使折良俦。
春风人在三山外，往事心悬六代悠。
珍重堤防杨柳色，几从回望寄吟眸。

醉垂鞭·湖上泛舟

落日映晴芜。水潆洄，岸柳绿，楼台入画图。小艇系荻芦。　乘兴荡兰桡，澄澜静，泛菰蒲。鼓楼向归途。馀情犹在湖。

金英生

1917 年生，已故。福建闽侯县人。福建南平市交通局退休干部。福建省诗词学会会员。

阑干万里心录·福州风味小吃（四首）

（一）

鼎边什锦誉如何？名店南街有味和；五十文钱价不多。客如梭，后至常须待起锅。

（二）

二桥亭畔好元宵，鸭面全州誉最饶；阿焕经营有一招。到今朝，路过无闻香味飘。

（三）

贫中无计俭为餐，六柱桥边泡粉干。牛肉清汤莫小看，契同欢，一碗差堪御晓寒。

（四）

肉丸独赏海防前，信义招牌赤昔年。未食先教流口涎，胜肥鲜，微火猪油慢慢煎。

季良锟

1923 年生，福建浦城县人。浦城中学教师。福建省诗词学会会员。

蝶恋花·武夷山玉女峰

欸乃一声穿翠雾。涧曲溪回，莫辨来时路。欲倩柳丝春绾住，悠悠哪识春行处！　　出浴凝脂披缟素。不褪轻纱，羞把真容露。似诉大王征战误，千秋咫尺思朝暮。

郊游即事

野外桃花烂熳开，探春仕女踏歌来。
缘何蜂蝶争飞逐，是恋芳枝是粉腮？

练 欢

女，1977年生，广西人。厦门市法律顾问。福建省诗词学会会员。

玉楼春·七夕

长河影落天鸡早，冉冉清光催梦晓。人间万事等闲何，一夜秋光吹竟老。　　情钟肯惜芙蓉好，花面多因团扇恼。青山相对也消愁，渡尽千帆波未了。

洪 璞

女，字守真。1906 年生，已故。福建福州市人。

三八节

德行人之本，才能为之侑。女子才德者，光国更不朽。鲁妇曾退敌，孟母能善诱。班昭续《汉书》，卫铄字莫偶。历来多其人，难以一一剖。今也处平权，同趋同所负。凡百慎其初，毋为利所诱。勿谓人莫知，贪得不知丑。勿谓人皆然，我亦效其有。一朝祸患至，谁能辞其咎。故惟崇忠贞，志洁行不苟。德为才之帅，美誉腾众口。逞才图其私，未见能长久。古今圣贤者，母教居八九。用知女子责，还居男子右。为国输良才，努力于前骤。

洪干堂

（1909-1998）福建东山县人。1927 年赴南洋。1946 年回国。历任东山县侨联主席、东山县人大常委、漳州地区侨联委员、福建省侨联委员等职。著有《洪干堂诗词》。

月夜感怀

1946 年沙捞越时二次大战告终，交通未复，思归心切！夜宿小楼，月白风清，虫声唧唧，感而写此。

夜静蚤声诉未休，小楼月白照离愁。
烽烟遍布萦乡梦，家室存亡抱杞忧。
十载飘零多逆境，寸心惆怅独登楼。
征帆何日还乡去？好把羁情付北流。

黄道周四百周年诞辰纪念（二首）

（一）

四百年来几足俦？忠魂毅魄耀神州。
婺源一战功难遂，气节如山万古留。

（二）

楚有屈原闽有公，橘榕两颂见高风。
凛然血洒金陵地，一片丹心化碧虹。

洪心衡

（1900-1993），福建福州市人。原福建师范大学教授。
福建省诗词学会会员。

近漳州出土大炮一尊，重千馀斤，经厦大黄典诚教授摩洗辨识，乃其曾祖所铸，为鸦片战争期中遗物，因赋二律见示，特答一律

铸炮当年为抗夷，赤心无愧是男儿。
展威曾使群酋慑，出土今欣旧物遗。
战史千秋凭佐证，冶工一代见神奇。
铁衣刮尽浮名讳，潜德幽光世共仪。

洪君默

1951年生，福建晋江市人。四川省闽南商会副会长。中华诗词学会会员。著有《衔远庐吟稿》《衔远庐诗草》等。

咏石达开

沫水东还怒马狂，仰天天意竟茫茫①。

千秋长恨红羊劫，一索馀悲安顺场。

纵有雄心成壁垒，可堪遗恨起萧墙。

乾坤也惜英灵气，不尽江声哭翼王。

【注】

① 石达开《大渡河》诗："天意竟茫茫"。

洪定家

1930 年生，福建泉州市人。原泉州市医药公司干部。福建省诗词学会会员。

晨 练 风

老年晨练好风光，花苑浓荫拳剑忙。
宛转歌声闻远近，翩跹舞袖乐徜徉。
风流宿将精神烁，灿烂新星意味长。
四季如春红绿紫，心身怡悦寿而康。

洪家融

1931 年生，福建福清市人。福清市医院主治医师。福建省诗词学会会员。

秋游八达岭长城

万里长城万里天，千秋往事若云烟。

势如龙虎安边徼，气壮山河耀史篇。

绝顶攀登真好汉，平台漫步亦神仙。

秦时明月汉时景，伫看腾骧竞向前。

洪国龙

1916 年生，福建南安市人。南安市南星中学语文教师。福建省诗词学会会员。

示儿赴日求学

远渡扶桑万里情，攻关科技甚勤耕。
寓身异域当思国，借石他山莫为名。
鹿马淆时须细辨，风云幻处不须惊。
应从心眼增灵慧，毋畏崎岖勉力行。

洪峻峰

1958年生，福建石狮市人。厦门大学学报编辑部副主任。福建省诗词学会会员。

庆典席上逢家乡故人

满座春风一片忱，更逢旧雨喜乡音。

情牵阿母桑榆晚，话到麻姑岁月深。

羁旅渐消沧海志，流年不改故人心。

此时共说家山好，他日谁听越客吟。

洪腾涌

1920 年生，福建南安市人。原福建惠安县第六中学教员。福建省诗词学会会员。

喜咏南安市贵峰村读诗班创办十周年兼赞王国明先生

故乡明月洒清辉，赤子天涯岁岁归。
十载兴诗熬溽暑，一心育秀播芳菲。
放歌导咏人称绝，授艺输金世所稀。
振铎功昭碑永耀，贵峰崛起举吟旗。

洪德章

1951年生，福建东山县人。曾任企业会计。中华诗词学会会员、福建省诗词学会会员。著有《逸庵吟草》。

满江红·三军抗洪救灾

雨骤风狂，江面上，惊涛不歇。堤欲溃，堵流填漏，火燃眉睫。水底打桩多勇士，岸边背土饶豪杰。展战旗，人坝共存亡，心如铁。　　漩涡急，基础裂；原野毁，田庐没。仗官兵躯体，筑墙防决。舍己救人肝胆照，移山倒海山河咽。看军民携手制洪魔，干城屹。

姜才棠

1958 年生，福建永安市人。永安第八中学语文教师。中华诗词学会会员，福建省诗词学会会员。

竹乡咏竹

古称寒岁友，今作小康星。
意气空中看，心声笛里听。
霖馀萌勃勃，风举竞亭亭。
咬定苍崖立，萧萧万岭青。

渔歌子·现代渔父

郊外鱼肥正满塘，"奔驰"开路骋前方。新革履，靓西装。横风大雨怕他娘！

姜翔骅

1936 年生，福建宁德市人。曾任宁德市蕉城区电影发行放映公司副经理。中华诗词学会会员，福建省诗词学会会员。

满庭芳·报载某地一席酒费逾数万元有感

时近黄昏，华灯初上，夜生活开场。奔驰疾，宾利更嚣狂①。翠幕玻窗隐约，客盈坐、杯盏叮当，人头马、茅台老窖②，满汉席飘香。　　诚怕。天晓得，私家暴殄，公费铺张？国饶尚需时，亟待兴邦。不可掷金若土，莫忘却、穷困粮荒。应提倡，开源堵漏，奋起奔小康。

【注】
① 奔驰、宾利，豪车也。
② 人头马、茅台老窖，名酒也。

施子清

1933 年生，福建晋江市人。全国政协委员、福建省政协委员、香港福建同乡会名誉会长，福建省诗词学会顾问。

神女峰醉歌赠友人

巴东日暮催人急，双发巫峡指西陵。

重岩峭壁擎天削，飞流击岸夹猿声。

蓦然红雨潇潇下，无端薄雾冉冉升。

诗圣感怀悲秋处，巫山巫峡气峥嵘。

峰回十二相辗转，独怜神女自飘零。

伤心只为金钗落，何当针刺恶龙醒。

欲携君手细叙说，几番回首心为倾。

俄顷风起墨色昏，迷离变幻鬼神惊。

不为游人留片刻，惆怅巫山云雨情！

施议对

1944 年生，福建泉州市人。原中国社会科学院文学研究所副研究员。澳门大学教授。

鹧鸪天·自嘲，奉和罗慷烈教授

岂为虚名役此身，我生忧道不忧贫。大锅吃饭毋愁米，小井看天自在春。　　居闹市，亦闲人。书城坐拥味甘辛。会当磨取数升墨，洗却毫端万斛尘。

金缕曲·壬戌夏重游杭州西湖

一勺西湖水，酿清愁，碧波微皱，薰风初起。不了晴丝飘柳带，队队无言桃李。费多少红情绿意。烟雨画船应依旧，甚当年争渡今何地。横翠盖，舞双袂。　　重游合共佳人醉。对长堤、沙鸥笑问，鬓毛斑未？客里光阴驹过隙，唯有此情难已。便几度蟾宫析桂①。华苑晓来闻莺语，正沉沉帏幕眠西子。凝皓腕，乱钗髻。

【注】
① 余曾三度作研究生。

施玉山

1969 年生，福建松溪县人。松溪县工艺公司设计员。福建省诗词学会会员。

临池有感

心手追摹意气通，前贤法度守其中。
兰亭一序传千古，曲水流觞畅惠风。

施秀望

女，1941 年生，福建晋江市人。原福建三明钢铁厂中学妇联主任。福建省诗词学会会员。

勉晚辈勤学

珍惜韶华日美颜，从师负笈莫偷闲。
芸窗万卷须勤读，月窟千重敢奋攀。
量纳百川方是海，功亏一篑未成山。
寅时漏滴催飞箭，壮志当凌牛斗间。

施学概

1941 年生，福建泉州市人。福建省政协委员会委员，香港著名企业家，香港集美校友会董事会主席，福建省诗词学会顾问。

同心协力共创香港美好明天咏怀

香江晴望好，蚕织细耕嘉。北阙开金钥，南头发杏花。素姿盈淑气，轻蕊绽新葩。忽报西风烈，重来酸雨斜。斩鲸澄碧海，伏虎解环枷。拂袂清尘虏①，腾空射噪鸦。瑶章蒙启昧，正史彩流霞。辱国忧须记，殖民恨未赊。"三通"宽世界，"两制"合桑麻。玉律联心结，宏图携手挈。繁荣群献策，稳定众除邪。创建文明壮，拼搏美好加。展襟辉热土，共济竞仙槎。协力擎新宇，同心惜物华。怀吟流水激，归告落英哗。一统相思久，放眼国与家。

【注】

① 虏尘泛指敌人。清虏尘，肃清暴虐的敌人。陆游《送范舍人还朝》："因公并寄千万意，早为神州清虏尘。"

施性山

1952 年生，福建石狮市人。北京千载文化艺术中心副总经理。福建省诗词学会会员。

"烟文化"絮语

作用弥从点缀工，人情由是克通融。
周旋或有贤愚异，吞吐居然臭气同。
凡事优容皆得便，诸般礼貌久成风。
危楼日日黄金宴，接待还须仗此公。

施武弄

1939 年生，福建云霄县人。原云霄县教育局局长。福建省诗词学会会员。

感　兴

花甲结庐漳水西，归田笔砚是锄犁。
修身户牖勤开卷，养性梅兰足解颐。
但得夕阳无限好，何妨旧梦渐依稀。
临池习静车尘远，泼墨春山意自怡。

施秉庄

（1902-1986）女，字浣秋，福建福州市人。施景琛女，何振岱女弟子。曾任福州第一中学教员，后移居台湾省。著有《延晖楼词》。

风入松

挈诸生游方广岩，日暮迷路，几不得出，及归志险。

秋晴遂有胜游情，结侣作出行。丹枫紫桂纷罗列，带斜阳画上飞甍。岩洞凌空方广，花宫背石峥嵘。　　丛篁翳径乱纵横，小队水飘萍。百回觅遍来时路，但仰首孤月疏星。蛇虺豺狼不管，死生朝暮何凭。

满庭芳

延津客夜，霜月交辉，孤坐至明，有作。

叶落庭宽，秋高月大，绕屋霜气稜稜。直疑苍宰，移昼作深更。道睡如何睡着，回栏上，百遍闲凭。凝眸处，前江尽白，星火闪渔灯。　　伶俜，天际影，飞过只雁，略不留声。早金钉焰灭，檀鼎香轻。身在琼瑶世界，看一片、上上空明。忘怀也，孤游已惯，谁道是萧清。

浪淘沙

辛未十月，雨中遇浣桐于延津途次，喜极！君往兰州，临分以手摘词抄见赠，感作。

疑梦复疑真，端是斯人，绝欢娱处转酸辛，记得故乡临别泪，犹湿罗巾。　　灯火闪江村，雨畔黄昏。了无言语送飞轮，怀袖墨香藏写本，留证心魂。

施春莺

女，1959 年生，福建莆田市人。莆田市文化馆干部。福建省诗词学会会员。

福州雪峰崇圣寺玉佛楼落成暨第八届南国牡丹花会，沐雨赏牡丹，天忽放晴，因赋

沐雨赏奇葩，禅关兴不赊。

春浮天竺国，香溢梵王家。

拈悟瑜伽旨，珍生闽海霞。

绿黄红白紫，色相一无差。

施榆生

1957 年生，福建漳州市人。中共漳州师范学院中文系总支部书记、副教授。中华诗词学会理事，福建省诗词学会副会长。著有《清吟集》。

题漳州林语堂纪念馆

筑馆蕉林十里间，每登石级忆生年。
性灵晏晏闲情在，桑梓殷殷别绪牵。
结构藻思为巨擘，交流文化著先鞭。
谁言身后贤愚泯，风雅从来累世传。

咏华安二宜楼

雄浑古朴信堪夸，傍水依山宜室家。
百户聚居成世界，双环并峙起烟霞。
通廊隐秘巡行便，连壁斑斓绘画嘉。
曾是神工能御寇，更留天地一奇葩。

北京奥运颂

华夏终圆梦，福娃欢笑闻。
五洲传圣火，九域绕祥云。
入水群龙健，归巢众鸟欣。
赫然功遂日，举世颂人文。

南 江

1929年生，浙江温州市人。原福建省旅游局局长。福建省诗词学会首届副会长。

游泰宁金湖

远看青山近看湖，湖光山色胜天都。
丹崖几挹清湾绿，凉毂平添曲港腴。
小鸟扬吭娱上客，奇葩放彩胜名姝。
兰舟把盏临芳屿，似入蓬莱仙子图。

临江仙·离沪南下入闽四十五周年有感

数十年华冉冉，一生烈火熊熊。梦回波毂剪吴淞。碧天云路远，斜日海陬红。 险境浑忘几历，知音难得相逢。民间鱼水最情浓。寒梅凌雪白，老柏立岩葱。

水调歌头·癸亥元夜怀台湾姊妹

年少布衣薄，俸禄等闲看。长空万里飘雪，惜别两愁颜。一片和风细雨，极目湖光柳影，景色映堤间。停立念帆远，归路隔重山。　　数岁月，生白发，罕书笺。天伦聚首情切，胞与甚时还。浙海千舟并发，古刹凭江静立，旧地子陵滩。花落人难见，苦忆泪斑斑。

柯乔木

1917 年生，福建泉州市人。泉州市卫生志主编。退休中医师。福建省诗词学会会员。

浪淘沙·初夏即兴

莺哢渐难闻，绿满乾坤。垂杨无计系芳春，桃李成阴垂硕果，杜牧消魂。　　梅雨洒山村，蘸水成纹，初飞燕子傍斜曛。独有榴花争献媚，红遍晨昏。

柯哲为

1949 年生，已故。福建莆田市人。福建省诗词学会会员。

神舟飞天致电嫦娥

劳你千年等这回，当时总是未心灰。
知将桂魄愁成白，返照齐州绣作堆。
宇宙新开天地眼，人仙共举古今杯。
归来莫说偷灵药，十亿炎黄踵接追。

柯鸿基

1933 年生，福建漳州市人。中国民主同盟漳州市委员会办公室主任，福建省诗词学会会员。

长乐度假村

忙里偷闲此小休，也来浮海驾扁舟。

乘风破浪雄心在，莫道逍遥学白鸥。

柯添治

1936 年生，福建晋江市人。中学退休教师。福建省诗词学会会员。

咏重阳节

昔日京游九九天，缆车红叶染香山。
彤彤杲日晞遥远，叠叠澄波瞰蜿蜒。
枫谷佳辰增绚烂，菊坡美景竞斑斓。
和谐壮往登临乐。企盼团圆共舜天。

胡元瑞

1945 年生，福建福州市人。福州市仓山区建设局干部。福建省诗词学会会员。

福州西湖诗廊

曲径回廊满壁诗，银钩铁画惹神驰。

春风初识游人面，引出花阴翡翠枝。

胡成恭

1927 年生，福建永泰县人。原永泰县人民法院办公室主任。福建省诗词学会会员。

千载皇粮国赋免征感赋

惠民政策破天殊，千载皇粮今免除。
扶掖"三农"齐奋发，中华崛起展宏图。

胡居达

1939 年生，福建永定县人。原永定县华侨医院副院长。福建省诗词学会理事。

马来西亚霹雳游

眼前疑是桂林移，霹雳山奇洞亦奇。
神笔擎天千嶂韵，剑峰拔地一城诗。

胡居焕

1943 年生，福建永定县人。永定县侨育中学教师。福建省诗词学会理事。

踏莎行·梁野山瀑布

直耸云崖，倒悬银练，一帘烟雨高高见。珠玑万颗溅潭中，水花乱湿游人面。　　雷吼惊心，莹光耀眼，奔腾呼啸狂澜远。喧声十里闹江湖，壮怀不作青山恋。

胡敬梁

1945 年生，福建闽清县人。中共闽清县司法局书记。福建省诗词学会会员。

登泰山顶上有作

老夫不为白头哀，偏上巅峰啸一回。
早岁未瞻天柱去，晚年方谒岱宗来。
帝王封禅期延福，信士燃香盼弭灾。
若问我今何所愿，国如东岳永崔嵬。

赵一鹤

（1921-1995）福建福州市人。原福建省轻工业设计院高级工程师，福建省诗词学会会员。

林则徐诞辰二百周年纪念

　　泪眼重看近代史，半殖民地俎肉耳！炮声隆破天朝梦，割地求和丛国耻。迎风劲草委荒郊，忠言逆耳兮哀莫大于心死！宸居心死民不死，亦有爱民爱国臣心如赤子。君不见虎门销烟百有五十秋，文忠壮举民同仇。卫国攘夷翻获咎，披肝沥胆遐荒投。又不见待罪七年心耿耿，筹边经武军先整。教民耕战即强兵，劝农遍掘坎儿井。龙沙莽莽复无垠，化作绿洲麦田千万顷。更不见二十年前臣精殚，为民宵旰消河患，赈灾减赋勤抚字，开仓平粜济时艰。公来生我讴万姓，江淮天山竞欢颜。国势臻强民力富，足兵足食何虑强邻虎视之眈眈！噫吁兮，大哉先贤我三呼！匡扶义大民为贵，顶踵虽糜志不渝。凛然无畏炳千古，洞观环宇史所无。而今祠宇更新日，恢公业绩为我生民立楷模。立楷模，吁嗟夫！

赵玉茂

1924 年生，福建安溪县人。原福建南平第二中学副校长。福建省诗词学会会员。

世界第一大瀑布

尼亚瓜拉大瀑布，名冠全球遐迩传。

砰訇高倚白云际，恍若银河落九天。

逶迤东西连野阔，邦跨美加雄蜿蜒。

旷世巨流声色壮，无穷变幻景万千。

或如暴雨倾盆下，或如小溪流涓涓。

或如长江咆哮怒，或如幽泉吟溅溅。

或如奔腾万马迅，或如仙女舞翩跹。

或如珠帘挂霄汉，或如螺黛笼轻烟。

吁嗟乎！造物奇观其奇岂能言？

赵玉林

字佛子，号明璧。1917 年生，福建福州市人。福建省文史研究馆馆员，中华诗词学会名誉理事。曾任福建省诗词学会秘书长、副会长、顾问。著有《灵响居诗文存》等。

丙子迎春词

闻道中枢务隆治，拍手欢呼群情沸。
改革开放趣收功，市场经济咸趋利。
外资运用企业兴，五毒舶来乘隙至。
西方浊流袭中原，沉渣泛起日横恣。
扫黄惩贪正及时，鼷鼠虽微角牛忌①。
岁临丙子语岁星，莫任鼫鼠技得肆②。
曾道空仓鼠敌猫③，蚩鸿骓骝用无地④。
隐穴神丘凿须深⑤，奋力投杀奚忌器⑥。
庙垣之鼠鹰头蝇⑦，一例粪除毋惴惴。
野人贻我却鼠刀⑧，硕鼠硕鼠何从祟⑨。
开国昌明翳渐生，宴安鸩毒亟须避。
尚多不传无由知，痈疽为患在指臂。
一发所牵动全身。代有覆辙应牢记。
圣者奋起肃百害，内视返听诚明智⑩。
廓清禹甸四海春，朗朗苍穹祛秋气。
善始克终宜十思⑪，日新行健当不敝⑫。
雄风丕振昌吾华，赤日经天光焰炽。

【注】

① 魏文帝书："鼷鼠虽微，犹毁角牛。"

② 《荀子》："鼫鼠五技，能飞、能缘、能浮、能穴、能走。"

③ 元稹诗："空仓鼠敌猫。"

④ 东方朔文"蜚鸿骅骝，天下之良马也，将以捕鼠于深宫之中，曾不如跛猫。"

⑤ 《庄子》："鼷鼠深穴于神丘之下，以避熏凿之患。"

⑥ 《汉书》："投鼠忌器。"

⑦ 《唐书》："君侧之人，众所畏惧，所谓鹰头之蝇，庙垣之鼠者也。"

⑧ 苏轼文："野人有刀不爱，遗予云可却鼠，名却鼠刀。"

⑨ 《诗经》："硕鼠硕鼠，无食我黍。"

⑩ 《史记·商君传》："赵良曰：返听之谓聪，内视之谓明，自胜之谓强。"又《后汉书·王充传》："夫内视返听，则忠臣竭诚；宽贤务能，则义士厉节。"

⑪ 魏征有《谏太宗十思疏》。

⑫ 《礼记·大学》："汤之盘铭曰：'苟日新，日日新，又日新。'"《易·乾·象》："天行健，君子以自强不息。"

开封再谒包公祠

前度来瞻话官倒，倡廉今道蔚成风。

倘然只用狗头铡，公纵重生哪奏功？

岁腊电视播萧店村之事有感

闻道扶贫治绩喧，白条尽兑体元元。
小民缧绁知何罪，寄慨区区萧店村。

西江月·清明悼亡作

瘿柳颓垣缺月，啼鹃孤馆寒更。海隅僵卧过清明。一阕悲歌谁听。　　不赋冰河铁马，只吟闺怨幽情。男儿有泪肯纵横？拼得桥西梦冷。

1960 年于苏北

减兰·代友作

桃红烂漫，豆蔻梢头春未惯。巧笑双眸，多少欢娱无数愁。　　蓝桥倘续，再度花开期可卜。泪洒情天，万里风霜十二年。

赵玉柯

（1919-2009），字霭庭，福建福州市人。退休干部。福建省文史研究馆馆员。福建省诗词学会会员。

收视广播抗洪救灾

耄耋萦时事，兴邦大有人。
抗洪筹万策，防涝历千辛。
道路红旗引，江乡赤子亲。
至情凝骨肉，拭目岁华新。

颂澳门回归

濠江烟雨梦依稀，四百年来久我违。
此日花岗莲盛放，升平歌舞庆回归。

赵亦金

1953 年生，福建福安市人。福安环宇建筑公司副总经理。福建省诗词学会会员。

谢 翱 赞

福安宋季出贤豪，慷慨勤王数谢翱。

求揖军门心取义，遂参虎帐舌横刀。

难忘北渡山河暗，恸哭西台日月高。

哀顾江南《晞发集》，怆吟楚些起长号[①]。

【注】

① 谢翱，字皋羽，福安穆阳人，试进士不第，文天祥开府南剑，翱倾家赀，率兵数百勤王，长揖军门，遂参军事。及天祥死，翱酹酒，南望恸哭，以竹如意击石作《楚些》招之曰："魂归来兮何极，云暮返兮关水黑，化为朱鸟兮有咮焉食！"歌罢唏嘘慷慨，竹石俱碎。

赵应琴

1924年生，福建福鼎市人。福建永安市粮食局退休干部。福建省诗词学会会员。

农 民 工

背井离乡奔四方，终朝劳作为何忙。
几经炎夏风霜历，数度严冬陌路尝。
破土架桥通大道，添砖加瓦建华堂。
欠薪年底亲人盼，空手回家最惨伤。

赵茂官

1947 年生，福建闽侯县人。福建省诗词学会会员。

西湖宛在堂复名

清明屐齿认春痕，西子湖边共探源。
风雨肩承兴世运，河山装点壮诗魂。
论交四海因缘结，嗣响千秋道义存。
此景休容留歉憾，辞同珠唾酒盈樽。

赵喜文

1956 年生，福建宁德市人。宁德地区公安处干部。福建省诗词学会会员。

纪念许世友将军诞辰一百周年

将军本佛陀，乱世动干戈。
杀敌身先率，奉公志不阿。
丹心铭主义，大勇斩妖魔。
建国功勋著，亲民服务多。

周 琴

1907 年生，福建宁德市人。退休教师。福建省诗词学会会员。

白龙潭

飞泉曳白汇龙湫，皑甲潜藏杳霭收。
潭底忽摇新月影，却疑谁下钓龙钩。

美人蕉

佳名宠锡美人娇，醉弹春风此绛蕉。
供向窗台堪对酒，金镶朱瓣一枝翘。

周士观

1925 年生，福建福州市人。原中国民主建国会中央委员会副主委。

庆祝中国共产党诞生六十周年

元老当年起大谋，风流胜迹至今留。
柳阴红艇湖光碧，千古嘉兴烟雨楼。

周书荣

1951 年生，福建福州市人。福建省佛教协会副秘书长。福建省诗词学会常务理事。

西禅啖荔诗会有作

怡山古刹闽中峙，飞凤落洋喧寺史。

碧涧青山仍绕门，前贤韵事相逦迤。

荔子丰标全占夏，君谟佳句最堪纪。

中冠丁香天洗碗，陈紫方红容媲美。

坐破蒲团了死生，棱祖手植犹存此。

重振宗风数今朝，起衰兴废从兹始。

小暑开园旧例循，儒雅翩翩邀戾止。

堆盘争擘赪虬珠，如饮天浆芬沁齿。

云堂今日沸诗声，琬琰名篇抑何侈。

已与名山增文献，还期胜会播遐迩。

红云社事恍重赓，我亦抠衣来随喜。

谈诗说偈愧未能，叉手长廊频徙倚。

东郊雅集得纸字

铁佛因缘苔岑侣，雅集欲追曹能始。

布衣恬淡作生涯，吟无定所频转徙。

今日麇诗聚东郊，素心默契风人旨。

健笔凌云意纵横，琬琰纷陈如斗侈。

座中白发苍颜谁？也曾坐废空拊髀。

玉树临风最少年，风骚嗣响定继起。

酒酣诗格论高卑，生新当戒钻故纸。

大雅由来有赏音，伫听高吟声盈耳。

有感于严几道乡前辈往事（二首选一）

铮铮国士迥凡庸，亦赖闽山秀气钟。

横海楼船思起蛰，倚天椽笔见雕龙。

才兼文理人犹仰，学贯中西世所宗。

今日太平欣有象，尤当告奠护崇封①。

【注】

① 先生尝有句云："太平如有象，莫忘告重泉。"

周日培

1925 年生，福建寿宁县人。原任寿宁县教师进修学校教务主任。福建省诗词学会会员。著有《涟漪散文集》《涵煦斋吟集》等。

老骥新歌

白头不堕青云志，老骥犹存千里心。
枯树逢春花似锦，寒梅破腊草如茵。
更新观念追昭代，振作精神上碧岑。
宝剑闪光重出鞘，好将汗水化甘霖。

周汉泉

1923 年生，湖南省人。福建邵武百货公司退休干部。福建省诗词学会会员。

天 游 峰

银梯挂缆上天游，万象盈眸接不周。
百丈云涛峰起伏，一轮日影海沉浮。
仙人楼馆迷茶洞，佛顶光环上客头。
霞客当年夸第一，都将九曲望中收。

小 桃 源

沿溪溯涧踏松根，犬吠鸡鸣别有村。
一坎石门通净界，四围峰嶂隔嚣尘。
麦畴青舍农家趣，鹤氅黄冠道观春。
岂为避秦谋胜地，名山僻处好修真。

周初如

　　1944 年生，福建宁德市人。宁德蕉城区公安局副科长。福建省诗词学会会员。

悼黄家祥烈士①

　　　蓬峰今日著新装，烈士声华噪故乡。
　　　一代史书标俊杰，五台山水沐芬芳。
　　　名登雁北陵碑蔚，事熠闽东桑梓光。
　　　饮弹舍身歼敌寇，英雄七尺倍昂藏。

【注】

　　① 烈士宁德人，1942 年在晋察冀边区山西五台县榆林村突破日寇"铁壁合围"战斗中，为掩护战友，引敌向己，拉响手榴弹，与敌同归于尽。年三十三岁，名列雁北烈士陵园纪念碑。

悼蔡威烈士①

　　　如神侦敌破重围，姓字千秋史册辉。
　　　草地三过禁困厄，电波九译察几微。
　　　劬劳尽职身心瘁，潜默无声业绩巍。
　　　颂遍军前活菩萨，更容桑梓式遗徽。

【注】

　　① 烈士宁德人，历任红四方面军电台台长和红军总司令部二局局长。累破译敌台密码，使我军在反围剿中获胜。红四方面军政委陈昌浩誉之为活菩萨，毛主席亦予赞赏。因积劳逝世，年仅二十九岁。

周章敬

1928 年生，福建宁德市人。原中共宁德市蕉城区财政局书记。福建省诗词学会会员。

三都渔火

潮平江岸阔，百舸竞扬帆。

晃晃渔灯闪，悠悠鹚首探。

波光随碧玉，流火逐山岩。

撒网松岐外，风高月半衔。

段英力

1929 年生，山西霍州县人。离休干部，福建省诗词学
会会员。

游鸭绿江感怀

滔滔鸭绿江，日夜滚流忙。
往昔烟尘漫，而今日月昌。
断桥留罪证，展馆纪辉煌。
碧血丹心照，毋忘防野狼。

钟金溪

1974年生，福建诏安县人。诏安西潭中学教师。福建省诗词学会会员。

游九侯岩

未沾老气敢横秋，指点江山自在游。
弥岭烟霞深掩秀，满山梅荔荫奔流。
牛眠石上蠲尘梦，松涧泉边洗俗眸①。
画料诗源收已足，云根顶处会诸侯。

【注】
① 牛眠石、松涧泉皆九侯岩景点。

饶 肇

1930 年生，福建浦城县人。福建省建阳第二中学高级
教师。福建省诗词学会会员。

新世纪颂

百年巨变换新妆，英烈遗风惠泽长。
求是三中民愿遂，革新四化众眉扬。
点燃圣火迎千福，撞响洪钟集万祥。
高举红旗昂首进，辉煌特色似朝阳。

饶恭荣

1937 年生，江西临川市人。福建省南平师范学校退休教师。福建省诗词学会会员。

苏幕遮·庆青藏铁路通车

路通天，天有路，昂首巨龙，往返白云处。错那澄湖鱼跃逐。沧海茫茫，野鹿安然步。　　九州人，求索著。冻土花开，多少艰辛路。热棒桥涵兼氧助①。科技新歌，环宇人钦慕。

【注】

①　指青藏铁路专家和建设者，用热棒、桥涵、弥漫氧的科技成果解决了施工中遇到的冻土、生态保护和高寒缺氧的难题。

侯世平

1940 年生，福建永泰县人。福建省诗词学会会员。

山村秋色

深秋景色亦堪夸，最爱丹枫映晚霞。
好似半山燃烈火，疑为满树发红花。
林梢飒飒秋声紧，石径阴阴日影斜。
落叶轻飘如蝶舞，随风片片入农家。

大 樟 溪

破谷穿山向远方，清流九曲似回肠。
一潭竹影千竿翠，两岸梅花十里香。
芦外渔舟冲急浪，洲边农舍浴斜阳。
奇峰秀岭如屏列，疑是身临大画廊。

俞培德

1945 年生，福建福清市人。福清市检察院检察员。福建省诗词学会会员。

春 耕

初闻春到早，处处备耕声。
耒出晨风冽，犁归夜月明。
施肥匀且密，选种细还精。
举国抓基础，农家最尽情。

骆炳南

1923 年生，已故。福建惠安县人。厦门大学中文系离休干部，福建省诗词学会会员。

九鲤湖观瀑①

九鲤登仙去，空留万斛泉。
轰雷传百谷，飞瀑落层巅。
绝壑无双漈，蓬莱第一天。
银光晴舞练，胜景足流连。

【注】

① 仙游九鲤湖有雷轰、玉柱、飞瀑等九漈瀑布，"蓬莱第一"是其最大的摩崖题刻。

骆振飞

1948 年生，福建浦城县人。浦城县粮食建筑公司秘书。福建省诗词学会会员。

庆春泽·若耶溪怀古

碧水流霞，青苔锁石，浣纱遗迹犹存。桃李蹊荒，东风惜取香痕。鹧鸪啼殿花飞尽。记捧心，愁损芳魂；怅而今，态拟西家，人杳东邻。　　馆娃歌舞当年事，话银铛珠帐，漫染清尘。故里萝村，如眉淡月空颦。扁舟已逐鸱夷远，泛五湖，飘泊馀春。梦吴宫，响屦归来，一缕溪云。

姚 英

女，笔名素馨，1964 年生，福建闽清县人。福建省诗词学会理事。著有《素馨诗草》。

西湖宛在堂复名

清明节届百花香，凭吊骚魂意义长。
我辈烟霞堪自傲，故人风雨不相忘。
最难奕代诗祧绍，更喜今朝国运昌。
五百年来湖畔立，孤山宛在水中央。

迎澳门回归

濠江雾锁梦相牵，四百年来咒霸权。
菡萏亭亭今璧返，河山一统乐尧天。

姚书海

1964 年生，福建福清市人。福建省诗词学会会员。

月夜呈某君

隔海弥相念，连心兀自愁。
清辉应有意，深夜降斯楼。
酒醒他乡客，书迟故国秋。
飞鸿宜可趁，争奈愿难酬。

秋溪孤莲

寓目闲寻过小溪，莲房秋冷绽花迟。
独开僻地摇孤影，不染淤泥显秀姿。
清艳临流身自爱，幽芳向晚梦谁期。
相怜合有骚人在，默对无言漫赋诗。

姚秀斌

女,1971 年生,福建福州市人。福州马尾区医院主治医师。福建省诗词学会会员。

屏南白水洋·鸳鸯溪

岁岁双飞归故里，鸳鸯情笃碧潭前。
岩泉白水含烟翠，疑是瑶池落岸边。

姚恩健

1938年生，福建福州市人。原福建省粮食局副处级干部。福建省诗词学会会员。著有诗集《紫薇集》《紫薇吟草》等。

贺新郎·听雨依声得"雨"字

一夜横塘雨。过芸窗、潇潇滴滴、似人私语。千骑卷平冈尘土，鹰犬相随射虎；贺太守、琵琶急鼓。又说是红牙拍板，柳屯田倚翠偎红舞。浅酌酒，低吟谱。　　跳珠戏弄西园圃。最怡神、蕉声娇媚、寸怀初抒。一宿倚声寻好句，不屑巴山愁绪。者意象、丝丝缕缕。帘影孤灯忙编织，到风平雨歇天将曙。星闪烁，月来去。

沁园春·为丙戌迎春茶话会赋赠诸诗翁

百老相逢，促膝迎春，揖手鞠躬。有艺坛耆宿，堪称诗伯；疆场儒将，不亚文宗。回顾金鸡，时鸣海峡，吟唱赓酬无不工。新成就，竞纷陈丽藻，卷什丰隆。　　诸公，再振唐风。斫轮手、龟龄犹建功。看骑驴索句，殷勤绣虎；挑灯搦管，细致雕龙。更有菁莪，标新领异，国粹弘扬持志同。豪怀抒，有铜琶助兴，一酌千钟。

姚章琪

1934 年生,福建莆田市人。原莆田市政府办公室科长。福建省诗词学会会员。

赞白衣天使

白衣天使献精神,淑女请缨巾帼身。
救死扶伤情切切,排忧解难意真真。
医师有德回生术,护士无私济世仁。
再现华佗施妙手,人间关爱在斯民。

高亦涵

1931 年生，福建福州市人。寓美。福建省诗词学会会员。

春　感

桃李迎春处处娇，莺声燕语弄笙箫。
东风也解游人意，轻送微吟过小桥。

高 怀

（1914-2007）福建惠安县人。厦门市工商联合会干部，曾任厦门市政协委员。

陋 室

陋室三楹可蛰居，休叹弹铗出无车。
诗书满架堪醒眼，苔藓侵阶不用锄。
入梦岂知人与蝶，临渊谁道我非鱼。
闲来曳杖青山外，坐看浮云自卷舒。

赠方毅学长

忆昔高擎反帝旗，千夫冷对一横眉。
狂飚卷地摧枯腐，浩浪排空泣鬼魑。
八载戎衣钦战伐，廿年郅治起疮痍。
闲来净几挥椽笔，石上清风漫斗棋。

卖花声

春色到吾庐，喜赋闲居，食无肉相合清癯。我老犹存湖海气，休叹迂儒。　半世作书鱼，白了髭须。鲛人泣泪不成珠。咄咄书空缘底事，难得糊涂。

郭 己

1914年生，福建龙岩市人，龙岩第一中学退休教师。福建省诗词学会会员。

喜闻浙南农民自建新城

龙港城高自姓农，八方协力聚群雄。
当时残月渔村火，今日繁星夜市虹。
叠出十年新异事，顿更千载窭贫容。
请看操耒扶犁手，敲响东南半壁钟。

郭 旻

1924年生，福建福安市人。退休干部。福建省诗词学会会员。

仙岩民族实验小学

筚路兮蓝缕，畲村办学堂。

伙房兼教室，地板当眠床。

甘作蚕丝缚，唯求桃李芳。

规模积岁月，声誉播梯航。

自古无文字，于今育栋梁。

弦歌闻僻壤，教化遍山乡。

仙岫晴云丽，春风惠泽长。

采茶女

文人笔下采茶女，又是歌来又是舞。

未曾亲自莅山头，焉知茶女之难处。

头春撮来二春抓，手指创痛肿如杵。

须臾雾散骄阳升，宛似馒馍上蒸釜。

五春摘罢姣姣娃，体瘦颜黧成老姥。

当君品茗腋生风，念否村姝采摘苦？

郭大卫

1957 年生，福建莆田市人。小学高级教师。福建省诗词学会会员。

念奴娇·庆祝榜头中学六十华诞

大蜚山麓，木兰悠悠水，聚贤兴教。自古仙溪书院众，金石门人佼佼。造福家乡，乔迁学府，地瘦苍松懋。香花嘉树。校园桃李辉耀。　　培育建设良材，熙来英俊，功业弥妍俏。治国经邦先普教，师道尊严为宝。六十春秋，艰辛风雨，四海骅骝傲。同歌华诞，望鸿图更奇矫。

郭大成

1946 年生，福建龙岩市人。龙岩市龙门中学教师。福建省诗词学会会员。

龙岩风物吟

天宫山

雁石西行十里遥，烟霞生处锁青峣。

三千古砌通莲座，一角亭台挂碧霄。

山鸟有时喧竹院，木鱼竟日响松寮。

香炉峰顶疏钟里，谁见刘郎弄紫箫。

【注】

① 《龙岩县志》："图经云：常有云气覆之，阴晦时，或闻吹箫声，此悠邈之说也。"

龙门碇

溪背山头一峡通，沧浪云岫早霞红。

风轻古塔摇新影，雨霁高桥落彩虹。

崖引清泉喧姹女，潭涵秋月隐渔翁。

幽禽近日啼初柳，五里楼台掩翠丛。

郭义山

1939 年生，福建龙岩市人。龙岩学院副教授。福建省诗词学会常务理事。

老迁新居抒怀（四首选三）

（一）

松涛阵阵紧敲门，枝干临窗把手伸。
笑我砚田耕作苦，文章如土寂无闻。

（二）

绿草鲜花笑脸迎，松涛松韵读书亭①。
霞光伴我蹒跚步，小友频频问候声。

（三）

斋名"直乐"对芸窗②，典籍琳琅置四厢。
直惹烦忧直亦乐，冰壶秋月菜根香。

【注】
① 新居北面松树林中建有读书亭，余为之取名"松韵"，匾已高悬于亭梁。
② 余有书房，名之曰"直乐斋"。

郭文贵

1944年生，福建莆田市人。原中共厦门市委机关干部。福建省诗词学会会员。

水龙吟·庆祝中共建党八十周年

指偻八十华年，小施医国擎天手。南湖浪起，井冈云涌，东方狮吼。唤起工农，齐心宣力，摧枯拉朽。益长征万里，降魔驱寇，奠宏业，开红宙。　　放眼神州前路，三代表、邦强民富。潮流在驭，光明在望，人间北斗。开放更新，和平发展，承先昭后。到山河一统，葱茏两岸，普天同寿。

郭天纵

1949 年生，福建石狮市人。石狮市永宁花岗岩板材厂董事长兼厂长。福建省诗词学会会员。

清明回乡扫墓书所见（二首）

（一）

荷锄携俎百千家，拜展松楸细雨斜。

酾酒告亲非洒泪，但闻大计话桑麻。

（二）

楼宇山村尽焕然，问君赚几杖头钱？

盈盈不语迟相答，笑指南山责任田。

郭化若

（1904-1997），福建福州市人。中国人民解放军中将，原中共中央顾问委员会委员，中华诗词学会顾问，福建省诗词学会名誉会长。著有《郭化若诗词选》。

王右军书法

右军书法空千古，高耸云霄焕彩霞。
铁画银钩惊绝技，颜筋柳骨放奇花。
千年仅得双钩在，百代纷夸"书圣"嘉。
欲自宋唐追魏晋，攀登拾级愧悬差。

酬三山诗友

漂泊离家不计年，关山风雪历危艰。
从戎未减终军志，逐鹿曾挥祖逖鞭。
帷幄频传神妙策，沙场叠显史诗篇。
穷通得失何须论，万里归来万物鲜。

1990 年 1 月

郭廷法

1942 年生，福建惠安县人。福建省诗词学会会员。

风入松·水仙花

清泉卵石白瓷盆，皱漾起霜痕。翠娥无语潇湘渡，对鸿影，春思纷纭。袅袅琼裾漫曳，垂垂罗袖轻翻。　　澧兰沅芷共成群，不自诩芳芬。雅娴只把幽香吐，觅知心，更在晨昏。小院盈盈春日，晴窗叠叠朝云。

郭廷玺

1950 年生，福建惠安县人。惠安百崎学校教导主任，福建省诗词学会会员。

第十届教师节感怀

淡泊生涯只自期，金风何故辄相嬉。

看多下海人争与，怨甚跳槽马不羁。

但使常年能重教，哪须逢节始尊师？

神州刮目腾飞日，培育人才贵及时。

郭启熹

1937 年生，福建龙岩市人。原龙岩闽西职业大学校长。中华诗词学会会员，福建省诗词学会会员。

潇湘夜雨·梦丽卿

余陪先妻同观《人到中年》，潸然告我曰："吾处境惨于陆文亭数倍。"今果如其言矣！

无奈更深，床前忽现，飘然如醉如痴。"别来半载汝何栖，堪抛咱？"投怀诉慰："须放眼，先赴仙居，仍再会。"方图比翼，恨醒纷飞。　　一生奉献，未求回报，茹苦谦退，唯造他人福。恩爱蛾眉长逝也！针针线线思不尽。雨急风凄偏催我！几多泪涌？只有枕头知。

1990 年 5 月 19 日

黔中行

观游世博会，专列随入黔。卫生文明共，一路笑语喧。沿途沙石满，湘黔复线牵。更有飞峡深，高速公路延。水清山遍绿，峰峭陡蜿蜒。苞米满坡顶，谷底皆稻田。山耕未辞苦，悠然牛马闲。红妆绿裹异，苗彝姐妹妍。屋顶卫星器，人居贴崖边。侗瑶木屋竖，绿竹护其沿。石片布依瓦，厅堂石桌填。天麻与杜仲，三宝灵芝仙。醉人茅台酒，飞香即流涎。昔闻"三无"地，今见巨变迁：天无晴三日，水电送粤川，地无平三尺，宝矿富资源，人无银三两，人均早逾千。神州胜景最，游者皆流连。娄山遵义会，转危再着鞭；安顺乌江渡，今成宇航间；战机制造地，导弹运酒泉。黔中驴未见，夜郎成灰烟。遥忆宗元语，云贵今换颜。

郭芳甫

1927 年生，福建将乐县人。小学教师。福建省诗词学会会员。

犁　田

迎曦踏露晓肩犁，叱犊翻冰破冻泥。
消尽春寒赢汗渍，回看坎坷已平畦。

郭尚义

1927 年生，福建仙游县人。仙游县乡镇政府退休干部。福建省诗词学会会员。

观村姑插秧

纤纤碧玉掌中分，三指轻拈点画匀。
绝羡俯身如写地，共看移步便生春。
东皋锦绣从心织，大块文章出手新。
莫道村姑非大器，眼前经纬亦能人！

郭宗松

1928年生，福建仙游县人。福建省诗词学会会员。

望海潮·屏南鸳鸯溪

青山幽谷，丹岩飞瀑，珍稀禽鸟安栖。蛱蝶闹花，鸳鸯戏水，人间仙境神奇，清若武陵溪。惜烟笼翠壑，雾掩芳姿。长闷真颜，深闺绣幕误西施。　　三年辟旅开基，有松林化石，仙宴琼卮。群叟钓星，诸潭映月，粼粼白水舟习飞，横笛牧仙吹。泳场消暑气，悦目舒肌。更有文明款待，游客乐忘归。

喜迁莺·抗洪精神赞

滔滔洪水，有吞噬，南北三江之势。天意难猜，人谋可恃，誓保江堤千里。百万雄师奔救，火速长驱防地。总书记，赴灾区亲去，从容麾指。　　奇伟！堤岸毁，挥动红旗，拯溺狂涛里。接踵摩肩，舍生忘死，共献血肉躯体。筑成铜墙铁壁，笑看洪魔披靡。护黎庶，庇闾阎，功绩千秋垂美。

郭学群

（1902-1989）字可诜，号仙樵，福建福州市人。郭则沄长子。上海图书馆副馆长。

新春书感示二妹北京（二首）

（一）

天幸频徼总负天，身如退院学僧眠。

未空尘障终多蔽，早识虚名不值钱。

万事莫如随分好，百年犹得气休先。

当时无限桑蓬意，付与衰慵一惘然。

（二）

止水无波喻此心，茫茫阅尽几升沈。

衰年期与君同健，暇日还容我小吟。

盛世不才原自忝，仙源在是讵他寻。

京华踪迹重重梦，梦到天坛柏树林。

雨后东湖路见牡丹（二首）

（一）

连日阴霾雨与风，新晴喜放洛阳红。

无情最是花前蝶，对对飞来向着翁。

（二）

一年一度牡丹花，伫赏芳丛到日斜。

无计留春惟有泪，倚阑独自诵南华。

郭泽英

1943年生，福建福安市人。福安市教育委员会干部。福建省诗词学会会员。

贫困县竟有此官①

民富斯强国，为官竟别谋。庙穷方丈富，名利攫双收。政绩饰形象，新街耸酒楼。拆迁拆不尽，改道改难休。拍卖国资产，官商合一流。民生戕根本，败家绩却优。开发声音响，私财可汗牛。赃钱来得易，挥霍亦自由。箸蘸千人汗，杯消万户糇。娇娃藏别墅，二奶养城陬。豪赌金挥土，何曾皱眉头。明知贫困县，食住日牵忧。少年辍学哭，工人下岗愁。教师薪水欠，校债筑高丘。今日东窗发，锒铛作狱囚。"三讲"明宗旨，掌权有愧不？当师焦裕禄，正气砺千秋。

【注】

① 报载：豫西卢氏县为国家级贫困县，而县委书记大搞形象工程，从中受贿巨款，因而感作。

郭其南

1929 年生，福建德化县人。德化县政协退休干部。福建省诗词学会会员。

江中卫夫子《一泓诗稿》辑成

戴云明秀毓人文[①]，祥里山葩吐郁芬[②]。
十载萤窗究哲理，几轮"牛舍"触吟魂。
菁莪乐育酬初志，名利轻看远俗尘。
瘦竹当风恒自励，老松傲雪衹安贫。
启蒙稚齿师恩厚，承谕馀晖道诱深。
痛隔泉台长绕梦，永垂风范此铭心。
华章结集将传世，应得英灵颔首频！

【注】
① 戴云山。
② 江中卫故里祥山村。

郭奉宣

1930 年生，福建泉州市人。曾任泉州市农业委员会科长。福建省诗词学会会员。

题农民工

恢宏城建拓新天，谁造朱楼云与连。
下地凌虚称好汉，沐星浴月献华年。
潜沟疏塞清污秽，剪浪淘沙滚岸边。
汗滴异乡凝伟志，功成拂袖彩云妍。

郭绍恩

1917 年生，福建福安市人。福建省诗词学会会员。

己卯迎春抒怀杂咏

行年虚度八旬三，历遍沧桑识苦甘。

少日唯知慈母爱，壮龄敢作惊人谈。

半生事业三春雪，二字功名一现昙。

有幸老来当盛世，不忘在念沐恩覃。

鹧鸪天·纪念李公朴先生一〇四周年诞辰

大地沦亡局势艰，胡须不剃胜倭顽。谁知爱国罗成罪，忍听悲歌血泪斑。　　风辣辣，雨潺潺，忍看民主任摧残。千秋文杰英名在，逝者如斯去不还。

郭拱明

1946 年生，福建云霄县人。曾任云霄县副县长。福建省诗词学会会员。

春游云霄师范校园

一夜东风带雨来，葵山染绿早梅开。
春华已谱摇篮曲，秋实知饶秀出才。

郭振生

1935年生，福建福安市人。曾任中共福建农林大学经济贸易学院总支部书记。福建省诗词学会会员。

纪念邓小平

救国开明重任肩，凛然浩气薄云天。
追求马列重洋渡，探索践行实事铨。
百色揭竿义旗展，全心辅弼赤鬟搴。
挽澜大别驰师捷，逐鹿中原跃马骞。
军进川滇歼匪霸，威临黔藏戍陲边。
献身革命忘生死，尽瘁兴华竭智贤。
拨乱返真沿坦路，纠倾转轨正航船。
睿思三步施雄略，原则四宗定险漩。
敬老尊师维道德，倡廉反腐治官愆。
一中和统炎黄愿，两制兼荣瓯璧圆。
北阙精英承伟业，南巡卓论著新诠。
人民儿子人民爱，盖世殊勋颂万年。

郭章琛

1981 年生，福建漳州市人。福建省诗词学会会员。

感 师 恩

几多绝唱百千年，唐宋诗词薪火传。
众苦难申怀子美，孤芳常醉惜青莲。
用心细酌推敲事，立志精描美刺篇。
苦辣酸甜风雅里，尽尝诸味亦陶然！

郭维荷

女，1934 年生，福建漳州市人。原漳州市百货公司干部。福建省诗词学会会员。

威镇阁骋目

拔地巍峨欲接天，登楼览胜梦魂牵。

三江潋滟鱼虾跃，四季葱茏花果妍。

近树啾啾鸣宿鸟，远村袅袅起炊烟。

启翁墨宝弥苍劲[①]，谜馆辉煌聚俊贤[②]。

【注】

① 启功大师为威镇阁题名。

② 中华灯谜艺术馆设于该阁三楼。

郭富小

1930年生，山西榆社县人。福建三明市政协文史办副主任。中华诗词学会会员，福建省诗词学会会员。著有《足迹》诗词集。

满江红·言志

十载蹉跎，天狼怨，瑶姬挫折。严冬尽，春回大地，和风轻拂。迷雾澄清新宇净，朝晖灿烂荒原彻。扭乾坤高唱振中华，行云遏。　　经九死，怀英烈；图四化、凭光热。许攻关执锐，登峰传捷。展翅鲲鹏抟海水，奋蹄骐骥追曦月。鬓虽斑、犹有志凌云，坚如铁。

采桑子·书怀

少年浴血平凶寇，宿露餐风；搏虎屠龙。踏遍清漳两岸峰。　　硝烟火海横江渡、目送飞鸿；气贯长虹。老去依然寸悃红。

郭道鉴

1926 年生，福建福州市人。原《福州晚报》社编辑。中华诗词学会会员，福建省诗词学会第三届常务理事，第四届名誉理事。著有《渔子吟草》等。

万人新村赞

安居人所望，辛酸话当年：灾祸相煎迫，生民苦倒悬。立锥嗟无地，寄身乏一椽。少陵空有愿，无家复谁怜。领航劈恶浪，功溯南湖船。工农同奋起，挥手转坤乾。三中春雷震，拨乱力回天。黎庶慰喁望，改革谱新篇。高楼平地起，大厦相毗连。棚户成陈迹，荒郊袅炊烟。百业随鼎盛，俨然新市廛。园亭缀胜景，花木竞芳妍。华灯张银柱，珠箔曳窗沿。风雨阻户外，星辰摘楼前。遣怀随所适，愁绪无复牵。清歌声袅袅，妙舞影翩翩。醉月调锦瑟，坐花启琼筵。焚香温书史，挥毫展简笺。万家喜安庇，颂声众口传。槁木苏时雨，宁忘昔熬煎。犹难事高枕，重任艰在肩。有家先有国，至理同心镌。振兴我华夏，跃马竞先鞭。寰宇风云诡，豪夺方喧阗。神州示特色，红旗永高骞。中流矗砥柱，巍立看昂然。江山此铁铸，万古焉摧坚。

庚辰榕城首届雪峰寺牡丹花会志盛

春风轻拂岁初更，乌麓胜事动榕城。

广场新辟赏古塔，万众又为国花倾。

塔影花光相辉映，烘霞簇锦照眼明。

姚魏奇珍衍阀阅，二乔娇艳胜瑶琼。

胡红赵粉争吐秀，绿球蓝玉竞敷荣。

青龙夭矫墨池卧，冰壶映月倍晶莹①。

缤纷花浪随风漾，幽淡天香衣袂萦。

名花见说来北地，朔方风雪曾抗衡。

雪峰佛力回造化，移根南国早吐英。

犹记当年侍宫闱，承欢三章调清平。

又闻抗旨忤天后，遭贬不屈见坚贞。

如今殊品人民赏，花解人意亦有情。

夭桃秾李休相妒，共缀熙春报时清。

【注】

① 姚黄、魏紫、二乔、胡红、赵粉、绿香球、蓝田玉、青龙卧墨、冰壶映月均为牡丹名贵品种。

福州西湖宛在堂复名

东冶城西绕明湖，风光秀媚俨画图。

有堂宛在巍然立，碧波掩映紫岚纡。

五百年前溯肇建，一湖灵气萃此区。

诗声不绝韵事盛，冠盖如云乐于喁。

诗龛环列先贤祀，诗魂也为湖山扶。

漫道诗人徒琢句，文章气节俱楷模。

闽中十子迥凡响，雄视一代探骊珠。

文忠忠定笃正气①。民族脊梁值效趋。

诗魂长与国魂系，斯堂岂仅资欢娱。

杰构盛名喧海内，人文胜迹赞良谟。

何事妄将崇匾易，十里清漪亦蒙污。

我为不平首责问，声小尚难动当途。

群贤驰檄雷霆震，终教名复众望孚。

重临兹地雅怀惬，花鸟迎人亦欢愉。

心香一瓣诗魂吊，灵兮应慰道不孤。

再为吟俦晋一语，重振诗声莫踟蹰。

煌煌中华称诗国，起衰奋瞀作前驱。

健笔纵横抒丹悃，共为中兴大业鼓与呼。

【注】

①　林则徐谥文忠，李纲谥忠定，均入祀宛在堂。

②　宛在堂曾被改名为山水阁。2002 年 7 月 2 日郭道鉴在《福州晚报》上发表《福州西湖宛在堂应恢复原名》一文，2003 年 1 月 14 日翁绳馨也在晚报上撰文响应。特别是 2003 年 9 月 2 日由全国政协委员章振乾领衔，包括赵家欣、赵玉林、卓克淦、郑寿岩、郭道鉴、邓华祥、陈庭煊、吴文娟等九人又在晚报上撰文呼吁，促使问题得到解决。

郭毓麟

字浴菱。（1913-1996），福建福安市人。福建省文史研究馆馆员。福建省诗词学会会员。

福州雪峰崇圣寺第一次佛经书画展纪事

火繖正高张，酷暑逢荔夏，鼓岭返游旌，雪峰旋命驾，佛经书画展，崇圣寺僧舍。圆澈大法师，望隆尊泰华，蒲团法力深，耽吟老弗罢。撰《尘海清音》，至言本无价，作歌主盛会，清新何蕴藉。挥毫尽名家，我岂其流亚？赠对与题诗，应接常不暇。呕心索枯肠，自惭邻以下。新雨钦多才，邂逅恨初乍，抵掌促膝谈，侃侃如河泻。明觉女居士，世累毅然卸，卜筑狮子岩，奉佛身不嫁。在山泉水清，幽栖兼学稼。留云小住楼，金经堆满架，践约一过之，拾级瀛州榭，蜂燕纷营巢，相依共皈化。好古勤习字，名师①曾亲炙，福慧羡双修，德馨胜兰麝。此行良不虚，佛光遍照射。日饫香积厨，迷梦醒午夜。此会破天荒，来哲鉴可借，书画结净缘，意花长嫣姹。余历小沧桑，齿豁艰啖蔗，壮志倏成灰，雕虫聊补罅。兹寺曩屡游，高攀夙所怕，此度凌层巅，自豪还自讶。倘得隐是乡，山灵当不咤。法师重申约，年年来度假。临歧贻盆松，篇诗寄遥谢。顶礼龙法书，晨夕怀尊者。

【注】

① 名师：指福州书法家沈觐寿。

过得贵巷旧居感赋

旧巢难觅燕泥香，一度经过一感伤。

屈指世交馀几个，牵怀儿辈尚他乡。

柴门终隐惭元亮，信史能传羡子长。

屡约易篁吟社散，饯春空有泪盈觞。

郭澹波

原名东奎，1927 年生，福建龙岩市人，龙岩市新华书店离休干部。中华诗词学会会员，福建省诗词学会会员。著有《土楼闲居录》《土楼居诗钞》等。

登马尾罗星塔

哪堪回首百年前，御侮江干炮火燃。
今日游人登塔眺，浩波何处觅沉船？

登黄鹤楼

登临果见楚天开，浩浩长江牵手来。
左抱东湖窥玉镜，右偎京九绕仙台。
刘姚楹语扶楼句，崔李诗魂旷世才。
胸网中原龙虎气，不知何处是蓬莱！

谒叶剑英元帅墓

神机妙算翊毛公，力挽汪澜缚四凶。
忠骨甄陶天下士，为花欣作落泥红。

唐文桂

1925 年生，福建莆田市人。离休教师。福建省诗词学会会员。

元旦抒怀

梅萼千枝应候生，南天无雪早勾萌。
茶花亦逗游蜂闹，柳叶频招候鸟鸣。
但愿同侪齐寿考，更期两岸统和平。
文明大厦殷勤建，锄尽莸稂植玉粳。

唐庆清

1937 年生，福建福州市人。中学高级教师。中华诗词学会会员，福建省诗词学会会员。著有《声律启蒙新注》。

纪念鲁迅逝世七十周年

星殒文坛七十秋，身前伟烈史长留。
民生凋敝终生虑，国运衰微镇日愁。
搦管修文敦父老，投枪匕首战貔貅。
今朝九域春风荡，告慰英灵愿已酬。

读《六百孤儿之父余祖亮的传奇人生》

读罢传奇掩卷思，古今谁有此鸿慈。
甘贫鞠养孤身叟，克苦怜收六百儿。
济世情殷心慷慨，钦天志笃性谦卑。
真诚总把温馨播，爱铸人间一路碑。

唐慰平

1903 年生，已故。福建福州市人。原福建省邮电局干部。福建省诗词学会会员。

闲　居

小径时时扫，庭花手自栽。
诗书床上满，药石案头堆。
屋破寒先觉，檐低夜早来。
闭门删旧作，梅发喜春回。

唐镇河

1955 年生，福建云霄县人。云霄县糖烟酒公司干部。福建省诗词学会会员。

赶 墟

满墟春色笑声频，早市欣逢旧日邻。
农嫂藤篮拎海味，小姑车把吊山珍。

凌 青

原名林墨卿，1923-2010 年，福建福州市人。原我国驻联合国代表，特命全权大使。曾任福建省政协委员会副主席，福建省诗词学会名誉会长、会长、顾问。曾任中国联合国协会、中国国际友人研究会名誉会长。

和锺树梁《紫荆花歌》

虎门一炬蛮烟爇，虎门一炮夷胆裂。
手张国威振民魂，百五十年馨前烈。
缅维高祖少穆公，巨眼烛世扬英风。
庙堂昏庸奈失计，行成媚虏隳全功。
荩臣贬窜长城毁，失地赔款丛国耻。
割畀香江租九龙，锦裹河山甘弃委。
邦运累卵祚如丝，列强觊觎竞未已。
救亡振臂岂无人，志士忘身纷继起。
戊戌变法中道沮，辛亥革命亦纡途。
军阀割据霸主篡，庶类何曾叨昭苏！
工农左袒斧镰举，新天乍换干戚舞。
遍登衽席国誉腾，南海珠还仗樽俎。
一杯今酹祖宗前，祖志已酬羞亦湔。
孙谋幸不辱绳武，当知赖此红旗悬。
红旗猎猎飘中华，香岛无恙浪声哗。
君看旗上新绘紫荆花，莫忘花外眈眈虎视犹相加。

为纪念建党七十周年而作

神州风雨起申江，海内贤豪聚一堂。
建党建军垂业绩，为民为国竭衷肠。
艰难险阻皆踰越，伟大英明竞颂扬。
共仰十年规划好，明朝知更跻康强。

福厦路上望荔园

万绿丛中点点红，重重稻浪卷东风。
河山壮丽人民富，喜见丰收乐意融。

涂大楷

1915 年生，已故。福建泰宁县人。原中国农工民主党福建省委员会秘书。福建省诗词学会首届理事。

游 金 湖

簟纹十里碧波平，涤荡心胸百虑清。
笔架三重青嶂隔，天书一卷白云横。
江山到处供吟啸，风物当前任品评。
新豢玉龙腾泰邑，数州霖雨济苍生。

贺新凉·闽江水口电站建成畅想

高坝冲霄起，看人间，蓦然出现，平湖百里。激滟清波摇红日，云汉新凝蜃气。又幻作橙黄蓝紫。千载蛟螭惊世换①。悄无声，敛迹潜江底。犀未照，已心悸。　　碧山两岸长相峙。数天边，明珠万颗，电传遐迩。肇锡闽州能源足，藻绘风光旖旎。更惹得游人如醉，丹橘绿榕千万树，绽朝霞，装点青春绮。赊彩笔，写吾意。

【注】
① 指闽江水口以上岩礁遍布，舟人视为畏途。

水调歌头·欣闻台北江让三君归里探亲

鸿雁过天半，佳讯到吾楼。喜闻海外游子，新岁买归舟。卅载音尘隔绝，望断云山千叠，清梦不胜愁。漫道少年事，诗绪杳难收。　忆长夏，笼蟋蟀，岁华稠。杉阳结社分韵，唱和每相酬。击钵吟成惊座，谈笑风流倜傥，儒雅本无俦。把臂家山日，相对讶霜头。

涂祥生

1929 年生，广东大埔县人。原任福建永定县教师进修学校培训处主任。中学高级教师，县政协常委。福建省诗词学会名誉理事。

回乡偶书

二年小别转迷茫，栉比高楼道路旁。
房顶银锅收讯息，厅堂彩电纳风光。
纵横摩托驰阡陌，丰硕园林遍岭冈。
营运果蔬输海外，换来奇货满行囊。

梁披云

1907 年生，福建永春县人。原全国政协委员，香港《书谱》主编，福建省诗词学会名誉会长。

一九八五年国庆献词

凤举龙腾地，风薰月朗辰。
上林花似锦，北海翠生鳞。
紫气寰区满，钧天律吕新。
明良宵旰在，一宇看归仁。

寄怀虚之星州

最忆潘夫子，支离蜀道时。
怒眉瞪魍魉，辣手写诗词。
望海愁无极，扪天鬓有丝。
南溟鲛鳄横，今日更何之？

1962 年

郑州初访

葱茏弥望绣如林，绿野沙丘判古今。
大道朱楼芳树里，车驰不觉入城深。

1985 年

梁国忠

1928 年生，福建罗源县人。罗源县经济委员会调研员。福建省诗词学会会员。

飞鸾岭隧道工程

原是崎岖岭，今看隧道通。

灵心开地利，巧手夺天工。

龙过山穿腹，鸾飞洞贯风。

汗珠凝旷代，史册纪丰功。

梁贤文

1956 年生，福建安溪县人。中共安溪县委宣传部副部长、安溪县文学艺术界联合会主席。中华诗词学会会员，福建省诗词学会会员。著有诗词、歌词、楹联集《爱在天地间》《情系日月船》等。

老君岩①

独下清源忘炼丹，坐观沧海变桑田。
怡然自得人间趣，兜率天宫少一仙。

【注】
① 老君岩位于泉州清源山麓。

秋夜漓江游

漓江渔火不知愁，暮色披肩上画舟。
灯影迷离赊水面，鱼鹰绰约立篙头。
一轮银月殷勤照，两袖清风自在收。
邀得诗仙相对饮，今生难得此勾留。

梁建昭

福建武夷山市人。曾任小学校长。福建省诗词学会会员。

放 舟

春风山岭见花繁,几曲清溪赴大川。
电站银渠妆绿野,趁波百里放舟欢。

梁树邦

1945 年生，湖南长沙市人。原福建省武夷山市兴田村小学校长。福建省诗词学会会员。

咏古汉城遗址

舟横古渡夕阳红，眼底汉城荒草丛。
月色夜笼神庙桷，曙光晓拂佛楼钟。
民情尚有宋时俗，屋宇全无古越踪。
千载兴亡形胜在，浩歌凭吊寸心忡。

顾世秋

1932年生，福建三明市人。原三明市总工会主席。福建省诗词学会会员。

春　韵

读元曲马致远《天净沙·秋思》，依韵反其意用之①。

寒风瑞雪梅花，大棚果菜农家，新道东风电马②。朝阳碧瓦，姑娘们运西瓜。

【注】

① 附马致远《天净沙·秋思》："枯藤老树昏鸦，小桥流水人家，古道西风瘦马。夕阳西下，断肠人在天涯。"

② 借指东风牌汽车。

顾锦荣

1927 年生，福建莆田市人。离休干部，福建省诗词学会会员。

江抗东进之歌①

夜袭浒墅关有怀。

叶、吴东进发神兵②，浒墅惊雷一夜鸣。
奇袭大丸临火海，智攻浒墅捣倭营。
药膏白帜云霄坠，江抗红军蠡水行③。
白马将军赢令誉④，九州驱寇震威名。

【注】
①　"江抗"系指 1939 年 5 月叶飞统率东进江南的抗日部队。
②　指叶飞与吴焜正副团长。
③　日寇援军赶到时，我新四军已渡过蠡河安然返回梅村驻地。
④　叶飞骑白马指挥这一仗，上海各大报与京沪人民誉为"白马将军"。

倪文廉

字寒梅，1927年生，福建福州市人。原任福建电视大学罗源工作站代理站长。福建省诗词学会会员。著有《西庐存稿》。

中秋游子动乡愁

一轮玉镜耀中秋，多少离人屡倚楼。

望月天涯惊客梦，思乡岛上动乡愁。

常期来雁传佳讯，但愿归帆不逆流。

共架金桥连两岸，同胞团聚乐悠悠。

倪法仪

字倪威,号银塘斋主。1940年生,福建连江县人。中学高级教师。福建省诗词学会会员。

秋日西湖游

果熟瓜香南国秋,西湖乘兴泛轻舟。
堂中宛在英灵仰,池畔遐思雅韵修①。
飒爽金阳豪士笑,涟漪秋水美人羞。
劲书击楫凌云志②,满眼黄花往事悠。

【注】
① 指福州西湖宛在堂与荷池。
② 指福州西湖所立许世英题《击楫》碑。

青芝吟景·神虎啸长天

夕照清溪万点金,风吹翠壑响千寻。
虎威怒发朝天啸,寒夜腰间雄剑吟。

倪政美

1918 年生，福建福清市人。二级美术师。离休干部。福建省诗词学会会员。

临江仙·老年节抒怀

佳节耆龄相祝寿，欣临乐岁丰收。金风送爽稻香稠。近乡晨练处，翁媪足优游。　　盛世童颜垂老驻，平衡心态无忧。弗随流俗利名求。趁潮谈致富，且付后生谋。

翁国耕

1941 年生，福建浦城县人。曾任浦城县林业子弟学校副校长。福建省诗词学会会员。

水龙吟·痛悼邓小平同志

巨星陨落高旻，神州大地愁云漫。三江五岳，长城内外，哀声不断。戎马当年，建军建党，南征北战。历十年浩劫，含冤受屈，对真理，依然捍。　　治国高功共赞，绘蓝图、乾坤教换。革新开放，一邦两制，独撼卓见。怀欧柔美，制英收港，老谋深算。创中华特色，小康共跻，载千秋简。

翁绳馨

号岂农，1926年生，福建福清市人。历任中小学教员，校长。福建省诗词学会名誉理事。著有诗词《烬燃集》初、续两卷。

宝岛璧还歌

宝岛沉沦百几秋，一朝璧还感慨稠。
挨打痛史从兹始，沧桑正与国步伴。
祸端首溯罂粟毒，厉禁甫悬杀机钩。
自诩天朝久斁绪，不堪一击远贻羞。
枉有忠贞频请战，孤军喋血转招尤。
主和宰辅膺重寄，御侮栋梁黜不留。
三元里杰振臂起，夷虏鼠窜官绅愁。
定海军民同誓死，与城偕尽援悠悠。
洋人相顾齐咋舌："倘皆若此我焉售？"
蹈隙伺机联与国，圆明园火舐斗牛。
阆苑迷宫付一炬，可怜焦土鬼啁啾。
天津北京和约缔，太后君王热河游。
志士仁人心如捣，头颅竞掷鼎革谋。
帝制旋摧遗孽在，兵争连岁政莫修。
还我河山素愿孤，救亡御侮仍要图。
东邻竖子相煎急，中原半壁哀沦胥。
伶仃洋上乱云渡，英督乞师冯白驹。
却怀敌意靳议款，依违碧眼成囚徒。

启德机场腾烈焰，白旗招展献明珠。

宝岛转落东洋手，港九大队奋疾呼。

劳工左袒灭朝食，狙击守军施显诛。

抗战八年创暴日，天皇屈膝递降书。

诸路大军扬镳进，港九舍我又谁诸？

病狂顽伪心叵测，反伐东江戮无辜。

豆萁重演仇雠快，强令北上恣厚诬。

香岛真空英得计，龟缩三年起乘虚。

巧取豪夺攘战果，受降竟是昨宵俘。

驹光半百又如驰，未肯归赵犹有辞。

自古难厌唯狼子，横生枝节思羁縻。

我但坚持行两制，高瞻远瞩措施宜。

开诚共订基本法，民主公推贤有司。

平稳过渡操左券，银汉终升紫荆旗。

确保繁荣无遗力，寰球华裔尽扬眉。

昔日阴霾从此扫，讴歌情切抒吾词！

虎门怀古

　　东莞南驱抵水浒，要塞虎门游屐聚。太平镇昔不太平，穿鼻洋中狂浪舞。禁毒林公莅海滩，据案高坐销烟土。巨手一挥号令传，灰沸膏沉歼鸩蛊。欢声雷动虏胆寒，援舰频增挥战斧。早修战备固金汤，炮台十一沿岸堵。三百馀尊铁鳌昂首指遥空，曾教敌舰弃甲丢盔无敢侮。英烈难忘关军门①，孤军死战倾天柱。如今万里霞明海不波，久戢腥风收血雨。古堞长壕沐艳阳，涛声帆影伴鳞羽。沙角、威远硕果存②，凛然巨炮犹威武。斑驳陆离记劫痕，游人肃穆相爱抚。凭吊遗踪溯洄深，奇耻虽湔讵堪诩！走私充斥遍毒枭，未容高枕酣宁宇。修明政治路更长，繁荣仍必严反腐。天际正过远洋轮，起伏殆触暗潮怒。燕雀处堂不知危，居安宜省亡羊补。

【注】
① 清广东水师提督关天培。
② 沙角、威远为十一座炮台中之两台名。

公仆颂

　　昭代重贤良，吾今颂公仆。相偕与时进，砥砺为民牧。一旦宠荣膺，终生身命扑。廉隅厉以严，声色矜于独。学养务求精，功名每戒黩。洗心摒隐私，顾影泯贪欲。援藏孔繁森，治沙焦裕禄。农奴脱赤贫，沙涝成肥沃。懿范广流传。风徽争景淑。小康携手建，新秀殚诚育。庸劣彻心寒，冥顽无命续。闾阎腾口碑，寰宇甘棠沐。

翁银陶

1946 年生，福建福州市人。福建师范大学文学院教授，福建省诗词学会理事。

为纪念焦裕禄诞生八十周年题其塑像

骨格清癯立九州，纷纭尘意隐双眸。
惯将青眼加公仆，叹彼"红楼"聚沐猴。
喜见征程新履健，遥观浩海暂神游。
低声试问心中事，笑指蓝天映绿洲。

徐 松

1945 年生，安徽省人。福建晋江市第二实验小学高级教师，福建省诗词学会会员。

学海泛舟

书如灯塔案如舟，学海扬帆破浪游。
时挟涛声醒梦境，思潮犹自泛心头。

徐 深

1922年生，福建泉州市人。离休干部。福建省诗词学会会员。

谒皖南事变烈士陵园

日行千里路，冒雨立陵前。
壮烈天同泣，坚贞玉化烟。
英名垂史册，碧血织诗篇。
马列红旗在，忠魂可永眠。

徐自明

（1917-2005）原名昭，福建福州市人。曾任福建省地方志编纂委员会办公室特邀编辑，福建省文史研究馆馆员，福建省诗词学会会员。

福建省昙石山遗址博物馆

一撮肇闽州，人文隐海陬。几番经弃置，上面蔽松楸。作息难留迹，沉埋待阐幽。老天轻反复，左海迭琳璆。溯继人猿后，行逾石器沟。造型陶瓿朴，出土石针遒。饥仰漫山果，渔乘刳木舟。穴居知地煦，野处择林稠。只觉生涯畅，都无身后忧。长眠亲土壤，妙技着雕镂。石器趋铜器，逆流变顺流。钻坚铦百倍，进化速全由。庸拙安奴隶，强梁踞长酋。萌芽初社会，懒散惯凫鸥。沧海何因沸，古村一旦休。桑田耕稼始，草舍岁时周。种族相侵数，风霜紧迫愁。低能同木石，有力坐貔貅。提线精陶簋，泥炉煮野麰。殉人非泄愤，殉狗等供馐。三度沧桑迹，分层骨骼留①。同眠浑隔世，后睡昧居楼。甲午年洪涝②，骊珠坝葺修。粮仓兼扩拓，黄壤露骷髅。探索从兹始，层峰刻意搜。璧圭都易致，年代远难求。闽越洪荒世，祖先诞育丘。基因原始重，岁月五千悠。民俗厅征稿，人文馆博收。荆山多待志③，记取故郊尤。

【注】

① 遗址有直线上、中、下三层墓葬，下层在新石器晚期，约五千年，上层属先秦时代。

② 1954 年昙石村修坝发现。

③ 作者正在编写《荆山小志》，此系最原始不可缺少的资料。

徐肖剑

1946 年生，福建古田县人。福建南平市第二届人大常委会主任。福建省诗词学会常务理事。

列宁广场所见

对对新人非洗礼，恭瞻铜像献鲜花。
谁言信仰唯宗教，且看红场万里霞。

三八节有感

莫道红装皆弱息，从来巾帼具雄襟。
须眉不让饶才俊，漉石淘沙自出金。

徐宾鸿

1940 年生，福建厦门市人。厦门市老干部局干部。福建省诗词学会会员。

芒种后一日，闻人工降雨，有作

龆龄见祈雨，结队长街行。轿中泥菩萨，前后拥旆旌。或僧或道士，喧阗法器鸣。屏营仰头望，火云尚峥嵘。四十五年来，民间改旧俗。旱魃难猖狂，夏云听管束。凡人作天公，郊原喜雨足。

喜　鹊

喜鹊衔枝来，仰头望同侣。
营巢高树颠，枝重不得举。
一跃立墙头，合翅且延伫。
再飞过屋檐，三冲至其所。
其勤不让人，其慧堪称许。
恐惊伊筑巢，我噤不敢语。

徐勉之

字梅魁。1915 年生，福建闽清县人。原闽清县工商界联合会秘书。福建省诗词学会会员。

重修黄鹤楼感赋

黄鹤楼空春复秋，得逢明世喜重修。
从头碧汉烟云接，决眦长江日夜流。
崔颢诗篇如在上，孙吴霸业信终休。
飞檐雕栋瞻轮奂，十倍雄姿峙鄂州。

徐恭宜

1937 年生，福建南平市人，曾任福建建瓯市华侨事务委员会办公室主任。福建省诗词学会理事。著有《竹山吟》诗词集。

积翠园歌

陈英将军原籍建瓯，公馀寓情艺事，节衣缩食，收藏古今书画文物，因名其京居曰"积翠园"。近年罄其珍藏瑰宝六百馀件，捐赠我省，复以国家所授奖金一百七十馀万元，悉数附赠，用以扩大收藏，奖掖后学。因作《积翠园歌》纪其事。

将军早岁赴延安，宝塔山头涉艺坛。
戎马半生关塞远，积劳罹疾心力殚。
养疴书画作陶冶，夫人逸兴同儒雅。
节衣筹得买书钱，画肆流连辨真假。
切磋艺事广交游，誉满京华孰与俦。
广搜博藏精赏鉴，艺苑浸淫相沉浮。
忽来浩劫夜如磐，雪雨霜风百卉残。
万马齐喑天日暗，艺林魁宿尽惊寒。
或谓城东积翠园，依然春暖众花繁。
名家巨擘聚相问，主宾无间笑语喧。
耳热酒酣忽兴起，忧民忧国意难已。
遂教泼墨作丹青，化作烟云泪满纸。
刘黎关宋飞匹练，朱唐陈谢图《家宴》。
启功、邦达《吉祥歌》，黄胄、寿平云山倩。

散之书成狂草狂，沙孟笔力巨鼎扛。

十发茧纸写《长乐》，苦禅鹭影傲高冈①。

更有瑰宝板桥氏，扬州八怪中骄子。

乱石铺阶意若何，竹兰隶篆浑相似。

曾几斗转唤春回，春满人间淑气催。

将军白发心犹壮，殷献珍藏挽世颓。

馆宫矗立西湖畔，中外来瞻日不断。

无言桃李自成蹊，亮节高风人交赞。

更捐奖励作基金，褒扬后学令人钦。

巨资百万从容掷，伟哉将军赤子心。

【注】

① 刘海粟、黎雄才、关山月、宋文治、夏伊乔合作《飞瀑图》，朱屺瞻、唐云、陈佩秋、谢稚柳、郑乃珖合作《家宴图》，徐邦达、启功、黄胄、董寿平、林散之、沙孟海、程十发、李苦禅等皆留有书画作品。

临江仙·插队知青第二故乡行

忽忆当年割稻，指端勾破镰钩，殷红血滴不停流。房东幺妹子，为我疗伤瘃。　　此日重逢握手，漫提旧事从头，眉梢约略带些羞。小妞呼伯伯，捧上大茶瓯。

临江仙·退休漫兴

楼舍数间日暖，阳台几钵花疏。南窗高卧读藏书。半包青茗叶，一柄紫砂壶。　　欹枕潜夫欲寐，叩扉邻叟偏呼。堂堂列阵炮兵车，钩心施陷阱，掩口笑葫芦。

徐能坚

（1924-2003）字香雨，号荃郎，福建连江县人。原连江第一中学教师。福建省诗词学会会员。著有《香雨楼吟草》《凹砚轩文稿》等。

示 犀 儿

龙骨车喧碧水湾，稻粱秕稗鸟绵蛮。
阿爷居此无他意，要汝深知稼穑艰。

闲居杂诗录（三首）

（一）

窗明几净砚生香，古帖闲临赵子昂。
小院不嫌春昼寂，飞花无数过东墙。

（二）

一庭花气午晴天，帘幕阴阴稳昼眠。
睡饱伸腰真一快，好书都坠竹床前。

（三）

寂历闲庭午梦馀，渐看花影过阶除。
谁知意外来嘉客，一笑登门唤老徐。

徐继荣

1940年生，江苏泗阳县人。福建华安县人事局副局长。福建省诗词学会会员。

渔 归

潮水远衔山，秋阳夕照残。
云边生暮霭，崖畔过风帆。
巧运千钧势，轻翻百丈澜。
鱼肥虾蟹美，满载笑歌还。

徐超埋

（1928-1999）福建福州市人。曾任福建福清市政协常委。福建省诗词学会会员。

特殊材料吟

何为共产党人者？有道特殊材料成。战争年代廿九死，建设时期献一生。或为国家争吐气，融冰心火荒原炽，赤手打出大油田，举世惊叹钢铁志。或为普通子弟兵，守疆卫国作干城；愿将有限投无限，舍己为人掬赤诚。或为人民谋幸福，鞠躬尽瘁当公仆；强支病体矢不休，终使风沙翕然伏。或为华夏图强亟，高原大漠周足迹；竭忱不计利和名，自甘身殉大戈壁。或为真理献荩忠，怒目严词对"四凶"；抉舌砍头终不悔，千秋浩气贯长虹。英雄大名垂万载，雷锋、王杰、欧阳海；王铁人、张志新；焦裕禄、彭加木。彼等之死重泰山，团团翠绿布人寰。时代强音振耳奏，激荡污泥清宇宙。风流人物一时兴，绫卷丹青画不够。吁嗟乎！溯自"文革"风暴萌，黄钟毁弃瓦釜鸣；人性扭曲久难矫，妄把腐朽当神明。于是特殊材料束高阁！受礼遇者孔方兄。开放市场花似锦，却将人格充商品。一权一技皆可私，人心惟危是堪懔。为民服务挂口头，借题等价相交流。康庄大道欲行路，还须轮轴多上油。于是乎有人为之长太息，颇疑红旗褪了色；怀念英烈唤再生，贪欲溃流吁整饬。有人无计堵屋漏，迁怒淫雨向天咒。一叶障目固不周，身在高位宜心疚。安得真正党员万万千，挺身亮相为民先，好让大众皆信服，吾党形象仍巍然。所喜中枢要案曝及时，更有英模迭出耀红曦。孔繁森、张鸣岐、李润五、林炳熙，一个英名一座碑。座座心碑高矗立，典型各具万钧力。能敦贪者知恶怩，能致霸者知敛迹，能教怠者知乾惕。正气高扬邪气匿，道德功利相统一，兑现人生真价值。但愿党内齐学习，朝野上下争朝夕。特殊材料兮千秋袭！

游西安观秦兵马俑感咏

不让长城独擅场，寝宫扈卫阵堂堂。
殉身宗匠知多少，游客只谈秦始皇。

徐新文

1960 年生，福建连江县人。福建省诗词学会会员。

夜游宫·神舟五号载人航天成功

箭付神舟射去，旧时梦，如今擒住。举国高歌匠师舞，出长城，入星空，游玉宇。　举世同倾慕，问霸者，不须扬武！壮士英雄再挥斧，敢攀登，上天堂，东道主。

章振乾

（1902-2000）福建连江县人。原全国政协委员，中国民主同盟福建省委员会名誉主任委员。

游峨眉山

闻道峨眉天下秀，结伴登山快一觇。

峨眉山上云气多，千年萦绕为山寿。

拔地气势冲斗牛，一往无前垂不朽。

饥躯况复感疲劳，多谢山僧猕桃酒。

草菇豆腐自芬香，窗外鸣禽尽歌手。

白头老衲前致辞：四季花开同日有①。

猴群踊跃领口粮②，鱼雅结队方熙攘。

满前庙宇与庵堂，游客如云勤供养。

惜吾游迹太匆匆，不及攀登万佛峰③。

白龙洞口观枫叶，伏虎庙前听梵钟。

且喜暮年酬夙愿，巴山名胜滞行踪。

一枝竹杖腰脚健如仙，谁言蜀道难于上青天？

【注】

① 峨眉山高，不同高度有不同的气候及不同季节的花卉。

② 山上猴群的自然粮食不足，四川省政府规定了猴子饲料标准，并按期发放，猴子结队来领。

③ 峨眉山顶峰有万佛寺，海拔三千多公尺，由于时间限制不及攀登，深感遗憾。

老伴两周年祭

影只形单又一年，孱躯弥觉不如前。
五中剜毒刀初奏①，半世寻踪笔与宣②。
儿辈殷勤怜老病，朋交寥落感人天。
晚来有幸微闻道，梦寐相期续夙缘。

【注】
① 年初患胃癌动了手术。
② 正继续写回忆录。

章 影

原名荣韵秋，女，1931 年生，江苏无锡市人。福建省乡镇企业局离休干部。曾任福建省诗词学会理事。著有《章影诗词集》。

壬申夏鼓岭避暑偶成

偷得浮生十日闲，清凉世界觅诗篇。
侵晨露滴胭脂冷，薄暮霞飞翡翠妍。
半亩方塘停水碧，十围桎柳覆阴圆。
尘嚣远避情怀逸，寻梦探幽意欲仙。

虞美人·南下卅五周年抒怀

一从投笔参军旅，沐遍风和雨。穷乡僻壤乐为家，春去秋来、催老马缨花。　　八闽根扎深情系，卅五华年逝。垂杨看饱舞东风，潇洒人间，笑对岁寒松。

康文芳

1922 年生，福建晋江市人。原晋江市税务局干部。福建省诗词学会会员。

悼名诗人臧克家

一代诗翁臧克家，遐龄溘逝落云霞。
光辉杰作长吟诵，放眼诗坛赏百花。

曹文珠

女，1927 年生，浙江省人。原福建三明市食品厂干部。福建省诗词学会会员。

汉宫春·神舟六号载人上天成功

十月金秋，暖意融融乐，"神六"飞腾。五洲震撼，瑞雪欢送航行。全民倾注，视荧屏，翔绕轻盈。关情处，人间天上，交相问讯频仍。　　海胜俊龙驰誉，喜科研实力，造福烝民。功成迓归完美，鼓掌雷鸣。扬眉吐气，集精英，再启新程。争旦夕，窥星揽月，旨为世界和平。

曹耀焜

1917 年生，福建泉州市市人。原泉州市黄埔同学会秘书长。福建省诗词学会会员。

迎三峡白帝镇移民落户晋江

朝辞白帝彩云间，落户晋江家室安。

三百移民离故土，千禧来客缔新缘。

平湖三峡千秋颂，水库兆民九域迁。

小我牺牲撑大局，新村白帝缀江干[①]。

【注】

① 晋江市西滨镇新建的三峡移民新村，命名"白帝新村"。

临江仙·缅怀冰心

翰苑巨星悲陨落，雾笼卯岁之春。终年九九誉完人，鸿文三百万，遗爱最堪珍。　　世纪同龄今罕有，五洲悼念情殷。闽疆瀛海更推尊，哭"文坛祖母"[①]，"小读者"思亲。

【注】

① 遗著三百三十万字。被誉为"文坛祖母""世纪同龄人"。

萧 峻

1965年生，福建福州市人。二级美术师。福建省诗词学会会员。

观钱塘潮

远眺天边白练横，千军万马踏波行。
扑来水气连沧海，狂荡飙扬喷巨鲸。

萧　彪

1930 年生，广东大埔县人。中共漳州市委党校原副校长。中华诗词学会会员，福建省诗词学会会员。著有《剑花吟》。

幽幽阿里山

白雾茫茫染绿装，森森古木耸云苍。

潺潺流水虹桥过，仙女飘飘梦一场。

伟人风范①

长江滚滚润千峦，大海滔滔纳百川。

脉脉源头思大地，巍巍泰岳入云端。

少年立志兴华夏，壮岁行歌伴彩鸾。

弹血烽烟嘶战马，流湍险隘挽狂澜。

花坛艺苑施甘露，宝塔高楼固石磐。

小小银球旋世界，沉沉赤胆起淮安。

同舟共济经霜雨，执杖相扶过难关。

风范天高辉日月，爱情圣洁灿星环。

【注】

① 正值周恩来诞生一百零六周年，邓颖超诞生一百周年之际，参观《周恩来、邓颖超生平图片展》，感慨放歌。

萧本睦

1931年生，福建闽侯县人。福建邵武市百货站干部。福建省诗词学会会员。

六十述怀

欲立陶朱业，风霜四十更。
艰辛思往日，慷慨赴征程。
输热嗟衰鬓，推陈仰后生。
息肩辜盛世，不尽老牛情。

萧作泉

1934 年生，福建周宁县人。原福建霞浦县科学技术委员会主任。福建省诗词学会会员。

咏巾帼卫士任长霞

为民奉献寸心丹，一座丰碑耸似山。

七字煌煌碑上刻："只为公仆不为官"。

萧晓阳

1959年生,福建周宁县人。福建霞浦第六中学一级教师。福建省诗词学会会员。

雁荡龙湫瀑

独疑仙子揽云眠,罗带飘然落九天。

风弄千姿晖弄彩,难将奇妙入华笺。

萧朝群

1947 年生，福建罗源县人。原罗源县人大常委会秘书。福建省诗词学会会员。

南溪晨练

榕阴柳下水流清，女转男旋舞步精。

拳剑挥扬身似燕，轻歌听罢晓曦迎。

萨福简

1905年生,字百菉,福建福州市人。原福州第八中学教师。

喜凉山奴隶制解除（二首）

（一）

授田万户作编氓，一夕彝州沸笑声。
母子夫妻疑隔梦，鞭笞枷锁泯馀惊。
共耕桀溺宁堪比，焚券冯谖靡足并。
补到终篇奴隶史，今才破涕颂新生。

（二）

锅庄娃子太平逢，共作凉山食力农。
董永鬻身终不返，石崇杀婢复谁容。
蔽寒买布裁新袄，报稔连村急暮春。
始识人生多乐趣，相敲锣鼓舞翔龙。

黄 洵

1945 年生，福建厦门市人。福建漳平市医院主治医师。福建省诗词学会会员。

鹧鸪天·我与诗词

笑饮东篱桂酒馨。豪吟北海弄潮声。阳春白雪性灵调，下里巴人稼穑情。　　情未老，意难平。谋篇琢句对孤檠。骚坛跋涉心常乐，格物虚怀天地澄。

黄　稼

1928 年生，福建福州市人。重庆市离休干部。

寄　友

同从涸辙返江湖，岂忍相忘各一隅！
穷技曾求诗自慰，倾心不顾棘为途。
狂流去后崖花艳，旧雨滋时野蕨苏。
愿效少陵吟到死，巴山楚水作吾庐。

临江仙·侣白经蓉下三峡有赠，因步韵奉和

莫道珠沉沧海，欲呼日驻青山。相逢执手忆初欢。榕阴南国梦，春鸟自关关。　　盗火催来曙色，劫风荡尽华年。岂容简断复篇残！秭归凭吊罢，倾墨写霜天。

黄　澍

1931 年生，福建宁德市人。原宁德市民政局干部。福建省诗词学会会员。

天鹅遁翅①

真个生财道路宽，花花钞票惹人欢。
申城云雀贪无厌，哈市天鹅兴未阑。
竟撇歌迷神秘去，岂容税务等闲看。
君如不再熏铜臭，高唱何妨玉漏残。

【注】

① 哈尔滨市曾组织"天鹅展翅"音乐会，上海某女歌星演唱未毕，竟违约遁翅而去，漏税数万元。事曾见《人民日报》。

禽兽衣冠①

荒唐经理荒唐事，禽兽衣冠当属僚。
戴帽沐猴原旧话，领薪养狗有新招。
当时赐姓勤摇尾，今日丢官免折腰。
主仆彷徨同落职，该它自找骨头叼。

【注】

① 报载：唐山市一经理王德存，养狗取名"王春生"，每月领薪四十元，被撤职退款处理。

黄士演

1949年生，福建罗源县人。罗源县个体劳动者协会职员。福建省诗词学会会员。

蝶恋花·新春歌改革

霜剑无情夷众莠，蓦转东风，有力扶新柳。改革良谋碑在口，回天共喜凭高手。　　万灶烟低叹墨守，往事堪伤，莫漫空搔首。相勉衷肠劳旨酒，好拼豪气冲牛斗。

黄天柱

1933 年生。福建惠安县人。福建泉州市博物馆干部。福建省诗词学会会员。

黄 山 游

得上仙都慰此行，凌空白鹤喜相迎。
青松百态龙之化，奇石千姿天所成。
蓬岛丹砂含紫气，笔峰云札写游情。
天梯陡峭殷攀顶。足底风光入眼明。

黄元佐

原名黄援助，号仙台山人，1936 年生，福建南安市人。南安国光中学高级教师。中华诗词学会会员，福建省诗词学会会员。南安市《梅山乡讯》主编。

闽台缘，中秋情

嵯峨馆阁月边连，倒影湖中景万千。

西子疑登仙境上，嫦娥误匿广寒前。

收藏文物人间宝，陈列闽台世代缘。

古郡文明添一秀，名城史迹靡双篇。

四时明月今宵最，两岸乡心此际牵。

海峡云开春暖日，和平愿景比花妍。

黄书海

1935 年生，福建长乐市人。原长乐市第二轻工业局服装厂干部。福建省诗词学会会员。

咏手机

尔身初诞就称哥，小巧玲珑信息多。
科技昌明生了汝，五洲四海瞬传波。

黄介繁

1909 年生，福建福安市人。福安市商业局退休干部。福建省诗词学会会员。

忆铁民烈士

学剑长期剪虎豺，英年摧折最堪哀。
交深怕过伤心地，行到城南便却回。

黄公孟

（1905-1950）字孝绰，号讷庵，福建福州市人。与兄公渚、君坦俱以诗文名世。有《藕孔烟语词》。

满江红·重游金陵感作

马足车尘，有谁识、南冠倦客。漫细数、莫愁吟侣，清凉游屐。虎踞龙蟠成断梦，河山孤注嗟轻掷。到而今、烟锁石头城，潮空拍。　　兴亡事，休重忆。青衫泪，怕霑臆。莽斜阳故垒，鸦痕翻墨。玉树空翻商女曲，一楼剩对秦淮月。抚前番、稚柳已成围，伤心碧。

八声甘州·暮登鸡鸣寺远眺

渺斜阳一角古台城，倚栏看神州。对平湖千顷，环堤弱柳，摇曳清秋。隐约丛荷深处，三两采菱舟。呜咽南朝水，依旧东流。　　记得年时俊赏，正菊黄载酒，吟啸高楼。奈钟声换世，笼壁旧题留。共阇黎、沧桑细语，问大千、浩劫几时休。颓垣外，乱蛩絮语，泪眼难收。

望海潮·暮饮秦淮河畔酒楼

荒桥鸦乱，残阳蝉曳，秋光早到秦淮。金粉化烟，河流浣尽。声声似诉沈哀。亭榭劫馀灰，叹缥黄满眼，秋思难排。万幻人间，十年曾见几兴衰。　　当时此地衔杯。对笙歌画舸，灯火瑶台。京国梦阑，凄凉换取，斜阳渐老莓苔。凝恨有吴娃，向绮筵压酒，蛾岫慵开。笛韵谁家，月明依旧过墙来。

黄以昌

1935 年生，福建永泰县人。原任中央广播事业局五五二台行政组长。福建省诗词学会会员。著有《永麟吟集》初、续两集。

清 官 颂

奉献无私峻节持，清廉自足树威仪。

高衙日暖常"三省"，台阁宵寒畏"四知"。

饮马投钱非臆说，悬鱼拒贿岂传奇。

官场今未如人意，摭拾遗风且自怡。

黄以庚

1930 年生，福建福清市人。原福清市人民检察院检察长。中华诗词学会会员，福建省诗词学会第二、第三届理事。

观昆明湖石舫

挪移军费毁藩篱，强虏窥觎祸患罹。
甲午艨艟沉海日，昆明石舫泛湖时。
赔银割地黔黎恨，排驾游园太后靡。
位显更当殷鉴取，俭成奢败合深思。

不见炊烟

斜端画板架南阡，晚景临描却愕然。
顿悟农家煤气灶，从兹不复起炊烟。

黄以语

1937 年生，福建永泰县人。原永泰县水利电力局工会主席。福建省诗词学会会员。

抗洪值班书所见

廿年一遇大洪关，抗涝防灾不怕难。
领导分工亲上阵，军民合力战加班。
学生救妪挖墙出，教练绷童搏浪还。
危屋先机争撤出，寸心援溺敢云殚。

黄永源

1929年生，福建惠安县人。中共泉州市党史委及市政协文史委主任，中共泉州市委党史研究室主任。

金鸡桥闸吟

东溪西溪分合多，百里滔滔丰州过，
背山面海苦难渡，只缘长河起旋涡。
祈风九日丝路遥，北宋宣和始建桥。
号称金鸡通万国，世界大港史迹骄。
桥闸兼用当代修，车水马龙达九州。
南渠北渠延百里，万顷嘉禾翠自流。
近年新筑龙门滩，西水东调到惠安。
萧厝能饮金鸡水，鸡鸣水流更壮观。
双溪闸水流古今，金鸡桥联万户心。
受益工农思太守，为作金鸡桥闸吟。

黄永融

1928 年生，福建福州市人。福建省中医药研究院副主任，主任医师。福建省诗词学会会员。著有《藏拙斋诗文集》。

马六甲郑和庙

郑和神像肃庄严，古井苔斑岁月添①。
不有西洋传七下，哪来庙貌异邦瞻？

【注】
① 郑和亲自开凿的水井二口至今犹在，受到保护。

水龙吟·重游洪塘金山塔寺

暮春花雨才过，洪塘桥畔轻车驶。旧游再拾，金山塔影，亭亭犹是。浩荡中流，岿然一阜，玲珑波际。唤船家泛渡，悠哉添趣，振衣上，循栏倚。　　四顾微茫伤逝，想前贤，高踪曾寄。斩倭折桂，大儒名将，后先萃止①。历劫沧桑，遗风宛在，英雄谁继？赏江乡八景②，而今更翠，换幽栖地。

【注】
① 明代乡贤抗倭名将张经、状元翁正春等少时皆曾读书于此。
② 金山传有"洪塘古渡"等八景。

黄兰波

（1901-1984）福州人。原名缘浚，以字行。笔名阿兰、阿莎。生平精研国画、诗词。上海新华艺术大学毕业。先后执教于福建师范、福建教育学院及各中学。著有《黄兰波诗词剩稿》《石涛画语录释解》《文天祥诗选》等。

读报有感

不战望风逃，说是移阵地；
龟缩荒山中，说是我有利；
日蹙国百里，说是诱敌计；
诱敌复诱敌，名城次第弃。

1941 年 1 月

福州沦陷，余在闽清见福州军政大员竞向闽清撤退

都向桃源去避秦，谁为博浪奋椎人？
名城瓯脱崇朝弃，南望乡关泪满巾。

1944 年

月下笛

月上苔墙，阴笼碧树，小园岑寂。婉娈态，促坐池头捣衣石。别将三载情如昨，莫道是旧欢重拾。诉无穷怀抱，无穷义愤，泪痕微湿。　　凄恻，手频执；更软语绵绵，温存犹昔。袖携短笛，抚来疑咽疑泣。相逢未嫁还多恨，挥慧剑，悬崖缰勒。亦怅惋，亦温馨，往事追谈历历。

1924 年 4 月

浪淘沙·为李大钊与进步男女青年十九人壮烈牺牲作

蒿目懔危亡，国事蝴蟑。笔为斧钺舌为枪。指向光明张赤帜，搅海翻江。　　国贼大惊惶，缇骑如蝗。绞刑架上气昂扬。一十九人同就义，壮烈贞芳。

1927 年 4 月

菩萨蛮·题项王庙

霸图久逐寒潮咽，犹存古庙炉香爇。持此视长陵，如何论废兴？　　拔山时不利，千载同情泪。虽败气犹雄，头颅付马童。

1928 年 11 月

黄庆同

1949 年生，福建仙游县人。仙游县公证处公证员。福建省诗词学会会员。

题《雪梅寒禽图》

天遣奇葩犯雪开，中天圆月共徘徊。
良宵美景无人赏，一对寒禽悄语来。

黄汝棠

1934 年生，福建永泰县人。原永泰葛岭中学校长。福建省诗词学会会员。

游永泰溪洋天门山①

天门脚下洞成河，鬼斧神工妙趣多。
水尽山穷惊瀑布，欣闻白鹿向天歌。

（地下河）

【注】

① 地下河，葫芦瀑布和白鹿洞均是天门山著名景点。

黄百宁

1929 年生，福建泉州市人。泉州黎明大学副教授。福建省诗词学会会员。

登日光岩

延平寨外望云天，卷起心潮四十年。
且对青山怀故垒，莫嗟沧海变桑田。
今朝放眼三通路，明日乘风万里船。
樯橹灰飞烟灭处，定教无复豆其燃。

黄达真

（1921-1999）山东沂水县人。原中共福建师范大学生物系总支书记，离休干部。福建省诗词学会会员。

徐州西楚戏马台吊古

灭秦旋踏别姬哀，霸业空馀戏马台。
岁岁野花开又落，漫从兴废吊雄才。

蝗虫宴

一餐足嚼十家空，酒下中肠热点通。
每到收筵揩罢嘴，依然两袖是清风。

黄兆正

1947 年生，福建龙海市人。龙海市角美镇卫生院中医师。福建省诗词学会会员。

客到家常饭

一别容颜不记年，再逢今日是前缘。
频将鲁酒斟千遍，怎及何曾费万钱。
自钓鱼虾充海味，亲栽薤韭作山鲜。
远来故友家常客，萝卜唯求白水煎。

黄伟群

1963年生，福建南安市人。中学高级教师。中华诗词学会会员，福建省诗词学会会员。著有《毛泽东诗词笺注》《小山楼吟稿》等。

新西兰灵羊歌①

新洲灵羊史莱克，爱美惜毛自清高。

六年遁入深山去，义不受辱誓潜逃。

二三猎户偶相值，累垂大氅披至地。

主人围捕生致之，有朝荧屏荣庋止。

见者生怜倍温存，美利奴羊释自尊。

一剪之酬乐不靳，隆然成堆五十斤。

呜呼史莱克兮美利奴，世上人犹难似汝。

【注】

① 美利奴羊为新西兰良种毛羊。故新西兰电视台特向全球直播为其剪毛过程。前剪羊毛冠军亲自为其施剪，脱下的"羊毛大衣"毛长三十厘米，重廿七公斤，可制成十四床羊毛毯。

黄良筹

1919 年生，福建闽清县人。闽清第二中学高级教师。中华诗词学会会员，福建省诗词学会会员。著有《梦痕吟集》。

金缕曲·为廿年新政浮大白

廿载辉煌创。尽神州、春潮沸涌，鼎新开放。涤净尘嚣清玉宇，真理红旗再掌。今把作、导航方向。经济中心从兹奠，看腾飞、百业欣丕畅。前进鼓，震天响。　　云兴霞蔚寰区仰。面全球、缔交与国，谊联心赏。港澳珠还行两制，鲲岛归宗入望。足奠慰、炎黄精爽。万里江山饶特色，绾征衫、快逐秋鸿上。苍野郁，极星亮。

双调破阵子·农家乐

蕾坼流莺啼急，秧青布谷催勤。暮霭横吹牛背笛，细雨微浮水底鳞。风斜归燕频。　　陌上男耕女耨，田头剑舌枪唇。疑是河桥星渡夜，讵料枢廷泽沛春。笑声频遏云。

黄寿祺

　　（1913-1990）字之六，号六庵。福建霞浦县人。曾任中华诗词学会顾问，中国周易学会顾问，福建省诗词学会首届会长，福建师范大学教授、副校长。福建省政协常委、文史资料委员会副主任，我国著名易学研究专家，著有《六庵诗选》等多部著作行世。

住院杂咏

高楼东畔住名公，绣幕银屏不透风。
谁识临盆诸少妇，呻吟反侧走廊中！

1982 年

登长安古城次赵老玉林韵

城池漫说似金汤，端赖人心作镇防。
仓猝西逃千载恨，一妃难护笑明皇。

1989 年

重游潭城沙滩戏作呈玉林鏊帆两老

炎天此地有凉风，最羡凌波两老翁。
卸尽冠裳无束缚，浪淘不去信英雄。

1989 年

少谷草堂重修奠基纪盛

忧时感事杜工部，玩易耽诗朱考亭。
双美风徽今宛在，湖山重揖草堂青。

念奴娇·楚天怀古

古来三楚，聚天下，文苑骚坛英杰。屈贾高
才，喜嗣响，王粲登楼卓绝。崔颢题诗，祢衡作赋，
故事争传说。琴台如昨，钟家犹见由蘖。　　共
仰霁月襟怀，爱莲周茂叔，丕承前哲。佼佼船山
逢鼎革，俟解遗书盈箧。当代词林，湖湘崛起，
有主盟人物。纵观今昔，吟情应许清发。

黄孝纾

（1900-1964）字公渚，福建福州市人。历任北京大学、北京师范大学、青岛大学、山东大学教授。著有《躲厂文稿》《左海黄氏三先生俪体文》等。

鹧鸪天

骋目高楼炙玉笙。欢丛长记绣春亭。曲翻玉茗歌犹咽，尊倒银蕉酒不停。　　心上事，负多生。烛奴相伴泪纵横。高丘终古哀无女，凄诉回风一往情。

南乡子

落月下如潮。风雨连宵意已销。何况重阳时节近，凭高。恨水颦山见六朝。　　哀雁答长谣。欢计因循负酒瓢。心事蓊腾残照外，萧萧。留得寒蝉是柳条。

暗 香

为伯驹题红梅册，和白石韵。

晕来血色。蓦眼中唤起，江城风笛。向晚一株，碧藓伶俜忍轻摘。芳帧番番澹影，还细勒、苔笺筠笔。但伴得、汐社传觞，飞蕊落吟席。　　京国。旧约寂。共翠鬟暗移，换劫尘积。故山暗泣。红萼宜簪远成忆。休问湘春万树，凝望隔、平林凄碧。愿岁岁，开更好，小园自得。

黄连池

1947 年生，福建武平县人。福建上杭紫金矿业干部。福建省诗词学会理事。

登黄鹤楼

独上高楼览楚风，而今更比旧时雄。
龟蛇不锁千帆过，烟雨欣催万木荣。
岸畔车流通似电，江边广厦列如龙。
欲招黄鹤常来去，逸态仙姿处处逢。

黄步昇

1932 年生，福建永泰县人。原永泰县政协办公室主任。福建省诗词学会会员。

赞环卫女工①

献身环卫解民忧，束裹黄装显靓优。

沐雨栉风清秽物，披星戴月净浊流。

市容不惜勤调理，环境宁殚巧维修。

竹帚频挥如走笔，沿街绕巷写春秋。

【注】

① 永泰县城环卫工人都是女工，她们辛勤劳动，换来市容整洁，得到领导表彰和群众好评。

黄步銮

字雪堂。1926 年生，福建福州市人。曾任闽江计划开发管理委员会办公室主任。福建省诗词学会会员。

承德避暑山庄随咏（二首）

（一）

方圆十里赛苏杭，四面云岗草木香。
水上荷花岩上柳，湖光秋色满山庄。

（二）

普陀宗仰庙轩昂，法界庄严耀四方。
千佛阁中光普照，黄金顶盖显辉煌。

纪念民族英雄林则徐诞辰二百二十周年 (三首录一)

宦海浮沉四十春，为国为民历艰辛。
英雄首执禁烟剑，放眼环球第一人。

黄时杰

1914 年生，福建连江县人。曾任小学校长。福建省诗词学会会员。

郑成功颂

胸怀韬略世无俦，赤胆扶明良策筹。

歼敌挥戈收国土，兴师渡海复金瓯。

千秋青史留奇迹，万里山河展大猷。

夙志未酬身先死，长留正气壮神州。

黄劲松

1970 年生。福建福鼎市人。福鼎市建设银行干部。福建省诗词学会会员。

桐江春咏（三首）

（一）

重游堤上望江亭，远处情歌不忍听。
八角楼台栏倚遍，曾经牵手候流星。

（二）

水阔山长思几处，虹栏桥畔草如茵。
良辰最是烟花冷，明月樽醅慰故人。

（三）

桐江十里水东流，玉面如花弄小舟。
浑欲莺湖歌棹曲，一痕春月半帘钩。

黄君坦

（1902-1986）字孝平，别名更宇、生生叟。福建福州市人。居北京，为中央文史研究馆馆员。著有《红踯躅庵词钞》《问影轩骈文存》，与张伯驹合编《清词选》。

小重山

丁丑三月初十大雪数寸，园林积素烂然，时过清明节已四日，山桃杏花盛开，写小词。

碎剪琼花饰玉京。风光三月半，见飞霙。梨云嫌暖絮嫌轻。桃腮湿，红粉泪纵横。　　翼瓦映春城，吴棉重，着体暮寒生。黄杨今岁闰初成。东南客，看遍小清明。

少年游

山中微雪旋霁，极营丘画笔平林远岫之致，谱以小令。

淡妆晓镜溜横波。睡黛失青螺。一夜东风，小弓弹粉。树树晕梨涡。　　矶头苔点松杉小，着墨不宜多。山市晴岚，玻璃寒日，素袜步尘罗。

八声甘州

清明节过龙潭湖，展拜明东莞督师袁崇焕祠墓。

障金瓯心苦后人知，招魂天下闻。叹君臣草芥，长城纵在，也促秦亡。百战间关未了，碧血化沧桑。三字风波狱，无此悲凉。 几世恩仇流谶，误雁门鸷帅，痛哭汾阳。有蕉园绿在，死士笑生王。剖忠肝、歊歔将种，望大平、白马是何乡。龙潭树，迎清明雨，未奠椒浆。

黄宝奎

字葆葵，斋号涵清楼，1926 年生，福建莆田市人。厦门大学经济学院教授。中华诗词学会会员，福建省诗词学会名誉理事。著有《涵清楼吟草》。

纪念谭嗣同诞辰一百四十周年（三首）

（一）

戊戌风雷动帝阍，维新变法拯元元。

沥披肝胆庙堂策，冲决网罗专制翻。

七尺雄姿匡社稷，一腔碧血荐轩辕。

身临诏狱仰天笑，勇赴刀山唤国魂。

（二）

鼎新革故献华章，与虎谋皮乏剑铓。

怒叱妖姬西太后，悔传密诏大头狼①。

忘家殉国丹心在，取义成仁浩气扬。

慷慨悲歌题壁句，寥天一阁莽苍苍②。

【注】

① 大头狼指袁世凯。

② 指谭嗣同遗作《寥天一阁文》和《莽苍苍斋诗》。

（三）

百日维新怀国殇，重温史事恸浏阳。
有心杀贼千夫望，无力回天六子丧①。
只剩头颅酬故友，何堪骸骨报高堂。
昆仑肝胆去留两，魂梦义旗起武昌。

【注】

① 谭嗣同临刑绝命词："有心杀贼，无力回天；死得其所，快哉快哉！"六子指"戊戌六君子"。

黄宝珊

1912年生，福建福安市人。中医。福建省诗词学会会员。

黄 山

黄山三绝石云松，更有参天十二峰。
壁峭攀登猿裹足，雾浓飞度鸟迷空。
春秋寒暑风光异，晨夕阴晴变幻丛。
五岳归来犹驻足，羡它胜景夺天工。

黄松鹤

（1909-1988）字漱园，福建厦门市人，印尼归侨，寓居厦门。著有《漱园诗摘》《煮梦庐词草》。

题厦门万石岩新碑林

旧梦家山气象新，归来老我见天真。
松间话茗宜招月，竹外听泉不受尘。
终古云情闲自锁，依然石意笑相亲。
岩碑错落留题在，对此能言更可人。

有　感

三十年来海外家，兵戈起处误弓蛇。
沙鸥不与人争路，野鹤何妨自放衙。
长日闭门来燕子，一春浮梦到梅花。
天涯几辈词流在，乞得新诗罩碧沙。

黄英才

1921 年生，福建长乐市人。福建省诗词学会会员。

满江红·琴江凭吊马江中法海战殉国诸烈士①

怒发冲冠，临流吊，泪倾肝裂。悲往事，甲申风暴，马江漂血。七百官兵罹死难，十多舰艇遭沉没。更村丁，马家巷伤亡，尤悲切。　　清廷腐，夷氛烈；疆吏懦，民心沸。驾轻舟游击，炮轰孤拔。琴屿岸边行祭典，昭忠祠畔埋忠骨。痛史温，勠力振炎黄，中华屹。

【注】
① 马江海战位于三江口，即马江、琴江、乌龙江交叉处。

黄卓文

1926 年生，福建武平县人。《武平县志》主编。福建省诗词学会会员。

乘船游漓江

谁家泼墨作丹青，四面风光两岸情。
咿哑游船浮霭走，萧骚修竹夹波鸣。
鱼腾燕掠山摇影，鸠唤蝉喧水应声。
美景盛情双醉我，漓江嫁我愿终生。

贵州黄果树观瀑

九天玉练挂银屏，滚滚风雷夹谷鸣。
半壁云烟生骇浪，四山雾雨罩新晴。
穿岩有路寻佳景，入洞无门渡古津。
临别劝君分一勺，终生长忆贵阳情。

黄拔荆

1932年生，福建闽清县人。厦门大学古籍研究所所长，教授。硕士研究生导师。福建省诗词学会副会长、顾问。著有《元明清词一百首》《词史》以及与友人合集出版《天风集》等。

鹧鸪天·哭黄六庵老夫子

深夜灯前写挽词，墨痕惨淡泪淋漓。耳边似听临行语①，壁上犹悬惠眖诗②。　　思往事，不胜悲。中宵无寐起徘徊。隔墙古寺钟声永，晓月斜光照素衣。

【注】
① 1989年7月16日，赴榕探师病，返厦临行时师嘱："天热，勿再来！"
② 乙丑春，六庵师在纪念黄道周诞辰四百周年学术讨论会上，口占一绝，并书条幅相勉。

踏莎行·观舞

眉眼盈盈，衣冠楚楚，卅层楼上疯狂舞。参横斗转兴犹酣，寻欢岂敢辞辛苦。　　妙曲传情，名花解语，人间别有伤心处。粗蔬淡饭养贤才，重金高价邀歌女。

鹧鸪天·美食节

　　银翅江瑶惬齿牙，玉盘侍女进龙虾。小炉文火烹熊掌，炙得黄羊众口夸。　　山上走，海中爬，八珍罗列锦添花。农村水旱年年有，谁念寻常百姓家？

减字木兰花·美食家

　　九州商战，茶座酒楼迎大款。人际疏通，眼下时兴吃喝风。　　名厨献技，美馔珍羞先品味。满口黄牙，游食豪门千百家。

黄昌铭

1922 年生，福建福州市人。华安县邮电局退休干部。
福建省诗词学会会员。

登马尾罗星塔

一塔凌空镇海疆，马江旧事忆迷茫。
欲罗星斗归胸次，今日登临气倍昂。

黄明清

（1945-2004），福建福州市人。福建省诗词学会会员。

小春游甘蔗镇

暖律吹寒映浅霞，瀛洲气象焕千家^①。

轻飔一路催诗思，疑是春回十月花。

【注】

① 甘蔗镇现为闽侯县政府机关驻在地，旧称瀛洲。

黄居宸

1924年生，福建将乐县人。原将乐县政府办公室干部。福建省诗词学会会员。

迎澳门回归

激动狂欢在此宵，回归澳岛起歌潮。
惊天动地非雷雨，赤帜升空映九霄。

烟 农 谣

说因利国原图富，边喊戒烟边喊栽。
叫咱要听谁的话，怎生等价仗公裁？

黄典诚

（1914-1993）字伯虔，笔名黄乾，福建漳州市人。厦门大学教授、博士生导师，曾任中国语言学会、汉语方言学会理事，中国音韵学会学术委员、福建省语言学会会长，中国训诂学会顾问。著有《切韵综合研究》《诗经通译新铨》《鹿礁学韵》等。

会在港余弟伉俪

生同父母不同天，两岸分携四十年。
千里奔驰期一会，双丸延滞欲加鞭。
香江烂漫情凄苦，南院辉煌泪潸然。
想像更多新著作，将来献祭考坟前。

乙丑上元即事

明王一怒下鲲身，部曲无非桑梓人。
宗祖乡关留地望，岁时风俗似南闽。
劫波度尽恩仇了，嫌隙宜从骨肉泯。
又值上元灯月夜，不眠个个为思亲。

【注】
① 明王指延平郡王郑成功。
② 台湾有七鲲身之称。

浪淘沙·登大雁塔

　　雁塔冀题名，士子常情，孙山名落尚穷经，有用精神磨损尽，白发今生。　　七级佛屠登，俯阚全城。周秦汉晋又唐陵，都在晨晖初照里，何等轻盈！

黄建琛

1932 年生，福建宁德市人。厦门大学教授。福建省诗词学会会员。

鼓浪屿之行

健翮凌云飞，山川频领略。息影栖东南，依然忆前昨。胜处每垂翎，聊逐家园乐。岁首晃岩登，巍似蓬莱阁。摩崖观擘窠，天风伴搜索。琴岛世称扬，音符透林薄。市井物琳琅，游人熙攘踱。白石塑郡王，戎装神矍铄。操练遗寨门，筹兵鄂王若。滨海起楼台，菽庄鹭中鹤。曲槛枕湍流，潮汐永不涸。约翰好主张，强身扫积弱。护婴大名医，巧稚苏民瘼。表彰立碑亭，崇彼爱心博。幽邃洞天行，笔山耸郊郭。入耳石鼓訇，涛声撼村落。岗峦接翠微，石径通寥廓。佳树簇繁花，快意屠门嚼。八卦楼高骞，四围景依托。环屿列弹丸，别墅丛交错。典雅大厦群，栉比留佳作。西望海沧桥，披霞势磅礴。我爱嘉禾人，展臂苍龙缚。春风临海隅，金波长闪烁。吉日猎奇忙，视野顿开拓。珍禽舞青池，翩翩蓝孔雀。入晚华灯灿，宝光射天幕。如此美大千，诗材满囊橐。安能此结庐，长伴好丘壑。融身大自然，得失咸抛却。

黄金明

1949 年生，福建莆田市人。莆田市石庭华侨中学教师。福建省诗词学会会员。

浪淘沙·假农药

执掌一方权，廉洁为先。谁知酒饱舞翩跹。歌妓招来恣意狎，沉湎连年。　　妻苦泪潸潸。喝来乐果赴黄泉①。无恙才惊农药假，笑话轰传。

【注】
① 乐果为一剧毒农药名。

黄奕明

1927 年生，福建南安市人，离休干部。福建省诗词学会会员。

咏 春 耕

春风拂柳雨霏霏，季节催人莫稍违。
惊蛰翻田争地利，清明播种握时机。
除虫切望禾苗壮，浇水弥期籽实肥。
科技兴农臻富庶，丰收博得众心归。

黄家如

1965 年生，福建宁德市人。宁德市七都镇政府干部。福建省诗词学会会员。

故乡春

碧岩峰下鉴湖西，一派风光望眼迷。
红掌划波鹅戏水，紫衣穿雨燕衔泥。
和风初度新杨叶，寒气犹侵老牸蹄。
花发故园春到早，声声布谷唤开犁。

黄威廉

1930 年生，福建南安市人。原南安市石砻中学教师。福建省诗词学会会员。

减字木兰花·中国女足赞

绿茵场上，叱咤追奔称悍将。协力齐心，气贯长虹举世钦。　　纵横驰骋，奋我国威频得胜。无冕之王，巾帼英名四海扬。

黄剑岚

1943 年生，福建龙海市人。龙海市地方志编委会主任，主编。福建省诗词学会理事。

水调歌头·浯屿岛郑成功烟墩台

万里碧空阔，胜概付沙鸥。前朝多少卫所，铁铸镇神州。信步烟墩台上，古垒岿然威武，茂草展双眸。仙石钓鳌处，骇浪与天浮。　　延平王，收鲲岛，足风流！气雄似虎，忠荩谋国富方猷。割据终难图霸，凭吊休多怀古，放眼看寰球。一统金瓯日，海峡待归舟。

黄钟麟

1943 年生，福建诏安县人。诏安县政协第七、八、九届委员。福建省诗词学会会员。

满庭芳·林语堂诞生一百一十周年纪念

学贯中西，识通今古，出入耶孔优游。等身名著，声誉满寰球。读破诗书万卷，历千国、椽笔清遒。君知否？庄谐雅谑，总不碍儒修。　　乡愁，何处释？晨昏易惹，梦寐难休。奈遥隔云山，岁月悠悠。故里蕉林香远，料英魄、定绕园丘。宜歌舞，漳南人物，青史纪风流。

黄衍印

1941 年生，福建泉州市人。曾任福建轮船总公司海轮船长。福建省诗词学会会员。著有《江海墨韵》。

风入松·姐妹进城

秧针出水暂回青，相视笑盈盈。辫梢晃动红蝴蝶，相携手，过尽芳塍。路绕丛林胜画，天开列岫为屏。　　山城楼阁眼中明。飞笛伴歌声。胸中别有鸿图展，商量定，举步轻灵。买得农书似宝，归来嫁接香橙。

夜航过古京口

京口荆公昔过航，渡轮今见夜辉煌。
瓜洲水道忧淤塞，巨变沧桑史话长。

游南安石井瞻仰郑成功纪念馆

远征逐浪建丰功，史册留芳节概雄。
故土重归区宇内，遐陬无恙海波东。
南京抗虏中途挫，赤嵌驱荷万代崇。
凭眺金门怀彼岸，观潮翘盼九州同。

黄高宪

1948 年生，福建霞浦县人。闽江学院院长助理、教务处处长、教授。享受国务院政府特殊津贴。福建省诗词学会副会长。著有《周易曲成校注》《福建文学导读》等。

游菲律宾夏都碧瑶

登巅望极是天涯，眼底风光处处嘉。
水似滇池皱碧縠，峰如玉女沐丹霞。
林间华屋多名犬，溪畔农家有木瓜。
最慕清凉消溽暑，夏都乔木荫轻车。

清明重游宛在堂

旧堤新柳喜春光，迎我重游宛在堂。
画栋不因风雨朽，百年遗墨益芳香。

思 董 奉

医德薰风拂杏林，悬壶济世九州钦。
探骊学海人皆慕，吾爱佩兰净我心。

黄高魁

1928 年生，福建建瓯市人。原建瓯第二中学教师。福建省诗词学会会员。

耄龄初度抒怀

人生逝暑路悠悠，淬励磨砻意未休。
奉献敢因迟暮懈，栽培岂为自私谋。
欣看诚信尊公德，冀向中兴荐壮猷。
老去何难消杞虑，江山不许作闲愁。

黄祥钗

1938年生，福建闽清县人。原闽清第二中学副校长。福建省诗词学会会员。

浪淘沙·退休感怀

汗水泽群芳，朵朵花香。杏坛育秀谱佳章。闲步推敲寻好句，漫写沧桑。　　莫道头满霜，暮志犹刚。尚思残烛发馀光。关爱后生成大器，无限情长。

黄振东

1938 年生，福建闽侯县人。中学教师。福建省诗词学会会员。

喜看我县丙戌岁龙舟锦标赛

小金湖畔涌人潮①，一碧樟溪卷浪涛。
心系群龙谁胜出，挥旗呐喊乐陶陶。

【注】
① 小金湖，指闽侯县竹岐乡境内一闽江支流。

黄铁汉

1947 年生，广东省人。福建云霄县土地局干部。福建省诗词学会会员。

井冈山红色之旅

驱车喜到井冈山，绿竹青杉簇翠峦。
五指峰巅萦浩气，罗霄山下挽狂澜。
黄洋早已丰碑立，飞炮曾教敌胆寒。
星火燎原根据地，朱毛伟绩永流传。

黄清华

1939 年生，福建莆田市人。福建省电视大学宁德辅导站主任。福建省诗词学会会员。

瞿 塘 峡

叠嶂层峦雾气萦，雄奇险峻早闻名。
古来栈道今安在？浩浩长江已不惊。

黄章彬

1928 年生，福建闽清县人。原福建省水产厅主任科员。福建省诗词学会会员。

临池偶感

把笔无端学画沙，羞缘名利作书家。

晚来却赏临池趣，养气安神抗病邪。

黄敦辉

1920 年生,福建福州市人。福建福清市税务局退休干部。中华诗词学会会员,福建省诗词学会会员。

春日十八重溪览胜

重溪春日作闲游,曲水灵山宿愿酬。
十八层流同涨落,三千峰壑共清幽。
石风帆影波中出。岩瀑珠光雨后浮。
秀色天然观不厌,惹人临去又回头。

黄超云

1917 年生，字松轩，号黄山樵，福建晋江市人。福建省文史研究馆馆员。中华诗词学会会员，福建省诗词学会名誉理事。著有《螺壳斋诗文选》三集。

出关行

老聃无媪又无子，穷极人饥读书死。

冬去春来一敞裘，亲戚远离视若浼。

门徒散尽各营生，仲尼来学一而已。

礼崩乐环发财贤，渡河奚必正三豕！

怂然出门何所之？流沙之外有彼美。

家无车马可奈何？且把羸牛当骡耳。

边关一到便遭殃，狭道相逢关尹喜。

讥而不征说周道，强拘著书罚违纪。

仓皇急就五千言，聊作赎金献筐箧。

众妙玄玄谜一团，学者叫嚷争彼此！

蓬累而行四野空，飓风拔树吹如驶。

沙白草枯牛步迟，故人杳杳所见鬼。

楼台隐隐奏编钟，何处绿洲闻湺水？

昆仑虽好犹可逾，远行须去千万里。

网纶矰缴将施笑，一向苍天戈壁里？

青牛毛脱皮肉干，老聃须发多奇伟！

网纶矰缴剧堪哀，笑向苍天静卧戈壁里。

呜呼化胡之论太滑稽，况道神龙见首不见尾！

读诗偶感 (六首选三)

(一)

才人满谷气如虹，诗酒遨游西复东。
我秉愁心吟"妙作"，惜无一语到贫农。

(二)

兴观群怨绝真传，诗史相关亦可怜。
恰似乞儿来贺岁，喃喃端为一文钱。

(三)

孙曹故迹浪淘沙，折戟飞乌老掉牙。
沾得名人尸臭气，蹦来骚苑噪蛤蟆。

黄嘉祥

1944 年生，福建惠安县人。福建三明市《三明日报》社记者。福建省诗词学会会员。

登峨眉山

峨眉胜景阅千般，欲上青天蜀道难。
每见灵猿迎贵客，何愁险径踏幽峦。
白云脚下心胸广，金顶台高霜雪寒。
绝壁临风频四顾，群生万类入宏观。

黄墨谷

（1913-1998）女，名潜，福建厦门市同安区人。曾任中国科学院院长室秘书、中央文史研究馆馆员。著有《谷音诗词集》。

高阳台

1990年重游星洲，邂逅亡妹挚友诚子同学。承索旧作《谷音四卷》赋此奉答。

四卷焚馀，半生断梦，天涯感遇知音。苍狗白驹，匆匆过隙光阴。云英有妹如明月，隔黄泉，廿载于今。坐寒斋，刻骨相思，泪滴罗衾。　　星洲邂逅婵娟子，话当时影事，人世浮沉。废讲《蓼莪》，凄然相对喑喑。故山辽邈前缘在，托雁鸿，再系同心，问何年，地北天南，重聚商参。

鹊桥仙

1938年余避寇星洲。太平洋战事爆发，毋遑回国。1990年故地重游。逗留兼旬；海外楼主人潘受诗翁书赠《鹊桥仙》词，余依调赋此，留别星洲诸友好。

山河破碎，干戈扰攘，几番飘蓬偶聚。韶华似水逝如斯，五十载，风风雨雨。　　重游故地，追寻前迹，依约旧时烟树。芭蕉柳影自婆娑，又暗织离怀别绪。

鹧鸪天

丙寅秋日施蛰存先生函嘱索取黄君坦先生新词，函中并叙去年京中与君坦先生把晤事。不意书到而君坦先生已归道山。赋此纪其事。

千里来鸿托心期。京中倾盖事依稀。论文杯酒知音日，握手河梁分袂时。　　怀耆宿，乞新词，兰章蕙句最相思。如何一别人天隔，挂剑秋风季札悲。

黄德浓

1946 年生，福建闽侯县人。小学教师。福建省诗词学会会员。

渔歌子·吟春

小草知春绿满坡，桃花杨柳映江河。家燕舞，雨丝多，春回大地唱新歌。

龚 义

1950 年生，福州闽侯县人。高级工程师。福建省诗词学会会员。

咏周宁九龙漈瀑布

思凡仙女别瑶池，借道周宁景色奇。
哈达九重连帝阁，银珠千串缀天梯。

龚礼逸

（1902-1965）本名纶，号习斋，福建福州市人。民国时期任江西省建设厅秘书，重庆市政府秘书。新中国成立后任福州工艺美术学校教师，受聘为福建省文史研究馆馆员，著有《意在楼吟稿》。

小孤山

冬旱水涸，不涉可登。

江行看山日百变，晖阴朝夕自易倦。
曲终人杳已牵情，绵邈愁心更何恋。
凭舷举首惊突兀，盈盈凌波此殊绝。
危亭有客似相招，浅步接畴应可越。
我舟西上江自东，峨峨髻鬟烟雨中。
回头怅送渺无睹，欲乞丹青难为容。

即 景

时客哈尔滨市。

风扫颓云雪交迸，雪外明霞西际靓。
晴空俄转怜蓝澈，红抹白铺两相映。
天公恶剧何时休？人言东北无春秋。
万鸟拣枝讶不下，绿遍园林待初夏。

不　寐

苣莉舒馨夜气清，虚廊风过沸虫声。

幽怀牵梦浑无那，自起推窗对月明。

龚德顺

1947 年生，福建闽侯县人。福建省诗词学会会员。

福州评话

百态人生百感牵，钹声醒木扣心弦。
悲欢离合单人演，艺术之波涌百年。

常建业

1924 年生，山西武乡县人。原中共福建省农业科学院委员会书记，离休干部。福建省诗词学会会员。

静 夜 思

何处荒鸡又引吭，窗前夜色月如霜。
重温客梦堪欣慰，偶忆家园倍激昂。
野外曾追蝴蝶戏，墙东犹记杏花香。
半生风雨天涯老，已惯他乡作故乡。

都 江 堰

利泽苍生不自矜，西川太守几人曾？
东流不尽岷江水，千载滔滔说李冰。

傅圭瓒

已故。福建泉州安溪县人，退休中学教师。

大 钟 寺

永乐大钟名早扬，举世罕见号钟王。
高悬楼殿架横梁，历级缘梯上围廊。
庞然大物不可方，天衣无缝谁为镶？
周遭经文具篇章，廿余万字密成行。
书写雕镌手艺强，出自何人莫能详。
扣而聆之声锽锽，轻清重浊韵铿锵。
钧天广乐或相当，无射歌钟难颉颃。
移置三次穷罗张，金云神助实人扛。
五百馀年历沧桑，不磨不锈寿无量。
置诸庙宇胜明堂，鼎食之家讵有常？
君不见铜仙辞汉泪汪汪！

傅佩韩

1919 年生，福建泉州市人。原泉州第七中学教员。福建省诗词学会会员。

姚兰先生出示《曹全碑》善拓感赋

姚子颇博雅，好古勤搜遗。知我有同嗜，示我《曹全碑》。展卷盈古意，法书典范垂。秀逸兼端丽，方圆错落施。外柔而内劲，戟干绮罗姿①。汉隶中佼佼，墨妙世所推。何日能得此，什袭长宝之。为学不躐等，求正庶中规。熟极乃生变，书坛众芳披。试看古书圣，莫不循于斯。衾破手频画，水黑常临池。终生求一艺，如癫亦如痴。癫痴臻化境，妙处孰能追。而今书道厄，丑怪作典仪。或赞儿童体，或誉马脱羁。狂言薄颜柳，舍我其有谁。家鸡逊野鹜，欺人亦自欺。凡今多耳鉴，好恶唯俗随。位高字便好，财多书自奇。狂澜赖谁挽，颓风亟待医。论书悟世态，不觉寸心悲。

【注】

① 张廷济评曹全碑，有"外似绮罗姿，内实铜柯戟干"之语。

戊辰仲秋清源诗社诸同仁雅集于惠安洛阳蔡祠，赋此志盛

蔡祠集吟侣，节序值秋妍。忆昔曾来此，诗酒共流连。读碑争考字，览胜指山川。勿谓穷行乐，暂得百虑蠲。光阴如露电，弹指过四年。相看人俱老，江风侮华颠。清源社初立，聚首亦有缘。诗成相磨琢，心冀诗脉传。所为止此耳，罔敢继前贤。诗人担道义，岂在佳句联。君谟固端士，龙团事稍偏。春秋责贤者，诛心若笞鞭。古人原如此，今人岂其然。诗有风雅颂，三者实难全。平生拙颂德，风人畏积愆。批风或抹月，徒负笔如椽。知诗为何物，斯得诗真筌。诗中有异体，怪诞总非贤。回文诗莫作，冠字并弃捐。循正终有得，炫巧必拘牵。兴观群怨说，茫茫如云烟。诗今如何作？吾曹待探研。知难而犹进，敢不共勉旃。

崔孟芬

女，1925 年生，福建福州市人。福建省诗词学会会员。

生查子·元宵夜景

　　一轮明月光，千里婵娟赏。夜景彩灯芒，人海如潮涨。　　绮罗飘艳幌，胜似花开放。夜静乐回厢，不觉金鸡唱。

崔栋森

1972 年生，福建宁德市人。宁德市卫生院医师。福建省诗词学会会员。

金缕曲·车过青芝山忆连江诸友

骋目青山远。正清秋、金风拂鬓，短襦轻卷。陈第公园留影处，依旧云屏金盏。装点就、绿摇红颤。千叠楼台残照里，对弦歌阵阵虹霓乱。醉莫醒，真犹幻。　　流年细数翻如箭。忆曾经、碧穹空阔，放鸢人倩。欲借天风携比翼，来伴停云缱绻。休负了，神情无限。横笛又逢明月夜，念阴晴圆缺都看遍。吹一曲，敖江恋。

游 寿

（1906-1994）女，字介眉，福建霞浦县人。考古学家、书法家。曾任哈尔滨师范大学教授。

有 感

闻征奇字问子云，江南弹射久纷纷。

交亲零落耆宿尽，不知何人作殿军。

【自注】

前岁周总理问王冶秋同志，国内能读甲骨、金文者几人，以不及十人对。东北区及老身矣。近沈子曼示余诗，有"一编奇字老边城"句，感而赋之。

游生忠

1957 年生，福建永安市人，永安市洪田中学教师，福建省诗词学会会员。

深秋怀友

可叹人生各自忙，相逢时短别时长。
桃花春景方盈野，梧叶秋声已满窗。
河影西斜牛女淡，霜风北起水天茫。
山高路远情难隔，夜夜萦怀幽梦香。

游连生

1947 年生，福建福安市人。福安市溪柄镇经营管理站站长。福建省诗词学会会员。

溪南柿熟，约友同观有作

蓝天高旷草犹绿，黄叶枝头红扑扑。
村外村中砸客头，溪南溪北炫人目。
阿翁惯揭瓮中腌，老媪精挑缸内熟。
掐饼炎天彩帕挥，握刀团座粗皮剥。
如霞如火闹千家，成阜成流金百簏。
忽见瑶池众大仙，慕名光顾解馋欲。

游叔有

（1910—？）福建福州市人。私立福建协和大学毕业。历任福建师范学院中文系教师及中学国文教师。

游石鼓

入山莫辞深，深山虚籁空尘襟。登山莫辞高，高山俯仰无藏逃。我游石鼓意未尽，不曾为崩观风涛。青云有志天能夺，一番梦想真徒劳。主人风致耽泉石，避嚣灵境邀吟屐。去时松罅有微阳，不道翻成风雨夕。漏永铜壶修雅集，珠玑草芥同收拾。绝调还疑苦所难，酣歌不觉寒来袭。自是吾侪有真契，附庸风雅安能及？晓起漫山雾不开，危峰际天安在哉？小屋如舟山如海，瞬息沧桑天地改。登峰造极邈难期，归来回首心犹驰。何日奋身登绝顶，下览群山如列眉？一声长啸众谷应，风云足底相追随。

有 忆

雨声深閟艳阳天，三月衾裯尚拥棉。
暗壁灯欺春冉冉，故园人忆草芊芊。
蔷薇露下悠扬笛，杨柳风边荡漾船。
旧事已拼成昨梦，惊心时节奈啼鹃。

禅　意

虚籁空山夜气清，寒灯孤影若为情。
楼头明月空中色，树杪疏钟静里声。
意乱总因群相在，身闲渐觉万缘轻。
即心即佛参详处，不向莲台证此生。

春日漫成

绿榕城郭俯沧波，十万人家半绮罗。
粒米只今成白玉，九垓何日息鸣鼍？
如闻野草连根尽，不信长河比泪多。
满日流离非一事，深堂应罢遏云歌。

游海涛

1953 年生，福建福州市人。福建省人民政府发展研究中心《发展研究》杂志社编委，福建省诗词学会会员。

浪淘沙·军民护坝共存亡

万里浪腾骧，三峡汤汤。洪魔恣肆百年狂。累犯鄂湘荆赣域，沸了长江。　劫难撼炎黄，奋筑人墙。军民护坝共存亡。偿得缚龙华胄志，千古流芳！

游健生

1954 年生，福建霞浦县人。福建省诗词学会会员。

南京大屠杀纪念馆观感

石头城下骨如山，惨史回眸血泪潸。
挨打皆缘邦积弱，图强跃马莫辞艰。

游嘉瑞

1935 年生，福建永泰县人。曾任中共福建省委统战部常务副部长，省政协常委、省人大常委。曾任福建省诗词学会常务副会长，现为顾问。出版有《游嘉瑞诗书印选》《山川文集》等。

游黄山归作

松涛时向耳边喧，云卷风翻意欲奔。
高耸奇峰千万转，归来眼底尚留痕。

登罗星塔抒怀

马江今已固江防，一塔巍然锁海疆。
最是闽台衣带水，登临隔海日相望。

游德馨

1931 年生，福建罗源县人。原福建省政协主席。福建省诗词学会第二届会长、第三、四届名誉会长。

初登武夷①

久有凌霄志，初来登武夷。
丹嶂拔地起，碧波九曲奇。
亭亭玉女影，巍巍大王姿。
放翁愁滩急，元晦多丽辞。
东南此独秀，名山天下知。

【注】

① 1983 年春，武夷山风景区总体规划进行鉴定。余于赴会之暇，遍游诸胜。奇山秀水，尤足怡情也。

闽台情

远古夷洲陆域连①，闽台密倚意缠绵。
保生大帝巡环宇，临水夫人佑座前。
国姓歼荷谋鼎立，将军靖海报疆圆②。
二门咫尺联双马③，鸡犬相闻虹彩牵。

【注】
① 台湾古称夷洲。
② 靖海将军指施琅。
③ 二门指金门、厦门；双马指马尾、马祖。

邓小平诞辰一百周年

骤雨狂风看劲松，升沉几度意从容。
丹心只为图兴复，百诞颂声壮晓钟。

温心坦

1944 年生，福建福州市人。福建省文史研究馆退休干部。福建省诗词学会会员。

武夷九曲放棹

曲水含烟绕玉屏，山光溪色染衣青。
竹篙点处琉璃破，一路崖花扑棹馨。

过流香涧

泉清涧碧自生凉，石径高低鸟语长。
莫道春归花事了，山间十里尚流香。

温友珊

（1916-1991），福建永泰县人。中华诗词学会会员，福建省诗词学会会员。著有《容膝居诗集》。

春日书怀报赵玉林先生惠诗

东风送暖柳舒芽，山鸟营巢绕树桠。

客寓春来权作伴，故居神往怅离家。

闷翻蠹帖观残草，悄酹香醪吊落花。

堪叹生平萧瑟惯，寒宵犹自读《南华》。

金缕曲·韵次徐续先生原玉

咳唾珠玑落。正凝神，飞来天籁，轻清如鹤。遥想高人清兴发，舒啸崇山幽壑。似只隔窗纱珠箔。秋爽西斋供寄傲，喜嗣宗，块垒能消却。醇酒饮，好诗作。　　一枝鹪寄今殊昨。怅羁人，魂消乡梦，依稀楼阁。斜日芦花飘似絮，无影无声坠幕。悄倚槛，沉吟茶瀹。白发垂垂愁对镜，乞仙家，赊我还童药。黄老学，待探索。

温附山

（1917—2001）山西沁县人。曾任福建省副省长。

螺 洲

巍巍五虎山，高高临江楼。
点点江上帆，绿绿柑橘洲。
王维画不得，杜甫诗未收。
独我揽斯景，悠然消百忧。

温祖荫

1934 年生，福建上杭县人。福建师范大学文学院教授。福建省诗词学会会员。著作有《世界名家创作论》、《文山揽胜》、《山友书侣》（诗文集）等 40 馀册。

栖 霞 山

凤翔西岭虎眠东，石刻碑铭绕梵宫。
山径丹敷秋日丽，林坳绿荡夏飔融。
数莺啼谷人踪至，千佛浮龛匠意工。
一代香茔何处觅？桃花犹倚涧边红。

游蓬莱阁[①]

秦皇汉武觅蓬山，缥缈居然落此间。
一步登天谁氏去？八仙过海几时还？
蜃楼自古难遭觏，杰阁而今任跻攀。
归听抗倭喧战鼓，水城犹有水声潺[②]。

【注】

① 蓬莱阁下大海系传说中八仙过海处，阁上另有"一步登天"脚印，也是观看海市蜃楼的好地方。

② 戚继光父子曾在蓬莱阁下筑水城，以抗击倭寇。

访曹雪芹故居黄叶村①

绳床瓦灶苦吟哦，门巷萧条漫薜萝。

远富近贫天下少，背亲疏友世间多。

挥毫冷写秦淮月，按拍凄传燕市歌。

无力补天纨袴子，空怀椽笔美娇娥。

【注】

① 黄叶村是曹雪芹写作《红楼梦》处。抗风轩是其书室名。

温荣旋

1947 年生，福建晋江市人。福建省诗词学会会员。

游呼和浩特拟作《明妃曲》

汉策开边事远征，年年烽火警长城。
千秋月色归青冢，一曲琵琶安塞声。
胡笳幽怨韵凄清，野旷天高牧马鸣。
部落犹存骄悍气，穹庐毡幕似行营。
边塞荒凉日影寒，草原遥望是阴山。
江南折柳伤春色，送尽行人出玉关。

童家贤

1940 年生，福建长汀县人，曾任中共长汀县委员会副书记。福建省诗词学会名誉理事。

贺新郎

有朋自台北来，谈及往事，赋诗一首："四十年长别，两岸受阻隔。多少团圆意，心事千千结。"问归来感想，则曰："一见老妻健在，故里新貌，心头还有什么结哟！"

　　　　往事哪堪说！算年年，横戈列舰，海天空阔。白马素车来复去，岂管愁人凄绝！数不尽，月儿圆缺。桂殿嫦娥今若在，料芳容，洗泪还啼血！赢怅惘，奈离别！　　归来笑解千千结。正梅花，殷勤酿就，满庭香雪。三径修篁摇翠玉，二亩蘑菇堪撷。快煮酒，酏酶方歇！小仔不知亲骨肉，把螺杯："敬汝蓬莱客。"言未罢，共呜咽。

【注】
① 枚乘《七发》写钱塘潮涨："浩浩湜湜，如素车白马，帷盖之张。"

千秋岁·精卫填海有感于厦门跨海大桥通车

浪高风快，朝夕填微块。还复往，蓬壶外。衔来游子恨，播下精禽爱。千万愿：趁潮如履琉璃盖！　　了却三生债，谁约瑶池会？金雀扇，真珠带。画桥横碧海？油壁车相待。留恋久，鹭飞不起云凝黛。

贺新郎·参观侵华日军南京大屠杀暴行展览

卅万头颅也。怅秋风、伴他哀泣，共他悲咤。炮火长曾侵吾梦，滚滚血流狂泻。看无数、肉飞浆射。白发黄髫相枕藉。有孕蝥、犹指豺狼骂。肝胆裂，肺心炸。　　怒涛澎湃寒潮打。斥东溟、几声凄厉，两三蚂蚱，欲拨熄灰招馀孽，祭彼阴兵死马。尚霍霍、磨刀残夜。我道炎黄十二亿，问谁人、不是屠龙者。史鉴在，怎容假？

曾子敏

1927 年生，福建福州市人。福建闽侯县退休中学教师。

雁荡合掌峰

谁辟灵峰一洞天，佛龛十叠筑何年？
人间哪有桃源境，得憩岩中即是仙。

洛阳金谷园怀古

寻幽却到洛阳城，金谷园荒感慨生。
华屋山丘今古是，坠楼翻幸得垂名。

曾桂生

笔名新秋，号榕南聋残，1922年生，福建平和县人。福建师范大学退休干部。福建省诗词学会会员。著有《新秋吟草》和散文《心猿集》。

参观省科技馆机器人展览

电驱物造肖人形，你我能时彼亦能。
走打摸爬无挂碍，纵横上下自机灵。
善售饮料分牌号，解舞霓裳娱众生。
指令编成随主意，高科新技赞群英。

曾庆文

1934 年生，福建平和县人。曾任漳州第一中学副校长，漳州市教育委员会调研员。福建省诗词学会会员。

取消农业税吟

声若春雷动地天，钱粮免赋史空前。
一朝甘露滋青稻，百里清风拂绿川。
自古田家输税久，如今国策悯农先。
挥锄倍觉身轻快，背灼炎阳意坦然。

曾齐禄

1955 年生，福建永安市人。永安市货运公司驾驶员。福建省诗词学会会员。

黄鹤楼寄远

丹霞起落总关情，上得云楼眼界平。
仙鹤江波踪迹渺，唯留一梦后人评。

曾纪华

福建惠安县人，香港著名企业家，曾任福建省诗词学会顾问。

咏惠安石文化节（二首）

（一）

石屋千间笑口开，欢迎旧雨送春来。
科山洛水桃源里，石艺高超畅咏怀。

（二）

乡贤济济萃山城，来听铿锵打石声。
打出声名传世界，螺阳父老也光荣。

曾克耑

（1900-1975）福建闽侯县人。字履川，号涵负，又号颂桔。曾任暨南大学教授和民国时期国史馆纂修。晚年寓香港，任香港中文大学新亚书院教授。著有《颂桔庐丛稿》七十三卷。

有寄（二首）

（一）

清才绝艳复无伦，碧海迢迢易怆神。
残劫三年皮骨尽，寒宵一梦笑啼亲。
蛟吟响答虚堂雨，凤纸魂嘘小阁春。
银汉蓝桥莽何许，有人夜夜数星辰。

（二）

幽梦私书几去来，芳春逝水苦相催。
望中员峤犹烟雾，劫外穷溟自草莱。
弦涩金徽休谱忆，盟悬玉镜只凝哀。
灵鹣叫断惊鸿影，愁绝当年赋洛才。

白门感述（二首）

（一）

比翼双飞事费猜，横江我自御风来。
闻声对影俱无分，系魄缠魂漫自哀。
芳草池塘春晼晚，飞英庭院梦徘徊。
多生情劫销难尽，又向胡园过一回。

（二）

旅燕寻巢迹未荒，闲情别意两茫茫。
柴门悄倚通微笑，幽径重过认暗香。
耿耿星河人渐远，迢迢波路夜初长。
云英故有蓝桥约，知待何年乞玉浆。

等　是

等是阎浮历劫身，射屏影事半成尘。
岂知字水涂山合，及见风鬟雾鬓真。
万憾缠绵吾未老，十年爱玩彼何人。
他生缘尽君休说，一梦迷离未许亲。

曾建和

1959 年生，福建平和县人。中共平和县委党校教务主任。高级讲师。福建省诗词学会会员。

医界异类素描

耳挂诊筒将色揣，笔端一画死生裁。
小病能作大病治，假药权充真药开。
救死扶伤仍嘴挂，无钱有病莫前来。
处方派药争回扣，管尔人亡破尽财。

曾庭亮

1945 年生，福建平和县人。平和县电影公司退休干部。二级美术师。福建省诗词学会会员。

长　城

烽火台前野色凉，先秦遗事实堪伤。
独裁暴政宜鞭挞，一统丰功足赞扬。
攘外心虽安社稷，闭关局岂措金汤。
国门开放循时势，不废长城合自强。

春草吟

涧边幽草又丛生，一片深林暖旭明。
生意含烟长抖擞，灵根抱石共峥嵘。
向荣未作攀缘想，守拙无嫌微贱名。
习习春风吹拂处，芳馨取次满山城。

曾联星

1925 年生，福建平和县人。离休干部，福建省诗词学会会员。

棋子山避暑

棋子山前绿水环，竹林深处听鸣蝉。
薰风拂拂消炎昼，可有樵柯烂世间？

谢 瑜

1946 年生，福建顺昌县人。福建南平市峡阳中学退休教师。福建省诗词学会会员。

麒麟颂·贺福建中华诗词学会成立

颂罢神龙还颂麟，动地歌声闻八闽。我因饱吸剑津水，磨墨挥毫思效颦。君不见杏旗迎来高阳客，谁言酒徒无长策？人间本若萃洪炉，唯有雄才具一格。武帝雍州获白麟，千金铸足也不惜。麟凤从此下赤霄，意在降福青溪宅。何况当今逢盛世，天下同庆斟玉液。斯世斯时有斯举，天赐甘霖助鼎革。夜光杯，斟美酒，万古千秋几风流。三分天下小诸葛，一语惊雷轻曹刘。陶令挂印隐林下，李白佩剑出徽州。醉翁携客翼然饮，几人堪与谢公游？从无烧书称隆治，只有熙皞结吟俦。君须记：举头向日皆吟旌，四海结社到燕京。国际同襄开拓业，日月从今耀榕城！

悼钱昌照同志

狂澜挽定见英雄，鼎革豪情豁达胸。
匡翊中华钦卓识，扶持后学仰高风。
屈尊主社千秋业，让宅兴骚绝代功。
骑鹤西归何突兀，八方低首悼吾公。

谢义耕

（1911-1986）又名荔生，福建福州市人。福建省文史研究馆馆员。著有《二无斋诗稿》。

哭无竞夫子

十二我失怙，辍学实由此。未冠逐风尘，年光去如矢。三十始从师，作客剑津市。师目视未昏，而且健步履。日日绕山坡，矍矍示兰芷。晨夕必相随，居离仅尺咫。官事冷如冰，天与此暇暑。课我勤读诗，一秉敦厚旨。言行谨步趋，文章严砺砥。喻古以鉴今，明慎辨非是。得句倘无疵，逾于自得喜。半字必切磋，诲言犹在耳。最勿涉时名，但求通事理。孤露忘飘零，视我直犹子。冀久坐春风，所愿今成否。山颓梁木坏，一病竟不起。三子尽能诗，孙曾亦清美。有集足千秋，谷神原不死。在师也无憾，在我如丧父。心丧靡三年，我泪凄如雨。

红 叶

不花占得一冬妍，仿佛看来似少年。
可爱朱颜当夕照，何堪白发想风前。
传神千古留诗笔，作色伊谁费酒钱。
自领清霜中意味，敢因摇落乞人怜。

楼居早起

钟铃响杂远鸡啼，曙色苍茫雾气低。
梦味分明留枕底，鸟声一二过窗西。
非晴非雨天谁问，乍燠乍寒意自迷。
学得糊涂开眼易，区区物我岂难齐？

自　嘲

一无所有一无能，踯躅江湖味似僧。
几卷残书轻比叶，三椽古屋热如蒸。
于喝莫补当今事，老病常疏旧日朋。
多谢蕨薇存有骨，千峰晴雨共崚嶒。

谢飞峰

1965年生，福建罗源县人。罗源县财政局干部。福建省诗词学会理事。

岱江风情漂一日游

畲寨桂飘香，蝉鸣天欲凉。
鸟啼花自落，雾散寺犹藏。
冲浪嬉皮艇，盘歌耀凤妆。
一江经九曲，片刻过三冈。

重阳登茅山

仄径千阶断复连，郊游结伴乐悠然。
借栖枯树蝉声急，点缀危崖草色鲜。
野菊满山多雅客，岚烟半窟隐神仙。
登临茅顶留云处，回首人间别有天。

谢仁启

1930 年生，福建永定县人。福建清流县监察局局长。福建省诗词学会会员。

童　年

夕阳斜照鬓边霜，往事偏生记未忘。
捕蟹捞虾来水浦，驱牛捉鼠到田塘。
纵情越岭寻花果，砺志攻书上学堂。
课业评优频得奖，娇娃可笑被称王。

谢世芳

字兰庭，笔名一石，1930 年生，福建周宁县人。原任福建寿宁县政协办公室副主任。福建省诗词学会会员。著有《素心淡墨》四卷、《乡园夕思》四卷。

冬至夜看月

生我之辰月最圆，稀龄重见月如前。

冰轮皎皎悬天际，万里蓝空哪是沿？

银波素练流山海，广寒宫阙艳相传。

七十年来沧桑易，人间几见月婵娟。

襁褓即逢"九一八"①，松江泣月流民血。

霜晨月淡马蹄骄，狮吼卢沟烽火烈。

死难同胞三千万，悲歌犹记弯弯月②。

冷月寒风路八千，大江东去莽无边。

雄关皓月初奏凯，夕照孤烟咽暮蝉。

不堪回首望明月，流水落花世运迁。

月上高天光灿烂，红旗飘舞红天半。

披星戴月众高歌，光明在望人间换。

九重何事黯苍旻，风花雪月惹愁呻。

子规啼月行蜀道，泪湿郿州月亦颦③。

中秋无饼儿号月，元宵灯黑月蒙尘。

山河红处乌云乱，牧羊老九发长叹。

斯文扫地虎狼饕，忍见蛮荒月遮幔。

雷动云开报曙晨，二十年来月有神。

交辉灯月溶诗画，游子回归月近人。

"八千里路云和月"，一曲天南正气伸④。

花月宜人多寿庆，年丰亿兆仰金镜。

九州日月四时新，华夏龙腾世纪盛。

"少小离家老大回"，乡心动我乐吟咏。

月圆月洁月华明，月满金瓯四海春。

对酒当歌邀皓月，良宵盛会作嘉宾。

【注】

① 1931年9月18日，日本军队侵犯我东北，东三省沦陷。

② 抗战时期流行明末民歌"月儿弯弯照九州，几家欢乐几家愁。"

③ 杜甫《月夜》："今夜鄜州月，闺中只独看。……何时倚虚幌，双照泪痕干。"

④ 香港澳门回归，国人同唱岳飞《满江红》。

谢世乾

1951 年生，福建宁德市人。宁德市老干部局科长。福建省诗词学会会员。

南漈飞淙

九天白练垂岩背，一派银河下翠微。
乍卷棉帘天雨洒，频翻珠玉雪花飞。
泉寒三伏悬崖水，塈冷四时迷雾霏。
悦赏水流千里去，静观瀑泫夕霞绯。

谢刚慧

女，1935 年生，重庆市人。福州市文化局退休干部，福建省诗词学会会员。著有《滴石吟草》等。

大樟溪争渡

山衔落日斗霞红，潋滟樟溪入望中。
归客声喧争渡急，如飞桨胜一帆风。

北海观莲灯

拨云月出丽中天，桂影贪看尚未眠。
天上人间欣此夕，清辉万里共婵娟。

谢学钦

1946 年生，福建福清市人。《闽东报》社记者。福建省诗词学会会员。

西 岛 行

水天浩荡涌春霞，西岛遥遥一粒沙。

沧海怎知云汉邈，茫然宇宙更无涯。

谢忠华

1951 年生，福建宁德市人。宁德市文联干部。福建省诗词学会会员。

贺新郎·红军长征胜利七十周年

忽梦长征路。恍金沙、江飞狂浪，雪迷津渡。绝壁孤云差可拟，昔日英雄风度；欲气盖，山河如虎。彻夜涛声随战鼓，想当年击楫飞舟处：风雨疾，鱼龙怒。　　忠魂共砥中流柱。挽狂澜、至今不放，大江东去。赤水沉沉湘水畅，雁叫声声若诉。正北望、雄关无数。一代传奇人已矣，怅诗坛谁写红军赋？明月下，罢歌舞。

谢济中

1925 年生，福建连城县人。中学退休教师。福建省诗词学会会员。

自题《墨鸡图》

老去童心在，红黄带黑涂；
团团溶墨处，略似小鸡无？

谢冠超

1921年生，福建永定县人。离休干部。福建省诗词学会会员。

酬韶关友人赠《夕照楼诗集》

石牌光复共师承，愧负薪传与日增。
忽见曲江楼夕照，风骚冉冉上高层。

谢修廉

（1930-2005）山东长岛县人。福建省军区离休干部。福建省诗词学会会员。

龙　颂

滚滚惊雷醒巨龙，奋鬐昂首啸苍穹。
掣鲸欲破千重浪，揽月长乘万里风。
喷出彩云辉广土，唤来甘雨洗长空。
腾飞不畏征途险，竞逐当争天下雄。

临江仙·题老年婚纱照

鸾镜双依思往昔，从戎风雨分程。花前月下梦难成。青春如电逝，白发似霜生。　　恩爱未因年老减，犹追儿女柔情。婚纱轻罩意盈盈。同申新海誓，更证旧山盟。

谢继东

（1931-2000）福建诏安县人。曾任诏安县县志办公室副主任。福建省诗词学会会员。

论 艺

文章声价仗提携，名实游离费品题。
艺岂随人分贵贱，人须借艺判高低。
梅花领艳缘欺雪，柳絮因风总坠泥。
铁杵磨针忘岁月，笔丛墨海自成蹊。

钱 辩

功称裕国罪殃民，誉毁悬殊是甚因？
窭子囊空安果腹？豪门库满自通神。
怕脏习懒皆难富，诋臭矜清只近贫。
自诩廉能多介士，贪钱偏是骂钱人。

谢新鎏

1951年生，福建龙岩市人。中共南靖县委党史研究室干部。福建省诗词学会会员。

自画像

平生不与酒烟谋，只爱江山万里游。
更喜挑灯春雨夜，拥衾索句卧高楼。

谢瑞阳

1928 年生，福建福鼎市人。退休干部。福建省诗词学
会会员。

无 题

蓬门有女擅风流，俭巧勤劳罕与俦。
长袖未能随薄俗，清腔终不出穷沟。
情萦柳絮诗千首，梦黯梨花月一钩。
裙布荆钗惟自爱，及笄犹是锁妆楼。

谢澄光

1932年生，福建龙岩市人。曾任厦门市文学艺术界联合会副主席。福建省诗词学会会员。

厦门胡里山炮台①

歼夷昭史册，雄塞炮中王。
故垒怀人杰，沉沙护国殇。
临壕观远屿，倚树望归樯。
携手兴华夏，枕戈安海疆。

【注】

① 胡里山炮台位于厦门曾厝胡里村，始建于1891年，即清光绪十七年，历时五年完工。现尚存德国克虏伯巨炮一门，炮口直径二八零毫米，炮身全长十三米，总重量达五万九十多斤。人称此巨炮为炮中王。

厦门万石岩植物园

万石城中景，环山一镜平。
繁英铺锦绣。众鸟弄箫笙。
引涧滋千卉，修亭寿百龄。
忽惊龙凤舞，碑畔忘归行①。

【注】

① 植物园新建百龄亭与碑林。

谢德锬

1939 年生，福建南平市人。南平市教师进修学校副主任。福建省诗词学会理事。

太常引·大渡河偷趣

半山月落失金波，野渡又横河。解缆学摩挲，眼迷乱，鱼跃舟颇。　　暗中偷趣，自鸣得意，漫恃老烟蓑。昂首笑姮娥：没有你，欢娱更多。

蝶恋花·读《沈园题壁》

岸柳宫墙风雨路，叠叠愁情，天识题痕语。咫尺传书难觅处，桃花叙尽相思苦。　　泪涨春池收不住，枕上疏眠，铁马金戈赴。海誓山盟啼血去，空留悔恨心如煮。

彭孔华

1958 年生，福建宁德市人。宁德市老年大学办公室主任。福建省诗词学会会员。

登兰州白塔山

白塔凌巅万树圈，黄河滚滚过重山。
西风又落檐前叶，飞雁衡阳几度还。

彭泽禧

1926 年生，福建古田县人。原南平大洲贮木场工作人员。福建省诗词学会会员。

咏 竹

拱破坚岩露笋尖，久经风雨傲春天。
脱贫致富农家宝，放眼青山尽绿妍。

彭嘉庆

1945 年生，福建仙游县人。福建省建设银行巡视员。福建省诗词学会会员。

纪念林白水先生就义八十周年①

革新社会历艰虞，风骨铮铮一硕儒。
妙笔如刀蔑显贵，华章似帚涤尘污。
新闻立命心缠结，大众铭心口吐珠。
殉报以身真伟烈，丰碑千古耀闽都。

【注】
① 林白水，福州人，中国近代著名记者、报人、政论家。公元 2006 年正值林公就义八十周年。

蒋　仁

1934年生，福建浦城县人。浦城县地方志编纂委员会主任。福建省诗词学会会员。

水调歌头·咏武夷风光

拔地起苍壁，夹谷落晴川。广存仙圣踪迹，奇秀算丹峦。游罢九湾载筏，更约遨游霄汉，纡曲够盘桓。谁削玉崔嵬，饱览锦斑斓。　　朱学著、柳词妩，胜琅嬛。史篇阙失，犹待开拓理荒寒。植物丛生王国，动物相安人境，香茗迩遐传。奥秘且难测，山已古今喧。

蒋平畴

1944 年生，福建长乐市人。福建老年大学教授。福建省诗词学会副会长。

挽恬翁郑丽生先生

端如野鹤自陶然，垂老能穷尚苦研。

几尺楼台曾立足，多年书卷与摩肩。

搜寻胜概无边景，馈遗名山不计篇。

沧海探骊追夹漈，恬斋吾郡亦英贤①。

【注】
① 郑先生号恬斋。

重游莫高窟

寻踪几度尚心萦，岩壁鸣沙听梵音。

千佛洞圆天地梦，三危山证古今盟。

于斯画卷浑如故，别样风流已自宏。

迷眼金光花雨下，陇云驿道万般情。

醉草朱熹《武夷九曲棹歌》

乘醉临池气势融，毫端拂拂荡天风。

《棹歌》十首饶诗意，瞬化云烟入楮中。

蒋步荣

1933年生，福建霞浦县人。武夷山管理局副局长。中华诗词学会会员，福建省诗词学会名誉理事。著有《读词咏诗》《碧水丹山诗词》等。

登仙凡界

脚踏云梯手触天，登高凭吊思泠然。
更衣台上人何往？换骨岩中境已迁。
仙弈亭空棋撤局，金丹方佚灶无烟。
升真元化皆虚幻，只有风光依旧妍。

眼儿媚·水帘洞品茗

万斛飞珠落玉盘，恰似雨潺潺。岩前乳燕，林中啼鸟，犹诉春寒。　　分明倒泻银河水，乍化雪漫漫。宾贤主雅，冲开凤饼，瀹出龙团。

蒋步梯

1939 年生，福建霞浦县人。原福建永安市第二轻工业局干部。福建省诗词学会会员。

赴中韩书画展

秋风消暑墨香浓，行草书成度远空。
展向汉城扬国誉，中韩文化本相通。

蒋颐堂

（1911-1979），福建长乐市人，字养天，号长乐酒徒，晚署惜华山农，岩前叟。

应福州西湖第二届菊展征吟率赋博粲

满城雨霁过重阳，金蕊湖村一味黄。
应有桂丛惭并艳，任教梅萼妒先芳。
诗如明月开高会，花共西风战几场。
我与樊川豪兴近，吟鞋踏遍九秋霜。

论　书

人皆有体语须参，青出于蓝胜似蓝。
褚瘦颜肥无近处，平原书本学河南。

哭心斋国医

苍南噩讯报林家，起看阑干星斗斜。
自此雨风秋病作，凭谁著手护黄花？

董 珊

（1913-1987）字畿微，福建福州市人。福建省文史研究馆馆员。

贺新凉闽清黄乃裳纪念馆落成敬题①

地拓蓬瀛外，问当时，英雄有几，这般能耐。未觉遐荒光景异，凿此山环水带。仗群力利他何碍。别出心裁耕凿好，翊邦交，夷夏蠲疆界。论创业，足模楷。　　州人相向轩眉再。最难忘，菁莪造就，芬贻新代。多士扬觥弘教化，犹话先生丰采。又岂逊乘槎浮海。八十年来追往昔，俨堂堂博望风流在。春常驻，世虽改。

【注】
①　先生壮岁浮海，在马来西亚诗巫辟地号"新福州"，极受侨胞推载，并建祠崇祀至今。

满庭芳·寿山石

乍绽芙蓉，谁盘螺髻，天生丽质山巅。情殊庾赋，无语意偏绵。不费蹉廷三献，摩挲处，通体娟娟，风流甚，南宫下拜，遮莫笑狂癫。　　争先宣索遍，王孙箧贮，估客腰缠。况裁云艺隽，过海名闻。好是昆吾自拥，应胜似嬴政操鞭。低回久，平添诗料，佳话又吟边。

董伦贵

1943 年生，福建石狮市人。石狮音响器材注塑厂厂长。福建省诗词学会会员。

关锁塔

东南有古塔，巍立碧山巅。万千风雨夕，剑气犹凛然。冷月自今古，岁华几推迁。寂历谁与共，无语望归船。我今上宝盖，携酒酹君前。极目惊涛远，拍浮接云天。层峦碧透里，郊原柳含烟。松风鸣幽谷，林笛吹欲仙。一醉千杯少，暂忘两鬓斑。相逢何所赠，盍留石上篇。别君恍若失，此心常拳拳。何日遂初赋，茅舍筑家山。

董拔萃

1955年生，福建石狮市人。石狮书画社业务经理。福建省诗词学会会员。

赞边防战士

高歌一曲赞英雄，清操凌霜气贯虹。
卫国忘家酬素志，缉私拒腐立丰功。
直随海燕穿雷电，长效苍松傲雨风。
威镇南疆生奉献，扬鞭策马骋西东。

董岳如

（1908-1988）原名家鄂，以字行。福建福州市人。福建省法政专科学校毕业。解放前历任福建省驿运管理处、龙溪专署、厦门市政府等单位秘书或文书股长等职。

纪念屈原并怀台湾同胞

端阳把酒读《骚经》，尘世谁能悟醉醒。
卅载犹羁沧海碧，何人不念故山青？
孤帆未返情焉慰，大被如温梦亦馨。
大陆者般风景好，莫教望月怅伶仃。

丁酉重阳

自豪空复气横秋，壮且徒然况白头。
门已客无惟独坐，湖虽人寂尚频游。
听来落叶诗俱瘦，倚遍斜阳影亦愁。
九日但如常日过，黄花紫蟹欠相酬。

董家增

1926 年生，福建连江县人。连江青芝中学董事长。福建省诗词学会会员。

早春赏红梅

草堂煮酒赏红梅，绛蕊冲寒次第开。
赚得吟俦诗兴发，研朱点染趣春回。

董楚扬

1927年生，福建漳州市人。中共云霄县委统战部部长，云霄县政协副主席，离休干部。福建省诗词学会名誉理事。著有《闲吟集》。

忆地下交通站

栖身幽谷邃埋名，夜静心悬草木声。
越岭穿林传讯息，无分朝夕与阴晴。

鹧鸪天·泛舟漳江口

万顷波摇日色柔，百年层塔矗中流。山云迥
抹青天外，江口艨艟泊埠头。　　烟浩浩，水悠悠，
乡关迢递梦难休。台澎本是同根裔，一轨尧封好
趁舟。

韩 枫

1920 年生，山东博兴县人。原福州军区炮兵司令部副政委。福建省诗词学会会员。

访重庆红岩村

夔州昔日锁浓烽，独让红岩照昊红。
三峡纵教翻恶浪，中流砥柱有周公。

韩学宽

1927 年生，原籍福建诏安县。离休干部，福建省诗词学会会员。著有《车前草》诗集。

咏　竹

无花春不老，过雨笋丛生。

劲节能成器，虚心易得名。

经冬犹矍铄，入夏倍峥嵘。

偏到凌云日，随风左右倾。

沁园春·有所思

大地苍茫，人世沧桑，朝雨暮晴。看嘉禾映日，千家温饱；英才脱颖，百废俱兴。艺苑繁花，科坛硕果，十五春秋万里程。君知否？自南巡铎振，改革风行。　　青苗莠草同生，只为了金钱乱性情。叹文明舞榭，暗藏污垢；新潮发屋，幻出红灯。衔夜寻欢，连朝醉酒，淡化民间疾苦声。吾老矣！记当年筚路，思绪难平。

韩国磐

字漱石。(1919-？)，江苏如皋县人。原厦门大学教授、历史系博士生导师。原福建省诗词学会顾问。

纪念抗日战争胜利五十周年（二首）

（一）

抗战功成五十年，灾殃深重记从前。

白山黑水先沦没，塞北江南复弃捐。

血洗京华仇似海，民填沟壑怨冲天。

炎黄之胄终难侮，扫尽夷氛奏凯旋。

（二）

前事毋忘后事师，承平须念乱离时。

未闻痛悔侵华罪，却报常参靖国祠。

世上风云难逆料，个中虚实合深知。

和平共处诚长策，未雨绸缪亦所宜。

水调歌头·焦裕禄赞

　　整顿乾坤手，从不畏风波。漫言沙精水怪，千载积患多；洞察封姨来路，穷究黄流去处，群力制三魔。要织地成锦，遑恤病相磨！　　香春柳，泡桐树；细摩挲。当年手种，而今长就拄天柯。全仗丹心一点，着眼神州六亿，赤胆谱新歌。自古谁无死，浩气壮山河。

释赵雄

　　1968 年生，福建罗源县人。福州怡山西禅寺方丈。全国青年联合会委员，福建省政协委员，福建省佛教协会副会长，福建省诗词学会名誉理事。

金溪览胜

　　金溪胜境似蓬莱，石怪峰奇眼界开。
　　恍听琴声留客住，潺潺一水惬幽怀。

游黄龙洞

　　双桨推开水底天，此心无处不悠然。
　　凡夫宁识神工意，悬滴千年志最坚。

释梵辉

（1916-1990）福建福州市人，生于缅甸。福州怡山西禅寺首座和尚，福建省文史研究馆馆员。福建省诗词学会首届理事。

南湖重修少谷草堂并征诗，忆及《西禅旧志》辑有继之先生《病起游寺》佳作，今老衲亦伏枕别院，赋此志感

高人韵致自翩翩，佳句喧传五百年。
病起自怜诗思瘦，也应看竹步西禅。

在中国佛协代表会议中三访启功教授，求为福州西禅寺建塔题诗

同住高楼不等闲，两朝三访始登攀。
有缘相聚心心印，都在无言一笑间。

程 序

（1919-1998）福建福清市人。原福建省人民代表大会常委会主任。福建省诗词学会名誉会长。

卜算子·敬悼伟大领袖毛泽东主席

巨宿陨东方，风雨昏如夜。领袖长辞肺腑摧，热泪淹华夏。 功绩盖寰区，日月光同射。四海千秋悼念公，遗志齐心写。

忆秦娥·敬悼周恩来总理

天风咽，栋梁一代哀摧折。哀摧折，兆民痛失、邦之人杰。 鞠躬尽瘁殷谋国，丹心妙手宏图揭。宏图揭，江山如画，世间无匹。

浪淘沙·悼念陈毅元帅

天际巨雷轰，大树颓倾。万千战士泪如冰。戎马诗文都盖世，青史垂名。 磊落见平生。快语锵铿，千钧重棒打妖精。地府今追穷寇尽，元帅亲征。

程文芳

1933 年生，福建闽侯县人。闽侯县建设银行退休干部。福建省诗词学会会员。

述　怀

春原秋野映金樽，犹怅桃花落艳魂。
夕照何堪沉远岫，好将馀热暖乾坤。

程开祥

1927年生，福建闽侯县人。原福建永泰县政协副主席。福建省诗词学会会员。

金缕曲·述怀

底事甘摇落？喜投簪，枕流漱石、悠如闲鹤。辟径另寻莲社结，啸傲崇山幽壑。心不隔，何须珠箔。促膝倾谈消俗虑，任古今恩怨全抛却，唯报国，所当作。　　由来好景今殊昨，望神州，千门万户，玉楼琼阁。盛世吟成诗满箧，笔搁天垂夜幕。还有茗、开怀同瀹。跻寿仍思勤奉献，雪盈颠，未羡长生药。身纵老，尚求索。

苏幕遮·与某君抒怀

且开怀，休懊恼，惜取今朝，莫负春来早。盛世无须愁潦倒。晚景堪娱，天意怜幽草。　　宅心安，随遇好。百代衣冠，为问谁曾保？最是慰情双寿考。笑对韶光，愿伴湖山老。

程贤铃

1938年生，福建闽侯县人。原闽侯县白沙轧钢厂厂长。福建省诗词学会会员。著有《补拙集》。

天仙子·下岗吟

下岗姓名登大榜，惊得寸心先慌。砸吾金碗怎生箍？无给养，何希望？一片眼前空荡荡。 听了动员心坎亮，办法统筹兼自想。哪能消极等安排？包袱放，精神爽。路在足前由你往。

程经华

号己丑斋主人。1949 年生，江苏无锡市人。曾任福建南平市延平区教育局副局长。福建省诗词学会会员。著有《经华联梦》。

鹧鸪天·楹联会员下乡来

村府欢声笑语喧，摆开长桌写春联。两行流淌丰收乐，千句传扬吉庆言。　　奔富路，暖心田。满怀希望向明天。家家户户添新景，一片嫣红迓马年。

垓下之战有感

剑影刀光鏖战急，烽烟滚滚锁关山。
失谋难免虞姬泪，度势终开高祖颜。
秦墓尚留兵马俑，楚河枉洗釜舟斑。
莫从胜败分王寇，总是英雄壮宇寰。

程 楷

1942 年生，福建闽侯县人。福建南平市政协文史委副主任。福建省诗词学会名誉理事。

登九峰山看延城新貌

春阳暮霭伴登临，旧雨乡音对古今。
卅载中兴多壮举，一朝再造有雄心。
芙蓉九叠岫生色，神剑双飞湖出新。
俯瞰山城灯万盏，流金溢彩美江滨。

程德生

1952 年生，福建闽侯县人。闽侯第四建筑公司工程师。福建省诗词学会会员。

秋游武夷

金秋邀友武夷驰，探险观光两合宜。
九曲清溪飘竹筏，天游峻岭陟云崖。
端庄玉女镜台照，威武大王铁板骑。
别墅山林新格调，东南形胜世称奇。

焦　原

1926 年生，浙江绍兴市人。原福建漳州市教育学院培训部副主任。福建省诗词学会会员。

两岸除夕焰火①

过年偶到海陬来，天外奇观决眦开。

万树银花悬碧落，两厢金鼓动春雷。

血浓于水亲情重，分久当归客思催。

"台独"焉能成气候，挡车螳臂必遭摧。

【注】

① 厦门大小嶝与小金门两岸同胞，除夕同放焰火，互拜早年。

解月浦

1924 年生，江苏响水县人。福建省交通学校副校长。福建省诗词学会会员。

水帘洞

都来洞口识山泉，登险攀峰力向前。
今古英雄空仰望，谁人敢卷此珠帘？

强振木

1941 年生，福建闽侯县人。原福州第十六中学语文教研组组长，高级教师。福建省诗词学会会员。

感 时

为电视节目报道中央采取减轻农民负担，加强土地管理等措施而作。

开放潮生万象更，泥沙俱下亦堪惊。
官商交结惟图利，贾盗难分枉析名。
巧事摊捐增怨诽，恣情租让失权衡。
荧屏昨夜传新讯，始觉中枢倍励精。

山村吟草

满眼楼台出树丛，旧时茅屋已无踪。
溪边迷路逢相识，笑道山村脱了穷。

蓝云昌

1946 年生，畲族，福建上杭县人。中学高级教师，曾任中共中学支部书记兼副校长。中华诗词学会会员，福建省诗词学会理事。著有《风生阁诗词》。

纪念高士其百年诞辰

景仰情深溢礼堂，追怀此老感沧桑。
科研探秘思强国，文苑创新欲拓荒。
轮椅腾飞精卫鸟，残躯炼就合金钢。
令名今喜凌苍昊，生命星光耀八方。

呼伦贝尔草原

包白花红草色新，车轻路阔牧歌醇。
纵横悦目牛羊马，俯仰铭心天地人。
旷野罡风龙骑地，强弓劲酒虎贲春。
一番悲壮硝烟尽，试看今朝铁木真。

蓝牧羊

（1950-2008），畲族，福建漳浦县人。福建漳州市工商局副主任科员。中华诗词学会会员，福建省诗词学会会员。著有《听荷轩诗草》。

东山东明寺

潮卷山门叩寺钟，金沙踏软晚霞溶。
一方幽境温书处，白鹭翔飞扑影重。

破阵子·诗人节抒怀

梦里飞舟投粽，江中奋桨扬湍。寻觅千年浑不见，喝令龙王还楚贤，汨罗敲鼓欢。　　历史丰碑耸立，群星继起诗坛。一曲《离骚》传百世，爱国心同日月盘，长吟兰渚间。

雷传华

1943 年生，畲族。福建三明市人。原三明市政协秘书长。福建省诗词学会理事。

重阳赠友人

才寒又暖好风回，紫蝶欢飞结伴来。
莫道春归无觅处，山花着意为君开。

赖 丹

1926年生，已故。福建连城县人。福建龙岩师范专科学校中文科副教授。福建省诗词学会首届理事。

小 西 湖

夕照西湖画舫游，福州潋滟似杭州。
相思最是榕阴月，十顷波光水上秋。

江城子·纪念沈英

廿年风雨不寻常。苦甘尝，漫思量。一诀匆匆，怎得诉衷肠。青鸟难寻踪迹远。天壤隔，路迷茫。　　西湖犹记旧时妆。曳霞裳，醉瑶觞。相视嫣然，笑语逗情长。谁料凤凰先折翼，人不见，在何方。

蝶恋花·中元夜月

渺渺青旻烟水路，月里嫦娥，今夕飞何处？把酒问天天不语，婵娟千里难相遇。　　好最良辰终易误，咫尺人间，怨乐偏多忤，夜夜衷情相与诉，思凡飞泪皆风雨。

赖 再

1927年生，已故。福建古田县人。古田第一中学退休教师。福建省诗词学会首届理事。

八声甘州·书怀

喜天涯浪迹许遨游，海上挂征帆。渐新阳吐彩，明霞散锦，净扫烟岚。迎面晨风浩荡，诗意转沉酣。平步风波路，万顷澄蓝。　　此际情怀缥缈，望长空寥廓，万虑无担。共凌虚鸥燕，自得恣飞探。任馀生翱翔南朔，漫行吟，遍地访灵岩。功名事，等闲一笑，入耳何堪！

沁园春·登晋江姑嫂塔望滨海防风林带

东海之滨，绿树纵横，春色永留。似万军出塞，长驱平野；雄师列阵，云集高丘。固土封沙，改天换地，千载荒滩变绿洲。凭群力，看山河重创，更始春秋。　　年年克享丰收，引老少侨胞热泪流。有树高百丈，不挠不屈；根深千尺，何惧何忧！劲叶挥戈，强枝张弩，风雨高歌战未休。心一片，为利民富国，此外奚求！

赖元冲

1926 年生，福建上杭县人。福建龙岩师范专科学校中文科副教授。福建省诗词学会会员。

登乌山

片石冲霄汉，登临正晚秋。
云回飞鸟疾，烟淡夕阳浮。
丛菊开三径，长风御八陬。
乡关何处是？思入大江流。

赖月兰

女，1962 年生，福建永泰县人。福建省诗词学会会员。

春暖山花

春光旖旎育山花，酥雨催成朵朵嘉。
芳艳满园谁着力，难忘红旭暖畲家。

游方广岩

三人冒雨叩禅关，洒汗淋淋曲径间。
千仞跻升疲不觉，洞天令我奋登攀。

赖祖胜

1949 年生，福建莆田市人。福建省人大科教文卫委员会秘书处副处长。福建省诗词学会会员。

游闽江入海口

水天浩浩复恢恢，夙愿来观喜未违。
久镇鲸波矜五虎，曾驱夷舰颂双龟^①。
村庄指望勤皆富，岛屿安排瘠尽肥。
记取江声淘巨变，朝宗东海展雄飞。

【注】
① 此处有南龟北龟两岛把口，附近有炮台遗址。鸦片战争期间曾炮击敌舰。

山中逢故友

春风一笑故人来，满地山花似火开。
永夜烛光摇异彩，远方履迹破苍苔。
欲偕长聚三千日，更冀豪拼百万杯。
君去眼中遮碧树，直须高筑望云台。

虞 愚

（1908-1989）字北山，号竹园。原籍浙江山阴县，生于福建厦门市，早年毕业于厦门大学。历任大学教授。1956年调北京从事撰述工作，兼任中国佛学院教授，中国社会科学院哲学研究所和文学研究所研究员。著有《因明学》《中国名学》《虚白室诗》等。

水操台怀古

直逐荷兰寇，乾坤此霸才。
岩端馀故垒，海角耸高台。
落日云涛壮，秋风铁马哀。
誓师人不见，仰止一徘徊。

玄奘法师逝世一千三百周年纪念

杖策孤征出国门，冥搜三藏见根源。
手扪葱岭天应近，目击恒河道益尊。
《西域记》传十二卷，《会宗论》辟一家言。
摩挲椠本堂堂在，不废江河日夜喧。

纪念弘一法师诞生一百周年

春满花枝不可寻，讲堂梦里柏森森。

悬知诸艺皆馀事，直契孤云有本心。

东海学归偏托钵，南山律废赖传音。

高风已绝人间世，廓尔亡言祇树林。

登万里长城

五洲宾客簇长城，览胜攀梯壮此行。

已放晴天增跌宕，终昂羸骨对峥嵘。

云连碧海关山险，风定黄河日月明。

俯视千峰蓬块耳，高吟气欲盖幽并。

阙国光

1934 年生，福建福州市人。原福建省乡镇企业进出口公司副总经理。福建省诗词学会会员。

福州聚会留别诸兄弟

故园翠色柳丝丝，棠棣花开聚锦衣。
黄巷悲欢成旧梦，东街冷暖忆分飞①。
京华负笈青云渺，梓里披荆白发稀。
且喜盛筵今可再，但祈人久月同辉。

【注】
① 余幼居福州市黄巷，丧母后迁东街。

詹训楷

（1920- ？ ）福建福清市人。退休中学教师。福建省诗词学会会员。

浙江中医学院林乾良教授见寄《春晖寸草集》索诗，感赋却寄

母子身世两何苦，不识生身母与父。
母是豪门灶下婢，子是弃婴知谁主。
芝草醴泉无根源，断梗浮萍相聚处。
周晬养父死非命，母氏悲伤泪如雨。
柏舟矢志抚藐孤，夜事女红昼樵斧。
以长以教子成名，忍泪始将真情吐。
哪知苍天不慭遗，金萱遽返清虚府。
乾良纯孝本性成，廿载哀思镂肺腑。
子欲养兮亲不在，风木恨天痛难补。
《春晖寸草》遍征吟，留示儿孙如目睹。
远道贻书辱索诗，百感如余岂无语。
吁嗟乎，一从“四害”流毒深，伦理纲常如粪土。
不知天性为何物，罔极恩并忘恀怙。
子息目亲如敝屣，诟谇之声日盈耳。
以视先生此孝思，能无汗颜自惭耻。
愿借先生回春手，医尽人间忤逆子。

重阳节参观福州市西湖菊展

佳节重阳景色幽，榕垣菊展许偕游。

却看冷艳疏篱放，绝羡冰姿小圃留。

移自陶家三径种，妆来西子一湖秋。

爱花如我原成癖，莫笑风流是白头。

詹其适

1931年生，福建福安市人。原福建宁德地区公安处政治处主任，离休干部。福建省诗词学会会员。

送葬吟

戚戚复戚戚，嚎啕丛哭泣。见者为哀哀，闻者诚恻恻。邻妪独摇头，愠怒形于色。讷讷又喁喁，幽幽如自述："老人已古稀，生前欠顾惜。膝下众男儿，各自立家室。大儿领一乡，二儿长一局，三儿为人师，四儿股票足。诸儿学有成，都可耀家族。父母费心机，可怜难享福！夏热饲饥蚊，冬冻夜蜷缩。寂寞影吊形，三餐自熬粥。老难挨朝夕，终化黄泉客。孝子似惶惶，长号双眼湿。诸媳亦惨凄，珠泪泫然滴。安排开道场，僧道团团集。讣告雪片飞，大办哀荣席。出殡不含糊，公车一路白；炮声响入云，哀歌动人魄；纸屋兼冥钱，阔绰称第一。老慰后昆贤，碑石详镌刻。我今读碑文，已觉芒刺脊。后人读碑文，切莫信为实。"言者辄唏嘘，听者长太息。生前既薄养，厚葬徒虚饰！

有感于大邱庄事件

自恃财饶气若磐，大邱庄上建朝班。

平民尚要乡规守，赤县宁无国法颁。

倘使金钱成上帝，定教魔鬼乱尘寰。

世人莫笑忧天戆，蚁溃长堤靡等闲。

詹其道

1926 年生，福建福安市人。原中共宁德地区教师进修学院书记，离休干部。福建省诗词学会会员。

过三峡作

三峡天下壮，平生恣意看。
夔门立千仞，巴蜀矗雄关。
神女原是梦，巫山变幻间。
香溪流腻水，越险西陵滩。
出了南津口，楚天一览宽。
万洲横巨坝，天堑截波澜。
待到平湖起，江山更壮观。
蛟龙看驯服，造福在人寰。

念奴娇·读报有感

纷纷寰宇，望遥方杳杳，何其萧瑟。一夜西风凋碧树，顿改山河颜色。几处弹冠，几人当轴，拱手西方揖。红场星落，先驱陵寝空寂。　　堪叹功业百年，付诸乌有，世运遭屯厄。奕代伟人音宛在，真理岂容消失。任是横流，凭它诡变，我自岿然立。擎旗奋进，前车翻辙当惕。

鲍乐民

（1914-1990），福建福州市人。福建省文史研究馆馆员。福建省诗词学会会员。

蔡公君谟九百七十五周年诞辰暨纪念馆落成典礼

莆阳灵秀钟人杰，千载名犹雷贯耳。

使君本念为民瘼，积弊清除晰条理。

山头斋戒兼禁蛊，治绩三山文献纪。

整饬官箴有谏书，汲魏差堪与媲美。

《荔谱》品评农艺劝，木兰陂上纷陈紫。

《茶录》武夷粟粒芽，前丁后蔡坡公喜。

书法北宋称四家，挥毫拂来云烟起。

长桥济川波澜阔，蛎础实基孰可比。

利涉民生今古资，海上丝绸从此始。

先生之风山高水长兮，旷代英雄半九鲤。

春雨连朝

布春青帝仗开端，转眼芳菲壮大观。

沽酒前村山色冷，催诗北郭雨声寒。

溪桥桃浪涨三尺，谷口杏花红一栏。

挑菜饧箫风日好，放晴几得博同欢。

鲍周义

1936年生,浙江苍南县人。《厦门日报》社开放城市部主任,主任编辑。中华诗词学会会员,福建省诗词学会理事。

题鼓浪屿郑成功雕像

审势东征逐虎狼,郡王伟业谱华章。
当年覆鼎掀锅处[1],今日鲜花绕海塘。
万顷波涛歌壮举,千秋史乘纪芬芳。
巉岩高矗英雄像,翘首金台唤直航。

【注】
[1] 覆鼎掀锅:相传当年郑成功在此誓师。宴罢,下令三军覆釜掀锅,扬帆东征。此处礁石形如锅底,后人称之为"覆鼎岩"。郑成功巨型石雕就竖立在此。

秋夜闲步厦门筼筜湖

曾经渔火对星空,船避惊涛人避风。
千古筼筜多瘦竹,而今两岸尽霓虹。
三江桨橹柔声断[1],百座琼楼倒影中。
秋夜偶从湖畔过,恍如身在水晶宫。

【注】
[1] 三江桨橹,指当年在这里避风的鹭江、晋江、九龙江等处渔船、渔民。

简启梅

1932 年生，福建永定县人。福建龙岩师范专科学校副教授。福建省诗词学会会员。

咏　竹

凌云怀故土，劲节却虚心。
独抱岁寒意，何忧风雪侵。

廖从云

福建福州市人。寓台湾，大学教授，台湾福建省同乡会文教委员会主任委员。

老眼看山喜未迟

老眼看山喜未迟，山因眼老倍雄奇。
孤峰壁立平如削，虬干盘空势欲敧。
岚影渐随云影淡，湍声远接瀑声危。
澄潭凝碧留人久，只为泉清俗可医。

望海潮·福州涌泉寺

白云峰下，华严岩畔，灵泉涌现莲花。龙睡未醒，经声乍定，名山胜迹堪夸。岃崩最嵯岈。望海潮怒起，浩瀚无涯。肘下天风，振衣千仞濯明霞。　　万松夹道欢哗。有苔深啮字，树老藏鸦。星聚俊游，桃源旧梦，何时再饭胡麻。天镜映平沙。对凤池挹翠，何羡仙家。高阁回龙，望中犹是白云遮。

飞雪满群山·武夷山

奇石嶙峋，清溪萦绕，翠崖隐约云根。虹桥飞渡，星村醉宿，几时旧梦重温。倚窗听虎啸，更遥望龙蟠石门。古松吟老，危滩涤尽，多少旧诗痕。　　犹记得扁舟循九曲，望问津亭上，玉女嬉春。镜台坐对，更衣小憩，上庠五曲崇文。踵天游胜处，谒羲后、灵峰黛颦，愿天心许，来时好伴归岫云。

廖宗刚

（1918-2003）福建福州市人。福建省文史研究馆馆员。福建省诗词学会会员。

屏南杂咏

鸳鸯溪

岁岁南来不爽期，鸳鸯亦羡世雍熙。
霜寒交颈眠沙稳，风暖梳翎浴日迟。
增色溪山看绝好，寄情缣素画兼宜。
更教岩邑昌车毂，定见寰区令誉驰。

丁卯仲秋参加崇武建城纪念学术讨论会

小游崇武值秋晴，漫步滩途感慨生。
城堞歼倭崇俞戚，海门通舶待台澎。
嘉辰盛会俱难得，大月洪波倍有情。
亦效献芹资郅治，行看古港又繁荣。

乡居夏夜口占

不眠启户出徘徊，无月无星有隐雷。
池角流萤光映处，睡莲一朵正偷开。

廖祖泽

　　1925 年生，福建永春县人。原福建永泰县财政局退休干部。福建省诗词学会会员。

随　感

　　读书微有得，资以勉今吾。
　　雅量涵濡远，清谈补益无。
　　持身常自省，处世肯同污？
　　不是天行健，蠲私胸次舒。

石　榴

　　石榴花发火流红，结习累累满树丛。
　　殊惜徒贻多子累，一如硕特反收功。

廖渊泉

1934 年生，福建泉州市人。原泉州第一中学教师。中华诗词学会会员，福建省诗词学会会员。著有《史圃耕获集》《白水诗词集》。

泉州新颜

坦衢巍厦日新增，王谢乌衣剩几甍。

燕子归来寻旧迹，不知何处是温陵。

谭南周

1946 年生，江苏高邮市人，原福建省厦门市教育科学研究所所长，厦门市教育科研工作办公室主任，《厦门教育》主编。中华诗词学会会员、福建省诗词学会副会长。著有《紫南斋诗词》《紫南斋游记》《紫南斋诗文》。

恢复高考三十周年而作

忆曾阅卷浔江畔，高考重开三十年。
盛况于今犹目在，韶华逝去尚情牵。
人才战略当为上，教育振兴应领先。
莫笑杏坛痴骥老，每闻木铎欲挥鞭。

参观济南李清照纪念堂

几树芭蕉傍石栽，廊边黄菊傲风开。
悠悠泉韵侵帘入，仿佛诗魂归去来。

北京奥运会开幕式即兴作

焰火腾腾方鼓敲，五环旗帜拂云梢。
歌潮舞浪恢宏气，山海城乡醉鸟巢。

蔡 园

福建仙游县人，中国人民解放军少将，原空军第四军副军长，寓居上海。

秋 思（二首）

（一）

申江东望尽洪波，老马长嘶路几何？
江北江南心事在，归田解甲听骊歌。

（二）

一潭碎月逗秋思，犹记横戈北戍时。
春树暮云怀旧雨，壶山兰水问归期。

蔡永哲

1929 年生，福建惠安县人。惠安县政府办公室调研员、惠安县方志办公室主任。福建省诗词学会会员。

丙戌中秋怀台亲友

一水盈盈两岸牵，相思晓夜梦魂缠。长空今昔娟娟月，天上人间圆又圆。东望蓬瀛生别绪，吾怀如焚又如煎。烟笼水，云缥缈，雁影翩翩帆影渺。梧栖港对崇武城，一夜轻舟通得了？快矣哉！我欲乘风飞去兮，玉山山下满亲朋。弟兄握手相看笑，人健家安国太平。

蔡天生

1956 年生，福建石狮市人。石狮中外合资天然机构总裁。石狮市政协委员。福建省诗词学会会员。

忆江南·笙歌细细逐云飞

春光好，晴翠绕村畦。寂寞乡间今已异，笙歌细细逐云飞。客此不思归。

蔡少崖

1950 年生，福建晋江市人。晋江长峰服装织造公司总经理。福建省诗词学会会员。

南轩风雨夜①

潇潇夜雨总神伤，如豆孤灯照影长。
饥鼠梁间方戏逐，寒蛩室外自凄惶。
疏帘斜月微吟客，茅屋秋风薄命郎。
清泪两行襟袖湿，壮心万里辔鞍亡。
空怀跃马驰边塞，枉羡骑鲸戍海疆。
忍见衰躯埋牖下，难期铁骨卧沙场。
雄关虎帐徒遐想，落日大旗只梦乡。
每尝羁客扪虱苦，时叹人间逐鹿忙。
远厄方嗟青眼少，肢残莫怨慧心藏。
何处轻歌《摇篮曲》，南柯一梦慰痴狂。

1975 年仲秋

【注】
① 余年轻时每见友人参军，即萌生投笔从戎之念，奈残肢误我，凤愿难酬。每回梦断，悲怆难已，乃有此作。

蔡乔木

1944 年生，福建南安市人。小学退休教师。福建省诗词学会会员。

武汉长江大桥

远观江面跨长虹，近看大桥架太空。
宏伟奇凌千米水，英姿巧夺九天工。
贯通南北标青史，连接西东壮市容。
装点龟蛇吞吐地，人间胜迹展雄风。

蔡自然

1956 年生，福建石狮市人。石狮照相器材公司总经理。福建省诗词学会会员。

西湖泛舟

淡烟绿柳曙初开，澄碧湖光似镜台。
短棹在云云在水，飘然泛到日边来。

1982 年春

蔡和协

1938 年生，福建晋江市人。晋江东石卫生院中医师。福建省诗词学会会员。

欢迎菲律宾王宏榜先生故地重游光莅吟社①

故国秋光好，江声诗韵浓。骚坛迎贵客，芸室挹椰风。大雅扶轮手，宏才矍铄翁。山阳怀旧契，鲲岛望归篷。武术扬菲土，文旌返禹穹。兰亭吟绪远，梓里谊情浓。鼎革物华盛，和谐世态融。沙蚕乡味美，海蛎郁厨烘。舣祝虽须别，唐音隔海通。

【注】

① 宏榜先生系菲律宾椰风文艺社社长、光汉图书馆馆长、晋江东石龙江吟社名誉社长。

蔡丽水

1923 年生，福建晋江市人。原晋江纺织厂技术员。福建省诗词学会会员。

体育场中晨跑记事

场中二女著红装，衣黑男为少壮郎。
默默无言相竞走，匆匆急步似飞翔。
三人互竞两时许，老我偏赢片晷长。
将近耄龄身益健，养生自慰有良方。

蔡尚德

1948 年生，福建霞浦县人。霞浦第六中学教师。福建省诗词学会会员。

中秋登祭天台再寄潇湘①

一别知交万里遥，年年归雁望良宵。
乡情应是浓如酒，离绪何当涌似潮。
赍志知君奔渴骥，凌云容我慕盘雕。
梦魂且待重欢聚，踏月相携过板桥。

【注】
① 祭天台在霞浦三沙留云洞风景区。

临江仙·渡口所见

攘往熙来春渡口，忽闻喊救堪惊：邻舟稚女坠沧瀛。凌空来壮士，逐浪似蛟腾。　　执手艄公询姓字，满江赞颂同声。赧颜低首话轻轻："军装盈美誉，何用再留名"！

蔡春草

1923 年生，福建晋江市人。福建省诗词学会会员。

乙亥夏至

绵绵夏雨变秋霖，拂拂南风动荔音。
舍外洪流沟半塞，庭前淡月夜将沉。
云衣绕落青山暗，檐水空垂碧瓦森。
最是田家多急切，园中春豆受淋深。

蔡春榆

1919 年生，福建闽侯县人。退休中学教师。福建省诗词学会会员。

山　行

修竹千竿翠，凉苔一片新。
幽行唯鸟伴，静坐只云亲。

蔡厚示

字佛生,笔名艾特,1928 年生,江西南昌市人。福建省社会科学院文学研究所研究员,中华诗词学会顾问,曾任福建省诗词学会副会长、顾问,著有《诗词拾翠》等多种著作。

哭张毓昆兄

噩耗深宵至,中情郁不开。
弥留悭一面,梦晤喜多回。
生死交初缔,鲲鹏志未衰。
道山何遽去?秋雨也含哀。

有所思步乔木同志韵(四首)

(一)

岁暮天寒急所求,敢因宋玉效悲秋?
今生有幸窥东海,何饭曾忘争上游?
文似登山须策马,学如逆水慎停舟。
思贤我欲攻三史,志说一经羞未酬。

(二)

久渴禾苗望雨霖，一丝风息也关心。

东篱初绽披霜菊，南涧时鸣失侣禽。

高位居人同幔雾，夸名覆我若浮云。

挥戈欲返西颓日，倘买光阴肯掷金。

(三)

底事昆仑绝壁崩，风侵雨蚀积年成。

鬌龄踊跃观千剑，中夜彷徨伴一灯。

国难徒轻生与死，时明自稔爱和憎。

拼将热血浇荒土，换得神州百卉生。

(四)

万里莽原须垦植，披荆斩棘愿驱驰。

重生杜宇宁啼血，不死春蚕尽吐丝。

险海支桥人作柱，危关夺口我为梯。

千金何必招骓骨，但有瑶琴慰子期。

蔡颖训

1928 年生,福建泉州市人。泉州师范专科学校中文系讲师。福建省诗词学会会员。

登清源山观俞大猷练胆石有感

生来将种出寒门,击剑攻书隐僻村。
练胆欲凭扶社稷,掬衷有待拯黎元。
当年巨石留遗迹,后世群英仰壮魂。
戚虎俞龙名不愧,御倭平寇伟功存。

缪兰馥

1946 年生，福建寿宁县人。中华诗词学会会员，福建省诗词学会会员。寿宁县政协常委。著有《萍踪拾遗》。

昭 烈 帝

桃园典范薄云天，三顾诚延汉祚年。

倘得儿孙皆"北地"，不教司马下西川。

缪恒彬

1959 年生，福建福安市人。福安民族职业中学教师。福建省诗词学会会员。

回　乡

乡土重回身亦客，嫂童相遇等游人。

故家陌巷无寻处，坦道高楼景象新。

缪品枚

1953 年生，福建福安市人。福安市方志编纂委员会编辑，《福安市志》副主编。福建省诗词学会会员。

周宁九龙漈

卧龙鼻息吼轻雷，震落摩岩雪一堆。

柳絮杨花争素洁，也摇日影共徘徊。

缪旭照

1966年生,福建寿宁县人。福建省诗词学会理事。著有《旭斋吟草》。

屏南白水洋冲浪

一石铺成廿亩宽,水摩脚板叹奇观。
溪鱼三两来相戏,仙女如知定下凡。

缪道生

1943 年生，福建福安市人。中华诗词学会会员，福建省诗词学会会员。著有诗词集《凡尘杂咏》。

念奴娇·庐山游

九江朝发，乘车览胜去，牯岭天阙。逶迤群峦如浪叠，弥望苍苍郁郁。飒爽轻飔，清凉世界，几欲凡间绝。仙人洞里，悟乾坤感仙诀[①]。　　忆昔突变风云，万言书祸，忠耿衔冤屈。长使名山蒙垢辱。雾障迷茫飙烈。飞瀑平湖，奇峰诡石，枉把春光设。至今遗憾，抚膺犹与谁说。

【注】
① 感仙诀指吕洞宾著《修道秘诀书》。

缪播青

1921 年生，福建福安市人。离休干部。福建省诗词学
会会员。著有《青翠簃·播青吟草》《香国题笺》等。

把盏对月放歌

大江东去滔滔浪，月缺月圆月又望。
狂歌披发问苍天，天女织绡云汉上。
对酒当歌生几何，春花秋月莫蹉跎。
生当叔世多坎坷，朱颜渐换鬓毛皤。
我生偃蹇磨蝎重，叹人尽作金钱颂。
既恨钱为万恶源，又欲钱能为我用。
有钱广厦结万间，有钱普济世穷鳏。
富贵莫祇图利己，合使寒士俱欢颜。
人生百年本春梦，朝住朱门暮黄冢。
得志不须傲与奢，贫寒何必羞而痛。
我今年已八十强，自信尚如日初长。
愿天假年再卅载，发心苦海作慈航。

秋夕月下弄琴

繁星千点漾遥空，绕指柔丝拨未终。
一种缠绵人意外，数声呜咽月明中。
楼高玄鹤应来舞，夜静长松忽有风。
最是商音寒彻处，萧萧落叶送征鸿。

缪德奇

1928 年生，福建福安市人。曾任福安市农业局副局长。福建省省诗词学会会员。

采 茶

纤纤玉手摘新茶，香汗淋漓颊染霞。
盈篓盈筐斜照下，对歌结队笑还家。

熊达天

1935 年生，福建武平县人。福建宁德市教师进修学院教师。福建省诗词学会会员。

青玉案·无题

无言独对西楼月。更目送，流星别。惆怅深宵谁诉说。乘风何去，相逢应怯，怎绾同心结。　　翩翩羡化双蝴蝶。铃底芳柔莫轻折。展读风檐才几页。一帘红雨，满襟鹃血，已是伤痕叠。

潘　受

（1911-1999）又名国渠，字虚之，号虚舟。福建南安市人，新加坡杰出教育家、书法家和诗人。著有《海外庐诗》四卷。

悲鸿画马嘱题，时全面抗日之战方起

雄姿卓立山难撼，振鬣昂头如有感。
君看落笔黑淋漓，不是悲鸿无此胆。
悲鸿画马画其神，天骨开张得马真。
曹霸不生韩幹死，绵绵千载见斯人。
画中非徒枥中伏，顾影犹怜在空谷。
却欣无勒亦无韁，骐骥宁能受羁束。
闲里沉吟念战场，态虽镇静意腾骧。
破碎山河惊劫急，效劳恨未遇孙阳。
笳声怒共秋声起，塞北江南三万里。
安得此马追风展四蹄，踏尽东来长蛇与封豕。

吴淞无名英雄墓

为五年前"一·二八"抗日之役死难将士葬处,同人来献花圈。

不堪劫后过吴淞,新冢累累夕照中。
但有花圈酬战骨,更无名字识英雄。
艰难守土孤军奋,愤慨捐躯一死同。
凭吊似闻嘶鬼马,怒声犹逐海潮东。

一九八六年番日莲花山访林则徐抗英堡垒

宰相丧权君辱国,林公谪去竟谁怜?
纵挥斜日回三舍,难换狂澜障百川。
珠既有期还合浦,玉应无恙出蓝田。
莲花山上寻遗堞,遥豁吾眸望海天。

潘心城

1942 年生，福建长乐市人。原福建省副省长、省政协副主席。历任福建省诗词学会副会长、名誉会长。

长乐度假村感怀

潮喧林海松涛静，浪拍水天云彩萦。
昔日一片荒沙聚，而今浴场此筑营。
招来五湖四海客，共享大块恩赐情。
晨步水边观日出，夜宿滩头赏月明。
轻歌曼舞意不尽，渔火闪烁篝火盈。
乘风远航学舵手，扬帆更需奋前程。

庚午仲夏

辛未年登黄山有感

天都一望杜鹃红，百里云间尽石松。
不到黄山佳绝处，安知天下有奇峰。

贺中国海峡诗酒节

龙舟竞渡赋新篇，击楫闽江勇向前。
两岸交杯欢共醉，浩歌一曲纪先贤。

潘为田

1949 年生，福建闽侯县人。福建闽侯县昙石山博物馆副馆长。福建省诗词学会理事。

黄帝陵即景

圣地柏森森，灵禽竞好音。
层峦疑画卷，环沮弄瑶琴。
风岭炊烟起，龙湾晓雾沉。
九州思共祭，信感帝恩深。

沁园春·谒中山陵

乙丑暮春，海咽山悲，星陨长空。为共和民主，舍生忘死；讨袁护法，尽瘁尽忠。血染黄花，旗昭白日，救国救民水火中。砥柱耸，仰丰功大德，天下为公。　　薪传亿万农工。"三山"铲，春来冰雪融。眺古都内外，生机复涌；大江南北，叠翠凝红。虎跃石城，龙腾钟阜，万姓小康盼大同。缅英烈，告还珠合璧，海跨飞鸿。

潘主兰

（1909-2001）原名鼎，以字行，福建长乐市人。福建省文史研究馆馆员。曾任中华诗词学会顾问，福建省诗词学会副会长、顾问。曾获中国书法兰亭终身成就奖。著有《素心斋诗稿》《潘主兰印选》等。

林乾良戊午岁返里，述其身世，为《春晖寸草行》赠之

万竿修竹湖西屋，屋底有人无母哭。母故婢也儿弃婴，俱难返本断戚族。膝下无状单门依，母勤十指儿勤读。读勤母颜欢，读倦母眉蹙。百尽熬过今长成，闻者能无悯茕独？里门我昔丧乱经，哀鸿在耳，鸱鸢在目，弃其所抱抱所携，噫谁忍使抛骨肉！人皆省亲君省墓，曾不我言泪已下籁籁。可怜寸草一片心，雨露永怀沐膏馥。愿竭其术活人报春晖，"不谅人只"之诗莫三复。

题福州洪塘金山寺壁

洪流笑当逐时名，坐对云山便目瞠。
捞蚬尚多资活计，卖鱼犹得授酸鲭。
伤多听梵兵间断，痛定题诗劫后惊。
莫道状元已陈迹，而今处处有书声。

1983 年秋

王懿荣纪念馆题词

疏上攘夷勇请缨，福山志士矢忠贞。
宝刀适长贤豪气，青史当垂壮烈名。
终是读书完大节，岂惟稽古重先生。
卜龟辨认商文字，创见长教一代倾。

画竹自题

四集纸居山产竹，无山不竹傲吾闽。
岂因烧笋思栽竹，有竹人家画有神。

毁　林

毁林最是没心肝，岭秃山空未忍看。
滥伐之风如尚炽，何殊烈火大兴安。

潘传咏

1944年生，福建长乐市人。曾任长乐市江田镇副镇长。福建省诗词学会会员。

观黄果树瀑布

巨瀑高悬蔚壮观，飞流直下落云端。
喷珠溅玉雷霆斗，凝碧生凉夏亦寒。

潘君枢

1929 年生，福建福州市人。退休中学教师。福建省诗词学会会员。

丁亥新春试笔

东风拂煦俏神州，无限春光入老眸。
衰草敷青寒气去，大江孕碧暖流浮。
试飞幼蝶穿花戏，学啭雏莺出洞啁。
生态和谐征吉兆，一元复始展鸿猷。

潘国璋

1948 年生，福建浦城县人。中共浦城县委办公室主任。福建省诗词学会会员。

西江月·九石渡

南浦春波凝碧，越台晚照生寒，丹山碧水识真颜，赢得江郎诗赞。　　九石澄潭清映，一溪小渡横联。何方浊物踞云岩？霹雳晴空试剑。

潘金平

1962年生，福建长乐市人。长乐市政协干部。福建省诗词学会会员。

念奴娇·马江怀古

浪花飞溅，马江水，千古奔流呜咽。诉说当年，烽火起、开战艨艟激烈。炮火连天，沉沙折戟，国破金瓯缺。硝烟弥漫，大臣临阵逃脱。　　遥念京宦潘公，奏章呈太后，昏官该杀。壮士捐躯，川石岛、埋葬英雄尸骨。五虎悲鸣，江风怒啸，浊浪冲天阙。滔滔江水，百年奇耻当雪。

潘炳煌

1950 年生，福建永春县人。永春县达埔学区副校长。福建省诗词学会会员。

纪念抗日战争胜利五十周年

倭寇铁蹄践九州，刀光剑影血如流。

肆意奸淫烧杀掠，哀鸿遍野鬼神愁。

兄弟阋墙亲者痛，匹夫何曾忘国忧！

张杨赤胆陈兵谏，国共携手奋同仇。

延安号角彻云霄，抖动长缨万里飘。

雄狮猛醒发怒吼，海宇骤然起狂飙。

排山倒海地天惊，血肉之躯筑长城。

历尽劫波平恶浪，忽报东洋伏巨鲸。

欢声四起震雷霆，倒泻天河先血腥。

馀烬尚温还得严惕厉，永保世界和平四海俱安宁！

潘敬斌

　　字敬兵，1925 年生，福建福州市人。福建师范大学离休干部。福建省诗词学会会员。

船过三峡

　　莽莽江流争一门①，怒涛雷吼欲吞轮。
　　长天日色峡中暗，夹岸峰痕云里奔。
　　神女未曾随梦去，香溪依旧入诗喧②。
　　西陵一出楚天阔，蓦见葛洲高坝屯。

【注】
① 指瞿塘峡夔门峡。
② 西陵峡香溪为王昭君故里。

怀　人

　　夜雨窗纱湿，灯花寂寞红。
　　人因沧海隔，梦到五更同。

颜日三

1917 年生，福建漳州人市。漳州第一中学退休教师。福建省诗词学会会员。著有《东村诗文选集》三册。

悼叶国庆老师仙逝

百岁寿星旻际摧，杏坛顿失一宏才。
永怀劭德长垂范，重睹遗篇只寄哀。
芗水骑鲸踪杳渺，庄生梦蝶影徘徊①。
老成凋谢仪型在，馨欬萦思泪满腮。

【注】
① 叶国庆，厦门大学名教授，著有《庄子研究》等，享年一百零一岁。

滕国信

1927年生，福建建阳市人。原建阳市漳墩中学教师。福建省诗词学会会员。

癸未迎春

世运开新万象回，羊年献瑞绽春梅。
欢歌妙舞千家乐，快马加鞭万里催。
社保完规三老福，人民致富一声雷。
星移物换尘埃净，日丽风和游子归。

薛为河

1956 年生，福建福安市人。福安神农茶保健厂董事。福建省诗词学会会员。

小重山·秀峰览胜

直上云梯探秀峰。千峦呈叠彩，接遥空。香炉烟紫日初融。银河泻，深谷起霓虹。　　绝似倚崆峒。雌雄双剑举，锷凌空。浴龙潭畔玉玲珑。亭中坐，花拥四山红。

薛念娟

（1901-1972）女，福建福州市人。字见真，晚号松枯。著名词家何振岱女弟子。长期任中学语文教师。著有《今如楼诗词》。

思　亲

冉冉炉香飘，滴滴檐声碎。默坐念前尘，黯然心如瘅。忆昔趋庭日，种花勤灌溉。修竹伴读书，玉箫奏《出塞》。我学何曾成，夸之于流辈。从知父母心，儿拙亦所爱。承欢宜甘旨，为贫终不逮。空怀孺慕忱，梦魂每日惫。意谓树长静，来日犹可贷。安知转烛间，儿时不复再。儿今食微禄，更得明师诲。琴书悦性情，慕道未敢懈。待欲娱吾亲，吾亲已不在。长林落叶声，犹疑闻謦欬。

纸　鸢

剪裁纸与竹，妙制逾天工。象形足致远，不假羽翼丰。绿杨城郭外，扶摇趁秋风。青云竟直上，筝声响晴空。翱翔轻群鸟，睥睨如自雄。焉知舒藏势，操纵十指中？得意忘倾覆，飘落或西东。倦飞要知返，人事能无同？

咏　橘

江南风光好，丹橘绿成阴。圆颗经霜饱，累累满树林。味甘疑玉液，色丽如黄金。　奈何移江北，化枳不可寻。嗟彼松柏姿，青青遍山岑，不因地气换，变却岁寒心。

清平乐·初冬遣兴

湖边远眺，雁影长空杳。疏柳丹枫看更好，未碍霜天寒早。　由他秋去无踪，且将美意迎冬。别有风光堪赏，酒边橘映灯红。

薛俊安

1938 年生，福建泉州市人。泉州城市建设档案馆退休干部。福建省诗词学会理事。

龙门滩引水赞歌①

晋江一泻入东海，江水发源戴云山。

气势滔滔连天远，奔流日夜出重关。

十年改革兴水电，高峡平湖莽平川。

大坝混凝上国标，坝卧长龙锁山巅。

截流改道今描绘，两岸滋润美良田。

受益桃浔接萧厝，源头活水山海连。

落差百米挂素练，喷珠溅玉飘如烟。

飞瀑二级来天际，恍似银河落九天。

八万千瓦装机量，鲤跃龙门写新篇。

天马石牛相拱笑，九仙惊叹史无前②。

【注】
① 龙门滩引水工程址在德化县，为泉州市重点工程。
② 九仙、天马、石牛均为德化山名。

戴大东

1921年生，福建南安市人。泉州第七中学退休教师。福建省诗词学会会员。

温陵怀古

海滨邹鲁说泉州，灵秀山川韵事稠。
郁郁清源横北郭，湍湍晋水灌南州。
朱熹讲学遗踪在，国姓焚衣胜迹留。
甲第端开龙虎榜，欧阳文采照千秋。

戴光华

（1917- ？）福建厦门市人。原厦门第一中学语文教师。

悼　亡

瘦骨逾柴已可哀，而今烈焰竟成灰。
人生在世都如寄，每念何堪五内摧。

谒雨花台

陵园雄伟有高台，革命丰碑亦壮哉。
风雨当年沉故国，血腥飞处百花开。

魏永锴

1926 年生，福建古田县人。福建省农业科学院科研室主任。中华诗词学会会员，福建省诗词学会会员。著有《安泰居吟草》《桥畔吟稿》。

过 年

四十年前怕过年，徒多票证少粮钱。
而今忙备团圆宴，买罢山珍买海鲜。

癸未儿童节偶成

忆昔孩提戽浦鱼，衣衫鞋袜暂抛除。
篓中鳅鳝收无数，最喜今天不读书。

魏兆炘

（1916-1996）福建福州市人。原福州第一中学语文教师。

病　后

拥衾恋枕起何迟，闭牖添衣自护持。
一饭鱼殽初辨味，两餐麻麦渐知饥。
沉吟不作吾衰叹，健啖宁为齿豁悲。
图史西斋娱独坐，卷烟香散袅轻丝。

魏鹏抟

1928年生，福建古田县人。福建邵武纺织品站退休干部。福建省诗词学会会员。

中 秋

声噪蓝天雁阵横，飘香月饼又盈城。
金乌渐减灼肤热，玉兔频增耀眼明。
头上重圆今夜见，寰中一统几时成。
流光荏苒凋双鬓，更切金瓯璧合情。

清平乐·战双抢

风光大好，人比晨鸡早。月下开镰阡陌笑。一片山歌缭绕。 昨犹十顷金黄，今披翠绿新装。挥却浑身汗雨，赢来稻谷千仓。